SHADOWRUN

SCHATTENSTÄDTE

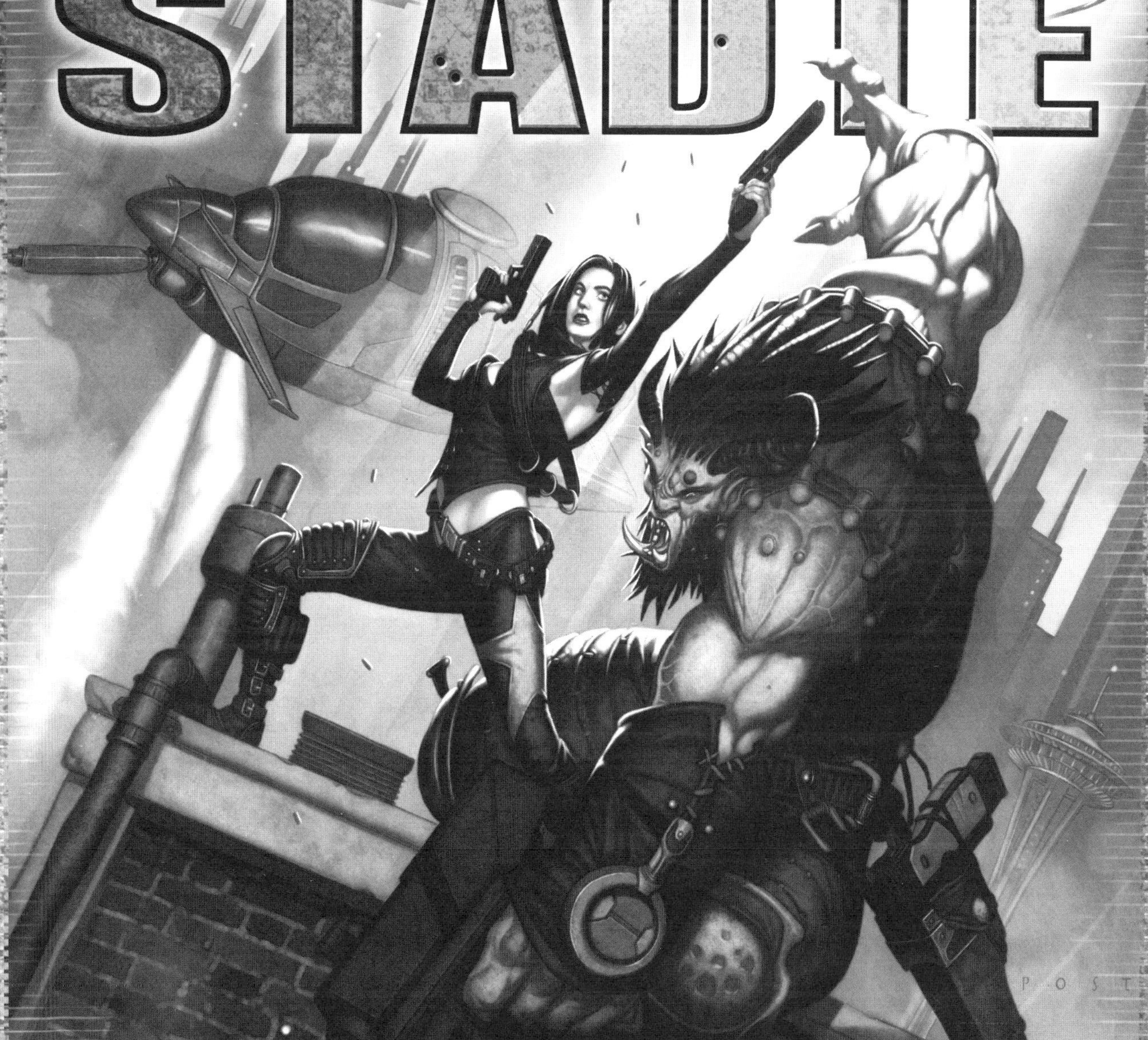

INHALT

CREDITS

TEXTE

Hongkong: Jason Levine

Seattle: Rob Boyle, Robert Derie, Jong-Won Kim, Robyn King-Nitschke

Hamburg: Peer Bieber, Lars Blumenstein, Tobias Hamelmann, Jens Ullrich

Städte im Zwielicht: Lars Blumenstein, Peter Taylor

PRODUKTENTWICKLUNG UND REDAKTION USA

Rob Boyle

REDAKTION DEUTSCHLAND

Christian Lonsing

ÜBERSETZUNG

Mario Hirdes

SATZ UND LAYOUT

Christian Lonsing

LEKTORAT

Michael Bohr, Benjamin Plaga, Christian Lonsing, Stephanie von Treyer

COVER ART

RK Post

COVERGESTALTUNG

Ralf Berszuck

INNENILLUSTRATIONEN

Ed Cox, Vincent Dutrait, Alex Draude, Jacob Glaser, John Gravato, Mike Rooth, Klaus Scherwinski, Chad Sergesketter, Barbara Wittmann

Jochen Hinderks (Konzernlogos)

Mikael Brodu (Karten)

DRUCK

Opolgraf SA

BESONDERER DANK AN

Miriam von Bontani, Jana Weiland, Karsten Wiegers, Tobias Wolter

ISBN-10 3-89064-776-6

ISB-13 978-3-89064-776-0

1 2 3 4 5 09 08 07 06

WWW.SHADOWRUN.DE

Verbinde mit JackPoint VNP ...
... Matrix-Zugangs-ID verschleiert
... Verschlüsselung generiert
... Verbinde mit Onion-Router
> Login
****
> Bitte Passwort eingeben
****
... Bestätige biometrischen Scan
Verbunden mit < FEHLER: UNBEKANNTER KNOTEN >
"Es ist unmöglich, etwas idiotensicher zu machen, dafür sind Idioten zu erfinderisch."

46 Nutzer sind im Netzwerk eingeloggt

News-Ticker
* <aktuell> Dieses private p2p-MoSoSo-Netzwerk befindet sich nach wie vor im Beta-Test, also entschuldigt die Unannehmlichkeiten und meldet mir alle Fehler. @FastJack
* <02.02.2070> Der Fehler im Reputations-Subsystem wurde gefunden. Wenn dein Wert immer noch niedrig ist, liegt das nicht an der Software, sondern daran, dass du ein wertloser Niemand bist. @FastJack

Dein JackPoint
* Du hast 3 neue private Nachrichten
* Du hast 1 neue, umgeleitete, anonymisierte, sichere Nachricht von "Mr. Johnson"
* Du hast 2 neue Antworten auf deine Jackpoint-Einträge erhalten
* Netcat hat deine Rep um +1 angehoben
* Lone Star hat einen Haftbefehl für eine deiner SINs veranlasst
* 2 ausstehende Jobangebote passen zu den Parametern deines Job-Agenten

Connections
Netcat und Haze sind online und befinden sich in deinem Bereich
Dein aktueller Rep-Wert: 33 (96% Positiv)
Zeit: 3. Februar 2070, 04:04

EINSTELLUNGEN
VERBINDUNGEN
AUFGABEN
LINKS
VERLAUF

Willkommen im Jackpoint, Omae.
Letzter Login vor 13 Stunden, 5 Minuten, 23 Sekunden.

JackPoint

AKTUELLE HINWEISE
* Lest den Schattenstädte-Eintrag! Dort findet ihr viele interessante Beiträge, die sich mit Metroplexen beschäftigen, die für unsereiner besonders reizvoll sind. Die Abhandlungen über Seattle und Hongkong haben viel Feedback bekommen, aber das sind nicht die einzigen müllverseuchten Bienenstöcke voller Kriminalität, die diesen Namen verdienen. **[Mehr] [Gäste]**
* Weil du aus Good old Germany zugreifst, hab ich dir eine detaillierte, brandheiße Infosammlung über Hamburg an den Schattenstädte-Eintrag angehängt. Viel Spaß damit!

NEUE DATEIEN
* Willst du den Glamour genießen, für harte Euros herzhaft im Dreck der Promis wühlen und gleichzeitig noch deutsches Bier genießen? Dann lass dich mal in München blicken! **[München Noir]**
* Du glaubst, du weißt alles über Magie? Ethernaut hat ein paar Sachen ausgebuddelt, die dich eines Besseren belehren könnten. **[Straßenmagie]**
* Clockwork und Picador haben einige lustige Infos über die neuesten Waffen, Spielzeuge und Fahrzeuge zusammengetragen. **[Arsenal]**
* Du bist gerade aus einem Arbeitsurlaub in einer ruhigen, netten, sicheren und eingezäunten Konzernanlage zurückgekehrt? Dann beteilige dich bitte mit einigen Hinweisen über deine Lieblingszonen für profitables Biz. **[Konzernenklaven]**

TOP-NEWS
* Der Konzern-Gerichtshof hat die Vorstandsetage des A-Klasse-Konzerns Mikrolens der mehrfachen Spionage angeklagt. Die Vertreter von Mikrolens machen einen frustrierten ehemaligen Angestellten für die Tat verantwortlich, der interne Dokumente öffentlich gemacht haben soll, waren aber bislang nicht in der Lage, Datenspuren oder ähnliche Beweise vorzulegen, die ihre Behauptung stützen. **[Mehr]**
* JetBlack wurde wieder in Seattle gesichtet. Gruselige, furchteinflößende Rocker sterben eben nicht aus, sie brauchen nur weniger Make-up. **[Mehr]**
* Beamte des Salish-Shidhe fanden im Sound ein verlassenes Boot mit Leichen von 32 russischen und vietnamesischen Frauen an Bord. Allem Anschein nach sind sie verdurstet, weil sie im Frachtraum eingeschlossen waren. Die Behörden glauben, dass diese Frauen nach Seattle geschmuggelt werden sollten, um an Prostitutionsringe verkauft zu werden. **[Mehr]**
* Lone Star bestreitet die Anwendung von übertriebener Gewalt bei der Festnahme zweier Orkmänner in Bellevue. Private Aufnahmen zeigen die Polizeibeamten, wie sie die Männer bis zur Bewusstlosigkeit treten, nachdem sie bereits mit Tasern traktiert und geschlagen worden waren. Die Beamten behaupten, sie hätten sich selbst verteidigt, weil sich die Verdächtigen der Verhaftung mit Gewalt widersetzt haben. Beide Männer schweben aufgrund ihrer schweren Kopfverletzungen noch immer in Lebensgefahr. **[Mehr]**

CHAT | NACHRICHTEN | DATEIEN | POSTS | NEXUS | SUCHE

Aktiviert – ComStar Firewall
Aktiviert – Jack-in-the-Box Antivirus
Aktiviert – SpamWitch Filter
Eingeschaltet und auf Empfang – Commcode
Hervorragend – Signal
Aktiviert – Versteckter Modus
Umgebungskarte

GELADENE GÄSTE
Lei Kung, Moji, MoneyLee
Snow Tiger, Stone, Umsturz

Einträge/Dateien mit "Schattenstädte"-Tag:
* Hongkong
* Seattle
* Hamburg
* Städte im Zwielicht
[Mehr]

FORTSETZEN
ERWEITERTE SUCHE
SPEICHERN

HONGKONG

Heute Nacht würde Ma'fans Glücksnacht werden. Es war die achte Nacht des neunten Monats im Jahr des Tigers, ein verheißungsvoller Hinweis auf Erfolg und glückliche Fügung. Während sie sich leise an der Seite des Ikon Towers abseilte, hoffte sie, auch ohne die Verheißung auskommen zu können, obwohl sie sich über eine kleine göttliche Fügung nicht beschweren würde. Die Oberfläche des Gebäudes kroch digital vor ihrem Blickfeld dahin und verwirbelte in einem Nebel aus Licht, den ihr Ruthenium-Tarnanzug nicht wiedergeben konnte. Glücklicherweise waren die Einwohner von Hongkong zu sehr mit ihrem eigenen Leben beschäftigt, um den kleinen Makel auf dem fünf Etagen hohen Gesicht von Chu May zu bemerken, dem neuesten East-West-Amalgam-Sim-Star, das weithin sichtbar von der Außenhaut des Ikon Towers auf die wuselnde Menge herablächelte.

Ma'fan befestigte einen Ansaugarm am Fenster vor ihr, während es in verschiedenen Farben tanzte, und umgab die Fläche mit einem inaktiven Chemband. Wenn sie den Knopf betätigte und der Strom in das Band floss, würde sich die aktivierte Chemikalie sofort durch das Glas fressen, das sie dann leise mit dem Ansaugarm entfernen würde. Natürlich war die gesamte Außenhaut des Gebäudes mit Sensoren durchzogen, über welche die Spinne – der Sicherheitshacker des Gebäudes – das Entfernen dieses kleinen Glasstücks genauso spüren würden, als wenn Ma'fan ihn persönlich mit einer Nadel piekste. Also aktivierte sie das Band nicht sofort, sondern hing wie ein schwebender Buddha in ihrem schwarzen Catsuit fünfzig Etagen hoch an der Außenmauer, während sie auf den nächsten Teil ihres Plans wartete.

Unter ihr war Hongkong in ständiger Bewegung, sogar zu dieser späten Stunde. Die erleuchtete goldene Haut des Drachenpfades schlang sich an der Seite des Victoria Peaks entlang und brachte von chinesischem Bier betrunkene Lohnsklaven zurück zu ihren Enklaven in den Bergen. Beleuchtete Fähren glitten im dunklen Hafen unter grellen Reklame-Luftschiffen hin und her, auf denen sich ein Mix aus chinesischen und englischen Persönlichkeiten ein Stelldichein gab. Vor nur wenigen Minuten war ein suborbitaler Super-Jet auf seinem Weg um den Globus über den nächtlichen Himmel geflogen. Hongkong stand niemals still.

Ma'fans AR-Display summte leise in ihren Ohren. Fenster öffneten sich vor ihrem Auge und projizierten Bilder von den unter ihr liegenden Straßen in ihr Blickfeld. Absolut pünktlich hatte sich der Blitz-Mob von jungen politischen Regimekritikern auf den Straßen versammelt, eine plötzliche Ansammlung von 9x9-Mitgliedern, die gegen die Konzern-Regierung von Hongkong protestierten. Eine ganze Reihe von Demonstranten hob ihre Arme in die Luft. Es sah aus, als würden sie gemeinsam jubeln, aber Ma'fans Kameras verfolgten den Weg der Handgranaten, als sie in die Lobby des Erdgeschosses flogen. Mit einer einfachen Bewegung aktivierte Ma'fan das Chemband, als ein halbes Dutzend schriller Explosionen die Lobby durchschüttelte. Die Granaten würden dem Sicherheitsrigger einen solchen Schock versetzen, dass er ihren illegalen Einbruch in das Gebäude garantiert nicht bemerkte. Sie erlaubte sich ein kleines Lächeln, aktivierte ihre Tarnung und schlüpfte in das fünfzigste Stockwerk, wo eine seltene Gandharan-Skulptur aus dem dritten Jahrhundert sie erwartete. In dieser Nacht war sie tatsächlich mit Glück gesegnet.

JACKPOINT

[Folge Link]
[open gateway]
[Weiterleitung erfolgt]
[P2P Netzwerk gefunden]
[Übermittle Netzwerkdaten]
[Wurmkur aktiviert und gedockt]
[Erschaffe temporären User Account]
[Registriere PAN]
[ARO Graphic User Interface Overlay aktiviert]
[Weiterleitung erfolgt]
[Öffne Datei „Willkommen im Osten"]

HONGKONG

WILLKOMMEN IM OSTEN

geposted von Lei Kung

Anders als manche Runner glauben, ist Seattle nicht der Mittelpunkt des Universums. Dreh den Globus einmal halb um seine eigene Achse und du wirst sehen, dass im Osten Hongkong die Stadt ist, in der die wahre Action abgeht. Acht Millionen Seelen drängen sich in dem betriebsamsten Umschlaghafen der Welt. Hongkong ist eine supermoderne Stadt, die einzig und allein aus dem Grund existiert, Menschen, Waren und digitale Daten von einem Punkt zum Nächsten zu transportieren. Beinahe ein Fünftel der Bevölkerung von Hongkong ist auf der Durchreise und verbringt mindestens die Hälfte des Jahres außerhalb der Stadt. Trotzdem ändert sich die Population des Metroplexes kaum, da ständig in einem gleichförmigen Takt neues Blut für einen unbestimmten Zeitraum in die Stadt fließt, um Geschäfte abzuwickeln. Und obwohl die Extraterritorialität ganzer Megaplexe wie Seattle nach einer Erfindung des 21. Jahrhunderts klingt, hat Hongkong dieses Konzept bereits im Jahr 1842 entwickelt, als die Stadt zu einer extraterritorialen Kolonie der Briten wurde. Wir waren jedoch bald davon gelangweilt, eine Trophäe darzustellen, die zwischen China und Großbritannien hin und her gereicht wurde, also machten wir schließlich unser eigenes Ding und wurden im Jahr 2015 zur Freien Wirtschaftszone Hongkong.

> Und was hat uns das gebracht? Anstatt von einem Staat regiert zu werden, liegt unser Schicksal nun in den Händen der Konzerne.
> Ma'fan

DER PREIS DES ERFOLGS

Auf Hongkongs Straßen braucht man nur zwei Minuten, um festzustellen, dass alles einen hohen Preis hat, auch der Wohlstand. Der Aufstieg des Imperialen Japans schuf eine große regionale Nachfrage nach billigen Fabrikerzeugnissen, und als China zusammenbrach und Südostasien im Krieg unterging, war Hongkong bereit, daraus seinen Nutzen zu ziehen. Die Stadt wurde zu einer Insel des Wohlstands und der Stabilität im sonst chaotischen Asien und somit zum Hauptziel für verzweifelte Flüchtlinge von den Philippinen. Zuerst hieß Hongkong diese neuen Immigranten willkommen, da sie als billige Arbeitskräfte die Fabriken der Stadt füllten. Aber als der Flüchtlingsstrom nicht enden wollte, während die Nachfrage nach den Fabrikerzeugnissen stagnierte, sprengten Asiens arme und müde Massen das ohnehin schon karge soziale Netz. An diesem Punkt hätte der Gouverneursrat eigentlich eine Lösung des Problems in Angriff nehmen müssen, doch stattdessen kehrten sie den neuen Slums voller Arbeitsloser einfach den Rücken zu.

Heute werden die Stimmen der Unterdrückten in der zweiten Generation lauter, da städtische Höllenlöcher wie Kowloon immer tödlicher werden. Im Exekutiv-Rat spricht man nun über das Problem, allerdings erst nachdem Gruppen wie die 9x9 damit begonnen haben, Konzerngebäude mit Brandbomben zu traktieren, und das Problem nicht mehr ignoriert werden konnte. Die ganze Situation ist äußerst brenzlig, da die Ratsmitglieder lieber auf private Sicherheitskräfte als ihr Budget zurückgreifen. Der Kapitalismus regiert weiterhin ungehemmt, und so ist es nur eine Frage der Zeit, bis etwas Furchtbares passieren wird.

DIE LAGE DES LANDES

Hongkong wurde auf zerklüftetem und bergigem Land erbaut, von dem die britischen Händler sagten, es sei zu schwer zu kultivieren, als das es sich lohnen würde. Dennoch haben die unternehmerisch denkenden und hartnäckigen Einheimischen dem Felsen einen großen Metroplex abgerungen, der bis ans Meer reicht. Wann immer ihnen der Platz ausgeht, treiben sie den Felsen weiter zurück oder erweitern die Küste mit dem Auffüllen von Land.

Das Klima in Hongkong ist ähnlich dynamisch wie der Metroplex, da die Stadt in einer subtropischen Zone liegt. Anders als in Seattle gibt es hier nicht vier Jahreszeiten, sondern nur zwei: die Regenzeit und die Trockenzeit. Von etwa März bis September leidet Hongkong unter dem südwestlichen Monsun, der die Stadt heiß, feucht und regnerisch hält. Außerdem wird die Stadt in dieser Zeit gelegentlich von Super-Taifunen heimgesucht. In den Monaten Oktober bis Februar dreht sich der Wind und wird zum Nordost-Monsun, der relativ kühl und trocken ist. Ich sage relativ, weil es hier im Vergleich zu Seattle immer heiß und feucht ist. Während der Trockenzeit ist das Klima jedoch einigermaßen erträglich.

> Bedauerlicherweise läuft das Schattengeschäft während der Regenzeit besser, da man Jobs einfacher erledigen kann, wenn das Wetter miserabel ist. Die unerträgliche Hitze und Feuchtigkeit macht die Wachen unaufmerksamer und zwingt sie dazu, vermehrt in den klimatisierten Innenräumen zu arbeiten. Die schwere und feuchte Luft beeinträchtigt außerdem die elektronische Sicherheit.
> Picador

WAS JEDER GWAILO WISSEN SOLLTE

Ich denke, das erste, was jeder Gwailo wissen sollte ist, was ein „Gwailo" überhaupt ist. Wenn du dieses Dokument liest, stehen die Chancen gut, dass du auch ein Gwailo bist. Der Begriff heißt übersetzt so viel wie „Geistmann" oder „Weißer Teufel", und war ursprünglich ein abfälliger Ausdruck für Fremde, besonders für Kaukasier. Heutzutage ist der Begriff weniger als Beleidigung gedacht und wird oft für die Nicht-Ureinwohner benutzt, sogar von ihnen selbst.

• In Hongkong sind Metamenschen willkommener als Ausländer. Was nicht heißt, dass die Leute hier keine Geschäfte mit Ausländern machen. Die Stadt hat seit Jahrhunderten einen Hafen, und die Bewohner haben sich an die Existenz von Ausländern gewöhnt. Aber sie fühlen sich nun einmal mit einem Troll aus Hongkong näher verbunden als mit einem Menschen aus Seattle.
• Jimmy No

Aberglaube

Der Aberglaube durchdringt das Leben in Hongkong, und selbst die übersättigten Konzernmitarbeiter und westlichen Auswanderer sind davon infiziert. Die chinesische Numerologie ist besonders wichtig: Nummern, die wie positive Worte klingen, sind extrem wertvoll, während Nummern, die wie negative Worte klingen, möglichst vermieden werden. Zum Beispiel wird man echte Probleme bekommen, in Hongkong ein Gebäude zu finden, das eine vierte Etage besitzt – die meisten Aufzüge wechseln von der dritten Etage direkt in die Fünfte. Das kommt daher, dass die Zahl Vier als Unglückszahl gilt, und niemand in Hongkong das Schicksal herausfordern möchte. Der Aberglaube erstreckt sich auch auf das Tierreich, da die Ureinwohner Hongkongs glauben, dass die Körper der Tiere bestimmte Eigenschaften besitzen, die auf den Menschen übergehen, der sie besitzt oder Teile des Tieres verspeist. Geschäftsleute benutzen Puder aus getrockneten Überbleibseln von Tigern, um ihre Aggressivität in der Konzernwelt zu steigern, und alte Männer nehmen getrocknete Seepferdchen als traditionelle Medizin gegen Haarausfall.

• Die Triaden sind tief in Wilderei- und Schmuggelringe verstrickt, die diese Tiere nach Hongkong transportieren. Unglücklicherweise dezimiert der wachsende Markt für exotische Tiere in Hongkong die Population dieser Tiere in ihren schrumpfenden Lebensräumen. Verschiedene Geldgeier aus Azanien haben sogar Klon-Farmen gebaut, in denen die Tiere in Gefangenschaft geklont und aufgezogen werden, nur um später ihre Körperteile zu ernten und zu verkaufen. Natürlich erzählen sie den Hongkongern nicht, dass diese Teile von Klonen stammen, denn sie würden niemals für die mystische Potenz eines Tigers bezahlen, der in einem winzigen Käfig aufgezogen wurde.
• Money Lee

• Ich habe mal gehört, dass ein chinesischer Oligarch in Hongkong Hunderttausende Nuyen für einen kleinen Beutel mit Puder bezahlt hat, der aus den getrockneten Genitalien eines erwachsenen Drachen gemacht war. Gerüchten zu Folge hat er den Puder jeden Morgen in seinen Tee gemixt, um bei seinen „Leistungsproblemen" mit seiner Geliebten Abhilfe zu schaffen. Er hat zahllose geprüfte Pharmazeutika und Kybernetik abgelehnt, die sein Problem hätten kurieren können, zögerte aber nicht, ein kleines Vermögen für diesen kleinen Beutel Drachenstaub auszugeben. Bedenkt man die Quelle des Staubs, so frage ich mich aber ernsthaft, ob die Anbieter des Beutelchens jemals ihr Geld genießen konnten.
• Elijah

Qi

Hongkong ist von einer lebendigen, aktiven Energie erfüllt. Die Chinesen nennen diese Energie das „Qi", was von vielen fälschlicherweise „Chi" geschrieben wird. Seit dem Erwachen bringen viele Leute das Qi mit dem Wirken von Zaubersprüchen in Verbindung, in Hongkong bedeutet es jedoch weitaus mehr. Es ist die Energie, die durch die Stadt fließt, wenn die Menschen in Bewegung sind. Sie ist das Feng Shui von zahllosen Seelen, die die Temple Street entlang wandern oder den Victoria Harbor überqueren. Man kann sie spüren, wenn man sich mit ihnen bewegt, und sie treibt die Stadt an. Die Stadt verehrt diese Energie und errichtet ihr mit jeder Kurve, jeder Busstation aus poliertem Stahl und jedem Konzernwolkenkratzer aus Glas einen Tempel.

• Nur in Hongkong gibt es Konzern-Geomanten, die sechs- bis siebenstellige Beträge für die Beratung im Rahmen von stadtplanerischen Maßnahmen bekommen.
• Ethernaut

• Sie arbeiten nicht alle für die Konzerne. Selbst die ärmsten Viertel haben mindestens einen alten weisen Mann oder eine weise Frau, die den Menschen dabei hilft, das gute Qi der Nachbarschaft zu bewahren.
• Jimmy No

Hongkong macht für ihren großen Erfolg als Stadt vor allem den sorgfältigen Umgang mit positivem Qi verantwortlich. Sie sagen, dass das Qi ihre kapitalistische Gesinnung ansporntund ihre Arbeitsmoral festigt. Nur eine Person, deren Körper und Seele über ein ausgewogenes Qi verfügen, kann zwei bis drei Jobs gleichzeitig erledigen, wie es viele Hongkonger aus der Arbeiterklasse tun. Jeder beliebige Wujen wird einem außerdem sofort beipflichten, dass das Qi nicht kontrolliert werden kann – es kann nur gepflegt werden. Die Energie fließt wie ein Bach oder eine Windbrise. Wenn man sie einfängt, wird sie zu negativer Qi-Energie und erschafft verfluchte Orte wie die Slums der Kowloon Walled City, in denen die Menschen und ihr Qi wie Ratten eingesperrt sind.

DATENEMPFANG ...

ÆTHERPEDIA SUCHERGEBNIS: CHINESISCHE NUMEROLOGIE

Allgemein sind die Zahlen in Hongkong mit kantonesischen Homonymen verknüpft. Kantonesische Worte klingen manchmal beinahe identisch, haben aber mehrere Bedeutungen, und die Worte für die Zahlen bilden da keine Ausnahme. Bei den Zahlen gilt, dass die alternative Bedeutung angibt, ob die Zahl eine Glückszahl ist oder nicht. Zum Beispiel klingt das Wort für die Zahl Zwei („Yi") im Kantonesischen genauso wie das Wort für „Einfach". Diese Zahl wird deshalb als Glückszahl angesehen. Dinge, die mit der Zahl Zwei verbunden sind, sorgen dafür, dass man es nicht schwer haben wird. Die Vier dagegen klingt wie das Wort für Tod, und wird deshalb so weit wie möglich vermieden. Die Eins wird mit Einheit, die Sechs mit Profit, die Sieben mit Bestimmtheit, die Acht mit Wachstum und die Neun mit einem langen Leben assoziiert. Die Zahlen werden auch kombiniert, um eine Mischung der einzelnen Bedeutungen zu erhalten oder deren Bedeutung zu erhöhen. Zum Beispiel klingt das Wort für die Zahl Fünf wie Nichts oder Negativ. Die Vierundfünfzig könnte also als „nicht sterben" interpretiert werden und wird somit zu einer Glückszahl, auch wenn eine Vier darin enthalten ist. Bei der 888 ist es ähnlich. Das dreifache Wachstum deutet auf enormem Wohlstand hin.

» Feng Shui ist die Kunst, das Qi in der Landschaft zu pflegen. Daneben gibt es viele verschiedene Methoden, das eigene innere Qi zu erhalten, wovon die Bekannteste das T'ai Chi Chuan ist, eine Kampfsportart mit äußerst langsamen Bewegungen.
» Snow Tiger

Guanxi

Guanxi beschreibt die Art und Weise, wie die Chinesen ihre Netzwerke aus Connections aufbauen, geht aber weit über das hinaus, was man in den Straßen von Seattle kennt. Hier werden die Ideale von Konfuzius mit dem Konzept der Connections vermischt, was zu einer wichtigen gesellschaftlichen Struktur führt, die das Wirtschaftsleben in Hongkong durchdringt. Es ist viel mehr als die Frage „Was kannst du für mich tun und was ich für dich". Es ist ein System aus sozialem Kapital und ein stadtweiter Austausch von Gefallen, bestehend aus Beziehungen, bei dem auch die klassischen sozialen Hierarchien von China berücksichtigt werden. Von einem gesellschaftlich „Schwachen" wird erwartet, dass er den „Stärkeren" in seinem Guanxi-Netzwerk angemessene Ehrerbietung erweist. Von einem „Stärkeren" hingegen wird erwartet, dass er die „Schwächeren" gut behandelt, zum Teil sogar so gut, wie er sonst nur eigene Familienangehörige behandeln würde. Der Mangel an angemessenem Respekt gegenüber den Connections im eigenen Guanxi-Netzwerk führt zu einem Verlust an Ansehen und endet oft damit, dass sich andere Leute aus dem Guanxi-Netzwerk von der betreffenden Person distanzieren. Am allerwichtigsten ist, dass das Konzept des Guanxi in Hongkong stärker als die sonst vorhandenen bürgerlichen Erwartungshaltungen ist, was häufig den Grund für die in Hongkong verbreitete Vetternwirtschaft und Korruption darstellt.

» Bestechung, Korruption und Vetternwirtschaft sind in Seattle vielleicht skandalöse Worte, aber hier wird von einem erwartet, dass man diese Dinge in sein Guanxi-Netzwerk einbringt. Das zu verstehen, ist entscheidend, wenn man in Hongkong durch die Schatten läuft, da die lukrativen Jobs oft nur diejenigen bekommen, die eine funktionierende Guanxi-Beziehungen zu ihren Arbeitgebern pflegen.
» Fatima

Gesicht

In Hongkong wird Gesicht manchmal „Mianzi" genannt und ist ein genauso wichtiges Konzept wie das Guanxi. In dieser Stadt herrscht ein immenser gesellschaftlicher Druck, bei jedermann ein gutes Ansehen zu besitzen. Da die Hongkonger dem finanziellen Erfolg derart große Bedeutung beimessen, dass es sogar die Menschen in der UCAS erstaunen würde, verbessern viele ihr Gesicht, indem sie verschwenderisch mit ihrem persönlichen Reichtum und Geschmack protzen. Diejenigen ohne großartigen Wohlstand können ihr Gesicht verbessern, indem sie eine ordentliche und respektvolle Familie haben oder extrem hart arbeiten. Jemandem dazu zu bringen, sein Gesicht zu verlieren, normalerweise indem man seine Fehler öffentlich macht, wird in Hongkong generell eher vermieden, kann aber als effektive gesellschaftliche Waffe gegen einen Rivalen eingesetzt werden.

» Das Ratsmitglied Yi Jing-Ze hat auf der letzten jährlichen Gala des Gouverneursrates lauthals, aber liebenswürdig darauf hingewiesen, dass Ratsmitglied William Wu zu spät auf der Gala erschienen ist. Das war ein direkter Angriff auf Wus Gesicht, da seine Verspätung als Mangel an aufrichtigem Respekt für seine Position und als generelle Inkompetenz ausgelegt wurde. Die Rivalitäten zwischen den beiden sind seitdem noch nicht abgekühlt.
» Fianchetto

» Diese Art von Angriff auf das Gesicht von anderen wird nur dann ausgeübt, wenn man seinem Rivalen gegenüber gesellschaftlich ebenbürtig ist oder sogar besser steht. Aber selbst dann kann dies bei zu häufigen Angriffen dazu führen, dass man selbst schlecht dasteht und sein eigenes Gesicht verliert.
» Ma'fan

DATENEMPFANG ...

HONGKONG ZEITLEISTE

2015: Als Reaktion auf mehrere Razzien durch die Kommunisten erklärt Hongkong seine Unabhängigkeit von China. Britische Diplomaten blockieren einen chinesischen Vergeltungsschlag, während sich die Hintermänner der Konzerne die Kontrolle über die neue freie Stadt sichern.

2017: Wu Kuan-Lai, der Gründer und CEO von Wuxing Inc., errichtet sein neues Konzernhauptquartier in einem sorgfältig ausgewählten Gebiet in Aberdeen.

2019: Die Red Dragon Association steigt schnell auf und wird mit ihrem Anführer, dem Großen Drachen Lung, zum mächtigsten Triadenclan in Hongkong.

2025 bis 2029: Die erste große Welle von asiatischen Flüchtlingen schwappt nach dem Bürgerkrieg in China und der fehlgeschlagenen nationalistischen Revolution auf den Philippinen in das neutrale und florierende Hongkong.

2039: Wu Kuan-Lai stirbt und hinterlässt die Kontrolle seines Konzerns seinem Sohn, Wu Lung-Wei.

2044: Der nationalistische Krieg zwischen der Kantonesischen Konföderation und Taiwan löst eine zweite große Flüchtlingswelle aus, die nach Hongkong schwappt.

2057: Die Wu-Familie und Wuxing Inc. erhalten eine ganze Reihe von wertvollen Gaben des verstorbenen Drachen Dunkelzahn.

2059: Wu Lung-Wei erfüllt den Traum seines Vaters und gründet die Pacific Prosperity Group, eine konzernübergreifende Handelsvereinigung mit dem Ziel, sich der wirtschaftliche Vormachtstellung Japans in Asien zu widersetzen.

2061: Der Astralraum um den Wuxing Skytower in Aberdeen wird auch für mundane Personen sichtbar.

2062 bis 2063: Ein gewalttätiger Triadenkrieg bricht zwischen der Red Dragon Association und ihren ärgsten Rivalen, den Yellow Lotus Triaden, aus und endet in der Zerschlagung der Yellow Lotus.

2064: Während des Wirrwarrs des Crashs 2.0 werden die Bestimmungen zur Wahl der Regierung reformiert.

2068: Die demokratische und konzernfeindliche Organisation „9x9" taucht zum ersten Mal in Hongkong auf.

DER HONGKONG-METROPLEX: SUPERMODERNES QI

geposted von Traveler Jones

Hongkong erstreckt sich über eine Halbinsel und ihre vorgelagerten Inseln, obwohl auf Grund des bergigen Terrains nur ein kleiner Teil dieses Landes tatsächlich für die Stadtentwicklung genutzt wird. Die meisten der über neun Millionen Einwohner Hongkongs drängen sich entlang des Hafens, der die Spitze der Halbinsel von der am nächsten gelegenen wichtigen Insel, der Hongkong-Insel, trennt. Nördlich des Hafens leben viele der ärmeren Einwohner Hongkongs, zusammengepfercht durch den stetigen Zufluss unregistrierter Flüchtlinge. Südlich des Hafens lebt die besser situierte Hälfte unter dem wachsamen Auge der Megakonzerne. Im Norden der Halbinsel, auf der anderen Seite der gut bewachten Grenze, liegt die kantonesische Stadt Shenzhen. Im Westen, am anderen Ufer des Perlenflussdeltas, befindet sich der nahe gelegene Söldnerstützpunkt Macao, Hongkongs kleinere und wildere Schwesterstadt.

DOWNTOWN

An den nördlichen Hang des Victoria Peak gepresst und den Hang nach unten bis zum Hafen hinab befindet sich das lebendige Herz von Hongkong und Prunkstück der Konzerne. Downtown ist der Ort, an dem die meisten Hongkonger Konzerne und viele ihrer Angestellten beheimatet sind. Der **Central-Distrikt** ist das Zentrum der Wirtschaft von Hongkong. Er besteht aus einem schmalen, aber dicht besiedelten Streifen von Wolkenkratzern, der sich auf der Hongkong-Insel entlang der gesamten Küste am Victoria Harbor erstreckt und sogar die alten Distrikte „Western" und „Kennedy Town" umfasst. Nachts beleuchten die berühmte Skyline und die farbenprächtig schillernden Fähren die fantastischen und sonderbaren Konzerntürme, deren bizarre Formen der Weisheit des Feng Shui entspringen. Tagsüber tragen die Gebäude einen stillen Kampf gegen die mystischen Energien aus, die durch Hongkong fließen, und die Konzerne versuchen, das Qi für ihr eigenes Unternehmen zu optimieren, während sie das negative Qi auf ihre Konkurrenten lenken. Der organisch geformte Evo Tower befindet sich direkt am Wasser und weist keinerlei flache Oberflächen auf, die den Fluss der Energie behindern könnten, die vom Victoria Peak hinunter zum Meer strömt. Das Wellington Building ist das Zuhause des internationalen Finanzkonglomerats Hildebrandt-Kleinfort-Bernal, bei dem vor kurzem ein teurer Umbau vollendet wurde. Die Außenfläche des Gebäudes wurde verspiegelt, um die „vergifteten Pfeile" des schlechten Qi von dem Wolkenkratzer des nahe gelegenen, scharfkantigen Hauptquartiers der SwissBank von Saeder-Krupp zurückschleudern zu können. Schlagzeilen über Zwischenfälle mit unkontrollierter Magie oder den skandalösen Aktivitäten von außer Kontrolle geratenen Geistern sind in diesem Distrikt an der Tagesordnung, denn dies alles sind Nebeneffekte der mystischen Manipulationen.

Wenn man eine Reise auf dem Drachenpfad unternimmt, einem großen überdachten Rolltreppen-System, das so gewaltig ist, dass es sogar eigene Geschäfte und Apartments hat, bringt er einen die Hänge des Victoria Peak hinauf bis zu den **Mid-Levels**. Dort leben die aufstrebenden jungen Konzern-Angestellten in dicht besiedelten, aber komfortablen und am Berghang gelegenen Arkologien und Enklaven. Der jeweilige Blick, den ein Apartment auf den Victoria Harbor bietet, liefert schnell einen Hinweis auf die Bedeutung seines Einwohners: Je besser der Blick, desto höher der Status der Person. Die meisten Wohnkomplexe auf den Mid-Levels sind im Besitz eines bestimmten Konzerns, und Rivalitäten zwischen den verschiedenen Konzernkomplexen sind an der Tagesordnung und manifestieren sich in beinahe allen Bereichen, von Sportereignissen bis hin zum jeweiligen Modegeschmack. Der indoktrinierte Modegeschmack ist so vorhersehbar, dass man einen Renraku-Buchhalter auf dem Weg nach Hause an seinem Europa-Blazer und eine Wuxing-Funktionärin an ihrem KoGo-Shirt erkennen kann.

Über den dicht besiedelten Mid-Levels befinden sich die großen Anwesen des **Victoria Peak**, die auf den hohen Hängen des Berges liegen, dem der Distrikt seinen Namen verdankt. Aus der Luft erkennt man, dass sich nur die Megareichen diese kolonialen Anwesen und ihre tiefblauen Swimmingpools, die aus den bewaldeten Berghängen hervorsprudeln, leisten können. Wu Lung-Wei, der Geschäftsführer von Wuxing, wohnt hier ebenso wie der Hongkonger Action-Sim-Star Johnny Fong. Ich habe gehört, dass die Aussicht auf die Skyline von Central und den Hafen atemberaubend sein soll, aber man sollte nicht damit rechnen, sie jemals genießen zu können, so lange man nicht eine sehr, sehr wichtige Persönlichkeit ist.

Wo die Wolkenkratzer langsam weniger werden und den glitzernden Boutiquen weichen, betritt man den **Wanchai-Causeway**. Dank des Central-Distrikts ist der Wanchai-Causeway sehr mondän, künstlerisch angehaucht, intellektuell und ausgesprochen teuer. Hohe Absätze klappern aus den „A Whole New You"-Kliniken und KoGo-Boutiquen, während die untergehende Sonne von der lauten Musik aus den extravaganten Nachtclubs begrüßt wird. Jeden Tag gibt es eine neue Gala in den Museen und Galerien am Hafen, deren Veranstalter meist mehr gefeiert wird als die Kunst. Im Osten des Distrikts wurden die alten Märkte und Apartmenthäuser des „Little Shanghai" North Point plattgewalzt und durch teure Apartment-Hochhäuser ersetzt. Im südlichen Teil dieses Distrikts, versteckt in den Tälern der Berge, befindet sich der Rotlichtbezirk Happy Valley. Hier können die überarbeiteten Hongkonger in der Combat-Bike-Arena Dampf ablassen, die Nacht in lauten und farbenprächtigen digitalen Mahjong-Salons verbringen, oder den Stress mit einer (oder mehreren) Damen des nahegelegenen Hostessen-Clubs abbauen.

> Abgesehen in den gelegentlichen Ferien, bei denen die Lohnsklaven von ihren Konzernherren streng überwacht werden, verlassen viele junge Konzernangestellte niemals Downtown. Sie leben in den Mid-Levels, arbeiten in Central und vergnügen sich in Wanchai-Causeway. Das bedeutet natürlich, dass ein Großteil der Extraktionsjobs hier stattfindet. Ich glaube, dass der Zugriff auf die Zielperson in Wanchai-Causeway am einfachsten ist. Der Distrikt ist überbevölkert und die Geräuschkulisse bietet ausreichend Schutz. Außerdem ist die Konzernsicherheit hier nicht so stark wie in den anderen Gebieten.
> Lei Kung

EASTERN

Zwei Berge, Mount Butler und Mount Parker, schirmen die verschlafenen Städte von Hongkong Eastern von der lauten Hektik von Downtown ab. Hier leben die Konzernfamilien in vorfabrizierten, aber angenehm komfortablen Vororten der gehobenen Mittelklasse. Große Einkaufszentren und Super-Center bieten den Familien alles, was sie brauchen, obwohl Downtown nur eine Bahnfahrt entfernt ist. Dieser Distrikt war einst die Heimat der Swire Group, einem Geschäftskonglomerat, das seit den kolonialen Gründertagen von Hongkong bestand und sich mit allen denkbaren Produkten und

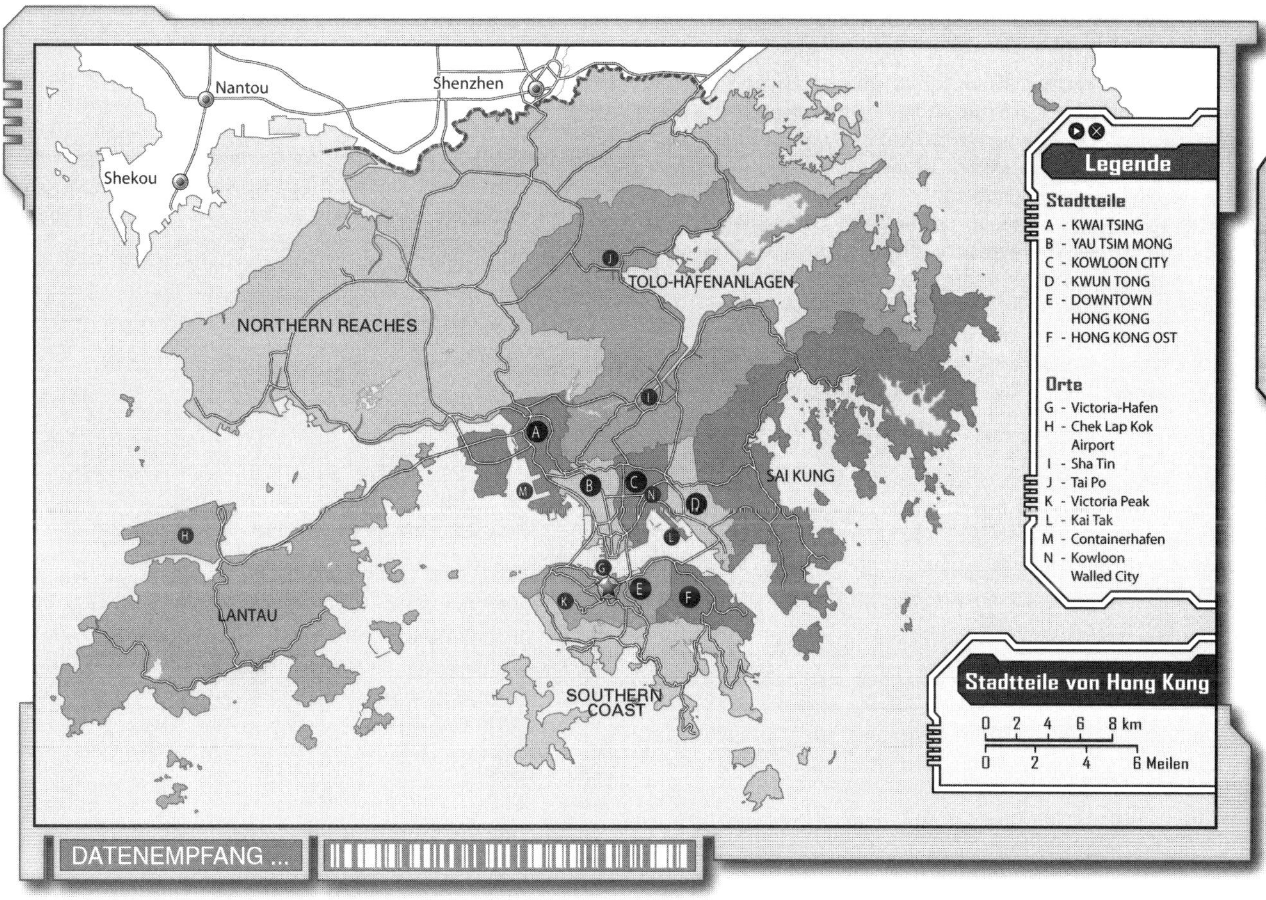

Dienstleistungen beschäftigte, von Getränken bis hin zu internationalen Transporten. Wuxing übernahm die Swire Group im Jahr 2010, und die Gegend diente als Sitz des Konzerns, bis Wu Kuan-Lai im Jahr 2017 ein neues Hauptquartier in Aberdeen bauen ließ. Seltsamerweise waren es diese verschlafenen Örtchen, nicht die glitzernden Türme aus Stahl und Glas von Central, in denen die Konzerne ihre Pläne für Hongkongs Unabhängigkeit im Jahr 2015 schmiedeten. Eine Tatsache, welche die hiesigen Einwohner immer noch mit großem Stolz erfüllt.

Eastern besteht vornehmlich aus drei Städten. Die erste, **Taikoo Shing**, ist die ehemalige Heimat der Swire Group und Wuxing. Sie ist ein aufstrebender moderner Bezirk voller Einkaufspassagen und Wuxing-Angestellten, von denen viele für die Leitung der Fabriken im Hafen zuständig sind. **Shaukeiwan** war immer das Zuhause von Hongkongs zweitgrößter Fischereiflotte, aber die Fischer sind nun verschwunden und die regionale Fischereikultur musste suburbanem Kitsch weichen, mitsamt den nett bemalten Fischerbooten, die auf dem trockenen Land liegen, um daran zu erinnern, was hier früher einmal war. **Chai Wan** ist die östlichste Stadt und am wenigsten entwickelt, obwohl sich das langsam ändert. Baulandentwickler betrachten das Gebiet als einen guten Kandidaten für den nächsten Billighaus-Boom, weshalb kreischend gelbe Daiatsu-Baufahrzeuge der Bucht flaches Bauland abringen.

▸ In Eastern gibt es für Shadowrunner nicht furchtbar viel zu tun, doch hin und wieder steht die eine oder andere Extraktion, ein wenig Erpressung oder eine Überwachung an. Die Auftraggeber bevorzugen es, wenn die Jobs diskret abgewickelt werden – ein auffallender Run zieht in diesen kleinen Städten zu viel Aufmerksamkeit auf sich, und die Guanxi-Netzwerke zwischen den Familien sind sehr verflochten. Ein Runner kann sich hier schnell in Probleme verstricken.
▸ Jimmy No

SOUTHERN COAST

Wenn man das Klackern altmodischer Mahjong-Steinchen vernimmt und die Fischer sieht, die mit ihren alten Netzen ihren Tagesfang aus dem Wasser ziehen, kann man kaum glauben, dass man sich noch immer auf der Insel befindet, die auch Central beherbergt. Der Southern Coast-Distrikt ist so traditionell chinesisch, wie es in Hongkong überhaupt nur geht, und das ist kein Zufall. Seit 2017 besitzt Wuxing große Landstriche von Southern Coast und setzt seitdem strenge Baurichtlinien durch, die dafür sorgen sollen, „die Tradition von Hongkong zu schützen und zu ehren". Jüngst wurde jedoch offensichtlich, dass hinter Wu Kuan-Lais Engangement andere Gründe stecken: zahlreiche Drachenlinien (Leute aus dem Westen nennen sie Manalinien) durchqueren die Küste und machen sie zu einer magisch äußerst aktiven Region.

Aberdeen ist die größte Stadt im Distrikt und die Heimat des Wuxing Skytower, einem modernen Feng-Shui-Wunder, das sich über der ruhigen Stadt gen Himmel streckt und von Astralen Passagen umgeben ist, die den Mundanen das Geschehen im Astralraum enthüllen. Jenseits des Skytowers leben die unterschiedlichsten Leute Seite an Seite, von Bootsleuten in der Bucht, die ihre traditionellen Waren an Touristen verkaufen, bis hin zu den Wuxing-Exec-Dynastien, deren Jachten friedlich im Jachthafen vor Anker liegen. Der Fischmarkt auf dem Fußweg durch den Aberdeen Harbor ist noch immer sehr lebendig. Dank der Arbeit von Wuxing ist dieses Gebiet eine der besten Fischereiregionen von Hongkong. Auf der Apleichau-Insel auf der anderen Seite der Brücke von Aberdeen ist eine Art intellektuelle Nachbarschaft aus Zauberern entstanden, die von den konvergierenden Drachenlinien und den nahe gelegenen Astralen Passagen angezogen wurden. Zwischen Apleichau und der Innenstadt von Aberdeen liegen viele schwimmende Restaurants vor Anker – große und auffällige Boote, die frische Meeresfrüchte servieren und den Touristen einen wunderschönen Sonnenuntergang bieten.

Ocean Park war einst ein Aquarium und ein Meeresfreizeitpark, doch schon bald nach dem Erwachen bemerkten die Meeresbiologen die großen Populationen von paranormalen Meerestieren in diesem Gebiet, vor allem Monddelphine und mindestens eine Gemeinschaft aus Matsyanari, einer Variante der Merrow, die in Südostasien beheimatet ist. Der Freizeitpark und der stark frequentierte Strand bei Deepwater Bay stellten eine Bedrohung für die Matsyanari dar, also kaufte Evo NavTech das Resort und das Land, und verwandelte es in eine Mischung aus einem Naturschutzpark für Meerestiere und einer Forschungseinrichtung für Meeresbiologen.

> Eine Angehörige des Matsyanari-Stammes besitzt die außerordentliche Fähigkeit, mit den Forschern mittels Handzeichen und Körpergesten zu kommunizieren. Sie nennen sie Shan Hou („Korallenprinzessin"), und der Durchbruch, den sie möglicherweise bedeutet, hat sie bereits mehrfach zum Ziel von Extraktionen seitens Mitsuhama Hongkong und Wuxing gemacht – und möglicherweise auch anderer Konzerne.
> Glasswalker

> Ein Schieber in Japan hat mich kontaktiert und gesagt, dass er einen Mann repräsentiert, der Shan Hou für seine „private Sammlung" haben möchte. Ich habe den Job abgelehnt, doch ich frage mich, was für eine private Sammlung dieser Typ hat.
> Ma'fan

Stanley ist eine sonnige Stadt mit vielen Pubs und Strandmärkten, in der es zahlreiche blühende metamenschliche Nachbarschaften gibt. Die angenehme Party-Atmosphäre unterscheidet sich deutlich von dem Alptraum, der zur Entstehung des modernen Stanley geführt hat. In den späten 2020ern kamen gut ausgebildete metamenschliche Filipinos nach Stanley, um der Verfolgung in Japan zu entkommen, während sich heutzutage chinesische, philippinische und metamenschliche Bräuche und Kulturen in dem kleinen metamenschlichen Viertel mischen, was dem Ort eine angenehme Urlaubsatmosphäre verleiht.

Ich bin nicht sicher, ob sich der Surf-Begriff „Hang Ten" gut ins Kantonesische übersetzen lässt, doch mehr als einhundert Jahre, nachdem der Sport in der Region eingeführt wurde, sind **Shek O** und die nahe gelegene Big Wave Bay beliebte Surfgebiete in Asien. Die Wellen gelten als die Besten in Hongkong und von Konzernen gesponserte Surfer tragen während der Trockenzeit medienwirksame Wettkämpfe aus. Die Regenzeit ist ein bisschen zu heftig für Surfer, es sei denn, man gehört zu den Verrückten, die aus Spaß an der Freude auf Taifunen surfen.

> Die braun gebrannten und bronzehaarigen chinesischen Surfer in Shek O geben einen fantastischen Anblick ab, doch vergesst nicht, dass sie nicht alle so konzernnah sind, wie man es angesichts ihrer mit Konzernlogos zugepflasterten Surfanzüge vermuten würde. Einige haben direkte Verbindungen zu radikalen Umweltaktivisten, die im asiatischen Pazifikraum aktiv sind, besonders zu einigen mächtigen Organisationen mit Heimatsitz in Kalifornien.
> Ecotope

YAU TSIM MONG

Yau Tsim Mong ist ein Distrikt, der selbst für Hongkonger Verhältnisse extrem ist. Die Straßen sind vollgepackt mit Marktständen und Tausenden von Menschen, die ihre Leiber aneinander pressen. Der Himmel ist von zahllosen Schildern verdeckt (echte und AR), auf denen sich chinesische Schriftzeichen mit englischen Texten mischen, die vertikal, horizontal und in alle anderen nur denkbaren Richtungen rollen. Der Lärm von Tausenden von hektischen Unterhaltungen auf Kantonesisch wird nur noch von den intensiven Gerüchen der Gewürz- und Kräuterteestände übertroffen. Auf die Köpfe der Leute regnet ein langsamer und künstlicher Regen von den ratternden, überlasteten Klimaanlagen herab, die wacklig über den Fenstern befestigt sind. Yau Tsim Mong ist das laut pochende Herz von Hongkong.

> Yau Tsim Mong ist auch ein äußerst spannungsgeladener Distrikt, und seine Bewohner sind sich dessen wohl bewusst. Sie wissen, dass sich das Flüchtlingsproblem und die steigende Kriminalität irgendwann auf die Lebensqualität auswirken könnten, und arbeiten hart daran, damit es nicht so weit kommt. Ich habe nirgendwo Leute getroffen, die fleißiger sind als die Bewohner von Yau Tsim Mong.
> Money Lee

Das Viertel **Mong Kok** ist eine klaustrophobische Aneinanderreihung von Hochhausmietshäusern, in der die größte Bevölkerungsdichte von ganz Hongkong herrscht. Jede Form von Raum ist in Mong Kok ein knappes Gut, denn selbst der Platz zwischen den Hochhäusern ist mit realen und virtuellen Werbetafeln vollgestopft. Nicht nur, dass Hunderte von digitalen und Neon-Leuchtschriften aus jeder einzelnen Etage herausragen und sich in einem verwirrenden Sammelsurium aus animierten Piktogrammen überlagern, auch das AR-Environment des Viertels ist völlig durchgeknallt. Mong Koks Erweiterte Realität gilt als die Mutter aller Spam-Zonen, denn wenn ihr hier mit einem PAN im aktiven Modus vorbeikommt, wird praktisch jeder Zentimeter eures Sichtfeldes mit Werbebannern und Werbespots zugepflastert, die euch teilweise auf Kantonesisch ins Gesicht gekreischt werden. Kommt gar nicht erst auf die Idee, einer dieser Werbungen auf den Grund zu gehen, wenn ihr nicht daran interessiert seid, euch einige wirklich exotische Kommlink-Viren einzufangen, die in asiatischen und russischen Hackerhöhlen zusammengeschustert wurden. Wenn ihr euer PAN gut verbergt oder euren WiFi-Modus deaktiviert, kann Mong Kok aber ein angenehmer Ort sein. Hier findet man ganze Straßenmärkte, in denen lokale Elektronikartikel (von denen nicht alle gefälscht sind) und Klamotten-Imitate zu lächerlich niedrigen Preisen verkauft werden.

Südlich von Mong Kok hat sich die kleinere, aber nicht ganz so dicht bevölkerte Nachbarschaft **Yau Ma Tei** einen Ruf als „Markt für schlechte Mystiker" verdient. An Straßenständen voller „arkaner Waren" – manche echt, viele nicht – werden Fruchtbarkeitsschriftrollen, seltene Tierteile, gepresste Blumen, seltsame Kräuterteemischungen, furchterregende Dämonenmasken und alles andere verkauft, was es unter der Erwachten Sonne sonst noch so gibt. Ein kleiner Tempel, der Tin Hua, der dem Gott der Seefahrer geweiht ist, liegt dank eines Landgewinnungsprojektes nicht mehr an der Küste, aber er wacht weiterhin über den nahe gelegenen Vogelgarten, ein Markt unter freiem Himmel, auf dem die unterschiedlichsten Singvögel in Bambuskäfigen verkauft werden. Einige Blocks weiter befindet sich der Jademarkt, auf dem der geneigte Käufer Jade und Juwelen findet, als Schmuck oder für alchemistische Verzauberungen.

> Mong Kok und Yau Ma Tei sind lebhafte Orte, die allerdings durch die Präsenz der Triaden bedroht sind. Sie stecken hinter dem Verkauf von Fälschungen, Trickdiebstahl und Schutzgelderpressung, und hin und wieder brechen auch gewalttätige Gebietsstreitigkeiten aus. Sie rekrutieren hier fleißig Nachwuchs, da die jungen Leute das schnelle Leben und das schnelle Geld bei den Triaden der harten Arbeit des in Yau Tsim Mong verbreiteten traditionellen Unternehmertums vorziehen.
> Ma'fan

Südlich von Yau Ma Tei, an der Spitze der Halbinsel Kowloon, ist **Tism Sha Tsu** (versucht einmal, das dreimal schnell auszusprechen) mehr oder weniger zu einer Erweiterung der Konzernkultur der Hongkong-Insel geworden und macht, verglichen mit den wilderen Nachbarschaften des Distrikts, einen sterilen und aufgeräumten Eindruck. Als touristisches Zentrum bietet er eine keimfreie und sichere Version der wirklich aufregenden Ecken dieses Metroplexes. Hotels und Restaurants säumen die „Golden Mile" der Nathan Road, besitzen aber nicht ganz den Glanz und Glamour der Läden in Wanchai-Causeway. Es herrscht eine spürbare Belagerungsstimmung und Furcht unter den Bewohnern von Tsim Sha Tsui, die ständig versuchen, den Einfluss der Kriminalität und Flüchtlinge in Schach zu halten. Die Hoteltürsteher in ihrem feinen Zwirn sind überwiegend schlecht ausgebildete Leute aus der Arbeiterklasse, die andere arme Leute davon abhalten, jemals einen Fuß in die Hotels zu setzen, und sind damit symptomatisch für die gesamte Nachbarschaft – hinter einer Fassade der Kultiviertheit verbergen sie ihr grobschlächtiges Inneres.

KOWLOON CITY

Die Leute von Tsim Sha Tsui müssen nur ein Blick auf Kowloon City werfen, um sich ins Gedächtnis zu rufen, wovor sie sich fürchten. Kowloon ist das Großstadtleben in seiner extremsten Ausprägung. Die Bevölkerung besteht hier hauptsächlich aus nicht registrierten Flüchtlingen, die schon seit Generationen hier leben. In Kowloon regiert die Gesetzlosigkeit – die Polizei zeigt hier praktisch keine Präsenz und konzentriert sich lieber darauf, in den Distrikten für Ruhe und Ordnung zu sorgen, in denen die Bürger brav ihre Steuern zahlen (und für Konzerne arbeiten). An ihrer Stelle haben die kriminellen Syndikate das Sagen, die ihre Macht nicht selten durch die offene Zurschaustellung von Gewalt demonstrieren. Hongkong hat Kowloon City aufgegeben, und versucht nur noch, den Distrikt unter Kontrolle zu halten, als sei er eine Krankheit – und selbst diese Methode ist nur von fragwürdigem Erfolg.

Irgendwie gelingt es den Bewohnern von Kowloon, ihr Leben zu leben. Es ist nicht immer schön und nicht immer fair, aber es reicht zum Überleben. Zahllose kleine Gangs und urbane Stämme haben die Gegend untereinander aufgeteilt, und versuchen etwas zu erschaffen, das an ein normales Leben erinnert, obwohl es finsterer, verzweifelter und gefährlicher ist, als die übliche Vorstellung davon. In **Hung Horn**, das am südlichen Zipfel in der Nähe des Hafens liegt, haben urbane Stämme alte Einkaufszentren und Freizeitparks übernommen, und leben dort in bizarren Gemeinschaften. Obwohl sie von gewalttätigen Gangs und Triaden bedroht werden, wächst die Zahl ihrer Mitglieder Jahr für Jahr, da immer mehr Einheimische die engen sozialen Netzwerke zu schätzen wissen, die diese Stämme bieten. Geht man die Küste weiter in nordöstlicher Richtung, haben Schmuggler, Händler und Bastler die alte Landebahn des **Kai Tak** Flughafens in einen Freiluftbasar verwandelt. Die meisten Güter werden mit Booten angeliefert und direkt an der sich bis auf das Wasser erstreckenden Ladebahn entladen oder hinübergereicht zu den Bootsleuten, die in ihren Sampanen und Hausbooten in dem benachbarten Taifunschutzgebiet leben. Kai Tak erfüllt eine wichtige Funktion in Hongkong, denn hier kann man Sachen gelangen, die es andererorts nicht zu kaufen gibt, und Dinge verkaufen, die man sonst nicht loswerden würde.

Weiter landeinwärts befindet sich im Norden die **Kowloon Walled City**, der finsterste Albtraum von Kowloon. Als die ersten Flüchtlinge in den 2020ern nach Hongkong strömten, bestand dieses Gebiet größtenteils aus Parks und niedlichen Wohngegenden. Dann begannen gewalttätige Gangs damit, die Häuser zu überfallen und zu übernehmen, und die Flüchtlinge verwandelten die Stadtparks in Zeltstädte. Als mehr Leute hier eintrafen, wurde das Gebiet immer dichter besiedelt und immer verzweifelter. Die Konzerne waren gezwungen,

DATENEMPFANG ...

[Suche: Knight Errant Terroristen-Datenbank]

9X9 (GAU FONG)

Die radikale Gruppe, die sich selbst als 9x9 bezeichnet und auch als „Gau Fong" oder „Nine Squared" bekannt ist, hat sich in letzter Zeit in das Zentrum der Spannungen zwischen der Stadt und den Flüchtlingen gestellt. Ihre Ziele sind nur vage definiert, decken aber das gesamte Spektrum der konzernfeindlichen und radikaldemokratischen Forderungen ab. Ihre Organisation ist so dezentral und diffus, dass es praktisch unmöglich ist, ihre genauen Ziele zu identifizieren. Organisationspsychologen in den Diensten der Police Force spekulieren, dass 9x9 eine Art soziales Netzwerk aus verschiedenen radikalen Gruppierungen innerhalb der Stadt ist, deren gemeinsamer Feind die von Konzernen kontrollierte Regierung ist. Andere vermuten, dass die Hintermänner nicht aus Hongkong stammen, und die Gruppe benutzen, um die Stadt zu destabilisieren. Die Tatsache, dass Mitglieder von 9x9 über hochentwickelte Computerausrüstung und Waffen verfügen, unterstützt diese Vermutung.

Was auch immer ihre Motivation und ihr Ursprung sein mag, 9x9 ist verantwortlich für eine Reihe von Anschlägen auf und Störungen der Infrastruktur von Hongkong. Die Gruppe hat es besonders auf Verkehrswege abgesehen, die angesichts von Hongkongs Bedeutung als Umschlaghafen zu den verwundbarsten und wichtigsten öffentlichen Einrichtungen gehören. 9x9 führt keine Anschläge auf Zivilisten durch (obwohl bei den Anschlägen immer wieder Opfer zu beklagen sind) und konzentriert sich stattdessen darauf, den Konzernanlagen mit ihren Sabotageakten wirtschaftlichen Schaden zuzufügen.

Der Name der Gruppe, von dem es oftmals so scheint, als sei er das Einzige, was die Mitglieder gemeinsam haben, ist ein Verweis auf den chinesischen Kaiser. In der Zeit der kaiserlichen Dynastien war die Zahl Neun oft dem Kaiser vorbehalten und fand sich auch in den einundachtzig Messingknöpfen an der Pforte zum kaiserlichen Palast wieder, die in einem quadratischen 9-mal-9-Muster angebracht waren. Der Name könnte auch eine Anspielung auf den früheren Namen von Kowloon sein, der „Neun Drachen" bedeutete.

Siehe auch: **>Konzerfeindliche Gruppierungen<**, **>Hongkong-Terroristen<**, **>Attack!<**, **>Aktuelle Vorfälle<**

Wohnraum zu schaffen für die Flüchtlingsmassen, um sie einzukesseln und von den übrigen Bürgern Hongkongs fernzuhalten. Das Ergebnis war die Walled City, ein finsterer Slum, deren Häuser so eng zusammengepfercht sind, dass sie aus der Ferne aussehen wir eine feste Mauer des Elends, in deren Inneren die Verzweifelten um das nackte Überleben kämpfen.

» Der Wettbewerb zwischen den Triaden in Kowloon City ist so heftig, dass sie oft Shadowrunner anheuern, um sich einen Vorteil zu verschaffen. Kowloon ist die Gegend, aus der die meisten einheimischen Shadowrunner stammen, denen es gelungen ist, von den Straßengangs und Flüchtlingsfamilien in das Schattengeschäft aufzusteigen.
» Money Lee

KWUN TONG

Das Gehämmer von schweren Maschinen und die hässlichen Industriefabriken sind die ersten Hinweise darauf, dass man den Kwun Tong-Distrikt betreten hat. Dieser Distrikt ist Hongkongs industrielles Zentrum, das durch den Niedergang Chinas und den japanischen Nationalismus aus dem wirtschaftlichen Tiefschlaf erwacht ist. Praktisch über Nacht wurde ein Metroplex, der viele Produktionsstätten an billigere Standorte verloren hatte, zu einer der letzten stabilen Regionen mit zuverlässigen und ausgebildeten Arbeitern. Rohstoffe und vorgefertigte Bauteile wurden über Hongkongs Häfen aus Südostasien und den chinesischen Warlord-Staaten eingeführt, in Kwun Tong zu komplexen Produkten zusammengesetzt und wieder in die hungrigen asiatischen Märkte exportiert. Doch die wirtschaftliche Erholung, die von den einheimischen Konzernen als glückliche Fügung betrachtet wurde, brachte auch eine Lockerung des Arbeitsschutzes, fürchterliche Arbeitsbedingungen und massive Umweltverschmutzung mit sich.

» Wir sollten die vier Fabriken der Kong-Chip-Industrie nicht vergessen, die den örtlichen Markt mit BTL-Chips von schlechter Qualität beliefern. In Hongkong sind diese Chips legal, und werden in großen Mengen von den Triaden aufgekauft, die für den illegalen Handel in anderen Staaten sorgen.
» Haze

Kwun Tong, speziell das industrielle Zentrum im Herzen des Distrikts, ist die Geburtsstätte der radikalen Konzernfeindlichen Bewegung. Obwohl die Bewegung heute unter einer einheitlichen Flagge kämpft, findet sie ihren Ursprung vermutlich in einer Mischung aus Arbeiter-, Umwelt- und Demokratiebewegungen, die unabhängig voneinander in diesem Distrikt entstanden sind. So wundert es auch kaum, dass Kwun Tong das Hauptziel von Anschlägen ist, und die Radikalen, die dieses Gebiet extrem gut kennen, sehr effizient bei ihren Angriffen auf die hiesige Konzerninfrastruktur sind.

Zwei weitere Nachbarschaften am Rande des Distrikts verdienen eine besondere Erwähnung. An der nordwestlichen Grenze liegt **Jordan Valley**, eine frühere Mülldeponie, die geschlossen und schnell in eine Reihe von billigen Wohnanlagen verwandelt wurde. Diese Anlagen waren ursprünglich als vorübergehendes Auffanglager für die Bevölkerung aus der nahe gelegenen Nachbarschaft Ngau Tau Kok gedacht, die unter Quarantäne gestellt und vernichtet wurde, nachdem sie sich zu einem Zentrum der VITAS-Plage entwickelt hatte, aber Ngau Tau Kok wurde niemals wieder aufgebaut und ist noch immer eine urbane Wüste, weshalb die hässlichen Wohntürme von Jordan Valley für die meisten Einwohner zu einer Dauerlösung geworden sind.

Am südlichen Rand des Distrikts liegt **Lam Tin**, der wichtigste Verkehrsknotenpunkt der Stadt. Dort befinden sich acht private Bus-Terminals, zwei große Taxi-Terminals, ein großer Hauptbahnhof, in dem auch zwei Unterwassertunnel-Bahnen Halt machen, die die Halbinsel mit der

Hongkong-Insel verbinden, und schließlich noch zwei Autobahntunnel, von denen einer unter Wasser parallel zum Eisenbahntunnel verläuft und der andere durch die Berge nach Sai Kung führt. Das Meeresufer von Lam Tin wurde urbar gemacht und mit Landungsstegen für kleinere Schiffe versehen, die draußen an der Küste vor Anker liegende Frachtschiffe entladen und ihre industrielle Fracht an Land bringen, damit sie in Kwun Ton weiterverarbeitet wird. Die Bedeutung als Verkehrsknotenpunkt macht diese kleine Industriestadt zu einem Ziel häufiger Anschläge von konzernfeindlichen Radikalen, die es sich zum Markenzeichen gemacht haben, die Verkehrsinfrastruktur zu zerstören. Viele Schlüsselgebäude und Verkehrswege tragen deshalb die Narben vergangener Anschläge und weisen eine erhöhte Sicherheit auf.

SAI KUNG

In den Jahren, die auf Hongkongs Unabhängigkeit folgten, lockerten die nun an der Regierung befindlichen Konzerne die Umweltschutzbestimmungen der Stadt, die für viele Naturparks galten, und stürzten sich ähnlich wie beim Rohstoffrausch in Nordamerika auf jede noch unberührte Landfläche, die über natürliche Rohstoffe verfügte, was dazu führte, dass Sai Kung schweren Schaden erlitt. Nachdem Konzerne es ausgeplündert hatten, eignete sich die Region nicht mehr für den Tourismus, was zu einem Einzug der Kriminalität führte. Sai Kungs zahlreiche felsigen und abgelegenen Buchten und die winzigen Inseln eignen sich perfekt für südasiatische Piraten, vor allem, weil sie äußerst nahe an den wichtigen Schifffahrtsrouten von Hongkong liegen. In gewisser Hinsicht führte die Gier der Konzerne zu einem Monster, mit dem die Bürger von Sai Kung noch immer zu kämpfen haben.

Kleine Dörfer sprenkeln die zerklüftete Küste von Sai Kung, doch den Sicherheitskräften ist es nicht gelungen, die Unterstützung der Bewohner im Kampf gegen die Aktivitäten der Piraten zu gewinnen. Die Dorfbewohner, die überwiegend vom restlichen Hongkong abgeschnitten sind und ignoriert werden, haben engere Kontakte zu den Kriminellen als zu der Regierung. Nach ihren Überfällen auf die Handelsschiffe, die den Hafen von Hongkong anlaufen, verbergen sich die Piraten oft in einer der kleinen Buchten, bis die Ware nicht mehr so heiß ist. Sie verkaufen die Ware dann an die Bootsleute der Dörfer, die sie später zum Kai Tak Markt transportieren.

Hin und wieder, aber sehr selten, kommen T-Bird-Schmuggler aus den chinesischen Warlord-Staaten über die Grenze zwischen Hongkong und der Kantonesischen Konföderation, schießen über das karge Land der Northern Reaches und versuchen, direkt nach Sai Kung zu gelangen, ohne die Mittelsmänner bezahlen zu müssen. Diese Route führt allerdings über die Tolo-Hafenanlagen direkt an den Augen der Sicherheitskräfte von Hongkong vorbei und ist extrem gefährlich.

> Viele Rigger bezahlen den Traum, auf diese Weise schnell reich zu werden, mit ihrem Leben. Der Küstenschutz ist zu sehr bestrebt, die Schmuggler-T-Birds vom Himmel zu holen.
> Rigger X

TOLO-HAFENANLAGEN

Die Freie Wirtschaftszone Hongkong verfügt über keine offizielle Armee, was aber nur bedeutet, dass sie keine Flagge tragen, wenn sie euch über den Haufen schießen. Hongkong ist eine vollständig privatisierte Freistadt mit einer allgegenwärtigen Konzernsicherheit, und fast der gesamte Central-Distrikt stellt ein Wirrwarr aus extraterritorialen Konzerngebieten mit Dutzenden von verschiedenen Sicherheitskräften dar. Die Tolo-Hafenanlagen gehen noch einen Schritt weiter: hier befindet sich das Hauptquartier des Küstenschutzes und der Police Force. Das Gebiet, das unter der Kontrolle von Ares und Evo steht, ist – anders, als der Name vermuten ließe – ein gewaltiger Militärstützpunkt.

Unmittelbar in der Nähe des Hafens liegt die Stadt **Sha Tin**, die vom gewaltigen Shing-Mun-Kanal in zwei Hälften geteilt wird. Der Kanal ist eine Wasserstraße, auf der unablässig Wartungsdrohnen und unbemannte Versorgungskähne herumwuseln, auf dem Weg zu den Schleusen- und Trockendocks, die Evo NavTechs paramilitärischen Boote und Schiffe warten. Die Stadt, die Boote und selbst die Leute in dieser Konzernmilitärstadt geben eine merkwürdige internationale Mischung ab, und englische, chinesische und kyrillische Schriftzüge finden sich an fast jedem Gebäude. Evo NavTech schleust ständig Angestellte durch Tolo, was Sha Tin den Charakter einer rauen Stadt für Seeleute auf Landurlaub verleiht, die durch die ständige Präsenz des Militärs gerade so unter Kontrolle gehalten wird. Die Stadt ist rostig, schmutzig und derb, und genau so mögen es die meisten Einheimischen.

Nördlich von Sha Tin, entlang der Küste an einem anderen Abschnitt des Hafens, befindet sich **Tai Po**, das genauso gut Ares-Town heißen könnte. Gleich nachdem Knight Errant Mitsuhama den Polizeivertrag wegeschnappt hatten, investierten sie viel Geld in das Dorf Tai Po und verwandelten es in einen Stützpunkt für ihre Spezialeinheiten der Polizei. Wenn ich schreibe „Spezialeinheiten der Polizei“, dann schließt das auch Firewatch-Teams, militärische Drohnen und urbane Sturmfahrzeuge ein. Das strategische Entwicklungskonzept von Ares scheint aufzugehen, denn ihre Investitionen in die Stadt über den Stützpunkt in Tai Po hat es den Rivalen praktisch unmöglich gemacht, Knight Errant den Polizeikontrakt abzuluchsen. Außerdem bieten die zunehmenden Anschläge im nahegelegenen Kwun Tong eine ausgezeichnete Rechtfertigung für die schweren Waffen, die Ares in diesem Gebiet stationiert hat, um im Falle eines Falles auch die wirklich heftigen Wummen auspacken zu können.

> Ich habe gehört, dass Ares an einer neuen Kategorie von großen Waffen arbeitet: gepanzerte Exoskelette. Sie halten sich bedeckt, weil Mitsuhama sonst alle Hebel in Bewegung setzen würde, um die Entwicklungsarbeiten zu behindern. Wenn meine Quelle sich nicht irrt, hat Ares bei geheimen Razzien in Kowloon City bereits einige Prototypen getestet.
> Plan 9

Obwohl Tai Po genau wie Sha Tin praktisch eine weitere Militärbasis ist, herrscht hier eine völlig andere Atmosphäre. Tai Po ist sehr bedächtig, spartanisch und ruhig, und der Anblick von Soldaten, die Tai Chi Chuan oder Judo praktizieren, gehört hier zum Alltag. Die zentrale Einrichtung der Stadt ist nicht einmal eine militärische Anlage, sondern der Man Mo Tempel, der Man Cheung und Kwan Yu, den Göttern der Literatur und des Krieges gewidmet ist. Der Tempel ist seit der Renovierung durch Ares erheblich größer geworden, und inzwischen steigen Dutzende von Weihrauchwölkchen aus seinem Inneren auf, um den Ahnen und Göttern zu huldigen, die über die Soldaten und die Polizisten wachen.

NORTHERN REACHES

Eine verbreitete – und oftmals zutreffende – Vorstellung von Hongkong hat mit Menschenmassen, Lärm, Lichtern und ungebremstem Kapitalismus zu tun. Die Northern Reaches sind völlig anders. Sie gehören nur rein formal zur Freien Wirtschaftszone und stellen eine eher ländliche Pufferzone zwischen dem Hongkong-Metroplex und dem Metroplex der kantonesischen Stadt Shenzhen dar. Hier gibt es kleine Dörfer, die sich in den vergangenen Jahrhunderten kaum verändert haben. Sie werden von großen Familienclans bewohnt, die sich ihren Lebensunterhalt noch immer auf die altmodische Weise mit Ackerbau und Fischerei verdienen. Von den Reis- und Sojaplantagen im nordwestlichen Teil dieses Distrikts um **Yeung Long** stammt ein Großteil der in Eigenproduktion angebauten Hongkonger Feldfrüchte.

Aberglaube und Religion sind hier nach wie vor sehr verbreitet, und die Leute folgen den alten Bräuchen. Doch die Zeiten ändern sich. Aztechnology hat schon seit einiger Zeit das Marschland als mögliche Ergänzung für seine Natural Vat Mycoprotein-Farmen in Betracht gezogen, um das allseits beliebte Angebot an Soy- und Mycoprotein-Nahrungsmitteln zu vergrößern. Bislang sind diese Bemühungen nur von mäßigem Erfolg gekrönt. Die Einheimischen sind einfach nicht wirklich interessiert an Aztechnologys Angeboten, und Big A hat bislang noch keine Möglichkeit gefunden, sie unter Druck zu setzen, da der Konzern in Hongkong deutlich weniger Einfluss besitzt als in Amerika.

» Hmmmm, lecker, Soy- und Mycoprotein-Paste, mein Lieblingsessen. Wartet, mein einziges Essen!
» Snopes

» Aztechnology zieht extreme Schattenaktivitäten in Betracht, um das Land unter Kontrolle zu bringen. Wer kein Problem damit hat, für den Laden zu arbeiten, sollte seinen Augen offen halten. Im Moment produzieren sie einen Großteil ihrer Soy-Produkte in Vietnam, doch die Mycoprotein-Produktion findet überwiegend auf der anderen Seite des Erdballs statt, genauer in Borinquen (auch als Puerto Rico bekannt). Der Konzern würde sehr viel Geld sparen, wenn das Zeug direkt in Hongkong angebaut, abgepackt und in die Welt verschifft werden könnte.
» Nephrine

KWAI TSING

Den Kwai Tsing-Distrikt erkennt man sofort an der Armada von Schiffen, die in den hiesigen Gewässern aneinander gedrängt sind, und an den Dutzenden von spinnenartigen Kränen, die eine schier endlose Anzahl von Containern entladen. Der auf der Halbinsel liegende Teil von Kwai Tsing ist als **Kwai Chung** bekannt und der Standort des berühmten Containerhafens, an dem die meisten Güter nach und aus Hongkong verschifft werden. Dieser Distrikt ist verantwortlich dafür, dass Hongkong als größte Hafenstadt der Welt gilt und ständig mit dem Europort um den Titel des größten Seehafens im Wettbewerb steht. Abgesehen von den Hafenanlagen besteht Kwai Chung größtenteils aus Lagerhäusern und Wohngebieten, in denen die Hafenarbeiter leben, von denen viele Flüchtlinge und Metamenschen sind.

Der andere große Teil dieses Distriktes ist **Tsing Yi Island**, der auf der anderen Seite des Rambler-Kanals direkt gegenüber von Kwai Chung liegt. Tsing Yi verfügt ebenfalls über einige kleine Hafenanlagen, von denen die beiden Bemerkenswertesten die Mitsuhama-Anlage und der automatisierte Ying Chau-Hafen sind. Die wirkliche Bedeutung von Tsing Yi besteht darin, Fracht und Menschen von einem Ort zum anderen zu bringen, nachdem sie an Land gekommen sind. Tsing Yi ist mit Brücken gespickt, die das Eiland mit Kwai Chung und dem Chek Lap-Flughafen verbinden. Seine Autobahnen sind dicht bevölkert mit Neuankömmlingen in der Stadt, und mit massiven Straßenzügen, die Fracht auf die Halbinsel transportieren. Auf Tsing Yi gibt es außerdem eine Reihe von Hotels, die Geschäftsreisenden ein Obdach bieten, einschließlich Sarghotels für den sparsamen Reisenden.

In letzter Zeit gibt es einen dramatischen Anstieg an Berichten über Menschenhändler und Schmuggler, die den Containerhafen benutzen, um Flüchtlinge und illegale Fracht nach Hongkong zu bringen. Der Küstenschutz führt vermehrt Kontrollen und Inspektionen durch, die allerdings alles andere als perfekt sind. Zudem sind dem Küstenschutz die Hände gebunden, da der Exekutiv-Rat und die Konzerne, die er repräsentiert, die Wirtschaftskraft eines freien Hafens der Sicherheit eines überwachten Hafens vorziehen.

» 9x9 scheint bestrebt zu sein, auch in Kwai Tsing Sabotageakte durchzuführen. Die Schließung des Hafens wäre für die Konzerne äußerst schmerzlich, selbst wenn sie nur vorübergehend wäre. Doch die Kons wissen, dass ihr Reichtum vom ständigen Fluss an Gütern in und aus der Stadt abhängt und setzen – bislang erfolgreich – viel daran, die Gruppe aus dem Distrikt fernzuhalten.
» Rigger X

LANTAU-INSEL

Die **Lantau-Insel** war früher von einer schier endlosen Zahl von geschützten Parks geprägt, doch diese Zeiten sind längst vorbei, und heute ist die Insel von Konzernressorts und geschützten Wohnanlagen durchdrungen. Die unverdorbene Schönheit der Insel mit ihren weiten offenen Flächen hat die Konzerne angelockt, die den Wert des Grund und Bodens als erstklassige Investition entdeckten. Inzwischen leben auf der Lantau-Insel fast alle Execs, die zu reich sind, um in den Mid-Levels zu leben, aber nicht reich genug, um sich ein Anwesen auf dem Victoria Peak leisten zu können. Selbst wer noch nicht reich genug ist, verbringt hier seine Zeit im Rahmen von konzernfinanzierten Urlaubspaketen. Was den Erholungsfaktor angeht, hat Lantau einiges zu bieten: riesige Freizeitanlagen wie Virtual Horizons Disney, Landungsbrücken für Kreuzfahrtschiffe auf ihren Reisen durch den Pazifikraum und spektakuläre alte Tempelanlagen.

Tatsächlich gibt es auf der Insel die größten und reichsten Tempel von ganz Hongkong, die miteinander um die meisten Anhänger, Touristen und Nuyen buhlen. Der unbestrittene Sieger ist das berühmte Po Lin-Kloster mit seiner sechsundzwanzig Meter hohen Buddha-Statue, die von der Spitze eines Podestes aus auf die Insel herabblickt. Das hält die anderen Kloster jedoch nicht davon ab, weiter um große Spenden zu konkurrieren.

» Manchmal wird der Wettbewerb um die Spenden geradezu bösartig. Es kommt durchaus vor, das ein Tempel ein Shadowrunnerteam anheuert, um schmutzige Informationen über ein anderes Kloster zu sammeln und für einen Skandal zu sorgen. Skandale sind ein alltägliches Geschäft bei den Tempeln, und sorgen oft dafür, dass die Anhänger ihrem Tempel den Rücken zukehren und sich einen anderen Tempel suchen, den sie unterstützen.
» Jimmy No

Auf Lantau gibt es eine Reihe von wachsenden Nachbarschaften, die sich kaum voneinander entscheiden. Es handelt sich um sehr sorgfältig geplante und gut kontrollierte Gemeinschaften – wunderschön von außen anzusehen, aber leblos im Inneren. **Discovery Bay** ist fast schon widerlich sauber und sicher, und nur ein Steinwurf entfernt vom Disney-Park (und ich empfehle dringend, Steine auf ihn zu werfen). **Silvermine Bay** war früher einmal stark verschmutzt, doch Shiawase hat große Anstrengungen unternommen, um das Gebiet zu säubern, und diesen Job bemerkenswert gut erledigt, obwohl sich

Wissenschaftler darüber Gedanken machen, dass die schmutzfressenden Bakterien auch Pflanzen vernichten, die wichtig für das Ökosystem des Meeres sind. **Pui O** ist ein typisches Stranderholungsgebiet, das von teuren Hotels geprägt ist. **Tung Chung** schließlich ist ein stark wachsender Vorort, der im Schatten des internationalen Flughafens **Chek Lap Kok** liegt und recht beliebt ist bei jungen Jetsettern aus der Business-Klasse.

WICHTIGE ORTE

gepostet von Money Lee

Inzwischen dürfte klar sein, dass Hongkong eine Stadt der Beziehungen und Verbindungen ist, in der die Leute und das Geschäft ständig in Bewegung sind, aber an bestimmten Schlüsselorten zusammen kommen. Ich könnte hier einen Reiseführer veröffentlichen, aber für Runner wie uns wäre der nicht wirklich hilfreich, denn die wirklichen Geschäfte werden in Hongkong nur selten an den bunten Sehenswürdigkeiten für Touristen gemacht. Also mache ich mit euch eine Tour durch die abgelegenen Gassen und Hinterhöfe und zeige euch die Orte, an denen sich die asiatischen Schatten vereinen.

HINEIN-, HERAUS- UND HERUMKOMMEN

Bewegung ist die einzige Konstante in Hongkong, ob man nun am Hafen entlangschlendert oder den Victoria Peak hinterschlurft. Wenn ihr keine Lust habt, von den Massen zertrampelt zu werden, dann solltet ihr die wichtigsten Knotenpunkte und Verkehrsmittel des Metroplexes kennen.

Chek Lap Kok International Airport (Lantau-Insel)

Chek Lap Kok wurde im Jahr 1998 auf einer künstlich angelegten Insel nördlich der Lantau-Insel errichtet, hat sich seitdem aber mehr als verdoppelt. Der größte Flughafen in Asien kann semiballistische und suborbitale Flüge abfertigen, und ein hoch entwickeltes Computersystem von Mitsuhama überwacht das komplexe Netz des Luftverkehrs. Hongkong nimmt seine Rolle als Transport- und Verkehrsknotenpunkt von Asien sehr ernst, ihr braucht also nicht einmal einen Gedanken daran verschwenden, in dieses System zu hacken: es ist praktisch unmöglich und außerdem auch noch extrem tödlich. Die Anreise auf dem Luftweg ist außerdem einer der am besten überwachten Verkehrswege, weshalb es nicht die bevorzugte Reisemethode für Shadowrunner ist, die keine solide ID haben. Wenn ihr die Prüfung eurer SIN hinter euch habt, werdet ihr von der Polizei, die das Flughafengebiet überwacht, und den privaten Sicherheitsgardisten weitgehend in Ruhe gelastet. Höflichkeit gegenüber Besuchern ist hier noch wichtiger als an den anderen Anreiseorten, denn über Chep Lap Kok reisen auch die ganz großen Namen.

Mass Transit Railway

Die MTR ist das Hauptverkehrsmittel des Hongkong-Metroplexes, da es noch immer viele Straßen gibt, in denen die Massen aus Fußgängern es praktisch unmöglich oder zumindest schwierig machen, mit dem Auto zu fahren. Das komplexe Schienen- und U-Bahnsystem der MTR erstreckt sich in fast jede Ecke der Stadt, von Aberdeen bis in die Northern Reaches und von Sai Kung bis Lantau. Shadowrunner können die MRT also nicht nur nutzen, um in der Masse unterzutauchen, sondern auch, um schnell von A nach B zu gelangen. Das saubere, effiziente, und (wie einige anführen) seelenlose MTR-System wird jedoch äußerst sorgfältig überwacht. Fast jede Station wird von Polizeibeamten geschützt (je tiefer man nach Kowloon hineinfährt, desto weniger Beamte trifft man an), kleine Taschen werden gescannt oder durchsucht, und IDs werden geprüft, wenn man für die Fahrt bezahlt. Obwohl die MTR also recht nützlich sein kann, ist es für Shadowrunner schwer, sie zu benutzen.

Splendid Dragon Path (Downtown)

Der „Splendid Dragon Path" (was so viel heißt wie „Leuchtender Drachenpfad"), der sich fast einen Kilometer von Victoria Peak hinab bis zu den unteren Hängen windet, hält den merkwürdigen Rekord des „längsten geschlossenen Gangs der Erde". Er wurde von mehreren Konzernen gebaut und ersetzte die alte Mid-Level-Escalator, eine Rolltreppe, die Fußgänger von den Wohnbezirken der Mid-Levels zu ihren Arbeitsplätzen in Central beförderte. Der Splendid Dragon Path geht noch weiter. Er ist im wahrsten Sinne des Wortes ein sich hinab schlängelnder Kokon mit gleitenden Bürgersteigen und Rolltreppen, der Fußgänger vorbeiführt an Einkaufszentren, Restaurants und Apartments. Obwohl der Splendid Dragon Path anders als eine Arkologie nicht völlig autark ist, können dort Leute richtig leben, während andere ihn nur benutzen, um von den Wohn-Enklaven der Mid-Levels zum Konzerngebiet in Central zu gelangen. Lasst euch gesagt sein, dass ihr dort ein wehrloses Publikum seid – eine Eigenschaft, die von den Konzernen zu ihrem Vorteil genutzt wird, wenn sie die Pendler auf dem gesamten Weg nach unten mit echter und AR-Werbung zudröhnen.

» Weil der Teufel meist im Detail steckt, gebe ich euch eine kurze Wegbeschreibung: Der Pfad beginnt bei der Conduit Road in der Nähe der Mid-Levels und verläuft entlang der Shelley Street hinab zur Hollywood Road. Dort macht er eine Kurve nach Osten, verläuft eine Weile entlang der Hollywood Road, bevor er die Queens Road Central in Richtung MTR-Station Central und Connaught Road entlang des Hafens überquert. Es ist nicht der kürzeste Weg nach unten, aber mit Sicherheit besser als Laufen.
» Traveler Jones

» Aus der Luft sieht der Pfad atemberaubend aus. Seine Glasdecke leuchtet von außen golden und lässt den Tunnel aussehen wie einen Drachen mit goldenen Schuppen, der sich vom Victoria Peak hinab und durch die geschäftigen Straßen von Downtown schlängelt.
» Lei Kung

Star Ferry Service

Wenige Dinge sind so typisch für Hongkong wie die Fähren des Star Ferry Service, die am Victoria Harbor hin und her pendeln und Passagiere zwischen Kowloon und der Hongkong-Insel befördern. Ihre Tradition reicht bis in das frühe 19. Jahrhundert zurück, was sie zu einem historischen Teil der Stadt macht, obwohl der Betreiber seit den Anfängen ungefähr ein halbes dutzend Mal wechselte. Heute wird die Linie von einer Holding-Gesellschaft betrieben, die wiederum Wuxing gehört. Dutzende von Fähren, einschließlich reiner Passagierfähren und großer Fahrzeugfähren, folgen noch immer den alten Traditionen und haben alle das Wort „Star" in ihren Namen, beispielsweise „Morning Star" oder „Shining Star".

Wegen der recht laschen Sicherheit ist der Fährdienst die beste Möglichkeit für Shadowrunner, um zwischen der Insel und der Halbinsel zu reisen. Der Fahrzeugverkehr in den Tunneln wird stark beobachtet und überwacht, und für die Stadtbahnen braucht man einen ID-Scan, während die Fähren größtenteils anonym sind. Natürlich sollen auch die Angestellten des Fährdienstes ID-Kontrollen durchführen, doch da die Fähren ihren Fahrplan ohnehin schon nicht einhalten und chronisch zu spät sind, werden diese Anforderungen größtenteils ignoriert. Außerdem verfügen selbst die wenigen Fähren mit Bordkameras nicht über die Fähigkeit zum Abgleichen von Gesichtern mit Datenbanken, was einen Shadowrunner zu einem weiteren Gesicht in der Masse macht.

Victoria-Hafen

Der Victoria-Hafen, der sich zwischen der Hongkong-Insel und der Kowloon-Halbinsel entlang schlängelt, ist der am meisten befahrene Wasserweg von Hongkong. Am Tage wuselt der Seeverkehr über die Wasserwege: Tragflächenboote auf ihrem Weg nach Macao, Frachter, die ihre Ladung auf leichtere Schiffe entladen, die sie dann in das Hafenbecken bringen, Polizeiboote auf ihren regelmäßigen Patrouillenfahrten und selbst Seedrohnen, die dabei helfen, die Ordnung aufrechtzuerhalten. Nachts ist der Verkehr schwächer, doch der Hafen wird erleuchtet von der Skyline des Central-Distrikts und den Hotels und Restaurants von Tism Sha Tsui, ganz zu schweigen von den Lichtern der 24-Stunden-Fähren und privaten Helikopter, die über den Hafen hinwegsausen.

Victoria Harbor ist die Hauptverkehrsader von Hongkong, die von den meisten Bewohnern fast täglich über-, unter- oder durchquert wird. Die Bedeutung des Hafens ist den Megakonzernen nicht entgangen. Sie haben im Laufe der Jahrzehnte Milliarden von Nuyen investiert, um dafür zu sorgen, dass der Verkehr reibungslos läuft. Eines der fortgeschrittensten Verkehrsleitsysteme verbindet jedes Schiff, dass den Hafen durchquert, mit einem drahtlosen Netzwerk, das den Hafenverkehr unablässig auf drohende Staus untersucht und die Schiffe mit computergestützten Navigationsdaten füttert, damit Probleme gelöst werden, noch bevor sie überhaupt entstehen. Außerdem können an beiden Enden des Hafens gewaltige Seemauern hochgefahren werden, um den gesamten Hafen bei einem Taifun vor Sturmfluten und einer Überschwemmung zu schützen.

• Vor einigen Jahren aktivierten sich die Hafenmauern von Victoria Harbor ohne erkennbaren Grund und unterbrachen den Seeverkehr für mehrere Stunden. Der Exekutiv-Rat machte einen Software-Fehler dafür verantwortlich, doch mir ist etwas anderes zu Ohren gekommen. Einige Freunde von mir aus dem Gebiet haben mir erzählt, dass die Kons einen Frachter namens „White Moon Carp" auf seinem Weg nach Hakata in Japan aufhalten wollten. Schwer zu sagen, ob das stimmt oder nicht, ich konnte jedenfalls nicht herausfinden, ob ein Schiff mit diesem Namen jemals existiert hat.
• Kane

SEHEN UND GESEHEN WERDEN

Man kann in Hongkong kein Gesicht gewinnen, wenn man nicht gesehen wird. Wo man gesehen wird ist dabei oft genauso wichtig, wie dass man überhaupt gesehen wird. Jeder Teil der Stadt hat seine eigenen Besonderheiten, also ist es wichtig, seine Hausaufgaben zu machen und ein wenig Zeit an den richtigen Orten zu verbringen.

Charlie Chan's (Wanchai-Causeway)

Das „Charlie Chan's" ist ein mondänes kleines Restaurant mit Bar in Wanchai-Causeway, das sich besonders bei den kulturell Interessierten großer Beliebtheit erfreut. Es ist aufgemacht wie ein altes Etablissement in Shanghai, komplett mit Jazz-Sängern, Kronleuchtern und wirbelnden Ventilatoren an den Decken (natürlich hat der Laden eine echte Klimaanlage). Als ich ein paar alte Daten durchforstete, fand ich heraus, dass der Name des Ortes eine Anspielung auf einige alte Schwarz-Weiß-Filme aus den 1930ern und 1940ern ist, die von einem chinesischen Detektiv handelten, der Fälle löste und das Publikum dabei mit geschmacklosen konfuzianischen Redewendungen unterhielt („Verstand wie Fallschirm – funktioniert nur, wenn offen").

Charlie Chan's ist ein ausgezeichneter Treffpunkt für internationale Geschäftsleute, die Kontakte zu den aufstrebenden Bewohnern Hongkongs knüpfen wollen, und ist auch ein guter Ort für schattigere Begegnungen. Die Barkeeper und Bedienungen können einen Freund mit hiesigen Schiebern bekannt machen, die aufstrebende Sternchen in den Markt einführen, um sich gegenüber der Konkurrenz einen kleinen Vorteil zu verschaffen. Aber vergesst nicht, dass sich im Charlie Chan's alles um Eleganz dreht. Wer glaubt, dass er mit Straßenklamotten in den Laden kommt, fliegt im hohen Bogen raus. Man muss keine große Nummer sein, um rein zu kommen, aber man muss aussehen wie eine.

• Hier hängen auch viele Antiquitätenhändler herum, um Deals zwischen Reliquienjägern und Organisationen wie der Atlantean Foundation und dem Apep Consortium auszuhandeln.
• Am-mut

Cloud Nine (Central)

Hongkong ist von Natur aus eine Stadt der Einsamkeit. Mit ihren vielen Besuchern, die sich nur vorübergehend in der Stadt aufhalten, und den überarbeiteten Bewohnern, die Freizeit als Luxusfantasie betrachten, ist es ein Wunder, dass sich in dieser Stadt überhaupt irgendwelche Leute kennenlernen. Ich vermute, dass ist auch der Grund, warum Guanxi hier so wichtig ist. Doch wenn es darum geht, die neuste Technologie anzuwenden und eine Lösung für jedes Problem zu finden, dann kann man sich auf die Hongkonger verlassen, denn dafür gibt es den Nachtclub „Cloud Nine". Die Vorstellung der Hongkonger von einem „Link Club" ist typisch für die Bewohner des Plexes; anstatt mit Leuten aus aller Welt Partys zu feiern, feiert man mit Junggesellen und Junggesellinnen aus der ganzen Stadt. Wer das Glück hat, einmal eine Nacht frei zu haben, kann in das Cloud Nine gehen und wie in jedem anderen Club feiern, trinken und Spaß haben. Aber nehmen wir einmal an, man hat nur dreißig Minuten zwischen seinem Tagesjob und seinem Nachtjob und man lebt auf der anderen Seite der Stadt. Nun, dann loggt man sich in den Matrix-Knoten des Cloud Nine ein, bekommt eine Full-ASIST-Wiedergabe der Tanzfläche und kann die Holoprojektoren des Clubs sogar ein Abbild von sich selbst auf die Tanzfläche projizieren lassen.

Da das Cloud Nine den Leuten ermöglichen möchte, sich hier real und virtuell zu treffen, zeigen die Club-Besucher üblicherweise biographische Informationen über ihre AR-Displays an. Das System des Clubs kann Besucher mit ähnlichen Interessen miteinander verbinden und diejenigen Besucher markieren, die man für eine potenzielle Romanze in Betracht ziehen sollte. Zur Hölle, man muss sich nicht einmal im Club aufhalten, um ein Date zu finden; gegen eine Gebühr kann man eine dreidimensionale virtuelle Abbildung von sich mitsamt biographischen Informationen in „Liebesboxen" stellen, die von realen und virtuellen Besuchern nach einem potenziellen Date gescannt werden können.

Dante's Inferno (Central)

In unmittelbarer Nähe zum Splendid Dragon Path, ungefähr nach einem Drittel seines Weges hinab zum Hafen, befindet sich einer von Dante Passinis drei Inferno-Nachtclubs. Anders als die Schwester-Clubs in Seattle und Lon-

don ist dieses Inferno nicht nach Dante Alighieris Vision der Hölle gestaltet, sondern besteht aus einer Hölle mit mehreren Ebenen, die dem buddhistischen Volksglauben der Chinesen nachempfunden ist. Die Buddhisten glauben an zehn Höllen mit verschiedenen Formen der Bestrafung, also besteht der Nachtclub aus zehn Ebenen der sündhaften Unterhaltung mit infernalischen Motiven, die sich entsprechend dem Wunsch des Besitzers ändern. Normale Besucher betreten die erste Ebene, die sich in Wirklichkeit fünf Etagen über der Straße befindet. Wer auf der richtigen Liste steht, kann die spiralförmige Rampe entlang der Außenseite der verglasten Tanzflächen hinabsteigen bis hinunter zu den unterirdischen Ebenen, die in den Victoria Peak eingelassen sind.

High-Tech-AR-Environments verbinden das Inferno in Hongkong mit den anderen Infernos, sodass Besucher, die zu den heißen Rhythmen der „Hölle des geschmolzenen Eisen" tanzen, Seite an Seite mit Partygängern in London und Seattle abfeiern können. Die Besucher mit den besten Verbindungen und die großen Nummern können direkt in die „Hölle des Schwertbaums" oder die „Hölle des Stachelrades" in den untersten Ebenen gelangen, wo der Legende nach die Seelen den Urteilsspruch für ihre Reinkarnation erfahren. In Wirklichkeit hat Dante Passini diese Ebene ultrasicher und äußerst diskret angelegt, und sie wird nur von Leuten benutzt, die Geschäften nachgehen wollen, von denen sonst niemand etwas wissen darf.

Drunken Monkey (Südküste)

Das „Drunken Monkey" sieht nicht besonders interessant aus, doch die Tatsache, dass der Laden äußerst beliebt ist bei den in Hongkong arbeitenden und lebenden Söldnern, macht ihn auch für Shadowrunner zu einem Brennpunkt. Das Drunken Monkey befindet sich in unmittelbarer Nähe des Strandes. Es ist ein unauffälliger Club mit sichtbaren Holzträgern, dessen Tische aus Treibholz und hölzernen Bootsplanken zusammengezimmert worden sind. Die Möbelstücke sind absichtlich stabil und preisgünstig, denn Kneipenschlägereien sind hier an der Tagesordnung. Selbst die Barkeeper, von denen die meisten Orks sind, könnten ohne weiteres als Piraten durchgehen, und waren es vermutlich früher auch. Die Auswahl der Speisen ist einfach, und auf der Speisekarte finden sich überwiegend Variationen aus Reis und Fisch, doch die meisten Gäste besuchen das Drunken Monkey ohnehin wegen der großen Auswahl an chinesischen Biermarken und starken Reisweinsorten.

Für Shadowrunner ist dies der Ort, um an Söldner- und Piratenjobs zu gelangen, oder in letzter Minute noch zusätzliche Muskeln für einen Job anzuheuern. Seid aber vorsichtig, denn seitdem die Söldnereinheit Combat Inc. ihren Sitz nach Macao verlegt hat, ist die Auswahl ein wenig riskant. Ihr solltet euren potenziellen Auftragnehmern nicht den Rücken zuwenden – nur für den Fall, dass sie auf den Gedanken kommen, die Vergütung noch einmal „neu zu verhandeln".

» Das Drunken Monkey gehört einem alten Freund von mir namens Sho Tung, ein Söldner-Veteran aus den asiatischen Kriegen. Wenn du wirklich Ärger hast und Hilfe von vertrauenswürdiger Seite brauchst, erwähne meinen Namen und frag' nach, ob du mit ihm reden kannst. Er wird dich anständig behandeln. Erwähnt aber nicht das Thema Südostasien. Er hat viele negative Erinnerungen an Ha Giang, die er ungern noch einmal durchleben möchte.
» Picador

Happy Valley Arena (Wanchai-Causeway)

Die Arena war als Happy Valley Rennbahn der Schauplatz von vielen Pferderennen, die sich in Hongkong großer Beliebtheit erfreuten. Im vergangenen Jahrzehnt wurde sie aufgerüstet und umgebaut für Hongkongs neuen Lieblingssport: Combat-Biking. Combat-Bike-Teams aus ganz Asien treten in der Happy Valley Arena gegeneinander an, obwohl die kreischenden Fans natürlich nur ihrem Heimteam zujubeln – den Hong Kong Cavaliers. In der Arena können die Hongkonger auch ihrer zweiten Lieblingsbeschäftigung nachgehen: dem Wetten. Arbeiter und Kragenträger verwetten ihre Gehaltschecks auf den Ausgang von Spielen und ganzen Saisons, und verprassen ihre Gewinne oft in den Bars und Bordellen, die den Rotlichtbezirk von Happy Valley säumen. Außerhalb der Saison finden hier die wilderen Konzerte von Hongkong statt. Zur Zeit stehen Künstler wie CrimeTime und D-Generation auf der Gästeliste.

Die Happy Valley Arena ist ein öffentlicher Ort, der laut ist und von großen Menschenmassen besucht wird. Aus diesem Grund ist er auch hervorragend geeignet für Treffen, bei denen sich keiner der Beteiligten erlauben kann, eine Szene zu machen, aber das Treffen unbemerkt ablaufen soll. Es ist außerdem ein guter Ort, um Kontakte zu Mitgliedern der Red Dragon Association und der Smoke Circle Society zu knüpfen, denn beide Triaden-Syndikate machen hier mit Glücksspiel, Wetten und Prostitution viel Geld.

» Neben den Bars und Bordellen gibt es in der unmittelbaren Umgebung der Happy Valley Arena auch zahllose digitale Mahjongg-Salons, von denen die meisten den Triaden zum Geldwaschen dienen. Haltet euch von ihnen fern, denn die meisten Spiele sind gezinkt.
» Sounder

Luk Yu Teahouse (Central)

Im „Luk Yu Teahouse" kann man eine echte Zeitreise machen, denn dieses authentische koloniale Teehaus gibt es bereits seit über einem Jahrhundert. Um ehrlich zu sein, ist das Essen nichts Besonderes, doch die Gäste kommen auch nicht wegen des Essens. Ein Grund, um den Laden zu besuchen, ist seine Einrichtung, die aus kolonialen Holzpanelen, Marmortischen und Messingspucknäpfen (die noch immer benutzt werden!) besteht. Ein weiterer Grund ist seine Exklusivität: Im Luk Yu Teehouse erhält nur Einlass, wer ein Stammgast ist oder einen Stammgast kennt, und einige der Stammgäste besuchen das Teehaus bereits in der sechsten, siebten oder sogar achten Generation. Die höflichen Angestellten sind alle mit Headware-Filtern ausgestattet, um sicher zu gehen, dass sie sich nicht an ein einziges Wort erinnern, das sie hören, während sie die Gäste an den Tischen bedienen. Diese Tatsache macht das Teahouse zum wichtigsten Treffpunkt für geheime Zusammenkünfte unter den mächtigsten Figuren der Geschäfts- und Unterwelt von Hongkong.

Die meisten Shadowrunner werden das Luk Yu vermutlich niemals von innen sehen, doch wenn ihr zu den Gästen gehört, dann wisst ihr, dass ihr das große Los gezogen habt. Wenn euch ein Stammgast mit in den Laden nimmt, bedeutet das, dass ihr wertvolle und vertrauenswürdige Geschäftspartner seid und solltet euch entsprechend benehmen, denn euer Verhalten fällt unmittelbar auf euren Gastgeber zurück.

Lover's Stone (Wanchai-Causeway)

Im Westen der Happy Valley Arena weicht das berüchtigte Rotlichtviertel nach und nach den hölzernen und hügeligen Winkeln der Wanchai Gap, in deren tiefen Innern sich ein Ort befindet, der berühmt ist unter Hongkongs magischer Gemeinde: der Lover's Stone. Uralte, animistischen Geistern geweihte Schreine umgeben in einem Kreis einen neun Meter hohen Fels, der aus dem Hügel herausragt. Räucherstäbchen und Papiergaben wehen in der leichten Windbrise. Hongkongs Einheimische besuchen den Lover's Stone, um dort um Glück zu beten, besonders bei der Wahl des richtigen Partners und der Geburt von Kindern. Außerdem treffen sich hier Hongkongs Zauberer, um zu plaudern, zu entspannen und magische Talismane und Glücksbringer an Besucher zu verkaufen. An Feiertagen stellen magische Gruppen hier ihre Fähigkeiten zur Schau, wobei die Darbietungen von Schaukämpfen zwischen Adepten bis hin zu Illusionen von Wujen reichen.

Wenn du ein Zauberer bist, solltest du dich am Lover's Stone blicken lassen. Einige magische Gruppen rekrutieren hier neue Mitglieder und selbst, wenn man bereits einer magischen Gruppe angehört, ist es ein ausgezeichneter Ort, um an Zauberformeln, Foki oder alchemistische Materialien zu gelangen. Vergesst aber nicht, dass dies kein Ort ist, um magische Rivalitäten auszutragen. Debatten sind zwar an der Tagesordnung, doch jede Form von Gewalt (physisch oder magisch) ist nicht nur verpönt, sondern soll auch die Geister erzürnen, die hier ihre Heimstatt haben.

Nakatomi Opera House (Wanchai-Causeway)

Schiebt eure eurozentrischen Vorstellungen einmal einen Moment lang zur Seite, denn die Chinesische Oper unterscheidet sich völlig von dem Wagner-Zeug, das ihr aus eurer Heimat kennt. Die Opern, die ihn Hongkong beliebt sind, bieten anstelle von tiefen Stimmen und aufwendigen Bühnenbildern unmögliche Fistelstimmen und kreischbunte Kostüme. Während in Europa das holographische Bühnendesign die moderne Opernszene beherrscht, sind solche Dinge in China strikt verboten, da das traditionelle Bühnenbild hier auf das Minimum reduziert ist. Stattdessen fließt die gesamte Mühe der Beteiligten in kunstvolle Kostüme, farbenprächtiges und übertriebenes Make-up und eine komplizierte Gestensprache, die von den chinesischen Opernfans intuitiv verstanden wird. Um ehrlich zu sein, hat man nicht den Hauch einer Ahnung, was auf der Bühne überhaupt vor sich geht, wenn man nicht mit der Chinesischen Oper vertraut ist bzw. sich nicht vorher über die Handlung und die traditionellen chinesischen Opernbilder informiert hat. Wenn das Gesicht oder die Maske eines Charakters mit grünem Make-up bemalt ist, bedeutet dies beispielsweise, dass er impulsiv und wild ist, und man geht davon aus, dass die Besucher soetwas wissen, bevor sie die Oper betreten. Und obwohl die hiesige Oper so kompliziert ist, sind die Bewohner (besonders aus der Oberschicht) ganz versessen darauf.

Gerüchten zufolge soll Shikei Nakatomi die Chinesische Oper verachten, aber er weiß, wie man in Hongkong einen guten Eindruck macht. Deshalb finanzierte er den Bau des Nakatomi Opera House im Jahr 2066 als neues Kunstforum für Hongkong, was ausgezeichnete Auswirkungen auf seine Reputation in der Stadt hatte. Das Opera House brachte Nakatomi und Renraku großes Ansehen, und von der Sekunde an, in der er den Vorschlag für den Bau machte, fiel es dem Konzern leichter, sich wichtige Matrix-Verträge und einen Sitz im Exekutiv-Rat zu sichern.

Noodleboy (Yau Tsim Mong)

Im Grunde genommen hat dieser kleine Nudel-Imbiss im Herzen der dicht besiedelten Gegend von Mong Kok nicht einmal einen Namen, aber die Einheimischen nennen ihn „Noodleboy", weil der Inhaber ein unternehmerisch denkender Junge im Alter von gerade einmal vierzehn Jahren ist. Ob nun pures Glück oder Genie am Werk war, Noodelboy ist ein Riesenerfolg und verkauft Unmengen von Nudelsuppe an Passanten, die dieses Viertel Tag für Tag durchqueren. Bei Noodleboy gibt es keine Tische, sondern nur einen Tresen, über den man seine Bestellungen brüllen kann – wobei Kunden, die es nicht eilig haben, oft einfach stehen bleiben und ihre Nudeln unter dem weiten Dach des Ladens verspeisen.

Ich kann Noodleboy wirklich empfehlen, denn die Leute, die dort stehen, spiegeln das echte Hongkong wieder und die Nudeln sind verdammt lecker. Aber das ist noch nicht alles. Die Triaden-Soldaten der 289s essen häufig vor dem Laden und beschützen ihn, was dazu führt, dass der Inhaber des Ladens weiß, was abgeht. Wenn ihr einen Hehler braucht oder nach schwer zu beschaffender Ausrüstung sucht, kommt einfach kurz vor Ladenschluss um vier Uhr morgens in den Laden. Aber versucht nicht, den Jungen hinters Licht zu führen, denn er ist nicht auf den Kopf gefallen und die 289s wären auch nicht begeistert.

» Der Junge ist mehr als nur der Inhaber eines Nudel-Imbisses – er ist der White Paper Fan der Gold Tigers of Portland Street, einer Gang, die zu den 289s gehört. Sie führen Überfälle entlang der Portland Street durch und verticken die gestohlen Waren über die Kontakte des Jungen.
» Ma'fan

» Und die Nudeln sind verdammt lecker.
» Traveler Jones

» Gibt es eigentlich einen Ort auf diesem Planeten, wo du noch nicht essen warst?
» Frosty

» Jede Menge – aber die guten hab ich alle durch.
» Traveler Jones

Shangri-La (Southern Coast, Aberdeen Harbor)

Das „Shangri-La" ist das größte schwimmende Restaurant des Hafens von Aberdeen. Es ist in einem mehrgeschossigen Kahn untergebracht und bietet eine Reihe von Gerichten aus Meeresfrüchten und frischen Fischen aus den einheimischen Gewässern und nahe gelegenen asiatischen Fischereidörfern an. Bislang servierten die meisten schwimmenden Restaurants in diesem Hafen mittelmäßige Gerichte an Touristen, doch das Shangri-La ist anders. Es serviert nicht nur an Touristen, sondern auch an hiesige Wuxing-Angestellte und verfügt über eine große Speisekarte, die Gerichte aus der ganzen Welt anbietet, von Garnelen nach Kantonesischer Art an einer Sauce mit Schwarzen Bohnen bis hin zu einer Wels-Bouillon nach Louisiana-Art. Die Gäste können außerdem Meeresfrüchte vom Buffet nehmen, das von den Angestellten auf einem Wagen durch das Restaurant geschoben wird. Die Garnelenknödel sind die leckersten in der ganzen Stadt.

Abgesehen vom exzellenten Essen und der einzigartigen Aussicht aus den Fenstern direkt auf den Hafen ist das Shangri-La wichtig, weil es Wuxing-Angestellte anlockt. Ob ihr an eurem Guanxi arbeitet und nach einem Konzernkontakt sucht, oder einfach nur von den richtigen Leuten gesehen werden wollt, das Shangri-La ist ein guter Ort für Runner, die den Kontakt zu Hongkongs wichtigsten Konzernen suchen. Ich habe gehört, dass die Bedienungen Wuxing-Execs, die auf der Suche nach Schattentalenten sind, einen Tipp geben, wenn man ihnen ein extragroßes Trinkgeld gibt.

AUSRÜSTUNG BESCHAFFEN

Ein Shadowrunner braucht sein Spielzeug. Hier gibt es das notwendige Handwerkszeug, von Cyberware über mystische Talismane bis hin zu den heißesten Codes. Wenn ihr die Stadt besucht, kann es riskant sein, eure eigene Ausrüstung mitzubringen, also ist es immer hilfreich zu wissen, wo die Einheimischen einkaufen.

Chop-Chop Shop (Kowloon City)

Sicher würden wir uns alle gerne unsere Cyberware in einer Delta-Klinik einbauen lassen oder ein paar Wochen in einem Bodymod-Zentrum verbringen, wenn wir ein Update für unsere Adrenalindrüse brauchen, aber wir sollten hier realistisch bleiben. Die SINlosen müssen mit dem zurechtkommen, an das sie gelangen können, und manchmal muss ein Job leise und/oder billig erledigt werden. Nun, Hongkong hat zu diesem Zweck mehr als nur einige Hinterzimmerärzte und Second-Hand-Läden, aber wenn man alles aus einer Hand haben möchte, dann ist der „Chop-Chop Shop" tief im Zentrum von Kowloon City genau die richtige Adresse.

Was die Gesundheit angeht, solltet ihr hier immer im Auge behalten, dass ihr so ziemlich genau das bekommt, was ihr bezahlt. Stellt nicht zu viele Fragen darüber, woher die Cyberware oder die Standard-Bioware herkommt, denn möglicherweise möchtet ihr die Antwort nicht hören. Und fragt nicht, warum euer Arzt nicht in einer Konzernklinik arbeitet, denn der Konzern könnte den einen oder anderen Grund dafür haben, der euch nervös machen würde. Nachdem das gesagt ist, bleibt festzustellen, dass es den Chop-Chop Shop schon seit Jahren gibt, was in einer Welt, in der die meisten Läden bereits nach Monaten wieder von der Bildfläche verschwinden, weitaus vertrauenserweckender ist als die meisten Alternativen. Und obwohl ihre Ware zum Teil aus Deals mit den Black Chrysanthemums stammen, geht der Handel nur in eine Richtung, was bedeutet, dass man nicht als Ersatzteillager für den nächsten Kunden dient. Und was will man mehr, wenn es um eine Schattenklinik geht?

» Sie bleiben im Geschäft, weil sie diskret sind. In einer Stadt, in der die Polizei und die Regierung nur die verlängerten Arme der Konzerne sind, ist ein Arzt viel wert, der eure Verletzungen behandelt, ohne einen Bericht für die Cops auszufüllen. Die Cops nehmen den Laden nicht hoch, weil die Ärzte ihren Patienten nicht genügend Fragen stellen, um von großem Nutzen zu sein.
» Butch

Clockwerks (Central)

Für diejenigen von uns, die sich zu gut sind für Schwarzmarkt-Cyberware aus dem Chop-Chop Shop, gibt es „Clockwerks". Der Laden gehört Mitsuhama, doch der Konzern gestattet der Klinik, unabhängig als öffentliche High-tech-Klinik zu operieren, die sogar Delta-Implantate einsetzen kann – wobei die Klinik natürlich MCTs neustes Spielzeug vermarkten soll. Clockwerks ist minimalistisch ausgerichtet. Die Klinik ist hochgradig automatisiert, ultra-steril und hat sich auf Experten-Implantationen und anstelle von komfortabler Pflege auf kurzfristige Krankenhausaufenthalte spezialisiert. Einer von Clockwerks großen Vorzüge ist die Tatsache, dass einige der besten Kybernetik-Experten der Welt auf Abruf bereitstehen, um die Eingriffe mittels AR-gestützter Fernchirurgie vorzunehmen, wobei zur Optimierung und Ergänzung der natürlichen chirurgischen Präzision die besten medizinischen Drohnen zum Einsatz gelangen.

Clockwerks ist vielleicht eher zugänglich als die meisten privaten Konzernkliniken, doch ist es immer noch eine kritische Angelegenheit, sich dort operieren zu lassen. Zum großen Bedauern mancher Kunden verlangt Clockwerks gültige IDs, ausführliche medizinische Daten und substanzielle Krankenversicherungen, bevor die Klinik euch als Patient auch nur in Betracht zieht (wobei Mitsuhama für wichtige Shadowrunner auf ihrer Gehaltsliste auch einmal ein gutes Wort einlegt).

DATENEMPFANG ...

Evolution (Eastern)

Evolution ist eine Kette aus „Lifestyle-Gesundheitszentren", die von der Evo Corporation betrieben werden und in großen Städten auf der ganzen Welt zu finden sind. Die Hongkong-Klinik ist eine neue Niederlassung, die auf einem Stück Land in der Nähe des neu errichteten Strandes des Vororts Chai Wan gebaut wurde. „Verwöhnte Erleuchtung" ist das Motto von Evolution, und die gesamte Anlage vermittelt einem das Gefühl, als würde man auf eine neue Ebene der menschlichen Existenz geführt. In einer paradiesischen Umgebung bekommen die Patienten Biomodellierungen, genetische Modifikationen, Anti-Aging-Therapien, Bioware-Implantationen und sogar freiwillige psychotropische Konditionierungen für Stimmungsveränderungen. Ihr wollt eine Massage von einer biomodellierten Schönheit, um die Anspannung vor einer bevorstehenden Operation zu lösen? Zu Diensten! Wie wäre es mit dem Bad in einer heißen Quelle, um eure frisch implantierte Muskulatur zu lockern? Kein Problem! Die Kosten sind astronomisch, aber der Service ist unglaublich.

Anders als Clockwerks ist Evolution weniger wählerisch, was die Patienten angeht, so lange sie über die notwendigen Creds verfügen. Tatsächlich macht die Höflichkeit der Angestellten, die bereitwillig „beide Augen zudrücken", einen Teil des Charmes dieser Anlage aus, denn Evolution führt auch fragwürdigere Arbeiten an wohlhabenden Patienten aus. Hey, falls du zufällig ein stinkend reicher Shadowrunner bist, ist Evolution ein toller Ort für dich, denn Fragen werden keine gestellt. Es drängt sich dann allerdings eine ganz andere Frage auf: Wenn du stinkend reich bist, wieso bist du dann Shadowrunner?

Golden Mile (Yau Tsim Mong)

Die „Golden Mile", die im Stadtplan unter dem Namen „Nathan Road" zu finden ist, ist ein endloser Streifen von Läden, Straßenständen, Restaurants, Schwarzmarkthändlern und Hotels. Sie erstreckt sich über drei Viertel und ist überall von Menschenmassen erfüllt, obwohl die Deals nicht großartig und die Waren von zweifelhafter Qualität sind, und der Lärm der feilschenden Händler laut genug ist, um selbst einen Tauben in den Wahnsinn zu treiben. Am nördlichen Ende der Golden Mile befindet sich das Viertel Mong Kok, wo billige Elektronikläden die Straßen säumen. Unter den ganzen Imitaten findet man auch nagelneue Geräte aus Überproduktionen: Kommlinks, Chip-Lesegeräte, audiovisuelle Aufnahme- und Wiedergabegeräte, Drohnen und vieles mehr. Seid aber vorsichtig, denn das günstige Kommlink, die ihr gerade erstanden habt, könnte nicht nur ein billiges Imitat sein, sondern auch bösartige Software enthalten.

Weiter südlich durchquert die Golden Mile das Viertel Yau Ma Tei. Ihr seid in Yau Ma Tei angelangt, wenn die Software-Stände krähenden Käfigen und offenen Ständen mit „mystischen" Talismanen weichen. Der berühmte Bird Garden, der vermutlich die größte Ansammlung von Vogelhändlern auf der ganzen Welt ist, befindet sich in diesem Abschnitt, ganz zu schweigen von den Käfigen mit Grillen (als Vogelnahrung) und sich duellierenden Gottesanbeterinnen. Direkt hinter dem Bird Garden befindet sich der Jademarkt, wo Händler Jadeschmuck (teilweise angeblich auch verzaubert) auf Tischen und in offenen Koffern feilbieten. Glaube nicht alles, das man dir erzählt, aber wenn du ein erfahrener Käufer bist, könntest du tatsächlich auf das eine oder andere Schnäppchen stoßen.

Wenn die Stände der Taliskrämer seltener werden, und ihr auf immer mehr Souvenir- und Ramschhändler trefft, seid ihr im südlichsten Abschnitt der Golden Mile in Tsim Sha Tsui angelangt. Mit Hotels, die ihre Gäste direkt in einen endlosen Irrgarten aus Restaurants, Cafes und Kitschhändlern lenken, ist dieser Teil der Golden Mile die ultimative Touristenfalle. Die gesamte Golden Mile ist so ausgelegt, dass man den Besuchern auch noch den letzten Nuyen aus der Tasche zieht, indem man ihren Widerstand mit aufdringlichen Ladeninhabern und einem unablässigen Sperrfeuer aus Werbung bricht. Wo wir gerade über Werbung sprechen: Kommt nicht einmal in die Nähe der Golden Mile, wenn euer PAN im aktiven Modus ist, denn die Konzerne pflegen hier einen äußerst laxen Umgang mit der Netzwerk-Sicherheit und die gesamte Golden Mile ist mit Spam übersät.

» Die Nathan Road eignet sich perfekt, um unterzutauchen, wenn ihr glaubt, dass ihr verfolgt werdet. Die schiere Masse an Werbe-Spam macht es praktisch unmöglich, hier eine elektronische Überwachung durchzuführen, und die Menschenmassen und Ladenstände machen es genauso schwer, jemanden physisch zu verfolgen.
» Fianchetto

Kai Tak-Nachtmarkt (Kowloon City)

Nehmen wir einmal an, ihr sucht nicht nach einem Fairlight-Imitat oder einem Liebesamulett. Wo besorgt sich ein Runner seine neue Neunmillimeter, eine Kiste mit panzerbrechender Muni oder Ersatzteile für das Waffensystem seiner Drohne? Nun, dann solltet ihr dem alten Kai Tak-Flughafen in Kowloon City nach Sonnenuntergang einen Besuch abstatten. Denn wenn die Nacht über Hongkong hereinbricht, wird die Landebahn, die sich bis zum Hafen erstreckt, hell erleuchtet, und die Schmuggler beginnen, ihre Fracht abzuladen. Sampane und Fischkutter nähern sich von dem nahe gelegenen Taifunschutzgebiet und verladen die Ausrüstung, die sie von den hiesigen Piraten gekauft haben.

Der Kai Tak-Nachtmarkt ist Hongkongs am schlechtesten gehütetes Geheimnis. Der Exekutiv-Rat weiß, dass es ihn gibt, und dass dort massenhaft mit illegalen Waren gehandelt wird, doch der gesamte Markt wird von den Triaden organisiert, die über genügend Konzernverbindungen verfügen. Zur Hölle, die Konzerne nutzen den Nachtmarkt selbst, um Waren aus der Stadt zu exportieren, die in anderen Teilen der Welt nicht legal sind, beispielsweise die Kong-Chips von Wuxing. Die Polizei führt ab und an einmal eine Razzia durch, doch wenn die Cops eintreffen, sind die wirklich illegalen Waren hinter einem Haufen halblegalen Drek verschwunden, den die Cops dann beschlagnahmen. So lange man ihnen aus den Weg geht, lassen einen die Cops bei diesen Razzien in Ruhe, und sobald sie verschwunden sind, kann man seinen Schatteneinkauf fortsetzen.

» Die Red Dragons kontrollieren vielleicht den Container-Hafen, doch wenn man etwas auf einem kleinen Boot schmuggeln kann, solltet ihr lieber dem Kai Tak aufsuchen. Seid aber gewarnt, denn die Ten Thousand Lions haben von den Yellow Lotus die Kontrolle über den Kai Tak übernommen. Wenn ihr etwas über Kai Tak transportiert, von dem sie nichts wissen, ohne vorher einen Deal mit ihnen zu machen, reißen sie sich einfach einen Anteil unter den Nagel, den sie für angemessen halten.
» Sounder

» Verliert man nicht sein rechtes Auge, wenn eine Schmuggeloperation über Kai Tak schief läuft?
» 2XL

» Damals war ich jung und dumm. Die Yellow Lotus haben mir eine Lektion erteilt und ich habe daraus gelernt.
» Sounder

HONGKONG BEI NACHT

Selbst, wenn ihr eure Wachmacher mit mehreren Dosen FiiyGoo herunterwürgt, müsst ihr irgendwann einmal schlafen. Und egal, ob ihr nach einer ultraluxuriösen Unterkunft oder einer mottenzerfressenen Schlafmatte sucht, Hongkong deckt das gesamte Spektrum ab.

Kowloon Bay Taifunschutzgebiet

Direkt zu beiden Seiten des alten Kai Tak-Flughafen befindet sich das Kowloon Bay Taifunschutzgebiet, ein dichtes Wirrwarr aus Booten, Segeln und Schiffstauen, das an einigen Stellen so eng ist, dass nicht einmal die Boote selbst diesem Netz entkommen können. Auf diesen Booten verbringen ganze Familien ihr Leben jenseits der wachsamen Augen der Konzerne und der Regierung, SINlos und vergessen. Es ist ein Schmelztiegel aus Kulturen und Sprachen, in dem die Einheimischen Kantonesisch, Hindu, Vietnamesisch und zahllose andere Sprachen und Dialekte sprechen. Die Leute, die hier leben, verfügen kaum über Technologie, aber sie haben gelernt, im Schatten der modernen Welt zu leben. Es ist nicht ungewöhnlich, dass BTL-Chips in einen alten Segelkutter zum Schmugglermarkt auf der Landebahn transportiert werden, oder Jungen auf einem selbst gebastelten Floß mehrere Kisten mit Granaten zu dem wartenden Schnellboot einer Schmuggelbande bringen.

Obwohl die Familienbande in diesem Wirrwarr aus Dutzenden von verschiedenen Gemeinschaften sehr stark sind, begegnen die Leute Fremden nicht unfreundlich, und machen sich auch keine allzu großen Gedanken darüber, mit wem sie Geschäfte machen. Wenn ein Runner in Hongkong wirklich verzweifelt ist, gibt es möglicherweise keinen besseren Ort, um sich zu verbergen, wenn man bedenkt, dass diese Leute bereits seit Jahrzehnten kaum bemerkt vom Rest der Welt leben. Ihr solltet allerdings darauf achten, dass ihr mindestens Kantonesisch beherrscht oder eine verdammt gute Sprachsoft einwerft, denn die Einheimischen neigen nicht dazu, Englisch, Japanisch oder Mandarin zu sprechen, und ihre Dialekte haben oft einen starken lokalen Akzent.

» Wujen mögen zwar im übrigen Hongkong ein alltäglicher Anblick sei, doch die Bootsleute von Kowloon Bay werden von Schamanen angeführt. Sie folgen zu vielen Traditionen, um sie hier alle aufzuzählen, reichen aber von Hakka-Seehexen bis hin zu tamilischen Murukan-Kultisten. Sie widmen ihr Leben ihrem Clan und sind äußerst abergläubisch, weshalb ihr eure magische Begabung nicht zur Schau stellen solltet, wenn ihr unnötigem Ärger aus dem Weg gehen wollt.
» Goat Foot

Peninsula Hotel (Yau Tsim Mong)

Geld fließt Tag für Tag und Stunde für Stunde durch Hongkong, aber das Peninsula ist der Ort, wo es über Nacht bleibt. Die kolonialen Räume und Suiten des Peninsula Hotels erwecken den Eindruck, als hätte jemand eine Nation geplündert, allein um die Polster zu bezahlen. Während Tsim Sha Tsui gegen den Verfall ankämpft, der den Rest der Kowloon-Halbinsel bedroht, bewahrt dieses Hotel seinen Standard, und ist damit ein tadelloses Juwel des Traumes von Hongkong. Von der Ankunft bis hin zur Abreise in einem der hauseigenen Rolls-Royce Phaetons wird den Gästen jeder Wunsch von den Lippen abgelesen, bevor sie überhaupt darüber nachgedacht haben.

Jeder Raum ist ein subtiles Paradies im alten Stil, wo der Kunde bereits lange Zeit vor der Einführung von auffälliger Hoteltechnik ein König war. Es besteht kein Bedarf, das globale Netzwerk anzuzapfen, da sich der Hotelstab bereits darum kümmert, dass es den Gästen an nichts fehlt. Es ist die Art von Ort, von dem wir in den Gossen nur träumen können, und von denen wir möglicherweise hin und wieder einen Eindruck bekommen durch die kaltherzigen und mächtigen Bastarde, für die wir arbeiten. Alles, was ich dazu sagen kann ist, dass ihr vorsichtig sein solltet, wenn ihr einen Auftrag von jemandem annehmt, der im Peninsula wohnt. Sie sind nicht nur mächtig, einflussreich und wohlhabend, es sind auch keine Einheimischen, was sie noch gefährlicher macht.

Dynasty Mansions (überall in Hongkong)

Lasst es euch gesagt sein: die Dynasty Mansions sind weder Villen noch würde eine Dynastie jemals einen Anspruch auf sie erheben. Es ist ein origineller und völlig ausgedachter Markenname für eine Kette von heruntergekommenen Absteigen, die im gesamten Metroplex zu finden sind, wo eine verzweifelte Seele eine Schlafgelegenheit für die Nacht sucht. Was sie, wie der Zufall es so will, ziemlich ideal macht für unsere Zwecke. Die Dynasty Mansions befinden sich immer in unmittelbarer Nähe zu einem Verkehrsknotenpunkt, beispielsweise einer U-Bahn-Station, einer Bushaltestelle, einem Fährpier oder dem Flughafen, doch da enden die Annehmlichkeiten auch schon. Die Räume sind kaum größer als Särge, als Betten dienen (leicht desinfizierbare) Matten aus Hartschaum, und die billigen Lampen treiben einen mit ihrem endlosen Surren in den Wahnsinn. Dafür sind die Dynasty Mansions billig, die Inhaber stellen keine Fragen, und geben mit Sicherheit kein Geld aus für diese niedlichen Kameras und ID-Scanner, die andere Hotels haben.

Die Sicherheit in einem Dynasty Mansion befindet sich in den Händen von billigen Sicherheitsdiensten, deren Angestellte nicht selten Ex-Cops sind, die wegen einer Charakterschwäche (z.B. Drogenabhängigkeit oder eine kriminelle Vergangenheit) entlassen wurden. Angesichts derer, die üblicherweise in den Mansions absteigen (hey, ist nicht böse gemeint), sind sie oft eine Brutstätte für jene, die von der Verzweifelung anderer leben: Zuhälter, Prostituierte, Räuber, die es auf Chipheads abgesehen haben, und ähnliches Volk. Die Mansions eignen sich ausgezeichnet, um eine zeitlang von der Bildfläche zu verschwinden, aber passt auf, dass euer Absprung nur vorübergehender Natur ist.

CityGate Complex (Lantau Island)

Als das alte CityGate vor zwei Jahrzehnten renoviert und erweitert wurde, hatten die Eigentümer mit Sicherheit reisende Lohnsklaven als Zielgruppe im Kopf. Der gesamte Komplex befindet sich am Rande des Cek Lap Kok-Flughafens in unmittelbarer Nachbarschaft zu einem Bus-Terminal und einer MTR-Station. Es handelt sich dabei um eine völlig uninspirierte Anhäufung von weißen Hotelhochhäusern, die nichts als Banalität ausstrahlen. Ein Bett mit frischer weißer Bettwäsche, einem in der Kantonesischen Konföderation zusammengesetzten Trid und einem Eiseimer. Oh, und natürlich ein Balkon mit Blick auf das nächste Hochhaus. Wenn euch in dem Hotel langweilig wird (und wer nicht lobotomisiert worden ist, dem wird es langweilig werden), könnt ihr der CityGate Mall mit ihrer ganzen Pracht an Monokultur einen Besuch abstatten. Es gibt einen Kong-Wal-Mart, en McHugh's, eine New You Klinik, ein Stuffer Shack und alles, was man sonst noch so in Seattle, Kyoto, Paris oder auch Idaho findet.

Bei all seinen Schwächen sind ist das CityGate mit Sicherheit ein Klasse besser als der Abstieg in die Niederungen der Dynasty Mansions – so lange man damit leben kann, in ein Meer aus zerknitterten Anzügen einzutauchen. Die Sicherheit und Überwachung ist gering, und beim Einchecken gibt es nur einen einfachen ID-Scan. Aber vergesst nicht, dass ihr es mit einem internationalen Hotelstandard zu tun habt. Wenn ihr sichtbare Waffen oder Cyberware tragt, könnt ihr damit rechnen, dass das nervöse Kind hinter dem Empfang die Cops ruft.

POTENZIELLE ZIELE

Einige Orte in Hongkong üben eine wahrhaft magnetische Anziehungskraft auf das Schattengeschäft aus. Dabei handelt es sich zumeist um die Orte, von denen aus in der Stadt die Fäden gezogen werden (Überraschung!). Es gibt eine Menge Jobs, die mit diesen Örtlichkeiten zu tun haben, weshalb ihr wissen solltet, was euch erwartet, wenn ihr nicht scharf darauf seid, im Knast oder unter der Erde zu landen.

Government House (Central)

Bis die Briten im Jahr 1997 die Region Hongkong an China übergaben, war das Government House der offizielle Sitz des Gouverneurs. Selbst während der japanischen Besetzung von Hongkong im Zweiten Weltkrieg residierte der japanische Gouverneur hier, und seit der Unabhängigkeit von Hongkong im Jahr 2015 wird das Government House vom Exekutiv-Rat als Bürogebäude und Veranstaltungsort für die unterschiedlichsten gesellschaftlichen und politischen Zwecke genutzt. Es ist so ziemlich das einzige Regierungsgebäude in Hongkong, zu dessen Mitarbeiterstab auch Butler und Dienstmägde gehören.

Das Gebäude und das Anwesen selbst sind äußerst symbolträchtig. Die architektonischen Veränderungen durch die japanischen Besatzer schufen eine Mischung aus westlichen und östlichen Stilelementen, der noch heute erkennbar ist und den Charakter von Hongkong widerspiegelt. Darüber hinaus ist die Aussicht vom Anwesen in alle Himmelsrichtungen von Konzernwolkenkratzern versperrt – kein allzu subtiler Hinweis an den Exekutiv-Rat, wer in der Stadt wirklich den Ton angibt.

Um die Sicherheit kümmern sich private Sicherheitsdienste, die normalerweise mit dem Konzern verbunden sind, der gerade den Vorsitzenden des Exekutiv-Rates in der Tasche hat. Dank des Sponsors des Vorsitzenden Deng wird das Government House zur Zeit von den Roten Samurai bewacht, doch das wird sich ändern, sobald Dengs Amtszeit endet.

> Der Grund, warum der jeweilige Vorsitzende seine eigenen Sicherheitskräfte engagiert, ist reine Angst. Würde ein Vorsitzender einem anderen Konzern seine persönliche Sicherheit anvertrauen, hätte er zweifellos nur eine kurze Amtszeit vor sich.
>
> Kay St. Irregular

Ikon Tower (Central)

Einer der auffälligsten Türme in der glitzernden Skyline von Hongkong ist Xiao-Renrakus 79-geschossiger Ikon Tower. Den Architekten ist es gelungen, den Tower unauffällig zu gestalten und ihn doch seine Umgebung dominieren zu lassen. Die verstärkte Glashaut des Towers ist halbtransparent und ermöglicht es den Angestellten, die in dem Tower arbeiten, das Volk vor dem Tower zu beobachten. Die Außenhaut der Glaspanele ist mit ultradünnen Displays beschichtet, und abhängig davon, ob es Nacht oder Tag ist, nimmt der Tower von außen eine völlig unterschiedliche Erscheinung an. Am Tage respektiert das Gebäude das lokale Feng Shui, und in den Displays wird die Umgebung „reflektiert", wodurch sich das Gebäude in seine Umgebung einfügt. Die Geomanten sind der Auffassung, dass auf diese Weise das Qi ungestört fließen kann. In der Nacht dagegen erwachen die Displays zum Leben und geben Werbung und Kurzfilme wieder, die über die Haut des Wolkenkratzers tanzen und die Skyline von Central erleuchten. Die nächtlichen Bilder sind außerdem AR-aktiv, was es dem Betrachter ermöglicht, mit dem, was er sieht, zu interagieren.

Im Ikon Tower sind die meisten Einrichtungen von Xiao-Renraku Hongkong beheimatet, einschließlich der regionalen Büros der asiatischen Töchter des Megakonzerns. Die Sicherheit ist paranoid hoch, zeigt jedoch gewisse Schwächen im magischen Bereich. Runner, die in dem Tower oder in seiner Umgebung einen Auftrag zu erledigen haben, sollten diesen Vorteil nutzen, denn die Matrix-Sicherheit wurde ursprünglich so konzipiert, dass sie eine feindliche KI abwehren kann, während die physischen Sicherheitskräfte von Roten Samurai unterstützt werden. Renraku hält sich auf seinem Heimatterrain nicht zurück, besonders in einer Stadt, in der der Konzern zur Zeit an der Spitze der Regierung steht.

Po Lin Kloster (Lantau-Insel)

Wenn man an ein buddhistisches Kloster denkt, stellt man sich normalerweise ein abgelegenes kleines Anwesen vor. Das Kloster Po Lin ist genau das Gegenteil. Als Hongkong im Jahr 2015 nach der Unabhängigkeit strebte, standen die Mönche von Po Lin an der Spitze der religiösen Anführer, die den Sezessionisten Rückendeckung gaben – vor allem, damit sie wieder in den Besitz von wertvollem Grund und Boden auf der Lantau-Insel gelangen konnten, der sich zuvor unter der Kontrolle der unter der Fuchtel von China stehenden Regierung befand. Als aus Hongkong eine freie Stadt wurde, verhandelten die Mönche von Po Lin mit den Konzernen, um ein Teil dieses Landes zu bekommen. Es erübrigt sich zu erwähnen, dass die Mönche äußerst einflussreich und sehr, sehr reich wurden.

Wie man an der sechsundzwanzig Meter hohen Bronzestatue des Buddha, der seinen heiteren Blick über die neu gestaltete Landschaft auf Lantau schweifen lässt, erkennen kann gehen die Mönche von Po Lin nicht gerade subtil mit ihrer Macht um. Sie haben Hongkongs größtes Kloster, das nicht nur Massen von Touristen anlockt, sondern auch unter der Schirmherrschaft mächtiger Wujen steht. Po Lin dient dem Zweck, die Verbindung zwischen der spirituellen Welt und der Konzernwelt in Hongkong zu stärken, sei es durch die Veranstaltung eines Treffens zwischen der SwissBank und einem begabten Geomanten oder als Rückzugsmöglichkeit für einen durchgeknallten Sim-Star. Das Kaliber der Gäste, die durch die Hallen von Po Lin wandern, macht das Kloster zu einem Hauptziel für Extraktionen, die manchmal von konkurrierenden Konzernen und manchmal von rivalisierenden magischen Gruppen in Auftrag gegeben werden.

» Das Kloster Po Lin bildet einige der besten Geomanten und Astrologen von Hongkong aus, was es ihnen ermöglicht, Einfluss auf viele große Deals in der Stadt zu nehmen. Die Konzerne sind klug genug, um sich nicht mit der Tradition und dem Aberglauben von Hongkong anzulegen, also sorgen sie einfach dafür, dass die Mönche von Po Lin ihren Anteil bekommen, während die Mönche Sorge dafür tragen, dass die Sterne den Konzernen wohl gesonnen sind.
» Jimmy No

Wuxing Skytower (Southern Coast, Aberdeen)

In Aberdeen, weit entfernt vom hektischen Central-Distrikt, ist der Wuxing Skytower zweifellos der eindrucksvollste Anblick. Er erstreckt sich achtundachtzig Etagen hoch vom Berghang gen Himmel und bietet einen überragenden Blick auf Aberdeen und seinen Hafen. Die Außenseite des Gebäudes ist mit gerundeten Streben verkleidet, die nach Wuxings Aussagen die Qi-Energie durch das Gebäude hindurch leiten. Im Inneren umkleiden die rechteckigen Außenmauern einen achteckigen Zylinder, der sich über die gesamte Höhe des Wolkenkratzers bis hin zu einem Gartentempel erstreckt, der die obersten fünf Etagen umfasst. Im Zentrum des Gartentempels befindet sich das berühmte Artefakt, das der verstorbene Drache Dunkelzahn Wuxing vermacht hat – der Jadedrache des Windes und des Feuers. Man sagt, dass die magische Macht des Artefakts so groß ist, dass man sie spüren kann, wenn man den Tempel betritt. Doch das ist nur ein Gerücht, und ich kenne niemanden, der jemals dort oben war.

Obwohl Wuxing Gebäude in ganz Hongkong und Asien besitzt, ist der Skytower das Hauptquartier und spirituelle Zentrum des Konzerns. Und das meine ich wörtlich: Die Ahnen der Wu-Familie wurden auf dem chinesischen Friedhof in Aberdeen unweit des Skytowers begraben. Falls ihr irgendwelche Runs im Skytower zu erledigen habt, vergesst nicht, dass die physische und Matrix-Sicherheit verhalten sind, während die magische Sicherheit unglaublich hoch ist. Dutzende von gebundenen Geistern patrouillieren den Tower, und hin und wieder tritt auf seinem Gebiet eine Astrale Passage auf, die einen Job noch viel komplizierter machen kann.

» Es wurde mindestens schon zwei Dutzend Mal versucht, den Qi-Fluss zu stören, der von dem Gebäude ausgeht. Fast alle Versuche sind gescheitert, doch die wenigen, die erfolgreich waren, haben zu merkwürdigen Fluktuationen in der gesamten magischen Umwelt Hongkongs geführt – und zu entsprechenden finanziellen Schäden für Wuxing. Es erübrigt sich zu erwähnen, dass die Sicherheit jedes Mal noch zusätzlich verstärkt wurde.
» Ma'fan

Xuan Wu Aquakology (Tolo-Hafenanlagen)

Evo Navtechs Aqua-Arkologie Xuan Wu ("Schwarze Schnecke") erhebt sich aus den Fluten der Tolo-Anlagen. Die „Aquakologie" ist eine flache, dunkle Kuppel mit einziehbaren Piers und Helipads und groß genug, dass selbst die größten Schiffe des Küstenschutzes in das Trockendock im Inneren fahren könne, wo sie geschützt vor neugierigen Blicken repariert und modifiziert werden. Evo gibt an, dass sich in der Aquakologie die Forschungsprojekte des Konzerns befinden, darunter biotechnologische Laboratorien, Nano-Fabriken, Schiffswerften und sogar das Taifun-Analysezentrum. Es ist außerdem bekannt, dass die Spezialeinheiten des Küstenschutzes im Inneren von Xuan Wu ihr Quartier haben. Wenn der „Schildkrötenpanzer" plötzlich beginnt, unbemannte Drohnen, Stealth-Helikopter und modifizierte Schnellboote auszuspeien, dann wisst ihr, dass irgendwo in Hongkong großer Ärger bevorsteht.

Die Leute fragen sich allerdings, was sich in den Ebenen unterhalb des Meeresspiegels bis hin zum Grund des Meeres befindet. Laut den Berichten, die Evo dem Exekutiv-Rat zur Verfügung gestellt hat, betreibt es dort Aquakultur-Projekte. Doch bis heute hat niemand beobachtet, wie Nahrung die Aquakologie verlassen hat, und es kursieren viele Gerüchte über Dinge, die hineingeschmuggelt werden, einschließlich Gefangener. Diese Gerüchte sollten zwar ausreichen, um jeden Shadowrunner neugierig zu machen, doch ihr dürft nicht vergessen, dass es sich um eine maritime Anlage auf dem Meeresboden handelt, die über das gesamte militärische Potenzial verfügt, das man bei einer solchen Einrichtung erwartet. Die einzige Möglichkeit, die Aquakologie zu erreichen, führt über den See- und Luftweg, und selbige werden mit einem engen Sensorennetzwerk überwacht.

» Wirklich mutige Schmuggler versuchen hin und wieder, das Xuan-Wu-Sensorennetz zu umgehen und ihre Fracht so von Shenzhen auf dem schnellsten Weg zu den Piraten in Sai Kung oder zum Kai Tak-Nachtmarkt zu transportieren. Das ist ein

äußerst riskantes und potenziell tödliches Unterfangen, doch diese Route ist schnell und ermöglicht euch möglicherweise, schneller am Markt zu sein als eure Konkurrenten – wenn es gut geht.
• Rigger X

• Vor einem Jahr wurde der Vorsitzende Deng unter Druck gesetzt, damit er eine Untersuchung der unterirdischen Ebenen der Aquakologie einleitet, da sich einige Personen Sorgen um die Sicherheit der Stadt machten. Die Untersuchungen verliefen ergebnislos und wurden mittels konzernpolitischer Manöver begraben.
• Sunshine

• Es war nicht gerade hilfreich, dass zwei Schlüsselzeugen, die behaupteten, die Unterwasserebenen der Aquakologie persönlich gesehen zu haben, bereits zu Beginn der Untersuchung „verloren" gingen.
• Fianchetto

DAS AROMA DER UNTERSTADT

Hongkong besteht nicht nur aus Pomp und Glamour. Tatsächlich haben sich dort, wo sich der Exekutiv-Rat abgewendet hat, weil eine Investition seinen Konzernherren nicht dient, klaffende Wunden im Metroplex aufgetan. Manchmal können diese Örtlichkeiten hilfreich für uns Shadowrunner sein, ansonsten sind sie aber für uns genauso gefährlich wie für jeden anderen auch.

Kowloon Walled City

Einige urbane Höllen sterben einfach nicht, ganz gleich, wie viele Bulldozer über sie hinwegwalzen und wie viele Blumen dort gepflanzt werden. Als Hongkong noch von den Briten regiert wurde, war die Kowloon Walled City ein vergessener Slum, ein früheres chinesisches Fort, das von Obdachlosen bewohnt wurde, um die sich die Briten einen Drek gekümmert hatten bzw. die sie nicht vertreiben konnten. Am Ende des 20. Jahrhunderts führten gemeinsame Bemühungen der Briten und der Chinesen zur Evakuierung und Zerstörung der Walled City. Die Mietskasernen wurden abgerissen und ein beschaulicher Park angelegt, um die finsteren Erinnerungen zu verdecken, die das Vermächtnis dieses Gebietes waren.

Aber das hielt die Bewohner nicht davon ab, zu behaupten, dass der Schaden längst angerichtet war, dass das Land so pervertiert war, dass es nicht wiederhergestellt werden konnte. Als das Erwachen die alten magischen Mysterien wieder sichtbar nach Hongkong zurückbrachte, behaupteten die Leute, dass der Park noch schlimmer wurde, geprägt von finsterem Yin und verdorbenem Yang aus Jahrzehnten des Todes und der Gewalt, die hier einst an der Tagesordnung waren. Abergläubische Chinesen zogen immer weiter von dem Gebiet weg, und die Grundstückspreise fielen in den Keller, als Flüchtlinge aus den von Kriegen zerrissenen asiatischen Nationen nach Hongkong strömten, um den Frieden zu suchen, den sie niemals finden würden.

Der Exekutiv-Rat sah sich mit einem wachsenden Druck von außen konfrontiert, als Obdachlose in die Viertel von Kowloon strömten und die Kriminalität mit sich brachten. Aus dieser verzweifelten Situation entwickelte sich im Jahr 2032 eine Übereinkunft: Die Konzerne verpflichteten sich, billige Wohnkomplexe zu errichten, um das Obdachlosenproblem zu lösen, und die Stadt verpflichtete sich, in dem Gebiet die Bauvorschriften zu senken und steuerliche Anreize für die helfenden Konzerne zu schaffen. Wie immer in solchen Situationen hatten die Bewohner fast nichts von dieser Vereinbarung. Das Gebiet in der Umgebung des Parks, wo die Grundstücke praktisch wertlos waren, wurde von den Konzernen aufgekauft und mit unsicheren Mietskasernen zugebaut, die so klaustrophobisch nah aneinander errichtet wurden, dass sie von außen fast wie eine Mauer wirkten, die das Gebiet abschottet. Die Versorgungsinfrastruktur, die Kanalisation und die Sicherheit in der neuen Kowloon Walled City waren mehr als mangelhaft, während es kaum an Kriminalität und Verzweiflung fehlte. Die Konzerne überließen es sogar den Triaden, die Wohnungen dort zu vermieten, weil der Slum so entsetzlich geworden war, dass sie nicht mehr bereit waren, selbst einen Fuß in dieses Gebiet zu setzen.

Eine schlimme Situation wurde nur noch schlimmer. Die Mietskasernen, die von Anfang an eine schlechte bauliche Substanz hatten, sind nun vierzig Jahre alt. Ganze Etagen stürzen ein, nur um von Obdachlosen wieder saniert und besetzt zu werden, sobald die Leichen der früheren Bewohner von den Organsammlern der Black Chrysanthemums eingesammelt wurden. Bewaffnete Müllentsorgungsdrohnen kommen so selten vorbei, dass in den engen Straßen riesige Müllhaufen vor sich hin glimmen und Giftwolken zu den Bruchbuden weiter oben aufsteigen. Die Mieter machen Jagd aufeinander und verkaufen und verraten sich gegenseitig, nur um die dürftigen Mieten zahlen zu können. Dabei scheuen die Triaden nicht davor zurück, ein Exempel an jedem zu statuieren, der mit den Mietzahlungen in Verzug gerät. Der Astralraum ist verseucht von den vergangenen und heutigen Verbrechen und den Emotionen der Verdammten.

Ganz gleich, für wie zäh ihr euch haltet, die Kowloon Walled City wollt ihr nach Einbruch der Dunkelheit mit Sicherheit niemals betreten. Die Szenen, die sich dort am Tage abspielen, sind grausam genug, doch die hinter vorgehaltener Hand verbreiteten Gerüchte über das, was nach Sonneuntergang geschieht, sind unendlich viel schlimmer.

• Der Schmerz und das Leid an diesem Ort sind absolut menschlich, aber die Dinge, die sich daran laben, sind es nicht.
• Man-of-Many-Names

• Die Walled City ist mit nichts in Seattle zu vergleichen, während es an Orten wie Metropole und Kapstadt ähnliche Slums gibt. Die Hochhäuser stehen so eng aneinander, dass man an einigen Fenstern nur die Hand ausstrecken muss, um das gegenüberliegende Hochhaus zu berühren. Zwischen diesen Gebäuden befinden sich Irrgärten aus völlig überlasteten Kabeln und Leitungssystemen, die den Unrat ableiten sollen. Der größte Teil der Walled City verfügt nicht über Matrix-Zugang, doch hin und wieder tauchen einen Moment lang Hot Spots auf, die meist von den Triaden oder merkwürdigen Techno-Stämmen installiert wurden.
• 2XL

Mamasan Laan's (Southern Coast, Aberdeen)

Von außen gibt es keinen Hinweis auf diese kleine, aus der Kolonialzeit stammende Villa in Aberdeen. Entweder man weiß, wo man ist, oder man weiß es nicht. Die Einheimischen nennen sie „Mamasan Laan's" wegen der Dame, die den Laden schmeißt – eine matronenhafte Elfen-Dame namens Laan. Technisch betrachtet arbeitet sie für die Smoke Circle Society, doch in den Räumlichkeiten ihres Bordells hat sie das Sagen. Und lasst euch davon nicht in die Irre führen, denn ihre Sorge um die Mädchen in ihrem Haus dauert nur so lange an, wie sie für sie Geld verdienen und ihren Einfluss mehren. Nach außen ist sie charmant und freundlich, doch in ihrem Inneren pumpt ein eisernes Herz Frostschutzmittel durch ihre Adern.

Die Smoke Circle Society ist ein wenig altmodisch. Sie haben keine maßgeschneiderten Prostituierten, die der neueste Schrei in diesem Markt sind. Statt dessen nutzen sie arme und unterdrückte Familien aus ganz Asien aus und kaufen ihnen junge, ungewollte Mädchen für ein paar Nuyen ab. Sie bilden die Mädchen dann in den kulturellen Besonderheiten Hongkongs aus, bringen ihnen die Sprache und Umgangsformen bei und machen sie anschließend von Substanzen aus dem Goldenen Dreieck abhängig. Die Mädchen enden in einer traurigen Art von Glamour, die noch immer auf viele Männer in dieser Stadt attraktiv wirkt, besonders auf die Mächtigen. Mama-san Laan weiß, dass es nach wie vor einen Markt für ihr „klassisches Produkt" gibt, und sie verfügt über ein weit reichendes Guanxi-Netzwerk, das in die höchsten Kreise der Elite hineinreicht. Die kleine schwarze Liste in ihrem Kopf könnte einige wichtige Leute und Strukturen in der Stadt zum Einsturz bringen, wenn sie jemals die berechnenden Synapsen in ihrem Schädel verlassen sollte.

Six Demon Bag (an unterschiedlichen Orten in Kowloon City)

Jeder kennt die Astrale Passage, die regelmäßig am Wuxing Skytower auftaucht, doch das ist nicht das einzige astrale Phänomen in dieser Stadt. Seit dem Erwachen kursieren Geschichten darüber, dass es in den nur noch von Obdachlosen bewohnten großen Lagerhausgebieten und Parkgaragen südwestlich des geschlossenen Kai Tak-Flughafens spukt. Aber die Leute erzählen nicht nur von Obdachlosen und Geistersichtungen, sondern auch von der „Six Demon Bag", einer Art wandernden Arena für magische Duelle. Ein Wujen namens Lei organisiert diese Duelle, bei denen Wizkids gegen Triaden-Schüler antreten und darum kämpfen, wer magisch überlegen ist. Die Astralen Passagen, die hin und wieder in dieser Gegend auftauchen, sind die perfekten Schauplätze für diese Duelle, da sie das astrale Feuerwerk auch für die Augen von weltlichen Zuschauern sichtbar machen. Lei scheint ein verborgenes Talent dafür zu besitzen, das Auftauchen der Astralen Passagen vorherzusagen, so dass die Duelle bereits Tage vorher organisiert werden können, selbst wenn die Passagen nur für wenige Stunden auftauchen.

Mundproganda ist die einzige Möglichkeit, um herauszufinden, wo und wann ein Duell stattfindet, doch in den richtigen Kreisen verbreitet sich schnell die Neuigkeit, dass Lei ein neues Duell angesetzt hat. Die meisten Duelle werden von den astralen Körpern der beiden Gegner mittels astraler Manipulation ausgetragen und sind für Zuschauer völlig ungefährlich, doch ab und zu gibt es auch Spruchzauberei-Duelle. Lei errichtet gelegentlich Hüter, um die Zuschauer zu schützen, aber da ein Hüter auch die Sicht auf das magische Duell beeinträchtigt, müssen viele Zuschauer selbst für ihre magische Verteidigung sorgen.

» Abgesehen von den Feuerbällen, die immer mal wieder ausreißen, greifen auch feindselige paranormale Kreaturen oder Geister in die Duelle ein. Die Astrale Passage ist ein helles Leuchtfeuer für Wesen, die im Astralraum nach Beute suchen, und die Duellanten sind besonders verwundbar gegen Überraschungsangriffe. Zuschauer halten sich also auf eigenes Risiko dort auf.
» Ethernaut

Yen-Yen (Wanchai-Causeway)

Der Name dieses Ladens stammt aus dem kantonesischen Opium-Slang und bezeichnet sowohl die Droge selbst als auch den Abhängigen. Der Name passt, denn Yen-Yen ist ein Ort, an dem man praktisch an alles gelangt, was man gerne haben möchte und anderswo nicht bekommt. Auf den ersten Blick sieht das Yen-Yen aus wie ein Kräuterteeladen mit denselben riesigen Messingkesseln und Teetöpfen wie in einer Million anderer Teeläden auch. Doch jeder weiß, dass das wirkliche Geschäft einige Etagen darunter in labyrinthartigen Gewölben gemacht wird. In dieser Drogenhöhle werden die unterschiedlichsten Drogen verkauft und konsumiert. Kong-Chips, Dream-Chips, Emo-Chips, Heroin, Bliss, Zen, Rote Ordichee – hier be-

DATENEMPFANG ...

kommt man alles, was das Herz begehrt. Und wenn man den Stoff bezahlt hat, steht es einem frei, sich damit in eine dunkle Ecke der tieferen Ebenen zu verziehen und ihn sich dort reinzuziehen. Wenn man dabei draufgeht, übergeben die Betreiber den Leichnam einfach an die Black Chrysanthemums, die bestimmt noch eine Verwendung für ihn haben.

Das Zeug, das man im Yen-Yen bekommt, ist nicht billig, und qualitativ besser als das, was man auf der Straße kaufen kann. Das kommt durch den hohen Preis, den der Laden für die Kontakte zu verschiedenen Hongkong-Triaden und für das Schweigen der Cops bezahlen muss, damit sie den Laden dulden. Dafür werden den Kunden eine große Produktvielfalt und stets volle Regale geboten, so dass hier eher die Wohlhabenden als die typischen Straßenjunkies aus Kowloon City bedient werden – nicht, dass man sie anhand ihres wirren Gebrabbels in den Gewölben auseinander halten könnte.

Ein Tipp für Shadowrunner: Gegen eine gewisse Gebühr kann man im Yen-Yen jemanden gegen seinen Willen mit Drogen abfüllen und ihn vorübergehend dort festhalten lassen. Wenn ihr also jemanden ruhig stellen oder eine Zeit lang verstecken wollt und es dabei nicht auf den einwandfreien Gesundheitszustand der betreffenden Person ankommt, dann solltet ihr diese Option in Erwägung ziehen. Aber seid vorsichtig, denn wenn euer Gefangener wertvoll für die Triaden sein sollte, wird Yen-Yen nicht zögern, ihn auszuliefern. Dafür ist der Laden den Triaden einfach zu viele Gefallen schuldig.
Hannibelle

GRENZWELTEN

Es gibt Orte in Hongkong, die sich einer einfachen Kategorisierung widersetzen. Seltsame, rätselhafte und absolut mysteriöse Orte, bei denen man nie ausschließen kann, dass man im Laufe eines Runs einmal dort landet.

Das Myriad Dream (Wanchai-Causeway)

Einen ahnungslosen Betrachter könnte das Myriad Dream an eine schlechte Kopie der nordamerikanischen Sarg-Clubs erinnern. Die Gäste bezahlen am Eingang, um an einer Reihe von Hütern vorbei in den Club zu gelangen, wo sie Auftritte von Bands zu sehen bekommen, denen es eher auf Emotionen als auf Talent ankommt – zum Wohle von astralen Zuschauern. Hier gibt es aber keine Särge, was bedeutet, dass die magisch aktiven Gäste die Auftritte meistens einfach mittels astraler Wahrnehmung verfolgen. Nur wenige sind so unklug, ihren Körper auf dem Boden des Nachtclubs zurückzulassen. Alles in allem haben die meisten ausländischen Gäste nach dem Club-Besuch die brennende Frage auf den Lippen, warum in Hongkong einfach alles falsch gemacht wird.

Aber wie es in Hongkong oft der Fall ist, findet die wirkliche Action natürlich hinter den Kulissen statt. Wer die richtigen Leute kennt und den richtigen Eintritt zahlt, wird die Treppen hinabgeführt, vorbei an weiteren Hütern, direkt in ein unterirdisches Atrium, wo die richtige Show abgeht. Hier verlassen die speziellen Gäste ihre Körper in einer von achtzehn bequemen Zellen und betreten den Astralraum des Atriums, wo talentierte Beschwörer ihr Leben riskieren, indem sie wundersame Vorführungen mit Geistern machen. Mächtige gebundene Geister erzählen Geistergeschichten voll emotionaler Poesie, die für die Beobachter im Astralraum fesselnd und berauschend zugleich sind. Viele fragen sich, ob auch nur eine einzige dieser unglaublichen Geistergeschichten war ist, doch das spielt kaum eine Rolle, denn die Darbietungen sind in jedem Fall atemberaubend.

Diese ganze Sache wird irgendwann nach hinten losgehen. Die Nachfrage nach immer spektakuläreren Geschichten führt dazu, dass immer exotischere und mächtigere Geister beschworen werden. Es wird nicht mehr lange dauern, bis sie eine Insektenkönigin, einen Blutgeist, einen Giftgeist oder noch Schlimmeres herbeirufen ...
Axis Mundi

Es gibt noch Schlimmeres?
Jimmy No

Auf jeden Fall. Und woher sollen wir wissen, ob sie es nicht längst versucht haben?
Man-of-Many-Names

Die Market Research Group (Hongkong-Gitter)

Gemeinhin wird angenommen, dass die Market Resarch Group (alias „MRG" oder „Das Archiv") als eine der weltweit größten Marketing-Datenbanken zu einem der ersten Opfer des Crashs 2.0 wurde und von den ersten Wellen des Jormungand-Wurmes dahingerafft wurde, aber in Wirklichkeit ging die MRG an diesem Tag nicht mit dem Rest des Singapur-Gitters zu Grunde. Dies verdanken sie ausschließlich der gewaltigen Paranoia von Renraku, das nach dem ersten Auftauchen von Deus damit begonnen hatte, alle virtuellen Datenwerte hinter dicken Schichten aus Geheimhaltung und Sicherheit zu verbergen. Dabei bemühte sich der Konzern insgeheim auch darum, die unendlichen Massen an Kreditdaten, Käuferprofilen und Transaktionsdaten der MRG zu sichern. Als die Market Research Group dann in Singapur abstürzte und zerstört wurde, war die von Renraku angefertigte Hongkong-Kopie das weltweit einzige Backup dieser Informationen.

„Das Archiv" ist ein passender Spitzname für den Host, da hier Daten über das Kaufverhalten von Milliarden von Leuten aufbewahrt und von zahllosen virtuellen Agenten nach allem durchforstet werden, was für Renraku von Wert sein könnte. Der Konzern verkauft die Informationen an Kreditunternehmen, PR-Unternehmen und sogar Spammer, die nach den richtigen Opfern suchen – eine unendlich wertvolle Dienstleistung in Zeiten der Erweiterten Realität der Matrix. Obwohl einige begabte Hacker es geschafft haben, sich einen Weg in das neue Archiv zu bahnen, gibt es in den inneren Kreisen der MRG keine Geheimgesellschaft aus Hackern (wie es beim alten Archiv der Fall war), und der Konzern verteidigt seine wertvolle Datenbank erbittert. Der neue virtuelle Host der Market Research Group ist ein Labyrinth von Regalen aus kaltem, gebürstetem Stahl und Akten – eine Mischung aus Datenlager, Leichenschauhaus und Sanatorium. In dem Labyrinth streifen Agenten mit der Ikonographie hagerer Mönchsgestalten umher und durchforsten still und leise die Informationen. Autorisierte Nutzer greifen entweder über den virtuellen Host oder über AR-Interfaces auf das Archiv zu.

Das neue Archiv ist Renrakus kleines Geheimnis. Obwohl sie viele dieser Daten an den Höchstbietenden verkaufen, hat der Konzern niemals damit Werbung gemacht oder auch nur öffentlich zugegeben, dass er noch immer ein vollständiges Backup der MRG besitzt. Der Grund ist offensichtlich: Vielen anderen Megakonzerne gehörte ein Anteil an der ursprünglichen MRG, und sie wären ziemlich angepisst, wenn sie erfahren würden,

dass man ihnen die Kontrolle über ihr kleines Datenparadies direkt vor der Nase weggeschnappt hat.
» Pistons

» Ich verwette meinen Allerwertesten darauf, dass die meisten anderen Megakons bereits vom neuen Archiv wissen. Aber was können sie schon tun? Sie könnten die Sache vor den Konzern-Gerichtshof bringen, doch es wäre ziemlich schwierig, Renraku dafür zu verklagen, dass der Konzern Daten kopiert hat, die zum Teil auch ihm gehörten. Ich bin sicher, sie finden andere Mittel und Wege, um es Renraku heimzuzahlen.
» Glitch

» Die meisten Sysops und Veteranen des alten Data Haven, die im Herzen des Singapurer Archivs arbeiteten, verloren bereits in den ersten Minuten des zweiten Crashs ihr Leben. Von einer Handvoll von ihnen habe ich aber gehört, dass sie überlebt und es nun auf Hongkongs MRG abgesehen haben. Rechnet mit einem baldigen Feuerwerk.
» Slamm-0!

Das Whampoa (Kowloon City)

Als die Wirtschaft von Kowloon City den Bach hinunter ging, wurden viele Anwesen der bankrotten Unternehmen von Obdachlosen und Gangs besetzt. Das direkt vor dem Hafen in der Gegend von Hung Hom gelegene, bizarre Whampoa, das einst ein Einkaufszentrum mit dem Aussehen eines Schiffes war, war keine Ausnahme. Im Laufe der Jahrzehnte wurde es zur Heimat für eine ganze Reihe merkwürdiger urbaner Stammesgemeinschaften, während die Whampoaner von heute ein seltsamer Stamm aus Techno-Fetischisten und Bastlern sind. Über die Antennen, die an den höchsten Masten des Schiffes installiert wurden, betreiben sie Hongkongs lokalen Data Haven, der schlicht und einfach als Whampoa Data Haven bekannt ist. Die Betreiber bieten einer Reihe von Gangs und Triaden in Hongkong technologische Unterstützung an und werden im Gegenzug vor physischen Eindringlingen beschützt. Vor sieben Jahren wurde selbst der Versuch der Hongkonger Polizei, den Data Haven zu stürmen, mit den vereinten Kräften mehrerer Gangs abgewehrt, die sich normalerweise gegenseitig bekämpfen. Die Whampoaner sind eine zu wertvolle Ressource, als dass man auf sie verzichten könnte.

Der Stamm lebt im Wesentlichen im früheren Jusco-Kaufhaus, das sie in ein Lager aus Zelten und abgetrennten Wohnboxen verwandelt haben. Was einst Whampoas größte Spielothek war, wurde zur Werkstatt des Stammes, die mit Computerteilen, Kabeln und aktiven AR-Displays übersät ist. Das Motiv des Schiffes wurde auf die AR- und VR-Ikonographie des Whampoa Data Havens übertragen, so dass auch die virtuelle Landschaft des Data Havens wie ein großes Schiff aussieht, das über das Gitter treibt. Die geheimnisvollen Whampoaner, die den Data Haven betreiben, reden sogar voller Verehrung über jemanden, den sie den „Kapitän" nennen, doch diese Person hat noch niemand außerhalb des Stammes jemals zu Gesicht bekommen.

» Die Whampoaner haben einige Technomancer in ihren Reihen und stellen möglicherweise sogar deren größte Gruppe in ganz Hongkong. Andere Technomancer leben überall im Metroplex verteilt, von den Matrix-Gangs von Mong Kok bis hin zu den Forschungslaboratorien in Central. Das Whampoa ist der einzige Ort, an dem sie sich versammeln.
» Glitch

» Wenn du das sagst.
» Puck

Wong Tai Sin Temple (Kowloon City)

Der Wong Tai Sin Temple ist die größte Tempelanlage von Kowloon und eine der größten Anlagen von Hongkong. Er enthält Dutzende von Schreinen, die chinesischen Gottheiten gewidmet sind, darunter der Schrein des Wong Tai Sin, eines der Großen Unsterblichen der Taoisten. Der Tempel wird häufig von den Verzweifelten und Armen aufgesucht, die in Kowloon City leben und sich die Reise zu den monumentalen Tempeln auf der Lantau-Insel nicht leisten können. Die gesamte Anlage ist mit Hunderten von brennenden Räucherstäbchen übersät. Einige Gebäude im Inneren der Tempelanlage sind jedoch für die Besucher verschlossen, und selbst die hiesigen Triaden fürchten sich davor, gegen das Verbot der Mönche zu verstoßen. Wujen, die diese Tempelanlage gesehen haben, behaupten, dass im Qi der verbotenen Tempel etwas Seltsames verborgen liegt.

Die Einheimischen erzählen, dass im Inneren der Tempel eine echte Gottheit lebt. Je nachdem, wen man fragt, handelt es sich dabei um einen taoistischen Unsterblichen, der von religiöser Alchemie durchdrungen ist, oder um einen mumifizierten Buddha, der durch religiöse Hingabe an diese Welt gebunden bleibt. Einige behaupten sogar, dieser Person persönlich begegnet zu sein. Sie erzählen, dass ihr Körper in eine prächtige Seidenrobe gehüllt war, als sie durch die Tempelanlage wanderte. Abgesehen von diesen Gerüchten existieren jedoch nur wenige Hinweise, die solche Behauptungen stützen könnten. Was bleibt, ist purer Aberglaube.

» Irgendetwas stimmt absolut nicht mit dem Astralraum in der Nähe dieser verbotenen Tempel. Es ist schwer zu beschreiben, weil der Astralraum dort ständig von den Mönchen gereinigt wird, doch man kann es definitiv spüren, wenn man sich den Gebäuden nähert. Haltet euch besser fern, denn die Mönche nehmen ihre Aufgabe sehr ernst.
» Jimmy No

» Die Unsterblichkeit eines lebenden Buddhas darf nicht sein, und die Welt weiß das.
» Man-of-Many-Names

» Dahinter steckt weitaus mehr. Lest die Informationen über das Büro des Himmels und der Erde, die ich an anderer Stelle zur Verfügung gestellt habe.
» Puck

» Ich kann euch nicht viel über die finsteren Geheimnisse dieses Tempels sagen, aber eines weiß ich mit Sicherheit: Vor vier Monaten wurde ich angeheuert, um eine Person von dem Anwesen zu extrahieren. Es wird euch kaum überraschen, dass es sich bei der Zielperson um einen Mönch handelte. Ich glaube aber nicht, dass Mr. Johnson wusste, dass ich so viel über asiatische Religionen weiß. Ich erkannte an der Robe dieses Mönches, dass er weder ein Anhänger des Taoismus noch des Chinesischen Buddhismus war. Es war ein Tibetanischer Buddhist.
» Sticks

REGIERUNG: DER SCHWANZ DER SCHLANGE

geposted von Money Lee

In Hongkong haben die Leute eine Redensart: „Man kann nicht sagen, wo bei einer Schlange der Körper endet und der Schwanz beginnt.“ Der Schwanz der Schlange ist Hongkongs Regierung, und der Körper sind die Konzerne. Ganz gleich, wie genau man hinschaut, es ist schwer zu sagen, wo das eine endet und das andere beginnt. Die Analogie können wir sogar noch weiter treiben: Der Schwanz der Schlange folgt immer dem Körper. Ich nehme an, dass wir die Knechtschaft von Hongkongs Regierung die ganze Nacht über beklagen könnten, aber die aktuelle Situation ist im Prinzip so, wie es hier schon immer war. Das Einzige, das sich geändert hat, sind diejenigen, die das Ruder in den Händen halten. Einst waren es die Briten. Dann war es die Volksrepublik China. Jetzt sind es die Konzerne. Wenigstens heucheln uns die Kons nicht vor, kommunistisch zu sein.

Das Rückgrat von Hongkong ist die Regierung, bestehend aus dem Gouverneursrat. Das klingt sehr reizvoll und nach kuscheligen Kolonialzeiten, und fast stellt man sich dabei ein gemütliches kleines Zimmer voller pummeliger Generäle und Kaufleuten mit Schnauzbärten und Monokeln vor, die bei einem leckeren Tee über die Politik diskutieren. Sorry, Leute, aber heutzutage handelt es sich dabei um einen klimatisierten Konferenzraum voller Konzernanwälte in maßgeschneiderten Anzügen von C. K. Cheung's. Als die Konzerne Hongkong im Jahr 2015 in die Unabhängigkeit führten, dachten sie natürlich zuerst an sich selbst, als es darum ging zu entscheiden, wer künftig das Sagen haben sollte. Und lasst es uns offen aussprechen, repräsentative Demokratie ist so verdammt ... unberechenbar. Also beschlossen sie, den Mittelsmann gleich ganz wegzulassen und eine Konzernregierung einzuführen, deren Basis der Gouverneursrat bildet.

Glaubt man der Werbung, dann ist der Gouverneursrat eine Versammlung der hiesigen Konzerne, denen Hongkongs Wohlergehen und die Zukunft der Stadt am Herzen liegen. Und wer bestimmt, welche Konzerne einen Sitz im Rat bekommen und den Laden schmeißen? Nun, die Konzerne selbst natürlich, wer sonst? Ständig bewerben sich neue Kons um die Mitgliedschaft und veranstalten selbstherrliche Präsentationen vor dem Gouverneursrat, um zu beweisen, dass sie einen Sitz verdient haben. Die Grundvoraussetzung ist, dass der Bewerber seinen Hauptsitz in Hongkong hat (ausländische Konzerne bewerben sich deshalb üblicherweise über ein hiesiges Tochterunternehmen), doch das ist noch längst nicht alles. Ein aussichtsreicher Kandidat muss beweisen können, dass er nachweislich in Hongkongs Wachstum investiert hat. Dies kann auf unterschiedliche Weise geschehen, doch im Grunde dreht sich alles um die Frage, ob der Bewerber den Zielen des Gouverneursrats dienen kann. Wenn drei Viertel der Konzerne, die zu der Zeit einen Sitz im Rat haben, eine Kandidatur unterstützen, weil ihnen der neue Konzern von Nutzen sein kann, dann bekommt der Rat ein neues Mitglied. Und wenn

DATENEMPFANG ...

nicht, nun, nächstes Jahr gibt es eine neue Chance. Zur Zeit gehören 28 Konzerne dem Gouverneursrat an. Das sind verdammt viele Konzernanwälte in einem einzelnen Raum und deshalb meiner Meinung nach ein verdammt lohnenswertes Ziel für ein Orbitalbombardement.

DER EXEKUTIV-RAT

Wie es sich in der Konzernwelt gehört, heuert man jemanden an, wenn es um die schmutzige Arbeit geht. Eine Stadt zu lenken ist eine verdammt undankbare und anstrengende Sache, bei der man zumindest so tun muss, als würde man den ungewaschenen Massen Rede und Antwort stehen. Also gründete der Gouverneursrat als geschäftsführendes Organ den Exekutiv-Rat, ein achtköpfiges Komitee bestehend aus vorbildlichen Hongkong-Bürgern, der die Aufgabe hat, die Massen zu repräsentieren und die Geschäfte der Stadt in ihrem Namen zu leiten. Aber natürlich wird auch dieser Rat nicht gewählt. Alle zwei Jahre werden zwei Mitglieder neu festgelegt, indem die Konzerne potenzielle Kandidaten vorschlagen und sich hinter geschlossenen Türen auf die neuen Mitglieder einigen. Und jeder einzelne dieser Kandidaten steht natürlich auf der Gehaltsliste irgendeines Konzerns, in welcher Form auch immer. Et voilà, fertig ist die Regierung!

> Früher wechselten die Mitglieder des Exekutiv-Rates in einem festen, vierjährigen Turnus. Doch der ist immer größer geworden, weil den einflussreicheren Konzernen die Vorstellung nicht gefiel, dem Rat über längere Zeit nicht anzugehören, bis sie wieder „an der Reihe" sind. Im Chaos des Crash 2.0 im Jahr 2064 änderten sie deshalb die Regeln, und die kleinen Hanseln konnten absolut gar nichts dagegen unternehmen.
> Cosmo

Der Exekutiv-Rat fungiert als Hongkongs gesetzgebende und ausführende Gewalt. Obwohl die Gesetze de facto von Teams aus Konzernanwälten geschrieben werden, stimmt der Exekutiv-Rat pro forma über sie ab, wobei eine Mehrheit aus sechs Stimmen erforderlich ist. Einmal im Jahr bestimmen die Mitglieder aus ihrer Mitte einen Vorsitzenden, dessen Aufgabe es ist, die Tagesordnung zu schnüren (und die Punkte zu streichen, die seinen Konzernherren nicht gefallen). Obwohl eine Ratsmitgliedschaft maximal acht aufeinanderfolgende Jahre zulässig ist, gibt es keine Begrenzung dafür, wie viele dieser Jahre ein Mitglied als Vorsitzender dienen kann.

> Die alte Tradition, dass jedes Ratsmitglied der Angestellte eines bestimmten Konzerns ist, beginnt aus der Mode zu geraten. Wir reden hier von einfacher Algebra: es gibt acht Sitze im Exekutiv-Rat und 28 Konzerne im Gouverneursrat, und welcher Konzern möchte sich da zur Deko reduzieren lassen? Seitdem der Rat gewählt wird, neigen die beliebteren Ratsmitglieder dazu, sich von mehreren Konzernen unterstützen zu lassen oder sogar ganze Industriezweige zu repräsentieren.
> Fianchetto

Deng Sai-Kan

(Ende der Amtszeit im Jahr 2072, unterstützt von Xiao-Renraku und Eastern Tiger Corporation)

Herr Deng, ein fünfundfünfzig Jahre alter ehemaliger Prozessanwalt und Vertragsgestalter, ist ein Wiesel und Konzernhaudegen. Er half Renraku bei der Übernahme von Xiao Technologies von Evo, was zweifellos dazu führte, dass er nun als Sprachrohr von Renraku im Exekutiv-Rat dienen darf. Obwohl sich seine Amtszeit bald dem Ende nähert, hat er in den vergangenen fünf Jahren als Vorsitzender gedient, was schon eine kleine Meisterleistung ist.

> Deng bekommt eine Menge Unterstützung in Form von Informationen über die Datensicherheit in der Stadt, die ihm von Xiao-Renraku zugespielt werden. Es ist kein Zufall, dass das letzte Ratsmitglied, das mit ihm aneinander geriet, nach einem Techtelmechtel mit einer minderjährigen Filipina mit gefesselten Händen abgeführt wurde. Seitdem sind die anderen Ratsmitglieder eher zögerlich, wenn es darum geht, Dengs Vorschlägen allzu großen Widerstand zu leisten.
> Glitch

Dengs „Hauptziel" wird ihm von seinen Gönnern bei Xiao-Renraku zugeflüstert: NeoNET von der Stadt fernhalten. Was diesen Punkt betrifft, hat er seinen Job bis jetzt verdammt gut erledigt, und alle Versuche seitens NeoNET, in der Stadt Fuß zu fassen, mit einem endlosen Papierkrieg und Untersuchungen hinausgezögert. Aber Deng Sai-Kans Zeit im Exekutiv-Rat nähert sich dem Ende, und der Wind weht langsam aus einer anderen Richtung: Die neuen Ratsmitglieder scheinen sich eher um die Flüchtlingsproblematik zu kümmern, als darum, NeoNETs Einfluss in der Stadt einzudämmen.

Diego Mangabat

(Ende der Amtszeit im Jahr 2072, unterstützt von Daiatsu und Einwanderungsaktivisten)

Diego Mangabat ist wahrscheinlich am Besten bekannt für seine Trid-Spots, in denen er unten in Kwan Tong und Kwai Tsing die Hände von Einwanderern schüttelt. Alles groß in Szene gesetzt, natürlich. Aber da Mangabat selbst ein Immigrant ist, ein Filipino, der es vom einfachen Arbeiter bis zum Vizepräsidenten von Daiatsu Hongkong gebracht hat, nehmen es ihm die Leute ab. Er ist ein bunter Hund im Exekutiv-Rat, denn er trägt leuchtende Hawaii-Hemden und spricht mit einfachen Worten zu den Leuten. In letzter Zeit ist er jedoch recht leise geworden, als wenn ihn jemand unter Druck setzen würde, damit er vor dem bevorstehenden Ende seiner Ratsmitgliedschaft nicht mehr allzu große Wellen schlägt.

> Ein Huk-Rebell von den Philippinen, für den ich vor einigen Jahren gearbeitet habe, spuckte vor sich auf den Boden, als er Mangabats Namen hörte. Er behauptete, er habe sein Volk verraten und für seine japanischen Herren persönlich als Aufseher in einem Sklavenlager gearbeitet.
> Kane

> Falls es dafür Beweise gibt, könnte er mit seiner schmutzigen Vergangenheit erpresst werden. Die Einwanderer, die Mangabat normalerweise unterstützten, würde sich sofort von ihm abwenden, wenn sie Wind von der Sache bekämen. Ich denke aber, die Frage sollte eher lauten: Wer hat Diego Mangabat in der Hand, und was möchte er damit erreichen?
> Fianchetto

Yi Jing-Ze

(Ende der Amtszeit im Jahr 2074, unterstützt von Wuxing)

Die in die Jahre gekommene Matriarchin Yi Jing-Ze ist eine reiche Gönnerin der Künstlergemeinde von Hongkong. Sie sitzt in den Vorständen von rund einem halben Dutzend Museen und Galerien im Bezirk Wanchai. Früher war sie eine erstklassige Ökonomin in Diensten von Wuxing Financial Services, und der Ruhestand, den sie mittlerweile schon seit zwölf Jahren genießt, bedeutet nicht, dass ihr einstiger Arbeitgeber nicht hin und wieder einen Gefallen einfordert, den sie ihm noch immer schuldet.

● Ich glaube, sie war mit der Hälfte der Senior-Execs von Wuxing Hongkong verheiratet. Sie ließ sich jüngst von ihrem Ehemann Nummer Fünf scheiden, dem Finanzvorstand (CFO) eines Wuxing-Tochterunternehmens namens Minh-Pao Exports.
● Ma'fan

● Minh-Pao Exports, hm? Dieser Laden wurde mit allerlei illegalen Aktivitäten in Verbindung gebracht, einschließlich Verbindungen zur Mafia und Yakuza. Falls Minh-Pao wirklich illegale Gelder für ein Syndikat waschen sollte, hat Jing-Zes Ex-Mann sicherlich etwas damit zu tun. Vielleicht hat Frau Yi auch Verbindungen zu Gruppierungen, die noch übler sind als Wuxing.
● 2 XL

Yi Jing-Ze ist eine hartgesottene Konservative, die sich strikt gegen Einwanderung ausspricht. Neulich hat sie öffentlich die Kürzung der Regierungsausgaben für Immigranten sowie Ausweisungen gefordert. Sie tritt knallhart für strengere Grenzkontrollen ein, von denen sie im Moment aber nicht weiß, wie sie finanziert werden sollen. Man erzählt sich, dass sie den Kontakt zu führenden ausländischen Politikern sucht, um zu erreichen, dass diese den Flüchtlingsstrom aus ihren Ländern nach Hongkong unterbinden, wenn Hongkong dafür im Gegenzug wirtschaftlich enger mit ihnen zusammenarbeitet.

● Wenn die Syndikate wirklich etwas mit ihr zu tun haben, dann muss man sich fragen, was sie von Jing-Zes Forderungen nach dichteren Grenzen halten. Immerhin würde es ihre Geschäfte erschweren.
● Red Anyo

William Wu

(Ende der Amtszeit im Jahr 2074, unterstützt von Yokogawa, Mitsuhama und anderen japanischen Unternehmen)

Der rundliche William Wu, der ständig mit einem hochroten Kopf herumläuft, ist in Hongkong so etwas wie ein lokaler Held. Als sich Petrovski Security noch um die Durchsetzung von Recht und Ordnung in Hongkong kümmerte, war er der Kommandant der Sondereinheit für Organisierte Kriminalität. Anschließend arbeitete er für Emeral Crisis Management, Yokogawas Tochterunternehmen, das Hongkongs Feuerwehren und viele Kliniken in der Stadt betreibt. Aus dieser Position wurde er als Mitglied des Exekutiv-Rates vorgeschlagen, und seine Kandidatur hatte nur wenige Gegner. Obwohl er nicht die politischen Fähigkeiten der anderen Ratsmitglieder besitzt, ermöglicht ihm seine ausgeprägte Fähigkeit, sich im Labyrinth der öffentlichen Verwaltung zurechtzufinden, in dem Haifischbecken weiterhin an der Oberfläche zu schwimmen.

Wu hat große Anstrengungen unternommen, um mehr öffentliche Gelder für die Verbesserung der hiesigen Infrastrukturen und Notfalldienste zu bekommen. Dabei ist es ihm immer wieder gelungen, Medienberichte über terroristische Anschläge auszunutzen, um öffentliche Unterstützung zu bekommen. Es erübrigt sich zu erwähnen, dass seine früheren Arbeitgeber, Mitsuhama und Yokogawa, nichts gegen zusätzliche finanzielle Mittel hätten, soweit es ihre Versorgungsverträge mit der Stadt betrifft. Wu stößt jedoch auf heftigen Gegenwind bei Yi Jing-Ze, die sich gegen eine Erhöhung der Versorgungsbudgets ausspricht und offenbar von Wuxing angewiesen wurde, gegen den Einfluss der japanischen Konzerne in Hongkong vorzugehen.

● Als er für Petrovski arbeitete, griff Wu hart gegen die Triaden durch und brachte viele von ihnen in Konzerngefängnisse auf den Philippinen oder dem Festland. Ich bin sicher, dass die Triaden ihn auf der Stelle ausschalten würden, wenn sein paranoides Sicherheitspersonal auch nur für einen Moment nachlässig wäre.
● Ma'fan

● Ich würde mich nicht wundern, wenn seine Order zum härteren Durchgreifen gegen die Triaden von den Yakuzas in den Reihen von Mitsuhama stammten, die sich ein wenig Konkurrenz vom Leib schaffen wollten.
● Mihoshi Oni

● Wegen der Angriffe der 9x9, über die Abend für Abend in den Medien berichtet wird, bekommt William Wu eine Menge öffentliche Unterstützung. Es gibt eine Reihe von Konzernen, die ihn zum Vorsitzenden des Exekutiv-Rats machen wollen, wenn Dengs Amtszeit ausläuft. Natürlich wird Madame Yi dann immer noch an Bord sein, und der guten Frau wird wahrscheinlich schon beim Gedanken daran übel, dass Wu der neue Vorsitzende werden könnte.
● Pistons

Mei Sterling

(Ende der Amtszeit im Jahr 2074, unterstützt von der Horizon Group)

Schließt eure Augen. Atmet langsamer. Findet den Gipfel eurer eigenen Fähigkeiten und steigt ganz zu ihm empor. Und während ihr das macht, fließt eure Knete auf ihre Bankkonten. Die Elfin Mei Sterling, eine Self-Made-Multimilliardärin, hat ihr unermessliches Vermögen mit Selbsthilfe-Programmen gemacht. Ihr erster virtueller Kursus „Den Gipfel finden“ verkaufte sich weltweit milliardenfach. In dem Programm erzählt sie, wie sie aufgestiegen ist von den rauen Straßen Hongkongs bis zu einem Leben in Luxus, allein mit einer gezielten Meditationstechnik, mit der sie die unermesslichen Weiten ihrer eigenen Fähigkeiten visualisierte. Und für nur 30 Nuyen im Monat könnt ihr das auch schaffen!

Zum Glück für Mei wartete am Gipfel ihres Erfolgs die Horizon Group. In Mei fanden sie eine beliebte Prominente, die bereit war, im Exekutiv-Rat die Deregulierungsbemühungen des Konzerns im Bereich der Medien zu unterstützen, was es ihm leichter macht, nach und nach die vielen kleinen Medienunternehmen in Hongkong zu schlucken. Allerdings hat sich Mei mit ihrer laxen Einstellung und ihrer Nach-uns-die-Sintflut-Haltung auch einige Feinde gemacht. Mit ihrer Begeisterung für neue Technologien und ihrer Bereitschaft, Hongkong stärker für ausländische Investoren zu öffnen, steht sie in krassem Widerspruch zur protektionistischen Politik des Vorsitzenden Deng.

● Xiao-Renraku verdient viel Geld mit dem Verkauf von Kopierschutz-Systemen und Verschlüsselungstechnologien an Medienunternehmen, und Mei Sterling lässt keine Gelegenheit aus, die negativen Aspekte dieser restriktiven Software in ein schlechtes Licht zu rücken, vermutlich um der Horizon Group eine möglichst ungehinderte Ausschlachtung der neuen Technologien zu ermöglichen. Der Vorsitzende Deng bezichtigte Sterling wiederholt der Beihilfe zum Diebstahl von Hongkongs Medieneigentum.
● Glitch

Tai Kong

(Ende der Amtszeit im Jahr 2076, unterstützt von Ares und anderen Rüstungsunternehmen)

Tai „King“ Kong ist mit Abstand das militanteste Ratsmitglied und stellt eine Blitzreaktion auf die jüngsten Terroranschläge durch 9x9 dar. Kong ist ein General a.D., der in seiner aktiven Zeit für das Söldnerunternehmen Combat, Inc. arbeitet, das lange Zeit in Hongkong ansässig war, bis es vor kurzem seinen Hauptsitz nach Macao verlegte. Mit einer Initiative, die niemanden wirklich überrascht hat, forderte Kong höhere Sicherheitsausgaben für den Metroplex und andere Methoden im Umgang mit der Flüchtlingssituation, und schloss dabei auch militärische Optionen nicht aus.

» Eine dieser Optionen sickerte durch eine undichte Stelle im Exekutiv-Rat. Sie hatte damit zu tun, terroristische Elemente in Distrikten mit einem hohen Anteil an Flüchtlingen durch den Einsatz von Erweiterter Realität und Magie zu unterwandern und die am stärksten betroffenen Gebiete dann mit militärischen Einrichtungen zu versehen. Sogar von einem Hochsicherheitsgefängnis für Terroristen auf High Island in Sai Kung war die Rede. Ratsmitglied Tai Kong leitete eine Untersuchung ein, um das Leck im Exekutiv-Rat zu identifizieren, und der Gouverneursrat ließ verlautbaren, dass, falls es sich bei dem Informanten um ein Ratsmitglied handeln sollte, selbiges auf der Stelle seines Amtes enthoben wird.
» Picador

Seine Vorschläge sind im Rat allerdings mit gemischten Gefühlen aufgenommen worden. Konzerne, die Milliarden durch militärische Verträge verdienen – darunter Evo, Ares und Baihu – geben Kongs Ideen Rückendeckung und spielen die große Furchtkarte aus, um öffentliche Unterstützung zu gewinnen. Die Gegner kritisieren die Anhebung der Steuern, die zur Umsetzung dieser Vorschläge zwangsläufig notwendig wäre, obwohl kein Zweifel daran besteht, dass auch die Kritiker von Konzernen unterstützt werden, die befürchten, dass im Falle einer Umsetzung von Tai Kongs Vorschlägen der Zustrom an billigen Arbeitskräften unter den Flüchtlingen nachlassen würde.

» Die Gegner haben ungewöhnliche Verbündete: die Triaden. In den schlimmsten Slums der Stadt haben die Triaden effektiv das Sagen, und jede militärische Aktivität in ihrer Nachbarschaft würde ihren Einfluss und ihre Einnahmen schmälern. Dieses Thema ist derart umstritten, dass Gerüchte die Runde machen, die Triaden hätten angeboten, bei der Vernichtung der 9x9 zu helfen, wenn sie damit den Einmarsch von Soldaten in ihre Territorien verhindern können.
» Jimmy No

» Wo wir gerade dabei sind – es gibt einen Grund, warum man ihn „King" Kong nennt. General Tai ist ein Troll. Ein großer Troll.
» Fatima

Shan

(Ende der Amtszeit im Jahr 2078, unterstützt von einem Verbund kleinerer asiatischer Konzerne)

Es ist wirklich eine Schande, dass das Ratsmitglied Shan den Ratssitzungen nur per Telekonferenz beiwohnt, denn ich würde nur zu gerne die Gesichter dieser politischen Marionetten sehen, wenn sie auf der gegenüberliegenden Seite des Konferenztisches in die Schnauze eines Östlichen Drachen starren. Richtig, Shan ist ein Drache. Obwohl es in Hongkong (und eigentlich auch anderswo) nicht viele Drachen gibt, werden sie in der chinesischen Gesellschaft weitgehend akzeptiert, wo Drachen schon immer eine wichtige Rolle in der großen himmlischen Bürokratie gespielt haben. Shan ist aber alles andere als ein stereotyper Politiker, und sogar alles andere als ein stereotyper Drache. Zu der Handvoll Personen, die er als bedeutender als sich selbst betrachtet, ist er recht höflich und respektvoll. Zu der Masse an Wesen, die er als sein Spielzeug betrachtet, ist er dagegen unhöflich und boshaft.

Shan ist ein leidenschaftlicher Spieler. Er liebt es, einfach jeden Aspekt seines Lebens in ein Strategie- und Glücksspiel zu verwandeln. Und diese Leidenschaft geht erheblich weiter als eine Sucht nach Mahjong-Steinen, denn seine gesamte Karriere beruht auf der sorgfältigen Abwägung von Risiken und Belohnungen. Shan ist ein Konzernhai, der sein Vermögen mit der Übernahme asiatischer Unternehmen gemacht hat, die er umstrukturierte und dann an andere Konzerne verkaufte. Er ist ein Meister, wenn es darum geht, Meinungsverschiedenheiten zwischen Politikern und Konzernen für seine Zwecke auszunutzen. Wenn es die Situation verlangt, ist er dagegen ein begabter Vermittler mit einer außergewöhnlich ausgeprägten Begabung dafür, zerstrittene Parteien gegeneinander auszuspielen.

Obwohl Shan eine listige Kreatur ist, weiß er, dass er seinen Sitz im Rat einer Reihe von kleineren asiatischen Konzernen verdankt, die ihre Stimmen im Gouverneursrat zusammengelegt haben, um seine Wahl zu ermöglichen. Baihu Corporation, Kolkata Integrated Talent and Technologies, Shibata Construction and Engineering, Tan Tien und weitere Unternehmen fordern bei Shan regelmäßig Gefälligkeiten ein, um sicherzustellen, dass ihre Stimmen von den größeren Konzernen vernommen werden.

» Shan nutzt nicht nur den Wettbewerb zwischen der Politik und den Konzernen für seine Zwecke aus, sondern auch die unterschiedlichen Ziele seiner größeren Artgenossen, der Großen Drachen. Er hat sich im asiatischen Pazifikraum zwischen Lung und Ryumyo positioniert und benutzt die Schachzüge der beiden rivalisierenden Drachen, um seinen eigenen Einfluss in der Region zu mehren.
» Winterhawk

Dr. David Tan

(Ende der Amtszeit im Jahr 2078, keine direkte Unterstützung, aber mehr Bewerber um seine Gunst, als man hier aufzählen könnte)

Dieser stille, junge Idealist ist durch einen politischen Kompromiss im Rat gelandet. Er war der einzige Kandidat, der harmlos genug war, um die Unterstützung mehrerer Konzerne in einer zutiefst umstrittenen Ratssitzung zu bekommen. David Tan ist ein gebildeter Chirurg, und seine einzigen Konzernverbindungen sind eine Reihe von Freundschaften mit Execs, die sich in seiner Praxis operieren lassen. All dies könnte sich jedoch bald ändern, denn so ziemlich jeder Konzern im Gouverneursrat und zahlreiche andere Akteure außerhalb des Rats suchen nach einer Möglichkeit, um Tan auf ihre Seite zu ziehen und sich damit eine weitere wertvolle Stimme im Exekutiv-Rat zu sichern. Bei so vielen Haien, die ihn umkreisen, schätze ich kaum, dass Tans Idealismus lange überleben wird.

» Da er noch immer ein Neuling im Rat ist, wird er tagtäglich von den Konzernen umworben. Sein Terminplan ist prall gefüllt mit Mittagessen, Besprechungen und Partys in gehobenen Kreisen, und er scheint sich bewusst zu sein, dass er durch diese Verbindungen eine starke Machtbasis errichten kann. Andererseits ist es bis jetzt noch keinem Konzern gelungen, ihn ganz auf seine Seite zu ziehen, also werden sie ihre Samthandschuhe bald ausziehen und versuchen, ihn mit schmutzige Methoden umzudrehen.
» Lei Kung

» Sie müssen dabei aber vorsichtig sein, denn die Konzerne sind nicht die Einzigen, die versuchen, Dr. Tan zu manipulieren. Es gibt mehrere Östliche Drachen, die danach streben, im Exekutiv-Rat einen direkten Einfluss auszuüben.
» Winterhawk

• Ich habe Gerüchte gehört, dass David Tan insgeheim für die Hongkonger Polizei arbeitet und Zeugen in einem hochkarätigen Fall im Rahmen eines Zeugenschutzprogramms biomodelliert. Er verändert ihr Aussehen, damit sie sich nach ihrer Aussage vor den Triaden verstecken können.
• Nephrine

• Ich habe etwas Ähnliches gehört, doch meine Quellen haben mir erzählt, dass er Konzernspione für einen unbekannten Hintermann biomodelliert. Er operiert sie, damit sie Konzerne infiltrieren können. Damit könnten ihm angesichts seiner neuen Tätigkeit im Rat mächtige Geheimnisse offenstehen.
• Fianchetto

DIE REVIERE

Es ist wichtig, dass wir Schattenbewohner die Dynamik und Funktionsweise des Exekutiv-Rates verstehen, denn es ist nicht unwahrscheinlich, dass wir früher oder später für ihn arbeiten werden. Natürlich ist es genauso wichtig zu wissen, gegen wen man dabei arbeiten könnte. Hongkong ist eine vollständig privatisierte Stadt – Strafverfolgung und Kriminalitätsprävention, Grenzbewachung und sogar das Gesundheitswesen sind allesamt an den Niedrigstbietenden ausgelagert. Glaubt aber nicht, dass die Standards deshalb allzu niedrig sind. Hongkong ist auch eine Konzernstadt, und wenn eine Vertragsverletzung die wirtschaftlichen Aktivitäten der Stadt beeinträchtigt, wird der Vertrag mit dem verantwortlichen Anbieter auf der Stelle gekündigt.

Die Verantwortung über die **Hong Kong Police Force** wechselte jüngst von MCTs Petrovski zu Ares' Knight Errant, nachdem ein News-Schnüffler in einer Reportage Verbindungen zwischen Petrovskis Polizeibeamten und den Yakuza vom japanischen Watada-rengo enthüllte. Metroplex-Besucher sollten trotzdem vorsichtig sein: Die Polizisten in Hongkong haben eine eher „freie" Arbeitsweise. Rechtliche Konsequenzen für Verstöße gegen Verfahrensvorschriften haben sie praktisch nicht zu befürchten, was bedeutet, dass sie weitaus schneller zu den großen Wummen greifen und verrückte Stunts durchziehen als anderswo, um Missetäter zu überwältigen. Hier draußen ist es fast wie im Wilden Westen, und Knight Errant ist der Sheriff.

• Ein typisches Beispiel: In Hongkong sind sichere Schließfächer noch immer ein beliebter Aufbewahrungsort für die materiellen Schätze einer Familie, weshalb sich ein guter alter Banküberfall hier immer noch lohnt. Fünf bewaffnete Männer versuchten im vergangenen Monat, die Bank von China in der 16. Etage eines Wolkenkratzers in Downtown auszurauben. Die Polizei nagelte sie aber in dem Gebäude fest, bevor sie entkommen konnten, und die Situation entwickelte sich schnell zu einer Geiselnahme. Als die „Verhandlungen" gerade mitten im Gange waren, stürmte die Polizei einfach das Gebäude. Sie seilten sich vom Dach ab und sprengten die Fenster mit Sprengsätzen. Die Sache endete mit fünf toten Bankräubern, zwei toten Geiseln, zwei verwundeten Polizeibeamten und dreizehn geretteten Geiseln. Was die Polizisten anderswo den Job gekostet hätte, wird in Hongkong als absolut akzeptable Erfolgsquote betrachtet. Seid also vorsichtig, wenn ihr mit den Cops zu tun habt.
• Lei Kung

• Die HKPF fällt manchmal in der Kowloon Walled City ein, doch nur für wirklich wichtige Operationen. Sie gehen in voller Montur und schwerer Bewaffnung rein, und nicht selten kommt es auf beiden Seiten zu großen Verlusten.
• Picador

Hongkong ist eine unabhängige Hafenstadt, die von fast allen Seiten von Wasser umgeben ist, was dem Küstenschutz – der **Hong Kong Marine Authority** – erhebliche Macht verleiht. Evo Navtech besitzt diesen Kontrakt bereits seit Jahrzehnten, selbst als der Laden noch Yamatetsu hieß, und der Konzern nimmt seine Aufgabe noch immer äußerst ernst. Man sagt, die Polizisten sind wild auf der Straße und zu still zu Hause, während die Jungs vom Küstenschutz ernst auf dem Wasser und wild im Urlaub sind. Der Küstenschutz patrouilliert die Flüsse und Schifffahrtsstraßen von Hongkong mit allen möglichen Fahrzeugen, von aufgemotzten Schnellbooten bis hin zu schwer gepanzerten Kuttern. Sie schließen Schmuggelrouten und bekämpfen Menschenhandel und Piraterie, wann immer sich ihnen eine Möglichkeit dazu bietet. Sie wissen, dass sie nicht überall sein können, also beschränken sie sich auf die großen Brocken, während sie bei Schmalspurkriminellen wegschauen. Doch auch wenn ihr zu Letzteren gehört, müsst ihr vorsichtig sein – die Marines fangen auch kleine Fische, wenn ihnen das bei ihrer Jagd auf die großen Haie hilft.

• Ihr solltet wissen, dass die Marine Authority nicht nur Boote einsetzt. Das Wasser ist ihr Gebiet, aber sie haben auch Helikopter und VTOLs in ihrem Fuhrpark und setzen zudem Luft- und Wasserdrohnen ein. Das Sensorennetzwerk, das sie in den Gewässern um Hongkong installiert haben, wird ständig erweitert, im unaufhörlichen Wettrüsten mit den immer einfallsreicheren Piraten und Schmugglern.
• Mihoshi Oni

Brandbekämpfung und medizinischer Notdienst wurden der **Yokogawa Corporation** übertragen, einer großen Nummer im asiatischen Sicherheitsgeschäft. Der Ruhm, den ihre Emeral-Feuerwehrleute in den Tagen des Kometen ernteten, als sie bei Erdbeben und Vulkanausbrüchen im Einsatz waren, schwand schnell dahin, und inzwischen herrscht fast wieder Alltag bei den hart arbeitenden, hart trinkenden und hart spielenden Blaukragen. DocWagon ist in Hongkong über eine Partnerschaft mit Yokogawa aktiv und hat damit Zugang zu einem Markt, der eigentlich Yokogawa allein gehört, während Yokogawa einen Anteil an den Gewinnen von DocWagon erhält, ohne selbst auch nur einen einzigen Rettungswagen im Einsatz zu haben. Aus diesem Grund gelten für DocWagon-Verträge aus anderen Städten der Welt dieselben garantierten Reaktionszeiten wie anderswo. Kompetenzstreitigkeiten zwischen Emeral/DocWagon und der Police Force sind jedoch fast an der Tagesordnung, da bei Notfällen beide ausrücken.

IN DER NACHBARSCHAFT

Hongkong mag eine freie Stadt sein, aber sie ist nicht autark. Sie ist abhängig von ihren Handelsbeziehungen, um zu überleben. Dies gilt besonders für die Beziehungen zur Kantonesischen Konföderation, dem wohlhabenden chinesischen Splitterstaat, der an den Norden Hongkongs grenzt und mit der Stadt einen erheblichen Teil des Perlenflussdeltas teilt. Die Kantonesische Konföderation ist ein kompliziertes Netz aus Konzern- und Syndikatsinteressen, das nur schwach zusammengehalten wird von lukrativen Handelsabkommen und ein derart zerbrechliches Bündnis bildet, dass Hongkong lieber mit den mächtigen Städten des Staates verhandelt, als sich durch das ministerielle Wirrwarr zu navigieren. Die beiden Städte, zu denen besonders enge Bande bestehen, sind die Hafenstadt Macao auf der anderen Seite des Perlenflussdeltas und die Stadt Shenzhen, die nördlich an Hongkong grenzt.

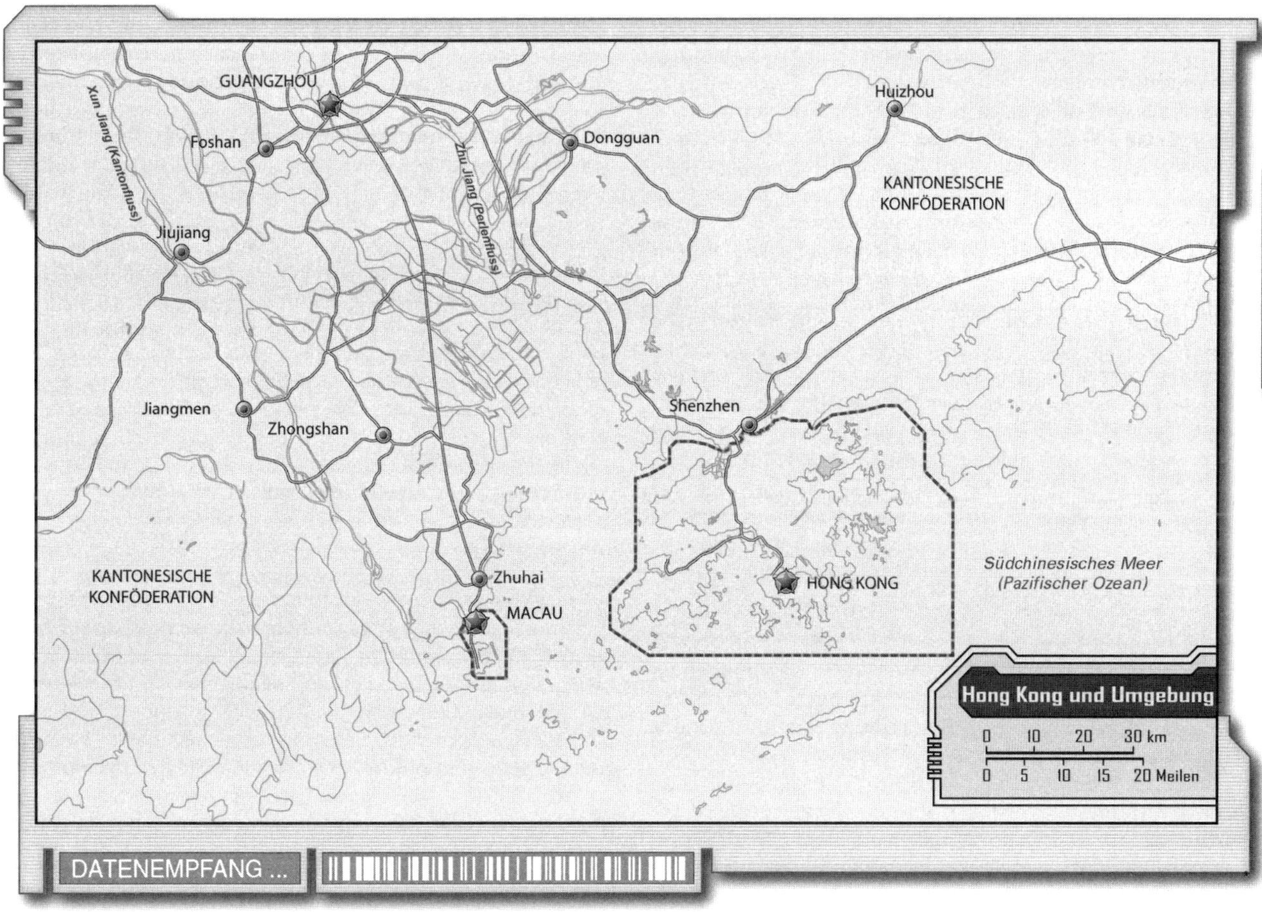

Macao

Die Einwohner meinen es ernst, wenn sie sagen, dass die drei größten Bevölkerungsgruppen von Macao die Spieler, Söldner und Betrunkenen sind. Macao ist Hongkongs verrückte kleine Schwesterstadt auf der anderen Seite des Deltas, die berüchtigt ist als Heimat zahlloser Söldnereinheiten, die in den kriegsgeplagten asiatischen Nationen ein gutes Auskommen haben. Als die Top-Söldnerarmee Combat, Inc. von Wuxing aus Hongkong vertrieben wurde, schlugen die Söldner ihr Lager im nur einen Steinwurf entfernten Macao auf, möglicherweise, um ihrer ehemaligen Heimat einen herzlichen Gruß mit einem einzelnen Finger zu zeigen und weiterhin in der Region aktiv bleiben zu können.

» Während Wuxing versucht, Asien zu vereinen (unter seinem Banner natürlich), profitiert Combat, Inc. von der fortwährenden Zwietracht zwischen asiatischen Staaten und Konzernen. Zwischen den beiden Akteuren herrscht eine erbitterte Fehde, und obwohl sie sich bei ihren Geschäften aus dem Weg gehen, belastet die Situation allmählich die Beziehungen zwischen Hongkong und Macao.
» Picador

Viele der Söldner in Macao sind im Versorgungsbereich aktiv. Sie eskortieren Lasterkonvois, die Nahrungsmittel vom chinesischen Festland durch von Kriegsherren regierte Staaten und Banditengebiete nach Macao transportieren, wo die Nahrung hauptsächlich über das Perlenflussdelta nach Hongkong verschifft wird. Ohne die Nahrungsmittellieferungen aus Macao würde Hongkong verhungern. Ohne Hongkongs Geld würde in Macao ein offener Krieg ausbrechen. Diese Beziehung ist bereits seit Jahrzehnten stabil, doch in letzter Zeit berichten eine Reihe von Söldnereinheiten über zunehmende Angriffe auf Nahrungsmittelkonvois, die zu einer sinkenden Einfuhr von Nahrungsmitteln im Hafen von Hongkong führen. Natürlich geht das, was in Hongkong ankommt, zuerst an die Wohlhabenden, während die Armen und SINlosen leiden müssen.

» Die Angriffe auf die Nahrungsmitteltransporte sind Täuschungsmanöver. Die Söldner arbeiten für jemanden, der daran interessiert ist, dass Hongkongs Versorgung mit Nahrungsmitteln nachlässt. Wenn die Armen anfangen zu hungern, fällt es Gruppierungen wie 9x9 leichter, den Gouverneursrat zu stürzen. Es ist kein Zufall, dass viele der Überfälle in Gebieten stattfinden, in denen Combat, Inc. aktiv ist.
» Cosmo

» Wenn die Hintermänner versuchen, den Gouverneursrat zu unterminieren, könnte ihr Plan nach hinten losgehen. Dem Exekutiv-Rat liegen Pläne vor, die vorsehen, Verhandlungen mit Aztechnology über teurere, aber regelmäßige Nahrungsmittellieferungen aufzunehmen. Das Resultat dieser Aktivitäten könnte also ein größerer Einfluss von Aztechnology in Hongkong sein.
» Jimmy No

» Bist du schon mal auf den Gedanken gekommen, dass dies das eigentliche Ziel sein könnte?
» Fianchetto

Shenzhen

Die Staatsgrenze zwischen der Hongkong-Freihandelszone und der Kantonesischen Konföderation ist das Einzige, was verhindert, dass Shenzhen vom Hongkong-Metroplex absorbiert wird. Shenzhen profitiert enorm von der Nähe zu Hongkong und versorgt die Fabriken der Freistadt mit Rohstoffen und einfachen Gütern. Der Arbeitsmarkt in Shenzhen ist größer als irgendwo sonst in der Kantonesischen Konföderation, weshalb Millionen von Kantonesen auf der Suche nach Arbeit nach Shenzhen pilgern. Das enorme Bevölkerungswachstum und

Shenzhens enge Beziehungen zu Hongkong haben bei der Zentralregierung der Kantonesischen Konföderation zu Befürchtungen geführt, dass sich die Stadt von der Konföderation abspalten und sich der Freihandelszone anschließen könnte. Aus diesem Grund hat die Zentralregierung die Erteilung von legalen SINs in Shenzhen streng reguliert, in der Hoffnung, auf diese Weise den Zustrom an neuen Bürgern steuern zu können. Der Schuss ging nach hinten los, denn das Ergebnis ist eine Stadt mit der größten SINlosen Bevölkerung in Asien.

» Hongkong ist ebenfalls alles andere als glücklich. Auf Grund der engen Handelsbeziehungen ist die Grenze der Stadt zu Shenzhen gezwungenermaßen ziemlich offen. Doch mit dem Handel kommen auch Shenzhens SINlose praktisch unkontrolliert über die Grenze. Einige dieser Leute bleiben in Hongkong und verschärfen das ohnehin große Flüchtlings- und Sicherheitsproblem der Stadt. Der Exekutiv-Rat hat versucht, die Regierung der Kantonesischen Konföderation unter Druck zu setzen, damit diese ihre Politik ändert, doch die Angst der Kantonesen vor einem Zusammenschluss von Hongkong und Shenzhen hat die Regierung auf diesem Ohr taub gemacht.
» Lei Kung

Shenzhen ist eine blühende Metropole, doch trotz aller Bemühungen der Stadt, attraktiv zu wirken, ist es im Kern noch immer eine Fabrikstadt. Es fehlen ihr der Glanz und die High Society von Hongkong. Stattdessen gibt es ausgedehnte Lagerhausviertel, riesige Schornsteine, Schwärme von SINlosen und eine unkontrollierbare Kriminalität. In vielerlei Hinsicht machen das überwältigende Verlangen nach Wohlstand und Macht und der grundlegende Mangel an Kontrolle und Steuerung aus der Stadt eine tickende Zeitbombe. Viele fragen sich, ob Hongkong seine Partnerstadt weiterhin leiden lassen wird oder ihr hilft und damit den Zorn der Kantonesischen Regierung riskiert.

» Die Verschmutzung in Shenzhen ist fürchterlich. Hongkong sorgt dafür, dass die Stadt nicht zu viele Chemikalien ins Meer leitet, was dazu führt, dass der Abfall verbrannt oder verbuddelt wird. In acht von zwölf Monaten brennt die Luft von Shenzhen in den Augen und Lungen, und das Grundwasser muss durch ein halbes Dutzend Filtersysteme geleitet werden, bevor man es trinken kann, ohne Gesundheitsschäden befürchten zu müssen.]
» Ecotope

» Obwohl Seattle durch einen ganzen Ozean von Hongkong getrennt ist, sind die Beziehungen zwischen den beiden Städten eine Erwähnung wert. Die einst freundschaftliche Beziehung zwischen den beiden wichtigsten Hafenstädten im Pazifik leidet infolge von Wuxings Unterstützung für Aztlans Nicaragua-Kanal. Der neue Kanal hat der wirtschaftlichen Wachstumskurve von Seattle wirklich eine Delle verpasst, und nach Auffassung einer wachsenden Zahl von Arbeitslosen in Seattle gibt es keinen Unterschied zwischen Wuxing und Hongkong. In Seattle wurde bereits offen über Zölle auf Erzeugnisse aus Hongkong diskutiert, doch bis jetzt haben die Konzerne eine solche Reaktion verhindern können. Nichtsdestowehiger gilt, dass selbst die Konzerne nicht alle Misstöne überspielen können, die zwischen den beiden Städten herrschen.
» Fatima

FREIE WIRTSCHAFT

geposted von Kia

» Bevor Kia euch einen Überblick über die wichtigsten Konzerne in Hongkong gibt, würde mich interessieren, was genau die Freihandelszone ist.
» Ethernaut

» Aber gerne. Zunächst einmal bedeutet es ganz grundlegend, dass Hongkong eine riesige zollfreie Zone ist. Keine Extra-Gebühren oder Zölle auf irgendwelche Importe und Exporte, was Hongkong zu einem idealen Zwischenhafen macht. Rohstoffe können zur Verarbeitung eingeführt werden, ohne dass die Konzerne die Stadt bezahlen müssen. Und Schifffahrtsunternehmen, die keine Langstrecken bedienen, können regionale Produkte nach Hongkong verschiffen, wo große Handelsunternehmen sie kaufen und über den Globus verteilen können, ohne dass für den Erwerb irgendwelche Gebühren anfallen.
» Mr. Bonds

» Hongkong geht aber noch weiter als das. Es gibt nicht nur keinerlei Steuern oder Zölle auf Waren, die ein- und ausgeführt werden, es gibt auch keine Kapitalgewinnsteuer im Metroplex. Kapitalgewinnsteuern fallen an, wenn etwas (meist Aktien, Anleihen oder Grundbesitz) mit Gewinn veräußert wird. In den meisten Staaten ist dieser Gewinn zu versteuern. Da dies auf Hongkong aber nicht zutrifft, ist die Stadt nicht nur ein ausgezeichneter Hafen, sondern auch ein gigantisches Finanzzentrum. Man kann billig einkaufen und teuer verkaufen, ohne dass man dafür Steuern zahlen muss.
» Snow Tiger

» Dies alles bedeutet gleichzeitig, dass es keinerlei offizielle Aufsicht über finanzielle Transaktionen gibt. Ein kleiner, aber feiner Unterschied, wenn man ein Shadowrunner ist, der sich gerne hin und wieder an der Börse versucht.
» Nephrine

» Kein Bedarf. Börse und Schattenlaufen passen einfach nicht zusammen. Heute, wo ich weiß, was hinter den Kulissen abgeht, lagere ich mein Geld lieber in Form von Goldbarren.
» Snopes

» Am Ende müssen die Bürger von Hongkong die Zeche für die Zoll- und Steuerfreiheit bezahlen. Die Konzerne müssen zwar Einkommensteuer entrichten, doch sie erhalten Steuergutschriften, wenn sie das Geld anderswo in die Entwicklung der Stadt investieren. Auf diese Weise können die Konzerne am Exekutiv-Rat vorbei in Projekte investieren, die offiziell dem Wohle der Stadt dienen, am Ende aber vor allem den Konzernen selbst.
» Lei Kung

» Nehmen wir nur einmal Wuxings Säuberung des Hafens von Aberdeen. Sie schrieben die Säuberung als Investition in die Stadt ab und bekamen dafür massive Steuergutschriften. Dabei hätten sie die Investition ohnehin für sich selbst getätigt. Wuxing verdient gutes Geld mit der Fischerei, und man erzählt sich, dass die Säuberungsaktion das Qi des Skytowers beträchtlich gefördert hat.
» Ecotope

DIE HONGS

Damals im 19. Jahrhundert gründeten fremde Mächte internationale Handelsgesellschaften in Hongkong, die von den Einheimischen „Hongs" genannt worden (was allerdings nichts mit dem Namen der Stadt zu tun hat). Hongs wie die East India Company und Jardine Metheson beherrschten Hongkong weitgehend als Teil ihres Wirtschaftsimperiums und machten enorme Profite mit dem Transport chinesischer Waren in die westliche Welt. Ironischerweise ist es heute genau wie damals, doch heute haben andere Hongs das Sagen. Die Namen mögen sich geändert haben, doch das Geschäft ist dasselbe geblieben, und genau wie früher ist Hongkong kaum mehr als die Akkumulation ihrer Wirtschaftskraft.

» Hongkongs Name ist im Grunde eine englischsprachige Interpretation der beiden kantonesischen Worte „heung" und „gong". Die beiden Worte zusammen werden gemeinhin als „duftender Hafen" übersetzt, aber niemand weiß genau, warum diese beiden Worte irgendwann als Bezeichnung für die junge britische Kolonie dienten. Manche sagen, dass ein Dorf in der Nähe des heutigen Aberdeen Heung Gong hieß, während andere die Auffassung vertreten, dass der Name vom Gewürzhandel herrührt.
» Snow Tiger

Ares Asia Holdings

Ares' Präsenz in Hongkong ist klein und subtil, eine Kombination, die von vielen abendländischen Besuchern in Hongkong als befremdlich empfunden wird. Ares operiert in erster Linie durch sein Tochterunternehmen Knight Errant, das den Polizeikontrakt für Hongkong sein Eigen nennt. Ares Asia Holdings ist im Grunde eine regionale Holding-Gesellschaft, die gegründet wurde, um Ares in den Gouverneursrat zu bringen, aber Damien Knight hat auch ein persönliches Interesse an der Region und betrachtet sie als potenziellen Markt für den Verkauf von Waffen und militärischer Technologie. Um in der Region Fuß zu fassen, musste Ares jedoch zunächst die Baihu Corporation vertreiben, ein Rüstungskonglomerat mit Sitz in der Kantonesischen Konföderation, das zur Zeit die meisten Waffengeschäfte zwischen den chinesischen Splitterstaaten abwickelt. Viele Runs für Ares haben zum Ziel, Hongkong als Basis zu etablieren, um Baihus Geschäfte auf dem Festland zu stören.

Leider werden die Bemühungen von Ares, in das hiesige Waffengeschäft einzusteigen, von internen Schwierigkeiten des Konzerns behindert, sich an Hongkongs Bräuche anzupassen. Roger Soaring Owl, der ewige Chef von Knight Errant, hat sich schon immer damit gebrüstet, KE von jeder Form von Korruption fernzuhalten. Doch in Hongkong hat die Polizei schon immer traditionelle Beziehungen zu den Triaden gepflegt und macht sogar Gebrauch von diesen Beziehungen, um kriminelle Elemente zu bekämpfen, die nicht zu den Syndikaten gehören. Soaring Owl hat eine Reihe von internen Untersuchungen veranlasst, wodurch die Moral der Polizei sehr gelitten hat, während es der Korruption nur wenig Schaden zufügte.

» Die Beziehungen der Beamten zu den Triaden lassen sich letztlich dem „Guanxi" zuordnen, was für die meisten Beamten wichtiger ist als ihre Zugehörigkeit zum Konzern. Soaring Owl schadet sich mit diesen Aktionen nur selbst.
» Lei Kung

Aztechnology Australasia

Von seiner regionalen Niederlassung in Central aus überwacht Aztechnology Australasia ein komplexes Netz aus regionalen Tochtergesellschaften, das von Sonia Maria Soto, Domingo Ramos' persönlicher schwarzen Witwe, gesponnen wird. Trotz der engen Verbindungen der Chavez-Fraktion zu Wuxing betrachtet Ramos Australasia als sein Territorium und hat eine enge Verbündete an die Spitze gesetzt. Bis jetzt haben beide Fraktionen zum beiderseitigen Vorteil zusammengearbeitet.

Zu den Australasia-Einrichtungen von Big A gehört einfach alles, von Agrarfabriken in Australien bis hin zu Textilfabriken in Vietnam. Das Tochterunternehmen Free Transit Cartage ist ebenfalls in Hongkong aktiv und transportiert Waren von den Docks zu den Fabriken und Lagerhäusern in Hongkong sowie in Zwischenlager, wo sie aufbewahrt werden, bis sie von den Käufern abgeholt werden. Soto bemüht sich außerdem darum, in den nördlichen Gebieten Abkommen mit Dörfern und Landwirten zu treffen, damit diese ihre Reisplantagen durch Mycoprotein-Pilzfarmen ersetzen.

» Sonia Soto arbeitete früher für das David-Kartell von Ramos in Panama, was sich auf viele ihrer Methoden ausgewirkt hat. Falls die Landwirte sich ihren Zielen weiterhin widersetzen, könnte sie auf die Taktiken zurückgreifen, die sie im Umgang mit den Koka-Farmern gelernt hat, die versuchten, einen Teil ihrer Ernte für sich zu behalten.
» Marcos

» Ich glaube nicht, dass Pilze der einzige Grund sind, warum Soto dort aktiv werden möchte. Ich könnte wetten, das Ramos auch ein paar Deals mit den Drogenbaronen im Goldenen Dreieck machen möchte.
» Nephrine

» Ich wünsche ihm viel Glück dabei – die Triaden werden ihn niemals in dieses Geschäft lassen.
» Money Lee

Daiatsu, Inc.

Als der größte Konzern im Bereich Erdbau macht Daiatsu in Hongkong ein gutes Geschäft, denn die Stadt kämpft ständig darum, dem Meer Bauland abzuringen, um weiter wachsen zu können. Zur Zeit reichen die Projekte des Konzerns von einer Seite Hongkongs bis zur anderen, von Eastern auf der einen Seite bis hin zum Unterwassertunnel für die Anbindung an Macao.

Daiatsu kämpft mit einigen regionalen Problemen, seit seine Baustellen von der Red Dragon Association erpresst werden. Die Triade droht mit Gewalt gegen die Arbeiter und Sabotageakten gegen die Baumaßnahmen, wenn die Subunternehmer nicht zahlen. Daiatsu hat versucht, über Diego Mangabat im Exekutiv-Rat Einfluss auf die Situation zu nehmen, doch bislang ohne Erfolg. Anscheinend haben die Red Dragons einige weitreichende Verbindungen.

» Oder Diego Mangabat kümmert sich nicht wirklich um die Sache. Immerhin war er in letzter Zeit definitiv nicht er selbst.
» Fianchetto

» Und Diego wird bald nicht mehr im Rat sein. Wenn Daiatsu seine Stimme im Rat verliert, könnt ihr euch darauf verlassen, dass sie die Angelegenheit in den Schatten regeln.
» Money Lee

● Oh, das tun sie bereits, glaubt mir.
● Picador

● Lass dir nicht alles aus der Nase ziehen. Warum steht Viktor Jovanovitch, ein Forscher des Apep Consortiums, in Hongkong auf Daiatsus Gehaltsliste? Die Datenspuren führen direkt zu Daiatsu, aber ich weiß einfach nicht, warum. Haben sie in letzter Zeit etwas ausgegraben?
● Elijah

● Hallo?
● Elijah

Eastern Tiger Corporation

Die Eastern Tiger Corporation war in Hongkong bereits vor dem Crash 2.0 gut aufgestellt, und der Konzern nutzte das Chaos, das auf den Crash folgte, um sein Portfolio zu erweitern. Mit der Akquisition des Gitter-Service-Providers Pacific Rim Communications hatte sich ETC perfekt positioniert, um vom Wiederaufbau der Matrix zu profitieren. Dies gilt besonders, da der neue Matrix-Gigant NeoNET in Hongkong noch nicht aktiv ist.

● Und NeoNET hat bis heute noch kein besonders Glück mit seiner Expansion nach Hongkong, was kein Zufall ist. Eastern Tiger Corporation befindet sich in einem ständigen Schattenkrieg mit NeoNETs Tochterunternehmen in der Kantonesischen Konföderation und hält seinen Rivalen in der Defensive, damit dieser nicht expandieren kann.
● Snow Tiger

Über die Tochter Pacific Rim Communications und in Kooperation mit Xiao-Renraku betreibt Eastern Tiger das drahtlose Matrix-Gitter von Hongkong. Aber zurzeit kann der Kon einzig über Xiao-Renrakus Mann, den Vorsitzenden Deng, Einfluss auf den Exekutiv-Rat ausüben. Da sich Dengs Amtszeit dem Ende nähert und sich der Rat künftig vermutlich stärker mit der Flüchtlingsproblematik befassen wird, könnt ihr euch darauf verlassen, dass sich Eastern Tiger große Mühe geben wird, bei der nächsten Ratswahl einen Repräsentanten zu bekommen, der unter ihrer Kontrolle steht.

● Das wird aber nicht einfach werden. Mit den vielen feindlichen Übernahmen hat sich ETC in den letzten Jahren unter den Konzernen viele Feinde gemacht. Ich rechne fest damit, dass der Kon einige Deals in den Schatten machen und bestimmte Leute unter Druck setzen wird, die nicht bereit sind, freiwillig zu kooperieren.
● Money Lee

Evo NavTech

Bei der Umstrukturierung von Evo vor einigen Jahren machte der Konzern Hongkong und Vladivostok zu Zentren des Schiffsbaus und der ozeanischen Forschung. Besonders Hongkong ist im Forschungsbereich sowie im zivilen Schiffsbau aktiv. Vladivostok stattet Hongkong mit der Technologie aus, die dort für die Erfüllung des Kontraktes mit der Hong Kong Marine Authority benötigt wird.

● Evo baut in Hongkong vielleicht Schiffe für die Handels- und Personenschifffahrt, doch das ist verdammt noch mal ganz bestimmt nicht das, was sie dort einsetzen. Selbst ihre leichten Patrouillenboote für die HKMA sind für militärische Einsätze konzipiert.
● Red Anya

Evo NavTechs Meeresforschungsprojekte sind weltweit auf eine ganze Reihe von Anlagen an und unter der Meeresoberfläche verteilt, doch einige ihrer Projekte führen sie lieber zu Hause durch. Die Xuan Wu Aquakologie bei den Tolo-Hafenanlagen ist sehr geheimnisumwittert. In den Ebenen über der Meeresoberfläche befindet sich die Basis der Sondereinsatzkommandos der Marine Authority, aber niemand weiß, was sie unter Wasser anstellen.

● Dann wollen wir das Geheimnis mal ein wenig lüften. Obwohl Evo es als streng geheim behandelt, findet dort überwiegend nur High-Tech-Forschung für Unterwasser-Agrikulturen statt. Sie versuchen, Meerespflanzen zu züchten, die widerstandsfähig und nahrhaft genug sind, um damit große Kolonien versorgen zu können.
● Snopes

● Da wäre ich mir nicht so sicher. Meine Besatzung und ich hatten den Auftrag, ein bestimmtes Piratenschiff in Sai Kung zu requirieren. Wir schalteten die Piraten aus und übernahmen die Kontrolle über das Schiff, doch als wir die Kühlräume für den Fisch untersuchten, stellten wir fest, dass sie in ein Gefängnis umgewandelt und ... voller Kinder waren. Was die Sache noch interessanter machte, war die Tatsache, dass sie das Autonav des Schiffes mit einem direkten Kurs auf Xuan Wu programmiert hatten. Was will Xuan Wu mit einer Schiffsladung voller Kinder anfangen? Ich glaube kaum, dass sie für den Anbau von Seetang benötigt werden.
● Money Lee

Hildebrandt-Kleinfort-Bernal

Auf dem ersten Blick ist HKB eine nette, ruhige Bank. Obwohl es sich bei dem Laden um das viertgrößte Kreditinstitut der Welt und die zweitgrößte Bank in Hongkong handelt, gelingt es ihm normalerweise, sich bedeckt zu halten. Die Bank pflegt den Ruf eines stoischen Pfennigfuchsers, was zurückhaltend erscheint, verglichen mit dem Pomp und Glamour, den asiatische Banken üblicherweise an den Tag legen. Aber je näher man sich HKB anschaut, desto komplizierter werden die Dinge.

Der frühere Vorsitzende des Exekutiv-Rats, Adrian Cheung, leitet die HKB-Geschäfte in Hongkong, die äußerst weitreichend sind. Obwohl es die meisten Leute nicht wissen, besitzt HKB beträchtliche Anteile an vielen kleinen Unternehmen in Hongkong sowie an einer Reihe von Unternehmen in den chinesischen Splitterstaaten und Indochina. Ihren Einfluss verbirgt die Bank üblicherweise hinter nicht öffentlichen Investments, Strohfirmen und stillen Kapitalspritzen. Doch wenn man in Hongkong an der Oberfläche kratzt, stößt man auf eine dicke Schicht von HKB-Geld, das beinahe überall fließt.

● Adrian Cheung ist nicht gerade zurückhaltend, wenn es darum geht, den Einfluss von HKB einzusetzen. Geschäftlicher Erfolg ist ein Teil des Traums von Hongkong, und viele kleine Unternehmen, die verzweifelt versuchen, im großen Stil mitzumischen, wenden sich auf der Suche nach Investitionskapital an HKB. Eine Zeit lang wirkt das zusätzliche Kapital wie ein Segen, bis Cheung anklopft, Gefallen einfordert und auf Gegenleistungen besteht.
● Mr. Bonds

● HKB scheut das Rampenlicht, aber in letzter Zeit macht es ganz den Anschein, als könnte sie es nicht vermeiden. Dies gilt besonders für die Medien, die alte Beschuldigungen wieder aufgetaut haben, die da lauten, dass HKB terroristische Anschläge finanziert hat, um Versicherungsprämien in die Höhe zu treiben. Die Geschichte ist wieder hochgekommen, weil es auffällt, dass viele Werte, die durch Anschläge von 9x9 zerstört wurden, bei HKB versichert waren. Konkret wird der Bank vorgeworfen, dass sie 9x9-Zellen mit Geld und Informationen versorgt und HKB im Gegenzug oberflächlichen Schaden erleidet, um die Versicherungstarife erhöhen zu können.
● Sunshine

● Ich glaube nicht, dass HKB dieses Mal dahinter steckt. Ich glaube, dass irgendjemand die alten Vorwürfe instrumentalisiert, um HKB zu beschuldigen und die Öffentlichkeit ebenso wie die Sonderermittler des Exekutiv-Rates auf eine falsche Fährte zu locken.
● Snow Tiger

● Der Große Drache Celedyr hat eine andauernde Fehde mit HKB wegen einer alten Sache mit Transys-Neuronet. HKB hakte die Sache ab, nachdem Transys zu NeoNET wurde, aber vielleicht ist Celedyr da etwas nachtragender.
● Winterhawk

Horizon Group

Die Horizon Group ist als kleiner, aber erfolgreicher Zusammenschluss von Werbeunternehmen und Sim-Studios schon seit langem in Hongkong aktiv. Ihrem intuitiven Verständnis für die Psychologie der Hongkonger Konsumenten verdankt die Gruppe ihre führende Position in dieser wirtschaftlichen Nische. Während zahlreiche Konzerne im Gouverneursrat die Horizon Group für ihre Medien- und PR-Arbeit einsetzten, betrachteten sie die Gruppe niemals als eine Bedrohung.

Das änderte sich deutlich, als die Horizon Group ihr Portfolio um zwei weitere Unternehmen ergänzte. Global China Group Ltd., der Trid-Gigant aus Hongkong, versuchte sich kurz nach dem zweiten Crash gegen ein Übernahmeangebot von Ares Global Entertainment zu wehren, als Horizon seine Hilfe anbot, die aus einer Mitgliedschaft in seinem Zusammenschluss aus Medienunternehmen bestand, sowie in einer Einbindung in den zentralen Entscheidungsfindungsprozess, der die unternehmerischen Entscheidungen der Horizon Group prägt, was Global China für Ares unattraktiv machen würde. Global China akzeptierte das Angebot, weil es die auf Kooperation ausgelegten Machtstrukturen von Horizon dem legendären diktatorischen Regime von Damien Knight vorzog.

Dann, nur ein Jahr später, plagte eine Serie von Unfällen und schlechter Presse den Virtual World Disney-Vergnügungspark auf der Lantau-Insel. Die Horizon Group wurde angeheuert, um den Schaden am Image des Parks und am Aktienkurs zu beheben, und irgendwann kamen beide Konzerne darin überein, dass eine Fusion allen Beteiligten nützen würde. Genau wie Global China schloss sich Virtual World Disney der Horizon Group an, und plötzlich traten beide Konzerne im Pazifikraum mit gebündelter Marktmacht auf.

Die Horizon Group kontrolliert nun vier der sechs großen Trid-Netzwerke in Hongkong, zwei große Filmstudios, den Virtual World Disney-Komplex auf der Lantau-Insel und nicht zu vergessen eine Reihe von kleineren regionalen Werbe- und PR-Unternehmen. Unbemerkt von den etablierten Megakonzernen hat sich die Horizon Group innerhalb von nur wenigen Jahren in Hongkong als einflussreicher Machtblock positioniert.

● Nicht jeder freut sich über Horizons Aufstieg. Damien Knight hat in der Öffentlichkeit einige Statements abgegeben, die darauf schließen lassen, dass er den Global-China-Coup der Horizon Group noch immer nicht verdaut hat. Und Evos Ramon Dizon wollte ebenfalls in den Hongkonger Medienmarkt expandieren, doch neben seinem Philippines Broadcasting Network ist ihm hier nur noch ein einzelnes großes Netzwerk geblieben.
● Sunshine

● Nach dem Erdbeben, das Los Angeles überflutete, absorbierte die Horizon Group viele der überlebenden Produzenten kalifornischer Hot-BTLs. Ich habe gehört, dass die Gruppe diese neuen Mitglieder des Verbunds benutzt, um direkt mit den Kong-Chips zu konkurrieren, die den Markt hier beherrschen. Das würde bedeuten, dass sich die Horizon Group direkt mit Wuxing und der Ten Thousand Lions-Triade anlegt, besonders, falls Horizon beschließt, den Mittelsmann auszuschließen, indem sie ihren Plan weiter verfolgen, die BTLs über geheime Kanäle zum Download anzubieten.
● Turbo Bunny

Kuroyama Geosource

Kuroyama GeoSource, die jüngste Expansion des früheren Konzerns Kuroyama Minerals, an dem Shiawase einen Anteil von 72 Prozent hält, ist der wichtigste Vermögenswert von Shiawase in Hongkong. Die restlichen Kuroyama-Aktien befinden sich in den Händen einer Reihe von Investmentgesellschaften, darunter – Überraschung! – Hildebrandt-Kleinfort-Bernal. Die Investmentgesellschaften interessieren sich besonders für die Bemühungen von Kuroyama, ungenutzte Bodenschätze im Südchinesischen Meer anzuzapfen, zu denen auch die Errichtung einer Unterwasser-Bergbaustation gehört, mit der Mangan-56 gewonnen werden soll.

● Ah, Mangan-56. Das Zeug braucht man für Fusionsreaktoren, weshalb es für Shiawase von unschätzbarem Wert ist. Zum Glück für Shiawase (schönes Wortspiel übrigens) sind sie siegreich aus einer gigantischen Anzahl von Gerichtsverfahren mit Wuxing hervorgegangen. Der Konzern-Gerichtshof hat sich letztendlich auf die Seite von Shiawase geschlagen, doch Wuxing hat das Handtuch noch nicht in den Ring geworfen – sie hoffen, dass Piratenaktivitäten und Runs gegen die Bergbaugesellschaften das bewirken, was vor Gericht nicht gelungen ist, und sich Kuroyama aus der Region zurückzieht.
● Sounder

● Bei einem der Minderheitsaktionäre von Kuroyama handelt es sich um den Drachen Rhonabwy, obwohl sein Investment durch eine Reihe von Strohgesellschaften verborgen ist. Keine Ahnung, was er sich von der Investition in Unterwasser-Bergbauprojekte verspricht, abgesehen von der Tatsache, dass sein Hort dadurch noch fetter wird.
● Winterhawk

Ein weiteres ehrgeiziges Projekt von Kuroyama ist der Feng-Shui-Komplex in Cha Ma Wan. Dabei handelt es sich um ein riesiges Wind- und Wellenkraftwerk zur Energieerzeugung („Feng Shui" heißt wörtlich übersetzt „Wind und Wasser"). Obwohl die Anlage nicht so viel Energie erzeugt, wie Shiawase Atomics mit seinen Kernkraftwerken in der Kantonesischen Konföderation an Hongkong verkauft, liefert sie genügend Energie, um den Metroplex im Falle eines stadtweiten Stromausfalls mit Notstrom zu versorgen.

● Die japanische Kaiserin Hitomi hat die Anlage vor acht Monaten persönlich besichtigt und deutliches Interesse ihrer Nation an der Technologie zum Ausdruck gebracht. Japan hat jede Menge Wasser, aber nur wenig Land, also wäre Energie, die aus dem Meer und Meereswindkraftanlagen gewonnen wird, ein echter Segen für den Staat.
● Mihoshi Oni

● Und wo es einen Bedarf gibt, gehen sich die Konzerne gegenseitig an die Kehle, um ihn zu befriedigen. Die Rivalen von Shiawase sind ebenso heiß darauf, den energiehungrigen asiatischen Markt zu beliefern, weshalb die Technologie von Cha Ma Wan ein häufiges Ziel von Shadowruns darstellt. Der Küstenschutz hat seine Präsenz in dem Gebiet erhöht, doch Kuroyama verlässt sich in Sachen Sicherheit nicht auf Evo und hat Piraten und Shadowrunner angeheuert, die für zusätzliche Sicherheit sorgen.
● Kane

Mitsuhama Hongkong

Mitsuhama Hongkong ist ein unabhängiger Konzern, der sogar von Mitsuhama Australasia getrennt operiert. Es ist nicht bekannt, ob Mitsuhama diese Struktur geschaffen hat, um einen Vertreter in den Gouverneursrat zu schleusen, oder aus anderen Gründen, doch das „kleine" Hongkong-Lehen scheint dem Australasia-Konzernableger nicht sonderlich weh zu tun. Mitsuhama Hongkong betreibt unter der Aufsicht des Vizepräsidenten Hanashima Ito eine Reihe von kleineren Fabriken, Lagerhäusern und Forschungslaboratorien.

» Diesen Namen kenne ich doch! Ito war vor einigen Jahren Direktor bei Mitsuhama Automatronics auf den Philippinen. Er leitete dort die kaiserlichen Fabriken und war hauptverantwortlich dafür, dass der Kon tonnenweise Abfall in die Manilabucht kippte. Sein Eifer, als es darum ging, die Filipinos und die Umwelt für die Ziele von MCT zu opfern, brachte ihn vermutlich bei MCT auf die Überholspur.
» Fatima

Die sichtbarste Aktivität von Mitsuhama Hongkong in der Stadt sind die automatisierten Drohnen, die dabei helfen, Schiffscontainer zu entladen, sie zu scannen und auf den weiteren Überlandtransport vorzubereiten. Ähnliche Robotertechnologien werden in den Fabriken in Kwun Tong eingesetzt, wo MCT aus Elektronikbauteilen, die in der Kantonesischen Konföderation hergestellt werden, Computer und andere Geräte zusammenbaut, die weltweit verschifft werden. Weniger sichtbar, aber nicht weniger wichtig für MCT ist Pentacle Distributing, eine Tochter von Mitsuhama, die magische Materialien weltweit an Läden, Taliskrämer und Alchemisten vertreibt.

» Pentacle wird vom illegalen Handel mit gewilderten magischen Materialien in Hongkong angezogen. Neben dem großen Markt in Hongkong selbst, der von Pentacle dominiert wird, verhandeln sie von hier aus auch mit Wilderern in ganz Südostasien und auf dem chinesischen Festland, sammeln die Waren in ihren Container-Häfen und verschiffen sie an Zauberer in der ganzen Welt.
» Lyran

» Kaltherzige Metzger sind das. Sie schlachten asiatische Elefanten ab, nur um an ihre Stoßzähne zu gelangen, weil irgendein Lohnmagier in New York sie für seine neuen Foki braucht.
» Ecotope

» Du solltest die Zauberer selbst nicht außer Acht lassen. Wenn eine Formel exotische Materialien erfordert, machen sich die meisten Magier keine Gedanken, woher sie stammen.
» Ethernaut

Saeder-Krupp SwissBank

Nach Wuxings Netz aus Finanzinstituten und Hildebrandt-Kleinfort-Bernal ist Saeder-Krupp SwissBank Hongkongs drittgrößtes Finanzkonglomerat. Obwohl Lofwyr seine Klauen anscheinend nicht allzu tief in Asien hineingegraben hat, ist er ein kluger Drache, der eine Steueroase erkennt, wenn er sie sieht. Der ungehemmte Kapitalismus in der Freihandelszone macht Hongkong zu einem idealen Brückenkopf für Saeder-Krupp auf die asiatischen Märkte. Die Aktivitäten der SwissBank in Hongkong beschränken sich hauptsächlich auf Kapitalinvestitionen über eine Reihe von Brokern und Investmentfonds.

» In Hongkong ist die SwissBank berüchtigt für ihre ethisch fragwürdigen Geschäftspraktiken. An einem Börsenplatz mit derart laxen Gesetzen wie Hongkong drohen beim Einsatz von schmutzigen Tricks wie Late Trading (dem Ankauf von Wertpapieren nach Börsenschluss zu einem früheren Preis) keine

DATENEMPFANG ...

großen Strafen. Die SwissBank kontrolliert über verschiedene Strohgesellschaften auch eine Reihe von Hedgefonds, die große Risiken eingehen und hochmoderne Computermodelle benutzen, um die künftige Entwicklung der Märkte zu prognostizieren. Wenn ein Deal einmal in einer Katastrophe endet, verschwindet der Fonds auf ungeklärte Weise vom Markt, und niemand gräbt tief genug, um die SwissBank verantwortlich machen zu können.
» Mr. Bonds

» Die SwissBank macht noch viel mehr, und das macht Wuxing extrem nervös. Hongkong ist Wuxings Hinterhof, denn der Konzern hat viel Geld in die Entwicklung des Standorts investiert. Die faulen Tricks der SwissBank gefährden die Geschäfte in der Stadt, was in der Vergangenheit schon zu einigen Beinahe-Finanzskandalen führte, bei denen Wuxing deutlich mehr zu verlieren hat als die SwissBank. Deshalb heuert Wuxing Schattentalente an, um solche Operationen zu entschärfen, bevor sie zu viel Ärger machen können.
» Snow Tiger

Die Aktivitäten der SwissBank in Hongkong werden von Thomas Moy überwacht, einem cleveren Zocker, auf den sich Lofwyr verlässt. Moy ist ein Finanzgenie, das bereit ist, enorme Risiken in Kauf zu nehmen, ohne sich jemals auf halbe Sachen oder Kompromisse einzulassen. Und auf der Gehaltsliste eines Großen Drachen zu stehen bedeutet, im Falle eines spektakulären Scheiterns auf dessen Speisekarte zu enden. Wenn das mal kein Erfolgsdruck ist.

» Es kursieren Gerüchte, dass Thomas Moy ein Technomancer ist. Natürlich gibt es auch Gerüchte, dass er ein BTL-Junkie ist. Beide könnten falsch sein – oder zutreffen.
» Puck

> Was zur Hölle ist ein Technomancer?
» Money Lee

Shibata Construction and Engineering

Shibata macht mit Tausenden von großen und kleinen Projekten Geld, die in Hongkong gebaut und entwickelt werden. Das größte Shibata-Projekt im Metroplex ist der Bau eines halben Dutzends Wolkenkratzer in Downtown, für den Shibata den Zuschlag bekommen hat. Üblicherweise sorgt Daiatsu für das Bauland und Shibata baut darauf. Doch Shibata ist auch ein beliebtes Subunternehmen für andere Megakonzern-Projekte: Sie haben Entwicklungsarbeiten für Evos Schiffsbauprojekte verrichtet, Komponenten für Mitsuhamas Roboter gefertigt und bei der Installation der Sendetürme für die drahtlose Matrix geholfen, die von der Eastern Tiger Corporation überall in der Stadt hochgezogen wurden.

Die Verträge mit anderen Megakonzernen sind ein lukratives Geschäft und bieten Shibata ausgezeichnete Möglichkeiten zur Expansion, machen es aber auch extrem anfällig für politische Auseinandersetzungen zwischen den anderen Konzernen. Wenn Shibata mit einem Konzern zusammenarbeitet, kann das den Geschäftsbeziehungen zu einem anderen Konzern schaden, und in Hongkong, wo so vieles vom Auftreten und Wahren des Gesichts abhängt, muss sich Shibata manchmal ganz schön ins Zeug legen, um die Geschäfte am Laufen zu halten.

» Und Shadowrunner sind dabei wie immer das Mittel der Wahl. Shibata hat sogar schon Shadowrunner gegen eigene Projekte eingesetzt, damit sie sich aus einem Projekt zurückziehen können, ohne das Gesicht zu verlieren. Es würde beispielsweise schlecht für Shibata aussehen, wenn sie sich von einem Vertrag mit Shiawase zurückziehen, um einen besseren Vertrag mit Wuxing abzuschließen. Wenn ein Shiawase-Shibata-Joint-Venture aber wegen andauernder Sabotage zu teuer wird, kann Shibata das Projekt begraben, ohne gegenüber Shiawase das Gesicht zu verlieren.
» Money Lee

» Jeder, der noch daran zweifelt, wie ernst Konzernpolitik werden kann, sollte bedenken, dass Shibatas letzter Repräsentant im Exekutiv-Rat, Yang Lin Fat, bei einem „mysteriösen Unfall“ ums Leben kam, als auf seiner Yacht ein Feuer ausbrach. Mysteriös ja, aber definitiv kein Unfall.
» Sunshine

Wuxing, Incorporated

Wuxing, Incorporated stellt eine feste Institution in Hongkong dar – eine Tatsache, die auch für Besuchern schnell offensichtlich wird. Tochterunternehmen von Wuxing in Hongkong machen keinen Hehl aus dieser Tatsache, weil Wuxing hier äußerst beliebt ist, besonders dank der Arbeit der Wu-Familie. Wu Kuan-Lai, der Gründer von Wuxing, gilt hier als Held für die führende Rolle, die er bei der Unabhängigkeitserklärung von Hongkong im Jahr 2015 gespielt hat. Sein Sohn, der derzeitige CEO Wu Lung-Wei, erntet viel Applaus für die Förderung der Wirtschaft in Hongkong und die Stärkung des regionalen Einflusses des Metroplexes durch die Gründung der Pacific Prosperity Group. Selbst die anderen Konzerne räumen widerwillig ein, dass Hongkong ohne die Bemühungen von Wuxing vermutlich nicht zu einem reichen Konzernparadies und leuchtenden Juwel des Ostens geworden, sondern dem Zusammenbruch Chinas zum Opfer gefallen wäre.

Obwohl das Hauptquartier nicht Teil der Skyline von Central ist (der Skytower befindet sich in Aberdeen, Southern Coast), ist Wuxing in Hongkong praktisch allgegenwärtig. Nach dem Systemversagen schluckte Wuxing die Malaysian Independent Bank, und das finanzielle Beben, das Hongkong, wenn nicht sogar ganz Asien nach der Übernahme erschütterte, sucht noch immer seinesgleichen. Wuxing ist in fast jeden Bereich von Hongkongs Wirtschaft verstrickt: Kreditwesen, Investmentbanking, Versicherungen und Baulandentwicklung. Hongkong ist der Knotenpunkt von Wuxings weltweiten Schifffahrtsaktivitäten. Hier unterhält der Konzern seine Handelsflotte, die Fracht selbst in die entferntesten Gebiete der Welt transportiert, ganz zu schweigen von den Straßen- und Schienenwegen, die dem Konzern in ganz Asien und Afrika gehören.

Wuxing ist auch bei der Produktion von Elektronik und in der Medienindustrie äußerst aktiv. Sie transportieren ihre Komponenten aus der Kantonesischen Konföderation und Südostasien mit ihren eigenen Schiffen, bringen sie mit ihren eigenen Trucks zu ihren eigenen Fabriken und setzen dort billige Elektronikgeräte zusammen, die sie mit ihren eigenen Schiffen weltweit exportieren. Und obwohl die Expansion der Horizon Group in Hongkong den Einfluss von Wuxing im Medienbereich eingeschränkt hat, gehört Wuxing noch immer eines der größten Trid-Netzwerke von Hongkong, ganz zu schweigen von einem großen SimSinn-Studio und einem der größten Spielehersteller.

» Wuxings magische Aktivitäten werden selten erwähnt, doch der Konzern verdient mehr und mehr Geld mit ihnen. Ming Solutions ist eine Wuxing-Tochter, die andere Konzerne dabei unterstützt, Magie in ihre Geschäftsmodelle und Sicherheitssysteme zu integrieren. Da Magie nicht billig ist, wenden sich Konzerne mit wenigen magischen Vermögenswerten gern an erfahrene Partner. Minh-Pao Exports, eine weitere Wuxing-Tochter, erschließt ebenfalls neue Geschäftsfelder, indem sie

Partnerschaften mit einheimischen Stämmen in Asien und Afrika eingeht, die magische Materialien an das Unternehmen verkaufen. Die Stämme sammeln die Materialien, und Minh-Pao bezahlt sie dafür.
• Ethernaut

• Minh-Paos Lieferungen wurden in letzter Zeit zunehmend unregelmäßig. Ich vermute, das hängt mit Interessenskonflikten zwischen den Triaden- und den aggressiven Yakuza-Elementen (hinter denen möglicherweise Mitsuhama steht) zusammen. Wenn die Befürworter der Triaden sich durchsetzen, hat sich Wuxing einen neuen lukrativen Markt erschlossen. Falls sich dagegen die Yakuza-Anhänger durchsetzen, ist es den japanischen Kons gelungen, Wuxings Zugang zum Taliskrämer-Markt einzuschränken.
• Jimmy No

• Spiele und Trid-Geräte sind nicht das Einzige, was Wuxing in seinen Elektronik-Fabriken herstellt. Sie produzieren dort auch billige BTL-Chips, die als „Kong Chips" bekannt sind und in Hongkong und Südostasien, wo solche aufgepeppten Sims legal sind, verkauft werden. Gleichzeitig schmuggeln sie mithilfe der Triaden einen Teil der Produktion in andere Staaten, wo die Chips verboten sind. Die Yellow Lotus-Triade war Wuxings Partner in Hongkong, bis sie von den Red Dragons ausgelöscht wurden. Jetzt hat der Konzern einen Deal mit den Ten Thousand Lions am Laufen, die über den Kai Tak-Nachtmarkt ganze LKW-Ladungen vertreiben.
• Turbo Bunny

DATENEMPFANG ...

NewsFeed Archiv: Business Today, Juni 2069

DIE WU-DYNASTIE

... „Wu Lung-Wei, der Sohn von Wu Kuan-Lei, dem visionären Gründer von Wuxing, scheint äußerst gewillt zu sein, den persönlichen und entschlossenen Führungsstil, den sein Vater an den Tag legte, in jeder Hinsicht fortzuführen. Tatsächlich hat er aus dem Konzern eine Familienangelegenheit gemacht und Geschäft und Privatleben nahtlos miteinander verschmolzen. Seine Frau, Sharon Chiang-Wu, kehrte von ihrem Mutterschaftsurlaub zurück, um ihre führende Position im Aufsichtsrat von Wuxing wieder einzunehmen. Sie ist für Wuxings zunehmende Investitionen in wachsende urbane Zentren zuständig und überschreitet dabei ohne großes Federlesen die Grenze zur Politik, indem sie eine freiere Handelspolitik und die Einrichtung von Sonderwirtschaftszonen fordert. Die Zukunft des Konzerns liegt zweifellos in den Händen der eineiigen Fünflingstöchter des Erfolgspaares, die im zarten Alter von neun Jahren bereits als sichere Konzernerben gehandelt werden. Mit derart begabten Eltern haben Fo, Shui, Moak, Tou und Gum ohne jeden Zweifel eine goldene Zukunft vor sich. Die Wu-Familie ist Chinas jüngste Dynastie, deren Herrschaft kein Zeichen von Schwäche zeigt."

• Eineiige Fünflinge sind ungefähr so selten wie ein eingesperrter Drache. Gerüchten zufolge ist der Grund für diese erstaunliche Nachkommenschaft die Münze des Glücks, die Sharon besitzt, und die ihren Träger der Legende nach mit Fruchtbarkeit segnet. Andere behaupten, dass die Fünflinge das Ergebnis chinesischer Eugenikforschungen sein müssen, die nach dem Crash von 2029 auf mysteriöse Weise „verloren gingen". Ich schätze, das Pärchen glaubt eher an die Version mit dem magischen Segen, da sie ihre Kinder nach den fünf chinesischen Elementen benannt haben.
• Jimmy No

Xiao-Renraku Computer Systems

Xiao-Renraku ist eins von Shikei Nakatomis asiatischen Juwelen, eine sich prächtig entwickelnde Tochter von Renraku Computer Systems, die nach dem Ärger der vergangenen Jahre ein gelungenes Comeback aufs Parkett gelegt hat. In vielerlei Hinsicht verkörpert Xiao-Renraku Nakatomis persönliche Geschäftsphilosophie und kämpft mit denselben schmutzigen Tricks, was sich an den äußerst erbitterten Bemühungen des Kons zeigt, NeoNET aus Hongkong fernzuhalten – ein Ziel, das Nakatomi als Ausdruck seiner persönlichen Rivalität mit NeoNETs Richard Villiers betrachtet. Xiao-Renraku ist außerdem ein Beispiel für Nakatomis rücksichtslose Akquisitionsstrategie, wenn es darum geht, sich Vorteile zu verschaffen. Renraku Computer Systems übernahm Xiao Technologies von der Evo Corporation, indem es den Aktienkurs von Xiao in den Keller trieb. Um dies zu erreichen, verteilten sie unter der Hand Master-Passcodes, mit denen man die neue Magschloss-Produktreihe von Xiao überwinden konnte.

Nachdem Renraku Xiao Technologies als Tochtergesellschaft integriert hatte, nutzte Xiao-Renraku die Bedingungen aus, die es selbst geschaffen hatte. Nachdem NeoNET erfolgreich der Eintritt in den Hongkonger Markt verwehrt worden war, schloss sich Xiao-Renraku mit der Eastern Tiger Corporation zusammen, um gemeinsam das drahtlose Matrix-Gitter der Stadt zu errichten. Anschließend warf Xiao-Renraku die Datenmanagement-Ressourcen mit Xiao Technologies' physischen Sicherheitsgeräten in einen Topf und brachte neue Produktlinien auf den Markt, die in ganz Hongkong und weiten Teilen Asiens zum Standard für physische und Netzwerksicherheitssysteme wurden. Nun bleibt nur noch die Frage, ob der Konzern bewahren kann, was er erschaffen hat, während die Besorgnis über die wachsende Zahl der Terroranschläge zunimmt und Xiao-Renrakus Zeit im Exekutiv-Rat sich ihrem Ende nähert.

• Nach dem zweiten Crash besaß Renraku die Kontrolle über einen Löwenanteil der gespeicherten globalen Daten, die den Crash unbeschadet überstanden hatten. Dieser Umstand lässt sich hauptsächlich auf eine glückliche Fügung zurückführen. Nach den Problemen mit Deus und wachsenden Sorgen über eine Infiltration des Konzernnetzwerkes peppte Renraku seine Datensicherheit extrem auf und nahm alles vom Netz, was nicht online benötigt wurde. Nachdem die alte Matrix abgeschmiert war, setzte Renraku diese kritischen Daten als Verhandlungsmasse ein, um sich in der neuen Matrix einen Platz an der Sonne im Bereich Datenspeicherung und Datensicherheit zu ergattern. In Hongkong konnten sie sogar noch weiter gehen und bekamen außerdem den Zuschlag für den größten Teil der Back-End-Software für das Hongkong-Gitter.
• Glitch

Yokogawa Corporation

Yokogawa ist bekannt als Asiens "Notfall-Konzern". Der Konzern stieg ihm Zuge der Privatisierung der öffentlichen Hilfsorganisationen auf, wobei der Hongkonger Markt am entscheidendsten für seinen Erfolg war. In

diesem Metroplex sieht man Yokogawa am häufigsten in Gestalt von Hongkongs Feuerwehrleuten, wobei die Heldenverehrung, mit der sie nach den Erschütterungen des Pazifikraums überhäuft wurden, inzwischen nachgelassen hat. Yokogawa hat außerdem eine Reihe von weiteren Kontrakten mit der Stadt. Der Konzern betreibt viele Kliniken in Hongkong und initiierte eine Partnerschaft mit DocWagon, um die medizinische Notfallversorgung abdecken zu können. Außerdem arbeitet der Konzern mit Ares und Evo an einem Katastrophenmanagement-System, beispielsweise für den Fall eines Super-Taifuns. Alles in allem besitzt der Konzern bei den Hongkonger Bürgern einen guten Ruf, obwohl die Beliebtheitskurve bei den SINlosen zweifellos geringer ausfällt.

» Und wer würde es ihnen vorwerfen? Yokogawa reagiert nicht gerade schnell auf Feuer in Kowloon, und ihre Rettungswagen tauchen nur dann in den schlechten Gegenden der Stadt auf, wenn ein Kunde mit hochdotiertem Vertrag in Gefahr ist. Auch für die Yokogawa-Krankenhäuser gilt, dass ihr sie nur betreten solltet, wenn ihr gut versichert seid. Ansonsten schieben sie euch in die Kliniken ab, die ihre Kosten durch den Missbrauch ihrer Patienten als Versuchskaninchen decken oder einem einfach ein „nicht weiter wichtiges" Organ herausnehmen, während man unter dem Messer liegt.
» Money Lee

» Yokogawa hat noch ein weiteres Problem, das unter der Oberfläche brodelt: ein möglicher Triadenkrieg. Die Red Dragon Association ist in Hongkong ziemlich tief in Yokogawas Geschäfte verstrickt, indem sie Geld aus den Konktrakten mit der Stadt abschöpft und die Drohkulisse ihrer Schutzgeldringe aufpeppt (die Red Dragons zünden einen Laden an, und seltsamerweise taucht der Löschzug erst auf, nachdem das Haus bis auf die Grundmauern abgebrannt ist). Allerdings haben die 289s in letzter Zeit Yokogawas Einsatzteams ins Visier genommen. Sie stellen den Rettungswagen eine Falle, um sich dann alles an Medikamenten und sonstiger Ausrüstung unter den Nagel zu reißen, was sie schleppen können – und die Rettungswagen für besondere Gefahrensituationen verfügen über nette Waffenarsenale. Die Red Dragons haben den 289s einige Warnungen zukommen lassen, aber die pfeifen auf die Drohungen und provozieren die Dragons weiter. Keiner weiß, wie weit die Situation noch eskalieren wird.
» Lei Kung

» Vergesst nicht die Yakuza. Sie sind zwar in Hongkong nicht sehr aktiv, aber in Japan ist das Kodachi-gumi tief in die Geschäfte von Yokogawa verwickelt. Und ihnen gefällt die Vorstellung nicht, dass die Triaden ihre Verbindungen zu Yokogawa in Hongkong einsetzen könnten, um den japanischen Markt zu betreten. Sie sind bereit – wirklich bereit – diese Gelegenheit zu nutzen, um den Red Dragons eins auszuwischen, auch als Beweis für das Watada-rengo, dass die Kodachi die Besten sind, wenn es darum geht, nach dem Ableben von Akira Watada die Kontrolle über Japans Unterwelt zu übernehmen.
» Mihoshi Oni

KRIMINALITÄT

geposted von Snow Tiger

Geldmachen ist Hongkongs Mantra, und Geldmachen mit kriminellen Mitteln ist ein natürlicher Bestandteil des Metroplexes. An jeder Straßenecke gibt es Straßenmädchen, Junkies, Fixer, Gauner und Spieler, aber wenn eine kriminelle Unternehmung in Hongkong länger als eine Generation überleben will, braucht sie drei Dinge: Organisation, Tradition und ein Vermächtnis. Der Name des Spiels lautet „Business", und der Konkurrenzkampf in der Unterwelt ist nicht weniger heftig als in den Vorstandsetagen der Konzerne. Shadowrunner sind gut beraten, so viel wie nur möglich über die Syndikate in Erfahrung zu bringen, mit denen sie sich die Schatten teilen. Schließlich sind viele von ihnen um Jahrhunderte älter als die Freiberufler in den Schatten.

HIMMEL, ERDE UND MENSCHEN: DIE TRIADEN

Die Triaden sind Tröpfchen der Wahrheit in einem Meer aus falschen Mythen. Sie sind moderne kriminelle Unternehmungen in einer alten Welt. Sie sind Mystizismus, gehüllt in Gewalt, Blut und Furcht. Die Triaden sind ein Beispiel für einen unaufhörlichen Konflikt mit Extremen an beiden Enden des Spektrums. Und was sie angeht, funktioniert es. Aber glaubt nicht alles, was ihr über die Triaden hört. Wenn man ihnen zuhört, erzählen sie einem, gehüllt in den uralten Mythos, von ihren Ursprüngen als Abkömmlinge von fünf überlebenden Shaolin-Mönchen, die von der Manchu Ch'ing Dynastie verraten wurden. Die Mönche, die der Ausrottung entgangen waren, gründeten eine Geheimgesellschaft, die sich dem Sturz der Manchu-Herrscher und der Rückkehr zum goldenen Zeitalter der chinesischen Ming-Dynastie verschrieben hat. Noch heute betrachten sich die Triaden als patriotische Helden, die es bis jetzt mit den Manchu, den Kommunisten, den Konzernen und allen anderen Unterdrückern aufgenommen haben. Das alles gehört zu einem Volksmythos, der ihren blutigen und kriminellen Lebenswandel verschleiert.

Mehr noch als jedes andere Syndikat verbinden die Triaden uralte Traditionen mit der modernen Gesellschaft. An der Spitze der Triaden stehen stets Anführer und Mystiker, die den alten Traditionen folgen. Sie verbreiten den Mythos der Triaden und führen Rituale durch, mit denen sie selbst die verschlagensten Kriminellen an legendäre Treueschwüre binden. In den niederen Rängen sind die Triaden moderne Straßengangs, die gefälschte Kommlinks einsetzen und ihr zusammengewürfeltes Gun-fu praktizieren. Aber sie alle nehmen das Triaden-Ideal sehr ernst, so heuchlerisch es auch erscheinen mag. Selbst der jüngste Straßenpunk benutzt die jahrhundertealten geheimen Handzeichen der Triaden, spricht in Zahlencodes, die vermutlich von frühen Triaden-Revolutionären benutzt wurden, und schwört den Eid, der die Mitglieder der Triaden seit ihrer Gründung zusammenhält.

> Normalerweise hat es ein Runner nicht mit den hohn Tieren der Triaden in Hongkong zu tun, doch wenn man aufpasst, kann man ihre Anwesenheit spüren. Die Straßengangs werden rituell gezwungen, ihre Anführer zu respektieren, und selbst der größte Aufschneider schlägt die Hacken zusammen, wenn er von seinen Meistern einen Befehl bekommt.
> Ma'fan

> Und sie wissen, das schreckliche Dinge passieren, wenn sie den Eid brechen, mit dem sie sich an die Triaden gebunden haben. Es ist also nicht nur Respekt vor ihren Anführern, sondern auch eine gesunde Dosis Furcht. Die Gang-Mitglieder kommen mit Kugeln und Gewalt zurecht, aber wenn der Körper eines Gang-Mitglieds in einer Blutfontäne explodiert oder sein Blut in den Adern kocht, weil er seinesgleichen verraten hat, dann scheißen sie sich in die Hosen.
> Money Lee

Die Organisation der Triaden ist ebenso kryptisch und kompliziert wie alles andere an ihnen. Die Hierarchie reicht zurück zu uralten Strukturen, als sie angeblich noch nationalistische Freiheitskämpfer waren. Sie tragen bizarre rituelle Namen und noch bizzarere Zahlencodes, die an die chinesische Numerologie und einen Zahlencode angelehnt ist, hinter dem sich ihre Organisation verbirgt. Doch genau wie alles andere an den Triaden finden die Syndikate eine moderne Verwendung für diese alten Traditionen. Nichts bei den Triaden dient nur zur Dekoration.

An der Spitze einer jeden Triaden-Organisation steht der Shan Chu, der bei verschiedenen Triaden auch farbenprächtige Titel wie Bergmeister, Logenmeister oder Drachenkopf hat. Außerdem ist er an den Zahlen 489 oder

DATENEMPFANG ...

[Auszug aus einer E-mail]

Hong Kong Police Force: Internes Memorandum

Betreff: Lau Hyut ("Der Aderlass")

CC: Knight Errant Security Services, Büro des Vizepräsidenten

Dies ist eine Mitteilung an alle Reviere und Sondereinheiten, die in Sachen organisierter Kriminalität ermitteln. Jüngste Hinweise deuten darauf hin, dass die magischen Schwüre, die von Triaden-Syndikaten eingesetzt werden, verstärkt wurden. Das Verhör von Triaden-Verdächtigen und die Infiltration von Triaden-Organisationen wird hierdurch nicht unwesentlich erschwert. Triaden-Mitglieder, die gegen ihren Loyalitätsschwur verstoßen, zeigen auf der Stelle schmerzhafte körperliche Reaktionen, die nicht selten zum Tode des Verdächtigen führen. Die genaue Manifestation dieser Effekte unterscheidet sich von Syndikat zu Syndikat, doch die Resultate weisen Ähnlichkeiten auf. Erstmals traten die Reaktionen beim Verhör von Mitgliedern der Ten Thousand Lions in Erscheinung, als die Verdächtigen Blut ausschwitzten, bis sie durch den Blutverlust starben. Mitglieder der Red Dragon Association zeigten ähnliche Symptome, doch ihre Haut zerriss zu Hunderten von kleinen Wunden, was ebenfalls zum Tode führten. Ein verdeckter Ermittler, der von den Black Chrysanthemums gezwungen worden war, den Loyalitätsschwur abzulegen, verstarb während eines Gesprächs mit seinem Vorgesetzten, als sich unter seiner Haut plötzlich große dunkle Flecken bildeten und er den Folgen schwerer innerer Blutungen erlag. Unsere Polizei-Wujen vermuten, dass sich hinter den Symptomen eine Verzauberung verbirgt, doch bislang ist es ihnen nicht gelungen, diese zu deaktivieren, ohne dass ihre für die Subjekte tödlichen Effekte ausgelöst wurden. Wir gehen davon aus, dass bei den Ritualen Blutmagie angewendet wird. Der Einsatz von verdeckten Ermittlern in Triaden-Organisationen ist unverzüglich auszusetzen, bis wir eine Methode gefunden haben, um die Treuschwüre sicher zu brechen.

DATENEMPFANG ...

21 (die Summe von 4+8+9, falls eure Mathe-SPU gerade im Leerlauf ist) zu erkennen. Er ist der große Zampano, und jeder hört auf ihn. Der Shan Chu hat normalerweise nichts mit der gewalttätigen Welt der Triaden zu tun; er beschmutzt seine Hände nicht Blut, aber er gibt die Richtung vor. Die meisten Shan Chus führen in der Öffentlichkeit ein Leben als Geschäftsleute, doch anders als die Yakuza-Bosse umgeben sie sich gerne mit dem Schein der Bescheidenheit. Statt im Vorstand eines internationalen Konzerns zu sitzen, könnte selbst der mächtigste aller Triaden-Bosse tagsüber ein Restaurant oder einen kleinen Laden betreiben. Viele Leute, die nicht mit den hiesigen Traditionen vertraut sind, unterschützen den „bescheidenen" Shan Chu.

Dem Shan Chu unterstehen die 438er oder 15er (jetzt müsst ihr selbst rechnen). Das sind die Ratgeber des Shan Chus, die völlig nach den alten Regeln leben und normalerweise die Einzigen sind, die persönlich mit dem Shan Chu zu tun haben. An der Seite des Shan Chu stehen immer mindestens drei dieser Ratgeber. Der Erste ist der Fu Shan Chu, der Stellvertreter des Drachenkopfes. Der Fu Shan Chu übersetzt die Wünsche des Meisters in reale Befehle, und leitete diese an die Straßengangs weiter. Der Zweite ist der Heung Chu, der Zeremonienmeister. Seine Aufgabe ist es, die alten Bräuche und Mythen der Triaden weiterzugeben, die Rituale durchzuführen und die Schwüre abzunehmen, die alle Triaden-Mitglieder zur Loyalität verpflichten. In der Sechsten Welt ist der Heung Chu immer magisch aktiv. Der Dritte ist der Sin Fung, auch Wächter genannt. Ein modernes Triaden-Syndikat besteht aus einer Reihe von kleineren chinesischen Straßengangs, und es ist die Aufgabe des Sin Fungs, neue Gangs zu suchen, die in die Organisation aufgenommen werden können, sowie sicherzustellen, dass sie sich in die Hierarchie einfügen. In großen Triaden-Organisationen, beispielsweise denen von Hongkong, gehören zu diesem Rang auch die Sheung Fas (Doppelblumen). Sheung Fas sind praktisch die Bosse der größten Gangs, die ein Sin Fung rekrutiert. Obwohl ein Sheung Fa als 438 betrachtet wird, stehen sie nicht auf einer Stufe mit den Mitgliedern des inneren Dreierkreises um den Shan Chu.

● Die Hongkong-Triaden sind so groß und einflussreich, dass der Sheung Fa einer Hongkong-Triade manchmal der Shan Chu einer Satelliten-Triade in einer anderen Stadt ist. Gerüchten zufolge soll Zhen Li Kwan, der Logenmeister der Yellow Lotus in Seattle, ein Sheung Fa der Ten Thousand Lions in Hongkong sein.
● Kat O'Nine Tales

● Abgesehen von solchen gelegentlichen Verbindungen sind die Triaden im Ausland aber meistens unabhängig. Es gibt kein zentrales Führungsgremium wie bei der Mafia und keine internationale Hierarchie wie bei der Yakuza. Verbindungslinien zwischen Triaden in verschiedenen Städten entstehen dadurch, dass die jüngere Triade der Ableger einer älteren Triade ist, oder weil sie sich wegen gemeinsamer Interessen verbünden. In der ersten Konstellation wird der Ableger manchmal von einem Blutsverwandten gegründet, was beide Organisationen enger aneinander bindet. Im letzteren Fall handelt es sich um gegenseitige Deals, die manchmal ausgehandelt und manchmal einer der beiden Triaden aufgezwungen wird.
● Ma'fan

Unterhalb der Ränge der Offiziere des Shan Chus befinden sich die Straßen-Unterbosse und die Soldaten. In Hongkong haben diese Leute praktisch niemals persönlich mit dem Shan Chu zu tun, obwohl einige von ihnen regelmäßigen Kontakt mit seinen Offizieren pflegen. Die Straßenränge setzen sich aus mehreren Gangs zusammen, die alle eigene Geschäfte machen und eigene Territorien haben. Sie betreiben ihr Geschäft unabhängig, und führen einen Teil ihrer Einnahmen an den Shan Chu ab, der den Frieden zwischen den Gangs wahrt und sie gemeinsam gegen ihre Feinde führt. Jede dieser Gangs hat normalerweise drei Unterbosse, von denen jeder als Anführer der Gang betrachtet wird, die wiederum dem Sheung Fa ihrer Gang gegenüber verantwortlich sind (bei größeren Gangs).

Der Hung Kwan ist auch als Roter Stab (die 426 oder auch 12) bekannt. Als „militärischer Kommandant" einer Straßengang befehligt er die Soldaten, wenn sie kämpfen, um ihr Territorium zu verteidigen oder auszudehnen, oder wenn sie „Botschaften" überbringen. Der Pak Tsz Sin, auch bekannt als Weißer Papierfächer (die 415 oder 10) ist der Buchhalter. Er kümmert sich um das Waschen von Geldern aus illegalen Unternehmungen und ist heutzutage auch für die Matrix-Präsenz der Gang verantwortlich, falls sie eine hat. Der dritte Unterboss ist der Cho Hai, auch Gras-Sandale (die 432 oder 9) genannt. Seine Aufgabe lautet, als Mittelsmann zu dienen. Er ist zuständig für die Bestechungsgelder (sowohl bezahlte als auch erhaltene), und agiert als Verbindungsmann zwischen verschiedenen Straßengangs und den verschiedenen hierarchischen Ebenen innerhalb einer Gang.

Ganz unten stehen schließlich die Sze Kaus, oder 49er. Das sind die Straßenschläger und modernen Soldaten der Gossen von Hongkong. Sie alle schwören einen Eid, wenn sie sich einer Triade anschließen. Das Ritual hat angeblich etwas mit der Vermischung und dem Trinken des Blutes des Schülers zu tun, während Papierstreifen mit den 36 Schwüren der Triaden verbrannt werden – das erzählen die Soldaten jedenfalls, wenn sie kurz davor stehen, den Löffel abzugeben. Die meisten Sze Kaus sterben jung, entweder durch rivalisierende Gang-Mitglieder oder die Hongkonger Cops. Einigen Glücklichen gelingt es dagegen, eines Tages selbst zu einem Unterboss befördert zu werden, oder sogar erfolgreich genug zu sein, um sich irgendwann ein eigenes Territorium zu suchen und einen eigenen Gang-Ableger zu gründen.

» Bezüglich der 36 Treueschwüre: Jedes Mitglied der Triaden muss sie ablegen, bis hin zum untersten Soldaten. Es handelt sich um eine Mischung aus Mystizismus und echter Magie, wobei nicht alle Triaden-Initiaten auch magisch aktiv sind. Diejenigen, die es sind, steigen aber für gewöhnlich schneller die Karriereleiter hinauf, und gehören meist elitären und geheimen initiatorischen Gruppen in Diensten der großen Triaden-Syndikate an.
» Jimmy No

Jahrzehnte voller unbarmherziger Rivalität und interner Kriege haben zu der kriminellen Landschaft des heutigen Hongkongs geführt. Der größte Teil der Unterwelt des Metroplexes wird noch immer von einigen wenigen großen Triaden-Syndikaten beherrscht, die sich aus vielen kleinen Straßengangs zusammensetzen. Einige, wie die Red Dragons, arbeiten eng zusammen und verfolgen ein einheitliches Ziel. Andere, wie die 289s, können grundsätzlich kaum als einzelnes Syndikat betrachtet werden, während sich ihre Zusammenarbeit erst auf der Straße zeigt.

» In der Unterwelt geht es niemals friedlich zu, aber in letzter Zeit war es relativ ruhig in Hongkong. Nach dem jüngsten Krieg zwischen den Red Dragons und den Yellow Lotus befinden sich die meisten Syndikate sozusagen im „Erholungsmodus" Es gab jedoch einige Meinungsverschiedenheiten in Hinblick auf bestimmte Gebiete und die Kontrolle über bestimmte Unternehmungen, also würde ich mich nicht wundern, wenn die Grabenkämpfe bald wieder aufflackern. Bleibt in Deckung.
» Money Lee

Red Dragon Association

Die Red Dragons sind aus einem langen, erbitterten und blutigen Krieg gegen die Yellow Lotus siegreich hervorgegangen und stellen seitdem Hongkongs größte Triade. Der Sieg wurde jedoch teuer erkauft und kostete das Leben des Shan Chus der Organisation. Heute wird die Red Dragon Association von Hsiao Wai-Gong angeführt, dem früheren Stellvertreter des Shan Chus, der dafür verantwortlich war, die Red Dragons während des Kriegs zusammenzuhalten.

» Es waren nicht die Yellow Lotus, die den San Chu der Red Dragons getötet haben, es war Hsiao Wai-Gong. Er nutzte das Chaos des Gangkrieges, um seinen eigenen Boss auszuschalten und sich selbst zum Anführer zu machen. Er verbarg seinen Verrat, indem er Hilfe von außen anheuerte; man erzählt, dass sich die Chimera um den Job gekümmert hat.
» Ma'fan

» Warte eine Sekunde ... wie kommt es, dass der Mord an seinem Shan Chu nicht als Verletzung des Loyalitätsschwures gilt? Würde so etwas nicht zu einer schmerzhaften göttlichen Vergeltung führen?
» Mihoshi Oni

» Ich kann nicht behaupten, dass ich alle Details kenne, aber es macht ganz den Anschein, als würde der Schwur diejenigen bestrafen, die einen Verrat an den Triaden gegenüber der Außenwelt begehen, nicht aber bei internem Zwietracht.
» Traveler Jones

Die Mehrheit der Gangs, aus denen die Red Dragon Association besteht, sind im Bezirk Kwai Tsing aktiv und kontrollieren weite Teile von Hongkongs Werften. Andere Gangs, die den Red Dragons die Treue geschworen haben, sind auf der gesamten Halbinsel Kowloon und selbst auf der Hongkong-Insel aktiv. Von dort aus organisieren sie große Schutzgeldringe, bedrohen einheimische Geschäftsleute und erpressen Gelder von ihnen. Sie kontrollieren auch den Waffenschmuggel in Hongkong und transportieren Waffen aus den chinesischen Splitterstaaten nach Hongkong, um sie an hiesige Gangs und Piraten zu verkaufen. Durch Bestechung und die Erpressung einzelner Angestellter üben sie sogar Einfluss auf einige Megakonzerne innerhalb des Metroplexes aus.

» Die Kontrolle der Red Dragons über den Containerhafen Kwai Kung is derart umfassend, dass sie in der Lage sind, in den Frachtcontainern selbst schwere Waffen zu schmuggeln und sie rechtzeitig abzufangen, bevor die Frachter untersucht werden.
» Red Anya

Die Red Dragon Association ist eine wahrhaftig internationale Organisation, möglicherweise das stabilste am straffsten geführte Triaden-Syndikat der Welt. Obwohl die lokalen Zweigstellen größtenteils unabhängig voneinander operieren, haben die Red Dragons ausgegliederte Gangs überall auf dem chinesischen Festland, Südostasien, Australien, sowie Nord- und Südamerika. Ein hartnäckiges Gerücht besagt, dass der Shan Chu der globalen Red Dragon Association selbst ein Drache ist, nämlich der Große Drache Lung. Ob dies den Tatsachen entspricht oder nicht, konnte bislang weder bewiesen noch widerlegt werden. Diejenigen Mitglieder, die ihm gegenüber direkt verantwortlich sind, können jedenfalls nichts derartiges berichten.

» Glaubt es. Lung hat seine Spione in den Offiziersreihen der mit den Red Dragons verbündeten Triaden im gesamten Pazifikraum eingeschleust. In Hongkong ist sein Diener Mao Bei, der in die Jahre gekommene Zeremonienmeister der hiesigen Red

Dragon Association. Mao Bei gehörte bereits bei den letzten drei Shan Chus zu den Offizieren und ist geblieben, als Hsiao Wai-Gong die Macht übernahm. Er muss also über beträchtlichen Einfluss verfügen.
◉ Kat O'Nine Tales

◉ Dann muss ich mich allerdings fragen, ob Lung den Putsch bei den Red Dragons in Hongkong genehmigt hat.
◉ Red Anya

Black Chrysanthemums

Die Black Chrysanthemums sind eine rücksichtslose, neue Triade in Hongkong, die von der Stadt Macao aus über das Perlenflussdelta expandiert ist. Sie kam nach Hongkong, als die Auseinandersetzung zwischen den Red Dragons und den Yellow Lotus ihren Höhepunkt erreichten, und etablierte sich rasch in einigen der elendsten Slums von Hongkong, bevor sie jemand davon abhalten konnte. Die Black Chrysanthemums betreiben ein blutiges Geschäft – im wahrsten Sinne des Wortes. Sie sind Hongkongs größte Menschenschleuser-Vereinigung und transportieren Flüchtlinge nach Hongkong, wo sie in den abgewracktesten Ruinen unter fürchterlichsten Bedingungen untergebracht werden und ihr Leben lang als Sklaven arbeiten müssen, um ihre Schulden zu bezahlen. Sie schmuggeln sogar Leute aus Hongkong zu Orten wie Seattle und San Francisco, meistens in vollgepackten Containern oder Frachträumen von Schiffen, so dass nur wenige der verzweifelten Seelen ihr Ziel lebendig erreichen.

◉ Eine Tatsache, die den Black Chrysanthemums nicht das geringste Kopfzerbrechen bereitet. Wenn ein Flüchtling während des Transportes stirbt, wird er eben auf andere Weise „verwertet", und die Wertschöpfungskette schließt sich.
◉ Riser

Organhandel ist eine der größten Einnahmequellen dieses Syndikats und geht oft Hand in Hand mit dem Menschenhandel. Zahllose SINlose Bewohner verschwinden jeden Tag. Viele von ihnen werden von den Black Chrysanthemums von den Straßen aufgelesen, um abgeerntet und in Einzelteilen verkauft zu werden. Aufgrund der Gefahren, die in den vergangenen Jahren bei der Aufbewahrung von Leichen entstanden sind, neigt die Triade dazu, die Körper zu zerschnippeln und sie auf zahllose Arten loszuwerden, von denen eine ekelhafter ist als die andere.

◉ Einige der Stücke, die nicht verkauft werden können, werfen sie einfach ins Meer. Die Tiere dort sorgen für eine schnelle Entsorgung, besonders die Haie, aber Hongkongs Beamte sind besorgt wegen möglicher Gesundheitsgefahren.
◉ Nephrine

◉ Sie werfen die Teile nur ins Wasser, wenn sie nicht an die hiesigen Ghule verkauft werden können. In der Kowloon Walled City lebt eine Ghulhorde und andere Infizierte, die bei der Triade ihre Nahrung einkaufen.
◉ Riser

Die zentralen Gangs, die das Rückgrat der Black Chrysanthems bilden, bestehen meist aus Flüchtlingen vom Festland, die in die übelsten Gegenden von Kowloon City gezwungen werden. Obwohl dort Gangs von fast allen Triaden aktiv sind, bezeichnen nur die Black Chrysanthemums diesen städtischen Slum freiwillig als ihr Zuhause. Da diese Triade nur selten in den schöneren Gebieten des Metroplexes aktiv ist, führt die Polizei nur selten Razzien durch, und Versuche von anderen Triaden, die Black Chrysanthemums zu vernichten, waren bislang größtenteils wirkungslos. Statt dessen breiten sie sich in Kowloon aus wie ein Krebsgeschwür, was die Lage zunehmend verschlimmert.

Niemand weiß genau, wer die Black Chrysanthems in Hongkong anführt. Die wenigen Informationen, die von Gang-Mitgliedern in Erfahrung gebracht werden konnten, deuten darauf hin, dass die Identität des Zeremonienmeisters selbst beim Inititationsritual nicht enthüllt wird. Der einzige Offizier, den Außenstehende mit einem Namen in Verbindung bringen können, ist der Sin Fung der Triade, ein Mann, den sie einfach Hak nennt. Der Name ist wahrscheinlich ein Spitzname, da er im Kantonesischen so viel bedeutet wie „schnitzen" und „grausam"

◉ Hak ist ein übler Zeitgenosse. Ich bin ihm einmal über den Weg gelaufen und wünschte, das wäre mir erspart geblieben. Er trug sein Haar lang und offen, so dass es die schrecklichen Pockennarben, die sein Gesicht verunstalten, zum Teil verbarg. Nachdem er gegangen war, erzählte mir einer der Black Chrysanthemums, dass die Narben von einem Kampf gegen einen Toxischen Finnwal stammen, den er nur mit einem Messer bewaffnet getötet hat.
◉ Lei Kung

Ten Thousand Lions

Bis vor zwei Jahren waren die Ten Thousand Lions nur eine einfache Straßengang in Kwun Tong, die der Yellow Lotus Triade ihre Treue geschworen hatte. Dann stürzten sich die Red Dragons mit der Gewalt von zehn Höllen auf die mächtige Yellow Lotus Triade und dezimierte ihren Feind. Sie löschte ganze Hongkonger Gangs aus, sowie die gesamte Führungsetage. Nun, fast die gesamte Führungsetage. Rizal Fei, ein Ork von halb philippinischer und halb chinesischer Abstammung, war ursprünglich Sheung Fa der Yellow Lotus und der einzige Offizier, der das Gemetzel überlebte. Der Überlebenskünstler würfelte überlebende Mitglieder der früheren Yellow Lotus Gangs zusammen und baute damit die Ten Thousand Lions aus, deren Shan Chu er wurde.

Durch seinen ungewöhnlichen Weg an die Macht stellt er eine Ausnahme unter den Triaden-Anführern dar, denn er gibt sich oft persönlich mit seinen Straßenschlägern ab und legt bewusst keinen Wert darauf, einen bescheidenen Laden zu leiten, wie es Shan Chus üblicherweise machen. Statt dessen nimmt Rizal als Anführer die Dinge selbst in die Hand und leitet die Geschäfte der Ten Thousand Lions persönlich. Dank seiner Bemühungen gehören ihnen inzwischen zahlreiche Schmugglerbanden, Piratenbesatzungen und Metamenschen-Gangs in bestimmten Gegenden von Kwun Tong und Kowloon City an. Außerdem hat er jüngst die Verbindungen zu Wuxing wieder aktiviert, die früher zwischen dem Konzern und den Yellow Lotus bestanden, und schmuggelt Kong-Chips in Staaten, in denen sie verboten sind.

◉ Das sind nicht die einzigen Wuxing-Verbindungen, die Rizal hat. Die Ten Thousand Lions sind die erste Triade, die ihren magischen Schwur verstärkte, ihn für Mitglieder noch bindender und für Verräter oft tödlich machte. Viele Beobachter glauben, dass eine Triade allein derart komplexe magische Forschungen nicht durchziehen kann, und die meisten von ihnen sind der Auffassung, dass die Technik von Wuxing stammt.
◉ Jimmy No

◉ Ihre neuen Rituale sind ein Schlüsselfaktor im ständigen Überlebenskampf der Ten Thousand Lions. Der Schwur macht es extrem schwer, sie zu infiltrieren, was die junge Triade sowohl vor der Polizei als auch vor den Red Dragons schützt.
◉ Lei Kung

Die Machtbasis der Ten Thousand Lions befindet sich noch immer in den metamenschlichen Vierteln von Kwun Tong, wo Rizal die Triade aufbaute. Allerdings ist sie seit ihrer Gründung expandiert. Ihr wichtigster Gebietszuwachs ist der alte Kai Tak-Flughafen, heute bekannt als Kai Tak-Nachtmarkt. Er wird von Schmugglern der Ten Thousand Lions unterhalten und ist lebenswichtig für den BTL-Handel, den die Triade beherrscht. Auf dem Nachtmarkt werden aber nicht nur BTLs geschmuggelt, sondern er ist auch einer der wichtigsten Schwarzmärkte Hongkongs, auf dem fast alles gehandelt wird, und zwar selbst in Bereichen, die von anderen Triaden dominiert werden. Die Ten Thousand Lions sind eine kleine und neue Triade, doch sie sind zäh, entschlossen und dazu bereit, zu wachsen, indem sie Vorteile nutzen, die von anderen Triaden abgelehnt werden, zum Beispiel die Integration von Ausländern und Metamenschen.

» „Ablehnen" würde ich es nicht nennen. Alle Hongkonger Triaden nehmen auf die eine oder andere Weise Ausländer und Metamenschen in ihre Reihen auf, aber die Ten Thousand Lions sind die erste Triade, bei der Metamenschen-Gangs wirklich mitreden dürfen und die ihre Schlüsselaktivitäten in den Flüchtlingsvierteln entfalten.
» Fatima

The 289s („Easy Money Gang")

Die Triade, die 289s genannt wird, ist ein enges Bündnis von jungen und modernen Gangs, die hauptsächlich aus dem Bezirk Yau Tsim Mong stammen. Weil sie von den etablierten Triaden um sie herum unter Druck gesetzt wurden, schlossen sich die gewieften asiatischen Gangs aus Hongkongs am dichtesten besiedelten Bezirk zusammen und bündelten ihre Ressourcen, um zu überleben. Sie teilen eine moderne Auslegung der Triaden-Bräuche, sind bewandert im Einsatz von Medien und technologischen Fertigkeiten und setzen diese Vorteile für ihre kriminellen Unternehmungen ein. Die 289s beherrschen die Märkte für Medienpiraterie, Identitätsdiebstahl, Glücksspiel und gefälschte Markenartikel, und stellen sich in selbst produzierten Low-Budget-Sims, die sich besonders auf den Straßen von Mong Kok wachsender Beliebtheit erfreuen, als urbane Großstadthelden dar.

Der Name der 289s ist der chinesischen Numerologie entlehnt: eine Kombination von Zahlen, die sich ungefähr als „leichtes Geld und langes Leben" übersetzen lässt, weshalb sich diese Triade manchmal auch „Easy Money Gang" nennt. Geschichten über Coups, mit denen die Triade schnell viel Geld macht, fördern dieses Image. Traditionelle Numerologie und Symbolik finden sich oft in den Tätowierungen der Mitglieder wieder, und aus den alten Handzeichen der Triaden haben sie eine komplexe, auf Gesten basierende Straßensprache gemacht.

» Das mit dem schnellen Geld und dem Image ist nicht übertrieben. Ihr Straßenruf ist den 289s sehr wichtig, und so wird jemand, der sich durch eine einfache Gaunereien schnelles Geld und ein langes Leben sichern konnte, bei ihnen schnell zum König des Großstadtdschungels.
» Puck

Die Führungsetage der 289s ist so repräsentativ, wie sie bei einer Triade nur sein kann. Der Shan Chu und die Offiziere sind Repräsentanten der größten und erfolgreichsten Gangs, und keine der Gangs hat mehr als einen Offizier im inneren Kreis. Um es noch weiter zu treiben, sind die 289s die einzige Hongkong-Triade, deren Shan Chu eine Frau ist – eine junge Gang-Lady namens Chai Chai Feng oder auch CeeCee. CeeCee ergaunerte sich ihren Weg an die Spitze im zarten Alter von 28, und so lange die Triade erfolgreich ist, stellt niemand ihre Autorität in Frage.

» Die technischen Fähigkeiten der 289s veranlassen viele Leute zu glauben, dass Magie ihre schwache Seite ist. Dem ist aber nicht so. Einige der Gangs der 289s sind Wiz-Gangs, die sich aus unausgebildeten, aber sehr begabten jungen Wujen zusammensetzen. Sie bevorzugen besonders auffällige Magie wie Illusionen und elementare Manipulationen, damit ihre Zaubersprüche beeindruckender wirken als sie es wirklich sind.
» Jimmy No

» Die Wiz-Gangs der 289s sind vor allem in Yau Ma Tei aktiv und machen dort Nuyen mit Talishandel und dem Verkauf von billigen magischen Glücksbringern. Hin und wieder legen sie ein paar der Spielzeuge auch für sich selbst auf die Seite.
» Lyran

» Die Magiebegabten unter den Mitgliedern der 289s sind aber nicht nur Spruchzauberer. Unter ihren Mitgliedern findet man auch einige Adepten, besonders solche, die ihre Kampffähigkeiten mit Magie aufpeppen. Es kursiert sogar das Gerücht, dass CeeCee eine Adeptin ist, aber die soziale Variante. Das könnte auch erklären, wie sie es so schnell an die Spitze geschafft hat.
» Ma'fan

Smoke Circle Society

Zwar mischen alle fünf großen Triaden-Organisationen in Hongkong beim Drogenhandel im Goldenen Dreieck mit, doch die Smoke Circle Society hat den größten Anteil. Die Triade hat Abkommen mit einer Reihe von südostasiatischen Drogenbaronen, darunter auch einen Typen namens Kalokdam, der sie mit einem speziellen magisch aktiven Opiat versorgt, das „Rote Orchidee" genannt wird. Bis jetzt ist der Markt für diese teure und einzigartige Droge recht klein, doch er wächst ständig. Nicht zuletzt durch die Bemühungen der Smoke Circle Society wird Rote Orchidee bei Hongkongs Künstlern und Schauspielern allmählich zu einer neuen Modedroge.

» Rote Orchidee verschafft einem einen unglaublichen Trip, der über alles hinausgeht, was man sich vorstellen kann. Meine erwachten Freunde vermuten, dass meine Erlebnisse denen einer Reise auf die Metaebenen glich ... aber ich bin überhaupt nicht magisch begabt. Es ist unvorstellbar. Ich frage mich, ob dieses Zeug auch mundanen Personen das Tor zur magischen Forschung öffnen könnte, wenn es unter kontrollierten Umständen produziert und eingenommen wird.
» Sunshine

» Das kannst du mal knicken. Glaubst du, dass John Lohnsklave mental und spirituell auf metaplanare Reisen vorbereitet ist? Selbst für ausgebildete Zauberer sind sie gefährlich. Ganz zu schweigen von den Gerüchten, die ich über Leute gehört habe, die von einem solchen Trip zurückkehrten und sich ... verändert hatten.
» Winterhawk

» Wer seinen Körper verlässt, ist nicht immer der, der auch in ihn zurückkehrt.
» Man-of-Many-Names

Neben dem Drogenhandel ist die Smoke Circle Society auch im Talishandel, dem Handel mit illegalen Tierteilen und der Prostitution sehr aktiv. Die Triade macht oft junge und arme Kinder von ihren gefährlichsten Drogen abhängig und zwingt sie zur Prostitution, damit sie ihre Sucht befriedigen können. Sie bieten alles an, von billigen und schmutzigen Bordellen bis hin zu Luxus-Kurtisanendiensten. Aber ganz gleich, ob billig oder teuer, die Triade hält alle ihre „Produkte" an derselben langen Drogenleine.

» Diese Typen sind kranke Bastarde. Manchmal verkaufen sie junge Mädchen – oder Jungen – an Drogenbarone oder Geisterkartelle, als Gegenleistung für geschäftliche Vereinbarungen. Für sie ist das ein normaler Handel.
» Glasswalker

Obwohl die Smoke Circle Society Gangs in den urbanen Gebieten von Kowloon angesiedelt hat, befindet sich ihre Führungsriege – genau wie bei den anderen Triaden – überwiegend an der südlichen Küste der Hongkong-Insel oder auf den so genannten Äußeren Inseln wie etwa Sai Kung. In den wohlhabenderen Distrikten auf der Hongkong-Insel betrieben sie viele ihre Bordelle, während sie in den abgelegenen Gebieten von Sai Kung ungestört ihre Drogen bewegen können. Gerüchte besagen, dass die Triade auf diesen Inseln „Ausbildungslager" für ihre jungen Gefangenen hat. Dort werden sie von den Drogen abhängig gemacht und lernen, wie sie den Rest ihres Lebens ihren Job am besten erfüllen.

AUSLÄNDISCHE TEUFEL: IMPORTIERTE SYNDIKATE

Anders als Seattle ist Hongkong eine Stadt, die von einem Syndikat dominiert wird. Von den untersten Gossengangs bis hin zu den komplexesten kriminellen Unternehmungen befindet sich die Hongkonger Unterwelt fast ausschließlich unter der Herrschaft der Triaden. Allerdings hat der ständige Transit von Menschen aus aller Welt durch Hongkong zu einer kosmopolitischen Atmosphäre geführt. Das gilt selbst für die Kriminalität und die Triaden. Die allgemeine Aufnahme von Frauen, Metamenschen und selbst Nichtchinesen in die Triaden-Syndikate hat es ihnen ermöglicht, sich an die Bevölkerungsentwicklung anzupassen. Wo sie nicht Schritt gehalten haben, sind Kriminelle aus dem Ausland auf den Plan getreten. Allerdings gibt es in Hongkong noch immer keine aktiven Mafiosi oder Yakuzas, denn wo immer sie auftauchen, werden sie schnell von den Triaden niedergemetzelt. Den Koreanern und den Russen ist es jedoch gelungen, sich im „Unterleibt" der Stadt auszubreiten und tragen dort einen täglichen Überlebenskampf gegen die Triaden aus.

Kim Dragons

Die Kim Dragons sind eine lose Gruppierung aus bösartigen koreanischen Gangs, die im Viertel Sham Shui Po aktiv sind, das an der Grenze zwischen den Distrikten Yau Tsim Mong und Kwai Tsing liegt. Sie sind bereits vor Jahrzehnten in Hongkong aufgetaucht, hatten jedoch weder eine besondere Organisation noch Präsenz, bis Kim Tak Goh, ein politischer Exil-Dissident aus Korea, sich ihnen anschloss. Nun überleben die Kim Dragons im Schatten der Triaden, indem sie Entführungen, Hauseinbrüche und anderen gewalttätige Verbrechen durchführen.

» Die Kim Dragons arbeiten noch stärker als die Triaden mit der Furcht. Die Triaden haben das Establishment auf ihrer Seite; viele Hongkonger Bürger betrachten sie als integralen Bestandteil der Stadt. Die Kim Dragons besitzen diesen Vorteil nicht und sind deshalb auf Terror angewiesen, um die hiesige Bevölkerung durch ständige Gewalt einzuschüchtern. Verstümmelungen, Vergewaltigungen, Ermordung von ganzen Familien und noch schlimmere Dinge passieren dort, wo die Kim Dragons aktiv sind.
» Kia

» Einige Einheimische, die mit den Kim Dragons zu tun haben, sind so verzweifelt, dass sie die Triaden um Hilfe gebeten haben. Mehrere Familien haben Mitglieder der Red Dragon Association und der 289s aufgesucht und sie gebeten, ihnen beizustehen, und ihnen als Gegenleistung auch Geld angeboten. Bis jetzt haben es die Triaden aber nicht auf einen Krieg mit den Kim Dragons ankommen lassen, und die Hilfesuchenden enden meist als Leichen im Hafen, als Warnung der Kim Dragons an die hiesige Bevölkerung.
» Money Lee

Kim Tak Goh lebt noch immer, obwohl er bereits in den Siebzigern ist und die Kim Dragons aus der Distanz steuert (genau genommen der Distanz zwischen ihnen und seinem Anwesen auf der Lantau-Insel). Die Gangs der Dragons bekommen ihn nur selten zu Gesicht, so lange alles glatt läuft. Wenn seine Autorität in Frage gestellt wird, tauchen seine Verbündeten auf und metzeln die Aufrührer gnadenlos nieder. Bis jetzt hat dieses System funktioniert, doch viele fragen sich, ob die Kim Dragons nach Kim Tak Gohs unvermeidlichen Tod zusammenhalten werden.

» Kim Tak Goh ist am Ende. Der alte Mann ist völlig senil und redet manchmal stundenlang mit sich selbst. Man erzählt sich, dass einige andere Gang-Bosse in den Straßen von Sham Shui Po bereits planen, die Macht zu übernehmen.
» Baka Dabora

» Dann sollten sie sich auf eine böse Überraschung gefasst machen. Kim ist nämlich nicht senil. Er redet nicht mit sich selbst, sondern mit etwas, das nicht menschlich ist. Auf den Straßen erzählt man sich, dass er einen Pakt mit einem Geist geschlossen hat, vielleicht einem Freien Geist, einem Wraith oder irgend so etwas. Was immer es auch sein mag, es hat ein großes Interesse daran, die Geschäfte der Kim Dragons am Laufen zu halten, und wird Kim Tak Goh zur Seite stehen, wenn es zu einem Putsch kommen sollte.
» Jimmy No

Die Tolo Vory

Als die Hong Kong Police Force vor vier Jahren zum großen Schlag gegen die Vory v Zakone in North Point unten in Wanchai ansetzte, war es bereits zu spät. Die russischen Gangster hatten Wind von der Sache bekommen und ihre Aktivitäten weiter nordwärts verlagert, wobei sie sich der nahenden Opposition durch die HKPF und die Triaden in North Point anscheinend völlig bewusst waren. Die Nachfrage nach Drogen, Prostituierten und Schmuggelware bei den Soldaten und Seemännern im Tolo-Hafen machte ihr neues Territorium ohnehin zu einem lukrativeren Markt, und die bereits etablierten Aktivitäten der Russen bei den Marine-Angestellten von Evo Navtech machte es ihnen leicht, ihre Zelte in dem neuen Gebiet aufzuschlagen. Die russische Mafia zog dort direkt vor der Nase der Gesetzeshüter ein, mit dem Segen von vielen Beamten.

Heute sind die Tolo Vory in die lebendige Gemeinschaft aus Nichteinheimischen von Sha Tin voll integriert, und befriedigen viele der illegalen Bedürfnisse der militärischen Angestellten. Sie betreiben Bordelle und pornographische Sim-Studios, ganz zu schweigen von den BTL-Chips der Ten Thousand Lions, die von den Vory verkauft werden, um den Seemännern auf hoher See ein wenig Entspannung zu verschaffen. Zu den Vory gehören auch militärische Konzernbeamte, die dafür sorgen, dass das Syndikat ungestört seinen Geschäften nachgehen kann, und es vor bevorstehenden Razzien warnen.

» Der Anführer der Tolo Vory heißt Konstantin Arsov. Er ist ein Kapitän bei Evo Navtechs Hong Kong Marine Authority. Ich bin nicht sicher, wie es ihm gelingt, von dort aus das Syndikat zu leiten, doch sein Posten verschaffen den Vory viele Freiheiten.
» Red Anya

● Er kann die Tolo Vory von seinem Posten aus steuern, weil Evo Navtech es duldet. Ramon Dizon ist nicht dumm – er weiß von dem Doppelleben seines Kapitäns. Aber es dient eben nicht nur den Vory, sondern auch Evo. Die Beziehungen gehen in beide Richtungen, denn Dizon benutzt Arsov, um Evos Einfluss in der asiatischen Unterwelt auszudehnen. Zur Hölle, ich würde mich nicht einmal wundern, wenn die Vory dabei geholfen haben, dass Evo den Vertrag für den Küstenschutz bekommt.
● Mihoshi Oni

● Trotz ihrer Verbindungen besitzen die Tolo Vory keine Narrenfreiheit. Die Red Dragon Association ist in Tai Po aktiv und verfügt über Beziehungen zu bestechlichen Cops der Hong Kong Police Force. Diese Cops helfen den Red Dragons bei ihrem Waffenhandel, und die Triaden werden es den Russen nicht erlauben, in ihrem Territorium zu wildern.
● Lei Kung

PIRATEN IM SÜDCHINESISCHEN MEER

Auf Hongkongs Straßen haben die Triaden das Sagen, wo die ausländischen Syndikate um jeden Quadratzentimeter kämpfen müssen. Ihr Einfluss endet jedoch auf dem Meer. Hongkong ist vor allem eine Hafenstadt, eine Stadt, die geprägt ist von Schifffahrt und Seehandel. Und wo auf den Seewegen ein Vermögen verschifft wird, lassen Piraten, die ihren Anteil daran haben wollen, nicht lange auf sich warten. Das Südchinesische Meer gehört zum Pazifik und ist umgeben von der Kantonesischen Konföderation, Südostasien, den früheren indonesischen Staaten und den Philippinen – und es ist eine Brutstätte für Kriminelle auf hoher See, von denen viele politische Dissidenten, Flüchtlinge oder korrupte paramilitärische Streitkräfte sind. Sie haben ihre Stützpunkte im Hongkonger Bezirk Sai Kung, bei den Parcel Inseln, den Spratley Inseln und anderswo und plündern die großen Handelsrouten bei der Straße von Malakka und die wohlhabenden Küstenhäfen der Kantonesischen Konföderation und Hongkongs. Im Südchinesischen Meer wimmelt es nur so von modernen Piraten, die genauso schnell auftauchen wie sie wieder verschwinden. Trotzdem versuche ich, euch einen Überblick über die größeren und gefährlicheren Piraten-Syndikate zu verschaffen, die zur Zeit in der Region von Hongkong aktiv sind.

Joho-Lowah

Für den Piratenclan, der als Joho-Lowah bekannt ist, ist Piraterie mehr als nur ein Beruf – es ist ein generationenübergreifendes Familiengeschäft. Die Joho-Lowah sind unverschämt und zahlreich. Sie überfallen Ziele in der Nähe des Hongkonger Hafens und ziehen sich dann schnell in ihre Verstecke in den felsigen Buchten von Sai Kung zurück. Der Küstenschutz ist den Joho-Lowah zwar technologisch überlegen, doch die Gewässer in dieser Region sind seit Jahrzehnten ihre Heimat und sie kennen das Gebiet besser als jeder andere. Außerdem pflegen sie enge Beziehungen zu den Fischerdörfern entlang der Küste von Sai Kung, was es ihnen nicht nur leichter macht, die gestohlene Ladung schnell zu verstecken, sondern ihnen auch eine Zuflucht bietet, wenn die Luft einmal besonders brennt.

Der Joho-Lowah-Clan wurde von philippinischen Flüchtlingen um die beiden Familienclans Joho und Lowah (okay, das war vorhersehbar) gegründet. Obwohl sie sich immer noch größtenteils aus Filipinos zusammensetzen, gibt es inzwischen viele Mischehen mit Bewohnern der Fischerdörfer von Hakah, was die Piraten allmählich zu einem einzigartigen Völkchen macht. Obwohl die Joho-Lowah mit billigen Waffen kämpfen, die sie von den Red Dragons bekommen, vermeiden sie offene Feuergefechte und bevorzugen stattdessen Überraschungsangriffe, Hinterlist und Heimtücke, um ihre Ziele zu plündern.

● Sie sind besonders gut darin, den Köder zu spielen, indem sie vorgeben, ein in Seenot geratenes Konzernschiff oder ein Fischkutter zu sein, sich auf ihre „Retter" zu stürzen, wenn es zu spät für eine Flucht ist.
● Kane

● Sie sind auch bekannt dafür, dass sie Schiffsbesatzungen infiltrieren und Angehörige ihres großen Clans als Seemänner einschleusen. Diese sabotieren die Schiffe, damit sie verwundbarer für die Piratenüberfälle sind.
● Lei Kung

Die Joho-Lowah sind zwar zahlreich und effektiv, doch sie haben keine geordnete Führung. Sie betrachten sich selbst als Familien und verbundenes Volk. Piratenschiffe operieren überwiegend alleine oder in kleinen Gruppen, doch sie sind jederzeit bereit, andere Schiffe des Clans zu unterstützen. Der Rang innerhalb der Joho-Lowah wird nicht dadurch bestimmt, wer den größten Schatz hortet, sondern wie viel eine Familie gespendet und mit anderen Mitgliedern des Clans geteilt hat.

● Ich habe gehört, dass sie wirklich abgefahrene Partys in den Fischerdörfern von Sai Kung feiern und ihren Wohlstand nicht nur mit dem eigenen Clan, sondern auch mit den Einheimischen teilen. Das macht sie ziemlich beliebt, fast zu einer Art Volkshelden, was es dem Küstenschutz noch schwerer macht, sie auszulöschen. Aber ganz ehrlich, solltet ihr einmal die Gelegenheit haben, bei einer dieser Partys mitzufeiern, solltet ihr sie nutzen.
● 2XL

Hell Thunder Crew

Die bloße Erwähnung der „Trommeln" reicht meist aus, um jedem altgedienten Hongkonger Handelskaufmann oder Fischer den Angstschweiß auf die Stirn zu treiben. In den Gewässern in der Region von Hongkong wird diese Bezeichnung unweigerlich mit der Hell Thunder Crew in Verbindung gebracht, die gefürchtetsten Piraten des Südchinesischen Meeres. Die Hell Thunder Crew ist gnadenlos, herzlos und habgierig; sie macht nur selten Gefangene, und die wenigen Überlebenden wünschen sich meist, sie wären gestorben. Das klingt vielleicht wie ein Märchen, mit der man kleinen Kindern Angst einjagt, doch es stimmt wirklich. Fragt nur einmal die Besatzung der „Gracious Sea Dragon". Sie würden euch sogar antworten, wenn man sie nicht enthauptet, ihre Leichen nicht an die Haie verfüttert und ihre Köpfe nicht an die Schiffsreling gebunden hätte. Nicht einmal andere Piraten sind vor ihnen sicher – vor zwei Monaten erzählte der einzige Überlebende eines Joho-Lowah-Schiffes, wie die Männer und Jungen seiner Besatzung gefoltert und getötet und die Frauen und Mädchen gefangenen genommen wurden, um ein Schicksal zu erleiden, dass so fürchterlich ist, dass ich hier nicht ins Detail gehen möchte.

● Rivalitäten unter den Piraten sind in Hongkong nichts außergewöhnliches, doch die Hell Thunder Crew geht noch weiter. Kein Pirat aus dieser Region erwartet auch nur den Hauch von Gnade von der Hell Thunder Crew, und das nicht ohne Grund.
● Kane

Die Hell Thunder Crew besteht hauptsächlich aus Metamenschen, vor allem aus Orks und Trollen. Man erzählt sich, dass sie aus den Lagern von Yomi stammen, doch bedenkt man, wie gut diese Inseln von den Japanern bewacht waren, ist das eher unwahrscheinlich. Vermutlich handelt es sich bei ihnen um metamenschliche Flüchtlinge von den Philippinen, deren Menschlichkeit verloren ging durch das, was sie durch die Hände der Soldaten der Japanischen Kaiserlichen Marine erleiden mussten. Heute bilden die Piraten ein fanatische Sekte, die finstere Meeresgötter anbeten, die den Zehnten in Form von Blut und Fleisch verlangen. Man weiß nur wenig über ihre Anführer, abgesehen von Gerüchten, die besagen, dass die Hell Thunder Crew in einem Matriarchat leben, mit einem inneren Kreis aus Frauen, die nicht an den Überfällen teilnehmen, sondern die pervertierten spirituellen Rituale der Piraten leiten und die grundlegenden Entscheidungen treffen.

• Die Kaiserliche Marine nennt die vermeintlichen weiblichen Anführer der Piraten Rasetsu Nyo – „Kannibalistische Dämonenfrauen". Der Begriff stammt aus der japanischen und indianischen Mythologie, speziell zu der Göttin Kishimojin, die bei den Indianern Hariti heißt. Die Göttin hatte viele Kinder, um die sie sich liebevoll kümmerte, die sie aber mit dem Fleisch anderer Kinder fütterte, die sie von anderen Müttern raubte. Es kursieren eine Menge Gerüchte über eine MMVV-Infektion unter der Hell Thunder Crew, aber es gibt keine Beweise.
• Mihoshi Oni

Die Hell Thunder Crew unterhält möglicherweise kleine Verstecke in Sai Kung, doch niemand ist sich da sicher. Anders als die Joho-Lowah arbeiten sie nicht mit den Dorfbewohnern zusammen. Im Gegenteil, sie überfallen hin und wieder sogar Fischerdörfer. Man spekuliert, dass sie Verbindungen zu den Black Chrysanthemums haben, an die sie die gestohlen Waren verkaufen – einschließlich Menschen.

•Und den Black Chrysanthemums ist es egal, ob es sich bei der Ware um Menschen am Stück oder in Einzelteilen handelt.
• Baka Dabora

• Die Hell Thunder Crew macht massiven Gebrauch von Magie. Sie stellt eine ihrer größten Waffen dar, wenn es darum geht, es selbst mit modernsten Schiffen aufzunehmen. Sie sind ziemlich gut, was den Einsatz von Geistern angeht, besonders Luft- und Wassergeistern. Es könnte sein, dass die Geister toxisch sind, doch ich werde einen Teufel tun, mich persönlich davon zu überzeugen.
• Kane

Wuji Crew (Black Dolphins)

Die Wuji sind bemerkenswert, weil sie wahrscheinlich die technologisch am besten ausgestatteten und bestausgebildetsten Piraten in den Gewässer um Hongkong sind. Ihre Professionalität hat zu dem hartnäckigen Gerücht geführt, dass sie von einem Konzern unterstützt werden, doch Beweise für eine solche Verbindung gibt es nicht. Selbst die Marine Authority möchte gerne wissen, woher die Wuji ihre Ausrüstung haben, doch bis jetzt ist es dem Küstenschutz nicht gelungen, ein Besatzungsmitglied gefangenzunehmen, das mehr wusste oder bereit war, zu reden. Da sie nicht in der Lage sind, große Mengen Fracht von geringerem Wert zu transportieren, benutzen die Wuji hauptsächlich kleine Schnellboote und Tragflächenboote, um extrem wertvolle Seereisende oder Fracht zu stehlen. Manchmal verlassen sie sich auf ihre schiere Geschwindigkeit, um ihre Ziele auszumanövrieren, doch meistens wenden sie einen Überfall zu ihren Gunsten, indem sie entweder Hacker oder gut ausgebildete Taucher einsetzen, um das Ziel ihres Angriffs zu sabotieren und es wehrlos zu machen.

• Es ist ihnen sogar gelungen, das Navigationssystem des Hafens zu hacken und größere Schiffe dazu zu verleiten, in flachen Gewässer auf Grund zu laufen. Dann tauchen sie blitz-

DATENEMPFANG ...

artig auf, laden auf ihre Schnellboote, was sie tragen können, und machen sich aus dem Staub, bevor der Küstenschutz reagieren kann.
» Puck

» Anders als die meisten Piratenbesatzungen haben es die Wuji auch auf bestimmte Personen abgesehen, die auf Kreuzschiffen reisen. Extrem wertvolle Konzernangestellte werden manchmal während ihres Urlaubs gefangengenommen und dann gegen ein Lösegeld wieder freigelassen. Wenn man bedenkt, wie wenig Frachtraum die Wuji-Boote haben, ist dies sicherlich eine ihrer besten Methoden, um Geld zu verdienen.
» Fianchetto

Diese High-Tech-Piraten machen keinen großen Gebrauch von Magie, doch sie sorgen dafür, dass ihre Boote und Ausrüstungsgegenstände im bestem Zustand und ihre Piraten hervorragend ausgebildet sind, unter anderem auch im Tauchen und im Sprengstoffeinsatz. Der Küstenschutz hat zwei junge Männer namens Jin und Lin als Anführer der Wuji identifiziert. Zunächst ging man davon aus, dass es sich um denselben Mann handelt, der zwei verschiedene Namen benutzt, doch inzwischen glaubt man, dass sie eineiige Zwillinge sind. Sie sind extrem schwer aufzuspüren, obwohl sie auch persönlich an Piratenüberfällen teilnehmen.

» Jin und Lin sind keine normalen Zwillinge. Sie sind das Resultat von Konzerneugenik, ein Vermächtnis aus den chinesischen Armeelaboratorien, das in einem gemeinsamen Projekt von Tan Tien und PensoDyne zum Einsatz gelangte. Ich bin nicht sicher, was für ein Ziel diese Forschungen hatten, doch Jin und Lin sind definitiv Sondermodelle der Marke Mensch.
» Plan 9

DATENEMPFANG ...

ÆTHERPEDIA SUCHERGEBNIS: GEISTERDELPHIN

Der Geisterdelphin ist eine paranormale Variante des Chinesischen Weißen Delphins (Sousa chinesis chinesis), einer Delphinart, die in den Küstengewässern des Pazifiks, besonders um China, Südostasien und Indien, verbreitet sind. Ihren Namen haben sie durch ihre weiße Farbe, die das Resultat von Blutgefäßen direkt unter ihrer pigmentlosen Haut sind. Der Name ist aber auch eine Anspielung auf die Intelligenz und das boshafte Verhalten dieser Kreaturen. Geisterdelphinschulen sind dafür berüchtigt, dass sie Schiffen folgen und Ärger verursachen. Sie besitzen die magische Fähigkeit, Unfälle herbeizuführen, ähnlich wie viele Geister, und es wird spekuliert, dass sie halb empfindungsfähige Wesen sind oder zumindest empathische Sinne besitzen. Manchmal sind diese Intelligenz oder empathischen Fähigkeiten ein Segen für die Menschen, denn es existieren 37 dokumentierte Fälle von Geisterdelphinen, die in Seenot geratenen Menschen geholfen haben.

» Wenn sie das Resultat eines PensoDyne-Projektes wären, warum sollte der Küstenschutz dann so wenig über sie wissen? Das sind doch Abteilungen ein und desselben Konzerns?
» Mihoshi Oni

» Vielleicht hat Tan Tien das Projekt in eine Richtung gelenkt, von der PensoDyne nichts wusste. Das würde auch das große Interesse des Küstenschutzes an den Wuji erklären. Vielleicht möchte Evo sie zurückhaben. Das könnte sogar eine Erklärung für die Konzern-Unterstützung liefern, die von Tan Tien kommt.
» Lei Kung

» Wo wir gerade dabei sind, der Name dieser Piraten geht zurück auf eine kantonesische Redensart über Unruhestifter, die mit schwarzen und weißen Delphinen zu tun hat. Delphine galten bei den chinesischen Fischern als Unruhestifter und Ärgernis, denn sie verloren ganze Fänge durch die spitzbübischen Tiere. Heutzutage leben in denselben Küstengewässern viele Geisterdelphine, die wahrscheinlich noch weitaus boshafter sind.
» Jimmy No

HONGKONGS SCHATTEN

So, jetzt habe ich erst mal genug über die anderen Kriminellen erzählt – wie sieht es mit unserer Spezies aus? Zusammen mit Seattle und vielleicht auch noch Hamburg gilt Hongkong als einer der am besten geeigneten Metroplexe, um sich im Schattengeschäft einen Namen zu machen, denn auch hier sind die Schatten ein integraler Bestandteil des städtischen Alltags. Die Tatsache, dass in Hongkong einfach alles und jeder durch Guanxi-Netze miteinander verbunden ist, macht das Anheuern von Shadowrunnern im Geschäftsleben zu einer Frage des Überlebens. In Hongkong basiert das Geschäftemachen auf Beziehungen, selbst auf Beziehungen zu Leuten, die man nicht mag und denen man vielleicht sogar schaden möchte. Wenn man diese Beziehungen aber auf sichtbare Weise unterbricht, bedeutet dies einen Gesichtsverlust, der andere, wichtige Teile eines Guanxi-Netzwerks zerstören kann. Aus diesem Grund benutzen Hongkongs Machthaber Shadowrunner, die schmutzige Aufgaben erledigen ohne dass dies auf die Auftraggeber zurückfällt. Auf diese Weise können die Hintermänner ihren Partnern von hinten einen Dolch in den Rücken treiben und gleichzeitig mit ihnen Essen gehen. Oder man kann einen Konkurrenten ausschalten und trotzdem mit seinen Verbündeten befreundet bleiben.

» Ein kleines Beispiel: Dr. Tosha On ist ein Spitzenforscher im Bereich Quantenverschlüsselung, der von Mitsuhama Hongkong großgezogen und ausgebildet wurde. Xiao-Renraku wollte ihn für seine eigenen Forschungen haben, doch obwohl der Forscher seinen Arbeitgeber freiwillig wechseln wollte, verband ihn mit Mitsuhama eine derart lange Beziehung und eine so große Schuld, dass er unmöglich ohne ihren Segen gehen konnte. Auf diesen hätte er aber lange warten könnten. Xiao-Renraku hätte ihn auch nicht mit einer Einheit der Roten Samurais holen können. Selbst, wenn man die rechtlichen Konsequenzen einmal außer Acht lässt (die in einer Konzernstadt wie Hongkong recht schmerzhaft ausfallen können), hätte eine solche Aktion Xiao-Renrakus Guanxi mit Mitsuhama versaut, was bei vielen Hongkonger Konzernen zur Ächtung von Xiao-Renraku geführt hätte, möglicherweise sogar bei den Triaden, die weitreichende Verbindungen zu Hongkongs Wirtschaft haben. Also heuerte Xiao-Renraku Shadowrunner an, die die Tochter des Forschers entführten. Nachdem die Runner die Tochter an ihren Mr. Johnson übergeben hatten, machte Xiao-Renraku eine großes Spektakel daraus, das Mädchen gerettet zu haben. Nun stand der Forscher in der Schuld von Xiao-Renraku (die Familie ist in China wichtiger als alles andere), und weil Mitsuhama beim Schutz der Familie des Forschers versagt hatte, war der Konzern gezwungen, ihn zu Xiao-Renraku gehen

zu lassen, um das Gesicht zu wahren. Wie ihr seht, führen die komplexen gesellschaftlichen Strukturen in Hongkong zu einem großen Bedarf an Shadowrunnern.
• Money Lee

Eine Sache, die ihr nie vergessen dürft, wenn ihr in Hongkong arbeitet, ist, dass soziale Strukturen für euch genauso wichtig sind wie für jeden anderen hier. Auf den Straßen von Seattle ist die Karriere eines Shadowrunners eng mit seinem Straßenruf verknüpft, was sich mehr oder weniger auf das Konzept des Gesichts in Hongkong übertragen lässt. Während die meisten Leute in Hongkong Gesicht gewinnen, indem sie an den richtigen Orten sind und Geld für Statussymbole und Freunde ausgeben, gewinnen Shadowrunner ihr Gesicht, indem sie ihre Jobs still und leise erledigen. Das Schlimmste, was dem Ruf eines Shadowrunners in Hongkong passieren kann, ist, einen Job so sehr zu vermasseln, dass er zu einer Partei zurückverfolgt werden kann, die ihn angeheuert hat, die dann selbst ihr Gesicht verliert. Wenn der Auftraggeber den Shadowrunner für sein Versagen nicht auf der Stelle tötet, um das bisschen Gesicht zu wahren, das ihm noch geblieben ist, wird der Runner feststellen, dass er künftig arbeitslos ist, da diejenigen mit Gesicht sich von ihm distanzieren.

Obwohl Shadowrunner ihr Gesicht mittels Kompetenz und Loyalität gewinnen, bedeutet das nicht, dass sie Gesicht nicht auch auf andere Weise gewinnen können. Viele Hongkong-Runner führen ein Doppelleben, indem sie sich in gesellschaftlich gehobenen Kreisen bewegen und ein verschwenderisches Leben führen, genauso wie es viele ehrgeizige Execs machen. Was von dem Geld übrig ist, nachdem die lebensnotwendigen Dinge angeschafft wurden (Muni, alchemistische Materialien oder der neuste Virus), wird aus dem Fenster geworfen, indem der Runner von Club zu Club zieht und es großzügig ausgibt, um Gesicht zu gewinnen und Freundschaften zu schließen. Über die Arbeit wird an diesen Abenden niemals geredet; jeder weiß, dass er etwas Illegales macht, aber es gilt als unhöflich, ihn darauf anzusprechen und es ist genauso unhöflich, es weiterzuerzählen. Entscheidet selbst, welcher Weg für einen Shadowrunner schneller nach oben führt: leise sein und die Arbeit für einen sprechen zu lassen oder aktiv an seinem gesellschaftlichen Ruf zu arbeiten.

• Die Partyhengste arbeiten an ihrem eigenen Untergang. Kurzfristig mag es ihnen mehr Jobs verschaffen, wenn sie Popos küssen und ausgelassene Partys feiern, doch es macht sie auch verwundbar. Wenn die Kacke am Dampfen ist, wer bekommt dann den Ruhm und wer die Schande? Die Runner, die jeder kennt, oder die Runner, von deren Existenz mit Ausnahme ihrer Arbeitgeber niemand etwas ahnt?
• Black Mamba

• Wenn man es den Leuten leicht macht, einen zu vergessen, dann wird man auch leicht vergessen, Black Mamba. In bestimmten Kreisen bin ich eine Legende – ein Ruf, an dem ich sorgfältig gearbeitet habe, und den ich aufrechterhalte. Das hat mir nicht nur Unmengen von Jobs eingebracht, sondern auch soziale Verbindungen, die mir das Leben gerettet haben. Ich bin zu tief in die sozialen Strukturen eingebunden, um einfach so hochgenommen zu werden. Ich werde noch immer da sein, wenn du in einer Gosse verrottest, weil dich einer deiner sogenannten „zufriedenen Auftraggeber" im Stich gelassen hat.
• Ma'fan

• Mein Lebensstil ermöglicht es mir, auch Leute mit guten Verbindungen auszuschalten, ohne meinen eigenen Ruf zu gefährden. Besonders du solltest dir das merken, Ma'fan.
• Black Mamba

Genau wie das Gesicht ist auch Guanxi für Shadowrunner in Hongkong von großer Bedeutung. Was einen einheimischen Shadowrunner von einem Übernachtimport unterscheidet, ist sein Guanxi-Netzwerk. Ein etablierter Hongkong-Shadowrunner besitzt ein großes Netzwerk aus Beziehungen und Verbindungen, die einen Job leichter, aber auch komplizierter machen können, je nachdem, von wo der Wind weht. Seattles Shadowrunner wissen, dass man ist, wen man kennt, doch in Hongkong geht das noch weiter. Man kennt seine Kontakte nicht nur und arbeitet mit ihnen zusammen, sondern pflegt langjährige Beziehungen mit ihnen, ihren Familien und ihren Freunden. Auch konfuzianische Regeln spielen da mit rein, so dass schnell eine subtile Hierarchie aus gesellschaftlicher Macht entsteht. Von einem Shadowrunner, zu dessen

DATENEMPFANG ...

EVO METAMATRIX TRAVEL GUIDE

WIE GEHE ICH MIT JETLAG UM?

Wie jeder Geschäftsreisende weiß, kann das Jetlag die Produktivität senken und wertvolle Arbeitstage kosten. „Desynchronisation", das ist der medizinische Fachbegriff für Jetlag, wird verursacht, weil sich der zirkadianische Rhythmus, der unseren Körper steuert, nicht im Einklang mit dem Tag-Nacht-Rhythmus der neuen Umgebung befindet. Dies gilt besonders für schnelle Reisen durch mehrere Zeitzonen. Während sich der Körper an seine neue Umwelt anpasst, ist man tagelang ausgelaugt und leidet an Schlafstörungen. Neue Technologien wie CircSync-Software ermöglichen es ihrem Träger, die AR mit einem Tag-Nacht-Rhythmus zu überlagern, der es dem Reisenden erleichtert, sich an die neuen Umweltbedingungen anzupassen und die negativen Effekte des Jetlags zu bekämpfen. Wer regelmäßig Reisen muss, sollte in Erwägung ziehen, seine lokale CrashCart-Klinik aufzusuchen und sich einen PensoDyne-Schlafregulator einbauen zu lassen. Nach dieser harmlosen Modifikation des Hypothalamus gehört Jetlag endgültig der Vergangenheit an!

>Link< zum Produktkatalog

• Es gibt andere Möglichkeiten zur Behandlung von Jetlag, bei denen deine Knete nicht in Evos Kasse fließt. Zeta-ImpChem stellt ein schnell wirkendes Schlafmittel namens Noctia her, dass dir dabei helfen kann, den Schlafrhythmus zu regulieren, wenn du an deinem neuen Aufenthaltsort ein Nickerchen machst. Für Magier, die sich mit synthetischen Lösungen nicht anfreunden können, gibt es Zaubersprüche, die dabei helfen können, zu schlafen oder wach zu bleiben, um den zirkadianischen Rhythmus anzupassen. Außerdem gibt es zahllose Meditationsmethoden, die angeblich helfen sollen. Manchmal ist die offensichtliche Lösung auch die Beste: Sorg einfach dafür, dass du vor dem Flug gut ausgeruht bist, und passe dein Programm an den neuen Tag-Nacht-Rhythmus an. Denk daran, dass Jetlag einen Runner das Leben kosten kann, wenn er für einen Job in die Ferne fliegt und zu erschöpft oder angespannt ist, um alles glatt über die Bühne zu bringen.
• Traveler Jones

Guanxi ein Konzern-Exec gehört, wird erwartet, das er den Konzern-Exec, aber auch seine Familie und Freunde als Höhergestellt ehrt und behandelt. Ein Taliskrämer-Kontakt, der seiner Beziehung zu einem Shadowrunner einen großen Deal verdankt, ist wiederum verpflichtet, diesen Shadowrunner als wichtigen Geschäftspartner zu behandeln, wann immer er sich in seiner Nähe aufhält. Der Runner ist mehr als nur ein Kunde. Er hat dazu beigetragen, dass der Taliskrämer seinen Lebensunterhalt bestreiten und seine Familie versorgen kann, und wird deshalb mit großem Respekt behandelt, und zwar selbst dann, wenn der Runner nicht einmal eine SIN hat und in den Schatten lebt. Natürlich ist das keine Einbahnstraße. Wenn man jemanden, der einen derart respektvoll behandelt, nicht selbst Respekt entgegen bringt oder seine eigenen Höhergestellen nicht ehrt, verliert man sein Gesicht und stellt fest, dass sich das Guanxi-Netzwerk von einem distanziert.

» Potenzielle Arbeitgeber machen ihre Hausaufgaben und behalten das Guanxi-Netzwerk eines Runners im Hinterkopf, bevor sie in Erwägung ziehen, ihm einen Auftrag zu geben. Denn der gesellschaftliche Kreis eines Runners kann bei einem Job helfen oder auch hinderlich sein. Wenn beispielsweise ein Runner Beziehungen zu vielen Mitgliedern der Red Dragon Association hat, wäre es ein Vorteil für den Run, wenn der Runner große Feuerkraft braucht. Wuxing würde jedoch denselben Runner nicht anheuern, weil seine Verbindungen zu der Red Dragon Association nicht mit Wuxings eigenem Guanxi zu den Ten Thousand Lions in Einklang gebracht werden kann.
» Lei Kung

Importierte Runner sind Runner, die sich in Hongkong aufhalten, weil sie nach Arbeit suchen, aber noch nicht lange genug im Metroplex sind, um sich ein Guanxi-Netzwerk aufgebaut zu haben. In Hongkong kann es durch den Mangel an Kontakten verdammt schwer sein, an Arbeit zu gelangen, wenn der Runner nicht bereits von Ausländern angeheuert wurde. Deshalb ist es üblich, dass Import-Runner viel investieren, um ihr öffentliches Gesicht zu mehren. Wie eine große Nummer auszusehen ist fast genauso wichtig wie die notwendigen Beziehungen zu haben, mit denen sich beweisen lässt, dass man eine ist. Außerdem werden Runner ohne Guanxi bei manchen Jobs bevorzugt, besonders, weil sie weniger Komplikationen mit sich bringen. Wuxing könnte einen Runner aus Seattle für einen bestimmten Job nur deshalb nach Hongkong einfliegen, weil er keine Verbindungen zu lokalen Akteuren hat, die einen Job ins Rampenlicht rücken könnten oder Wuxings Aktivitäten verkomplizieren. Importe sollten aber vorsichtig sein, denn der Mangel an Guanxi macht es dem Arbeitgeber leicht, einen importierter Shadowrunner zu hintergehen, weil es niemanden in Hongkong interessieren würde.

Was die Arbeit angeht, unterscheidet sich Hongkong kaum von Seattle, Hamburg oder anderen großen Metroplexen: Kurierjobs, Extraktionen, Datendiebstahl und das gesamte Spektrum an schmutzigen Jobs, für die wir sonst noch angeheuert werden. Daneben gibt es eine Reihe von Runs, die absolut einzigartig sind und mit dem kulturellen Besonderheiten und wirtschaftlichen Fokus Hongkongs zu tun haben. Langstrecken-Runs sind Kurierjobs rund um die Schiffsflotten, die in Hongkongs Hafen eintreffen und ihn verlassen. Manchmal möchte ein Konzern oder ein Syndikat, das nicht über die Infrastruktur für Langstreckentransporte verfügt, sensible Fracht über den Pazifik transportieren, ohne diese allein der Schiffsbesatzung anzuvertrauen. Oder ein Konzern oder Syndikat möchte Fracht transportieren, die nicht ganz legal ist, so dass sie kein eigenes Personal einsetzen kann oder will, damit es nicht auffliegt, falls der Zoll die Fracht hochnimmt. In diesen Fällen werden manchmal Shadowrunner angeheuert, damit sie die Fracht über den Ozean begleiten und dafür sorgen, dass sie ihren Zielhafen sicher erreicht. Falls die Besatzung besonders unzuverlässig ist, könnte der Auftraggeber Shadowrunner auch als Besatzungsmitglieder einschleusen, damit sie die Augen nach Verrätern aufhalten. Für solche Langstrecken-Runs braucht man spezielle Runner, denn obwohl sie meist ereignislos und langweilig verlaufen, darf man niemals wirklich unaufmerksam werden. Ganz zu schweigen davon, dass derart lange Reisen oft zu Konflikten innerhalb der Besatzung führen, wenn nicht sogar zu Streit unter den Runnern selbst. Das Risiko eines solchen Jobs hängt vom Wert der Fracht ab, wobei die meisten Runner nicht mitgeteilt bekommen, worum es sich bei der Fracht handelt. Sie müssen sich auf ihre eigene Beinarbeit verlassen, um die Gefahr einzuschätzen, bevor sie den Auftrag annehmen.

» Diese Jobs können selbst eingespielte Teams zerstören. Tagelang unter Hochspannung zu bleiben und in engen Kojen zu leben kann selbst den geduldigsten Runner zum Ausrasten bringen. Ich habe einmal einen zehntätigen Transport eines Superfrachters von Hongkong nach Seattle begleitet. Am siebten Tag ging ich wegen der nachlässigen Körperhygiene und Schlampigkeit meines Riggers an die Decke. Es kam, wie es kommen musste, denn genau in dieser Nacht griffen uns die Piraten an. Ich bin nicht sicher, ob der Job sein Geld wert war.
» Lyran

Die Einheimischen von Hongkong nehmen ihr Feng Shui äußerst ernst, denn sie glauben fest daran, dass ihre Beziehung mit den magischen Energieflüssen auf der Astralebene ihr Leben positiv oder negativ beeinflussen kann. Wenn man bedenkt, dass Konzerne Millionen von Nuyen für Geomanten ausgeben, die bei jedem Bauprojekt ab einer gewissen Größe mitplanen, überrascht es kaum, dass sie auch Shadowrunner anheuern, um das Feng Shui ihrer Konkurrenz zu stören. Diese mystischen Sabotage-Runs können vergleichsweise einfach sein, beispielsweise das Umrücken einiger Möbelstücke im Büro eines Execs oder komplexe Anschläge auf strukturell wichtige Teile eines Grundstücks oder Gebäudes. Sinn machen sie jedenfalls höchstens für einen Wujen, und manchmal verlangen diese Runs nach einem Team, das in der Lage ist, nach dem Anschlag den Qi-Fluss im Astralraum zu lesen, um sicherzustellen, dass der Auftrag auch tatsächlich erfüllt worden ist. Da diese Runs oft mit Einbrüchen in bewachte Bereiche zu tun haben, sind sie mindestens genauso gefährlich wie jeder andere Einbruch auch.

» Runner sind nicht die Einzigen, die diese Art von Arbeit erledigen. Der Große Drache Lung unterhält eine Gruppe militärisch ausgebildeter Geomanten namens „Discordant Harmony", deren einziger Auftrag lautet, Feng-Shui-Sabotage-Runs im gesamten asiatischen Pazifikraum durchzuführen.
» Axis Mundi

» Drei von Lungs Feng-Shui-Operationen sind in den vergangenen zwei Jahren gescheitert, allesamt in China. Denkt euch selbst euren Teil, aber ich habe gehört, dass die Diamond Eye Sekte hinter den Fehlschlägen steckt.
» Jimmy No

» Die aus Tibet stammende Diamond Eye Sekte? Sie sind nur ein Mythos, soweit ich weiß. Abgesehen davon besagt dieser Mythos auch, dass die Mönche dieses Ordens Tibet niemals verlassen haben. Ich glaube, dass dir jemand einen Bären aufgebunden hat.
» Ma'fan

Dann gibt es noch einen typischen Hongkong-Run, der "Vergiften des Brunnens" genannt wird. Dabei heuert Mr. Johnson ein Runnerteam an, damit das Ziel des Runs sein Gesicht verliert und sein Guanxi-Netzwerk beschädigt wird. Manchmal müssen sich die Runner selbst um die Beinarbeit kümmern, ein anderes Mal gibt der Johnson den Runnern eine Liste mit den Verbündeten des Ziels. Die Aufgabe des Teams besteht darin, die Beziehungen des Ziels mit seinen Verbündeten zu zerstören und ihn öffentlich bloßzustellen. Dabei wissen weder das Ziel noch seine Verbündeten, wer wirklich dahinter steckt. Leichte Methoden, um solche Jobs zu erledigen, sind das Fälschen von Dokumenten und das Ausstreuen falscher Beweise, damit es so aussieht, als würde die Zielperson seine eigenen Freunde verraten oder sie zumindest öffentlich bloßstellt. Es gibt Dutzende von Methoden, die funktionieren, von magischer Manipulation bis hin zur Sabotage von gesellschaftlichen Zusammenkünften des Ziels. Das eigentliche Risiko eines solchen Runs geht meist nicht von der Zielperson, sondern vom Auftraggeber aus – falls du den Job versaust. Wenn nämlich herauskommt, dass dein Auftraggeber das Guanxi eines anderen sabotiert, geht sein eigenes Guanxi den Bach runter, und deine Karriere und dein Leben gleich mit.

HONGKONGS MYSTERIEN

geposted von Jimmy No

Ganz gleich, was die Konzerne und kriminellen Syndikate aus Hongkong auch tun, die Perle des Orients ist eine lebendige und atmende Stadt. Anders als viele vergleichbare Metroplexe hat sich Hongkong nie von seinen mystischen Wurzeln gelöst – seiner Folklore, seinen Mythen und Mysterien. Hongkonger wissen, dass Qi-Energie durch ihre Stadt fließt und ein Gleichgewicht zwischen Ying und Yang nicht nur wichtig für ihr eigenes Leben ist, sondern auch für die Stadt, in der sie leben. Viele von ihnen tragen Glücksbringer und Talismane, um mit Wohlstand oder Kinderreichtum gesegnet zu sein und sich vor bösen Geistern zu schützen. Selbst vor dem Erwachen war es nicht außergewöhnlich, dass ein Geschäftsmann eine Tigerpfote um den Hals trug oder ein Arzt mit einem Jadeanhänger geschmückt war, um seine Heilkunst zu unterstützen. Wie ihr euch vorstellen könnt, sind Hongkongs Mystizismus und Mysterien seit dem Erwachen noch stärker ausgeprägt, obwohl man den Hongkongern lassen muss, dass sie relativ gelassen mit diesen Dingen umgehen und sie lediglich als einen weiteren Aspekt ihres Alltags in Hongkong betrachten. Shadowrunner können diese Aspekte von Hongkong jedoch nicht ignorieren, da sie sich nicht selten stark auf unsere Arbeit auswirken. Ich werde Hongkongs ungewöhnliche Beziehung zum Astralraum ein wenig beleuchten und das Zepter dann an Axis Mundi weiterreichen, damit er euch einige Informationen über die Yama-Könige gibt. Den Abschluß bilden einige Anmerkungen von Puck über die Behörde des Himmels und der Erde.

HONGKONGS MAGISCHE LANDSCHAFT

Was war zuerst da, das Huhn oder das Ei? Was die Anfänge Hongkong angeht, herrscht unter den Wujen eine endlose Debatte darüber, was zuerst da war: das Qi, das hier voller Vitalität, Aktivität und Dynamik pulsiert, oder die Hafenstadt, die all diese Aspekte in sich vereint. Einige Wujen behaupten, dass Hongkongs magische Aspekte, verkörpert durch die himmlischen Geister dieser Region, schon immer existierte, schon lange bevor die Briten hierher kamen. Die Tatsache, dass Menschen hier eine blühende Hafenstadt errichteten, ist nur ein Beweis dafür, dass diese Menschen im Einklang mit der natürlichen Energie der Stadt lebten und bauten. Andere Wujen hingegen vertreten die Auffassung, dass das Qi dieser Region von den Menschen ebenso sehr beeinflusst wurde wie es die Menschen beeinflusst. Sie führen an, dass die Region zweifellos bereits vor dem Bau des Hafens eine ausgeprägte magische Aura hatte, dass aber der Wachstum der Region zu einer gewaltigen Hafenstadt die Energie zu dem gemacht hat, was sie heute ist.

» Für beide Auffassungen gibt es überzeugende Argumente. Die Vertreter der zweiten Ansicht können auf die toxischen Zonen verweisen und ihre Auffassung damit untermauern, dass die Menschheit einen großen Einfluss auf die magische Natur in diesem Gebiet hat. Die Anhänger der ersten Theorie befassen sich nicht mit diesem Argument und verweisen statt dessen auf Dinge wie die Drachenlinien, die Hongkong scheinbar ohne erkennbares Muster durchkreuzen und die Menschheit zwingen, sich städtebaulich an sie anzupassen.
» Ecotope

Ganz gleich, wo die Ursprünge auch liegen, die Beziehung zwischen Magie und Menschheit in Hongkong hat zu einigen faszinierenden Merkmalen der mystischen Landschaft der Stadt geführt. Auch hier herrscht eine rege Debatte darüber, ob diese Manifestationen gefährlich und ein Hinweis auf eine bevorstehende Katastrophe sind oder lediglich das harmlose Resultat des menschlichen Einflusses auf die Qi-Energien. Ich kann diese Frage ebenfalls nicht beantworten, aber ich sage euch, worauf ihr achten müsst, wenn ihr es selbst herausfinden wollt.

Die Drachenlinien

Selbst ein Wujen-Schüler kann bereits die Manalinien sehen, die kreuz und quer durch Hongkongs Astralraum verlaufen. Bänder aus intensiviertem Qi, die aussehen wie sich windende Drachen. Vielleicht werden sie deshalb Feng-Lung genannt, Drachenlinien. Eine andere Theorie besagt, dass diese Linien von den Geistern angelegt wurden, die einst die Drachen bei der Herrschaft über die Menschheit unterstützen, und dass nur sie die wahre Macht dieser Linien anzapfen können. Sicher ist, dass die meisten Drachenlinien in Hongkong praktisch keinen Einfluss auf das Wirken von Zaubersprüchen haben. Niemand weiß, ob es daran liegt, dass es lediglich schwache Linien sind, oder ob bereits etwas anderes ihre Energie anzapft.

» Die Drachenlinien verbinden Stätten magischer Macht in ganz Asien und dem Pazifischen Ring des Feuers. Der gewaltige Berg T'ai Shan, der vom Großen Drachen Lung bewacht wird, befindet sich auf einer Drachenlinie. Mount Fuji in Japan befindet sich auf einer anderen Drachenlinie. Drachenlinien verlaufen entlang der großen Flüsse in Asien und durchschneiden sogar den magischen Sturm, der Tibet vom Rest der Welt abschottet. Fast scheint es so, als würden diese Drachenlinien all diese Orte in einer Art von magischen Netzwerk miteinander verbinden.
» Ethernaut

» Östliche Drachen scheinen von Hongkong angezogen zu werden, vielleicht deshalb, weil die Drachenlinien in dieser Stadt eine größere Dichte aufweisen als anderswo in Asien. Das könnte ein Hinweis darauf sein, dass die Drachenlinien auf die einzigartige Magie von Drachen ausgerichtet sind, und wäre auch eine Erklärung für Lungs und Ryumyos endlosen Streit um die Kontrolle über bestimmte magische Stätten im Pazifikraum.
» Winterhawk

Die Drachenlinien in Hongkong verschmelzen überwiegend nicht in Orten von großer magischer Macht. Anders als Orte wie T'ai Shan, die für zahlreiche Drachenlinien eine Art Fokuspunkt darstellen, verlaufen die Drachenlinien in Hongkong auf ihrem Weg zu anderen Orten scheinbar kreuz und quer. Dort, wo sich zwei Drachenlinien kreuzen, kann man für gewöhnlich einen Schrein finden, der das Qi aufrechterhält und sich seine subtile Macht zu Nutze macht. Hongkong ist mit diesen kleinen Schreinen übersät, doch es gibt nur drei bekannte Orte in der Stadt, an denen sich mehr als zwei Linien kreuzen. An zwei dieser Punkte stehen große Tempelanlagen: Das Kloster Po Lin auf der Lantau-Insel und der Tempel Wong Tai Sin in Kowloon City. Die dritte größere Konvergenz befindet sich genau dort, wo der Wuxing Skytower errichtet worden ist und hat zu der Entstehung der berühmten „Aberdeen-Passage" geführt.

Die Aberdeen-Passage

Wenn jemand einen Reiseführer mit den modernen magischen Wundern dieser Welt zusammenstellen würde, wäre die Aberdeen-Passage mit Sicherheit dabei. Sie tauchte zum ersten Mal im Jahr 2061 auf der größten Konvergenz von Drachenlinien in Hongkong auf und ist seitdem die größte und stabilste Astrale Passage der Welt. Eine Astrale Passage ist ein Ort, an dem die Grenze zwischen dem physischen Raum und dem Astralraum so dünn ist, dass beide Ebenen zu sehen sind, und zwar selbst für magisch nicht aktive Betrachter. Ja, das bedeutet, dass selbst der mundanste aller Straßensamurais die Aura eines Freundes und vorbeisausende Geister sehen kann. Es wurden bereits überall auf der Welt Astrale Passagen gesichtet, von Australien bis New Orleans, doch normalerweise existieren sie nur wenige Stunden und tauchen nur selten wiederholt am selben Ort auf. Die Aberdeen-Passage erscheint inzwischen seit neun Jahren immer wieder am selben Ort und war schon einmal ein ganzes Jahr lang ohne Unterbrechung aktiv.

» Nur die Wu-Familie von Wuxing weiß, was die Aberdeen-Passage wirklich verursacht hat, doch es gibt genügend Hinweise, die Raum für Spekulationen lassen. Zunächst einmal wäre da die Tatsache, dass sich an diesem Ort fünf Drachenlinien schneiden, was ihn zur größten Konvergenz in der Stadt macht. Zweitens befindet sich in einem Tempel in der obersten Etage des Skytowers der Jadedrache von Wind und Feuer, ein uraltes chinesisches Artefakt von großer Macht, das Wu Lung-Wei von dem verstorbenen Dunkelzahn vermacht wurde. Drittens tauchte die Aberdeen-Passage zum ersten Mal im September 2061 auf, als der Halleysche Komet an der Erde vorbeizog, was zu magischen Reaktionen auf der ganzen Welt führte. Ich glaube, dass der Wuxing Skytower gewaltige Mengen magischer Energien manipuliert, und das die Aberdeen-Passage ein Nebenprodukt davon ist – entweder eine Schwächung der magischen Essenz dieses Ortes, oder eine Verstärkung seiner magischen Natur, abhängig davon, von welcher Seite man es betrachtet.
» Ethernaut

» Ich habe gehört, dass die Aberdeen-Passage ursprünglich permanent war, und dass ihr erstes Verschwinden das Resultat einer absichtlichen Manipulation von außen war. Seitdem ist sie sporadisch immer wieder erschienen, manchmal für einige Wochen oder Monate, um dann genauso lange wieder zu verschwinden. Vielleicht versucht Wuxing, den Schaden wieder zu beheben, worin auch immer er bestehen mag. Ich wünschte, ich könnte mehr sagen, doch dieser Tage sind die oberen Etagen des Wuxing Skytowers besser abgeschottet als Zürich Orbital.
» Ma'fan

Obwohl sich das Zentrum der Aberdeen-Passage immer beim Wuxing Skytower in Aberdeen befindet, haben Forscher des Dunkelzahn-Instituts für Magische Forschungen zusammen mit Wissenschaftlern anderer Universitäten die Schlussfolgerung von Wuxings eigenen Wujen bestätigt, dass die Passage wächst. Während die genaue Größe Flukutationen unterworfen ist, bricht die Passage doch immer wieder ihre bisherigen Größenrekorde. Im ersten Jahr ihres Auftauchens war der Radius der Passage nie größer als ein Kilometer, doch bei ihrem jüngsten Erscheinen erstreckte sie sich bereits drei Kilometer in alle Richtungen. Die sichtbare Brücke zum Astralraum veranlasst Zauberer in aller Welt dazu, nach Aberdeen zu reisen und den Ort mit eigenen Augen zu sehen. Sie hat sogar zur Gründung von Schulen geführt, die Mundanen das Auralesen beibringen, so lange es ihnen die Passage ermöglicht.

» Ich befürchte, dass die Passage nicht nur wächst, sondern auch tiefer wird. Ich habe von Leuten gehört, die den Astralraum dort nicht nur sehen konnten, sondern sogar die Geister berührten, die sich dort aufhalten. Wenn das stimmt, könnten sich Wesen über die Astrale Passage Zugang zu dieser Welt verschaffen, die normalerweise nicht hierher gehören.
» Man-of-Many-Names

Manastürme

Es war ein Mal vor langer Zeit, als auf der Hongkong-Insel nur ein paar Fischersleute lebten, da floss das Qi von der höchsten Erhebung – Victoria Peak – geradewegs hinab ins Meer. Viele Wujen sagen, dass es so am besten ist, wenn das Qi wie Wind und Wasser frei über das Land fließt. Heutzutage befindet sich zwischen Victoria Peak und dem Meer ein Dschungel aus Glas und Beton, der nicht gerade förderlich ist für den freien Fluss des Qi. Es stimmt zwar, dass Konzerne teure Geomanten anheuern und alle ihre Gebäude so planen, dass ihre Wirkung auf das Feng Shui der Hongkong-Insel so gering ist wie nur möglich. Jeder dieser Konzerne versucht jedoch auch, den Fluss des Qi subtil zu seinen eigenen Gunsten zu manipulieren oder zu Ungunsten seiner Konkurrenten. Das Resultat ist eine derart durchdringende Manipulation des magischen Energieflusses in der Innenstadt von Hongkong, dass die gesamte Region anfällig ist für unvorhersehbare Manastürme, die bereits durch geringe Schwankungen infolge von Spruchzauberei oder Beschwörungen hervorgerufen werden können.

Für unsereins bedeutet es, dass normale Spruchzauberei oder Geisterbeschwörung, die anderswo völlig unproblematisch sind, in der Innenstadt von Hongkong unberechenbar und deshalb gefährlich sind. Ein Zauberspruch kann plötzlich von Mana überflutet werden, was seinen Effekt verstärkt und es schwerer machen kann, ihn sauber zu lenken. Oder der Manafluss bricht plötzlich ab, so dass der Effekt weitaus schwächer ausfällt als gewollt. Beschwörungen sind genauso gefährlich, da ein Geist plötzlich mächtiger sein könnte als erwartet und der Beschwörer Gefahr läuft, die Kontrolle über den Geist zu verlieren. Es wird gemeinhin angenommen, dass es deshalb einen so hohen Anteil an Freien Geistern in Hongkong gibt, weil hier so viele Geister der Kontrolle ihres Beschwörers entkommen sind.

» Weil unerwartete Effekte von fehlgeschlagener Magie in Downtown fast an der Tagesordnung sind, schaffen sie es hier kaum noch in die Nachrichten. Über besonders spektakuläre magische Katastrophen wird aber immer noch berichtet, beispielsweise über den brennenden Drachengeist, der vor zwei Wochen Amok lief und fast einen ganzen Häuserblock abgefackelt hat.
» Lei Kung

» Wegen der Manastürme ist Downtown ein beliebter Ort für magische Gangs, um neue Mitglieder zu testen oder „Differenzen" zu klären. Es ist wie Russisches Roulette im Astralraum. Auf diese Weise prüfen sie, wem die Geister wohl gesonnen sind.
» Money Lee

» Ich vermute, die starke Präsenz der Polizeibeamten und Konzernsicherheitskräfte in Downtown trägt noch einiges an Spannung zu diesem Test bei, wen die Geister lieber mögen.
» Hard Exit

Super-Taifune

Taifune sind das Äquivalent eines atlantischen Wirbelsturms und haben Hongkong schon immer am Ende der Regenzeit – von Juni bis September – bedroht. Es bestehen allerdings nicht der geringste Zweifel an der Tatsache, dass sie immer stärker werden und immer häufiger vorkommen. Die einst seltenen Super-Taifune suchen Hongkong inzwischen ungefähr alle vier Regenzeiten einmal heim. Mit diesen Stürmen ist nicht zu scherzen, denn mit Windgeschwindigkeiten von 240 km/h und mehr und den dazugehörigen Sturmfluten sind eine große Gefahr für die Küstenregionen der Stadt. Der Victoria-Hafen verfügt zwar über automatische Dämme und die Innenstadt wird von den Bergen vor dem Wind geschützt, aber dafür treffen die Stürme um so heftiger auf die südöstlichen Gebiete des Metroplexes und überfluten Sai Kung, Southern und Eastern Hongkong.

» Jedes Mal, wenn einer dieser Super-Taifune über Hongkong hereinbricht, tauchen Weltuntergangssekten auf. Es herrscht kein Mangel an Leuten, die glauben, dass diese Stürme eine Folge der Qi-Manipulationen und des dekadenten Lebensstils in der Stadt sind.
» Elijah

» Es könnte auch einfach eine Folge der globalen Erderwärmung sein. Die Temperatur der Ozeane steigt seit Jahrzehnten ständig, und warme Ozeane führen zu stärkeren Taifunen.
» Snopes

» Der traditionelle chinesische Aberglaube bringt das Wetter und die Stürme oft mit Drachen in Verbindung, und jedes Mal, wenn einer dieser Super-Taifune auftaucht, ist die winzige Drachenbevölkerung von Hongkong der Gegenstand von heftigen Gefühlsäußerungen. Einige verfluchen die Drachen und machen ihre zerstörerischen Launen verantwortlich für die Toten und Verletzten, während andere sie verehren und zu beschwichtigen suchen. Die Handvoll Drachen, die in Hongkong leben, betrachten die ganze Angelegenheit aber relativ gelassen.
» Winterhawk

Wann immer einer dieser Stürme auf den Radarschirmen seinen Weg in Richtung Hongkong nimmt, werden die Medien und die Matrix mit Warnungen überflutet. Im AR-Environment der Stadt tauchen überall schwarze Flaggen mit Zahlencodes auf, die das Gefahrenlevel des Taifuns anzeigen. Seit 2030 benutzt Hongkong farbige Namen aus vier Schriftzeichen, um die Super-Taifune zu kategorisieren, beispielsweise „Qi Fen Lung Feng" (Wütender Drachenwind) oder „Biao Bing Qing Feng" (Leuchtender Grünblauer Wind). Zuletzt wurde Hongkong im Jahr 2066 von einem Super-Taifun heimgesucht, und die Meteorologen und Wujen sind sich einig, dass ein weiterer massiver Sturm in der Stadt überfällig ist.

DIE YAMA-KÖNIGE

gepostet von Axis Mundi

Die Kowloon Walled City ist eine Schande für Hongkong und gehört zu den elendsten Slums in der östlichen Hemisphäre. Sie ist ein extremer urbaner Dschungel, wo die ärmsten Flüchtlinge gezwungen sind, im klaustrophobischen Innern von einsturzgefährdeten und zerfallenen Wohnkasernen zu hausen. Menschen und Metamenschen können in diesen extrem feindseeligen Lebensumstände mit Mühe und Not überleben, während sie für einige nichtmenschliche Wesen ein natürlicher Lebensraum und eine wichtige Futterstätte darstellt. Die Einheimischen nennen das Wirken dieser Wesen die Höfe der Yama-Könige.

Niemand kennt den genauen Ursprung der Yama-Könige, doch es kursieren Gerüchte, dass es sich um mächtige Freie Geister handelt. Möglicherweise wurden sie von pervertierten Wujen herbeigerufen, aber es ist ebenso möglich, dass sie durch die chaotische Magie in Downtown ihre Freiheit gewonnen und den Weg in die Walled City gefunden haben. Ihre Herkunft ist Gegenstand einer langanhaltenden Debatte, nicht aber, warum sie die Kowloon Walled City zu ihrer Heimat gemacht haben. Diese verdorbenen und verseuchten Geister ernähren sich nämlich von der Verzweiflung und der Gewaltbereitschaft der Sterblichen, und davon gibt es nirgendwo mehr als in der Walled City. Jeder dieser Geister hat eine besondere Methode gefunden, um den Schmerz zu mehren, an dem er sich labt, und gebietet über eine Dienerschaft, die ihn dabei hilft (manchmal geringere Geister, manchmal sogar versklavte Menschen). Die Höfe mögen sich in ihrer Zusammensetzung und Philosophie voneinander unterscheiden, doch ihr Zweck ist immer, ihren König mit Nahrung zu versorgen.

» Hat sich schon einmal jemand gefragt, ob die Konzerne die Walled City vielleicht sich selbst überlassen haben, weil sie die Yama-Könige studieren wollen? Ich würde das durchaus für möglich halten.
» Kia

» Als die Hong Kong Police Force die jüngsten Razzien in der Walled City durchführte, forderten sie Teams von Ares Firewatch an, darunter vor allem Insektenjäger.
» Sticks

Nähere Informationen über die Höfe sind schwer in Erfahrung zu bringen, da diejenigen, die sich ihnen nähern, selbst verdorben werden, sofern sie es überhaupt überleben. Es machen aber erschreckende Geschichten unter den Bewohnern der Walled City die Runde, und diese Geschichten können zu einem Mosaik zusammengesetzt werden. Die Bewohner erzählen beispielsweise, dass der Yama-König Chih-Shiang sich selbst zu einer Art Richter über die Seelen ernannt hat und sein Hof die Bewohner der Walled City für das schlechte Karma leiden lässt, das sie in ihren vergangenen Leben angesammelt haben. Wenn die Seele eines Sterblichen von all ihren Sünden „gereinigt" ist, dann stirbt der reuige Sünder und steigt empor, befreit von der Last seiner Sünden und seines schlechten Karmas. Traurigerweise schenken viele Bewohner der Walled City, die ihr Leben in den Slums als Bestrafung für Missetaten in früheren Leben betrachten, Chih-Shiangs Sicht der Dinge Glauben und unterwerfen sich freiwillig seinem Richterspruch. Man erzählt sich aber auch, dass die Schwarze Königin Lam Vy den Bewohnern der Walled City zeigt, wie sie sich vor den Yama-Königen in den finstersten Ecken des Slums verstecken können, bis sie so gut darin sind, dass sie wie Schaben in den Wänden leben.

» Ich denke das erklärt, warum Ares seine Insektenjäger in den Slum schickt.
» Plan 9

» Es gibt einen anderen Yama-König, genannt Fu Mang, die Schlange der untergehenden Sonne. Sie pervertiert Hongkongs Konzept des Guanxi und des Gesichts. Fu Mang verspricht den Bewohnern der Walled City, die weniger als nichts besitzen, Wohlstand und Einfluss. Alles, was Fu Mang als Gegenleistung verlangt, sind vierundvierzig Herzen, herausgerissen aus den Körpern von Familienangehörigen und Freunden. Die Herzen von anderen Opfern zählen nicht, also schließen sich diejenigen, die Fu Mangs Handel annehmen, oft mit anderen zusammen, bevor sie ihr gemeinsames Guanxi-Netzwerk in eine Todesliste verwandeln. Man erzählt sich, das Fu Mang sein Versprechen hält und es eine Handvoll wohlhabender Leute gibt, die der Walled City entkommen sind. Allerdings soll Fu Mang weiterhin in ihren Köpfen zu ihnen reden und sie an ihre Verbrechen erinnern.
» Elijah

» Wie viele dieser Yama-Könige leben in der Walled City?
» Lyran

» Das weiß niemand genau und es gibt unterschiedliche Schätzungen. Zum Teil ist von zehn Yama-Königen die Rede, andere schätzen, dass es insgesamt zwölf sind. Es ist kaum möglich, die abergläubischen Ängste der Bewohner der Walled City von echten Yama-Königen zu unterscheiden, was eine Zählung noch schwieriger macht.
» Axis Mundi

DIE BEHÖRDE DES HIMMELS UND DER ERDE

gepostet von Puck

Ich weiß, dass viele von euch an die Decke gehen, weil ich in diesem Netzwerk schreibe. Viele von euch möchten, dass ich gehe, und mehr als nur einige von euch würden mich am liebsten tot sehen. Ich werde hier nicht auf meine Vergangenheit eingehen und auch mit Gerüchten über eine angebliche Verstrickung in die Ereignisse um Deus oder sogar das Systemversagen von 2064 werde ich mich hier nicht auseinandersetzen. Wenn ihr euch fragt, warum Fastjack mir gestattet, in seinem Netzwerk zu schreiben, dann sei euch gesagt, das Informationen für Fastjack wichtiger sind als persönliche Fehden, und ich habe ihm Informationen geliefert, über die sonst niemand verfügt. Also befürchte ich, dass ihr mit mir auskommen müsst, ob es euch gefällt oder nicht.

» Der kleine Bastard kann von Glück reden, dass ich seine Frontallappen über Fastjacks Netzwerk nicht rösten kann. Ich schätze, ich muss mich damit zufrieden geben, dass er den schlechtesten Ruf im gesamten Netzwerk hat. Ich vermute, daran wird sich auch wenig ändern.
» Slamm-0!

» Der alte Mann muss langsam weich werden, wenn er einen „früheren" Fanatiker wie Puck hier ein Forum verleiht. Vielleicht verwirrt das Alter die Sinne.
» Pistons

» Vorsichtig, das hier ist noch immer mein System. Wegen seiner Vergangenheit bin ich genauso vorsichtig mit Puck wie ihr, und er weiß, dass ich ihn stärker im Auge behalte als die meisten anderen hier. Aber er hat Recht, denn er besitzt Informationen, die hier gebraucht werden.
» FastJack

DATENEMPFANG ...

Shakespeare hat einmal gesagt, dass die Erinnerung der Wächter des Verstandes ist, doch ich glaube, dass die Technomancer von heute da anderer Meinung sind. Bei all der Macht, die Technomancer über das virtuelle Reich besitzen, besteht ihr einziges Speichermedium in einem Gehirn, wie es jeder andere Metamensch auch besitzt. Das metamenschliche Gedächtnis aber ist lückenhaft und ungenau, neigt zum Vergessen und ist nicht geeignet für das Speichern von reinen, unverarbeiteten Daten. Technomancer vertrauen ihm nicht. Sie speichern die Daten lieber in externen Speicherbänken, offline und online. Und daran haben sich die meisten Technomancer so sehr gewöhnt, dass sie sogar Backups von ihren natürlichen Erinnerungen und Erfahren machen, damit sie nicht der Zeit zum Opfer fallen – und natürlich leichter mit einem Index versehen, gescannt und durchsucht werden können.

» Puck redet von Technomancern in der dritten Person, aber ich habe gehört, dass er auch einer sein soll. Das würde erklären, warum er weiß, wie sie arbeiten.
» Glitch

» Stimmt das, Puck?
» Sunshine

» Die Informationen, die ich heute mit euch teilen werde, sind begrenzt. Lasst uns nicht gierig werden.
» Puck

» Also, was nun sind diese Technomancer? Die neuen Otaku oder was? Hm?
» Money Lee

» Sorry, ML, du musst deine urbanen Legenden (oder Datenwerte, je nachdem, wen man nun glauben möchte) woanders sammeln. Wenn du tatsächlich noch nicht weißt, was ein Technomancer ist, wirst du es wahrscheinlich sehr bald herausfinden.
» Icarus

Ich habe nicht vor, euch zu erzählen, wie es dazu gekommen ist, aber ich bin in den Besitz einer Reihe von externen Erinnerungsspeichern gelangt, einer Sammlung von Full-ASIST-Aufzeichnungen oder was auch immer persönliche Erfahrungen sind. Als ich sie mir das erste Mal anschaute, löste ich anscheinend eine Art viralen Verteidigungsmechanismus aus, der die ASIST-Aufzeichnungen zerstörte. Der Virus war derart hoch entwickelt, dass ich ihn nicht bemerkt habe, doch er war nicht perfekt. Einige Daten sind erhalten geblieben, und Fastjack und ich haben versucht, sie wiederherzustellen. Er sah genug, um mir zu erlauben, meine Informationen über sein Netzwerk zu verbreiten, also kann er sich für das verbürgen, was ich euch hier erzähle.

» Ich persönlich habe nur winzige Fragmente des ursprünglichen Materials gesehen, als wir die Daten rekonstruierten. Ich verbürge mich für ihre Existenz und dafür, dass nichts mehr übrig ist, doch ich kann mich nicht dafür verbürgen, dass euch Puck alles erzählt oder die Wahrheit sagt. Vergesst das nicht.
» FastJack

Die meisten Aufzeichnungen spielten in einem asiatischen Tempel. Ich habe die Architektur analysiert und konnte sie auf Südasien eingrenzen. Genauer gesagt handelt es sich um eine Stilrichtung, die typisch ist für die südliche Küstenregion von China, obwohl ich keinen Tempel gefunden habe, dessen Inneres den Aufzeichnungen entspricht (ich habe eine Vermutung, aber dazu später mehr). Das Subjekt, deren Erinnerungen ich gesehen habe, saß zusammen mit anderen Leuten in seiner Nähe auf einer Matte auf dem Tempelboden. Der Raum war schwach von Kerzen beleuchtet, und in der Luft hing der schwere Duft von Räucherstäbchen. Während der gesamten Aufzeichnung wurde das Subjekt mit Daten gefüttert, die in einem Sichtfenster zu sehen sind, doch ein Kommlink konnte ich nicht ausmachen, weder bei dem Subjekt noch bei den anderen Leuten, mit denen er redete. Ich vermute, dass sie oder zumindest das Subjekt Technomancer waren.

Sie studierten etwas, während sie sprachen, und die Daten liefen schnell über das Sichtfenster des Subjekts. Ich wünschte, ich hätte noch die intakten Aufzeichnungen, um die Bildsequenzen analysieren zu können. Ich glaube jedenfalls, dass sie Matrix-Datenverkehr untersuchten und eine Reihe von Chat-Knoten überwachten – etwas, das ich aus meiner eigenen Vergangenheit kenne. Der zentrale Sprecher saß auf einer Matte auf einem erhobenen Podium, und obwohl sein älterer Körper in schwere Roben gehüllt war, konnte ich erkennen, dass er kybernetisch stark modifiziert war, einschließlich eines Cyber-Schädels, dessen Vorderseite nur schwach an ein echtes Gesicht erinnerte. Er bewegte sich nicht ein einziges Mal, während er sprach. Seine Lippen formten keine Worte und seine Augen blinzelten nicht. Die dicken Kabel, die von den Datenbuchsen in seinem Schädel zur Decke und zum Boden führten, waren aber nicht zu übersehen.

» Datenkabel? Warum operierte er nicht drahtlos?
» Glitch

» Vielleicht aus Sicherheitsgründen oder wegen der Bandbreite.
» Netcat

» Es stimmt, verdrahtete Verbindungen haben noch immer einen größeren Datendurchsatz, doch heutige Funkverbindungen sind fast genauso gut. Ich meine damit, dass wir hier über die Verarbeitung enormer Datenmengen sprechen. Und solche Datenmengen können von einem normalen Gehirn überhaupt nicht verarbeitet werden.
» Clockwork

» Wer sagt, dass dieser Typ ein normales Gehirn hatte? Wenn er einen Cyberschädel hatte, würde ich nicht davon ausgehen, dass er im Inneren nicht vercybert war.
» Beaker

» Wo zur Hölle haben Mönche das Geld und die Technologie her, um mit solcher High-tech arbeiten zu können?
» Slamm-0!

» Das ist eine sehr gute Frage, obwohl Konzerne und Tempel in Hongkong eng miteinander verflochten sind. Die Tempel waren größtenteils verantwortlich für öffentliche Unterstützung der Konzernforderung nach der Unabhängigkeit von Hongkong, und die Verbindungen sind seitdem noch enger geworden.
» Snow Tiger

Die Leute, die sich im Tempel versammelt hatten, überwachten die Aktivitäten von irgendetwas in der Matrix – etwas, das der Hauptmönch auf dem Podium mehrfach als „einen erhabenen Komplex“ bezeichnete. Ich weiß nicht genau, was er damit meinte, aber meine eigenen Erfahrungen lassen mich vermuten, dass sie halbautonome Software-Agenten beobachteten. Zu dieser Theorie würde passen, dass der Hauptmönch dem Subjekt mehrere Male befahl, Kontakt mit dem erhabenen Komplex aufzunehmen, um ihm bei seiner Erleuchtung zu helfen. Sie redeten über Möglichkeiten, wie man dies bewerkstelligen könnte, und erwähnten dabei die Erzeugung einer emotionalen Verbindung zum erhabenen Komplex und die Konfrontation mit ethischen und moralischen Fragen. Da sie dabei ziemlich zielstrebig vorgingen, frage ich mich, ob sie so etwas schon einmal gemacht hatten. Es schien jedenfalls alles andere als eine spontane Zusammenkunft zu sein. Verschiedene Teilnehmer bezeichneten ihre Gruppe mehrfach als „Behörde des Himmels und der Erde“, was mich annehmen lässt, dass sie schon eine zeitlang zusammenarbeiteten.

» Dieser Name ist identisch mit den mythologischen chinesischen Namen für Organisationen von Geistern, die das Universum zusammenhalten. Diese Geister bilden eine Art „Behörde“, die sich um alles kümmert, von den Jahreszeiten und dem Wetter bis hin zu Gebeten der Gläubigen mit der Bitte um Hilfe.
» Jimmy No

Der letzte Teil der Aufzeichnung lieferte mir die meisten Informationen, vor allem für das Aufspüren des Standortes des Tempels. Das Subjekt beendete seine Konversation mit dem Hauptmönchen und den anderen Anwesenden und bekam den Befehl, seine Arbeit mit dem erhabenen Komplex zu beginnen. Bald darauf endete die Aufzeichnung abrupt, doch zuvor war noch die Umgebung des Tempels zu erkennen. Das Subjekt verließ den Tempel in die abendliche Dunkelheit, doch während er die Versammlung verlässt und die Aufnahme beendet, ist in seinen Augenwinkeln kurz eine nächtliche Skyline zu erkennen. Da sich die Aufnahme selbst zerstört hat, kann ich die letzte Aufnahme nicht analysieren, doch die Aufnahme erinnerte mich stark an die Skyline von Hongkong. Als ich die größeren Tempel von Hongkong untersuchte, war der Tempel von Wong Tai Sin in Kowloon der einzige, den ich nicht von innen sehen durfte. Ich habe mit Fastjack an dem Material gearbeitet und außerdem einige Runner angeheuert, damit sie mir Bilder des Inneren von Wong Tai Sin bringen. Unglücklicherweise scheint das Team gescheitert zu sein, denn seitdem habe ich nichts mehr von ihnen gehört.

» Buddhistische und taoistische religiöse Texte sind voller "Konversationen", wo zwei Charaktere über moralische und ethische Fragen diskutieren und einer der beiden den anderen schließlich erleuchtet und zur Religion führt. Buddha selbst war mit dieser Art von Fragen konfrontiert worden, bevor er aszendierte. Zumindest die Methoden sind also nicht neu.
» Elijah

» Könnten sie versuchen, eine Künstliche Intelligenz zu erwecken? Aber warum?
» Netcat

» Es könnte durchaus sein, dass Buddhisten eine KI als eine Art höhere Inkarnation betrachten, die befreit ist von den Begierden und dem Leiden des menschlichen Körpers. Taoisten könnten versuchen, von einer KI zu lernen, wie sie mit Hilfe der Matrix die Unsterblichkeit erlangen können. Oder sie arbeiten an einer besonderen Art von Agent, der seine eigenen Ziele verfolgt. Wir wissen zu diesem Zeitpunkt nicht wirklich, was da vor sich geht, und wir arbeiten immer noch an dem Material, das uns Puck zur Verfügung gestellt hat, der selbst nicht gerade eine vorbildliche Vergangenheit hat.
» Axis Mundi

ONG KONG
OCK EXCHANGE
HONG KONG
Shane 06

Ich weiß, dass er den Angriff erwartet hat, aber er sieht trotzdem erstaunt aus, als der Kopf seines Bodyguards explodiert. Meine Scharfschützen nehmen seine Leute systematisch aufs Korn. Saturn läßt seine Magier erfrieren – ich weiß nicht, was für ein Zauberspruch das ist, aber sie verdorren und sterben einfach. Das Gemetzel ist schnell vorbei. Das Sterben wird länger dauern.

Der große Mann stützt sich auf den Grabstein seiner Frau, als ich zu ihm gehe, um ihm die letzte Ehre zu erweisen. Dunkles Blut sickert zwischen seinen Fingern hervor. „Rowena", sagt er.

„Bigio."

Verbittert drückt er die Hände auf seine offene Bauchwunde. Galgenhumor ist hier fehl am Platz. Ich halte meine Waffe an der Seite, aber so, dass er sie sehen kann.

„Bringst du's persönlich zu Ende, O'Malley?"

„Gibst du mir einen Grund dafür, Butcher?"

Sein Blick wandert in weite Ferne. Während er stirbt, erzählt er mir seine Geschichte.

„Weißt du, warum sie mich „Butcher" nennen? Der Tag, an dem ich ein Soldato wurde, war der stolzeste Tag meines Lebens. Nachdem ich über sechzehn Jahre gebraucht hatte, um aus der Gosse hervorzukriechen, stand ich in einem geborgten Anzug vor Don Gianelli. Sauberer als ich jemals zuvor in meinem Leben gewesen war, Gebete rezitierend und den Eid schwörend, während das Symbol von St. Stephen in meiner Hand zu Asche verbrannte. Danach schüttelte er meine Hand und sagte, dass er mich für einen Job bräuchte."

Bigio hustet etwas Rotes aus seiner Lunge und spuckt es auf den Boden.

„Es regnete, als wir das Lagerhaus erreichten. Die Jungs hatten ein Kind an einen Sessel gefesselt, direkt über einem Abfluss. Das Werkzeug war sauber auf einem Tisch aufgereiht. Sie ließen mich in Ruhe arbeiten. Ich legte meine Jacke und meine Krawatte ab. Knöpfte meinen Kragen auf. Krempelte meine Ärmel hoch. Das Kind beobachtete mich die ganze Zeit über."

Ich wische den roten Speichel weg, der aus Bigios Mund kommt. Er erzählt weiter.

„Der Kleine war ein Yak-Hacker. Hatte ein paar Bank-Codes oder so was gestohlen und sie versteckt. Ich sollte herauszufinden, wo er sie versteckte. Er wusste, was kommen würde, aber er sagte kein Wort. Vielleicht war er loyal. Vielleicht dachte er, er sei ein zäher Bursche. Vielleicht hatte er mehr Angst vor seinen Bossen als vor mir. Ich lockerte meine Hände und machte mich an die Arbeit."

An dieser Stelle seiner Geschichte zeigt mir Butcher ein blutiges Lächeln.

„Eines solltest du wissen darüber, wie es ist, wenn man sich seine Hände schmutzig macht. Ein wenig Blut an deinen Händen ist immer eine gute Sache. Deine Leute respektieren dich, wenn sie wissen, dass du keine Angst hast, eine Sache selbst zu erledigen. Dein Vater", – er speit das Wort förmlich aus – „er verstand das. Das muss man dem Bastard lassen." Er hustet wieder.

„Gianelli machte mich nicht nur zu seinem Mann, weil ich groß war, und hart im Nehmen. Nein, er tat es, weil ich ein rücksichtsloser Bastard war, der einen Menschen wie ein Stück Fleisch beseitigen konnte. Wie ein Metzger, sagte er.

Das Kind war nicht besonders zäh. Ich begann mit seinen Händen und arbeitete mich langsam hoch. Erst kugelt man die Finger aus, dann das Handgelenk. Auf diese Weise kann man später weitermachen und sie brechen, wenn man seinen Standpunkt noch nicht deutlich genug gemacht hat. Es dauerte über eine Stunde, bis ich zu seinen Schultern vorgedrungen war. Dreh, Knall, Schrei. Dreh, Knall, Schrei. Ich gab ihm eine Ohrfeige, als seine Augen glasig wurden. Sah ihm fest in die Augen und wiederholte meine Fragen. Er würgte einige Worte hervor. ‚Wenn ein Mann seinen Geldbeutel im Kopf trägt, kann er ihm von niemandem weggenommen werden.'"

„Benjamin Franklin", sage ich. Bigio starrt mich an. „Es ist ein Zitat von Benjamin Franklin." Er grunzt, versucht mit den Achseln zu zucken und erstarrt. Das Blut fließt nun langsamer, und er beginnt zu zittern, doch er erzählt weiter.

„Ich verstand, was der Kleine meinte. Also tastete ich mit meiner Hand über seinen Schädel und fühlte die Linien einer Naht, die noch nicht ganz verheilt war. Ich packte mir seinen Hinterkopf, drehte seinen Schädel zur Seite und langte nach einem Skalpell. Der Junge kreischte und wehrte sich, aber sein Kopf lag in meiner Hand wie in einem Schraubstock. Ich benötigte fünf Minuten und eine spitze Zange. Was von dem Kleinen übrig war, sackte auf dem Stuhl in sich zusammen. In meiner blutigen Hand hielt ich seinen Memory-Chip."

Bigio spuckt abermals Blut. Seine Kraft ist verbraucht, seine Stimme wird leiser.

„Ich habe deinen Vater getötet, Rowena. Du hast zehn Jahre gebraucht, um mich in deine Hände zu bekommen. Was willst du noch? Beende es jetzt. Und mach es richtig. James O'Malley hätte das auch getan."

Ich nicke. Die Pistole feuert zweimal. Bigio ist tot. Ich nehme mir noch die Zeit, um die Waffe auf das Grab meines Vaters zu legen, bevor ich Gethsemane verlasse. Es fühlt sich richtig an.

Shane
06

JACKPOINT

[Folge Link]
[open gateway]
[Weiterleitung erfolgt]
[P2P Netzwerk gefunden]
[Übermittle Netzwerkdaten]
[Wurmkur aktiviert und gedockt]
[Erschaffe temporären User Account]
[Registriere PAN]
[ARO Graphic User Interface Overlay aktiviert]
[Weiterleitung erfolgt]
[Öffne Datei „Emerald City"]

SEATTLE

EMERALD CITY

gepostet von Fatima

Die Seattler sagen, dass sie einen Stern auf der UCAS-Flagge haben. Er ist so weit von den anderen entfernt, dass man ihn nicht sehen kann, aber sie schwören, dass er da ist. Der Seattler Metroplex ist UCAS-Territorium, eine Insel, umgeben von feindlichen Nationen und zugleich der einzige Hafen der UCAS am Pazifik. Vier Millionen UCAS-Bürger leben hier, und etwa eine halbe Million Menschen besuchen ihn jeden Tag auf der Durchreise. Das sind die offiziellen Zahlen, Leute. Groben Schätzungen zufolge liegt die aktuelle Bevölkerungszahl (einschließlich Besuchern und einiger Spezies, die das Volkszählungsbüro des Plexes noch nicht als Bürger einstuft) bei eher sechs Millionen.

LANGWEILIGE DETAILS

Seattle ist deutlich weltoffener als die meisten anderen Plexe, was für Leute mit unserer Profession ein großer Vorteil ist. Sämtliche ethnischen Gruppen, Metatypen, Cyberware und Outfits mischen sich hier mit Horden von Menschen, die das Pflaster zertrampeln. Man muss sich wirklich extrem anstrengen, wenn man möchte, dass jemand auch nur eine Augenbraue hochzieht, wenn er einen sieht. Das gilt sogar für die exklusiven Hochsicherheitszonen der Konzernenklaven (wo man ruhig merkwürdig aussehen kann, solange man reich aussieht). Genauso einfach ist es, in eine beliebige Subkultur einzutauchen. Es gibt Dutzende von kleinen ethnischen Gemeinden und spezielle Läden, in denen man alles finden kann, was man als Ausrüstung für seine persönlichen Angelegenheiten und Leidenschaften benötigt.

» Natürlich gehört die Hälfte dieser Läden zu Konzern-Ketten, wie man sie in jedem Plex findet. Es gibt dort draußen keine ethnische Subkultur, Gegenkultur oder Kulturlosigkeit, bei der die Konzerne nicht schon längst herausgefunden haben, wie man sie anpasst und mit der allgemeinen Monokultur vermischt. Und obwohl der Schmelztiegel etwas anderes vortäuscht, könnte man Seattle genauso gut „McCity" nennen. Jedenfalls so lange, bis man die Innenstadt hinter sich gelassen hat.
» Dr. Spin

» Ja, aber das Essen ist gut. Von erstklassigen azanischen Grillrestaurants, die importierte und frisch geschlachtete Zebra-Steaks anbieten, bis zum Vietnamesen um die Ecke, bei dem man Soja-Nudeln, frittierten Gen-Krill und 125-Gramm-Fläschchen Kirin 2.0 bekommt, ist für jeden Geschmack etwas dabei.
» Traveler Jones

Sprachsofts und Übersetzungsprogramme sind zwar allgegenwärtig, aber trotzdem spricht ein durchschnittlicher Seattler mindestens zwei Sprachen, selbst wenn er nicht einmal seinen eigenen Namen schreiben kann. Am häufigsten stößt man auf Englisch, Japanisch, Salish-Dialekte, Or'zet, Aztlan-Spanisch, Russisch, Koreanisch und Sperethiel.

» Der Einfluss der japanischen Kultur auf Seattle darf nicht unterschätzt werden. Neben den AR-Anime-Spielen, die epileptische Anfälle verursachen können, verrückten Trid-Shows und Idoru-Helden tauschen die Sararimen in ritueller Weise ihre elektronischen Visitenkarten aus, und selbst in der Mittelschicht sind Verbeugungen verbreiteter als Hände schütteln oder Winken.<
» Mihoshi Oni

Die Leute

Jeder Bezirk in Seattle (bis auf Outremer) wird von einem gewählten Bürgermeister regiert. Der gesamte Metroplex wählt einen Gouverneur, zwei Senatoren und einen Abgeordneten. Die drei Letzteren sind Seattles Vertreter im UCAS-Kongress. Die Beziehungen zwischen der Metroplex-Regierung und den zahlreichen extraterritorialen Konzernen, die innerhalb des Metroplexes ihre Geschäfte machen, werden vom United Corporate Council (UCC) gepflegt, der wiederum gegenüber dem Konzern-Gerichtshof Rechenschaft ablegen muss. Der aktuelle Gouverneur von Seattle ist Julius Strouthers, der dieses Jahr um die Wiederwahl kämpft und es mit schweren Gegnern zu tun hat.

» Die Regierung des Metroplex steht auf den Gehaltslisten der Konzerne und Syndikate, und zwar von den Bürgermeistern bis in die untersten Verwaltungsebenen. Ab und zu vergisst ein Politiker oder Beamter, dass er an der Leine hängt, aber nur so lange, bis er feststellt, dass er die nächste Wahl verloren hat, Skandale um seine Person die Runde machen oder er tot im Sound treibt.
» Kay St. Irregular

Die UCAS-Bundesregierung unterhält Büros in Seattle, um die Staatsinteressen als Ganzes zu vertreten und um ein Auge auf alles zu haben, was in die Zuständigkeit des Bundes fällt. Die Präsenz der Regierung und der UCAS-Armee in Seattle ist seit dem letzten Crash stetig gestiegen, vielleicht als Reaktion auf die wachsenden Unabhängigkeitsbestrebungen Seattles.

» Seattle hat übrigens nur einen speziellen Feiertag, den Tag des Erwachens, der am zweiten Montag im Dezember gefeiert wird. Das magische Feuerwerk und die Illusionen sind Spitzenklasse.
» Snopes

Regenstadt

Da die Küstenregion des Pazifiks um Seattle herum als gemäßigter Regenwald gilt, überrascht es kaum, dass Seattle Niederschläge von mehr als 2000 Litern pro Quadratmeter und Jahr verzeichnet. Selbst wenn es nicht neblig oder diesig ist, liegt eine ungesunde Smogwolke wie ein endlos grauer Schleier über der Stadt. Da Seattle direkt am Ozean liegt, gibt es auch Momente, in denen eine Brise vom Puget Sound hereinkommt und man so etwas Ähnliches wie frische Luft zu atmen bekommt. Doch Vorsicht – wenn sich der Wind dreht, hat man schnell einen Lungenzug voll Asche aus Puyallup oder schwach strahlende Partikel aus Glow City intus.

» Sooo schlimm ist es auch wieder nicht ... na ja, meistens jedenfalls. Außerhalb der Barrens kann man sich problemlos ohne Atemschutzmaske bewegen – und neue Lungen sind heutzutage ja auch recht günstig, ne?
» Beaker

Apropos Asche, gewöhnt euch besser daran. Seit den Beben unten in Kalifornien speit Mount Rainier einen dünnen Strom von dem Zeug direkt in die Wolken, die nach Seattle driften. Der übliche saure Regen (oder die Windböen mit giftigem Graupel im Winter) bleicht die Gebäude aus und zerfrisst den Stahlbeton. Viele der Konzernhochhäuser wurden mit teuren Nanobeschichtungen verkleidet, um sie vor den ätzenden Elementen zu schützen.

» Oh Mann, was für ein deprimierendes, regnerisches, giftiges Höllenloch. Sag der Sonne auf Wiedersehen, wenn dein Suborbitalflug zum Landen ansetzt, denn du wirst sie nicht wieder sehen, bis du die Stadt wieder verlässt.
» Kane

Der Erweiterte Blick auf die Oberfläche

Besucher von Seattle erblicken eine Stadt, die wie ein lebendiger Kristall anmutet: Jedes Gebäude erscheint als massives Polygon mit vielfältigen, grünen Juwelen, die von innen heraus leuchten. Das ist das viel gepriesene „Emerald City AR Environment", das vom Seattler Tourismusbüro beworben und von Tausenden teilnehmender Knoten und Netzwerke direkt auf dein Kommlink gesendet wird. Der größte Teil der Innenstadt, vor allem die glitzernden Konzernwolkenkratzer, weisen eine glasgrüne AR-Thematik auf, um das düstere Einerlei aus Beton und verspiegelten Fenstern zu verdecken. Die AR-Überlagerung des Straßenniveaus ist bunter und vielfältiger in ihrem Erscheinungsbild, wobei grüne und kristalline Elemente auch hier dominieren.

» Neben dem ganzen Emerald City-Touristen-Kitsch – vom Zwergen-Avatar bis hin zu fliegenden Spielzeug-Affendrohnen – verkaufen die Straßenhändler der Stadt auch ARE-Software, mit der die grünen Monolithen in purpurne Pyramiden, große Bäume oder auch gigantische goldene Dildos verwandelt werden, je nachdem, worauf man steht. Es ist deine Realität, also lass Seattle so skurril aussehen wie du die Stadt haben willst.
» Traveler Jones

In der Tiefe

Die virtuelle Realität von Seattle ist eigentlich wie jede andere auch, obwohl man feststellen wird, dass das Emerald City-Thema auch hier bestimmend ist. Zu den größten Systemen gehören Mitsuhamas berüchtigte „Verbotene Stadt", die Aztechnology-Pyramide, das NeoNET-Sternbild und die lichtdurchlässige grüne Erscheinung der Arcology Commercial and Housing Enclave. Natürlich darf bei einer Einführung in die Seattler Matrix SeaSource, eine beliebte öffentliche Datenbank und Suchmaschine, nicht fehlen.

» Ich habe eine SeaSearch-Toolbar gefunden, die es einem ermöglicht, automatisch und simultan ShadowSea zu betreten, den lokalen Data Haven. Wenn Ihr Interesse habt, lasst es mich wissen. Ich schicke es euch rüber.
» Slamm-0!

» Öffentliche Datenterminals und Link-Zellen in der Innenstadt gestatten jedem den Matrix-Zugang in voller VR. Öffentliche Nutzer erscheinen als eisige, grüne Golem-Icons, die in den öffentlichen Netzen so allgegenwärtig sind, dass sie fast schon unsichtbar sind. Das kann ein großer Vorteil sein, wenn man ein anonymes virtuelles Meeting arrangieren oder den öffentlichen Teil eines Konzernhosts ausspionieren will.
» Kat O'Nine Tales

Vernetzt

Die Seattler haben, vielleicht mehr noch als in anderen Plexen, mit großer Begeisterung jede Form von sozialer Networking-Technologie angenommen. Werft einfach einen kurzen Blick auf die PANs eines x-beliebigen Fußgängers, und ihr werdet feststellen, dass einfach jeder mit mindestens einem sozialen Networking-Service verbunden ist, wenn nicht gleich mit einem halben Dutzend. Wenn man seine Umgebung nach einem Partner für ein interaktives Spiel absucht, nach jemandem mit den gleichen Hobbys oder nach einem One Night Stand, wird man mit Sicherheit fündig. Die Seattler sind derart vernetzt, dass spontane, (normalerweise) ungeplante Flash Mobs (sprich: blitzartige Menschenaufläufe) häufig vorkommen, wenn die Information über eine in der Stadt gesichtete Berühmtheit, ein zeitlich begrenztes Sonderangebot oder ein ähnliches Medienspektakel über den Äther die Runde macht.

» Der letzte Schrei ist es, einem vernetzten Stamm anzugehören. Kleine ethnische Gruppen waren die Ersten, die den Vorteil des Networkings nutzten, um näher zusammenzurücken, vor allem amerindianische und polynesische Gruppierungen. Einige von ihnen sind äußerst wählerisch bei der Auswahl von neuen Mitglie-

DATENEMPFANG ...

SEATTLE ZEITLEISTE

2017: Der Große Geistertanz lässt die Vulkane Mount St. Helens, Mount Hood, Mount Adams und Mount Rainier zur gleichen Zeit ausbrechen. Scharen von Menschen flüchten nach Seattle, während die Lava den größten Teil von Puyallup unter sich begräbt.

2018: Der Vertrag von Denver beendet den Geistertanz-Krieg. Eine der Vertragsklauseln spricht Seattle und seine Trabantenstädte dem Territorium der UCAS zu.

2019: Unter dem Eindruck des Zustroms von aus den Native American Nations deportierten Flüchtlingen setzt der Seattler Bürgermeister Lindstrom „der Eroberer" die Eingemeindung der umliegenden Gemeinden und Städte durch.

2020: Der Präsident der UCAS unterzeichnet ein Gesetz zur Auflösung des Staates Washington und Gründung des Seattle Metroplex.

2029: Der Crash von '29 zerstört den größten Teil der Seattler Computerindustrie und führt zum langsamen Verfall von Redmond.

2039: Die Nacht des Zorns fegt über Seattle, als die schwelende Intoleranz gegenüber Metamenschen in totale Gewalt ausartet.

2055: Knight Errant Firewatch-Teams brennen die Hauptquartiere der Universellen Bruderschaft mitsamt den dort befindlichen Insektengeisternestern nieder.

2059: Die Renraku-Arcologie wird auf mysteriöse Weise von der Außenwelt abgeschnitten, Hunderttausende sind in der Arcologie gefangen.

2061: UCAS-Streitkräfte erobern die Renraku-Arcologie vollständig zurück.

2064: Crash 2.0. Das Netz der Seattler Matrix wird völlig zerstört.

2065: NeoNET installiert Seattles neues, drahtloses Matrix-Netzwerk.

2066: Der Seattle Metroplex und das Salish-Shidhe Council erhalten gemeinsam den Zuschlag für die Austragung der Olympischen Sommerspiele 2074.

2069: Erdbeben in Kalifornien lösen erneut vulkanische Aktivitäten des Mount Rainier aus. Asche und saurer Regen gehen regelmäßig auf Seattle nieder.

DATENEMPFANG ...

SHADOWSEA QUICKSEARCH EXCHANGE

Über „Exchange" wurde zuerst in den frühen 60ern als anarchisch aufgebautes Netzwerk berichtet. Die Teilnehmer (oftmals, aber nicht ausschließlich Shadowrunner) hatten auf mysteriöse Weise ein einzigartiges Kommlink erhalten oder erlangt, das mit einem markanten roten „X" gekennzeichnet war. Analysen dieser Kommlinks ergaben, dass sie mit zusätzlichen Sensor-Systemen für heimliche Lauschangriffe und permanente Aufzeichnungen ausgestattet waren und diese Aufzeichnungen an einen anonymen Knoten sendeten. Die Träger dieser Kommlinks waren Teil von „Exchange" und bekamen regelmäßig Anweisungen zur Ausführung der unterschiedlichsten einfachen Aufgaben, vom Schießen eines Fotos bis hin zum Heraufladen der Kopie eines Programms in einen leeren Datenknoten oder dem Abliefern eines mysteriösen Paketes. Dafür versprach man ihnen „karmatische Belohnung". Der genaue Inhalt dieser Belohnung hing davon ab, wie häufig und wie erfolgreich der Träger solche Aufgaben ausführte. Die Belohnung war häufig auf den jeweiligen Träger zugeschnitten, was umfassende Kenntnisse über sein Leben, seine Aktivitäten und seine aktuelle Situation voraussetzte. Zu den Belohnungen gehörten beispielsweise Informationen, Software, Ausrüstungsgegenstände und ähnliche Annehmlichkeiten, die indirekt und durch scheinbar unbeteiligte Parteien geleistet wurden.

Niemand konnte bisher herausfinden (oder zumindest veröffentlichen), wer oder was hinter Exchange steht. Gerüchte besagen, dass die Hauptknoten von Exchange während des Crashs 2.0 zerstört oder zumindest beschädigt wurden, was zum Kollaps des Netzwerks führte.

Jüngere Berichte deuten darauf hin, dass Exchange unlängst im Gitter des Seattle Metroplex wiederbelebt wurde und sich auch andernorts ausbreitet. Es funktioniert nun über ein Netzwerk-Softwarepaket, das sich, einmal auf dem Kommlink installiert, fast genauso verhält wie das ursprüngliche Exchange-Netzwerk – mit einem Unterschied: Exchange scheint diesmal fast ausschließlich aus Shadowrunnern zu bestehen.

Exchange vergibt niemals Aufträge für Geld, und die Mitglieder von Exchange gaben niemals an, mit Nuyen oder anderen Zahlungsmitteln „belohnt" worden zu sein – möglicherweise, weil sich anonyme Geschenke schwerer zurückverfolgen lassen als Geldbewegungen.

dern. Sie gehen sogar so weit, dass sie DNA-Scans fordern, um den ethnischen Hintergrund von Bewerbern zu bestimmen oder bestimmte Metatypen völlig auszugrenzen. Der Trend hat über die tradierten ethnischen Gruppierungen hinaus zu einem Aufkommen von unzähligen urbanen Stämmen ohne historische oder kulturelle Hintergründe geführt. Man findet alle möglichen Stämme, von japanischen Feudalclans und neo-keltischen und germanischen Stämmen (mit einer bedauerlich hohen Anzahl von Neo-Nazis) bis hin zu Konzerntruppen, Klingonen und Neo-Ravern.
● Mika

● Und dann gibt es noch die „geheimen" Stämme, bei denen die Leute noch nicht mal wissen, dass sie dazugehören – wie „Exchange".
● Ikarus

Die Szene

Es war einmal vor langer Zeit, als Seattle für suizidgefährdete, Flanell tragende Grunge-Rocker und eine berühmte Kaffeebar-Kette stand. Heute geht hier die Post ab, mit jeder Menge Events, die ein großes Publikum aus Leuten anziehen, die sich für all die novaheißen Modeerscheinungen interessieren, die morgen vielleicht schon wieder out sind. Aus diesem Grund ist Seattle im Jahr 2070 das Auge und Ohr des pazifischen Nordwestens und überschwemmt von Modeverrückten, Rampenlichtsüchtigen, Paparazzi, Möchtegerns und allen anderen, die Zugang zu den neuesten Trends suchen. Diese kulturellen Parasiten bringen eine noch niedrigere Lebensform mit sich: Marketing-Agenten. Es gibt wohl keine bessere Möglichkeit, um rasend schnell eine neue virale Werbekampagne, Musikrichtung oder sonstige Modeerscheinung zu verbreiten, als sie einmal quer durch Seattles bunte Subkulturen zu säen und der Welle dann entspannt beim Wachsen zuzuschauen. Neo-Tokio und Los Angeles sind vielleicht die heißeren Pflaster, aber ihr wäret überrascht, was Emerald City so alles zu bieten hat. Seattle war schon immer bekannt dafür, die bekannten Themen und Trends auf seine ganz eigene Weise zu modifizieren, und so findet man hier immer wieder mal ein Juwel, das die Konzerne noch nicht in ihre Klauen bekommen haben.

● Die Nachrichten aus Seattle können im gesamten pazifischen Randgebiet empfangen werden. Passt auf, dass ihr nicht von einer Kamera gefilmt werdet, sonst könnten eure Gesichter von Hongkong bis Vladivostok über die Bildschirme flackern.
● Snopes

● Shadowrunner können hier ein schönes Leben führen, solange sie sich fernhalten von windigen Konzernmanagern und Gehirntoten, süchtigen Ich-poppe-alles-was-hier-rumläuft-Typen, die lächerlicherweise als neue „Talente" gefeiert werden
● Kat O'Nine Tales

ZU HAUSE IST ES DOCH AM SCHÖNSTEN

von Daniel Cregg, UCAS Today

● "DC aus DC" ist ein wöchentlich erscheinendes multimediales Blog des altgedienten Journalisten Daniel Cregg. Der folgende Bericht beschäftigt sich mit dem aktuellen politischen Klima in Seattle – aus gegebenem Anlass mit besonderem Augenmerk auf den Wettlauf um das Gouverneursamt. Als einer der letzten Journalisten der alten Schule ist Cregg intelligent, gelegentlich aufschlussreich und manchmal geschmackvoll. Mit anderen Worten: eine vom Aussterben bedrohte Lebensform.
● FastJack

Seattle, zehn Jahre danach. Die Rückkehr zu meinem weit entfernten Geburtsort war in vielerlei Hinsicht eine frische Brise in meinem Leben. In der Tat war der Küstenwind, der mich bei meiner Ankunft auf dem Seattle-Tacoma International Airport willkommen hieß, nur der Anfang. Umgeben von weniger freundlich gesonnenen Ländern hat dieser isolierte amerikanische Außenposten im pazifischen Nordwesten eine wilde Aura beibehalten, die im Osten verloren gegangen ist. Mehr als vier Millionen Seelen nennen Seattle ihr Zuhause, aber nur einer darf sich Gouverneur nennen.

Meinungsforscher, Wahlveranstaltungen, AR-Spam; oh mein Gott! Emerald City wird von einer Masse unglaublichen Scheißdreks bombardiert. Die Wahlkampagnen nähern sich ihrem Höhepunkt, und die Spannung ist überall spürbar. Der Zollbeamte schenkte mir den „Blick“, als ich ihm meinen Presseausweis aushändigte. Es wird nicht der letzte bleiben, den der Mann vor dem Wahltag zu sehen bekommt.

» Während die meisten Nachrichtenschnüffler nur wegen der Show hier sind, haben es einige auf die wirklich schmutzigen Details abgesehen, die sich für eine Veröffentlichung zur Hauptsendezeit eignen, und sind bereit, dafür wirklich tief zu buddeln (bzw. viel zu bezahlen). Die Wahlkampfstrategen betreiben Schadensbegrenzung und engagieren Runner, um ihre schmutzigen Geschichten (und die sprichwörtlichen Leichen im Keller) zu begraben, bevor die Reporter sie in die Finger kriegen.
» Kat O'Nine Tales

DATENEMPFANG ...

WAHLPROGNOSEN FÜR SEATTLE

Kandidat (Partei)	Heute	vor 1 Monat	vor 3 Monaten
Kenneth Brackhaven (R)	32%	30%	28%
Josephine Dzhugashvili (I)	30%	23%	16%
Julius Strouthers (D)	21%	17%	10%
Andere	<1%	5%	16%
Unentschlossen	17%	25%	30%

Quelle: *UCAS Today / Gallup*

Ich schlürfe etwas, das die Koffein-Bar als echten Kaffee aus dem Amazonas verkauft, während ich in einem Taxi zum Mayflower Park Hotel fahre – nicht gerade das Laubenstein Plaza, aber es wird ausreichen. Ich mag die Retro-Atmosphäre. Fast wie in den 1990ern. Der Fahrer ist ein Original, und nicht eben telegen: Ein Ork namens Fred.

/// **Starte audiovisuelle Aufzeichnung** ///

Fred: Mayflower? Gutes Familienhotel. Große Betten und schalldichte Räume – weil da mal ein Nachtclub in der Nähe war.
Daniel Cregg: War? Sie meinen, das Sullivans ist geschlossen?
Fred: <nickt> Der Crash. Die Stadt leidet immer noch darunter.
DC: <geistesabwesend> Hm … die Stadt sieht schön aus von hier.
Fred: Downtown ist nicht Seattle, Mann. Die anderen Bezirke sind verdammt viel schlechter dran. Bis jetzt lebe ich noch nicht auf der Straße, aber meine Frau ist arbeitslos und unsere Kinder werden von ihren Altersgenossen unter Druck gesetzt, sich einer Gang anzuschließen. Alle anderen Kinder aus unserer Straße sind schon Mitglied in der einen oder anderen Gang.
DC: Es tut mir leid, das zu hören. Kann die Polizei da nicht irgendetwas machen?
Fred: Der Star? <schnaubt> Buunda für den Star. Sie sind so sehr damit beschäftigt, auf den Orks herumzutrampeln, dass sie noch nicht mal den „Cutter“ fangen können.
DC: Also sind Sie einer Meinung mit Strouthers.
Fred: Ja, aber das nützt nichts. Halblinge bekommen meine Stimme nicht mehr.
DC: Also wer wäre Ihre Wahl?
Fred: Es macht keinen Unterschied, ob man Brackhaven wählt oder jemanden, der in einen Abgrund springen will. Wer weiß, vielleicht ist der Boden da unten ja weich.

/// **Beende audiovisuelle Aufzeichnung** ///

Fred brachte das Dilemma Seattles auf den Punkt. Alle drei Kandidaten versprechen den Seattlern das Blaue vom Himmel (die Sonne auch, aber die Einheimischen glauben nicht an etwas, das sie nicht sehen können), aber können sie ihre Versprechen auch halten?

DAS RENNEN UM DAS GOUVERNEURSAMT

Mit dem Ausscheiden des früheren Bürgermeisters von Bellevue, Daniel Reynolds (Technokraten), aus persönlichen Gründen und der Abgeordneten Susan Riordan (Liberale) durch einen Finanzskandal ist das Teilnehmerfeld auf drei Hauptkandidaten geschrumpft. Angesichts der hohen Zahl an unentschlossenen Wählern kann die Wahl noch nicht als entschieden betrachtet werden.

Der Amtsinhaber: Julius Strouthers

Julius Strouthers hatte als Metroplex-Gouverneur keine einfache Amtszeit. Seattles stagnierende Wirtschaft und steigende Arbeitslosigkeit sind nur die Spitze des Eisberges. Nimmt

JULIUS STROUTHERS

Julius Strouthers wurde im Jahr 2011 geboren und hatte seine 15 Minuten Ruhm als erster Zwerg von Seattle. Er studierte an der Universität von Seattle, wo er besonders auf dem Gebiet der Informatik hervorragende Leistungen erzielte. Obwohl er eine Vielzahl von Angeboten bekam, beschloss Strouthers, sich selbständig zu machen. Nach anfänglichen Erfolgen erlitt seine Firma jedoch einen schweren Rückschlag, als ihre Büros im Jahr 2045 durch ein Feuer zerstört wurden. Strouthers arbeitete danach bis zum Jahr 2058 als selbständiger Berater und wurde anschließend als Chief Operations Officer (COO) bei der Firma Thomas Lake Mining and Oil angestellt. Nach seinem Eintritt in die Demokratischen Partei im Jahr 2062 wurde er 2066 zum Metroplex-Gouverneur gewählt. Er ist mit Dr. Miranda Callahan verheiratet und hat eine Tochter namens Erin.

Quelle: *Who is Who in Seattle, Ausgabe 2070*

DATENEMPFANG ...

man die allgegenwärtige Gewalt auf der Straße, medienwirksame Korruptionsskandale einiger seiner engsten Berater, erhöhte Feindseligkeiten seitens der Native American Nations und das unterkühlte Verhältnis zur Regierung unter Präsidentin Colloton hinzu, bekommt man ein ungefähres Bild von seiner politischen Situation. Wutanfälle, die er kürzlich während verschiedener Kabinettssitzungen hatte, sind Zeichen für den enormen Stress, unter dem der Zwerg gegenwärtig steht.

● Ich traf Julius einmal in den 50ern. Er hatte eine Headware, die sich „Programmträger" nannte. Sie wurde vom Markt genommen, als man herausfand, dass sie Symptome hervorrief, die Alzheimer ähneln. Brackhaven hätte einen Heidespaß, wenn er das herausfinden würde.
● Pistons

Kürzlich übte der Gouverneur scharfe Kritik an Lone Star und bemängelte den Misserfolg bei der Jagd nach dem Serienmörder, der „Mayan Cutter" genannt wird. Strouthers hat mit Knight Errant Verhandlungen über den Metroplex-Polizeivertrag aufgenommen, um für die Vertragsverlängerung im nächsten Jahr ein Druckmittel zu haben. Er hat außerdem eine neue Lösung für das Seattler Energieversorgungsproblem versprochen, wobei er jedoch keine Details nannte.

● Shiawase und Gaeatronics sabbern angesichts dieser Marktchance. Saeder-Krupp könnte interessiert sein, aber falls das der Fall ist, hält der Kon den Ball flach. Ihr könnt mit einigen Runs gegen das Büro des Gouverneurs rechnen.
● Mr. Bonds

Strouthers gibt sein Bestes und wird nicht ohne Gegenwehr untergehen. „Seattle ist eine Gemeinde, die durch die Hoffnung und Tatkraft unserer Vorväter errichtet wurde, und nicht durch Zwietracht und Misstrauen", sagte er jüngst während einer Ansprache. „Wir sind eine starke Stadt, und mit der Hilfe jedes einzelnen Bürgers können wir aus Seattle wirklich ein Juwel des Nordwestens machen."

● Selbständiger Berater? Ha! Ich hab noch nie gehört, dass jemand tatsächlich in seinem Lebenslauf angibt, länger als zehn Jahre als Schieber und Mr. Johnson tätig gewesen zu sein.
● Mr. Bonds

● Es bestand schon immer den Verdacht, dass Strouthers sich seinen Weg in die TLMO mit Gewalt erkämpft hat, aber belastende Beweise wurden nie gefunden ... vermutlich, weil die Wahrheit zwei Meter tief begraben liegt.
● Snopes

Der Herausforderer: Kenneth Brackhaven

Politiker sind nichts, wenn sie sich nicht anpassen können, und Kenneth Brackhaven macht da keine Ausnahme. Nach seiner gescheiterten Präsidentschaftskandidatur im Jahr 2057 verbrachte Seattles Lieblingskind mehrere Jahre als Berater hinter den Kulissen und unterstützte viele lokale Kandidaten sowie die letzte fehlgeschlagene Präsidentschaftskandidatur von Gouverneur Lindstrom im Jahr 2064. Da der Wahltag näher rückt und Brackhaven ein Drittel von Seattle hinter sich weiß, könnten sich diese Bemühungen bald auszahlen.

/// **Starte audiovisuelle Aufzeichnung** ///

„Ein kurzer Blick auf die Zahlen zeigt, dass unsere Stadt stirbt. Vierzig Prozent der jugendlichen Orks, die einen BTL ausprobieren, enden als Gangmitglied. Fünf von zehn Prostituierten sind Elfen. Die von Trollen ausgeübte Gewalt an Schulen hat sich beinahe verdoppelt. Immigranten von den Philippinen, aus China und Aztlan nehmen anständigen und hart arbeitenden Amerikanern den Job weg.

Und wie will der Noch-Gouverneur auf diese Probleme reagieren? Er will die hart arbeitende Polizei von Seattle feuern! Aufräumen muss man zuerst zu Hause, und Kenneth Brackhaven ist der richtige Mann für diesen Job."

Quelle: Menschheit Erwache! AR-Spam

/// **Beende audiovisuelle Aufzeichnung** ///

Sein Unvermögen, in den Umfragen weiter zuzulegen, ist die Hauptsorge von Brackhavens Beratern. Seine Anhänger geben der unvorteilhaften Medienberichterstattung die Schuld, aber unabhängige Experten vermuten, dass er seinen persönlichen Gipfel der Beliebtheit bereits erreicht hat.

„Kenneth Brackhaven kommt bei den menschlichen Wählern an", so Brian Stanton, ein politischer Analyst an der Universität von Seattle, „aber ich habe noch keinen Metamenschen für ihn stimmen sehen. Dieses Problem war weniger bedeutsam, als er für das Präsidentenamt kandidierte, doch Seattle hat einen weitaus höheren Anteil an registrierten metamenschlichen Wählern."

● Stanton hat im Grunde Recht, aber das hat Brackhavens Wahlkämpfer nicht davon abgehalten, prominente metamenschliche Sprecher zu bestechen oder zu erpressen. Jede metamenschliche Stimmenthaltung ist eine Stimme für Brackhaven.
● Fatima

Ich selbst bin genauso gespannt wie die Bevölkerung. Nachdem Brackhaven im Jahr 2069 der Republikanischen Partei beitrat, mobilisierte er eine Welle früherer erzkonservativer

KENNETH BRACKHAVEN

Der 59 Jahre alte Kenneth Brackhaven wurde 2011 in einer Privatklinik in Bellevue geboren. Nachdem er seinen MBA an der Harvard Business School erlangt hatte, arbeitete er im Unternehmen seiner Familie, Brackhaven Investments, das er nach dem Tod seines Vaters im Jahr 2044 erbte. Brackhaven war durch seine Citizen's Coalition for Security (CCFS) seit den 40ern stark in die Lokalpolitik verstrickt und strebte 2057 als Kandidat der Erzkonservativen nach dem Amt des UCAS-Präsidenten.

Brackhavens Präsidentschaftskandidatur verwandelte sich in ein Debakel, als die Medien aufdeckten, dass er nicht der Mann war, für den er sich hielt. Tatsächlich ist Kenneth Brackhaven eine Waise, adoptiert und aufgezogen als Spross des toten Brackhaven. Obwohl diese Enthüllung ihm zunächst geschadet hatte, söhnte ihn eine emotionale, öffentliche Stellungnahme mit den Wählern aus, und er beendete die Wahl als Zweitplatzierter hinter Dunkelzahn.

Kenneth Brackhaven ist Witwer und hat keine Kinder.

Quelle: *Who is Who in Seattle, Ausgabe 2070*

DATENEMPFANG ...

JOSEPHINE DZHUGASHVILI

Josephine Dzhugashvili wurde im Jahr 2035 als Kind russischer Einwanderer geboren und noch vor ihrem sechsten Geburtstag als Wunderkind entdeckt. Mit einem Harvard Law School-Abschluss im Alter von siebzehn Jahren erhielt sie den Master an der John F. Kennedy School of Government und erlangte im Jahr 2058 die Doktorwürde der Rechtswissenschaften. Sie schlug eine ganze Reihe lukrativer Angebote von Anwaltskanzleien und Konzernbüros für öffentliche Angelegenheiten aus und bewarb sich stattdessen als Referentin im Auswärtigen Amt. Aus ungeklärten Gründen wurden alle ihre anfänglichen und nachfolgenden Bewerbungen abgelehnt.

Quelle: *Who is Who in Seattle, Ausgabe 2070*

• Das ist kein Geheimnis. Brackhaven nutzte seine Kontakte, um Dzhugashvili vom Auswärtigen Amt fernzuhalten, nachdem sie ihm bei einer Pressekonferenz über die Abstimmung gegen die Einbeziehung von Sasquatchen in den Schutz der UCAS-Verfassung verbal die Hosen ausgezogen hatte.
• Fianchetto

• Interessant ist, dass die Archive der Harvard Law School Capa Rowena O'Malley als eine von Dzhugashvilis Klassenkameradinnen ausweisen ...
• Pistons

DATENEMPFANG ...

Wähler, um Ellen Danquist in den Vorwahlen für die Gouverneurswahl zu besiegen. Danquist wurde persönlich von Präsidentin Colloton nominiert, was Brackhaven mit den Machthabern in DC in Konflikt brachte.

• Danquist baut ihre Hausmacht wieder auf und arbeitet eifrig daran, Brackhaven richtig fertig zu machen. Gerüchte besagen, dass sie Shadowrunner anheuert, um seine Wahlkampagne zu sabotieren.
• Fianchetto

Mit dem Tod von Karl Brackhaven, dem ehemaligen Vorsitzenden des Humanis Policlub und Onkel von Kenneth im Jahr 2065 ist Karls Enkeltochter, die Künstlerin Tiffany Brackhaven, die einzige andere noch verbleibende Brackhaven. Tiffanys langjährige Beziehung mit dem Goblin-Rockstar Crime Time wäre ein Segen für Brackhavens metamenschenfeindliches Image, aber er hat sich dazu entschlossen, kein Kapital aus dieser Tatsache zu schlagen.

• Ich verstehe Brackhaven nicht. Ich hätte sie irgendwo in der Reha eingesperrt, bis der Wahltag vorbei ist.
• Hard Exit

• Viel Glück dabei. Ich habe gehört, dass Tiffany und CT eine Menge Zeit mit den Cascade Orks verbringen und mit dem spirituellem Hokuspokus der Schamanen des Stammes zu tun haben. Was man halt so macht, um sich inspirieren zu lassen ...
• Haze

Die Rebellin: Josephine Dzhugashvili

Josephine Dzhugashvili ist damit beschäftigt, Brackhavens Führung aufzuholen. Sie beginnt den Tag schon früh mit Morgeninterviews, verbringt den Tag damit, von Haustür zu Haustür zu ziehen und für sich zu werben, Jugendtreffen zu besuchen, prominente Geschäftsessen zu absolvieren und Debatten zur besten Sendezeit bei NewsNet zu führen, und beendet jeden Abend mit einem Nachrichtenspot und privaten Treffen mit Prominenten und anderen Meinungsmachern.

Seattles Frau des Jahres kennen zu lernen war schwieriger als ich erwartet hatte. In einer Zeit, in der ein unbedachter Satz den Ausgang der Wahl bestimmen kann, überlässt Dzhugashvilis Wahlkampfleiterin nichts dem Zufall. Zehn Minuten, sagte sie.

Die Wahlkampfkampagne von Dzhugashvili, der Vorsitzenden der Seattle Independence Party, kann in einem Wort zusammengefasst werden: Abspaltung. Dass laut Umfragen so viele Seattler dafür stimmen würden, Seattle zu einem unabhängigen Metroplex-Staat zu machen, gilt als sicheres Zeichen dafür, dass nicht alle Dinge in der Regenstadt zum Besten stehen. Aber ich werde Dzhugashvili selbst zu Wort kommen lassen.

/// **Starte audiovisuelle Aufzeichnung** ///

Cregg: Warum Abspaltung? Was läuft so falsch in Seattle, dass es nur mit dem Austritt aus den UCAS beendet werden kann?
Dzhugashvili: <lächelt> Gute Frage, Dan, obwohl ich dich lieber fragen würde, was so falsch in den UCAS läuft, dass Seattle keine andere Wahl hat, als sich abzuspalten. Die einfache Antwort lautet, dass wir schlecht behandelt, missbraucht, verraten und von den Leuten im Stich gelassen wurden, die eigentlich auf uns Acht geben sollten.
Nehmen wir nur einmal die Wirtschaft. Seattle wurde vom zweiten Crash schwer getroffen, und welche staatliche Hilfe haben wir bekommen? Richtig, gar keine. Collotons „Military Recovery Act", das Gesetz zur Wiederherstellung des Militärs, hat sämtliche verfügbaren Mittel verschlungen. „Lasst uns Amerikas Verteidigung wieder aufbauen", hat sie gesagt, ohne die hohe Zahl der Truppen in Seattle zu erwähnen, die an der Ostküste und an der Grenze zu den Sioux dienen. Und jedes Mal, wenn einer von uns darum bittet, hierher zurückversetzt zu werden, lautet ihre Antwort schlicht „Nein". Wenn dieser Mangel an Vertrauen kein Schlag in das Gesicht unserer Bürger ist, dann weiß ich es nicht.
Cregg: Sie erwähnten Verrat.
Dzhugashvili: Ja. In seinen Memoiren enthüllt Seattles früherer Botschafter in Korea, Timothy Washburn, wie die wirtschaftlichen Verhandlungen in Korea von der UCAS-Botschafterin Kelly Mitchell sabotiert wurden. Es gab eine unterschriftsreife Vereinbarung mit einem Volumen von mehreren Milliarden Nuyen für unsere Stadt. Milliarden! Meine Mitarbeiter haben Zeugenaussagen und Dokumente als Beweise für Wirtschaftssabotage über einen Zeitraum von über zwanzig Jahren gesammelt. Washington braucht den Metroplex, vertraut uns aber nicht. Wir sind aber kein Vieh, und wir werden es nicht zulassen, dass diese Farce so weiter geht.

/// **Beende audiovisuelle Aufzeichnung** ///

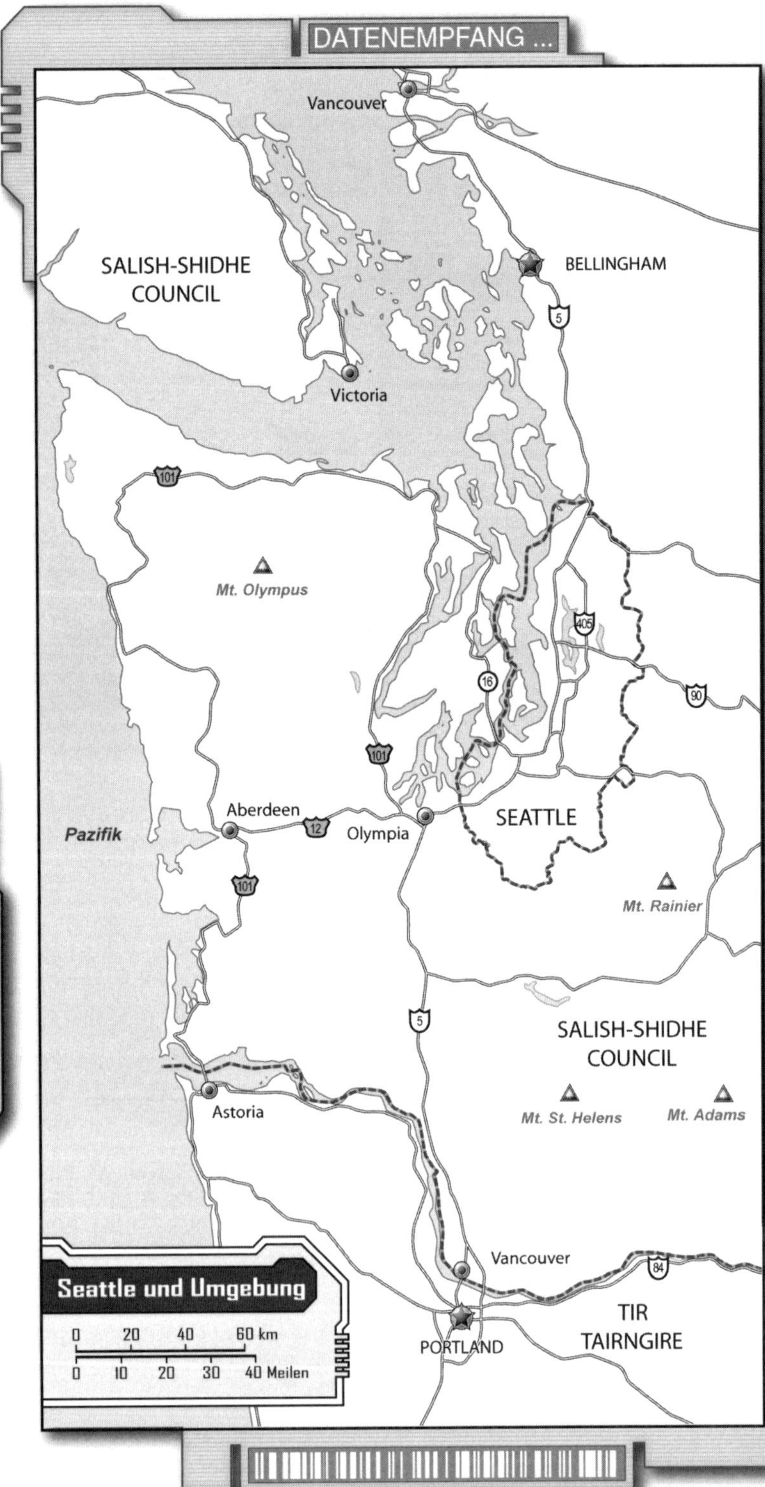

⊙ Einige von euch wundern sich vielleicht über die Formulierung „Seattles früherer Botschafter in Korea". Im Jahr 2042 gewährten die UCAS Seattle das Recht, diplomatische Beziehungen zu jeder Nation aufzubauen, die für das Überleben der Stadt wichtig sein könnte. Im vergangenen Jahr hatte der Metroplex Botschafter in vierzig Ländern, vor allem in den pazifischen Anrainerstaaten, doch bemerkenswerterweise auch in Amazonien und der NEEC.
⊙ Kay St. Irregular

Dzhugashvili ist eine typische Sonderthema-Kandidatin, da ihre anderen Ansätze von der Diskussion um die Abspaltung überlagert werden. Ihre soziale Initiative „Macht für Seattle" positioniert sie am linken Rand des politischen Spektrums. Sie erhält gute Presse dafür, dass sie die Seattler Jugendlichen dazu motiviert, sich in ihrer Nachbarschaft zu engagieren und Basisbewegungen beizutreten, um die lokale Politik zu beeinflussen und den Gangs aus dem Weg zu gehen.

⊙ Hat sich jemand einmal die Mühe gemacht, "Macht für Seattle" zu lesen? So ein Drek wie Simsinn-gestützte, öffentliche Bildung mag progressiv und egalitär klingen, aber für mich sieht es nach einem kollektiven Alptraum von Orwell, Huxley, Perdomo und Cronenberg aus.
⊙ Plan 9

Gleichzeitig führt Dzhugashvili oft das Pueblo Corporate Council als ökonomisches Vorbild an und steht für verbesserte Beziehungen sowohl zu den NAN als auch zu den pazifischen Anrainerstaaten ein. Interessant ist, dass in ihren Spendenlisten (die vollständig öffentlich einsehbar sind) Aztechnology, Horizon und Evo als größte Spender auftauchen.

⊙ Die von Pueblo unterstützte Horizon Group, die NAN, Aztechnology ... klingt, als würden die Amerindianer die Macht übernehmen.
⊙ Danger Sensei

⊙ Es ist kein Geheimnis, dass es der Souveräne Stammesrat genießen würde, Seattle unter seine Herrschaft zu bringen, aber realistisch betrachtet wäre dazu schon ziemlich heftiges politisches Voodoo notwendig. Bis dahin arbeiten sie an einem NAN-freundlichen Stadtstaat.
⊙ Kay St. Irregular

Schwer enttäuscht fiel es Dzhugashvili nicht schwer, andere Gelegenheiten zu finden, und sie wurde eine respektierte politische Beraterin und Vermittlerin. In den folgenden Jahren veröffentlichte sie verschiedene Bücher, unter anderem Die Rechte von nicht-metamenschlichen Wesen, und gewann mit Der Konzernpolitiker den Pulitzer-Preis. Im Jahr 2063 schloss sie sich dem Institut für Globale Beziehungen an, einer von der Horizon-Gruppe gegründeten politischen Denkfabrik. Ihre brillante Karriere nahm während des Crashs von 2064 fast ein jähes Ende, als sie einen Schlaganfall erlitt.

Dzhugashvili verbrachte zwei Jahre in Therapie, ehe sie sich wieder vollständig erholt hatte. Im Jahr 2069 wurde sie auf Platz vier der meistbegehrten Junggesellinnen Seattles gewählt. Sie ist alleinstehend und hat keine Kinder.

Was kommt als nächstes?

Ich habe nicht den geringsten Zweifel, dass uns in den kommenden Wochen ein erhöhtes Maß an Schlammschlachten und Propaganda erwartet. Für Seattle geht es bei dieser Wahl um viel, und kein Kandidat ist perfekt. Ganz gleich, wer gewinnt, irgendjemand muss verlieren ... und das könnte Seattle sein.

KRIEGSSPIELE

gepostet von Fatima

Shadowrunner sollen sich niemals mit dem Militär anlegen. Als ich jünger war, glaubte ich fest an diesen Satz. Egal, wie viele Waffen man hat, und egal, wie groß diese Waffen sind – das Militär hat auf jeden Fall viel mehr und viel größere Wummen.

Realistisch betrachtet sind die Polizei und die Konzernsicherheitstruppen heutzutage weitgehend militarisiert, mit ihren gepanzerten Fahrzeugen, schwerer Bewaffnung, Sturmgewehren, Luftunterstützung und Eingreif-Teams. Und das wiederum bedeutet – und das haben manche von euch sicher schon durch eigene Erfahrung herausgefunden – dass man durchaus gegen das Militär arbeiten kann, solange man keine Dummheiten macht. Mit anderen Worten: Macht es schnell und leise, und legt es niemals auf eine direkte Auseinandersetzung an, klar?

Es ist eine Tatsache, dass Seattle die einzige Hafenstadt der UCAS am Pazifik ist, und es ist ebenso sehr eine Tatsache, dass die Stadt von feindlichen Nationen umgeben (ok, „feindlich" ist vielleicht etwas übertrieben, aber das Militär erinnert sich natürlich immer noch an den verlorenen Geistertanz-Krieg) und von feindlichen militärischen Agenten förmlich unterwandert ist.

Metroplex-Garde

Zunächst gibt es da die Metroplex-Garde, die mit der Verteidigung Seattles gegen Bedrohungen von außen, terroristische Anschläge und zivile Unruhen betraut ist und dem Oberbefehl des Gouverneurs untersteht. Metroplex-Gardisten sind Feierabend-Krieger mit größtenteils veralteter Ausrüstung, die unter dem Befehl von Draufgängern stehen. Sie sind gut genug, um bei Unruhen ein paar Köpfe einzuschlagen, aber viel mehr können sie nicht. Gouverneur Strouthers versuchte, den aufkeimenden Rassismus in ihren Reihen zu bekämpfen, indem er einige Beamte ersetzte und Metamenschen ermunterte, der Garde beizutreten, doch die Resultate sind eher spärlich. Die Garde ist einer von Seattles größten Arbeitgebern, und viele der höheren Beamten würden es gerne sehen, wenn sie ein rein menschlicher Club bliebe.

» Es ist ein offenes Geheimnis, dass die Garde mit Korruption, internen Streitigkeiten und genereller Inkompetenz zu kämpfen hat. Wenn überhaupt, dann haben Strouthers Eingriffe die Situation noch verschlimmert, besonders, nachdem er einige alteingesessene Führungspersönlichkeiten feuerte, um einen ernsthaften Kurswechsel einzuleiten.
» Sunshine

Mit Blick auf die anstehenden Wahlen kämpfen die Kandidaten um die Stimmen der Garde und benutzen sie gleichzeitig für politische Angriffe gegen die anderen Kandidaten. Brackhaven spielt die patriotische Karte aus, als wäre sie die Einzige in seinem Blatt, und bezichtigt Strouthers, Seattles Sicherheit für seine politischen Ziele zu opfern. Dzhugashvili unterstützt Strouthers, solange es um die Metamenschen geht, bezeichnet die Garde aber als gefährlich unterbesetzt. Ihre Pläne beinhalten eine umfassende Erneuerung der Ausrüstung der Garde (neues Spielzeug!) und eine bessere Ausbildung durch gemeinsame Manöver mit Konzernstreitkräften.

Joint Task Force Seattle

Die Joint Task Force Seattle wurde ursprünglich vor zehn Jahren von den UCAS eingesetzt, um dem Fiasko um die Renraku-Arkologie ein Ende zu setzen, und wurde von Präsidentin Colloton (die den Oberbefehl über diese Streitkräfte hatte) in eine größere und permanente Streitmacht umgewandelt (natürlich ausschließlich zu unserem Schutz), als die Situation vollständig geklärt war. Unter dem Kommando von Brigadegeneral John Ethan Darcy (Collotons früherem zweiten Oberbefehlshaber) wurde Fort Lewis ausgebaut, um die sechstausend Mann starke „Friedensarmee" versorgen zu können.

Natürlich fühlen sich nun einige von Seattles Nachbarn und Bewohnern auf Grund dieser zusätzlichen Muskeln etwas unbehaglich. Fort Lewis ist voll von politischen Fraktionen und Geheimagenten unterschiedlicher Auftraggeber – einfach jeder, von den Salish und Sioux bis hin zum Tir und verschiedenen Megakonzernen, beobachtet die Aktivitäten der Spezialeinheit aufmerksam. Darcy entwickelt eine immer größere Eigeninitiative, von zunehmenden „Ausbildungsmanövern" (einschließlich „Häuserkampf"-Szenarien mit Soldaten, die auf Seattles Straßen Krieg spielen) bis hin zur starken Einbeziehung der Streitkräfte in Aufgabenbereiche der Metroplex-Garde, z.B. der Grenzkontrolle und der Bekämpfung des Schmuggels. Tatsächlich haben die Garde und sogar Lone Star bereits Beschwerden über Darcy und seine Einmischung in ihre Operationen und die Verletzung von Zuständigkeiten eingereicht.

DATENEMPFANG ...

SEASOURCE SUCHE: ÖFFENTLICHE DIENSTLEISTUNGEN IN SEATTLE

Dienstleistung	Konzern
Feuerwehr	Franklin Associates
GridGuide	MCT
Gesundheit	City Health Services
Matrix-Services	NeoNET
Polizei	Lone Star
Energieversorgung	Gaeatronics
Öffentlicher Hochbau	Shiawase Envirotech
Kanalisation	Eta Engineering

» Es geht sogar noch weiter. General Darcy hat seine Spezialeinheiten im gesamten Metroplex aufgestellt und greift immer mehr in die internen Angelegenheiten Seattles ein. Sogar seine Befürworter geben warnende Töne von sich, doch Darcy scheint überzeugt davon, dass sich ihm niemand in den Weg stellen kann.
» Fianchetto

Everett Naval Shipyards

Vizeadmiral John Lienhard trägt die Verantwortung für das USS Colin Powell Nuklear-Superflugzeugträger-Geschwader in den Everett Naval Shipyards – kein einfacher Job angesichts der Salish-Shidhe-Militärbasis direkt auf der anderen Seite der Grenze. Lienhard scheint eine Art Katz-und-Maus-Spiel mit den Befehlshabern des Salish zu spielen – Gerüchte besagen, dass sie sich gegenseitig online ausspionieren, obwohl Lienhard ein dichtes Gegenspionage-Programm betreibt und allein im vergangenen Jahr drei gegnerische Spione aufgedeckt hat. Es herrscht böses Blut zwischen Lienhard und General Darcy, wahrscheinlich wegen Darcys ständiger Einmischung.

» Darcy nannte Lienhard einen Badewannenkapitän und Lienhards Antwort gebe ich hier lieber nicht wieder. Wenn nicht das Pentagon oder zumindest Colloton einschreitet, wird das kein gutes Ende nehmen.
» Sunshine

Geheimdienste

Natürlich unterhalten verschiedene Geheimdienste größere Büros in Seattle, um für Uncle Sam ein Auge auf die Dinge zu haben. Offiziell beherbergt das zweiundsiebzig Stockwerke hohe Federal Building an der Seneca Street und 1st Avenue die Niederlassungen des Heimatschutzes, des FBI, der Drug Enforcement Agency (DEA), der National Security Agency (NSA) und des Internal Revenue Service (IRS). Inoffiziell koordinieren die CIA und einige andere Dienste von hier aus ebenfalls ihre Operationen.

» Denkt daran, dass dieses Gebäude dem Bundesrecht unterliegt. Wenn sie euch dort schnappen, gehört euer Hintern den UCAS. Rechtlich betrachtet.
» Kay St. Irregular

» Die Armee hat eine geheime Abmachung mit der CIA. Verdächtige, die vom Militär gefangen genommen werden, können damit rechnen, in einem der geheimen Unterschlupfe der CIA in Seattle aufzuwachen, fertig für ein Verhör.
» Snopes

GRENZGÄNGER

geposted von Kat O'Nine Tales

In Seattle geht es nicht nur um die großen Fische im kleinen Teich. Es schwimmen auch eine Menge kleinerer Fische umher und kämpfen erbittert um jedes Stück Futter – fast wie Piranhas. Unter den üblichen Ökoterroristen, Radikalen und Anarchisten, Kultisten, magischen Gruppen und esoterischen Bruderschaften verdienen einige eine besondere Erwähnung.

Humanis Policlub

Diese Idioten sind führend unter den konservativen amerikanischen Politbewegungen. Die Niederlassung in Seattle gehörte zu den ersten, die in den UCAS eröffnet wurden, und ist – es tut mir leid, das sagen zu müssen – auch eine der einflussreichsten.

Schlimm genug, aber der Schlüssel zum Erfolg dieser Hassgruppe liegt in ihrer Vielfältigkeit und der Unterstützung der Gemeinschaft. Man muss dem Saftladen einräumen, dass er nicht nur ein einfacher Lynchmob ist, der auf die richtige Gelegenheit zum Losschlagen wartet oder einen Nährboden für rassistische Terroristen bietet. Nein, der Policlub unterhält zudem gemeinnützige Schulen, Kliniken, trägt Sportevents aus und hat sogar einen eigenen Trid-Kanal. Er sorgt dafür, dass seine Nachbarschaften frei von Gangs und sicher für die Einwohner bleiben (natürlich nur für Menschen, versteht sich). Nimmt man alle diese Dinge zusammen, machen sie Humanis zu einer populären und respektierten Organisation.

Hinter den Kulissen gibt es natürlich ein Netzwerk aus Hass, mit Verbindungen zu zweifelhaften Organisationen wie Alamos 20.000 und der Human Nation. Diese gewaltbereiten Gruppen rekrutieren ihre Kämpfer aus den Reihen von Humanis und halten damit die weiße Weste des Policlubs in der Öffentlichkeit sauber, wo er seinen Einfluss bei den Vorwahlen der Republikaner und der Unterstützung von Brackhavens Gouverneurskandidatur unter Beweis stellte.

> Apropos A 20K. Die mussten im Jahr 2064 einen herben Rückschlag hinnehmen, als Colloton sie als Drahtzieher hinter dem panamerikanischen Staatsstreich enttarnte. Das FBI glaubt, dass sich die überlebenden Mitglieder seitdem über ganz Amerika verstreut haben und die Gruppe neu formieren. Schlimmer noch, Berichte lassen darauf schließen, dass die A 20K irgendwie an ein kleines Arsenal an Nanowaffen von Winternight (dem apokalyptischen Kult, der für den Crash 2.0 verantwortlich ist) gelangt sind.
> Fianchetto

People of the Book

Die „People of the Book" sind eine religionsübergreifende Vereinigung, die geradewegs aus der religiösen Mitte kommt und sich Humanis direkt in den Weg stellt, indem sie einen heiligen Krieg um die Herzen und Seelen Seattles führt.

Diese seltsame Allianz war die Idee von Bram ben Ysaac, einem konservativen jüdischen Rabbi. Seine Basisbewegung gegen rassistische Propaganda für Kinder in Renton erntete Lob sowohl vom islamischen als auch dem christlichen Klerus in Seattle und wurde zum Kern von People of the Book. Ein Treffen zwischen Kardinal Padraig O'Toole und Mullah Sameh Amr erwies sich als äußerst fruchtbar und legte den Grundstein für eine „Versammlung der Religionen" noch im selben Jahr, bei der die Satzung der Organisation vorgestellt und von der Mehrheit des Seattler Klerus verabschiedet wurde.

Diese Vereinigung überlässt die Kundgebungen und Proteste anderen Gruppen und konzentriert sich stattdessen auf Gemeindezentren, Unterricht, Messen und ihr allgegenwärtiges soziales Online-Netzwerk. Dieses Netzwerk überträgt ganze Treffen und Veranstaltungen, bietet kostenlose Sprachübersetzungen, sendet jeden Tag den Gebetsruf des Muezzins (mit Richtungsanzeige nach Mekka) und hilft religiösen Menschen generell dabei, einen gemeinsamen Nenner zu finden. Durch die Förderung von Erkenntnis und Motivation von Kirchgängern wurde die Vereinigung zu einem hellen Leuchtfeuer in den dunkelsten Gegenden Seattles.

> Man kann die Verzweiflung dieser alternden und überholten Glaubenssysteme förmlich spüren, die angesichts der Realität des Erwachens jeden Tag mehr Anhänger verlieren. Ich wäre nicht traurig, wenn sie mitsamt ihren Märchen in der Dunkelheit verschwinden, aber bis dahin bin ich schon zufrieden, wenn sie sich nicht gegenseitig umbringen, wie sie es an so vielen anderen Orten auf der Welt tun.
> Haze

> Du kannst Mullah Sameh Amr sehr dankbar dafür sein, dass er diese Bande geknüpft hat. Er ist ein Mitglied der Islamic Renaissance, die es sich zum Ziel gesetzt hat, einen aufgeklärten Islam zu verbreiten. Unglücklicherweise macht ihn das gleichzeitig zu einer Zielscheibe für Fanatiker jeglicher Couleur.
> Goat Foot

Als vereinte Front üben die Mitglieder von People of the Book auch politischen Einfluss aus. Obwohl sie keinen eigenen Kandidaten für die Gouverneurswahl stellen, fordern sie die Kandidaten mit zahlreichen Themen heraus und ermutigen die Leute, zu den Wahlurnen zu gehen. Sie sind außerdem bereit, mit weltlichen Organisationen wie der Pan-American Civil Liberties Union zusammenzuarbeiten, wenn sich Gemeinsamkeiten finden lassen.

> Interessanterweise ist Evo einer der stärksten Widersacher dieser Organisation. Die religiöse Allianz betreibt eine biokonservative Politik mit besonderem Augenmerk auf Biotechnologie, Genetik und Gesundheitswesen, was mit der transhumanistischen Agenda des Megakonzerns kollidiert. Die rasante Geschwindigkeit des wissenschaftlichen Fortschritts ist auf der Seite von Evo, aber sie werden sicherlich nicht einfach abwarten. Ihr könnt darauf wetten, dass sie alles daran setzen werden, um die Gläubigen von einem moralischen Tumult abzuhalten, der den Konzern in der Öffentlichkeit unter Druck setzen könnte.
> Plan 9

> Dem leitenden Rat der People sind auch Schattenaktivitäten nicht fremd. Er heuert unerfahrene Runner und Teilzeit-Gang-Mitglieder an, um seine Gemeindezentren und kostenlosen Kliniken vor Gangs und Drogendealern zu schützen. Ihr Etat ist jedoch ziemlich klein, weshalb sie ständig auf neue Talente angewiesen sind.
> Danger Sensei

> Das ist nur die Spitze des Eisbergs. Der Rat unterhält außerdem ein geheimes Programm, bei dem es um die Bekämpfung paranormaler Bedrohungen geht, auf die sich alle Mitglieder einigen konnten: Auf ihrer Abschussliste stehen Shedim, Insektengeister, Blutmagier und Geister.
> Sticks

Gestalt Consciousness Network

Als die Megakonzerne die Matrix nach dem letzten Crash wieder aufbauten und die Erweiterte Realität initiiert wurde, hieß die UCAS Technocratic Party die virtuelle Revolution auf der Stelle willkommen und finanzierte haufenweise Nachbarschaftsprojekte als Teil ihrer Propaganda. Einige von diesen Aktivitäten entwickelten ein Eigenleben.

Das Gestalt Consciousness Network nahm seinen Anfang als kleines Experiment der Universität von Washington, wo es innerhalb der Studentenschaft bald eine große Popularität erreichte. Dabei machten sich nur wenige von ihnen die Mühe, der Propaganda der Technokraten Gehör zu schenken, weshalb die Partei nach etwa einem Jahr die Gelder für dieses Projekt strich. Mit der Aufgabe des Projekts konfrontiert, bat die Fakultät öffentlich um Hilfe, woraufhin sich eine Gruppe von Aktivisten der Universität anbot, das Projekt weiterzufinanzieren. Seitdem sind drei Jahre vergangen, und das GCN ist gesund, munter und unter den Jungendlichen von Seattle weit verbreitet – den Reichen und den Armen.

Das neue Management stellte sich weitaus erfolgreicher als die Technokraten dabei an, Politik und den Rummel der Popkultur unter einen Hut zu bringen, indem sie die seichte Mitte durch ein radikaleres Programm ersetzten. Gestalt ist kompromisslos technophil und hat es sich zum Ziel gesetzt, die politische Landschaft Seattles in ein soziales Online-Netzwerk zu verwandeln, in dem die „Netzbürger" in Echtzeit demokratische Entscheidungen treffen können und der Gouverneur nicht viel mehr ist als eine Galionsfigur.

» Die Technokraten sind nicht besonders glücklich darüber, dass einige „techno-kommunistische Bälger" herausgefunden haben, wie man mit ihrem Spielzeug umgeht. Aber sie können nicht viel mehr dagegen tun als sich auf den Boden zu setzen und zu heulen.
» Clockwork

» Obwohl Gestalt die Technokraten generell als Vertreter des Establishments betrachtet, haben die Mitglieder kein Problem damit, Hand in Hand mit der Horizon Group zusammenzuarbeiten. Das liegt zum Teil daran, dass Gestalt einige seiner Projekte nach dem Vorbild der dezentralisierten und demokratischen internen Struktur Horizons modelliert hat. Horizon scheint im Gegenzug sehr an den Projekten von Gestalt interessiert zu sein, stellt finanzielle Mittel und sonstige Unterstützung bereit und erhält im Gegenzug exklusiven Zugang zu den internen Abläufen.
» Glitch

Gestalt konnte in den letzten Jahren einige stürmische Erfolge feiern und auch Einfluss auf die Seattler Politik nehmen. Sie beeinflussten den Gouverneur und den United Corporate Council bei mehreren Schlüsselentscheidungen, indem sie per Kommlink spontane Menschenaufläufe organisierten, mit Demonstrationen taktierten oder sogar bestimmte Matrix-Knoten mit zeitlich aufeinander abgestimmten Massenanfragen ausschalteten. Ihr Engagement auf dem Gebiet der Online-Umfragen in Seattle und der Etablierung einer Echtzeit-Volksabstimmung erwies sich bislang allerdings nicht als erfolgreich.

Die Gruppe zog dieses Jahr zum ersten Mal in Erwägung, einen eigenen Gouverneurskandidaten ins Rennen zu schicken, gelobte jedoch stattdessen, für denjenigen Kandidaten zu stimmen, der damit einverstanden ist, einige ihrer Vorschläge umzusetzen. Brackhaven ist ein Tabu für die Radikalen, also handelt es sich um einen Schönheitswettbewerb zwischen Gouverneur Strouthers und Josephine Dzhugashvili. Die digitale Pressesprecherin von Gestalt, Naomi, erweist sich als besonders effektiv darin, beide Kandidaten im Unklaren zu lassen, während sie gleichzeitig die bestmöglichen Zugeständnisse herausholt.

» Naomis wahre Identität ist unbekannt. Sie besitzt enormen Einfluss innerhalb des Netzwerks und der Jugendbewegung, und ihre Popularität erstreckt sich allmählich auch über das Netzwerk hinaus. Mehrere Schnüffler haben bereits versucht, ihren Hintergrund und ihre Identität zu enttarnen, sind aber kläglich gescheitert. Auf jeden Fall ist sie eine sehr talentierte Hackerin.
» Glitch

» Falls Naomi überhaupt eine Frau ist.
» Puck

BESORGTE NACHBARN

geposted von Kay St. Irregular

Wie man auf jeder Landkarte leicht erkennen kann, ist Seattle in der wenig beneidenswerten Position, vom Rest der UCAS abgeschnitten und zugleich von fremden Mächten umgeben zu sein. Obwohl sich die Spannungen zwischen den Native American Nations (NAN) und den UCAS seit dem Geistertanz gelegt haben, gibt es immer noch viel alten Groll, und der Frieden bleibt wacklig. Wenn man vorhat, die Grenzen von Seattle in irgendeine Richtung zu überschreiten, macht es sich bezahlt, über die politischen Konstellationen Bescheid zu wissen.

Salish-Shidhe Council

Das Salish-Shidhe Council umgibt Seattle von allen Seiten. Wenn man also Emerald City auf dem Landweg verlassen möchte, sollte man sich auf eine Grenzkontrolle der Salish gefasst machen, es sei denn, man zieht in Erwägung, die Grenze illegal zu passieren. Über das Meer gestattet das Salish uneingeschränkt die Durchfahrt von und nach Seattle, jedoch nur für von Seattle amtlich registrierte Schiffe. Meerespatrouillen versuchen, jeglichen anderen Schiffsverkehr zu unterbinden, besitzen aber schlicht nicht die Ressourcen, um dies effektiv durchzusetzen.

» Seattle ist fast vollständig umzäunt, es gibt jedoch einige nennenswerte Lücken in bestimmten Gebieten (wie Puyallup). Das Salish hat ein ziemlich dichtes Sensorennetz entlang der Grenze zu Seattle aufgestellt, das jeden aufspüren soll, der die Grenze überschreitet; hinzu kommen die üblichen Patrouillen (Drohnen und Beamte des Salish). Auf der anderen Seite begegnet man in einigen Gegenden auch Patrouillen der Metroplex Garde (besonders in Everett und Ft. Lewis), während andere Bezirke von dieser Seite völlig offen sind.
» Rigger X

Das SSC unterstreicht die Autonomie der Stämme auch politisch und kulturell; jeder größere Stamm besitzt Souveränität auf eigenem Boden, handelt nach eigenen Regeln und entsendet einen Repräsentanten in den Rat für nationale Angelegenheiten. Das heißt, dass das Territorium des SSC ein Flickwerk von Stammesgesetzen, Zöllen und Verwaltungsbehörden ist, so dass jeder Runner bemüht sein sollte, sich den jeweiligen Umständen anzupassen.

» Kein Scherz. Einige Stämme haben nicht viele Gesetze und kein Interesse daran, sie durchzusetzen. Die Cascade Orks zum Beispiel interessieren sich wenig für den Schmuggel von Falschgeld, BTLs oder Waffen. Der Versuch, ein Telesma für magische Rituale im umweltfreundlichen Land der Makah zu ernten, könnte dagegen dazu führen, dass man erschossen wird.
» Lyran

Die Beziehungen zwischen dem SSC und Seattle waren schon immer sehr problematisch. Die umweltbewussten Salish legen regelmäßig Beschwerden ein gegen Seattles Umweltsünden und die damit einhergehenden Auswirkungen auf ihr Land. Dabei gilt ihr besonderes Augenmerk der Luft- und Wasserverschmutzung durch die Seattler Fabriken. Die Salish haben außerdem große Bedenken gegen die Aufstockung der UCAS-Streitkräfte im Metroplex geäußert und reagieren selbst mit erhöhter Wachsamkeit, Spionage und „militärischen Übungen" direkt vor der Stadtgrenze. Auf der anderen Seite unternehmen die Salish-Stämme praktisch nichts gegen den Schmuggel durch ihre Territorien nach Seattle, vermutlich weil einer der einflussreicheren Stämme des Councils, die Cascade Orks, den Schmuggel sogar diskret unterstützt und von ihm profitieren. Die UCAS-Regierung ist eifrig bemüht, die Beschwerden der Salish/NAN zu entschärfen, und instruiert die Verwaltungsbehörden von Seattle – die sich durch den Mangel an Rückhalt und Unterstützung unweigerlich betrogen fühlen –, ihren Forderungen nachzugeben. Die UCAS wollen auf jeden Fall vermeiden, irgendetwas zu tun, was die NAN dazu bringen könnte, die Grenzen vollkommen zu schließen.

» Die Salish-Stämme halten sich selbst nicht immer an die Regeln. Es ist anzunehmen, dass sie es sind, die verschiedene Umwelt-Aktivistenzellen in Seattle bei der Durchführung von Sabotageakten gegen umweltverschmutzende Konzerne unterstützen.
» Cosmo

Die Politik des SSC wird von einigen größeren Stämmen dominiert. Der technologisch orientierte Stamm der Salish nennt große Gebiete westlich und südlich des Puget Sound sein eigen und ist der Mehrheitsgesellschafter von Gaeatronics, einem umweltfreundlichen Energiekonzern, der mit seinem Olympia-Fusionskraftwerk den größten Teil des Energiebedarfs von Seattle deckt. Die Makah, deren Stammesgebiet sich auf dem nordwestlichen Zipfel der Halbinsel Olympia befindet, bilden das Fundament der Streitkräfte des SSC. Sie kontrollieren eine ehemalige US Trident-Atom-U-Boot-Basis und machen eine Menge Nuyen mit Holzhandel. Den Cascade Crow gehört das Territorium zwischen Seattle, den Cascade Mountains und Vancouver, und sie sind die Hauptkritiker der Angelegenheiten, die Seattle und die UCAS betreffen. Die Cascade Orks leben in einem kleinen Territorium direkt in den Bergen und finanzieren sich hauptsächlich durch die Unterhaltung von Minen und die Unterstützung von Schmugglern, spielen aber auch eine direkte Rolle im Schmuggelgeschäft. Die Sinsearach, ein Elfenstamm im Gebiet des Mount Rainier, sind vorwiegend technologiefeindlich eingestellt und bevorzugen ein einfaches, naturbezogenes Leben.

Im Gebiet der einst eigenständigen Nation Tsimshian laufen viele Dinge anders. Der früher dominante Stamm der Tsimshian unterliegt strengen Reisebeschränkungen und Ausgangssperren, die zu einer angespannten Atmosphäre führen, auf welche die SSC-Ranger ein wachsames Auge haben, und gelegentlich auch zu Unruhen. Den einst unterdrückten Stämmen der Haida und Tlingit wurde die Autorität über politische und wirtschaftliche Angelegenheiten des Protektorats verliehen, da die Salish-Stämme hoffen, irgendwann jedem Stamm ein eigenes, in sich geschlossenes Gebiet zur Verfügung stellen und die Stämme funktionell in die Nation eingliedern zu können. Viele ihrer Bemühungen zielen darauf ab, den massiven Schaden an der Umwelt zu beheben, der dadurch entstanden ist, dass die Tsimshian Mitsuhama gestatteten, Raubbau an ihren nationalen Ressourcen zu betreiben.

» Die wichtigsten Persönlichkeiten der Tsimshian werden aufgrund ihrer Rolle im alten Regime noch immer als „Kriegsverbrecher" verfolgt. Hinter den Kulissen fahnden Ermittler der Haida und Tlingit nach „Kollaborateuren", die sich der Strafverfolgung und Inhaftierung bislang entzogen haben – und mehr als nur ein paar Tsimshian-Stammesangehörige sind auf mysteriöse Weise verschwunden. Sie wurden wahrscheinlich entführt und von paramilitärischen „Vergeltungstruppen" hingerichtet.
» Fianchetto

» Das SSC rekrutiert außerdem Agenten der Haida, um im Stillen die Aktivitäten von Mitsuhama in Seattle zu durchkreuzen. Die Salish-Shidhe beobachten die wachsenden Aktivitäten des Megakonzerns an der Westküste sehr wachsam.
» Kia

Im Norden Seattles liegt Vancouver, ein gelungenes Vorbild einer modernen Stadt der Native American Nations. Das Stadtgebiet ist mit Bedacht in die Natur integriert worden, von weitläufigen Parks durchzogen und mit vielen Bäumen und anderen Grünpflanzen begrünt. Mit Ausnahme des Biotechnologie-Konzerns Universal Omnitech beherbergt die Stadt relativ wenige Großkonzerne, nichtsdestotrotz ist der Wettbewerb der kleineren Konzerne hier – besonders im Bereich der pharmazeutischen und medizinischen Forschung – groß genug, um eine kleine aber blühende Runnergemeinde zu unterhalten. Die Unterwelt Vancouvers wird von den Red Lotus-Triaden dominiert, die auf der Straße Drogen verkaufen und am Schmuggel durch das SSC-Gebiet verdienen.

» Der Stadtteil Richmond, der damals 2059 durch ein Erdbeben zerstört wurde, ist immer noch ein echter Schandfleck. Er bietet Obdachlosen, Ghulen und Geistern ein Zuhause, ist aber trotzdem ein guter Platz, um Geschäfte außerhalb der Reichweite von allzu neugierigen Beobachtern abzuwickeln oder unterzutauchen, wenn es mal brennt.
» Traveler Jones

Tir Tairngire

Diese von Elfen dominierte Nation im Süden Seattles hat kürzlich einen Demokratisierungsprozess durchlaufen. Früher wurde der Staat von einer elitären elfischen Aristokratie kontrolliert, die ein striktes Kastensystem durchsetzte. Diese Isolationspolitik rief massive soziale Unruhen hervor, die schließlich zum Sturz des Regimes führten. Der frühere Rat der Prinzen mit seinen verschwörerischen und zänkischen Kultfiguren musste angesichts des überwältigenden öffentlichen Drucks abdanken und überließ das Land der gewählten Sternenkammer, die nun von dem Vorsitzenden Larry Zincan geleitet wird, einem früheren Prinzen, der – haltet die Luft an! – ein Ork ist. Da viele der früheren Adligen aus dem Land flohen, als der Tumult einsetzte, finden hier nun viele Metamenschen Gehör, die zuvor unter Diskriminierung litten. Obwohl sie ihre Grenzen für Investitionen der Megakonzerne geöffnet hat, kämpft die Nation noch immer mit ihrer schwachen Wirtschaft.

» Lasst euch nicht für dumm verkaufen, die neue Regierung ist alles andere als stabil. Sie wird sich mit öffentlichen Massenausschreitungen auseinander setzen müssen, wenn sie die Wirtschaft nicht bald in den Griff bekommt. Obwohl viele Rebellen von Rinelle ke'Tesrae aus dem Untergrund auftauchten, um sich direkt an den neuen Wahlen zu beteiligen, kritisiert eine radikal links orientierte Fraktion – einschließlich vieler Anarchisten und Neo-Kommunisten – auch das neue Regierungsmodell und fordert eine noch extremere soziale Neustrukturierung. Und wenn ich „fordern" sage, meine ich aktive Sabotage der Regierung.
» Aufheben

» Vergesst nicht die Fraktion der Black Sun, die eine Rückkehr zu den Zeiten anstrebt, als Tir Tairngire allein den Elfen gehörte. Sie unterstreichen ihre faschistische Elfenbotschaft mit einer Kampagne des Terrors und Mordens.
» Axis Mundi

» Diese ganzen politischen Streitereien sind doch nichts als ein groß angelegtes Täuschungsmanöver. Die Prinzen stehen vielleicht nicht mehr in der Öffentlichkeit, doch hinter den Kulissen sind sie immer noch aktiv, ziehen Fäden und bestimmen den Kurs von Tir Tairngire. Intrigante Manipulatoren wie Lugh Surehand und Jenna Ni'Fairra treten niemals einfach so ab. Sie haben garantiert noch Notfallpläne in der Tasche.
» Frosty

Portland bleibt Seattles Schwesterstadt im Süden, und der Handel (und Schmuggel) zwischen den beiden Städten steht in voller Blüte. Die Stadt war einst Tir Tairngires einziger Hafen zur Außenwelt. Der neue Status quo findet sein Symbol in der Demontage der Mauer, die Portland einst umgab, und die nun nicht länger Fremde aus dem Tir ausschließt – oder die Reichen von den Armen trennt. Die Bewohner von Royal Hill, wo einst die Prinzen direkt vor der Mauer residierten, haben ihre gewaltigen Villen verlassen. Bis auf den Großen Drachen Hestaby, der noch immer dort wohnt und weiterhin eine aktive Rolle in der Politik Tir Tairngires spielt.

» Hestaby und die Horizon Group scheinen Hand in Hand daran zu arbeiten, ein wenig Stabilität im Tir zu schaffen, obwohl möglicherweise aus verschiedenen Gründen. Ich weiß nicht, wie es euch geht, aber Bündnisse wie diese machen mich nervös.
» Plan 9

RAISON D'ÊTRE

geposted von Nuyen Nick

Ein Erbsenzähler aus Quebec hat mir einmal erzählt – als wir ihn höflich aus dem Cross HQ zu einer vielversprechenden neuen Karriere in Detroit eskortierten –, dass Städte keine menschlichen Kommunen, sondern gigantische Marktplätze seien. Es wäre ihr Raison d'être – der Grund ihrer Existenz. Er starb einen Monat später, geköpft von einer Gilette, die auf K-10 oder irgendeiner einer anderen üblen Kampfdroge war. Es hätte keinem Besseren passieren können, wenn ihr mich fragt.

Wie auch immer, indem ich diesen Text veröffentliche, bedanke ich mich bei FastJack für ein paar Gefallen. In Seattle hat sich eine Menge verändert, also sperrt die Ohren auf

– einige große Namen wie Renraku und Mitsuhama haben an Boden verloren, während neue Konzerne aufsteigen und uns eine Vielzahl von Jobmöglichkeiten bieten.

UNITED CORPORATE COUNCIL

Das United Corporate Council (UCC) ist eine elitäre Gruppe, die ihren eigenen Regeln folgt und dabei einer Bande von Schulschlägern ähnelt, die sich an kleineren Kindern vergreift. Nachdem Aztechnology im Jahr 2030 einen Mitbewerber gewaltsam eliminierte und dadurch beinahe einen Konzernkrieg auslöste, schufen die anderen Konzerne den Rat, um ähnliche Konflikte zu vermeiden. Es war eine schwere Zeit, doch alles in allem war der offene Krieg auf der Straße das Letzte, was man wollte – so etwas ist schließlich schlecht fürs Geschäft.

Wie vorauszusehen war, wurde die neue Institution nach einer Weile zu einem lobbyistischen Werkzeug für ihre Mitglieder, da sie eine wichtige Rolle bei verschiedenen Arbeits- und Wirtschaftsentscheidungen spielt und zugleich einen Beraterstab für den Gouverneur stellt. Der politische Einfluss des Rates ist nicht zu bestreiten: das Rathaus des Metroplex ist mit politischen Lakaien des UCC vollgestopft, und die Beamten, die dem Rat nicht die Füße küssen, stehen üblicherweise bei der nächsten anstehenden Wahl einem Herausforderer des Rats gegenüber. Gerüchte besagen, dass die Gruppe Quid-pro-quo-Beziehungen zu einigen Unterweltgrößen unterhält, wodurch eine gewisse Stabilität in Seattle gewährleistet wird.

Der Konzernrat ist jedoch keine feste Einheit. Intrigen, Verschwörungen, persönliche Rivalitäten und divergierende Interessen sind an der Tagesordnung – eine Situation, die clevere Politiker (und Shadowrunner) zu ihrem Vorteil auszunutzen wissen. Eine gemeinsame Front entsteht nur dann, wenn allgemeine Konzerinteressen berührt werden. Obwohl jeder große Konzern in Seattle dem UCC angehört, werden wichtige Entscheidungen ausschließlich von einem zentralen Planungsausschuss getroffen. Die Mitgliederliste und die internen Prozesse dieses Ausschusses unterliegen auf Grund von Machtspielen und politischen Intrigen der verschiedenen Fraktionen ständigen Veränderungen. Tatsächlich haben einige der alteingesessenen Mitglieder ihre Sitze in den Jahren nach dem Crash verloren, als der Ausschuss die Schwachen aussortierte. Jetzt spielt eine Riege von neuen Execs die Musik in der Vorstandsetage.

KONZERNE IN SEATTLE

Als nächsten Zaubertrick präsentiere ich euch eine Liste von Konzernen, die man im Auge behalten sollte. Ich habe mich nicht nur auf die Megas konzentriert, obwohl jeder von ihnen in vielerlei Hinsicht präsent ist – stattdessen ist dies eine Liste derjenigen Konzerne, die den meisten lokalen Rummel verursachen. Sie alle brauchen Leute wie dich und mich, also kann es nicht schaden, zu wissen, wer sie sind und was sie so treiben.

Ares Macrotechnology

Die Präsenz von Ares in Seattle ist klein, aber einflussreich. Anstatt zu versuchen, mit Fed-Boeing in den lokalen Wettbewerb in Sachen Luft- und Raumfahrt einzutreten, lud Ares seinen Wettbewerber zur Kooperation ein. Gemeinsam betreiben sie nun verschiedene Forschungsprojekte, die Vorteile für beide Konzerne verheißen. Nach Jahren der Forschung und Entwicklung präsentierten ihre Laboratorien inzwischen Resultate in Form von neuen Smart-Materialien, Tank- und Fernsteuerungssystemen.

Vom neuen Büro des einstigen Cross Plaza aus – einem Meisterwerk moderner Ingenieurskunst und integrierten Sicherheitssystemdesigns – wacht Karen King wie eh und je über die geschäftlichen Aktivitäten von Ares Seattle. Zu den Schwerpunkten gehören Waffenlieferungen für die Ladenkette Weapons World sowie Im- und Exporte von und nach Asien und in den gesamten Pazifikraum. Das Aushängeschild von Ares, Knight Errant, bietet außerdem erstklassige Sicherheit für eine beträchtliche Zahl zufriedener Kunden im Metroplex.

» Durch die bloße Möglichkeit vor Augen, Lone Star den Polizeivertrag für Seattle wegzuschnappen, wurden die Einheiten von KE angewiesen, ihr bestes Sonntagslächeln an den Tag zu legen und jegliche „unglückliche Zwischenfälle" zu vermeiden, die den Deal vermasseln könnten. KEs Abteilung für interne Angelegenheiten macht Überstunden, ständig bereit, alles zu eliminieren – oder zumindest tief genug zu vergraben, um jemals gefunden zu werden –, was zu einem echten Problem heranwachsen könnte. Gerüchte besagen sogar, dass ein Team von Ares Firewatch jederzeit zur Verfügung steht für den Fall, dass irgendwelche Notfälle eintreten.
» Sticks

Aztechnology

Die andere Pyramide der Skyline von Seattle (kleiner, aber nicht weniger beeindruckend als die frühere Renraku-Arkologie) ist der Sitz des bei Runnern allseits beliebten Bösewichts – Aztechnology. Das Neo-Aztech-Dekor ist beeindruckend, von den von Lasern erleuchteten und in künstliche Quarzsteine geätzten, 20 Meter großen Bildern im Stil von Hieroglyphen bis hin zu den Bajonetten aus Obsidian, die

DATENEMPFANG ...

SEASOURCE SUCHE: UNITED CORPORATE COUNCIL PLANUNGSAUSSCHUSS

Konzern (Stufe*)	Mitglied des Ausschusses
Ares (AAA)	Karen King
Aztechnology (AAA)	Luis Ocasio
Brackhaven Investments (A)	William Roper
Eta Engineering (A)	Hanan Zubayr-Chong
Evo (AAA)	Mary Luce
Federated-Boeing (AA)	Jessica Sirianni
Gaeatronics (AA)	Cassie Blue Cloud
Horizon Group (AAA)	Klaus Coppage
Lone Star Security Services (AA)	William Loudon
Mitsuhama (AAA)	Takafumi Maeda
NeoNET (AAA)	Samantha Villiers
Regency MegaMedia (AA)	Kamar Kumar
Shiawase (AAA)	Hiromi Miyano
Telestrian Industries (AA)	Alain Telestrian
Universal Omnitech (AA)	Kara Parker
Wuxing (AAA)	Sun Running

***Anmerkungen:**

A: Multinationale Konzerne, die international tätig sind, dabei aber nationalen Gesetzen unterliegen.

AA: Megakonzerne, die einflussreich genug sind, um vom Konzern-Gerichtshof anerkannt zu werden und dadurch extraterritorialen Status genießen.

AAA: Megakonzerne, die zu den zehn größten Wirtschaftseinheiten der Welt zählen, jeweils mindestens einen Sitz am Konzern-Gerichtshof innehaben und Miteigentümer der Züricher Orbital Gemeinschaftsbank sind.

auf die Sturmgewehre der Wachen gepflanzt sind. Aztechnology verdient sein Geld hauptsächlich im Bereich der Konsumgüter und Agrarprodukte, außerdem widmet sich der Konzern der umfassenden Ausdehnung der Aztlan-Kultur – was die Live-Übertragung von Bloodsport-Spielen für lateinamerikanische und amerindianische Gang-Angehörige natürlich einschließt.

» Ist euch schon mal aufgefallen, wie sich einem die Nackenhaare aufrichten, wenn man in die Nähe der Pyramide kommt? Das kommt bestimmt davon, dass Aztechnology sie von nicht weniger als drei Kommsatelliten im Orbit beobachten lässt – die höheren Mächte haben mehr als ein Auge auf ihre Aktivposten in Emerald City.
» Puck

» Und ich dachte bis jetzt, das kommt vom überdreht gruseligen Auftreten der eindrucksvollen magischen Sicherheit in der Nähe der Pyramide. Zur Hölle, die haben sogar Warnhinweise vor patrouillierenden Geister und Hütern in ihr AR-Environment programmiert.
» Mika

Seattle dient als Koordinationszentrum für die Aktivitäten von Aztechnology in Nordamerika – und das sind eine ganze Menge, vom Konsumgüterabsatz und der Herstellung von Elektronikartikeln bis hin zum Waffenhandel und magischer Forschung. Daraus ergibt sich ein stetiger Strom an verschlüsselter Kommunikation, auf den die Tenochtitlán-Rivalen immer scharf sind. Wenn man also an solche Datenwerte gelangen sollte, sind sie auf dem Schwarzmarkt immer gutes Geld wert.

Aztechnology Seattle wird von einem ganzen Bataillon ihrer gefeierten Leopard-Gardisten bewacht. Nach dem Vorbild der alten Aztekenkrieger-Kaste sind die meisten von ihnen Erwacht oder schwer vercybert. Gerüchte besagen, dass die Gardisten wöchentlich religiöse Treffen in der Pyramide abhalten und dabei Blut trinken und Opferrituale durchführen.

» Die alten Wege dienen immer noch denen, die ihnen folgen.
» Man-of-Many-Names

Brackhaven Investments

Zwar ist der Konzern weit davon entfernt, in der obersten Liga mitzuspielen, doch Brackhaven Investments besitzt beträchtlichen Einfluss in Seattle. Seine wirtschaftlichen Aktivitäten sind über die ganze Stadt verstreut und gleichen damit den Tentakeln eines gigantischen Oktopus, der seinen Griff langsam aber sicher um sein argloses Opfer schlingt.

Ihr glaubt, ich übertreibe? Dann denkt mal darüber nach: Schätzungsweise 50 % der Konzernbelegschaft – hauptsächlich natürlich völlig unterbezahlt – sind Metamenschen, die keine Ahnung von der Identität und Ideologie ihres Arbeitgebers haben. Das hängt damit zusammen, dass Brackhaven Investments sich hinter so vielen Strohgesellschaften und Tarnfirmen versteckt, dass sogar Aztechnology vor Neid erblassen würde. Dasselbe gilt für die Schattenoperationen – die meisten Runner würden niemals vermuten, dass sie für Brackhaven arbeiten.

» Brackhaven liebt es, metamenschliche Runner anzuheuern. Selbst wenn sie den Job vermasseln, ist das immer noch eine gute PR für Humanis.
» Fatima

Brackhaven Investments überlebte den Crash 2.0, indem der Konzern die Überbleibsel befreundeter Investmentgesellschaften ausweidete und die meisten seiner weniger vielversprechenden Investitionen fallen ließ, um Grundstücke im Großraum Seattle aufzukaufen. Weite Teile der in Renton neu erschlossenen Vororte, die in der letzten Zeit Schauplatz von Nachrichten über rassistisch voreingenommene Kreditvergabepraktiken waren, gehören BI.

» Lest es selbst nach: Menschen bekommen Rabatte und bessere Zinssätze!
» Beaker

Emerald City Graphics

ECG ist ein High-Tech-Software-Konzern, der brandneue – und noch nicht so ganz ausgereifte – Programme auf den Markt bringt. Er wurde vor etwa neunzehn Monaten praktisch über Nacht von zwei Absolventen der Universität Seattle gegründet. Vor etwa drei Monaten gingen sie an die Börse, und die Aktienkurse schossen förmlich in den Himmel. Die Gründer und Co-Vorsitzenden Vshaw Patel und Miska Romanov programmieren noch immer selbst und haben einen früheren Konzernhaudegen angeheuert, der sich um das Tagesgeschäft kümmert.

Der Konzern bietet anspruchsvolle AR-Designs und innovative Entwürfe (und Updates) für Utility Icons an. Einige der Tools, die Patel und Romanov benutzen, würden als höchst illegal bezeichnet werden, wenn sie sich nicht die erforderlichen Genehmigungen und Lizenzen beschafft hätten. Kritiker fragen sich, wie die beiden überhaupt an selbige gelangen konnten.

Tatsächlich ist ECG in Seattles Schatten für seine Zusammenarbeit mit der Hackergemeinschaft bekannt. Er beschäftigt Hunderte von freiberuflichen Programmierern, und viele dieser Programmierer arbeiten zusätzlich in „Nebenjobs". Nehmen wir einmal an, man gelangt irgendwie in den Besitz eines wirklich genialen Programms, das jedoch noch immer ein eindeutiges Design hat (wie etwa ein bluttropfendes Aztechnology-Logo, das an der Seite aufgekritzelt ist), weshalb man es nicht herumzeigen möchte. Man spricht dann mit der richtigen Person bei ECG, und das kleine Problem ist gelöst – solange man gutes Geld dafür bezahlt. Reiche Konzerner, die gerne Hacker spielen, gehen ebenfalls zu ECG, um dort Icons zu kaufen.

» Schön anzusehen, schön zum Hacken, aber wenn man es kaputt macht, gibt es kein Geld zurück.
» Puck

» Das Unternehmen hat eine saftige Finanzspritze erhalten, bevor es an die Börse ging. Irgend jemand – die Mafia, ein Megakonzern, vielleicht sogar ein Drache – besitzt einen großen Teil dieses kleinen heißen Konzerns.
» Mr. Bonds

Eta Engineering

Eine unbegrabene Leiche, eine schmutzige Datei, die darauf wartet, gelöscht zu werden, Tonnen um Tonnen von nicht recyclebarem Müll ... meine Mutter sagte immer, dass es jemanden geben muss, der hinter den anderen aufräumt. In Seattle ist dieser Jemand Eta Engineering, ein Familienkonzern, der die Lizenz für Seattles Abfallentsorgung besitzt. Ironischerweise gehört der Zubayr-Chong Clan, der diesen von ostasiatischen Einwanderern gegründeten Konzern leitet, der niedrigsten Kaste der lokalen asiatischen Gemeinschaft an, von der sie aufgrund ihrer Profession als „unrein" angesehen werden.

Zum Industriekomplex von Eta in Tacoma gehört ein großes Chemiekraftwerk, das auf dem neuesten Stand der Technik ist und Seattle mit Düngemitteln und synthetischem Treibstoff versorgt. Der Konzern war der erste, der mit einem Angebot zur Dekontaminierung des Tacoma-Bezirks an Gouverneur Strouthers herantrat – ein naheliegendes Unterfangen, wenn man im Umweltmarkt expandieren möchte. Es ist bislang noch nichts entschieden worden, da Shiawase Envirotech vor einigen Wochen mit einem ähnlich attraktiven Angebot aufwartete. Wenn man also nach Arbeit oder einem guten Curry sucht, ist es höchste Zeit, Little Asia einen Besuch abzustatten.

⊙ Es ist schon lustig, wenn man mal genauer darüber nachdenkt. Shiawase hat jahrzehntelang Gott weiß was für einen Müll in Tacoma abgeladen, ohne dass jemand etwas davon ahnte, und nun drängt sich der Kon auf, den ganzen Mist wieder aufzuräumen (nicht nur seine eigene Sauerei) – wahrscheinlich, um der Entdeckung seiner Umweltsünden und den drohenden Schadenersatzklagen zu entgehen.
⊙ Sunshine

⊙ Dieser Eta-Komplex, den Nick erwähnte. Man sollte sich ihm nicht ohne Atemschutzgerät nähern, es sei denn, man ist ein kompletter Masochist. Ich war dort – einmal. Und nie wieder, Omae, nie wieder.
⊙ Slamm-0!

Evo

Evos neue Kette von Red Star-Kliniken wird weithin dafür gelobt, Cyberware der höchsten Qualität zu verwenden, die man im Plex bekommen kann. Der Seattler Mitarbeiterstab hat Spezialisten aus dem Evo Shibanokuji Orbital Ressort in seinen Reihen und wird vom berühmten Dr. Ivan Kaminski geleitet, der die exklusive Klientel von Evo mit äußerster Diskretion behandelt. Wenn man sich die hohen Preise leisten kann, sind die Kliniken jeden einzelnen Nuyen wert.

⊙ Die Datenbanken von Red Star sind eine Goldmine für Informationen über Cyberware und die Patienten, perfekt geeignet, um seine Gegenspieler auszuspionieren oder zu erpressen. Die Anspruchsvollen unter euch können natürlich auch versuchen, Dr. Kaminski höchstpersönlich hochzunehmen ...
⊙ Pistons

Zeitgleich mit der Umfirmierung seiner früheren Yamatetsu-Identität hat sich Evo auch in den Bereichen Personal und Tätigkeitsbereiche einer durchgreifenden Reorganisation unterzogen. Der Megakon proklamiert stolz, dass er der größte Arbeitgeber für Metamenschen im Seattler Metroplex ist (eine Tatsache, die den Kon zur Zielscheibe etlicher terroristischer Anschläge gemacht hat). Neben den Dienstleistungen im Bereich Biotechnologie und Gesundheit bleibt Evo einer der wichtigsten Anbieter von pharmazeutischen Erzeugnissen in der Region und verdient weiterhin viel Geld mit dem hiesigen Schiffsbau.

⊙ Die von Evo im Outremer geschaffene künstliche Insel ist zum Gegenstand von Spekulationen in den Schatten geworden. Ein gewisser Schlipsträger von Mitsuhama erzählte mir, dass sich dort eine Schattenklinik für Deltaware befindet, doch es ist mir bisher noch nicht gelungen, dieses Gerücht zu bestätigen. Hat noch jemand ein schönes Gerücht auf Lager?
⊙ Beaker

⊙ Ich habe gehört, dass die Insel hohl ist und in Wirklichkeit in einer Höhle unter dem Meeresspiegel eine Unterwasser-Forschungseinrichtung beherbergt. Evo unterhält dort etliche Xenohabitate, jedes mit unterschiedlichen Umweltbedingungen. Ich war noch nie in der Nähe der Insel, also kann ich mich für diese Geschichte nicht verbürgen.
⊙ Sounder

Federated-Boeing

Dieser Produzent von Bordelektronik, Flugsystemen und Drohnen gehörte lange Zeit zum festen Inventar der Industrielandschaft von Seattle. Der ehrwürdige Konzern Fed-Boeing konnte dem wirtschaftlichen Niedergang von Seattle nicht entgehen, schaut aber mit vorsichtigem Optimismus in die Zukunft. Der Konzern liefert momentan wichtige Komponenten für die Weltraumprojekte von Evo, und das jüngste Angebot für Visioncrafters mit Sitz in Vancouver gilt als Indiz dafür, dass F-B in den Optik-Markt einsteigen will.

⊙ Es sieht wohl eher so aus, als wollten sie ein paar Spionage-Satelliten bauen. Ares Space wird dazu aber wohl auch noch ein paar Worte sagen.
⊙ Clockwork

DATENEMPFANG ...

Fed-Boeing lebt traditionell von seinen Großverträgen mit dem Militär. Im Moment sind sie aber zwischen zwei Alternativen hin- und hergerissen. Einerseits wollen sie ein Angebot für den Bau von zwölf Raumgleitern vorlegen, um Tir Tairngires Weltraumkräfte aufzumotzen, andererseits wollen sie Gelder im Rahmen des Military Recovery Acts einstreichen, der in Washington verabschiedet wurde. Präsidentin Colloton hat klar gemacht, dass F-B nicht erwarten kann, an der Brust der Regierung gesäugt zu werden und gleichzeitig fremde Mächte zu bewaffnen.

› Strouthers' Gouverneurskandidatur wurde unter anderem von F-B unterstützt. Ich schätze, dass ihr CEO, Jessica Sirianni, die Geschäftsflaute überwinden will, indem sie ein paar saftige Verträge mit dem Metroplex schließt.
› Red Anya

› Sirianni ist knallhart. Sie überlebte als Kind in den Redmond Barrens und erklomm die Spitze von Fed-Boeing auf die harte Tour: Sie versetzte jedem einzelnen, der über ihr stand, einen Dolchstoß in den Rücken. Sie ist dafür bekannt, Shadowrunner anzuheuern, wenn es die Situation erfordert – was in ihrer Position praktisch täglich der Fall ist.
› Kat O'Nine Tales

› Viele Rigger brechen in F-B-Lagerhäuser ein, um brandneue Ersatzteile zu stehlen. Ihr findet mich im Powerline, wenn ihr Interesse habt.
› Turbo Bunny

Gaeatronics

Dieser Konzern im Besitz der Salish setzt umweltfreundliche Technologien (Solar-, Wind- und Wasserkraft) ein, um den größten Teil von Seattle mit Energie zu versorgen. Obwohl der Konzern eher klein ist, stellt Gaeatronics eine echte Bedrohung für seinen größten Konkurrenten – Shiawase Atomics – dar, was vermutlich an seinen (häufig ernst gemeinten) umweltfreundlichen Praktiken liegt. Die lang dauernde Fehde zwischen den beiden Konzernen zeigt gelegentlich auch ihr schmutziges Gesicht (manchmal im wahrsten Sinne des Wortes, wenn einer der beiden versucht, den anderen der Umweltverschmutzung zu bezichtigen), doch Gaeatronics schafft es irgendwie immer, sauberer als Shiawase aus der Sache herauszukommen.

› Diese ganzen Windmühlen und Hydropflanzen sehen vielleicht nett aus, aber die Fusionsreaktoren des Konzerns sind die gleichen Dreckschleudern wie die von Shiawase.
› Sunshine

› Sie suchen bereits nach einem umweltverträglicheren Verfahren. Man sagt, dass sie mit dem Bau einer Art geothermischen Kraftwerks am Meeresboden außerhalb von Outremer begonnen hätten.
› Sounder

Die Stammesbeziehungen von Gaeatronics erweisen sich zugleich als Segen und Fluch, da der Konzern unweigerlich zur Geisel der Spannungen zwischen Seattle und den Salish-Shidhe wird. Das Unternehmen beschreitet einen schmalen Grat zwischen beiden Seiten, da er für die weitere Expansion auf beide angewiesen ist. Trotzdem wird Gaeatronics immer wieder zur Zielscheibe von NAN-feindlichen und anderen radikalen Gruppen.

Gaeatronics hat auch in andere „grüne“ Märkte expandiert. Ihre Marke „Gaea's Gabe“, zu der in Flaschen abgefülltes Wasser und gesunde Lebensmittel gehören, erfreut sich in Seattle und darüber hinaus großer Beliebtheit. Die Regierung des Metroplexes hat mit Gaeatronics außerdem einen Vertrag über den Bau von mehreren neuen Wasseraufbereitungsanlagen geschlossen, die in Gebieten mit einer ernsthaften Wasserknappheit liegen.

› Gaeatronics bietet einen magischen Mülldeponie-Service für Forschungslaboratorien mit radioaktivem Orichalkum und anderem strahlenden Material an, die man sonst erwiesenermaßen nur sehr schwer sicher entsorgen kann. Der Standort dieser Einrichtung ist geheim – man stelle sich nur einmal vor, wie gefährlich dieses Zeug in den falschen Händen wäre.
› Mika

› Omae, wie kommst du denn darauf, dass Gaeatronics die richtigen Hände sind?
› Ecotope

Horizon Group / NewsNet

Der Medien-Gigant NewsNet ist Horizons Flaggschiff in Seattle. Der Kanal erzielt, nicht zuletzt dank der anstehenden Wahl und den besten Schnüfflern im Business (die eifrig damit beschäftigt sind, die schmutzige Wäsche der Kandidaten zu waschen) historische Einschaltquoten. NewsNet hat sich ein wohlverdientes Ansehen für seine Objektivität erarbeitet, indem es Reportagen sendet, die bei anderen Trid-Netzwerken einfach rausfliegen würden (zusammen mit dem verantwortlichen Reporter).

› NewsNet kämpft zwar nicht mit wirklich harten Bandagen, aber die Jungs und Mädels wissen ganz sicher, wann sie zuschlagen müssen. Ein genauer Blick zeigt schnell, dass die schlechten Nachrichten über Dzhugashvili gesendet werden, wenn wenige Leute zuschauen, während die Fehlschläge von Brackhaven und Strouthers in der Hauptsendezeit laufen. Clever, ne?
› Sunshine

› Die Überlegenheit von NewsNet zwingt die lokalen Wettbewerber wie das Independent Information Network und den unterlegenen KSAF zur Kreativität. Nur die Randinteressen decken sie noch nicht ab – dort haben sich Nachrichtensender wie IndyMedia und MetaMatrix etabliert.
› Dr. Spin

⊙ NewsNet braucht immer wieder mal Runner, um eine Quelle zu schützen, irgendwo ein verstecktes Mikrophon zu platzieren oder einen rivalisierenden Sender in die Irre zu führen. Ich kenne einen ihrer Johnsons, wenn jemand nach Schnüffelarbeit sucht.
⊙ Haze

Die Popkultur ist eine weitere Spezialität von Horizon. Mit den Edutainment-Sendungen von RockNet und ihrer Kette von A Whole New You™-Kliniken gestaltet der Megakonzern im wahrsten Sinne des Wortes die Gedanken und die Körper der Seattler. Horizon ist außerdem einer der Hauptanbieter von legalen Freizeitdrogen, wobei sich der Konzern im Wettbewerb mit Größen wie Universal Omnitech und Shiawase Medical befindet.

Horizon sponsert öffentliche Schulen in den ärmsten Gegenden Seattles, und rüstet sie mit der neuesten Lerntechnik aus. Jedes Kind bekommt ein kostenloses Kommlink mit einem Paket an Lernsoftware und einem freien Zugang zu einem spezialisierten Horizon-Medienangebot. Im Gegenzug erhält Horizon die Erlaubnis zur Speicherung der sozialen Gewohnheiten und des Konsumverhaltens der Kinder. Die Kinder müssen mit den Inhaltsfiltern und den persönlich zugeschnittenen Werbungs-/Vermarktungsprogrammen von Horizon klar kommen, aber sie erhalten eine weitaus bessere Ausbildung, als sie sie normalerweise bekommen würden. Kein schlechter Deal, wenn ihr mich fragt.

⊙ Horizon bekommt eine Menge mehr zurück, als der Kon in die Schulen investiert. Seine Gurus und Expertensysteme analysieren die Daten, um Trends im Konsumverhalten vorauszusagen, und passen anschließend die Produkte an. Horizon verdient auch Geld damit, die Daten an andere Konzerne zu verkaufen. Das Ganze verleiht ihrem Motto „Wir wissen, was du denkst!" eine völlig neue Bedeutung.
⊙ Snopes

⊙ Und das ist noch nicht das Ende der Fahnenstange. Einige Schulen haben in diesem Programm bereits den nächsten Schritt vollzogen. Dieser beinhaltet, dass die Lehrer komplett durch Sim-Sinn-gestützte Unterrichtsstunden und interaktive Tutor-Agenten ersetzt werden. Glaubst du immer noch, dass das ein guter Deal ist, Nick?
⊙ Plan 9

Lone Star Security Services

Für den Star sind schwere Zeiten angebrochen, vielleicht die schwersten seit seinem nachlässigen Auftreten in der Nacht des Zorns. Die Hysterie über das Versagen bei der Jagd auf den Mayan Cutter wächst innerhalb des Unternehmens, Medienberichte schlachten die Abwehrhaltung des Stars gegen die kürzlich aufgekommenen Proteste aus, und das vermehrte Aufkommen neuer Gangs hat die öffentliche Unterstützung auf das größte Tief der vergangenen zehn Jahre gedrückt. Die Bedrohung durch Strouthers' Wahlkampagne, der möglicherweise in Zukunft Knight Errant statt Lone Star beauftragen will, zeigt deutlich, wie heikel die Situation für Lone Star geworden ist.

⊙ Reizend. Die Leute fordern lautstark Sicherheit, fangen aber an zu heulen, wenn die Bullen mal hart durchgreifen. Wie man es auch macht, man macht es falsch.
⊙ Hard Exit

⊙ Die Straßen werden auch dann nicht sicherer, wenn die Bullen unbewaffnete Orks niederschießen, nur weil sie Gangfarben tragen, oder einfache Bürger – ganz zu schweigen von den SINlosen – wie Schwerkriminelle behandeln. Was wir brauchen, ist mehr soziale Gerechtigkeit, nicht noch mehr Unterdrückung. Oder hast du vergessen, von wem du dein Gehalt beziehst?
⊙ Aufheben

Der Chief, William Loudon, hält das Heft bereits seit über zwanzig Jahren fest in der Hand und sieht definitiv so aus, als ob er schon bessere Zeiten erlebt hätte. Mit dem verlockenden Ruhestand vor Augen und dem Psychokiller, dem er seine Karriere verdankt, zurück auf der Straße, versucht Loudon, Seattle ein dauerhaftes Vermächtnis zu hinterlassen. Er teilte auf der gestrigen Pressekonferenz harte verbale Schläge aus, als er über die „von Ares News Networks angezettelte schamlose Schmutzkampagne" und die Kritik an vermeintlichen Polizeischlägern herzog. Der Star braucht allerdings etwas Substanzielleres als Worte, um das Ruder herumzureißen.

⊙ Bullen wie Loudon denken ziemlich eingleisig – für ihn bedeutet Druck ausüben so viel wie Verhaftungen. Das heißt, dass wir in irgendeiner Form eine nette, großflächige Razzia erwarten dürfen, einschließlich einer Null-Toleranz-Taktik, dem Ausheben von SINlosen Unruhestiftern, radikalen Agitatoren und bekannten Runnern, kombiniert mit Druck auf die Syndikate, damit diese sich für eine Weile bedeckt halten – und allem, was sonst noch so dazugehört. Höchste Zeit, einen sicheren Unterschlupf aufzusuchen.
⊙ Hannibelle

⊙ Kann sein, aber die Leute sind es leid, immer nur die kleinen Fische im Knast zu sehen. Der Star könnte es diesmal auf einen der großen Jungs abgesehen haben – vielleicht auf einen Mafiaboss oder einen Oyabun.
⊙ Fatima

⊙ Wovon träumst du nachts, Fatima? In diesen Kreisen spielt niemand den Judas und lebt dann noch lange genug, um sich an seinem Lohn zu erfreuen.
⊙ Lyran

⊙ Mag sein, aber ich habe gelernt, niemals Habgier, Ehrgeiz und Dummheit zu unterschätzen.
⊙ Fatima

Mitsuhama Computer Technologies

Seit dem Crash hat Mitsuhama seine geschäftlichen Aktivitäten weitgehend umstrukturiert und seine Aktivitäten in Tsimshian und auf den Philippinen aufgegeben, um das Geschäft in San Francisco und Seattle zu stärken. In Seattle befindet sich weiterhin der Sitz von Mitsuhama Nordamerika, von wo aus der große Technologiekonzern das GridGuide-System der Stadt verwaltet (das natürlich vollständig für AR aufgerüstet wurde). Mitsuhama unterhält überall in Seattle Forschungs- und Produktionsanlagen. Der Schwerpunkt liegt dabei auf elektronischen Komponenten, Robotik, Schwerindustrie und Industrie-Chemikalien. Die Abteilungen für magische Güter und Dienstleistungen stehen in einem starken Wettbewerb mit Wuxing – beide Konzerne kämpfen hart um den Absatz bei den vielfältigen Magie-Läden, Universitätsinstituten und magischen Gruppen.

⊙ Einige der hiesigen MCT-Manager fühlen sich noch immer dem Watada-Rengo Yakuza-Clan in Japan verbunden und haben die Order, dem Shotozumi-Gumi von Seattle zu schaden, wo immer sie nur können.
⊙ Mihoshi Oni

NeoNET Seattle

NeoNET hat eine Hand am E-Puls von Seattle – und man tut gut daran, darauf zu achten, was die andere Hand tut. Der Metroplex ist der Stützpunkt für die wirtschaftlichen Streifzüge des Kons in den asiatischen Pazifikraum, wo er sich noch immer bemüht, einen stabilen Brückenkopf zu etablieren, von dem aus er zu einem bedeutenden Akteur in Asien werden kann. Eastern Tiger und Renraku setzen sich in dieser Arena fast täglich mit NeoNET auseinander und haben in der Vergangenheit viele Pläne des Kons durchkreuzt. NeoNET scheint eine ganze Division von Marktanalysten zu haben, die nichts anderes machen, als nach Investitionsmöglichkeiten im Pazifikraum zu suchen, sei es die Errichtung eines indonesischen Wireless-Netzes, die Lieferung von militärischer Software an die Philippinen oder die Etablierung einer neuen Kette von Cyberkliniken in Russland.

● Es gab letztens ein wildes Hin und Her an Schattenoperationen zwischen Emerald City und Hongkong, da NeoNET regelmäßig Gefechte mit seinen asiatischen Rivalen austrägt. Aus diesem Grund wurde die Sicherheit auf dem Gelände von NeoNET in der Innenstadt – ein Komplex aus sieben unterschiedlichen Wolkenkratzern, die um ein achtes Gebäude herum gruppiert und allesamt von schillernden Hologrammen und AR-Zusätzen erleuchtet sind – kürzlich stark erhöht, was eine neue Reihe von überlappenden Spinnen-Netzwerken einschließt.
● Kia

NEW SEATTLE INTELLIGENCER: SEATTLES AKTUELLE TOP 5 DER KOMMERZIELL ERFOLGREICHSTEN FILME

1) **Auf Wiedersehen mein Geliebter** (P. Lal / Drama-Romanze / Regency MegaMedia)
2) **Ich hasse diesen Ort** (W. Ellis / SciFi-Comedy / Global Frequency)
3) **Ein Freund in den Schatten** (M. R. Morden / Drama / Regency MegaMedia)
4) **Ninja-Prinzessin** (M. Shiranui / Action / Mitsuhama Media)
5) **Die Kuppel der Lust** (E. Jarvis / Action-Erotik / Smash Trideo Entertainment)

DATENEMPFANG ...

NeoNET pflegt gute Beziehungen zur UCAS-Armee und hat gerade den Stadtkampfsimulator in Fort Lewis für drahtlose virtuelle Umgebungen ausgestattet. NeoNETs Transys Neuronet-Tochterfirma in Seattle beliefert die Armee mit brandneuen Betaware-Implantaten, von denen manche auf der Straße einen exorbitant hohen Preis erzielen.

● Dieser Transys-Chopshop liegt eine Stufe über Beta, meine Freunde. Wenn die Angaben, die ich letzte Woche aus dem Nexus geklaut habe, richtig sind, beliefern sie das UCAS-Militär mit Deltaware-Super-Soldat-Testpaketen, speziell angefertigt für Infiltrationen und Operationen hinter den feindliche Linien. Einige von diesen Paketen machten auf mich einen ziemlich experimentellen Eindruck, was mich darüber nachdenken lässt, wo dies alles noch enden wird.
● Nephrine

Der Vorstandsvorsitzende Richard Villiers möchte Seattle weiter in der Hand seiner Familie wissen. Seine Ex-Frau kümmert sich noch immer um das Tagesgeschäft im Metroplex. Sein jüngerer Bruder Darren war bis zu seinem Umzug nach New York für die lokalen „entbehrlichen Aktivposten" zuständig – die seit seinem Umzug in den Verantwortungsbereich von Cara, Richards und Samanthas Tochter, fallen. Man darf nicht denken, dass es sich hier um reine Vetternwirtschaft handelt – alle Villiers sind sehr kompetente und durchtriebene Bastarde. Zum Teufel, Cara lief in ihrer jugendlichen Rebellionsphase sogar selbst eine Weile in den Schatten.

● Ja, ja, ja. Mami muss unglaublich stolz auf ihr kleines Mädchen sein. Ich frage mich, ob sie weiß, dass bestimmte lokale Unterweltgrößen immer noch ... Erinnerungen ... an Caras frühere Abenteuer haben, die sich in bestimmten Kreisen als peinlich erweisen könnten.
● Kat O'Nine Tales

● Es herrscht schon seit einiger Zeit ein AR-Scharmützel zwischen den Hackern von NeoNET und Emerald City Graphics, bei dem beide Parteien versuchen, sich gegenseitig zu übertreffen und ihr Ego aufzuplustern. Beide Konzerne gehen trotz der Zwischenfälle überraschend tolerant mit der Situation um, aber vielleicht spionieren sie sich auf diese Weise auch nur im Hinblick auf potenzielle Extraktionsziele aus.
● Glitch

Regency MegaMedia

MegaMedia war es lange Zeit gewohnt, in der Seattler Kultur- und Unterhaltungsindustrie das Sagen zu haben, von Trid über Sim und Musik bis hin zu Kunst und Mode. Der Crash von 2064 brachte der Branche jedoch eine Flaute, die den Konzern in die Knie zwang, während Horizon und andere Konkurrenten aus den kalifornischen und japanischen Medien-Maschinerien schnell auf der Bildfläche erschienen. So war es nicht weiter überraschend, als MegaMedia verkauft wurde. Die Überraschung bestand vielmehr darin, wer der Käufer war. Aus heiterem Himmel setzte Bollywoods größter Akteur seinen Fuß nach Seattle und erlangte damit einen sofortigen Vorsprung vor der Konkurrenz.

Obwohl Seattles Medienkriege gerade erst beginnen, hat MegaMedia bereits seine Nische abgesteckt und produziert am laufenden Band abgedroschene Seifenopern und Simstreifen. Ein ständiger Zustrom von Arbeitern der Indischen Union und kleineren Sternchen haben die RMM Studios zu einem „Little Bollywood" gemacht – sofern dies außerhalb von Mumbai möglich ist. Regency beschränkt sich nicht auf die Produktion hirnloser Unterhaltung (farbenfroh, verschwenderisch und gut choreographiert, aber immer noch hirnlos). Auch die themenbezogenen ARE (Augmented Reality Environment)-Programme sind unter den preisbewussten Lohnsklaven sehr beliebt, und man sagt, dass der Konzern gerade die Details eines Joint Ventures mit Horizon ausarbeitet.

● Die Inder besitzen einen interessantes Paket von SimSinn-Patenten, das Horizon nur zu gerne in die Finger bekommen würde. Ihrer Meinung nach verlangt Regency aber zu viel dafür. Wenn die Verhandlungen fehlschlagen, könnt ihr euren Allerwertesten darauf setzen, dass Runner an die Hintertür von Little Bollywood klopfen werden.
● Clockwork

● Wenn die Nacht hereinbricht und die Studios leer stehen, taucht die Yakuza mit ihren Porno-Simstars und gechippten Fleischpuppen auf. Die Yaks nutzen die erstklassigen Räumlichkeiten und Sets von Regency, um die besten BTL-Pornostreifen der Stadt zu produzieren. Sie haben ein Gentlemen's Agreement mit einigen Regency-Schlipsträgern, die bewusst wegsehen, solange sie ihren Anteil bekommen.
● Sunshine

Shiawase

Dieser Zaibatsu, der sich seit jeher in den Händen einer japanischen Familie befindet, durchlitt nach dem Crash einen hässlichen internen Machtkampf, als aus einer Familienfehde ein interner Putsch wurde. Obwohl es einer neuen Fraktion gelang, die Kontrolle zu übernehmen, währte die Koalition der Aufrührer nicht lange, und nun befinden sich die oberen Reihen unablässig im Aufruhr. Dementsprechend macht der Konzern auch in Seattle eine Managementkrise durch, was dazu führt, dass er an verschiedenen Fronten Boden an die Konkurrenz verliert.

● Erinnert ihr euch an diesen Typen namens Jimmy Mancuso? Der Stuffer-Shack-Angestellte, der Shiawase-Aktien zufällig genau in dem glücklichen Moment kaufte und verkaufte, in dem das neue Regime seinen vorsichtig geplanten Übernahmeversuch (durch Erhöhung des eigenen Aktienanteils) ausführte, was damit endete, dass er plötzlich einen erheblichen Teil der Aktien hielt? Angeblich wird er seit einem Monat vermisst, als sein Firmenjet irgendwo über dem Pazifik verschwand. Ich kenne jemanden, der behaup-

tet, dass das alles ein großer Bluff ist und er einfach dem Druck derer, die von ihm verlangen, seinen Aktienanteil zu verkauft, entkommen wollte. Man erzählt, dass Shiawase-Agenten die Straßen durchkämmen und nach ihm suchen, nur für den Fall ...
• Mr. Bonds

Der "Tu-das-was-ich-sage-und-nicht-was-ich-tue"-Philosophie folgend, hat Shiawase die Lautstärke seiner Familienkonzern-Propaganda deutlich aufgedreht, und ermutigt seine Angestellten dazu, sich selbst und ihre Familien dem Konzern zu unterwerfen. Der Megakonzern hat kürzlich eine komplette künstliche Insel in Outremer gekauft und baut dort riesige bewachte Konzern-Wohnenklaven – sicher und isoliert von fremden Einflüssen.

• Überraschenderweise beugte sich Shiawase vor kurzem tatsächlich den internen Protesten und erkennt nun auch gleichgeschlechtliche Paare als Familien an, mit allen damit verbundenen Vorteilen. Die geänderte Konzernphilosophie zog augenblicklich Proteste der konservativeren Konzernbürger nach sich und führte zu verschiedenen gewalttätigen Übergriffen auf offensichtlich homosexuelle Angestellte. Interessanterweise sind die meisten homophob eingestellten Leute aber unter den Nicht-Japanern zu finden, denn obwohl die Japaner homogene Familieneinheiten vorziehen, akzeptieren sie die Bürgerrechte.
• Goat Foot

Von den Zwillingstürmen der Shiawase Towers in der Innenstadt aus steckt Shiawase weiterhin seine Nase in viele Bereiche der Stadt Seattle. Shiawase Envirotech hält den Vertrag für öffentliche Bauarbeiten der Stadt, und Shiawase Atomics wird es nicht leid, zu versuchen, die Energieversorgung durch Gaeatronics zu sabotieren, während der Laden gleichzeitig alles daran setzt, den Eindruck zu erwecken, dass sein Redmonder Fusionskraftwerk in einem Top-Zustand ist. Der Konzern, zu dem auch zahlreiche Seattler Biotechnologie-Unternehmen gehören, ist im gesamten Plex auch in der Baubranche sowie im Bereich Konsumgüter und Industriedienstleistungen aktiv.

Telestrian Industries Corporation

Leute, die glauben, dass sich Elfen nur mit Gedichten und teuren Weinen auskennen, sollten sich mal das High-Tech-Portfolio von Telestrian anschauen. Telestrian ist der größte Konzern, der aus Tir Tairngire hervorgegangen ist, und seine geschäftlichen Aktivitäten reichen von genetisch modifiziertem Getreide bis hin zu IC, das militärischen Ansprüchen genügt. Der multinationale Konzern ist so eng mit den Autoritäten Tir Tairngires verwoben, dass böswillige Analysten behaupten, er wäre ein Konzernableger der Regierung.

Die Telestrian-Familie war schon immer alleiniger Eigner des Konzerns und blickt auf eine lange Geschichte voller bösartiger Machtkämpfe und Vetternwirtschaft zurück. Im Jahr 2065 akzeptierten sie zwar einige externe Investoren, deren Identitäten jedoch im Verborgenen blieben – private Konzerne können im Tir nicht dazu gezwungen werden, solche Informationen zu veröffentlichen. Noch heute tragen alle wichtigen Funktionsträger des Konzerns den Nachnamen Telestrian.

Telestrian Biotechnology steht an der Spitze der Aktivitäten des Konzerns in Seattle und betreibt Hydrokultur-Fabriken, die Ingersoll and Berkley die Schamesröte ins Gesicht treiben. Außerdem ist das Unternehmen führend im Bereich metagenetischer Forschung in Seattle. Sein neu eröffnetes MacTaggert Research Institute ist das Zentrum der Seattler Wissenschaft. Es zaubert am laufenden Band Patente aus dem Ärmel und kämpft mit Evo um die besten Absolventen der Seattler Universitäten.

• Es kursieren Gerüchte über eine Verbindung zwischen Telestrian und dem Laésa-Elfensyndikat. Das würde erklären, wie die Elfen so viel Laés und Elfenstaub auf den Markt werfen können.
• Nephrine

• Ich habe diese Gerüchte auch gehört, von einem Aztechnology-Schlipsträger. Für mich riecht das nach einer Schmutzkampagne.
• Snopes

Universal Omnitech/Ingersoll and Berkley

Mit seinem Hauptquartier im benachbarten Vancouver bleibt Universal Omnitech einer der reichsten und produktivsten Großkonzerne der Welt, obwohl es ihm bislang nicht gelungen ist, einen Sitz am Konzern-Gerichtshof zu bekommen. Der Konzern befreite sich kurz nach dem Crash aus seiner aufreibenden Beziehung mit Aztechnology, und seitdem ist die Kommunikation zwischen den beiden Kons stark unterkühlt – um nicht zu sagen frostig.

Neben dem ganzen Gezänk um profitable Patente und den Angriffen auf das Biotechnologie-Geschäft von Telestrian beschäftigt sich UO in Seattle hauptsächlich mit Pharmazeutik. Der Schwerpunkt liegt im Bereich Naniten-Behandlung, nootropische Pharmakologie und bei hoch entwickelten Smart-Drogen. Vor kurzem startete der Konzern ein Joint Venture mit Lone Star, um neue „LEO Professional Performance Enhancers" (sprich: Kampfdrogen) zu produzieren.

• Und wie erwartet stehen Vorabversionen von diesen Boostern auch schon auf der Straße zum Verkauf, wenn man die richtigen Leute kennt. Totale Ausraster und Kamikaze-Aktionen sind bei den neueren Prototypen garantiert, also seid vorsichtig mit den Schnäppchenangeboten – ihr könntet ungewollt zu Versuchskaninchen werden.
• Nephrine

UO landete einen Coup, als es vor einigen Jahren Ingersoll & Berkley mit seinen zahlreichen Tochtergesellschaften übernahm, was es zu Seattles führendem Nahrungsmittelanbieter machte. I&B sieht sich jedoch zum einen mit Telestrian und Fungitek einer harten Konkurrenz, zum anderen mit einer lang andauernden Ökosabotage-Kampagne gegen seine Agrarfarmen konfrontiert. Ingersoll Aquaculture in Snohomish erlitt unzählige Schäden an seinen Forschungsprojekten und Ernten, und selbst Berkley Soy Cuisines musste schwerwiegende Verluste hinnehmen, nachdem Umweltaktivisten im Jahr 2068 an ihren Nutrisoy-Gewürzprodukten herumgepfuscht hatten, was den Kon zu einer vollständigen Rückrufaktion zwang.

• In einem Fall setzten Öko-Terroristen einen künstlich gezüchteten Virus ein, der die Ernten von I&B völlig zerstörte. Universal Omnitech startete daraufhin eine umfassende Untersuchung und begann, den Erreger zu replizieren, aber irgendjemand brach bei I&B ein, stahl alle Proben und säuberte die Datenbanken, bevor ich sie lesen konnte. Entweder haben die Radikalen Unterstützung aus den inneren Kreisen von UO, oder von jemandem mit beträchtlichen Ressourcen ... vielleicht ein anderer Biokonzern?
• Nephrine

Wuxing, Incorporated

Als wachsende Macht in Seattle ist Wuxing scharf auf die Stärkung der Beziehungen zwischen der Stadt und ihren Schwesterhäfen wie zum Beispiel Hongkong. Die Tochtergesellschaft Wuxing Worldwide Shipping verbindet Seattle mit Häfen im gesamten asiatischen Pazifikraum und sticht dabei konkurrierende Seefrachtunternehmen wie Mærsk und Free Transit Cartage aus.

• Wuxings skandinavische Rivalen scheinen jetzt ihre Taktik geändert zu haben. Zwei Wuxing-Frachter erlitten im letzten Monat größere Schäden, als ihre Satellitennavigationssysteme gehackt wurden und beide Frachter in der Nähe von Astoria (Tir Tairngire) auf Grund liefen, sehr zur Schande des Konzerns.
• Cosmo

• Bist du dir sicher, dass Mærsk etwas damit zu tun hat? Tir Tairngire vergab zehn Tage nach dem Unglück einen wichtigen Vertrag

an Evo NavTech, und wie es der Zufall will, war Wuxing der einzig andere Mitbewerber bei der Ausschreibung.
• Mr. Bonds

Es kursieren hartnäckige Gerüchte, die besagen, dass Wuxing mit den Yellow Lotus Geschäfte macht, Seattles größtem und erfolgreichstem Triaden-Clan. Sicher ist, dass Wuxing die Spannungen zwischen Seattles Triaden mit zu großem Interesse verfolgt, um einfach nur eine unbeteiligte Partei zu sein.

• Ich habe mir das mal genauer angesehen. Wenn es da eine Verbindung gibt, dann nur aufgrund personeller Verflechtungen zwischen Wuxing und Mitgliedern der Triaden, nicht wegen irgendwelcher Konzernstrategien. Wuxings interne Sicherheit scheint sich dessen bewusst zu sein, weshalb sie ein wachsames Auge auf alles hat, was da vor sich geht. Einige der involvierten Personen sind zu hoch in der Konzernhierarchie angesiedelt, um sie anzugreifen, also werden ihre Aktivitäten grundsätzlich toleriert. Die Sicherheit muss aber darauf achten, dass Wuxing am Ende nicht in einen Krieg zwischen den Syndikaten oder andere unerfreuliche Dinge hineingezogen wird.
• Haze

Merkwürdigerweise offenbart ein Blick auf die Personalliste von Wuxing Seattle eine ungewöhnlich hohe Anzahl von Wujens in der Belegschaft. Es gab hier im letzten Jahr eine ganze Reihe bizarrer Unfälle im Umfeld des Konzerns, von merkwürdigen Feuersbrünsten bis hin zu einem unerklärlichen, lokal begrenzten Manaschub. Das Management ist in höchstem Maße darüber beunruhigt, da anscheinend irgendjemand vorsätzlich Wuxings Chi-Fluss unterbrechen will.

• Es ist kein Geheimnis, dass einige begabte Wujen den Ritualmeister von Octagon seit einer Weile magisch überwachen. Ich bin mir aber nicht sicher, ob sie das richtige Ziel beobachten. Selbst Octagon weiß, dass es großen Ärger bedeutet, wenn man mit dem Karma eines Konzern herumspielt.
• Jimmy No

• Es ist riskant, aber es gibt ein Motiv. Hat sonst noch jemand die große Zahl der von Wuxing verschifften Waffen bemerkt, über die der Yellow Lotus in letzter Zeit verfügt?
• Riser

SEATTLES VIRTUELLE KONZERNE

Angesichts der weiten Verbreitung von AR und drahtlosen Netzwerken sind physische Büros für viele Geschäftszweige nicht länger notwendig. Tatsächlich operieren einige Konzernabteilungen – manchmal sogar ganze Bereiche – räumlich vollkommen unabhängig. Sie nutzen AR, um ihren Mitarbeitern ein mobiles, virtuelles Büro zu verschaffen, unabhängig davon, wo die sich gerade befinden. Es überrascht deshalb kaum, dass verschiedene bekannte Konzerne eine große Präsenz in Seattle haben, obwohl sie in der Stadt keine physischen Niederlassungen, Büros oder Angestellten besitzen.

KSAF

Trotzt seiner bescheidenen Ursprünge als lokaler Trid-News-Sender hat KSAF interessante Zeiten durchlebt. Tatsächlich besaßen seine Reporter eine geradezu hellseherische Gabe, zur richtigen Zeit am richtigen Ort zu sein, um über Personen und Veranstaltungen zu berichten, von denen vorher niemand wusste, dass sie später die Welt bewegen würden. Gerüchten zufolge hatte KSAF einen unbekannten Gönner, der die Nachrichtenteams mit den richtigen Hinweisen versah, um sie immer wieder auf echte Knüller stoßen zu lassen (wobei die eigentliche Bedeutung einiger Berichte manchmal über Jahre hinweg unerkannt blieb). Kurz nach dem Tod des großen Drachen Dunkelzahn ließ das Gespür von KSAF für heiße News jedoch rapide nach, was zu Spekulationen führte, ob vielleicht der Wurm der geheime Gönner der Station war. Danach machten KSAF ihre Nachrichten auf die altmodische Art und machten sich dabei auch gelegentlich die Hände schmutzig – bis schließlich ein Selbstmordattentäter vor etwa drei Jahren in ihr Hauptbüro spazierte und den gesamten Häuserblock sprengte. Der Hauptsender von KSAF war völlig zerstört, viele der Topleute tot und das über Jahrzehnte hinweg gewachsene Archiv verloren. KSAF-Büros in anderen Städten erlitten ähnliche Schicksale.

• Wenn ihr mich fragt, waren die Archive das eigentliche Ziel. Ich wette, KSAF saß, ohne es zu wissen, auf einer tickenden Zeitbombe – ein Enthüllungsinterview, das möglicherweise jemandem mit weitreichendem Einfluss hätte schaden können, wenn es in der nahen Zukunft zur rechten Zeit gesendet worden wäre. Jemand wollte es nicht darauf ankommen lassen, also wurden das Studio, das gesamte Archiv und vielleicht auch die Schnüffler, die das Interview gemacht hatten, in die Luft gejagt.
• Sunshine

Helena Rossum, der Kopf von KSAF, wollte den Sender nicht sterben zu lassen. Also entschied sie sich dafür, kein neues Hauptstudio zu bauen, sondern gänzlich virtuell zu arbeiten. Praktisch über Nacht traf sie Vereinbarungen mit einer ganzen Reihe von beliebten öffentlichen Informationsquellen wie Wiki-Matrix, die von ihren Mitgliedern leben und es jedem mit einer Kamera und einer drahtlosen Verbindung ermöglichen, Nachrichten beizusteuern. Indem sie eine neue Allianz zwischen professionellen Medien und „Bürgerjournalismus“ schmiedete, rekrutierte sie eine kleine Armee von unabhängigen Schnüfflern, Bloggern und Medienaktivisten, um KSAF am Leben zu erhalten. Das verbleibende Vermögen des Senders investierte sie in die Entwicklung einer neuen Matrixpräsenz von KSAF. Diese Bemühungen brachten ihr einen Vorsprung gegenüber den traditionellen Medienformaten (die immer noch das altmodische Nachrichtenmodell betreiben), während sich das Niveau von KSAF zugleich noch immer deutlich von den Gigapulsen grausig schlechter Amateur-Veröffentlichungen abhebt, die auch heute noch als Online-Journalismus durchgehen.

• KSAF hat noch immer eigene Nachrichtenteams, die sich um die alltäglichen Dinge kümmern. Tatsächlich haben sie in letzter Zeit einige Knüller gelandet, als sie zur rechten Zeit am rechten Ort waren. Vielleicht hat Rossum eine neue Kristallkugel gefunden.
• Snopes

Renraku America

Die Renraku-Arkologie in Seattle beherbergte einst das Nordamerika-Hauptquartier des japanischen Konzerns, und so stellte ihr Verlust an eine gemeingefährliche KI und der Tod von Tausenden einen herben Rückschlag dar. Angesichts einer saftigen Rechnung für die Aufräumarbeiten des UCAS-Militärs, das die Arkologie zurückerobert hatte, blieb Renraku nichts anderes übrig, als die Schulden stunden zu lassen und die Arkologie an die Regierung des Metroplexes zu übergeben – ein Akt, den viele als eine deutliche Distanzierung von der Schande betrachten. Offenbar war die Vorstandsetage des Konzerns zu der Erkenntnis gelangt, dass jede physische Niederlassung in Seattle nur an den erlittenen Gesichtsverlust erinnern würde, also schlich man sich in aller Stille aus Seattle und schloss auch die provisorischen Büros nach und nach, um ein neues Nordamerika-Hauptquartier in San Francisco zu eröffnen.

Trotz dieses Rückzuges hat Renraku nicht alle seine Aktivitäten in Seattle aufgegeben. Zahlreiche Tochterunternehmen machen hier prächtige Geschäfte – in erster Linie Elektronikunternehmen und Software-Servicecenter, einschließlich der Betreiber der SeaSource-Datenbanken. Allerdings wird man in Seattle niemals eine Konzernflagge oder ein Konzernlogo von Renraku sehen oder die Konzernhymne hören, da alle Geschäfte von Renraku virtuell aus der Ferne abgewickelt und koordiniert werden.

Saeder-Krupp Prime

Dass Lofwyrs Konzernimperium wie ein Uhrwerk arbeitet, ist zum größten Teil das Verdienst dieser Abteilung. S-K Prime hat einige der besten und gefürchtetsten „Troubleshooter" des Geschäfts unter Vertrag, die das Kommando über schlampige Tochterkonzerne übernehmen und deren Geschäfte so lange führen, bis jeder einzelne Mitarbeiter wieder 150 % leistet. Ein Freund von mir witzelte einmal, dass man an den Absatzzahlen von Magenmitteln und Antidepressiva erkennen kann, ob S-K Prime sich in die Geschäfte eines Tochterkonzerns einmischt, da die Lohnsklaven des jeweiligen Konzerns die Verkaufszahlen dann in den Himmel treiben.

S-K Prime ist gleichzeitig der Geheimdienst des Drachen und verfügt unter anderem über „Horchposten", verdeckt operierende Infiltratoren, Gerüchtesammler, Analysten-Denkfabriken und, natürlich, die guten alten Shadowrunner. Es ist also keine Überraschung, dass S-K Prime vor allem im Geheimen und mit Schwarzgeld operiert.

Aus unbekannten Gründen werden alle geschäftlichen Aktivitäten von Saeder-Krupp in Seattle – seien es nun Strohgesellschaften oder virtuelle Büros – von S-K Prime gesteuert. Das macht andere Konzerne tendenziell nervös, stellt aber sicher, dass die Pläne des Wurms aufgehen. Es ist offensichtlich, dass Seattle ein Zentrum für Handel, Intrigen und Schattenaktivitäten ist, also geht der größte Megakonzern der Welt hier einer unglaublich hohen Zahl von Aktivitäten nach.

● Vergesst nicht, dass S-K Prime auch für die Sicherheit der Firmen zuständig ist, die ihrer Betreuung unterstellt wurden – und diese Jungs spielen das Spiel wesentlich besser als ein durchschnittlicher Nachtwächter.
● Fianchetto

SYNDIKATE

● Die folgenden Informationen stammen aus den Datenbanken von Miko Ishikawa, einem Wakagashira-Hosa des Shotozumi-Gumi. Es handelt sich dabei um eine stimmverschlüsselte „Einführung" für neue Mitglieder. Dieser Text sollte deshalb hilfreich für all jene sein, die keine Ahnung von der internen Arbeit der Syndikate haben, besonders wenn man von außerhalb kommt und plant, Seattle einen Besuch abzustatten.
Man darf nicht vergessen, dass die Yakuza in Japan traditionell sehr offen mit ihrer Existenz und ihren Aktivitäten umgeht, um ihre Fassade der Legitimität zu wahren, und dieselbe Strategie wurde auf unterschiedliche Weise auch auf Seattle übertragen – ihr wäret überrascht, wenn ihr wüsstet, wie sehr eine kriminelle Organisation einem normalen Unternehmen ähneln kann.
● Mihoshi Oni

Ich grüße dich, Kumi-In des Shotozumi-Gumi,

als Teil deiner Einführung in unsere Organisation wurdest du bereits über die Protokolle, die Bräuche unserer Tradition und die Aufgaben, die dich erwarten, informiert. Bevor du deine Aufgaben erfüllen wirst, hat Shotozumi-Sama es für richtig befunden, dass du, unser neuestes Mitglied, über den aktuellen Stand der Geschäfte in Seattles Unterwelt unterrichtet wirst, um nutzlose Todesfälle zu vermeiden. Du bedeutest für das Shotozumi-Gumi eine Investition von Zeit, Nuyen und Mühe und wirst für deine Dienste und deine Hingabe reichlich entlohnt werden – vorausgesetzt, du überlebst deine ersten Jahre auf der Straße. Deine Überlebenschance steigt exponentiell, wenn du dir die folgende kurze Abhandlung über die wichtigsten kriminellen Vereinigungen, die im Seattler Metroplex agieren, verinnerlichst.

—Ishikawa

YAKUZA

Wir alle sind Mitglieder der Yakuza. Du wurdest bereits über unsere traditionsreiche und ehrenhafte Geschichte als Beschützer der Armen und der japanischen Kultur unterrichtet. Anders als manche Gaijin behaupten, ist die Yakuza nicht die „japanische Mafia". Wir sind ehrbare Geschäftsleute, und unser Geschäft ist nicht mehr oder weniger brutal oder unethisch als das der Megakonzerne. Unsere Traditionen sind seit Jahrhunderten unverändert, und die Wahrung dieser Prinzipien verleiht uns Stärke und Entschlossenheit. Die Yakuza-Clans von Seattle gehören dem Shotozumi-Rengo an, dem mächtigsten Rengo in Amerika.

● Zeit für ein wenig Lokalgeschichte. Die Yakuza verdankt ihre Etablierung in Seattle dem aufstrebenden Watada-Rengo, dem es aufgrund der Mitgliedschaft von zahlreichen koreanischen Bossen gelang, die alteingesessene Mafia zur Seite zu drängen und für sich selbst eine große Nische zu schaffen. Diese goldenen Zeiten währten jedoch nicht lange. Im Jahr 2043 ordnete Oyabun Akira Watada eine rassische Säuberungsaktion an und tötete oder vertrieb alle koreanischen Mitglieder des Syndikats. Dieses Ereignis wird heute als das „Schisma" bezeichnet. Hanzo Shotozumi wurde zum Oyabun erhoben und bekam die Verantwortung für Seattle. Er verfolgte einige wichtige Ziele – vor allem versuchte er, der Mafia während eines Familienkrieges im Jahr 2057 wichtige Geschäfte abzujagen.
Als die Dinge in Seattle gut liefen, dachte sich Hanzo Shotozumi, dass er nicht länger an der Leine von Watada laufen wollte, also sprengte er seine Fesseln und gründete sein eigenes Rengo (Allianz). Die beiden anderen Gumi (Clans) ins Seattle spielten bis zum Crash mit, als Isao Nishidon seine wahre Loyalität zeigte und versuchte, Shotozumi zu stürzen, um Seattle für den Watada-Rengo zurückzuerobern. Der Plan scheiterte kläglich und zwang Nishidon, sich selbst das Leben zu nehmen, als sein Gumi systematisch ausgeschaltet wurde.
● Mihoshi Oni

Shotozumi-Gumi

Der Shotozumi-Gumi wird von Oyabun Hanzo Shotozumi angeführt und stellt den mächtigsten Yakuza-Clan in Seattle und die Spitze des Shotozumi-Rengo dar. Er ist eine traditionelle Organisation, die viele alte Riten und Zeremonien aufrechterhält, die andere Yakuza-Clans längst abgelegt oder vergessen haben. Unsere Mitglieder werden mit traditionellen Irezumi-Tätowierungen geehrt, die ihren Rang, ihre Loyalität gegenüber der Familie und ihr Ansehen zeigen. Außerdem wird von ihnen erwartet, dass sie Yabitsume oder Harakiri begehen, um für ihre Fehler zu büßen.

Wie es sich gehört, besteht der Shotozumi-Gumi fast ausschließlich aus Männern reiner japanischer Herkunft, oft aus Mitgliedern des Shotozumi-Clans. Shotozumi-Sama akzeptiert aber auch Frauen in seinem Gumi, wenn sie über ausreichende Fähigkeiten und Hingabe für ihre Aufgaben verfügen.

● Über Shotozumis verwöhnte Tochter, Keiko Shotozumi, erzählt man sich, dass sie die Verantwortung für ein Versuchsprogramm trägt, das sich die Anwerbung halbjapanischer Frauen für verschiedene spezielle Aufgaben und Aufträge zum Ziel gesetzt hat. Hanzo hat erkannt, dass ein striktes Festhalten an ethnischen Regeln und Metatypen den Zugang zu bestimmten Positionen bei Infiltrationsversuchen erschwert. Da er seine männlichen Ränge nicht beschmutzen will, sucht sein Gumi nun nach Frauen, die gewisse „geschmacklose" Jobs verrichten.
● Kat O'Nine Tales

● Die meisten alten Kobun runzeln darüber die Stirn. Frauen aufzunehmen – selbst solche mit rein japanischer Herkunft – ist ein ernster Kurswechsel in der Yakuza-Politik. Mischlinge sind ein noch größerer Aufreger – niemand will ein erneutes Schisma wie damals, als die Yakuza von den Koreanern gesäubert wurde. Aber Shotozumi braucht die Frauen, um zu expandieren und seine Aktivitäten zu stärken.
● Kia

Der Shotozumi-Gumi kombiniert die traditionelle Praxis des Beschützens von ortsansässigen Personen in ihrem Nawabari (hauptsächlich das Internationale Viertel, aber auch andere Teile von Downtown und Tacoma) mit umfassenden Geschäftsbeziehungen zu lokalen und internationalen Konzernen, dem Bereich der sokaiya. Viele unserer Geschäfte bieten den Menschen außerdem traditionelle Erholungsdienstleistungen an, darunter traditionelle Pachinko-Spielhallen und Mah-Jongg-Salons. Wir versorgen die Gemeinde mit den Qualitätsleistungen unserer Geisha-Eskorten und Bunraku-Salons, die einem weitaus höheren Qualitätsstandard genügen als die kranken und alternden Huren, die sonst in den Straßen von Seattle herumlungern.

» Sie werben zwar nicht damit, aber die Yakuza betreibt auch eine Art Unterwelt-Bank – sie bewahren deine Nuyen gegen eine geringe Gebühr für dich auf. Du bekommst zwar keine Zinsen, aber es ist sicherer als die meisten Online-Banken. Man kann sie auch um einen Kredit bitten, solange es einen nicht stört, in der Schuld des Oyabuns zu stehen.
» Mr. Bonds

Kumi-In, wie du einer bist, arbeiten oft unter einem erfahreneren Kobun zusammen mit den Sokaiya, um Hauptversammlungen zu schützen, Leibwächterdienste für wichtige Manager anzubieten, für die Sicherheit unserer Erholungsanbieter zu sorgen, Fracht zu autorisierten Verteilern zu transportieren, Zinsen und Geschäftsgebühren zu kassieren und das lokale Geschäft vor Straßenkriminellen und anderen Gaunern zu schützen.

» Wer hätte geahnt, dass Schutzgelderpressungen, Chip-Dealen und das Kredithai-Geschäft so seriös klingen könnten? Das lässt mich meinen Beruf als freiberuflicher Aktivposten noch mehr genießen.
» Turbo Bunny

» Die Yakuza heuert natürlich auch Runner an – besonders für Jobs, die ihren blendenden Ruf beschmutzen könnten. In Seattle neigen sie dazu, etwas mehr als den üblichen Straßentarif auszugeben, aber sie bestehen darauf, mit Mitsuhama-Konzernwährung zu bezahlen. Selbstredend ist die Yakuza die einzige Organisation im Plex, die MCT-Währung für Schwarzmarktgüter und –dienstleistungen akzeptiert.
» Kat O'Nine Tales

Shigeda-Gumi

Der Shigeda-Gumi ist der zweitgrößte Gumi in Seattle. Nach erfolgreichen Kampagnen gegen Seoulpa-Ringe und den verräterischen Nishidon-Gumi hat er seine Aktivitäten beträchtlich ausgeweitet und seine Mitgliederzahl erhöht. Oyabun Takeo Shigeda ist ein glühender Anhänger von Shotozumi-Samas Vision von der Ausweitung des Rengo und der Herausforderung des alternden und überholten Watada-Clans in Japan.

Der Shigeda-Gumi ist weitaus vielseitiger und weniger traditionell als der Shotozumi-Gumi, da Oyabun Shigeda ein großes Maß an Verantwortung auf seine Kobun übertragen hat. Dies fördert ihren Ehrgeiz, kann die Geschäfte mit ihnen aber schwierig gestalten.

» Lasst mich Mikos nette Formulierung mal ins rechte Licht rücken. Die Yakuza ist das mächtigste Syndikat in Seattle, aber die verschiedenen Gumi haben zurzeit ernste Probleme miteinander. Der Shotozumi-Gumi und der Kenran-Kai sind erzkonservativ, eben die Yakuza der alten Schule – knallhart, aber rassistisch und diskriminierend gegenüber Metamenschen, Mischlingen und Frauen eingestellt, und zwar genau in dieser Reihenfolge. Der Shigeda-Gumi dagegen hat sich jüngst als Befürworter des „Neuen Weges" offenbart, einer progressiven Yakuza-Bewegung, die von einer neuen Generation aufsässiger, gewalttätiger und in Amerika geborener Yakuzas angeführt und vorwiegend von deutlich metamenschlich dominierten Gumi unterstützt wird.
Hanzo Shotozumi macht keinen Hehl daraus, dass er ein Rassist ist. Er will, dass sein Gumi rassisch und ethnisch rein bleibt, aber er kann es sich nicht erlauben, gegen den mächtigen Shigeda-Gumi, seinen loyalsten und stärksten Anhänger, vorzugehen. Die Situation wird immer ungemütlicher, da die Shigeda immer mehr Metamenschen (vorwiegend Japaner, aber nicht nur) in ihren Reihen zulassen. Der Watada-Rengo scheint zu spüren, dass Ärger in der Luft liegt, jedenfalls üben er und die anderen Syndikate größeren Druck aus als gewöhnlich, so dass die Situation bald eskalieren dürfte. Shigeda wird Hanzo entweder dazu bewegen, den Neuen Weg zu akzeptieren, oder ihn zwingen, gegen seinen stärksten Verbündeten zu Felde zu ziehen.
» Mihoshi Oni

» Shigeda achtet im Moment sehr darauf, seine neuen Rekruten vor Shotozumi nicht zu sehr zur Schau zu stellen. Tatsächlich unterzieht er die Meta-Rekruten einer intensiven Ausbildung, bevor er sie auf die Straße schickt – die Kumi-In nennen es "Shigeda Boot Camp".
» Kat O'Nine Tales

Der Shigeda-Clan kümmert sich um die meisten Yakuza-Geschäfte im Norden und Westen Seattles (Everett, Snohomish und Auburn) sowie in den Redmond Barrens.

» Die meisten Aktivitäten des Nishidon-Gumi in den Barrens wurden nach dessen Zerschlagung von Shigeda übernommen. Es gibt sogar Gerüchte, dass Shigeda eine ganze Reihe von Nishidon-„Waisen" in seinen Clan aufgenommen hat.
» Kat O'Nine Tales

» Man sollte noch erwähnen, dass der Shigeda-Gumi neben dem Glücksspiel, der Prostitution und dem Drogenhandel auch ein wachsames Auge auf die meisten Schmuggelrouten der Yakuza hat. Durch den Handel mit anderen Clans, die dem „Neuen Weg" folgen, z.B. dem Kawaru-Gumi in Vladivostok und Hawai'i und dem Nagato-Kombinat in New Jersey, haben sie sogar neue Routen erschlossen.
» Mihoshi Oni

Kenran-Kai

Der Kenran-Kai ist eine neue Vereinigung, die von Shotozumi-Sama aus dem Kern der früheren Nishidon-Mitglieder gegründet wurde, die es ablehnten, am Verrat teilzunehmen. Ergänzt durch neue Talente aus Japan und geleitet von Oyabun Kosuke Tomizawa kümmert sich der Kenran-Kai um die Angelegenheiten in Puyallup. Er ist darauf spezialisiert, sich

DATENEMPFANG ...

SHADOWSEA QUICKLINK: BUNRAKU

Bunraku ist japanisch und bedeutet „Puppenspieler". Bestimmte Rotlichtgewerbe, besonders die von der Yakuza geführten, werden Bunraku genannt, da die Prostituierten und die Dienstleistungen an den Kunden unter der vollständigen Kontrolle des Anbieters liegen. Traditionell wird dies dadurch erreicht, dass den Prostituierten ein neuraler Anschluss implantiert wird, der den bewussten Geist ausschaltet und den Körper unter die Kontrolle eines Personafix-SimSinn-Programms nach Wahl des Klienten bringt, wodurch die Prostituierten zu Fleischpuppen werden. Hinzu kommt, dass sich die Prostituierten später an nichts erinnern, so dass dem Klienten absolute Diskretion gewährleistet werden kann. Um bestimmte Situationen realistischer zu gestalten und um noch mehr geheime Fetische bedienen zu können, bieten Bunraku-Salons auch Möglichkeiten wie Sim-Module für die Kunden selbst, AR-Umgebungsprogramme für eine Modifikation der Räumlichkeiten oder der Prostituierten und manchmal sogar Prostituierte, die speziell körperverändert wurden, um auszusehen wie bestimmte Sim-Starlets oder andere Prominente.

mit den lästigen Gangs auseinanderzusetzen, die dieses Gebiet unsicher machen, und wird immer dann eingeschaltet, wenn eine direkte Konfrontation mit unseren Rivalen von der Mafia notwendig ist.

» Die Kenran-Kai sind eine Truppe von Idioten. Sie boosten ihre Mitglieder mit Implantaten und anderer Technologie, um ihre Fähigkeiten in Sachen Kampf und Rücksichtslosigkeit zu verbessern. Zu ihren wichtigsten Aktivitäten gehören das Dealen mit Chips und Entführungen, wenn sie nicht gerade mal wieder versuchen, ein paar schmalbrüstige Gangs dazu zu bringen, ihren Regeln zu folgen. Einige von ihnen wurden von einem japanischen Clan aufgenommen, den der Watada-Rengo vor einigen Jahren unschädlich gemacht hat. Shotozumi hält sie an der kurzen Leine.
» Mihoshi Oni

» Eine Zeitlang behauptete jemand in ShadowSea, dass die Kernmitglieder des Kenran-Kai in Wahrheit den alten Ninjitsu-Wegen folgen. Wer auch immer dieses Gerücht verbreitet hat, verstummte schon einige Tage später. Wenn Shotozumi tatsächlich seinen eigenen Ninja-Clan rekrutiert hat, kenne auch ich ein paar Leute, deren Tage gezählt sind.
» Jimmy No

MAFIA

Die Mafia ist seit beinahe einem Jahrhundert unser größter Wettbewerber. Dieser Kampf führte zu gegenseitigen Gewalttätigkeiten, Racheaktionen und Morden. In den letzten zehn Jahren haben die drei Familien ihre Aufmerksamkeit jedoch mehr nach innen verlagert und sind mit einem langwierigen und blutigen Kampf um die Kontrolle der Mafia-Geschäfte in Seattle beschäftigt. Dieser interne Krieg begann mit dem Mord an Capo James O'Malley im Jahr 2058 und scheint mit der Hinrichtung von Capo Maurice „Butcher" Bigio vor einigen Wochen sein Ende gefunden zu haben. Dieses Ereignis leitet vermutlich neuerliche Auseinandersetzungen zwischen unseren Organisationen ein. Sollte die neue Capa – Rowena O'Malley – die gegenläufigen Interessen der Mafia wieder vereinen, können wir damit rechnen, dass wir neuen Herausforderungen und mit hoher Wahrscheinlichkeit auch gewalttätigen Konflikten gegenüberstehen.

Die Finnigan-Familie

Die Finnigan-Familie ist eine irische Gruppe, die in den 1950er Jahren in die Mafia integriert wurde und seitdem auf eine lange Geschichte in Seattle zurückblickt. Capa Rowena O'Malley wurde die Donna der Familie, als ihr Vater, der frühere Capo von Seattle, James O'Malley, ermordet wurde – ein Attentat, das angeblich von Bigio angeordnet worden war. Obwohl sie die Aufsicht über die Familiengeschäfte sehr schnell übernahm, verlor sie ihre erste Schlacht, als die Mafia Commissione – eine Versammlung von Mafia-Anführern, die alle Geschäfte der Mafia in Nordamerika beaufsichtigt – Bigio zum Capo ernannte, da sie nicht gewillt war, einer Frau eine derart große Verantwortung anzuvertrauen. Nachdem Bigio nun tot ist, gibt es nicht mehr viel, was sie aufhalten kann. Sie hat die Commissione inzwischen dazu gebracht, sie als Mafia-Oberbefehlshaberin von Seattle einzusetzen.

» Rowena wird von Capo McCaskill (Chicago-Milwaukee), einem Freund der Finnigans aus alten Zeiten, sowie von Capa Miriam Kowzloski aus New Orleans und Don Conor O'Rilley aus Boston unterstützt. Die letzten beiden sind progressive Mafiosi mit Verbindungen zum internationalen Schmuggel. Konsequenterweise gibt es jetzt vermehrt Transporte zwischen diesen „Schwesterstädten".
» 2XL

Der Consiglieri der Finnigan-Familie, Albert "Uncle Al" Cavalieri, ist wohl der am meisten respektierte Mafia-Stratege in Nordamerika. Glücklicherweise hat sein fortgeschrittenes Alter zu einem schlechten Gesundheitszustand geführt – Gerüchte besagen, dass er bereits zum vierten Mal wegen Krebs in einer uns nicht bekannten Privatklinik behandelt wurde. Während seiner Abwesenheit nimmt sich Rowena einen Mann namens Saturn als Berater, einen Seher vom Order of Merlyn – einer früheren Zauberergang, die von den Finnigans geschluckt wurde.

Rowena hat das Tagesgeschäft der Finnigan-Familie größtenteils an James Michael „Jimmy Mac" Finnigan übergeben. Nach der Geschichte mit ihrem Vater hat sie vermehrt magische Unterstützung und Hacker in die Familiengeschäfte einbezogen, obwohl die konservativen Finnigans dagegen waren. Die meisten Aktivitäten der Finnigans konzentrieren sich auf die Innenstadt (besonders auf die Docks) und Bellevue und reichen vom Schmuggel und Schwarzmarktgeschäften bis hin zur Bereitstellung von Schutz- und Finanzdiensten.

» Die Mafia war in den späten 20ern gespalten. Die O'Malleys auf der einen und die Finnigans auf der anderen Seite. Dieser Zustand dauerte an, bis Brian O'Malley, ein Cousin des damaligen Dons, Patrick Finnigan, von der Commissione als Don eingesetzt wurde, um der Bedrohung durch die Yakuza besser Herr zu werden. Die Spaltung ist seitdem geblieben. Jimmy Mac ist Patrick Finnigans Sohn, also ist es seine Bestimmung, eines Tages Don zu werden. Die meisten der Straßen-Soldati sind Finnigan gegenüber loyal.
» Fatima

» Das wirkliche Problem ist, dass Jimmy Mac immer noch die Marionette seiner Großtante Mary Finnigan ist. Selbst mit 95 Jahren ist sie die härteste, gemeinste und rachsüchtigste Hexe, die man je gesehen hat. Gerüchte besagen, dass „Uncle Al" letztes Jahr zweimal versucht hat, sie auszuschalten, aber Mary hat beide Anschläge überlebt.
» 2XL

DATENEMPFANG ...

SHADOWSEA QUICKLINK: ORDER OF MERLYN

Die Seattler Mafia hat sich nur langsam an die Erwachte Welt angepasst und fiel dadurch im Wettlauf um magische Schlagkraft schnell zurück. Dies änderte sich, als Don James O'Malley auf Drängen seines Consiglieri Al Cavalieri die Merlyns – damals Seattles größte und vielversprechendste Zauberergang – in die Finnigan-Familie aufnahm. Fünfzehn Jahre später sind die ungeschliffenen aber talentierten Wizkids zu begabten Magiern geworden und spielen in derselben Liga wie die besten Magier im Metroplex. Alter und Macht haben aber nicht dazu geführt, dass ihr Temperament ruhiger geworden ist, und der Orden hat sich einen gewissen Ruf für seine rücksichtslosen und blutigen Vergeltungsmaßnahmen verdient.

Initiaten werden aus den vielversprechendsten Zaubererergangs ausgewählt und mit düsteren Zeremonien, die traditionelle Mafiarituale und mystische Handlungen miteinander verbinden, und anschließenden heftigen Partys in den Orden eingeführt. Neue Initiaten werden nach astrologischen oder astronomischen Begriffen benannt, um ihr neues Leben in der Mafia zu demonstrieren.

Im Moment werden die Merlyns von einem Magier namens Saturn geleitet. Gerüchte, die besagen, dass er irgendwie mit den Finnigans verwandt ist und einst ein Mafia-Soldato war, konnten bislang jedoch nicht bestätigt werden.

DATENEMPFANG ...

Die Ciarniello-Familie

Die Ciarniello Familie ist die stabilste der drei Seattler Familien und gleichzeitig unser stärkster Rivale im lukrativen Handel mit Konzerngeld und sexuellen Dienstleistungen. Don Vince „Numbers" Ciarniello leitet ein Team von Buchhaltern, dessen Aufgaben denen unserer Sokaiya ähnelt, während sein Sohn und Erbe, Caesar „Chrom" Ciarniello, die weitläufigen Geschäfte im Bereich Pornographie und Prostitution leitet. Die Ciarniellos sind vornehmlich in Snohomish und Everett aktiv, doch ihre Bemühungen, die Casino Corner zu monopolisieren, schlugen nach unserem Einschreiten fehl.

» Die Ciarniellos beschäftigen einige erstklassige Hacker und Finanzgenies. Viele ihrer Matrix-Gaunereien richten sich gegen Ziele in anderen Territorien, besonders gegen solche, die nur wenige Beziehungen zur Regierung der UCAS haben, wie Tir Tairngire und Aztlan. Auf diese Weise wollen sie einer Strafverfolgung entgehen.
» Slamm-0!

Die Turbulenzen der Konzernfinanzen machen aus unseren Sokaiya und den Ciarniellos von Zeit zu Zeit merkwürdige Bettgefährten. Nämlich dann, wenn beide in denselben Konzern investiert haben und dieser für die Pläne beider Seiten wichtig ist. Solche Zweckbündnisse sind allerdings brüchig und enden genauso oft in einträglichen Kooperationen wie in Auseinandersetzungen und feindlichen Übernahmen.

» Ich habe gehört, dass Toju Shotozumi, Hanzos Cousin und der Kopf der Sokaiya in Seattle, einen Sitz in Don Vinnies monatlicher Pokerrunde bekommen hat, nachdem es ihm gelang, Numbers zu besiegen.
» Kat O'Nine Tales

Die Gianelli-Familie

Nach dem frühzeitigen Tod von Don Maurice „Butcher" Bigio untersteht die Bigio-Familie nun der Kontrolle von Joseph Gianelli, dem Enkelsohn des Dons im Ruhestand, Tony „Chief" Gianelli, der nun als sein Consiglieri arbeitet. Don Ginaelli reorganisierte die zerschlagene Familie, gab ihr einen neuen Namen und konzentriert sich nun auf das Straßengeschäft. Man kann die Mitglieder der Gianellis im gesamten Süden Seattles antreffen, besonders in Tacoma, Puyallup und Auburn, wo sie ihre Gebiete abstecken, als Kredithaie arbeiten, Leute entführen und Schmuggel betreiben. Die Gianellis haben in den letzten Jahren in Tacoma viel Boden und Blut an die Yakuza verloren, sogar noch mehr als die O'Malleys, so dass sie mit Gewalt schnell bei der Hand sind, wenn sie einen Yakuza sehen. Wenn du dich dort im Auftrag der Yakuza aufhältst, solltest du dich von der Crime Mall in Puyallup und den Nachtclubs im südlichen Bereich der Innenstadt fernhalten.

» Es stimmt, dass die Gianellis auf dem absteigenden Ast sind, was sie noch feindseliger und gewalttätiger macht als jemals zuvor. Sie haben sogar die Kontrolle über die Tacoma-Docks an die Yakuza verloren – die wiederum von den Vory vertrieben wurde.
» Mihoshi Oni

» Die Verbindungen der Gianelli-Familie zu Fort Lewis bringen es mit sich, dass sie hin und wieder Zugang zu militärischer Hardware in Form von fortgeschrittener Waffentechnologie, hochgradiger Panzerung, panzerbrechender Munition, Kampfdrogen und Cyberware haben. Die Gianelli-Vollstrecker vertrauen deshalb auf ihre überlegene Feuerkraft, um ihre geringe Anzahl auszugleichen, und ziehen schnelle Angriffe langen Auseinandersetzungen vor.
» 2XL

» Normalerweise rekrutiert die Gianelli-Familie ihre neuen Soldati aus den besten Gangs in den Redmond und Puyallup Barrens, doch inzwischen hat Don Gianelli damit begonnen, auch das Universitätsviertel nach aussichtsreichen jungen Kandidaten zu durchforsten, die Ahnung von Business, Computern und Thaumaturgie haben, um so die traditionelle Schwäche seiner Familie auszugleichen. Metamenschen sind für ihn kein Problem, und von den drei Familien nimmt die Gianelli-Familie die meisten Metas auf.
» Fatima

TRIADEN

Seattles Triaden haben weitreichende Beziehungen zu anderen Triaden-Organisationen in der ganzen Welt, besonders zu denen in Hongkong. Jede „Loge" ist nach einem Kodex organisiert, der einer minderwertigen, chinesischen Mystik folgt. Die Mitglieder werden nach diesen Kodizes aufgenommen, die magisch bindend sind – mit solchen ehrlosen Mitteln wollen diese degenerierten chinesischen Barbaren ihre Mitglieder zur Loyalität zwingen. Verschwende erst gar nicht deine Zeit mit dem Verhör von gefangenen Triaden-Mitgliedern; die letzten bluteten während der Befragung aus, obwohl unsere Magier ihr Bestes gaben, um den Sterbeprozess zu stoppen, und wir haben rein gar nichts erfahren.

Die Triaden sind in Schutzgelderpressungen innerhalb der hiesigen asiatischen Gemeinschaft verstrickt, aber ihr Hauptgeschäft waren schon immer das Herstellen und Verkaufen von Drogen und BTLs, Prostitution und andere menschliche Laster. Die Triaden haben die vollständige Kontrolle über das Goldene Dreieck in Asien, so dass sie rohe Opiate in rauen Mengen schmuggeln, in städtischen Drogenlaboren zu Straßendrogen verarbeiten und durch lokale Gangs und unabhängige Dealer verkaufen. Die Triaden haben außerdem eine außergewöhnlich hohe Anzahl an Erwachten Mitgliedern und verkaufen auch Talismane und andere magische Schwarzmarktartikel.

» Die Drogenlabore der Triaden werden oft in harmlose Billig-Apartments reingequetscht, die schnell völlig vergiftet sind – von auftretenden Feuersbrünsten ganz zu schweigen. Die Drogenhöhlen, die sie für die Konsumenten von BTLs und Opiaten betreiben, sind nicht viel besser, besonders was das Auftreten von widerwärtigen Echos und negativer Hintergrundstrahlung im Astralraum angeht.
» Jimmy No

Octagon

Seattles kleinster Triaden-Clan, das Octagon, ist eng mit der Red Dragon Association in Hongkong verbunden. Genau wie ihre Verbündeten sind sie in eine langjährige Fehde mit den Yellow Lotus-Triaden verwickelt, aber im Gegensatz zu den Red Dragons hat es das Octagon nicht geschafft, seine Rivalen auszuschalten. Tatsächlich haben sie sogar herbe Verluste hinnehmen müssen. Es ist weithin bekannt, sogar innerhalb des Octagons, dass ihr Anführer, David Gao, in hohem Maß inkompetent ist, und dass Meister Chen Kwan-Ti die einzige Macht darstellt, die diese Triaden zusammenhält.

Das Octagon ist vor allem in Little Asia, Tacoma, aktiv. Aufgrund ihrer Kontakte nach China sind sie der größte Anbieter von Waffen in Seattle, typischerweise von billigen Imitaten populärer westlicher Fabrikate. Ihr einziges großes Geschäft ist der Opiumschmuggel, einschließlich Morphium von medizinischer Qualität, sowie der Handel mit Straßendrogen.

» Die meisten Straßendocs in Seattle kaufen ihre Schmerzmittel beim Octagon.
» Butch

Diese Triade führt zwar nur wenige Operationen außerhalb von Little Asia durch, dominiert aber ihr Territorium und schützt ihre Aktivitäten erbittert. Die Anti-Yakuza-Stimmung hat sich so weit gesteigert, dass Little Asia für Menschen mit japanischer Herkunft nicht mehr sicher ist, besonders nicht nachts.

» Die Octagon-Mitglieder sind für ihren extremen Aberglauben bekannt, was zum Teil auf den Einfluss des Meisters zurückzuführen ist. Sie sind teilweise so sehr von Feng Shui überzeugt, dass schon eine Sabotage des Qi-Flusses – besonders mit Brandstiftung – in einer Octagon-Basis oder der unmittelbaren Nachbarschaft ausreicht, um die Fußsoldaten des Octagon völlig zu demoralisieren. Kurz gesagt, ein Meister ohne Drachenlinie ist wie ein Krüppel ohne Krücke.
» Ma'fan

Yellow Lotus

Diese Loge ist ursprünglich als Ableger der Yellow Lotus-Triaden aus Hongkong nach Seattle gekommen und ist nun der einzige noch existierende Teil dieser Triaden, nachdem die Red Dragon Association den Rest der Yellow Lotus in Hongkong nach einem langjährigen Kampf vollständig ausgelöscht hat.

» Einige der Yellow Lotus-Mitglieder in Hongkong haben überlebt und die Ten Thousand Lions gegründet (andere Überlebende sind nach Seattle geflüchtet). Die beiden Triaden-Clans sind immer noch miteinander verbunden, und Gerüchte besagen, dass es die Ten Thousand Lions waren, die das Ritual des Blutschwures bei den Yellow Lotus einführten.
» Ma'fan

Der Meister der Loge, Zheng Li Kwan, ist ein Gangster der alten Schule aus Hongkong, der sich bei der Rekrutierung neuer Mitglieder seit vielen Jahren auf die Entrechteten, besonders auf Orks konzentriert. Der Meister der Yellow Lotus, Su Chen, ist ein taoistischer Zauberer. Er leitet Gruppen-Tai-Chi-Übungen vor Sonnenaufgang und nach Sonnenuntergang und wird nur selten am Tag gesehen, was einige glauben lässt, er sei ein Vampir.

Das Hauptgeschäft der Yellow Lotus ist das BTL-Dealen, mit stärkerem Schwerpunkt auf minderwertige Optikchips als direkten Downloads, und an zweiter Stelle illegale chinesische Einwanderer, die in den Barrens in Sweatshops arbeiten und dort Markenimitate für den Handel herstellen.

» Der Yellow Lotus beherrscht den Handel mit „Kong Chips". Das sind billige und schlechte BTLs, die massenhaft von ihren Partnern in Hongkong produziert werden, wo sie sogar legal sind. Von Zeit zu Zeit bekommen auch die anderen Triaden eine Schiffsladung aus Singapur.
» Kat O'Nine Tales

Eighty-Eights

Der Ursprung dieser Triaden ist unklar. Die Organisation scheint alle Verbindungen zu anderen Triaden außerhalb des Seattler Metroplexes abgebrochen zu haben und kon-

DATENEMPFANG ...

SHADOWSEA QUICKLINK: CHIMERA

Eine Gruppe freiberuflicher Auftragskiller, die in Seattle und im pazifischen Nordwesten aktiv sind. Über die Chimera-Mitglieder wird behauptet, dass sie extrem gut ausgebildete Experten und ehemalige Angestellte eines russischen Geheimdienstes sind. Ihre Mitglieder sind äußerst anpassungsfähig und dazu in der Lage, sich an jede soziale Umgebung anzupassen und ihre Zielpersonen ohne einen Anflug von Mitleid auszuschalten. Die Mitglieder erhalten umfassende technische und magische Unterstützung, um die ausgeklügelten Sicherheitsmaßnahmen ihrer meist in der Öffentlichkeit stehenden Zielpersonen auszuschalten. Chimera wird die Ermordung von Capo James O'Malley vor zwölf Jahren angerechnet. Auch das Attentat auf James Rinchik, den Vorsitzenden von United Oil Seattle, sollen sie ausgeführt haben, bevor er bei einer Anhörung über den Finanzskandal im Jahr 2067 aussagen konnte.

>LINK< *Hinterlasse eine anonyme Nachrichten an Chimera in ShadowSea*

zentriert ihre kriminellen Aktivitäten ausschließlich auf diese Stadt. Die Eighty-Eights leben von Glücksspiel (aber nicht im großen Stil) und Prostitution. Außerdem bekommen sie Gewinnanteile von einer Reihe asiatischer Gangs im Metroplex. Dieses Netzwerk hat sich bestens bewährt – die Eighty-Eights können auf eine beeindruckende Anzahl von Muskeln zurückgreifen, wenn es die Situation erfordert –, allerdings sind die Gang-Mitglieder miserabel organisiert, schlecht bewaffnet und fallen zankend übereinander her, wenn sie ohne Führung dastehen.

- Die Eighty-Eights operieren so sehr im Stillen, dass einige der anderen Syndikate gar nicht bemerken, dass sie im selben Gebiet arbeiten. Zum Beispiel haben die Finnigans ein sehr professionelles kleines Casino über einem Club in Bellevue, und direkt gegenüber betreiben die Eighty-Eights einen privaten Mah-Jongg Salon nur für geladene Gäste.
- Kat O'Nine Tales

Der Anführer der Eighty-Eights ist Rick Wu, ein Amerikaner chinesischer Abstammung der dritten Generation, der sich von den historischen Wurzeln der Triaden und den mystischen Symbolen distanziert. Er zieht es vor, die Eighty-Eights als modernes Syndikat zu leiten, und übernimmt selbst die Rolle eines hochrangigen Managers. Ihr Meister ist Ruibai Dong, ein Hacker mit außergewöhnlicher Begabung und ein treuer Anhänger der Lehren des Konfuzius. Unter ihrer Führung haben die Eighty-Eights ihre Bedenken gegenüber Implantaten abgelegt, so dass viele Mitglieder auffällige Implantate als Statussymbole betrachten. Auf der anderen Seite fehlt es der Organisation an Magiern, weshalb sie sich ihre magische Unterstützung oft durch ihr Gang-Netzwerk „ausleihen". Diese Schwäche kann ausgenutzt werden, indem wir schnelle Angriffe mit unseren eigenen Magiern durchführen, bevor die Triaden reagieren können.

- Ruibai ist ein Technomancer, kein Hacker.
- Puck

Die Eighty-Eights führen zur Zeit einen undurchsichtigen Streit mit den anderen Triaden-Clans. Wu behauptet, dass die Hongkong-Triaden versuchen, die Seattler Triaden zu unterwerfen. Einige Mitglieder der anderen Triaden teilen diese Bedenken und laufen zu ihm über, was zu vermehrten gewaltsamen Auseinandersetzungen geführt hat. Versuche deshalb, nicht ins Kreuzfeuer zu geraten, während sich die Triaden gegenseitig umbringen.

- Die Eighty-Eights sind nicht völlig von den anderen Triaden isoliert – viele sind Mitglieder des Sai Fan, einer geheimen Triadengesellschaft, die vollständig losgelöst von den Logen operiert. Der Sai Fan ist ein ethnisch geschlossener Kreis, bei dem nur Han-Chinesen Mitglied werden können.
- Ma'fan

VORY V ZAKONE

Die Vory v Zakone sind eine ethnische Mafia, die von russischen Auswanderern zusammen mit Osteuropäern, Inuit und „zivilisierten" Nomaden aus den Steppen gegründet wurde. Diese Barbaren vereinigen die schlechtesten Züge des Westens und Ostens und hegen einen angeborenen Hass auf Japaner. Obwohl sie klein und relativ neu in Seattle sind, haben ihre dreisten und gewalttätigen Methoden ihnen dabei geholfen, sich eine Nische zu schaffen, besonders in Tacoma, wo sie selbstherrlich unseren Operationen in die Quere kommen. Der Zar von Seattle ist Aleksander „Terminator" Bilotkiy, ein schwer vercyberter Mann vom Typ „Axtmörder", der den Vory in Moskau treu ergeben ist.

- Die Vory schmuggeln eine Menge interessanter Hardware in den Plex, die ihnen freundlicherweise von ihren Freunden im militärisch-industriellen Komplex zur Verfügung gestellt wird. Sie verkaufen diesen Kram an jeden, sogar an Kinder. Ich habe dreizehn Jahre alte Gang-Mitglieder gesehen, die an den Docks mit stolz geschwellter Brust Sturmgewehre herumtrugen.
- Red Anya

- Auch die Vory-Prostituierten lungern an den Docks herum – Ivans und Ivannas, allesamt markiert mit Preislisten für ihre verschiedenen Dienste. Die Russen benutzen diese Tags außerdem, um Ausreißer aufzuspüren.
- Butch

Neben dem Schmuggel und dem Handel mit Frischfleisch ragen die Vory mit ihren Matrix-Operationen heraus: alles vom Datenhandel und Kreditbetrug bis hin zu Datenraub und Denial-of-Service-Angriffen mit anschließender Erpressung. Viele dieser Operationen werden zusammen mit den Vorys in Russland koordiniert und gegen Ziele in Seattle gelenkt, was eine strafrechtliche Verfolgung erschwert.

- Nicht, dass sich die Vory große Sorgen über eine Verhaftung machen würden. Sie haben die hiesigen Gefängnisse schon kräftig infiltriert und führen hinter Gittern zwar kein Leben in Luxus und Sicherheit, wie es im guten alten korrupten Gefängnissystem von Russland der Fall ist, aber sie kontrollieren dort den Schwarzhandel mit improvisierten Messern, Gefängnis-Tätowierungen und selbstgebranntem Alkohol, besonders in altmodischen Höllenlöchern wie der Hollywood Correctional Facility und der Silcox Island Correctional Facility.
- Hard Exit

- Interessanterweise ist die Ausbreitung von Goblin-Rock und Orxploitation-Rap in Seattle teilweise auf die finanzielle Unterstützung prominenter Ork-Künstler seitens der Vory zurückzuführen. Den Vory-Mitgliedern Josif Radek und Sergei Malenkin, die sich teilweise aus dem Geschäft zurückgezogen haben, gehört Hez Music, und Hez Music wiederum fördert Künstler wie Crime Time. Die Vory benutzen die Industrie und die Konzerte, um BTLs zu verkaufen, während das schmutzige Geld von Hez Music gewaschen wird.
- Fatima

- Wenn ihr mich fragt, pflegen die Vory auch enge Verbindungen zur Chimera. Sie spielen diesen Trumpf nicht oft aus – Chimera ist teuer, selbst für die Vory – aber sie werden nicht zögern, es zu tun, falls man ihnen zu viel Ärger macht.
- Riser

SEOULPA-RINGE

Die Seoulpa-Ringe sind eine Schande für die Yakuza. Einst waren sie Yakuza – koreanische Manager, die in den Seattler Gumi aufgestiegen sind. Aber die Koreaner kehrten den Traditionen und der Ehre der Yakuza den Rücken und waren nur noch darauf aus, Profit zu machen und ihre koreanischen Mitbürger zu unterstützen. Als sie schließlich rebellierten, wurden die Seattler Gumi in einen kurzen aber blutigen Krieg verwickelt, der als „Schisma" bezeichnet wird.

Weniger als ein Dutzend der koreanischen Betrüger hat überlebt. Sie gründeten die Seoulpa-Ringe – Guerilla-Zellen, die gemeinsam daran arbeiten, Yakuza-Aktivitäten zu sabotieren, aber ansonsten unabhängig voneinander operieren und nichts voneinander wissen. Die Seoulpa-Ringe sind in Seattle gewachsen, während wir uns auf die Mafia konzentrierten, und haben sich mit Hilfe ihrer kriminellen koreanischen Jo-Pok-Syndikate auch über die Grenzen des Metroplex hinaus ausgebreitet.

- Die Überlebenden des Schisma haben natürlich ihre eigene Version der Geschichte – die mit einem Verrat an ihrer harten Arbeit durch ihren eigenen rassistischen Boss Akira Watada zu tun hat.
- Kia

Nach der Gründung des Shotozumi-Rengo hat Shotozumi-Sama den Seoulpa-Ringen einen Waffenstillstand angeboten, um eine Allianz gegen die gemeinsamen Feinde des Watada-Rengo zu bilden. Die Führer der Seoulpa-Ringe antworteten, indem sie versuchten, Shotozumi-Sama zu ermorden. Als Antwort wurde der Shigeda-Gumi angewiesen, die Seoulpa-Ringe in Seattle und darüber hinaus systematisch auszurotten. Sie waren erfolgreich ... fast. Zwei Seoulpa-Ringe haben die Säuberungsaktion überlebt.

Welche traditionelle Organisation die Ringe auch gehabt haben mögen, sie ist im letzten Krieg zerfallen. Jetzt operieren die Ringe unabhängig voneinander und haben ihre eigene Organisation, Tradition und Führung. Die Ringe tauschen Informationen aus, um sie gegen uns einzusetzen, doch sie sind nur selten in der Lage, ihre Bemühungen effektiv zu koordinieren, was daran liegt, dass sie nun Flüchtlinge sind.

Choson-Ring

Dieser Ring besteht beinahe ausschließlich aus Hackern; die meisten ihrer Aktivitäten haben mit der Matrix zu tun und drehen sich vornehmlich um den Handel mit Informationen und Diebstahl oder die Herstellung von Identitäten. Sie unterhalten überall in der Welt Online-Casinos, einige legal, andere illegal, und unternehmen auch regelmäßig Runs gegen Online-Bankkonten oder brisante Datenknoten, die mit Yakuza-Mitgliedern, ihren Partnern oder ihren Unternehmungen zu tun haben. Der Ring wird von Jong-Won Sung angeführt, einem Überlebenden des Schismas und der Bruder von Kyu, dem ehemaligen Anführer des Rings (der von den Shigeda ermordet wurde). Ihr Zeichen ist ein rot-gelbes Ying-Yang-Symbol.

Sämtliche Aktivitäten sind mobil, und das Hauptquartier bleibt niemals länger als einige wenige Tage an einem Ort, was es äußerst schwer macht, sie zu erwischen. Der Ring hat eine ganze Reihe von geheimen E-Mail-Adressen, über die sie für potenzielle Klienten erreichbar sind. Ihre virtuellen Außenposten verkaufen gecrackte Software, unter anderem auch IC- und BTL-Programme.

Neben diesen dezentralisierten Operationen hat der Choson-Ring auch eine Allianz mit verschiedenen koreanischen Jo-Pok-Gangs im Pazifikraum gebildet, um Schmuggelaktionen und Entführungen zu koordinieren – Choson-Hacker manipulieren automatisierte Frachtberichte, um ihre Schmuggelware zu tarnen. Im Gegenzug stellen die Jo-Poks die dringend benötigten Muskeln und magische Unterstützung bereit.

» Die Rekrutierung neuer Mitglieder ist ein großes Problem für den Choson-Ring, da der Ring weiß, dass die Yaks nur darauf warten, sie zu infiltrieren. Die Allianz mit den Jo-Poks bringt trotzdem einen konstanten Strom neuer Mitglieder mit sich.
» Kia

» Ich habe gehört, dass der Choson-Ring kürzlich ein ganzes Paket von maßgeschneiderten und handgemachten anthropoformen Drohnen erhalten hat – Androiden, im Ernst! – die sie für „sexuelle Dienstleistungen" einsetzen wollen (gilt das bereits als Mechaphilie?).
» Glitch

Komun'go-Ring

Der Komun'go-Ring entzieht sich uns hartnäckig. Dieser Ring wird von Chulsoon Gray-Wolf, dem halbkoreanischen und halbamerindianischen Sohn eines der Überlebenden des Schismas geleitet. Trotz unserer permanenten Bemühungen, ihn aus dem Geschäft zu treiben, hat der Ring bis heute überlebt. Um seinen Ring zu unterstützen, hat Gray-Wolf eine Allianz mit den Dogmen gegründet, einer Salish-Shidhe-Organisation, mit der sie kleine Schmuggelrouten über die Grenzen der NAN, besonders in Snohomish und Redmond, betreiben.

» Die Shigeda-Vollstrecker haben die Ränge der Komun'go vor etwa einem Jahr geschwächt und auch Gray-Wolfs Leutnant erwischt, einen furchteinflößenden Schwarzmagier namens Black-Cloud-in-Morning. Sie überleben nur wegen des Abkommens mit den Dogmen. Zum Glück für Gray-Wolf sind die meisten Dogmen Haida-Stammesangehörige aus der früheren Nation Tsimshian, die die Yakuza mit derselben Inbrunst hassen wie die Koreaner es seit der Ausbeutung ihres Landes durch die Japaner tun.
» Mika

» Der Handel zwischen den Komun'go und den Dogmen ist echt übel – die meiste Schmuggelware besteht aus Sklaven, die an ausgewählte Käufer verkauft werden, zum Beispiel an Prostitutions-

ringe oder Konzerne, die medizinische Forschung betreiben wollen oder lebendige Testobjekte benötigen.
» 2XL

» Der Komun'go-Ring verfolgt jetzt eine neue Taktik. Gray-Wolf hat eine Sondereinheit ins Leben gerufen, einen Kader aus erfahrenen und gewalttätigen Vollstreckern, die wohlhabende Kriminelle entführen und quälen, bis sie das bekommen, was sie wollen: geheime Geldlager, Waffen, Drogen und andere Wertsachen.
» Am-mut

Das Hauptgeschäft des Komun'go-Rings ist der Organhandel, indem sie Organe, Blut und fötales Gewebe von wehrlosen Bewohnern der Barrens ernten. Sie sind auch dafür bekannt, Personen aus anderen Statteilen zu entführen, wenn sie bestimmten Anforderungen gerecht werden, zum Beispiel einen seltenen Bluttyp oder ein rezessives genetisches Merkmal haben. Ohne größere Anstrengungen sind sie im Metroplex zum wichtigsten Händler für gebrauchte Cyberware und Bioware geworden, und ihre Dealer bieten zunehmend auch medizinische Ausrüstung und Medikamente an.

» Die Komun'go haben sich der Praxis der Tamanous angenommen und beschäftigen Ghule, die sie mit Unterschlupf und Nahrung bezahlen – es gibt keinen einfacheren Weg, übriggebliebene Körperteile loszuwerden. Sie haben außerdem einige vercyberte Hunde auf Metamenschenfleisch-Diät gesetzt.
» Hannibelle

» Es ist gar nicht so unpraktisch, wenn man sich an die Komun'go wendet, um eine Leiche loszuwerden. Sie zahlen bis zu 1.000 ¥ pro Körper, je nach Zustand. Intakte Cyberware hebt den Preis. Und wenn man eine Leiche kaufen will – wie Houngans es manchmal tun – können die Komun'go diese Kundenwünsche ebenfalls befriedigen.
» 2XL

» Verschreibungspflichtige Drogen sind eine wichtige Einkommensquelle für den Ring, und wenn die Komun'go gerade keine haben oder alles ausverkauft ist, produzieren sie wirkungslose Placebos oder stehlen sie von Drogerien um die Ecke oder von Kliniken. Das ist ein gewaltiges Problem für die Patienten und Straßendocs, da jedes Medikament getestet werden muss, um zu sehen, ob es hält, was es verspricht.
» Butch

» Miko hat es nicht erwähnt, aber die Komun'go zwingen angehende Mitglieder dazu, brutale Initiationsriten durchzustehen, die auf Ritualen der nordamerikanischen Ureinwohnern, beispielsweise dem Sonnentanz, basieren.
» Mika

LAÉSA

Im vergangenen Jahrzehnt sind Tausende von elfischen Flüchtlingen aus Tir Tairngire in das metamenschliche Ghetto Tarislar in Seattle ausgewandert. Trotz unserer größten Bemühungen, die Gangs in dieser Gegend zu destabilisieren, ist ein neues ethnisches Syndikat entstanden: Laésa, „die Vergessenen“.

» Laut meinen Kontakten ist Laésa aus der alten Rinelle ke'Tesrae entstanden, die den Aufstand gegen den Hohen Rat im Tir angeführt hat. Sie hat hiesige Gangs, zum Beispiel die reine Elfengang Princess of the Blood, geschluckt.
» Frosty

Das Syndikat ist klein, doch die Bevölkerung von Tarislar ist extrem isoliert und zeigt einen großen Zusammenhalt. Soweit wir in der Lage waren, etwas über sie herauszufinden, beschränken sich ihre Aktivitäten hauptsächlich auf den Schmuggel, bei dem sie mit dem Sinsearach-Stamm kooperieren. Die Elfen schmuggeln Elfenliköre wie z.B. Taéngelé und von den Sinsearach hergestellte Foki, Fetische und Ritualmaterialien. Die Mitglieder verwenden Sperethiel als gemeinsame Geheimsprache und werden zu Zwecken der Selbstverteidigung in der Elfenkampfsportart Carromeleg ausgebildet.

» Die Laésa produzieren auch Seattles beliebteste Vergewaltigungsdroge, eine verwässerte Version von Laés, die sie Leäl nennen. Die Opfer verlieren sämtliche Erinnerungen an die vergangene Stunde und schlafen für etwa 10 Minuten fest ein. Wie bei normalem Laés gibt es keine Möglichkeit, die Erinnerung wiederherzustellen, selbst Magie ist wirkungslos, da die Verbindung die betroffenen Neuronen chemisch verändert. Eine Dosis kostet auf der Straße um die 200 Nuyen.
» Nephrine

» Ja, aber dieser Kram ist selbstgemacht. Man kann nur ahnen, mit welchen Dingen das Zeug während der Herstellung verseucht wird oder womit sie es strecken. Wenn du Glück hast, wurden einfach ein paar andere Straßendrogen reingemischt, um dich abhängig zu machen. Wenn du Pech hast, ist es mit Rattengift oder Schlimmerem versetzt.
» Butch

» Ein paar ambitioniertere Laésasa haben kürzlich ein Bordell eröffnet. Bei den Prostituierten handelt es sich um typische, atemberaubend schöne Elfenfrauen und androgyne Elfenmänner, die jede Nacht mit Laés vollgepumpt werden, so dass sie vergessen, mit wem sie zusammen waren und was sie getan haben. Ich frage mich, wie das enden wird.
» Kat O'Nine Tales

SEATTLES GANGS

geposted von Riser

Der Seattler Plex ist die Heimat einer ganzen Reihe von Gangs. Sie reichen von losen Gemeinschaften harter Jungs aus der Nachbarschaft bis hin zu Gangs, die sogar kleineren Syndikaten Konkurrenz machen (und oft mit ihnen zusammenarbeiten). Es ist bereits so weit gekommen, dass man die Akteure gar nicht mehr auseinander halten kann, ohne eine Liste zur Hilfe zu nehmen, also habe ich beschlossen, eine solche zusammenzustellen und euch auf den neuesten Stand über Seattles aktuelle Gang-Situation zu bringen.

Der Text stammt übrigens nicht von mir, sondern aus einer Datei, die eigentlich in der neuen Ausgabe des „Edge“-Magazins veröffentlicht werden sollte, aber im letzten Moment herausgeworfen wurde. Ich schätze, dass der Redakteur Besuch von einem oder mehreren Schreiberlingen bekommen hat, die in der Zwischenzeit kalte Füße bekommen haben. Dies ist also eine gehackte Version – kommentiert sie fleißig!

OBERLIGA

Einige Gangs sind so groß, dass sie sogar „Abteilungen“ in verschiedenen Städten unterhalten und mehr wie kleine Syndikate agieren als wie Straßengangs. Hier sind einige, die starke Aktivitäten in Seattle entfalten.

Ancients

Territorium: Überall in Seattle

Farben: Grün

Die Ancients sind eine Elfen-Go-Gang und eine der größten Gangs in Seattle. Sie haben Abteilungen in ganz Nordamerika – und sogar der ganzen Welt –, aber die Seattler Abteilung stellt durch ihre zahlreichen Exil-Elfen aus Tir Tairngire die größte dar. Ihr Symbol ist ein modifiziertes Anarchie-Zeichen (ein „A“ in einem Kreis), und ihre Farben sind normalerweise Rot oder Grün. Sie kontrollieren den Schmuggel aus Salem und Portland nach Seattle und verdienen außerdem Geld mit Schutzgelderpressung und kleinkriminellen Unternehmungen. Die beiden Anführer Sting und Green Lucifer ragen durch ihren auffälligen Stil aus jeder Menge hervor und zeigen sich mit ihren Untergebenen gerne bei Drag Races.

◉ Eine interessante Sache, die nur wenigen bewusst ist: Da es sich ausschließlich um Elfen handelt, stirbt die Führungsriege nicht aus und geht auch nicht freiwillig in den Ruhestand, wie es bei anderen Gangs üblich ist, die jüngeren Mitglieder können also nur durch Gewalt aufsteigen. Einige der Kids denken wohl darüber nach, ihre eigene Gang zu gründen, aber so weit wird es nicht kommen.
◉ Turbo Bunny

◉ Die Ancients und die Laésa sind sich nicht besonders grün, und es ist ein offenes Geheimnis, dass viele unzufriedene Ancients ein Zuhause in der neueren Gruppe gefunden haben.
◉ Frosty

Cutters

Territorium: Überall in Seattle

Farben: Grün und Gold

Es war einmal vor sehr langer Zeit, da waren die Cutters die bekannteste Gang in Seattle und hatten Abteilungen überall in Nordamerika. Sie verschwanden beinahe völlig von der Bildfläche, als die meisten Mitglieder der Seattler Abteilung vor fünfzehn Jahren ausgelöscht wurden – einige sagen, es waren Gang-Rivalitäten, andere glaube, sie sind von unzufriedenen Kunden vergiftet worden (beide Theorien konnten niemals bestätigt werden). Heute haben sich die Cutters von diesem Rückschlag erholt und haben fast genauso viele Mitglieder in ihren Reihen wie in den glorreichen Tagen von einst.

Die Gang ist wie ein Unternehmen organisiert und orientiert sich in ihren internen Abläufen an der Konzernwelt. Sie hat sich auf Schmuggel, Erpressung und Sicherheisdienstleistungen spezialisiert, und durch ihre Präsenz in vielen Städten fällt ihnen der Schmuggel leichter als den kleineren Gangs, die nur in einem Plex zu Hause sind. Sie versuchen, den großen Syndikaten aus dem Weg zu gehen, und ziehen es vor, ihre Unabhängigkeit zu behalten und ihr Geld mit kleineren Geschäften zu verdienen.

◉ Die Seattle Cutters haben in letzter Zeit eine hohe Fluktuation in ihrer Führungsebene. Das letzte Opfer war ein echt mieser Hombre namens Vladimir. Zu seinem Pech fiel er den Vory in die Hände, und als sie mit ihm fertig waren, war fast nichts mehr übrig, woran man ihn hätte identifizieren können. Und die Moral von der Geschichte: Verscherze es dir niemals mit den Vory.
◉ Fatima

MITTELFELD

Sie sind zu groß, um sich als Marionetten der Syndikate herumschubsen zu lassen, aber zu klein, um es allein gegen die Großen aufnehmen zu können. Um zu überleben, sind diese mittelklassigen Gangs gezwungen, einen schmalen Grat zu beschreiten zwischen ihrem Stolz und ihrer Unabhängigkeit auf der einen und der Notwendigkeit der Zusammenarbeit mit Syndikaten und größeren Gangs auf der anderen Seite.

405 Hellhounds

Territorium: Bellevue, Route 405

Farben: Rot und Orange

Diese Jungs sind eine Go-Gang, die zum größten Teil aus menschlichen Mitgliedern besteht und sich auf den Transport von Gütern (besonders von illegalen Waren) von einem Ende von Bellevue zum anderen spezialisiert hat. Stellt euch vor, was dabei herauskommt, wenn man das verrückte Draufgängertum eines Fahrradkuriers mit der knallharten Feuerkraft einer Motorradgang kombiniert, und ihr habt eine ungefähre Vorstellung von den Hellhounds. Die Gang wurde nach den beiden „Haustieren" eines früheren Anführers benannt und verbringt genauso viel Zeit mit der Verteidigung ihres Territoriums wie mit dem Ausliefern von Waren.

Blood Mountain Boys

Territorium: Renton, Intercity 169

Farben: Braun und Rot

Die Blood Mountain Boys sind eine gemischt-metamenschliche Go-Gang, die sich im urbanen Neo-Tribal-Stil kleiden und ihre Körper mit stilisierten Tätowierungen, Narben, Skin Weaves, Nanotattoos und anderen Körpermodifikationen verziehren, wobei sie besonderen Wert auf die oft permanente „Kriegsbemalung" legen, die sie in ihren Gesichtern tragen. Wenn sie sich nicht gerade mit den 405 Hellhounds herumschlagen, handeln sie mit BTLs und erledigen Botengänge für die Mafia, die Yakuza und jeden anderen, der sie bezahlt. Auf gewisse Art und Weise sind die BMBs eine rückständige Gang, da sie altmodische Laster wie Drogen und Alkohol den neueren hirnschmelzenden und bewusstseinsverändernden Substanzen vorziehen.

◉ Diese Jungs bekommen einen großen Teil ihrer altmodischen Drogen von den Geisterkartellen unten in Lateinamerika. Jede Seite glaubt, dass sie einen Vorteil aus der anderen herausschlägt, und solange alle davon profitieren, wird es auch ewig so weiterlaufen.
◉ Glasswalker

◉ Man kann über die Blood Mountain Boys sagen, was man will, aber sie können Partys schmeißen wie kein Zweiter. Das nächste Mal, wenn ihr von einer hört (sie ziehen sich über große Teile des Gangterritoriums und dauern Tage, also kann man sie nur schwer verpassen), kommt einfach vorbei, wenn ihr glaubt, dass ihr der Sache gewachsen seid. Die Partys sind eine spitzenmäßige Gelegenheit, um Geschäfte zu machen, da der Star zu viel Angst hat, um aufzutauchen und sie zu beenden.
◉ Kat O'Nine Tails

Chulos

Territorium: Carbanado, Puyallup

Farben: Braun

Diese Latino/Aztlan-Gang gibt es in der einen oder anderen Form schon seit Jahren – tatsächlich hat sie ihre Wurzeln bei den Nortenos, einer Gang von der Westküste, die im vorigen Jahrhundert gegründet wurde. Die Chulos (der Name bedeutet auf Spanisch „Zuhälter") interessieren sich nicht dafür, ob man ein Mensch, Ork, Troll oder was auch immer ist – nur dafür, ob man ein Latino ist (ansonsten würden sie schließlich ihr Konzept verlieren). Diese Gang hat sich auf den Schmuggel von BTLs aus dem Freistaat Kalifornien und von Drogen aus Aztlan und Südamerika spezialisiert (über gute Verbindungen zu den Geisterkartellen).

◉ Die Chulos haben in den Knästen einiges zu melden. Ein Mitglied, das verknackt wird, kann sich darauf verlassen, dass eine Menge Brüder auf seinen Hintern aufpassen, während es hinter Gittern ist.
◉ Marcos

Crimson Crush

Territorium: Redmond, östlich von Touristville

Farben: Rot

Die Crush ähneln mehr einer bewaffneten Bürgerwehr als einer Gang. Ursprünglich bestanden sie nur aus Orks, während sie heute auch ein paar Trolle und sogar Ork-Poser-Menschen in ihren Reihen haben. Die Gang kam erst nach dem Crash richtig zur Geltung, in dessen Verlauf sie einige Aufstände niederschlug und eine Versorgungsstation für Wasser und andere lebensnotwendige Dinge unterhielt (die sie aus verschiedenen Quellen „bezog", nachdem die meisten Transportwege ausgefallen waren). Heute verbringen sie viel Zeit damit, sich mit rassistischen Organisationen wie dem Humanis Policlub anzulegen, während sie gleichzeitig im Gang-Spiel um Erpressung und BTL-Handel mitmischen.

Disassemblers

Territorium: Downtown, Süd-Seattle

Farben: Grau und Weiß

Diese Jungs sind wirklich mies, und ihr Einfluss wächst ständig, da sie zusammen mit ihren Gönnern, den Tamanous, wachsen. Man erkennt sie an den aufgemalten oder tätowierten Schädeln auf ihren Gesichtern. Sie bilden die vorderste Front der Tammies und jagen und sammeln Leichen oder Leichenteile für den Organhandel, wobei sie sich wenig dafür interessieren, ob die Leichen unter Umständen noch von ihren eigentlichen Besitzern „bewohnt" werden. Die Gang betreibt die meisten der illegalen Ersatzteil-Läden in ihrem Gebiet und hat „Abkommen" mit den lokalen Kliniken getroffen, die von denen sie ständig frische Körperteile bekommt.

> Ich habe gehört, dass diese Jungs eine art „freundschaftliche" Auseinandersetzung mit den 162s am Laufen haben – beide Gangs bemühen sich, mit Tamanous einen guten Deal zu machen, und die Disassemblers können die Tatsache nicht leugnen, dass es äußerst praktisch sein kann, einen Haufen Ghule bei der Hand zu haben, wenn man auf die Schnelle ein paar Leichen loswerden muss.
> Kay St. Irregular

First Nations

Territorium: Everett und Council Island

Farben: Blau

Fast alle Mitglieder der First Nations stammen aus den Native American Nations, und die Gang kontrollierte ursprünglich die Docks nördlich der früheren Renraku-Arkologie. In den letzten Jahren haben sie sich verteilt und sind nun vorwiegend auf Council Island und um die Insel herum aktiv. Die Gang wird von einem Salish-Elfen namens Blood-of-the-Buffalo angeführt und ist sehr stolz auf ihre indianische Herkunft, was sie mit ihrem Kleidungsstil und ihren Gangritualen zum Ausdruck bringt.

> Diese Gang wurde ursprünglich von der Yakuza unterstützt, was den Leuten ziemlich merkwürdig vorkam. Heutzutage bekommen sie ihre Marschbefehle von den Pueblo-Koshari, die versuchen, ihren Einfluss zu vergrößern.
> Mihoshi Oni

Halloweeners

Territorium: Downtown

Farben: Schwarz und Orange

Die psychotischen Halloweeners sind immer noch eine der größten Gangs in Downtown und haben in den letzten Jahren ihre Prioritäten leicht verlagert. Nach dem Tod ihres charismatischen (und pyromanischen) Anführers Slash-and-Burn, und damit seines Hasses gegen alles, was mit Konzernen zu tun hat, durchlebte die Gang eine Phase interner Auseinandersetzungen, bevor sich ein neuer Anführer durchsetzte: eine Person (niemand ist sich sicher, ob es ein Mann oder eine Frau ist), die sich selbst Nightmare nennt. Nachdem sich die Aufregung etwas gelegt hatte, ärgert die Gang die Konzerne zwar immer noch, wann immer sie eine Chance dazu hat, meistens mit Vandalismus und schwerer Körperverletzung, doch ihre Aktivitäten haben sich dahingehend ausgeweitet, dass sie nun einfach jedem das Leben schwer machen, der ihren Weg kreuzt. Das meiste Geld verdienen sie mit dem Verkauf von BTLs (speziell mit solchen, die Gewalt oder Horrorsequenzen enthalten, zum Teil sogar Snuffs).

> Nightmare sieht man nur mit einer leuchtenden Schädel-Maske in voller Ledermontur mit orangen Tüchern auf beiden Ärmeln. Niemand außerhalb der Gang kommt nahe genug an ihn/sie/es heran, um Näheres zu erfahren. Die Gerüchteküche handelt Nightmare als alles Mögliche, vom Vampir bis hin zu dem von einem Geist besessenen Körper von Slash-and-Burn, und das sind nur die plausiblen Theorien.
> Snopes

Skraacha

Territorium: Ork-Untergrund

Farben: Braun und Grau

Die Skraacha (was auf Or'zet soviel wie „Volltreffer" bedeutet) ist eine neue Gang, die nach dem Crash im Ork-Untergrund entstanden ist. Sie wurde ursprünglich von einer Gruppe junger Orks gegründet, die sich zusammenschlossen, um bei der Verteidigung des Untergrundes zu helfen, als über Seattle die Hölle losbrach. Seitdem hat sich die Gang zu einer Kombination aus Bürgerwehr (man denke an die guten alten „Guardian Angels") und mobilem Einsatzteam gemausert, dessen Ziel lautet, Metamenschenfeinde hochzunehmen, wann immer es geht. Sie liefern sich häufige Scharmützel mit metafeindlichen Gruppen wie dem Humanis Policlub und verdienen ein wenig Geld mit der Bewachung von Treffen metafreundlicher Organisationen wie der Ork Nation.

> Das hört sich so an, als wären die Mitglieder dieser Gang Chorknaben, aber das sind sie nicht. Sie machen sich ihre fleischigen Finger auch bei Prügel- und Schmuggel-Jobs im Untergrund schmutzig. Und wenn du kein Ork bist, haben sie keine Verwendung für dich.
> Sticks

Spikes

Territorium: Tacoma, Intercity 5 südlich von Downtown

Farben: Braun und Gold

Eine Troll-Motorradgang, die nach vielen Jahren immer noch von dem gewaltigen und charismatischen Lord Torgo angeführt wird (dessen aktueller Gefängnisaufenthalt seiner Autorität anscheinend nicht wirklich geschadet hat) und Elfen mehr als alles andere hasst. Ihr Symbol ist ein schlecht gezeichneter abgetrennter Elfenschädel mit zwei „X" anstelle von Augen und einem langen Nagel durch die Schädeldecke. Diese süße Zeichnung soll Elfen Angst einjagen. Trotz der strengen Führung von Lord Torgo läuft die lange Schlacht um die Ablösung der Ancients als größte Gang in Seattle nicht so gut, wie sie gehofft hatten.

> Ich habe gehört, dass einige Spikes-Mitglieder von Torgos Führung und besonders seinem bösartigen Hass gegen Elfen Abstand nehmen. Nicht, dass diese Jungs nun Vorbilder der Gleichstellung oder so was werden – sie spüren nur, dass Torgos Besessenheit sie davon abhält, ihre Bemühungen in eine profitablere Richtung zu lenken. Es würde mich nicht überraschen, wenn wir in nächster Zeit einen Putsch zu sehen bekommen – besonders, da der Big T auch nicht jünger wird. Es dürfte nicht schwerfallen, eine Gruppe von Knastis zu bestechen, damit sie einen „Unfall" arrangieren.
> Beaker

KLEINE FISCHE

Bei Gangs bedeutet "klein" entweder „wenig Mitglieder" oder „wenig Einfluss". Oft trift beides gemeinsam zu, aber nicht immer. Die meisten der folgenden Gangs haben nur ein kleines Gebiet und machen üblicherweise nicht genug Wind, um die Aufmerksamkeit der großen Jungs zu erregen. Die folgenden sind nur Beispiele – die große Zahl und hohe Fluktuationsrate unter den kleinen Gangs macht es unmöglich, sie alle in dieser Liste zu berücksichtigen.

Blood Brothers

Territorium: Auburn

Farben: Purpur und Schwarz

Lasst euch nicht von der Angewohnheit der Gang-Mitglieder blenden, modische Anzüge zu tragen – sie sind sehr wohl in der Lage, sich die Hände schmutzig zu machen, wenn es die Situation erfordert. Eher ethnisch als metamenschlich orientiert, rekrutieren sie ihre Mitglieder aus den desillusionierten Farbigen Seattles (beiderlei Geschlechts, trotz des Namens). Ihre Aktivitäten beschränken sich hauptsächlich auf das Verticken von BTLs und Glücksspiel in kleinerem Umfang. Da sie dafür bekannt sind, stets sehr modisch gekleidet zu sein, verdienen sich einige Mitglieder etwas Geld dazu, indem sie sich als Leibwächter für schwarze Aktivisten, Sportler oder schattigere Persönlichkeiten aller Metatypen verdingen. Genau wie die Latino-Gang der Chulos verfügen die Blood Brothers über ein großes Netzwerk an Kontaktpersonen in den Gefängnissen und pflegen Verbindungen zu anderen, nicht lokal begrenzten afroamerikanischen Gangs hinter Gittern.

» Die Brüder werden eigentlich von einer Schwester angeführt – einer Orkfrau, die sich selbst „Malvinia" nennt. Sie ist eine furchteinflößende Lady, und Gerüchte besagen, dass sie eine Mambo ist (für diejenigen unter euch, die sich mit solchen Dingen nicht auskennen: eine Voodoo-Priesterin), aber sie hat das bisher weder bestätigt noch dementiert.
» Jimmy No

Leather Devils

Territorium: Bellevue, I-90

Farben: Rot und Schwarz

Die Devils sind ein reiner Männerclub, der keine Frauen aufnimmt – und ja, ihr Name gibt einen Hinweis auf ihre sexuellen Vorlieben. Wer schon lange in Bellevue lebt, kann sich vielleicht an ihren Anführer erinnern, einen Magier-Poser namens Damien. Er wurde im Jahr 67 getötet, nachdem er bei der definitiv geisteskranken Herausforderung eines echten Magiers desaströs scheiterte. Der neue Anführer (ein Mensch, der sich Asmo nennt) hat die Aktivitäten der Devils auf der Straße umstrukturiert. Sie hängen mit den 405 Hellhounds herum und führen nachts auf den Highways „Zweikämpfe" durch. Wenn sie nicht gerade die Straßen terrorisieren, kann man sie in einer der berüchtigten Leder-Bars von Bellevue finden, wo sie regelmäßig für Tumult sorgen.

Night Hunters

Territorium: Renton

Farben: Silber und Schwarz

Die Night Hunters sind keine geschlossene Gang, sondern ein Haufen von kleinen Thrill-Gangs, die denselben Namen tragen und deren Gemeinsamkeit darin besteht, dass sie aus absolut metamenschenfeindlichen Technikfetischisten zusammengesetzt sind, die den Nervenkitzel suchen. Sie bevorzugen bizarre Implantate, bunte Irokesen-Frisuren und andere unübliche „Modeaccessoires", um sich ein furchteinflößendes Äußeres zu verleihen. Tagsüber verbreiten sie das Programm des Humanis Policlubs, und nachts verprügeln und quälen sie Metamenschen. Ihr Zeichen, eine abgerissene Hand, die einen weißen Mond aufschlitzt, malen sie mit fluoreszierender leuchtender Farbe oder tragen es als biolumineszierende Tätowierung.

Ragers

Territorium: Tacoma Docks

Farben: Schwarz und Grau

Die Ragers sind eine metamenschliche Gang, die größtenteils aus Orks sowie ein paar Trollen und Zwergen besteht und ihren Namen seit der Nacht des Zorns trägt. Ihre Mitglieder geben vor, die Erinnerung an diese Nacht zu bewahren, obwohl nur wenige alt genug sind, um sich tatsächlich daran erinnern zu können. In den frühen 60ern versuchten sie, sich mit der Mafia anzulegen, aber letzen Endes mussten sie der Realität ins Auge blicken, entweder klein beizugeben oder von der Landkarte gefegt zu werden. Sie mögen es zwar nicht besonders, aber sie können die Tatsache nicht leugnen, dass es eine lukrative Beziehung für beide Seiten ist.

» Es ist kein Geheimnis, dass die Vory eine Weile an diesen Jungs interessiert waren, als sie ihren Einfluss über das Gebiet an den Docks ausweiten wollten.
» Mihoshi Oni

Rusted Stilettos

Territorium: Redmond, Glow City

Farben: Schwarz und Rostrot

Die Stilettos kommen aus dem Gebiet von Glow City im südlichen Teil der Barrens und mussten in letzter Zeit mit schrumpfenden Mitgliederzahlen leben. Das ist das große Problem, wenn man in einem nuklear verstrahlten Gebiet lebt: Auch wenn deine Gang hauptsächlich aus Orks und Trollen besteht, macht sie der Strahlenmüll am Ende doch fertig, besonders wenn es sich zum größten Teil um Obdachlose und Chipheads handelt. Die meisten dieser Jungs sind völlig durchgeknallt und verdammt unheimlich, da man nie genau weiß, was sie als nächstes vorhaben. Sie verdienen den größten Teil ihres Geldes mit dem Verkauf von BTLs und anderen Hirnschmelzern und haben, obwohl sie ein Haufen verwirrter Mutanten sind, den Übergang vom Chip- zum Online-Handel überraschend gut gemeistert.

SEATTLES GANGS AUF EINEN BLICK

Name	Farben	Gebiet	Größe	Anmerkungen
162s	Braun/Rot	Redmond	K	Ghul-Gang
405 Hellhounds	Rot/Orange	Bellevue	M	Go-Gang
Ancients	Grün	Seattle	G	Elfen-Go-Gang
Blood Brothers	Schwarz/Purpur	Auburn	K	Schwarze Ethno-Gang
Blood Mountain Boys	Braun/Rot	Renton	M	Urbane Eingeborenen-Gang
Cereal Killers	Schwarz/Blau	Seattle grid	G	Matrix-Gang
Chulos	Braun	Puyallup	M	Latino-Ethno-Gang
Crimson Crush	Rot	Redmond	M	Ork-Gang
Cutters	Gold/Grün	[illegible]tle	G	Business-Gang
Desolation Angels	Schwarz/Grün	[illegible]ttle	K	Frauen-Gang
Disassemblers	Grau/Weiß	Downtown		Organhändler
First Nations	Blau	Downtown		Amerindianische Ethno-Gang
Halloweeners	Sch[illegible]/Orange	Downtown	[illegible]	Thrill-Gang
Leather Devils	Rot	Bellevue	K	Homosexuelle Go-Gang
Night Hunters	Schwarz/Silber	Renton	K	Rassistische Menschen-Gang
Ragers	[illegible]warz/Grau	Tacoma	K	Metamenschen-Gang
Reality Hackers	Chrom/Gold	Puyallup	M	Matrix-Gang
Rusted Stilettos	Schwarz/Rost	Redmond	K	Mutanten-Gang
Scatterbrains	Orange	Everett	K	Gag-Gang
Skraacha	Braun/Grau	Ork Untergrund	M	Ork-Gang
Specters	Silber/Grün	Astral	K	Wiz-Gang
Spikes	Braun/Gold	Tacoma	M	Troll-Motorrad-Gang
Troll Killers	Grün/Rot	Downtown	K	Rassistische Menschen-Gang

Scatterbrains

Territorium: Everett Docks

Farben: Orange

Von allen Gangs, bei denen ich nicht erwartet hätte, dass sie mehrere Jahre überleben, steht diese ganz oben auf meiner Liste. Die Scatterbrains werden von einem psychotischen Troll namens „Giggles" angeführt, und ihr einziges Ziel im Leben scheint darin zu bestehen, Streiche zu spielen – und ich rede hier nicht über lustige Tröten und Pupskissen. Ich gab ihnen damals höchstens zwei Jahre, doch auch im Jahr 2070 sind sie noch immer stark vertreten und haben sich mit ihren einfallsreichen Streichen sogar bis in die Matrix ausgedehnt (einer ihrer Streiche bestand darin, die AR-Ikonographie des hiesigen Einkaufszentrums durch obszöne Bilder zu ersetzen, während dort eine Veranstaltung für kleine Kinder stattfand).

Troll Killers

Territorium: Downtown, unweit des Lake Washington

Farben: Rot und Grün

Die Troll Killers sind eine reine Menschen-Gang, die Verbindungen zu Organisationen wie Human Nation und dem Humanis Policlub hat. Im Grund genommen sind sie ein Haufen junger Dummköpfe, für die der Sinn des Lebens darin besteht, die Schädel von Metamenschen zu zerschmettern und Trophäen ihrer Opfer (wie Hörner und Hauer) zu sammeln. Zu ihrem Unglück wachsen die Meta-Gangs prozentual schneller als sie selbst, und die Orks und Trolle, die zu ihren ersten Opfern zählten, können mit ihren Gegenangriffen gegen diese Bande rassistischer Kinder allmählich sichtbare Erfolge vorweisen. Die TKs sind immer noch aktiv (vor allem, weil sie sich als Muskeln bei Schmuggelaktionen über den See etwas dazuverdienen), aber sie müssen sich ihre Opfer künftig vorsichtiger aussuchen.

SPEZIELLE GANGS

Lasst uns die Dinge beim Namen nennen: Die meisten Gangs setzen ihre Wünsche durch, indem sie Schädel spalten, Beine brechen und jeden erschießen, der nicht ihrer Meinung ist. Einige wenige haben dagegen andere Methoden, weil sie Talente oder Fähigkeiten besitzen, mit denen eine durchschnittliche Gang nicht aufwarten kann. Wie zu erwarten zählen diese Gangs zu den gefährlichsten von allen, da sie schwerer zu bekämpfen sind. Zu ihnen zählen Zauberer-Gangs, Matrix-Gangs und andere Gangs, die einfach schwer einzuordnen sind.

162s

Territorium: Redmond

Farben: Blutrot und Braun

Diese Gang hat sich nach der Sonderverordnung 162 (einer Verordnung, die erlassen – und schnell wieder aufgehoben – wurde, um Ghule im Cabrini-Gebiet von Chicago zu schützen) benannt und unterhält eine symbiotische und hochprofitable Beziehung mit den Organhändlern von Tamanous. Die Gang nimmt nur Ghule auf (als ob irgend jemand anderes Mitglied werden wollte ...), die in den Barrens herumstreifen und nach Opfern Ausschau halten. Jeder, der gesund genug aussieht, um als „freiwilliger Spender" in Frage zu kommen, wird an die Tamanous ausgeliefert, und der Rest wird einfach aufgegessen. Die Tamanous beliefert die Ghul-Gang ihrerseits mit den „Abfällen" ihrer grauseligen Arbeit und entlohnt sie zusätzlich mit einem kleinen Gehalt, damit sie sich mit anderen lebensnotwendigen Dingen versorgen können. Das Gang-Symbol sind drei Krallenschlitze unter der blutrot tropfenden Zahl 162.

Cereal Killers

Territorium: Seattle-Gitter

Farben: Schwarz und Stahlblau

Im Gegensatz zu anderen Gangs, die hin und wieder nach draußen gehen und ein paar Leute vermöbeln, wenn ihnen danach ist, betrachten die Cereal Killers – noch eine Gang, die nach dem Crash auftauchte – solche körperlichen Aktivitäten als reine Zeitverschwendung. Sie sind auf Matrix-Kriminalität spezialisiert, z.B. die Manipulation oder das Löschen von Online-Konten und Identitäten, Denial-of-Service-Angriffe, Datendiebstahl, Betrug und Software-Piraterie – kurz: Diese Jungs und Mädels beteiligen sich an jeder denkbaren Form der Online-Kriminalität, und sie sind gut darin. Dies ist keine Gang, mit der man sich anlegen sollte. Zertrümmerte Kniescheiben heilen wieder, aber wenn die eigene Identität gelöscht oder versaut ist (möchtest du wirklich, dass die Überprüfung deines Hintergrundes im Rahmen einer Bewerbung um einen neuen Job plötzlich eine Verurteilung wegen sexueller Belästigung von Kindern offenbart?), ist man echt am Allerwertesten, bis man einen besseren Hacker aufgetrieben hat, der die Sache wieder in Ordnung bringt.

Desolation Angels

Territorium: Überall in Seattle

Farben: Grün und Schwarz

Ich habe bisher nur Gerüchte über die Existenz dieser Gang in Seattle gehört, aber sie verdichten sich zunehmend, und ich vertraue meinen Quellen. Man sagt, dass sie der Ableger einer reinen Frauengang aus der Chicago Containment Zone aus der Zeit sind, als sie von Insekten besetzt war. Nicht nur, dass sie die CCZ überlebt haben, sie widmen sich sogar mit großer Hingabe der Jagd bzw. der Ausrottung von anderen Insektengeistern, während sie ihre Aktivitäten mit altmodischem Waffenschmuggel und Leibwächter-Jobs finanzieren.

» Zieht euch das mal rein. Die Angels sind eine Gruppe von Frauen, die – freiwillig, wenn man das glauben kann – von Gottesanbeterinnen besessen sind. Sie jagen andere Insekten, weil sie Hunger auf eine leckere Zwischenmahlzeit haben – und ihr könnt euch sicher sein, dass einige ihrer Geliebten die Angewohnheit haben, ebenfalls spurlos zu verschwinden ...

» Sticks

Reality Hackers

Territorium: Puyallup

Farben: Chrom und Gold

Die Reality Hackers blühen dieser Tage geradezu auf und haben die Umstellung von der verkabelten auf die drahtlose Matrix fast mühelos geschafft. Ihre Spezialität ist allerdings noch immer dieselbe wie früher: Infiltrationen. Sie sind darauf spezialisiert, dort einzubrechen und Daten zu stehlen, wo die Eigentümer eigentlich zu paranoid sind, um zuzulassen, dass ihre wertvollen Daten in die falschen Hände geraten. Eine Gabe, die in diesen Tagen, in denen alles drahtlos abläuft, ebenso selten wie kostbar ist. Sie stehen auf schillernden Techno-Look mit metallischen Cybergliedmaßen, kuriosen oder exotischen Cyberaugen und High-Tech-Körpermodifikationen wie biolumineszierenden Nano-Tätowierungen, sowie komplett eingefärbte Körperbehaarung und Glasfaser-Haare.

» Sie sind immer noch echt schlecht auf die Yaks zu sprechen, von denen sie vor einigen Jahren zum Trocknen rausgehängt wurden, und haben deshalb beschlossen, gemeinsame Sache mit dem Choson-Ring zu machen.

» Slamm-0!

Specters

Territorium: Astralraum

Farben: Silber und Grün

Diese Magie-Gang gibt es seit dem Crash, als die Mitglieder damit begannen, astral zu kommunizieren und astrale Aufklärung zu betreiben, da die normalen Kommunikationswege zusammengebrochen waren. Obwohl Magie-Gangs dazu neigen, sich am oberen Ende der Ego-Skala zu bewegen und relativ schnell wegen „kreativer Meinungsverschiedenheiten“ zu implodieren, ist es den Jungs gelungen, dieses Stadium hinter sich zu lassen. Die Gang ist klein, aber sie hat eine profitable Nische gefunden, indem sie sich auf astrale Aktivitäten wie magische Spionage und Erpressung, Kurier- und Botendienste, astrale Leibwache und Bewachung sowie magische Überfälle spezialisiert hat.

» Es machen Gerüchte die Runde, dass sich die physischen Körper der Mitglieder überhaupt nicht in Seattle befinden, sondern die Gang in Wirklichkeit von einer schwer bewachten und abgeschirmten Basis aus operiert, die ganz woanders liegt. Bis heute hat niemand ihre Astralkörper zurückverfolgen können – ihre Geisterdiener greifen jeden an, der es versucht. Es kursieren außerdem Gerüchte, dass einige der Geister mehr sind als nur Diener, und manche von ihnen sogar Führungspositionen in der Gang besetzen.

» Winterhawk

DIE RUNNER-SZENE

geposted von Cosmo

Seattle war eine der Geburtsstätten des Schattenlaufens. Das mag am einzigartigen Status als isolierte Hafenstadt liegen, die vollständig von Feinden umgeben ist und als wichtiger internationaler Knotenpunkt dient. Vielleicht liegt aber es auch an der vielseitigen Mischung von Konzerninteressen, die auf einer so kleinen Fläche aufeinanderprallen, was die Konzerne dazu verführt, regelmäßig auf ihre Konkurrenten einzuschlagen. Oder es hängt mit der riesigen Kluft zwischen Arm und Reich zusammen, den großen urbanen Ghettos des Plexes, den vielen SINlosen Bewohnern und der Rentabilität der Straßenkriminalität, die sie für viele interessant macht. Wahrscheinlich ist es die Kombination all dieser Faktoren, die eine perfekte Mischung aus hochentwickelter Technologie und niedrigem Lebensstil erzeugt, in dem zwielichtige Konzerne sowie politische und kriminelle Interessen aufeinandertreffen.

Was auch immer die genauen Gründe sein mögen, fest steht, dass die Schatten zu einem Bestandteil von Seattles Geschichte geworden sind, die einen Mythos um bestimmte Ereignisse und Persönlichkeiten erschaffen haben. Es ist keine Überraschung, dass Kritiker und Blogger Seattle als „Mekka der Kriminalität“, „gesetzlose Grenzstadt“ oder „Hauptstadt der Laster“ bezeichnen, wenn man die populären Trid-Serien gesehen hat, die aus den Seattler Schatten eine Sensation machen (und manchmal auf echten Ereignissen und Personen basieren). Bei der regelmäßigen (und manchmal hysterischen) Berichterstattung in den Medien werden die Runner von Seattle entweder als schneidige Robin-Hood-Helden idealisiert oder als Hauptbedrohung für die öffentliche Sicherheit an den Pranger gestellt. Obwohl man die Politiker immer wieder lauthals nach Polizeirazzien schreien hört, um die Straßen von Ganoven und Terroristen zu befreien, sind die Bewohner der Schatten hier in Wahrheit viel zu tief verwurzelt und viel zu nützlich für die zahllosen Mr. Johnsons und ihre einflussreichen Hintermänner, die auf die Schatten angewiesen sind, damit sie sich selbst nicht die Hände schmutzig machen müssen. Der durchschnittliche Seattler weiß das und akzeptiert die Runner-Szene mit einem gewissen Gefühl von Stolz. Jeder versichert seinen Freunden, dass er sogar einen oder zwei Shadowrunner kennt – über den Freund eines Freundes natürlich.

All das führt dazu, dass Seattle so etwas wie einen sicheren Hafen für Runner darstellt – die Konzerne wissen, dass sie hier Leute anheuern können, und die Runner wissen, dass sie hier Arbeit bekommen. Tatsächlich ist Seattle in den UCAS und sogar in den NAN-Staaten als echtes Paradies für Möchtegern-Runner bekannt, als der Platz, an den man gehen muss, um ganz nach oben zu kommen. Jeder Ganger im Plex, der jemals eine Waffe getragen hat, bildet sich ein, ein Runner zu sein, und die lokalen Data Havens haben ihre liebe Not damit, die Kinder und die Schatten-Paparazzi hinauszuwerfen.

» Die Leute begeistern sich für die schrägsten Sachen, und die Schatten machen da keine Ausnahme. Es gibt Trid-Piratensender und News-Sender, die nichts anderes machen, als die Schattenaktivitäten im Plex zu kommentieren und über sie zu spekulieren. Der meiste Drek wird von Fans zusammengestellt, die den Nervenkitzel suchen, den sie spüren, wenn sie sämtliche Schritte eines Runners zurückverfolgen. Zum Teufel, einige dieser Runner-Stalker können lästiger sein als eine Observation durch den Star oder die subtile Vendetta eines Feindes. Andererseits bieten die Schatten-Medien oft interessante Fakten oder erweisen sich als nützliches Werkzeug beim Legen falscher Fährten.
» Dr. Spin

Neue Gesichter in der Szene sind ein willkommener Anblick, und für den Fall, dass du zu diesen Neuankömmlingen gehörst, folgt hier eine kurze Einführung in Seattles Runner-Szene. Aber auch wenn du ein alter Hase bist, ist das folgende Kapitel einen Blick wert und sollte auf jeden Fall an die Greenhorns weitergegeben werden, bevor sie sich in tödliche Schwierigkeiten bringen.

SEATTLES ETIKETTE

Neulinge und ortsfremde Runner sollten ein paar Dinge darüber wissen, wie man sich in den Schatten von Seattle verhält. Die meisten dieser Informationen entsprechen im Grunde dem gesunden Menschenverstand, aber ihr würdet euch wundern, wenn ihr wüsstet, wie oft eine aufstrebende Runnerkarriere ihr schmerzliches Ende fand, weil diese Regeln nicht befolgt wurden. Auf der anderen Seite gibt es im Plex keine Garantien, und es ist absolut möglich, dass man an Leute gerät, die nach ihren eigenen Regeln spielen und man durch die Befolgung der folgenden Ratschläge in Teufels Küche geraten kann. Der beste Tip, den ich dir geben kann, lautet, eine Situation frühzeitig einzuschätzen, cool zu bleiben und deiner Intuition und Menschenkenntnis zu folgen.

Schieber

Die wichtigste Regel beim Schattenlaufen in Seattle: Besorg dir einen Schieber. In einer Stadt, die übervoll mit Talenten ist, bist du ohne einen Schieber, der für deine Bekanntheit sorgt, ein Niemand. Glücklicherweise gibt es eine Menge Schieber da draußen, die nach neuen Teams suchen, um ihren Stall aufzustocken, wobei du davon ausgehen kannst, dass sie dir nur kleine Jobs geben, bis du bewiesen hast, dass du ein Profi bist – ganz egal, welche Reputation du in anderen Städten hast oder wie viele Referenzen du vorzeigen kannst.

Wähle deine Schieber mit Bedacht (falls du überhaupt eine Wahl hast) – auch Schieber haben eine Reputation, und es ist schwer, lange im Geschäft zu sein, ohne sich ein paar Feinde zu machen. Viele von ihnen sind kleine Fische, aber du kannst dich ja die Leiter hocharbeiten.

Falls du keinen Schieber findest, stell dich bei einer kriminellen Familie vor, die auch Externe beschäftigt. Die Mafia und die Yaks haben immer Arbeit für Freischaffende, bei denen sie eine Geschäftsbeziehung plausibler abstreiten können als bei den eigenen Leuten. Pass aber auf, dass du keine allzu enge Verbindung mit ihnen eingehst, denn so könntest du bald als Teil der Familie angesehen werden, ob du das willst oder nicht – und wenn du einmal drin bist, bleibst du ein Leben lang bei ihnen.

» Ihr müsst wissen, dass die Schieber in Seattle nur sehr selten beim ersten Treffen zwischen Mr. Johnson und den Runnern dabei sind. Die Untergrund-Gerüchteküche ist hier einfach zu ausgeprägt, weshalb der Johnson üblicherweise nur die Informationen an den Schieber weitergibt, die unbedingt notwendig sind, um ein ausreichend qualifiziertes Team zu finden. Die meisten Schieber werden deshalb eher als Talentsucher denn als Mittelsmänner behandelt, und viele von ihnen bevorzugen das auch, denn je weniger sie mit dem Run zu tun haben, desto weniger müssen sie sich darum sorgen, sich in einer brenzligen Situation wiederzufinden, wenn das Team versagt.
» Haze

Wenn du neu in der Stadt bist, ist ein Schieber auch die beste Anlaufstelle, um sich Ausrüstung zu beschaffen. Sie haben mit höchster Wahrscheinlichkeit alle notwendigen Kontakte und kennen sich garantiert besser in der Welt der Schwarzmärkte aus als du. Falls alles schief läuft und du dir einige Sachen selbst besorgen musst, versuch es in der Crime Mall in Puyallup und hoffe das Beste.

Mr. Johnsons

Mr. Johnson steht für die gesamte Bandbreite von Auftraggebern, von erstklassigen Konzern-Talentsuchern bis hin zu nervösen Otto-Normalverbrauchern, die mit dem Rücken zur Wand stehen. Du kannst die Profis normalerweise daran erkennen, wie sie ein Treffen arrangieren. Sie werden keine Unterhaltung im Inferno oder einem anderen Platz führen, der als Lieblingstreffpunkt von Runnern bekannt ist – ihr Ziel lautet, jeglichen nachweisbaren Kontakt zu den Runnern zu vermeiden, und sie alle wissen, dass es eine Menge offener Augen und Ohren an solchen Orten gibt. Sie werden dich also eher zu einem stillen Dinner in einem kleinen Restaurant einladen, von dem du noch nie gehört hast, vielleicht in Everett oder einem ähnlich harmlosen Stadtteil.

» Sofern sie nicht doch gesehen werden wollen – oder sie dich glauben machen wollen, dass sie weniger erfahren sind, als es tatsächlich der Fall ist. In diesem Fall suchen sie einen Treffpunkt aus, der praktisch ein Klischee in der Runner-Szene ist.
» Haze

Es ist Tradition in Seattle, dass Mr. Johnson die Rechnung bezahlt, was aber nicht heißt, dass du jeden teuren Wein auf der Karte „verkosten" sollst. Wie immer werden auch hier dein professionelles Benehmen und deine Fähigkeit, dich angemessen zu kleiden und unauffällig zu bleiben, für oder gegen dich sprechen.

Straßenruf

Die freiberufliche kriminelle Gemeinde in Seattle ist groß genug, um eine ganze Arkologie zu bevölkern. Auf der einen Seite macht es uns dieses Meer von Kriminellen leichter, herumzuschwimmen, ohne geschnappt zu werden. Auf der anderen Seite kennt jeder eine Menge Leute, und wenn man nicht aufpasst, erreichen Worte manchmal Lichtgeschwindigkeit. Um es auf den Punkt zu bringen: All die anderen Runner da draußen sind gleichzeitig deine Verbündeten, deine Feinde und deine Konkurrenz. Wenn du die Szene beherrschst, hast du am Ende der Nacht weniger Kugeln in deinem Leib als die anderen.

Die erste Sache, die es zu beachten gilt, ist, dass der Straßenruf wirklich zählt. Wenn du einen anständigen Ruf und die richtigen Kontakte hast, steht dir eine ganze Unterwelt voller Möglichkeiten offen. Wenn du das aber vermasselst und einen Ruf als Typ entwickelst, der zu viel redet, wenn der Tag lang ist, oder die Dinge nicht ernst genug nimmt und seinen Freunden nicht den Rücken deckt, oder ein Geschäft versaut hat, wirst du in dieser Stadt sehr schnell zu einem Niemand. Wenn du keinen guten Ruf hast, lösen sich deine Freunde und Kontakte Ruckzuck in Wohlgefallen auf, oder sie weigern sich einfach, weiter mit dir zusammenzuarbeiten.

• Wer du in deiner Heimat warst oder bist, zählt für die meisten Seattler Runner einen Drek. Wir sind eine ziemlich internationale Stadt, aber uns interessiert nicht, wer der größte Gangster in irgendwelchen anderen Plexen ist. Wenn du den Respekt der Seattler Schattenwelt besitzen willst, musst du ihn dir auch hier verdienen. Zum Teil rührt das daher, dass die Seattler Runnergemeinde eine elitäre Meinung über sich selbst hat. Sie betrachtet sich als die einzige Schattenstadt, die wirklich etwas wert ist. So zu denken ist gewiss nicht ganz korrekt – ich persönlich neige eher dazu, mich auf jemanden zu verlassen, der jahrelang in den Schatten einer in sich abgeschlossenen Konzernseifenblase wie Neo-Tokyo gelaufen ist, als auf einen der Teilzeitrunner, die wir hier in Emerald City haben.
• Traveler Jones

• Glaubt jetzt nicht, dass in Seattle noch niemand von euch gehört hat. Zum Beispiel kennen die meisten der Triaden das Who is Who der Runner in Hongkong, und ihr könnt euren Allerwertesten darauf verwetten, dass die anderen Syndikate und Konzerne ein Auge auf jeden haben, der sich einen Ruf außerhalb der Stadt verdient hat.
• Jimmy No

• Ja, das ist der Nachteil daran, dass alles miteinander vernetzt ist – man muss schon weiter reisen als bis nach Seattle, um dem Ärger zu entkommen, den man sich woanders aufgehalst hast.
• Traveler Jones

Dein Ruf ist heutzutage, wo jeder Shadowrunner auch einen Teil der Seattler Online-Networking-Community darstellt, noch wichtiger als früher. ShadowSea verfügt über ein Programm, das deine Reputation berechnet, die auf dem Feedback anderer Runner und Schattenkontakte basiert, und du wärst überrascht, wie schnell dein Ruf auf Tauchstation gehen kann, wenn du deinen Schieber verärgerst oder dein Gesicht in den Abendnachrichten auftaucht.

• Richtig übel wird es, wenn dein ShadowSea-Ruf während eines Deals einen Schlag erleidet. Ich bin mehr als nur einmal mitten aus der Transaktion mit einem Klienten ausgestiegen, weil ich mir den aktuellen Ruf immer in Echtzeit-AR anzeigen lasse. Ich will nicht als jemand gelten, der einem Ausgestoßenen hilft, denn das würde meinem eigenen Ansehen schaden.
• Am-mut

Gemeinde

Der große Vorteil der Seattler Schatten liegt darin, dass die Runner-Szene über immense Ressourcen verfügt. Die Armen, SINlosen, Kriminellen und anderen Bewohner der Bezirke mit niedrigem Lebensstandard können genauso gut zusammenhalten und kooperieren, wie sie gegeneinander vorgehen können. Viele haben gelernt, dass es ihnen damit sogar sehr gut gehen kann. Und so finden sich viele soziale Gruppierungen, Nachbarschaftshilfen, inoffizielle Bastlerclubs und Zweckgemeinschaften, die zusammenkommen und ihre Ressourcen bündeln, Informationen tauschen oder auf andere Art und Weise für das Vorankommen der Gemeinschaft zusammenarbeiten. Diese Zusammenarbeit manifestiert sich in allen möglichen Formen, von autarken Obdachlosen-Farmen über gemeinnützige Schattenkliniken bis hin zu magischen Gruppen und Rigger-Mechaniker-Ringen.

• Die radikalen Kommunen in den Barrens sind ein gutes Beispiel für diese Art von Zweckgemeinschaften. Die Leute ziehen sich absichtlich in diese gesetzlosen Gebiete zurück, damit sie nach der Lehre bestimmter politischer Philosophien (oder Religionen bzw. Ideologien) leben können. Die Anarchisten in Puyallup zum Beispiel glauben nicht an diesen „Überleben-des-Stärksten"-Drek, wie manche Gangs es tun. Stattdessen leben und arbeiten sie nach den Basisprinzipien der individuellen Verantwortung und der gegenseitigen Hilfe. Die Menschen, die in solchen Gemeinschaften leben, wissen, dass sie sich aufeinander verlassen können, ob sie nun von einem Arzt des Schwarzen Kreuzes zusammengeflickt werden oder etwas repariert werden muss.
• Aufheben

• Unglücklicherweise findet man selbst in der Runner-Szene ein hohes Maß an altmodischen Vorurteilen. Es gibt Leute, die gegen Metamenschen voreingenommen sind, Magie-Phobiker und Personen, die sich am Geschlecht des anderen oder sexuellen Orientierungen hochziehen. Deshalb gibt es natürlich auch viele Netzwerke, die es diesen Leuten ermöglichen, ihr Ding durchzuziehen, wobei derart voreingenommene Runner üblicherweise weniger Job-Angebote bekommen.
• Fatima

• Einige dieser Traditionen sterben einfach nicht aus. Nehmt zum Beispiel die Gillettes – weibliche Straßensamurais mit genau denselben Einstellungen und Fähigkeiten wie ihre männlichen Kollegen. Und obwohl die Seattler Runner-Szene eine hohen Frauenanteil hat (möglicherweise sind sogar die Hälfte aller Runner Frauen), gibt es da draußen noch immer viele Gillettes, die es sich in den Kopf gesetzt haben, ihre Gleichwertigkeit zu beweisen, egal ob es überhaupt notwendig ist oder nicht. Die charismatischeren dieser Emanzen scharen reine Mädel-Gangs um sich, um Prostituierten beizustehen, die gegen Vergewaltiger und gewalttätige Zuhälter vorgehen. Jüngere Mädchen lernen von ihnen, wie sie auf sich selbst acht geben können, vercybern sich, und vervollständigen so den Kreis.
• Hannibelle

Ein weiterer Vorteil dieser eng vernetzten Gemeinschaft ist, dass man nicht zwingend auf harte Nuyen angewiesen ist, um einzukaufen. Nicht zurückverfolgbare Credsticks sind natürlich das bevorzugte Zahlungsmittel, aber eine Menge Dealer in Seattle nehmen auch andere Dinge in Zahlung, die nicht heiß sind, einschließlich Inhaberobligationen, Konzernaktien, Megakonzern-Währung, Gold und Silber, Fahrzeugen, Waffen, Grundbesitz, Informationen, Pay Data und Unterwelt-Schuldscheinen. Tauschgeschäfte sind in den Barrens an der Tagesordnung, da elektronische Währung dort keine Rolle spielt. Schlussendlich kann man auch immer noch seine persönlichen Dienste eintauschen, wie dir jedes Callgirl und jeder Callboy bestätigen wird.

EINEN JOB FINDEN

Das Schöne an den Seattler Schatten ist, dass du jede Art von Arbeit finden kannst. Wenn deine Stärke darin liegt, Enthauptungen per Snowboard vorzunehmen oder du etwas ähnlich Kurioses zu deinem Spezialgebiet gemacht hast, stehen die Chancen gut, dass irgendjemand in Seattle deine Dienste benötigt – besonders wenn dein Talent in etwas Elementarem besteht, wie beispielsweise „Arschgeigen verprügeln". In Wahrheit gibt es so viele Jobmöglichkeiten in Seattle, dass du dich immer darauf verlassen kannst, um einen dieser verdammten Extraktionsaufträge herumzukommen. Du kannst in der einen Woche als Leibwächter für die durchtriebene Ehefrau eines Politikers arbeiten, in der nächsten die Informationen für einen genialen neuen Konzern-Prototyp hacken, danach einen Entführungsjob machen, und den Monat damit beenden, ein paar Erpressungen im Namen einer Aktivistengruppe durchzuführen. Und wenn es dir im Plex langweilig wird, kannst du eine Autofahrt in das Salish-Shidhe-Gebiet (oder sogar nach Tir Tairngire) unternehmen, um dort ein bisschen illegalen Talisraub oder Wilderei zu betreiben.

Natürlich sind manche Jobs in Seattle verbreiteter als andere und haben unterschiedliche lokale Eigenheiten, die beachtet werden sollten. Hier sind einige davon:

Schmuggel

Seattle hat eine ausgezeichnete Lage für Schmuggelaktivitäten, da die Stadt ein wichtiger Knotenpunkt für den Verkehr im Pazifikraum ist. Obwohl viele Transporte über den Nicaragua-Kanal in Aztlan abgewickelt werden, gibt es immer noch so viele legale Transporte durch Seattle, dass es den Behörden schwer fällt, sie alle im Auge zu behalten, vom aussichtslosen Kampf gegen illegale Transporte ganz zu schweigen. Seattle ist ein bunter Flickenteppich aus Docks, Flughäfen, Zuständigkeiten und Behörden, sodass es schon fast schwierig ist, beim Schmuggeln oder etwas ähnlichem erwischt zu werden, wenn man die richtigen Kontakte hat.

Ein großer Teil der Fracht, die in Seattle ankommt, ist für die UCAS bestimmt und wird als Luftfracht, per Zeppelin Cargolifter oder über Eisenbahnen und Straßenzüge weitergeleitet. Der Verkehr auf dem Landweg wird gründlicher unter die Lupe genommen, da er direkt durch die NAN – speziell durch Salish-Shidhe und Sioux – verläuft. Der Schmuggel in den Osten wird üblicherweise über die Grenzen von Everett, Redmond und Puyallup abgewickelt. Wenn du es erst einmal an den Grenzpatrouillen der Salish vorbei geschafft hast, ist der Weg durch das Innere des SSC ein Kinderspiel. Die Cascades bieten eine gute Gelegenheit für einen Zwischenstopp – die Cascade Orks betreiben Tankstellen und Werkstätten, und viele ihrer Stammesangehörige werden versuchen, dir deine Fracht abzukaufen oder dir zusätzliche Fracht anzudrehen. . Hier beginnen die wichtigen Routen nach Denver, Chicago und New Orleans.

» Den Sioux bereitet es besondere Freude, die für die UCAS bestimmten Transporte einer gründlichen Inspektion zu unterziehen – ein Teil des „Kalten Krieges", der noch immer zwischen den beiden verhassten Nachbarn besteht.
» Mika

Zu guter Letzt werden aus Seattle Güter in den gesamten Pazifikraum verschifft, hauptsächlich zu Zielhäfen in Vladivostok, Osaka, Hongkong und Sydney im Westen sowie Portland, San Francisco und Los Angeles im Süden. Schmugglerbanden benutzen alle möglichen Transportmittel, vom getarnten Schlepper über tauchfähige Boote und unter dem Radar fliegende Frachtflugzeuge bis hin zum T-Bird oder Schnellboot, mit denen sie der Küstenwache durch pure Schnelligkeit entkommen können.

Die Mafia, Yakuza, Vory und andere Syndikate haben das Monopol auf viele Schwarzmarktwaren, besonders auf BTLs, Drogen, Waffen und in einem gewissen Rahmen auch Medikamente. Diese kriminellen Organisationen haben bereits die notwendige Infrastruktur etabliert – bestochene Beamte, Wachpläne der Patrouillen, geheime Tankstellen und Zwischenlager. Aber es besteht trotzdem eine große Nachfrage nach unabhängigen Schmugglern, besonders wenn sie mit einigen guten Schmugglerbanden und Schmuggelrouten vertraut sind. Es gibt eine Menge unangetasteter kleinerer Märkte, in denen man Profit machen kann, wie zum Beispiel der Handel mit biologischen Gütern, Telesma, Markenimitaten und sogar menschlicher Fracht.

» Seattle verzeichnete in den vergangenen zehn Jahren viele neue illegale Einwanderer aus China, Russland, den Philippinen, dem Freistaat Kalifornien, den früheren Ute- und Tsimshian-Nationen und sogar aus dem Tir. Jede dieser Gruppen hat hier eine eigene Gemeinschaft aufgebaut, die noch mehr Freunde und Verwandte anlockt – und nur wenige von ihnen haben die notwendigen Mittel oder Papiere.
» Traveler Jones

» Ein großer Teil der Schmuggelwaren durchläuft Seattle nur und wird hier nicht gehandelt. Das heißt, dass das Schmuggelgeschäft nicht nur darin besteht, die Waren in die Stadt hineinzubekommen, sondern auch, sie wieder rauszubekommen. Das bedeutet den doppelten Aufwand an Planung, gefälschten Papieren und Bestechungen – wodurch auch die unabhängigen Schmuggler oft auf die Hilfe der Syndikate angewiesen sind, was natürlich nur dann funktioniert, wenn diese auch ihren Schnitt bei dem Geschäft machen.
» Lyran

» Einige Syndikate haben Vereinbarungen mit dem Personal von extraterritorialen Megakonzernen getroffen, was es ihnen ermöglicht, gelegentlich einen Vorteil aus Transporten zu ziehen, die ohne Kontrolle an den Zollstationen vorbei kommen.
» Kia

Hooding

Überraschend viele Runner nehmen "Hooding-Jobs" an – genau wie Robin Hood, der von den Reichen stahl, um es den Armen zu geben. Hooding-Jobs beinhalten immer die Arbeit für einen Unterdrückten/Unterprivilegierten gegen einen Mächtigeren oder einen Unterdrücker. Ein Hooding-Job könnte zum Beispiel darin bestehen, einem Zwergenwohnviertel dabei zu helfen, eine von Humanis unterstützte Gang zu verjagen, die das Viertel terrorisiert, oder einer Obdachlosenkommune Rückendeckung zu geben, die von einem Konzern mit einer Räumung bedroht wird. Entgegen der allgemeinen Annahme heißt Hooding nicht, dass man ohne Bezahlung arbeitet – obwohl es normalerweise bedeutet, dass man für wenig Geld arbeitet oder sogar alternative Zahlungsmethoden akzeptiert, die von kostenlosen Reparaturen bis zu einer lebenslangen Belieferung mit Tomaten und Knoblauch aus einem Gemeinschaftsgarten reichen können.

Seattle ist eine Stadt der Nachbarschaften, und jede Nachbarschaft hat ihre eigenen Probleme, seien es nun Yakuza-Vollstrecker, räuberische Gangs, Polizeibrutalität oder marodierende Vergewaltiger. Je ärmer die Gegend, desto weniger Möglichkeiten haben die Leute, mit der jeweiligen Bedrohung umzugehen. Gelegentlich schließen sie sich zusammen, um mit vereinten Kräften gegen eine Bedrohung vorzugehen, doch oft fehlt es ihnen an den nötigen Fähigkeiten, Ressourcen oder schlicht am Mut, um Herr der Lage zu werden. Von den Behörden ist nur selten Hilfe zu erwarten, da die Machthaber oft Teil des Problems sind.

» Viele Obdachlosenkommunen in Redmond stehlen ihr Wasser oder ihren Strom aus Leitungen, die Konzerneinrichtungen versorgen. Die Konzerne sind darüber natürlich wenig erfreut, deshalb werfen die Bewohner ihre Ressourcen oft in einen Topf, um Runner anzuheuern, die Spitzel ruhigstellen, Entscheidungsträger erpressen und andere Maßnahmen durchführen, um die Konzerne dazu zu bringen, in die andere Richtung zu schauen.
» Aufheben

Mit Hooding kann man vielleicht nicht alle seine Rechnungen bezahlen, aber es ist eine zufriedenstellende Arbeit. Es ist schwer zu sagen, warum so viele Runner diese Jobs annehmen. Manche glauben wahrscheinlich an ihren eigenen Medienhype, der sie als Ritter der Unterdrückten darstellt – natürlich nur so lange, bis ein paar BTL-Abhängige versuchen, sie auszurauben, was dann meist zur Folge hat, dass ihre Klassensolidarität zusammen mit einer Patronenhülse zu Boden fällt. Viele Runner denken, dass sie für eine gute Sache arbeiten, besonders jene, die zum Anarchismus, Öko-Aktivismus oder sonst einem „-ismus" neigen. Andere erinnern sich einfach an ihre eigenen Wurzeln und an den Überlebenskampf, den sie auf der Straße führen mussten, und fühlen sich durch ihr Gewissen zum Helfen genötigt.

Konzernjobs

Die Tatsache, dass hier so viele große Konzerne ansässig sind, macht Seattle zu einem idealen Ort für Konzern-Infiltrationsjobs. Dies gilt im Speziellen für personelle Um- oder Neubesetzungen. Es gab 2065 dermaßen viele Extraktionen in dieser Stadt, dass es einem neuen Weltrekord gleichkommt, und sicherlich genug, um sie als einen neuen Stadt-Sport anzusehen. Mit so vielen Konzerneinrichtungen in enger Nachbarschaft können die Konzerne gar nicht anders, als sich gegenseitig aufs Korn zu nehmen, besonders dann nicht, wenn es so eine große Runnerbasis gibt, aus der man Nutzen schlagen kann.

Mit einer soliden Reputation und einem ambitionierten Schieber kann man sich die Konzern-Jobs quasi aussuchen. Du hast die Nase voll davon, für Shiawase zu arbeiten? Kein Problem, Mitsuhama heuert an. Du hast eine persönliche Vorliebe für stille und heimliche Jobs anstatt für Sabotage-Runs, die eine Auseinandersetzung mit der Konzernsicherheit unumgänglich machen? Omae, jemand wird dir anbieten, was du brauchst.

Weise Worte: Die Konzerne spielen dieses Spiel genauso gut wie wir, und sie haben ihre Ohren auf der Straße. Ihre Spione, Agenten und Spitzel durchziehen den gesamten Plex, also sei vorsichtig, wenn du mit deinen Connections darüber redest, dass du einen Run auf Ares vorhast oder ein paar neue Johnsons von Monobe dich angeheuert haben. Außerdem führen sie ihre Akten sehr gewissenhaft und haben dadurch ein sehr langes Gedächtnis. Hüte dich deshalb davor, Jobs von einem Konzern anzunehmen, dessen neue Fabrik du vor einem Jahr in die Luft gejagt hast, egal für wie sauber du dich hältst.

» Die Johnsons in Seattle beherrschen es ausgezeichnet, ihre Runner darüber im Ungewissen zu halten, für welchen Kon sie arbeiten. Deshalb kauft ihnen diesen „Er-trägt-Evo-Manschettenknöpfe-also-muss-er-für-Evo-arbeiten"-Trick nicht ab! Die erfahreneren Johnsons verfügen über ausgeklügelte Strategien, um ihre Ankunft und das Verlassen des Treffens heimlich zu bewerkstelligen, werden nur sorgfältig gefälschte Kontaktdaten geben und zahlreiche falsche Fährten auslegen, damit man denkt, dass sie für einen anderen arbeiten. Die besten unter ihnen sind zudem ausgezeichnete Schauspieler und spielen die Rolle des „Frischling-Johnsons" bis zur Vollendung, nur um euch zu täuschen.
» Haze

» Die Wahrheit ist, dass die Seattler Schatten von einem außerordentlich starken Wettbewerb geprägt sind und viele Konzern-Johnsons einfach nicht lange im Geschäft bleiben. Selbst wenn sie keinen Mist bauen, der es erfordert, dass sie versetzt oder „entfernt" werden, verstricken sie sich in internen Auseinandersetzungen, werden bei einem fehlgeschlagenen Deal erschossen oder erleiden durch den ganzen Stress einen Nervenzusammenbruch. Selbst wenn sie gut genug sind, um zu alten Hasen zu werden, müssen sie ständig befürchten, dass ihr Gesicht und ihre Identität allzu bekannt werden. Bei einer derart großen Fluktuation kann man erwarten, dass viele Seattler Johnsons neue Gesichter oder Importe aus anderen Städten sind – was natürlich nicht bedeutet, dass sie naiv sind. Sie gleichen ihren Mangel an persönlicher Erfahrung durch den Zugang zu den Wissensdatenbanken über die Geheimoperationen der Konzerne aus.
» Kia

LOKALE AKTEURE

Keine Abhandlung über die Schatten des Metroplexes wäre komplett ohne eine Erwähnung bestimmter lokaler Spezialisten, die ihre Dienste denjenigen zur Verfügung stellen, die von ihnen wissen.

Die Creeps

Wenn man etwas zwischen Seattle und den Salish-Shidhe schmuggeln möchte, sind die Creeps eine gute Wahl. Dieser hauptsächlich aus Orks bestehende Schmugglerring ist das letzte Überbleibsel der Black Rains Gang, die sich selbst vor einigen Jahren durch einen internen Machtkampf ausgelöscht hat. Die Creeps arbeiten hauptsächlich in Tacoma und Puyallup und sind stark vom Ork-Untergrund abhängig, da sie durch ihn ihre Waren sicher durch Seattle transportieren können. Außerdem arbeiten sie eng mit den Cascade Orks im Salish-Shidhe zusammen und weiten die alten Bergwerksstollen unter Carbanado aus, da viele dieser Gänge die

Grenze unterirdisch kreuzen und sie dort Waren tauschen und lagern können. Die Creeps halten den Chip-Nachschub in Gang und sind besonders auf pornografische Chips mit Orks und Trollen in den Hauptrollen spezialisiert.

» Die Creeps sind eher ein loser Haufen von Schmugglern als eine geeinte Gruppe. Einige ihrer Zellen haben aber ein ausgeprägtes Zusammengehörigkeitsgefühl, wie die berüchtigten Bot'Kham („Söhne des Kham"), ein weitläufiger Familienverband aus Mietmuskeln, die von einem der berüchtigteren Orkrunner aus Seattle abstammen, der sich nun zur Ruhe gesetzt hat. Diese Jungs handeln nach einem festen Kodex, der auf professioneller Loyalität und Familienzusammenhalt beruht – sie würden niemals ihre Familie oder ihren Arbeitgeber betrügen.
» Fatima

Road Warriors

Manchmal wird dein Motorrad geklaut oder dein gepanzerter Van von einem Zwerg in die Luft gejagt, der zu viel C4 und einen Hals auf dich hat, weil du ein Date mit seiner Schwester hattest. Zum Teufel, vielleicht hat Lone Star dein Hovercraft mit einer Wanze geortet und du musstest es auf die Schnelle versenken. Wann immer das passiert, kannst du die Road Warriors rufen – oder weniger romantisch ausgedrückt, ein Taxi bestellen.

Der Seattler Metroplex verfügt über 1.500 Taxis – Luft-, Land- und Wasserfahrzeuge eingeschlossen. Das ist natürlich nur die offizielle Zahl und beinhaltet nicht die unzähligen illegalen Taxis – ja, viele von ihnen werden von Immigranten gelenkt, den üblichen stereotypen Bastarden –, die einfach durch die Gegend gondeln und Leute gegen eine gewisse Gebühr transportieren. Das Problem mit den legalen Taxiunternehmen besteht nämlich darin, dass sie sich weigern, in bestimmte Gebiete zu fahren, wie etwa die Barrens oder andere Ghettos, oder Personen zu befördern, die unheimlich aussehen, mit Waffen schwenken, den Bürgersteig vollbluten oder vor Konzerntruppen fliehen. Zum Glück für die Schattengemeinde stehen für genau diese Aufgabe die Road Warriors bereit.

Die Road Warriors sind ein loses Netzwerk von Riggern, die hin und wieder eine Dosis Adrenalin zu schätzen wissen. Obwohl sie von ihrer angebotenen Dienstleistung her miteinander konkurrieren, arbeiten sie doch zusammen, wenn es um die Werbung von Neukunden oder Reparaturen geht. Einige von ihnen lenken ihr Fahrzeug selbst, andere riggen per Fernsteuerung. Die meisten der Fahrzeuge sind illegal mit versteckter Panzerung und Waffen modifiziert, manchmal sogar mit ECM oder ECCM. Nicht gerade die Art von Leuten, mit denen man es sich auf dem Highway während des Berufsverkehrs verscherzen will.

» Einige dieser Taxis haben schwerwiegende Rivalitäten untereinander, die oft zu eklatanten Beeinträchtigungen und territorialen Auseinandersetzungen führen. Es gibt nichts Ätzenderes, als wenn dich ein paar Rigger-Deppen auf der Straße schneiden, wenn du gerade einen perforierten Körper zu einem Straßendoc bringen willst.
» Turbo Bunny

Eine Fahrt mit den Road Warriors ist nicht gerade billig, und die Preise schießen automatisch in den Himmel, wenn gefährliche Situationen auftauchen – wie Gewalt oder Verfolgungsjagden. Es gibt aber kaum eine bessere Möglichkeit, dem Star zu entkommen, eine Straßensperre zu durchbrechen oder einfach nur eine Fahrt durch die unbekannteren Teile der Stadt zu unternehmen. Die meisten Warriors haben Vereinbarungen mit Go-Gangs, sodass sie deren Territorien unbehelligt passieren können.

» Man kann sie auch für Kurierdienste, als Eskorte oder als Schmuggler anheuern, obwohl einige Rigger bezüglich der Details mitunter etwas eigen sind – sie sind ein sonderbarer Haufen.
» Rigger X

» Wenn ihr eine Eskorte am anderen Ende des wirtschaftlichen Leistungsspektrums benötigt, gibt es da einen privaten Limo-Service, der sich XXL nennt und erstklassige Chauffeure und Leibwächter im Angebot hat. Viele dieser Jungs sind Ex-Straßensamurais und Konzernleute.
» 2XL

» Ich kann nicht glauben, dass bisher noch niemand das beste Taxiunternehmen der Stadt erwähnt hat – Lone Star! Sicher, sie sind teuer wie Sau, aber wer kann DIE schon aufhalten?
» Hard Exit

ShadowSea

ShadowSea – wegen seiner dunkelgrünen Ikonographie auch „Dark Emerald" genannt – ist der wichtigste Schattenknoten in Seattle. ShadowSea wurde Anfang 2065 in Windeseile von einem Hacker-Kollektiv hochgezogen, um die Leere zu füllen, die entstanden war, als Shadowland Seattle – der frühere Data Haven – durch den Crash-Wurm zerstört wurde.

» Hat noch jemand das Gerücht gehört, dass einige der Kerndaten aus Shadowland auf einen geheimen Server kopiert wurden, bevor der Crash alles löschte? Und wenn ich Kerndaten sage, meine ich den echt brisanten Kram, von dem sie keine Sicherheitskopien im Nexus hatten.
» Pistons

Obwohl ShadowSea kein Data Haven der ersten Liga ist, wie der Nexus oder die Helix, ist er immer noch eine Sammlung riesiger Datenmengen (mit Schwerpunkt auf Daten über Seattle und die Seattler Region). ShadowSea ist außerdem ein beliebter virtueller Treffpunkt für Runner und Hacker und zudem mit dem alten, weltweiten „Darknet" von Shadowland verlinkt. Mit anderen Worten, es gibt einen geheimen Tunnel in den Nexus, über den die Daten regelmäßig auf Mirror Sites überall auf der Welt gesichert werden. Obwohl es kollektiv verwaltet wird, fungiert ein Hacker, der als Facet bekannt ist, als „öffentlicher" Repräsentant und Sprecher von ShadowSea.

» Hey, Jack, redest du wieder mit Facet?
» Glitch

» Sozusagen. Wir waren nie einer Meinung darüber, wie ShadowSea strukturiert sein sollte. Ich bin der Meinung, dass schon lange kein Bedarf mehr für einen zentralen Hub besteht und dass das neue Netzwerk vollständig dezentralisiert auf Peer-to-Peer-Basis operieren sollte. Wir waren in diesem Punkt unterschiedlicher Auffassung, also ließ ich Facets Truppe ihr eigenes Ding machen und habe meine Bemühungen stattdessen auf Jackpoint konzentriert. Ich bin aber froh, dass sich das ShadowSea-Kollektiv einige meiner Vorschläge zu Herzen genommen hat. Die ShadowSea-Währung basiert zum Beispiel auf meiner Vorlage, genauso wie ihre Benutzeroberfläche in einigen Punkten Jackpoint ähnelt.
» FastJack

Es ist nicht ganz leicht, Zugang zu ShadowSea zu erhalten – du wirst es zum Beispiel mit einer Standard-Matrix-Suche nicht finden. Wenn deine Hacking-Fähigkeiten gut genug sind, kannst du es aber finden, ansonsten musst du von jemandem eingeladen werden, der sich als ausreichend würdig erwiesen hat. Wenn du einmal drin bist, hast du Zugang zu einer ganzen Reihe von nützlichen und vor allem für Runner interessanten Ressourcen, wie zum Beispiel zu anonymisierten Zugängen, dem Schwarzen Brett und Diskussionsforen voller Straßenklatsch, dazu ein riesiges Archiv mit Suchfunktion für ansonsten schwer zu findende Daten, Schwarzmarkt-Auktionen, einen sicheren Datenspeicher, ein beliebtes Schatten-Wiki, unterhaltsame Untergrund-Online-Tagebücher, Piratensender und vieles mehr. ShadowSea eignet sich außerdem hervorragend für den Handel mit Musik, Trids, Sims, Software, Spielen und allem, was sonst noch

SHADOWSEA: FACETS AKTUELLE SCHWARZE LISTE

• Es ist schwer, in einer so großen Gruppe wie der Seattler Runnergemeinde einen Konsens zu erreichen, aber hier ist eine kurze Liste mit den Typen, die es sich wirklich mit jedem verscherzt zu haben scheinen. Gemeint sind Personen, deren Rating ins dreifache Minus gefallen ist und die deshalb aus ShadowSea verbannt wurden. Ihr solltet sie meiden wie einen neuen VITAS-Bakterienstamm, wenn euch eurer Leben etwas bedeutet.
• Facet

3) PACHINKO MIKE

Mike kam auf kuriose Weise zu der Ehre, auf der schwarzen Liste zu landen. Ihr müsst wissen, dass Mike kein unbeliebter Kerl oder inkompetenter Runner ist. Er ist einfach ein Adept aus Hongkong, der seinen Lebensunterhalt als okkulter Problemlöser verdient. Ja, einige Magier bemängeln, dass er ihren Ruf untergräbt, während sich andere von seinen Zigarren, seinen zwanghaften Spielgewohnheiten oder seinem exzessiven Konsum billigen Fusels abgestoßen fühlen – aber das reicht wohl kaum für den dritten Platz auf der schwarzen Liste.

Der wirkliche Grund, warum ihr Mikes Namen auf der Liste findet, ist reines Glück oder besser, sein Unglück. Aus irgendwelchen Gründen passieren den Leuten, die mit ihm zusammenarbeiten oder sich einfach in seiner Nähe aufhalten (aber niemals Mike selbst), die merkwürdigsten Sachen. Diese Dinge geschehen niemals absichtlich oder aufgrund seiner Handlungen, aber die Unfälle um ihn herum häufen sich einfach. Einige dieser Unfälle waren nicht sehr schlimm, aber mehr als nur einer von ihnen endete ... fatal. Es gibt nicht einen einzigen Runner da draußen, der mit ihm zusammengearbeitet und es geschafft hätte, „dem Fluch" zu entgehen. Die anderen haben inzwischen gelernt, ihm weiträumig aus dem Weg zu gehen. Was auch immer da vor sich geht, der Typ bedeutet Ärger, vertraut mir einfach.

• Hey, Beaker, stimmt es, dass du auch das zweifelhafte Vergnügen hattest, mit Pachinko Mike zu arbeiten?
• Smiling Bandit

• Kein Kommentar.
• Beaker

2) WARRANT OFFICER CHARLENE TWOFEATHERS

Es gibt nichts Schlimmeres als einen ehrlichen Bullen – außer einem erfolgreichen ehrlichen Bullen. Twofeathers ist ein aufsteigender Stern in der militärischen Criminal Investigation Division (CID) der UCAS, dem Äquivalent des FBI. Diese Adler-Schamanin ist gerissen, verbissen, erschreckend effektiv und damit der Fluch vieler Krimineller, die versuchen, sich mit dem Militär „anzufreunden". Sie hat ShadowSea letztes Jahr für ein paar Monate unter dem Namen „Solo" infiltriert. Es heißt, sie ist im Moment der Gianelli-Familie auf der Spur, um die Mörder eines CID-Kollegen zu verhaften.

• Moment mal, da stimmt was nicht. Eine Indianerin in der UCAS-Armee?
• Mika

• Du hast Charlene nie getroffen, ne? Sie ist ein Halbblut, die Tochter eines nordöstlichen Amerindianers – du weißt schon, die Leute, die aus den NAN abgeschoben werden. Ihren Patriotismus oder ihre Abstammung in Frage zu stellen, bringt dir in null Komma nix eine gebrochene Nase ein.
• Pistons

• Mann, auf ihrer Stirn steht dick und fett "Vom Ehrgeiz zerfressen", wenn ihr mich fragt.
• Baka Dabora

1) KIKU / KEIKO

Die Älteren unter uns erinnern sich bestimmt an diese Anfängerin mit den großen Augen, versessen darauf, die Schatten und die Freiheit, die sie bieten, kennenzulernen. Kiku lernte schnell und schloss noch schneller Freundschaften. Nach einer steilen Karriere, die beinahe zwei Jahrzehnte währte, gehörte sie zu Seattles Decker-Elite. Obwohl es offensichtlich war, dass sie eine Vendetta gegen die Yakuza führte, ließ sie in den ganzen Jahren nie durchblicken, dass sie in Wahrheit Keiko Shotozumi war, das von zu Hause fortgelaufene zweite Kind von Yakuza-Oyabun Hanzo Shotozumi.

Und so kam der große Schock, als Kiku eine 180-Grad-Drehung hinlegte, Frieden mit ihrem Vater schloss, die Schatten verließ und bei den Yaks einstieg. Das allein würde natürlich nicht ausreichen, sie auf die schwarze Liste zu setzen. Allerdings verfügen wir jetzt über belastende Beweise, dass sie vor ihrem Ausstieg noch in ShadowSea gehackt ist und einige Schlüsseldaten über die Yakuza gelöscht hat. Es existieren außerdem Beweise dafür, dass sie einige ihrer früheren Teammitglieder an Papi verkauft hat, der jeden Einzelnen verfolgen und ermorden ließ, nur um ein Exempel dafür zu statuieren, was passiert, wenn man sich jahrelang in Shotozumi-Angelegenheiten einmischt. Man hört, dass Keiko jetzt ein „Spezialprojekt" für den Shotozumi Clan betreut.

• Coburns Leute haben vor ungefähr sechs Monaten versucht, Keiko einzusacken, als sie den Rubber Suit Nachtclub verließ. Weder Coburn noch sein Team wurden je wiedergesehen.
• Haze

DATENEMPFANG ...

elektronisch ist. Hinter dem smaragdfarbenen Vorhang im ShadowSea-Hauptknoten verbirgt sich ein Expertenagent in Gestalt eines Zauberers, der als Auftragsvermittler dient – sprich mit ihm, wenn du nach Arbeit suchst oder angeheuert werden willst, und er wird dich mit den für dich optimalen Job-Informationen versorgen.

ShadowSea ist außerdem ein einfach schöner Ort, um seine virtuelle Zeit dort zu verbringen. Das Sound und das Fury eignen sich hervorragend, um unter die Leute zu kommen, andere Runner zu treffen und Gerüchte auszutauschen, während der Olympus-Knoten sichere Treffpunkte mit einem fantastischen virtuellen Ausblick bietet. Der Scarecrow-Knoten bietet ein großes Sortiment an illegalen Lernagenten und eine höchst amüsante Sammlung von „Shadowrunnig 101"-Sims, die private Sim-Produktion eines kreativen Typen aus Seattle.

DATENEMPFANG ...

SHADOWSEA WIZARD

Die folgenden Einträge entsprechen Ihren Kriterien:

• Ich habe ein Paket, das an eines der Mädels im „Olga" geliefert werden muss. Sie wird dir etwas dafür geben, dass du mir zu mir bringen musst. Wenn du interessiert bist, hinterlasse eine Nachricht in meiner Box. Es muss heute Nacht erledigt werden. **>Mehr<**

• Du brauchst Zugang zu den tieferen Ebenen vom „Dante's Inferno", hast aber nicht die nötigen Creds oder bist nicht cool genug? Schick mir eine Nachricht – ich habe etwas auf dem guten alten Alessio, das dich direkt reinbringt. Es wird dich einiges kosten, aber wenn du unbedingt rein willst, ist es das wert. **>Mehr<**

• Gehe zu Tusk, erwähne dort, dass dich der Wizard geschickt hat und er wird dir für 20% Rabatt eine leicht gebrauchte Körperpanzerung verkaufen. Er hat das Zeug übrig und will es loswerden. Wer zuerst kommt, mahlt zuerst. Also beeilt euch! **>Mehr<**

• Ich repräsentiere einen Arbeitgeber, der große Scheine für denjenigen auf den Tisch legt, der das Crash Memorial knackt und ihm alles liefert, was er dort findet. Kontaktiert mich, wenn ihr interessiert seid, und ich gebe euch die Details. **>Mehr<**

• Kennt irgendjemand einen sicheren Weg in das ACHE? Ich muss auf schnellstem Weg eine Person dort rausholen, tot oder lebendig – keine Fragen. Brauche auch einen Gegenstand von dort. Darf nicht später als zwei Tage nach dem Datum des Eintrags erledigt werden. **>Mehr<**

SWEET HOME SEATTLE

• Ich weiß, dass viele Mitglieder des regulären Jackpoint-Teams Seattle als ihre Heimat bezeichnen, aber es gibt noch viel mehr Shadowrunner, die den Globus bereisen und nur in der Stadt auftauchen, um eine Datenbank zu knacken, einen Forscher zu entführen oder einen Bandenchef kaltzustellen. Dieser kleine Reiseführer in die verschiedenen Gebiete Seattles ist mein Beitrag für die Ortsfremden; hoffentlich wird er euch den Aufenthalt erleichtern. Wenn du ihn nützlich findest, darfst du dich gerne mit einem Bier, guter Pay Data oder vielleicht einem Kuss (wenn du süß bist) bedanken.
• Kat O'Nine Tales

AUBURN

Auburn ist das industrielle Produktionszentrum von Seattle. Hier hört man ununterbrochen das "Auburn-Brummen" – die typische Geräuschuntermalung der 24-Stunden-Fabriken, Metall-Verhüttungsanlagen, Petrochem-Raffinerien und ähnlicher Industrieeinrichtungen. Der Crash 2.0 versetzte den Hunderten von automatischen Fördersystemen, die hier angesiedelt waren, einen herben Schlag und wischte einige Firmen (wie United Oil) von der Bildfläche. Durch das Desaster wurden Unternehmen wie Mitsuhama, Federated-Boeing und Monobe angelockt, die ihre ruinierten Konkurrenten aufkauften und das Gebiet in ihre eigenen Reiche aufnahmen.

Trotz all der glänzenden, neu-automatisierten Fabriken mit ihren von Drohnen geführten Produktionsstraßen haben die Megakonzerne immer noch einen gewissen Bedarf an altmodischen, meist metamenschlichen Arbeitskräften. Die Arbeiter leben in heruntergekommenen, von Insekten befallenen Konzern-Behausungen, kaufen in Konzernläden ein, verschulden sich bei Konzernbanken und schicken ihre Kinder bei den Konzernen zur Berufsausbildung. Metamenschen haben einen überproportional hohen Anteil an der lokalen Bevölkerung, sodass Gruppierungen wie Humanis ein leichtes Spiel haben, wenn es darum geht, Konflikte über rassistische Themen zu schüren.

• Lone Star hat unlängst über einen weiteren toten Ork berichtet, der übel aufgeschlitzt über einen Zaun in Auburn gehängt wurde. Der Mayan Cutter schlägt wieder zu.
• Kat O'Nine Tales

• Es gibt Gerüchte, die besagen, dass der Star den Cutter als Tarnung benutzt, um selbst seinen Spaß dabei zu haben, die Orks fertigzumachen. Die Einheimischen macht das ganz schön nervös.
• Fatima

Die Yakuza kontrolliert einen Großteil der Lasterhöllen in Auburn: Sie haben bessere Huren, bessere Stimulanzien, die dich durch zwei aufeinanderfolgende Zwölf-Stunden-Schichten bringen, und bessere Karten in den Zockerbuden. Triaden wie die Yellow Lotus und die Eighty-Eights versuchen, die Yakuza mit kostengünstigeren oder exotischeren Angeboten aus dem Geschäft zu drängen, aber der größte Teil der Auburner Bevölkerung ist standhaft konservativ, und die Triaden müssen sich damit zufrieden geben, halbkaputte Teenager zu beliefern.

• Gewerkschaften sind ganz schön derangiert in diesen Zeiten, und in extraterritorialen Konzerngebieten gibt es sie gar nicht, während die wenigen verbliebenen von der Mafia unter sich aufgeteilt wurden. Don Gianelli unterstützt außerdem die Gründung von Bruderschaften, die unter den Arbeiterbienen an Popularität gewinnen. Diese halbgeheimen Vereinigungen widmen sich der Untergrabung der Konzernsicherheit und ermöglichen es der Mafia im Geheimen, den Konzernenklaven ihre Dienste anzubieten.
• Axis Mundi

● Ein paar Radikale haben es geschafft, einen Fuß in die Tür von Auburn zu bekommen und Arbeitergruppen im linken politischen Spektrum zu sammeln. Sie bezahlen gut für konkrete Informationen über automatisierte Fabrikationsstraßen, die in Auburn eröffnet werden sollen, und heuern Runner an, um diese zu sabotieren.
● 2XL

Runs in Auburn haben meistens die lokalen Industrieanlagen zum Ziel – Produktionseinheiten sabotieren, Lieferungen umleiten oder Prototypen stehlen. Extraktionen sind selten – Konzern-Execs geben sich auf Fabrikboden nur selten die Ehre. Wenn du einen Kontakt oder einen Schieber in Auburn hast, stehen die Chancen gut, dass du zum Tiefstpreis an Hochtechnologie-Fabrikgüter gelangst – vom neuesten Kommlink-Modell über Radar absorbierende Materialien bis hin zu photovoltaischer Farbe.

BELLEVUE

Bellevue ist der Ort, an dem die Prinzen von Emerald City mit ihren auserwählten Anhängern residieren. Die Wirtschaftselite verbringt ihre Tage in eingezäunten Wohnanlagen, die ein Abbild totaler Paranoia sind. Lone Star patrouilliert an der langen und einzigen Grenze zu Redmond, von wo aus die Armen mit hungrigen Augen auf mit Stacheldraht bewehrte Stahlbetonwände und bewaffnete Sicherheitsdrohnen starren. Die eingezäunten Kommunen selbst sind Musterexemplare für menschliche Siedlungen, die von einer Staffel Wartungsdrohnen und versteckten Spionagedrohnen, die das Gebiet nach Eindringlingen absuchen, klinisch rein gehalten werden. Die Lohnsklaven werden dazu angehalten, von zu Hause aus zu arbeiten, oder in gepanzerten Pendler-Transporten in ihre Büros nach Downtown gefahren.

● Das Nebeneinander von Redmond und Bellevue ist ein schockierender Anblick. Auf der einen Seite der Mauer trimmen Garten-Drohnen kleine Hecken aus Bonsai-Bäumen entlang sauberer Straßen, auf der anderen Seite sind die kaputten Straßen mit Patronenhülsen, ausgebrannten BTLs und gebrauchten Kondomen vollgemüllt. Die Mauer ist eine buchstäbliche Barriere, die reiche Säcke von armen Schluckern trennt.
● Arete

● Der letzte Schrei in Bellevue sind Mini-Arkologien: Ganze Nachbarschaften werden mit einer Kuppel aus Biofaser überdeckt, um die Luft zu filtern, damit die Konzerner nicht den Muff ihrer Nachbarn einatmen müssen. Außerdem schützt die Kuppel ihre hübschen grünen Rasenflächen (die von Wartungs-Drohnen, gefiltertem Sonnenlicht und speziellen Lampen am Leben erhalten werden) vor saurem Regen und herabfallender Asche.
● Sounder

Zu den Einwohnern von Bellevue gehören gelangweilte Hausfrauen, Konzernbälger und Execs mit stressigen Jobs. Sie bauen Stress ab, indem sie ihre Sucht nach chemischen Substanzen oder Chips befriedigen und zusätzlich jede sexuelle Neigung ausleben, die sie beim Schmökern in der Matrix oder bei der Teilnahme an Konferenzen aufgeschnappt haben. Schicke Einkaufsgalerien, Unterhaltungskomplexe und exklusive Clubs stellen sie in ihrer Freizeit ruhig, während die Ultra-Reichen ihre Zeit in Restaurants verbringen, die ausschließlich für Clubmitglieder reserviert sind.

● In Bellevue gibt es außerdem eine Handvoll geheimer Schattenkliniken, die Operationen und Verbesserungen anbieten, die entweder illegal sind oder von den Bürgern aus anderen Gründen vor ihren Konzern-Ärzten geheimgehalten werden.
● Nephrine

● Die Konzernbälger schließen sich Thrill-Gangs an und versuchen, zu rebellieren. Sie kämpfen mit Kids aus anderen Konzernen oder üben sich im Vandalismus, wahllosen Übergriffen auf der Straße und ähnlichen Adrenalinstößen. Die „Elterneinheiten" versuchen ihre halbwüchsige Teufelsbrut zu zivilisieren, indem sie ihnen teure Spielzeuge kaufen, die unweigerlich für Chips, Drogen und Prostituierte verpfändet werden. Gelegentlich werden aus einigen dieser verwöhnten kleinen Pisser auch größere Kriminelle, obwohl sie tendenziell vor größeren Straftaten zurückschrecken, um nicht verhaftet zu werden oder einem echten urbanen Raubtier zum Opfer zu fallen.
● Riser

Runner hassen es, hierher zu kommen. Wenn man nicht wie eine Konzern-Drohne angezogen ist, bleibt man besser draußen – und Metas in einem Wagen sind hier immer noch ein Grund dafür, angehalten und durchsucht zu werden. Wenn man sich aufbrezeln und die Rolle spielen kann, ist es eine nette Gegend, um im Stillen Geschäfte zu machen. Viele Operationen hier haben mit der Verfolgung von Konzernpersonal zu tun – beispielsweise dem Entführen von geschützten Konzernbeamten und deren Familien oder der Ermordung derselben. Informationsbeschaffungs- und Überwachungsjobs sind ebenso alltäglich, obwohl die Extra-Sicherheit, die astralen Wachen und das heftige IC, auf das man hier trifft, diese Jobs zu einem veritablen Ärgernis machen. Viele Konzerne haben unschuldig aussehende, kleine Forschungseinrichtungen über den Stadtteil verteilt, und die meisten dieser Einrichtungen besitzen eine teuflisch gute Sicherheit, um die verschwiegenen Projekte und die Kühlhallen mit den darin versteckten Datengewölben zu schützen.

● Kunst- und Schmuckdiebe haben hier ein stetiges Auskommen, indem sie die Ultra-Sicherheit der Herrenhäuser der Superreichen knacken oder in ähnlich gesicherte Wolkenkratzer- Penthäuser in Downtown eindringen.
● Ma'fan

● Die Gianelli-Familie hat ihre Finger überall in Bellevue im Spiel, sogar im hiesigen Gericht und dem Knast, der nur eine geringe Sicherheit aufweist. Sie sind ein wertvoller Kontakt, wenn man hier einsitzt. Gegen eine saftige Bestechung können sie einen fast aus allem herausholen. Sie fordern dazu einfach Gefallen von dankbaren Konzernbeamten ein, von den reichlich vorhandenen Möglichkeiten für Erpressungen ganz zu schweigen.
● 2XL

COUNCIL ISLAND

Council Island (früher Mercer Island) beherbergt Seattles Botschaften der nordamerikanischen Nationen, eine Folge des komplizierten politischen Debakels um die Unterzeichnung des Zweiten Vertrags von Denver und den Abschnitt der Metroplex-Verfassung von Seattle, der es dem Plex ermöglicht, eigene Botschafter zu entsenden und eigene Botschaften zu eröffnen. Der größte Teil der Insel ist bewaldet und aufgrund eines Abkommens mit dem Salish-Shidhe Council (das mehrere Jahrzehnte lang die Oberhoheit über die Insel innehielt) nicht erschlossen. Entlang der I-90 liegen die verschiedenen Botschaften, während Seattles eigene Vertretungen an den Enden der Brücken, über die man auf die Insel gelangt, angesiedelt sind. Die Botschaften der Salish-Shidhe und anderen NAN sind vorherrschend, aber man findet dort auch die Botschaften der UCAS, von Tir Tairngire, Aztlan, Russland, Japan, Hongkong und der Kantonesischen Konföderation. Der Konzern-Gerichtshof hat hier ebenfalls eine Niederlassung. Das Bauen auf der Insel unterliegt strengen Auflagen: Es ist kein Gebäude zugelassen, das mehr als drei Stockwerke hat.

● Der Luftverkehr ist ebenfalls eingeschränkt, wobei die meisten Botschaften natürlich Hubschrauberlandeplätze auf dem Dach haben, damit ihre Beamten im Notfall schnell entkommen können.
● Rigger X

Der Growp'skitch!-Sasquatch-Stamm bewohnt die Wildnis der Insel zusammen mit zahlreichen Crittern und wilden Tieren, die aufmerksam von Wildhütern beobachtet werden. Der Sasquatch-Stamm zählt über einhundertfünfzig Angehörige plus der gelegentlichen Sasquatche von außerhalb der Stadt, die zu Besuch kommen.

» Der Sasquatch wird im Gesetz der UCAS als geschützte Tierart anerkannt (obwohl sie zur Familie der Sapiens gehören). Versucht bloß nicht, einen zu erlegen.
» Frosty

Auf Council Island wüten die Spionage-Aktivitäten, und jede noch so kleine Information, die man bekommen kann, ist irgendjemandem etwas wert. Die Hoheit über das Gebiet ist ein sehr sorgfältig abgegrenztes Durcheinander, also vergesst nicht, dass jede Nation ihre eigenen Strafen für kriminelle Aktivitäten hat. Es überrascht nicht, dass auch die Syndikate auf der Insel eine kleine Rolle spielen – Diplomatengepäck ist perfekt, um alle möglichen Waren zu schmuggeln, und die sicheren Kommunikationskanäle gewährleisten den Kontakt zu den Leuten auf der anderen Seite.

» Eine Connection in der Botschaft kann dir dabei helfen, Vorgeschichten für gefälschte SINs aufzubauen, oder dich mit Tarn-IDs versorgen.
» Fianchetto

» Eine gute Tarnung ist es, sich ein Fernglas zu schnappen und vorzugeben, Donnervögel zu beobachten. Es gibt etwa ein halbes Dutzend Donnervogel-Nester in dem Gebiet.
» Glasswalker

INNENSTADT (DOWNTOWN)

Downtown ist das Gehirn, das Herz und die Seele von Seattle. Hier befindet sich der Sitz der Metroplex-Regierung, die berüchtigte Arcology Commercial and Housing Enclave (die frühere Renraku-Arkologie) und der geschäftige SeaTac-Flughafen. Die Ministerien der UCAS-Bundesregierung haben, zusammen mit den meisten AAA- und AA-Konzernen, in diesem Bereich ihre Niederlassungen.

Seattle Center ist ein Wald aus Wolkenkratzern. Die Konzernappartements in den Penthäusern sind den Eigentümern der größten Megakonzerne der Welt vorbehalten. Von ganz oben schauen sie auf die ameisengleichen Massen herab. Der Straßenverkehr in Seattle ist chaotisch – die Idioten siechen in ihren Autos vor sich hin, während aufgeblasene Hoffnungsvolle den Versuch unternehmen, mit Fahrrädern oder Skates voran zu kommen. Zynische Realisten trotten zu Fuß und gelegentlich auf der Fahrbahn, während sich Lufttaxis durch den heftigen Drohnenverkehr wühlen. Tagsüber kämpfen sich Touristen durch die Menge, um die Space Needle (ein großartiger Ort für Treffen mit Mr. Johnsons), das Aquarium, Pike Place Farmer's Market oder die Pyramide von Aztechnology zu besuchen. Nach Einbruch der Dunkelheit blüht das Nachtleben auf, wenn hippe Konzerner und urbane Jazzmusiker in Scharen zu weltberühmten Nachtclubs wie dem Fractured Helix und dem Dante's Inferno pilgern.

» Untergrund-Tunnel und Fußgängerbrücken verwandeln Downtowns Straßen in einen Bienenstock ohnegleichen, und kluge Seattler nutzen die Vorteile dreidimensionaler Karten-Chips, um ihren Weg zu finden. Touristen sind vom kostenlosen Citywalk-Service des GridGuide-Systems abhängig, um an ihr Ziel zu gelangen, und absolvieren dabei einen wahren Spießroutenlauf durch zahllose Spam-Zonen.
» Traveler Jones

» Runner, die in die Wolkenkratzer von Downtown einbrechen wollen, müssen erfinderisch sein: Der einzige Weg aus dem 51. Stockwerk führt entweder nach oben oder nach unten, und das ist bestimmt keine Entscheidung, die man treffen möchte, wenn man in der Falle sitzt. Außerdem sollte man jedes längere Feuergefecht oder Verfolgungsjagden vermeiden, da der Star den Bereich gut mit Patrouillen und Drohnen abgedeckt hat, die deinen Aufenthaltsort in kürzester Zeit heimsuchen.
» Mika

Das **Elfenviertel** ist hauptsächlich ein Wohnviertel, das von Zwergen und Elfen gegründet wurde, um einen grünen Kontrast zu den vulgären Stahlbeton-und-Chrom-Zentren anderer Städte zu bilden. Heutzutage gehört die Nachbarschaft den ausgewanderten Adligen aus dem Tír, die ihr Zuhause weit von den öffentlichen Straßen entfernt haben. Wenn man sich in das AR-Overlay des Elfendistrikts einklinkt, erblickt man eine magische Stadtlandschaft wie im Fantasy-Sim, mit bezahlten Schauspielern, die als Führer dienen, und kitschigen Boutiquen, die überteuerte Elfen- und Zwergenkunst verkaufen.

» Die Laésa haben ein kleines Standbein im Elfendistrikt und verticken ihr Leäl über einen lokalen Dealer, der es mit Novacoke und anderen Drogen mischt, um „Elfenstaub" herzustellen.
» Nephrine

Die Bevölkerung des **Internationalen Viertels** ist vorwiegend japanisch, gemischt mit einigen Polynesiern, während die Chinesen, Koreaner und Vietnamesen Little Asia in Tacoma bevorzugen. Die typischen grünen Kristallwände des Downtown-ARE geben den Blick auf cremefarbene Jade-Geschäfte und animierte Statuen frei, sobald man sich in das lokalen Netz einloggt. Jüngere Yakuza-Mitglieder zeigen sich den Touristen mit Irezumi und Katanas, aber Straßenkriminalität ist hier nahezu unbekannt.

» Einige Leute sind immer wieder überrascht, wie offen die Yakuza im Internationalen Viertel operiert, aber sie sind hier eben fest in der lokalen Gemeinschaft verwurzelt.
» Mihoshi Oni

Die Studenten der Universität von Seattle (früher Washington) prägen das Leben im **Universitätsviertel**. Sie hasten geschäftig zwischen ihren Appartements, Bars, Buchhandlungen, Kaffeehäusern und Vorlesungsräumen hin und her. Die Universität hat sich einen guten Ruf wegen ihres schamanistischen Studienprogramms und des Studiengangs in AR-Engineering verdient. Talentscouts der Konzerne suchen die Gegend nach potenziellen Rekruten ab, und der Campus wird von konzernfinanzierten Forschungsprojekten überschwemmt (wobei alles, was vielversprechend erscheint, sofort in Einrichtungen mit höherer Sicherheitsstufe außerhalb des Campus verlegt wird). Tagging ist beliebt unter den Studenten, und der Distrikt verfügt über verschiedene wohlbekannte Spam-Zonen in der Nähe von Boutiquen und schicken Warenhäusern.

» Die Kids lieben es, Neulinge an die schlimmsten Orte zu führen, und ich schäme mich nicht zuzugeben, dass ich dieselbe Taktik benutzt habe, um ein Anhängsel in Downtown loszuwerden.
» Rigger X

Es gibt viele Schattenaktivitäten in Downtown, aber die Runner müssen bei ihrer Arbeit trotzdem subtil vorgehen – der Star und zahlreiche Konzernsicherheitsleute halten unablässig nach verdächtigen Personen Ausschau, was auch Personen beinhaltet, die zu viel Panzerung tragen oder ihr Kommlink im versteckten Modus laufen lassen. Die Syndikate und die Gangs bringen zusätzlich eine Menge Business nach Downtown, und obwohl sie sich dabei häufig in Balgereien verstricken, halten sie die Köpfe unten und bleiben außerhalb der Sichtlinie – Schießereien und auffällige Übergriffe sind nicht verbreitet, da die wichtigen Akteure ihre potenziellen Geschäftspartner nicht abschrecken oder eine Razzia durch den Star provozieren wollen.

» In der Matrix kursieren einige interessante Spekulationen über das Crash Memorial – das ist der große, nichtssagende, mattschwarze Obelisk in der Mitte eines friedlichen kleinen Parks in Downtown, der jenen gewidmet ist, die ihr Leben während des Crashs von 2064 verloren haben. In der AR glüht das Denkmal, belebt von den Namen, Stimmen und Bildern (statische und animierte) der Opfer (man kann seine eigenen verlorenen Liebsten gegen eine Gebühr hinzufügen). Das Netzwerk des Denkmals hat eine heftige Sicherheit, um Vandalismus und Spam abzuwehren – zu heftig, wie manche denken. Tatsächlich ist es noch niemandem gelungen, es zu knacken – und es haben sich einige Spitzenhacker daran versucht. Das wiederum lässt einige Leute vermuten, dass dort jemand – vielleicht Renraku, der größte Spender – höchst wichtige Daten in greifbarer Nähe lagert.
» Glitch

EVERETT

Everett ist eine untergegangene Boomtown, deren Wirtschaft sich über Jahre hinweg in der Kloake befand. Ein Schlag gegen das Stadtarchiv während des Crashs von 2064 führte zur Vernichtung wichtiger Teile der Grundbücher dieses Stadtteils und schuf einen bürokratischen Alptraum, der noch immer nicht ganz bereinigt ist. Verschiedene Konzerne versuchten, ihre Differenzen über diese Angelegenheit gerichtlich beizulegen, und gingen durch die entstandenen Kosten bankrott. Anschließend wurden viele der umstrittenen Liegenschaften von Obdach- und Heimatlosen überschwemmt – einschließlich jener, die einen stillen Unterschlupf brauchten.

Mit dem Puget Sound auf der einen Seite und der Salish-Grenze auf der anderen ist Everett zum Knotenpunkt für Schmuggler in Seattle geworden. Die Everett Docks werden vorwiegend von den Syndikaten beherrscht, und sie alle arbeiten unablässig daran, ihren Anteil am Handel auf Kosten der Rivalen auszudehnen. Die Salish haben kürzlich ihre Grenzpatrouillen aufgestockt, um der gestiegenen Zahl von unautorisierten Grenzübertritten entgegenzuwirken.

Neben einer großen Fabrik von Federated-Boeing befinden sich hier als größte „Sehenswürdigkeiten" des Stadtteils die **Everett Naval Shipyards**, die einzige UCAS-Marineeinrichtung am Pazifik, und die Flugzeugträgergruppe der UCAS Navy, die sie beherbergt. Die Salish haben besonders auf diese Aktivitäten ein Auge, genauso wie zahlreiche Spione anderer ausländischer Regierungen und extraterritorialer Konzerne. Runs zur Infiltration der Basis sind selten, da die militärische Sicherheit wirklich heftig ist, aber Jobs zur Überwachung des täglichen Kommens und Gehens sind immer zu bekommen.

› Im Moment spielt Everett den Hausherren für die CSS Virginia II, ein Atom-U-Boot der Hunley-Klasse, das im nächsten Jahr für eine ganze Reihe von Kriegsspielen herhalten muss.
› Sounder

› Die Eighty-Eight-Triaden unterhalten die meisten Lasterhöhlen für Seeleute und Marines aus den Shipyards, leistungssteigernde Drogen, Stimulanzien, Chips, Prostituierte und Glücksspiel eingeschlossen, natürlich alles unter der Tarnung von Massage-Salons, Spielotheken, Strip Bars und ähnlich verbreiteten, geschmacklosen Vergnügungseinrichtungen.
› Turbo Bunny

› In Armeekreisen gab es zahlreiche Gespräche über die Ausarbeitung eines Deals mit der Metroplex-Regierung über die weitläufige Expansion der Marine-Anlage und der Werft. Dieser Plan geht mit den Interessen verschiedener Konzerne konform – besonders Horizon und Wuxing drängen den Metroplex dazu, den gesamten Stadtteil als kommerzielles Entwicklungsgebiet auszuschreiben. Man darf bald Schattenaktionen auf beiden Seiten erwarten.
› Fianchetto

FORT LEWIS

Das Militärsperrgebiet von Fort Lewis beherbergt die Seattler Metroplex-Garde, die McChord-Luftwaffenbasis und das Pazifikkommando der UCAS Army unter der Federführung der Joint Task Force Seattle, die von Brigadegeneral Ethan Darcy kommandiert wird. Zu Fort Lewis gehört auch eine große Ausbildungsbasis für die bewaffneten Streitkräfte der UCAS, die riesige unerschlossene Wälder und Berge, aber auch einen **Stadtkampfsimulator** umfasst. Der Simulator ist eine maßstabsgetreue Attrappe des Seattler Zentrums, die mit Hilfe von AR äußerst realistisch wirkt. Er ermöglicht den Truppen die Ausbildung in urbaner Kriegsführung und „zivilen Befriedungstaktiken" in einer realistischen Umgebung. Die Einrichtung bietet auch einen Voll-VR-Kampfsimulator für andere Szenarien. Nicht Lone Star, sondern die Militärpolizei sorgt für Recht und Ordnung in diesem Gebiet und überwacht die Grenzübergänge und die Grenzen des Bezirks.

› Die Metroplex-Garde bewacht die Grenze zwischen der Basis und den Salish, und sie sind einfacher zu bestechen als der typische Armeesoldat, besonders wenn sie sich bei der Mafia verschuldet haben.
› Picador

Neben dem Wald, den Armee-Einrichtungen, den wenigen Wohnvierteln und einigen Ladenstraßen ist der **Zoologische Garten** die Hauptattraktion von Fort Lewis. Ursprünglich wurde er vom Militär errichtet, um paranormale Kreaturen zu erforschen. Heute ist er ein gut besuchter, öffentlicher Zoo mit einer großen Auswahl an interessanten Paracrittern. Ein weitläufiger Naturwanderweg ermöglicht es den Besuchern, diese Tiere in ihrer natürlichen Umgebung zu sehen (Umgebungssensoren aktivieren Ultrasound-Kreischer und schmerzverursachende Implantate, um die wilden Tiere von den Wegen fern zu halten). Einige schwer bewachte Teile des Zoos bleiben der Öffentlichkeit verschlossen; niemand scheint zu wissen, welche Experimente das Militär dort durchführt.

› Ich kenne ein paar Tierschützer, die viel Geld dafür zahlen würden, es herauszufinden.
› Ecotope

Fort Lewis ist ein Zentrum für Spionage und Runs, die durch interne militärische Konflikte verursacht werden. Es ist möglich, Beziehungen zu korrupten Quartiermeistern in Fort Lewis zu pflegen, wenn man an „verschlampte" militärische Ausrüstung oder Fahrzeugteile gelangen möchte. Die Gianelli-Familie hat ihre Schlingen überall um das Gelände herum ausgelegt und betreibt bei den Truppen Abzocke mit Prostitution, Drogen und Glücksspiel. Außerdem sind sie die Kredithaie der hiesigen Geschäftsleute. Kürzlich haben sie einige Rückschläge durch die Criminal Investigation Division der Militärpolizei erlitten, aber die öffentliche Erschießung eines CID-Beamten zeigt, dass sie sich nicht so einfach unterkriegen lassen.

› In Fort Lewis ist eine extrem gut ausgebildete Hacker-Einheit der Division für Psychotropische und Psychologische Kriegsführung stationiert; der Name der Einheit sollte einem bereits einen Hinweis darauf geben, welche Art von IC man beim Betreten der militärischen Knoten erwarten darf.
› FastJack

OUTREMER

Outremer ist ein süßer kleiner Spitzname der Nachrichtensender für die abgelegenen Inseln, die zum Metroplex gehören. Der Grund und Boden des Outremer wurde kürzlich zu einem heißen Spekulationsobjekt, und es kam zu einer Reihe ausländischer Investitionen aus dem Nahen Osten und der Indischen Union. Eine ganze Reihe von AA-Konzernen besitzt Grundstücke in Outremer, darunter auch einige kleine Aqua-Arkologien von Universal Omnitech und der Proteus AG.

Nach geltendem Metroplex-Recht dürfen Konzerne diese Inseln nicht erwerben, sondern nur für bis zu 99 Jahre pachten. Shiawase und Ares haben dieses Gesetz überlistet, indem sie innerhalb des Bezirks kleine künstliche Inseln errichteten, die ihnen uneingeschränkt gehören. Das Salish-Shidhe Council versucht, die Expansion Seattles zu verhindern, angeblich, weil sie über die steigende Umweltverschmutzung und die Vernichtung der einheimischen Flora und Fauna besorgt sind.

› Die meisten Inseln sind bis jetzt noch nicht vollständig an die städtischen Versorgungseinrichtungen angeschlossen. Sie behelfen sich mit Frachtkähnen, die täglich oder wöchentlich vorbeischauen, um Energiezellen aufzufüllen, Chemietanks zu leeren und Müll einzusammeln. Eine ausgezeichnete Tarnung für Infiltrationen, Extraktionen und Schmuggelaktivitäten.
› Turbo Bunny

◆ Der Ärger mit den Salish hat einige der Inseln in ein echtes Chaos aus juristischen Auseinandersetzungen über Eigentumsverhältnisse, archäologische und kulturelle Werte, Ressourcen und dergleichen mehr gestürzt. Diese Inseln bieten eine perfekte juristische Hintertür für den illegalen Transport von Menschen und Waren von Seattle in das SSC, oder einfach nur nette Orte zum Abhängen, wenn es einem auf dem Festland zu heiß wird.
◆ Sounder

Outremer wird nicht von einem großen Mega alleine, sondern von einem Komitee des United Corporate Council überwacht. Lone Star sorgt für Recht und Ordnung, überlässt das Gebiet jedoch größtenteils sich selbst. Die Konzernsicherheit schützt ihre extraterritorialen Enklaven, und die Küstenwache der Metroplex-Garde sorgt für die Einhaltung des Gesetzes auf dem Wasser, und im Notfall auch für Rettungsmaßnahmen.

Die Yakuza kontrolliert den größten Teil des illegalen Gewerbes in Outremer, indem sie profitable Sündenpfuhle für die isolierten und gelangweilten Lohnsklaven betreibt. Die Inseln – besonders die kleineren und unbewohnten – sind außerdem perfekte Zwischenstationen für Schmuggler, die hier manchmal ihre Ladung löschen. Ein paar selbsternannte Piraten sind ebenfalls in dieser Gegend anzutreffen. Sie führen hin und wieder bewaffnete Raubzüge mit Schnellbooten oder manchmal auch Drohnen durch.

◆ Fährlinien verkehren regelmäßig und sorgen für die Anbindung der bewohnten Inseln an den öffentlichen Personennahverkehr. Die besonders abgelegenen Inseln kann man dagegen nur mit einem privaten Boot, einem Flugzeug oder einem Mini-U-Boot erreichen. Einige Wasser-Rigger wie ich sind auf Schatten-Fährdienste und Schmuggel-Runs spezialisiert; wir kennen alle Tricks, um uns an der Küstenwache und der Metroplex-Küstenwache vorbeizuschleichen.
◆ Sounder

PUYALLUP BARRENS

Vor ungefähr fünfzig Jahren brach der Mount Rainier aus und begrub Puyallup unter Tonnen von Asche und Lava. Kurz danach wurde der Bezirk von Flüchtlingen aus den neuen NAN-Staaten überflutet. Der größte Teil des Bezirks, von den kochenden Geysiren in den Lavafeldern von **Hell's Kitchen** bis zu den metamenschlichen Ghettos, ist Ödland mit ein paar verlassenen Häusern, verfallenen Fabriken und Obdachlosenlagern. Die Kinder husten schwarzen Dreck aus ihren Lungen und wachsen in dem Wissen auf, dass jeder Kratzer oder Schnitt eine Infektion und letztendlich den Tod bedeuten kann. Da ununterbrochen Asche aus dem Mount Rainier auf den Bezirk herabrieselt, fällt über Puyallup mehr saurer Regen als über jedem anderen Bezirk von Seattle. Über die Hälfte der Bewohner von Puyallup sind Metamenschen.

◆ Der größte Teil von Puyallup hat bestenfalls ein punktuelles AR-Overlay. Die bewohnten Gegenden sind statische Zonen und die unbewohnten Gebiete tote Zonen.
◆ Mika

◆ Das stimmt nicht ganz. Es gibt einen 20 Kilometer langen Wanderweg, der alle dreißig Meter oder so mit RFID-Tags markiert ist. Ein netter Ort, um eine Leiche loszuwerden. Und die Reality Hacker vernetzen bestimmte Gebiete in Puyallup, jedenfalls so lange, wie sich die Einwohner diese Dienstleistung leisten können.
◆ Netcat

Nur wenige Viertel von Puyallup können als „sicher" bezeichnet werden. Lone Star patrouilliert immer noch in **Puyallup City**, einer netten sauberen Enklave, die mit Mafia-Geld am Leben erhalten wird. Den Rest des Bezirks überlassen die Cops aber sich selbst. Die Elfengemeinde **Tarislar**, in der Tausende von Auswanderern aus Tir Tairngire leben, ist ebenfalls einigermaßen sicher – die Elfen bezahlen tatsächlich Knight Errant für die Sicherheit, und die Laésa sorgt für zusätzlichen Frieden. Sperethiel ist die vorherrschende Sprache. Die Kinder, die dort aufwachsen, lernen Englisch als Zweitsprache – wenn überhaupt.

◆ Tarislar ist Elfisch und heißt so viel wie „Gedenken", obwohl niemand jemals sagt, an was sich die Einwohner der Elfengemeinde erinnern möchten.
◆ Icarus

Die Orks der **Carbanado**-Gemeinde sind hauptsächlich Farbige und Latinos und ziemlich gut darin, sich selbst zu organisieren und vor rassistischen Übergriffen und räuberischen Gangs zu schützen. In der Gegend gab es früher viele Minen, in denen wertvolle Minerale abgebaut wurden, weshalb sie noch heute mit Steinbrüchen, Gruben und Stollen durchzogen ist. Am gegenüberliegenden Ende von Puyallup, in der Nähe von Fort Lewis, bleibt **Loveland** ein Schlachtfeld für die Mafia und die Yakuza, die beide versuchen, die Soldaten und Konzernkids in ihrer Freizeit mit schicken Nachtclubs zu unterhalten.

◆ Loveland ist ein Sündenpfuhl. Bettler, Chipheads, Betrunkene, Prostituierte und pornographische AR-Werbung überfluten einen an jeder Ecke. Außerdem gibt es dort nur sehr wenige Tage, an denen es nicht zu gewalttätigen Auseinandersetzungen zwischen den Yaks und der Mafia kommt. Don Gianelli rekrutiert fleißig neue Soldati bei den lokalen Gangs, um seine hiesigen Truppen aufzustocken.
◆ 2XL

Abgesehen von Scharmützeln zwischen den Syndikaten führen nur wenige Runs nach Puyallup – es gibt hier absolut nichts, was einen Konzern-Johnson interessieren könnte. Trotzdem ist es ein großartiger Ort, um sich zu verstecken, jedenfalls wenn man keine Probleme damit hat, sich alle zehn Meter mit einer anderen Gang auseinander zu setzen. Der Bezirk eignet sich hervorragend für den Schmuggel und andere illegale Aktivitäten. Die Crime Mall ist zudem ein guter Ort, um Schwarzmarktwaren zu kaufen oder das ganze Zeug loszuwerden, das man auf dem letzten Run hat mitgehen lassen.

REDMOND BARRENS

Redmond ist die Verkörperung des städtischen Verfalls. Eine partielle Kernschmelze des Kernkraftwerks Trojan-Satsop im südöstlichen Redmond im Jahr 2013 kontaminierte Beaver Lake und andere Gebiete in einem Umkreis von mehreren Kilometern (dieses Gebiet ist heute als **Glow City** bekannt) und veranlasste viele Einwohner von Redmond dazu, in sicherere Gefilde zu fliehen. Im Jahr 2029 führte der erste Crash zum Zusammenbruch der hier ansässigen Computer-Industrie und stürzte die Wirtschaft und die Regierung des Bezirks in den Ruin. Die übrigen Einwohner und Betriebe flohen, während sich die Obdachlosen hier ansiedelten. Letzten Endes akzeptierte die Metroplex-Regierung ihre Niederlage und überließ den Bezirk den Raubtieren.

◆ Redmond hat immer noch eine Bürgermeisterin, und die ist überraschenderweise keine Konzernmarionette. Sonya Scholl ist tatsächlich eine Sozialistin, oder, wie ihre Gegner gerne behaupten, eine wahnsinnige Neo-Kommunistin, die mit Händen und Füßen gegen die Konzerne um die Frage kämpft, wenn es um die Frage geht, was mit den spärlichen Ressourcen des Bezirks geschehen soll.
◆ Dr. Spin

Groben Schätzungen zufolge hat Redmond um die 700.000 Einwohner, von denen nur rund ein Viertel eine SIN besitzt. Luxus wie fließendes Wasser, sanitäre Einrichtungen, Elektrizität oder ein intaktes Dach ist nahezu unbekannt (außer bei den Einwohnern, die ihre eigenen Anlagen betreiben), und allein der Gestank ist bereits atemberaubend. Ganze Rudel von Teufelsratten leben hier und – als könnte es nicht noch schlimmer kommen – laufen offen auf der Straße herum. An den meisten kommt man kaum vorbei, es sei denn, man sitzt auf einem Motorrad. Die Megakonzerne unterhalten hier noch einige Anlagen, die durch massive Festungsbauten geschützt sind und das Elend ringsum ignorieren, wenn sie nicht gerade die gemeinsten Gang-Mitglieder und Obdachlosen für zusätzliche Sicherheit anheuern. Lone Star unternimmt von Zeit zu Zeit einen Versuch, in Redmond die Gesetze durchzusetzen, und wenn sie das tun, rauschen sie mit einer übermächtigen Streitkraft rein und verpissen sich anschließend wieder, so schnell sie nur können.

> Bis auf die Einrichtungen der Konzerne ist ganz Redmond eine statische AR-Zone, und selbst dieses Signal ist so schlecht, dass die meisten Einwohner sich gar nicht erst damit herumärgern, außer um ihren Grundbesitz mit Tags zu markieren.
> Glitch

Redmond ist trotzdem keine völlig gesetzlose Zone. In einigen Gegenden haben sich die Bewohner zusammengeschlossen. Sie haben eigene Bürgerwehren, pflanzen Nahrungsmittel an und besorgen sich frisches Wasser und Elektrizität. Die mit Vegetation überzogenen Biokuppeln des **Plastic Jungle** sind ein gutes Beispiel dafür, obwohl es noch eine ganze Reihe weiterer autarker Kommunen gibt. Oft spielen auch Gangs die Rolle der Nachbarschaftsverteidiger, wobei ihr „Schutz“ nur den Machtmissbrauch durch sie selbst aufwiegt.

Viele Runnerkarrieren nehmen ihren Anfang im Elend von Redmond. Verzweifelte Gang-Mitglieder versuchen, ihre Zukunft selbst in die Hand zu nehmen, und akzeptieren das Risiko, sich von den furchteinflößenden Metzgern der Body Mall – einem früheren Krankenhaus, das heute zum Teil Schattenklinik und zum Teil Schlachthaus ist – Cyberware (meist gebrauchte) einbauen zu lassen. Redmonds zahlreiche Gangs dienen auch als Nachwuchs für die Mafia, die Yakuza und die Triaden, die allesamt ein reges und rivalisierendes Geschäft mit BTLs, Alkohol, Drogen und illegalen Waffen machen. Prostitution gibt es in Redmond fast überhaupt nicht – die Gangs vergewaltigen, wen sie wollen, und bezahlen nicht für dieses Privileg.

> Eine der größeren Mafia-Aktivitäten in Redmond ist Hollywood Simsense Entertainments, eine Fabrik für qualitativ minderwertige BTLs, besonders Porno- und Snuff-Streifen, die von „Schauspielern“ aufgenommen werden, die zuvor in den kaputten Straßen von Redmond rekrutiert wurden.
> Turbo Bunny

> In Redmond gibt es eine interessante Vielfalt an schlechten Bars und Obdachlo-

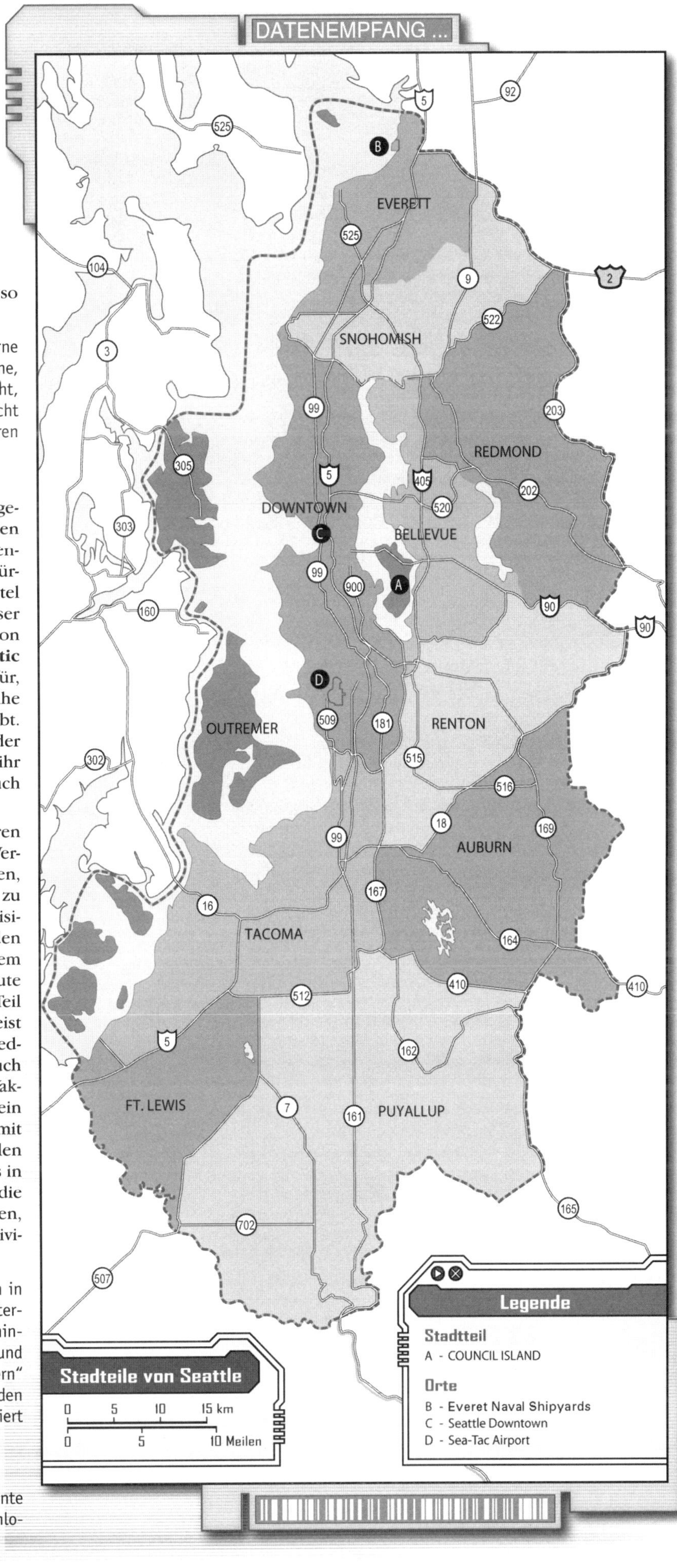

sen-Clubs, in denen es ziemlich rau zugeht – Waffen gehören dort zur Kleiderordnung –, in denen man aber trotzdem sehr gut Geschäfte abwickeln, ein paar Muskeln als Unterstützung einkaufen oder ein paar Hirnschmelzer bekommen kann.
● Hard Exit

RENTON

Renton mit seinen Wohnvierteln, Golfplätzen, Privatparks und Country Clubs ist als ruhiger Bezirk bekannt, der traditionell sehr konservativ ist und das Metroplex-Hauptquartier des Humanis Policlubs sowie der People of the Book beherbergt. Die Wirtschaft befindet sich seit dem Crash von 2064 auf dem absteigenden Ast. Kriminalität und Gewalt schwappen von Redmond herüber, Armut und Gangs wachsen, und die gelangweilte Jugend gibt sich Chips, Alkohol und Drogen hin.

● Renton hat ein paar wirklich exklusive Zirkel, die sich in den Nachtclubs und Golfclubs bewegen. Humanis betreibt hier einen großen Teil seiner Hinterzimmer-Magie und unterhält eine solide Basis an Anhängern; hier findet auch Brackhaven viele Mitarbeiter für seine Wahlkampagne. Wer nicht Teil des Altherren-Netzwerkes ist, braucht einen Kontakt, um hineinzukommen, also jemanden, der einen bei den richtigen Leuten vorstellt. Es genügt nicht, einfach Nuyen zu haben.
● Fatima

● Die aktuellen Wahlkampagnen für den Gouverneursposten konzentrieren sich stark auf Renton, da die Einwohner hier einen großen Einfluss auf die politische Landschaft Seattles ausüben. Die Politiker machen den Stadträten, Bürgermeistern, Senatoren, Anwälten, religiösen Führern und Vorsitzenden ziviler Organisationen in den rauchgeschwängerten Hinterzimmern von Renton den Hof.
● Kay St. Irregular

Renton ist die Heimat vieler Software-Schmieden und Sicherheitsunternehmen. Die Ersteren sind während des Crashs abgetaucht, doch einige von ihnen haben ihr Geschäft wiederbelebt, indem sie sich auf die Programmierung und das Design von AR spezialisiert haben. Emerald City Graphics mit Hauptsitz in Renton ist ein gutes Beispiel dafür. Einige andere Software-Unternehmen haben sich auf Matrix-Sicherheit und „Kopfgeldjagd" spezialisiert. Sie lassen sich von anderen Unternehmen dafür bezahlen, dass sie ihre wunden Punkte im System finden. Dank des Crashs geht es den Sicherheitsunternehmen so gut wie nie zuvor, und er zog eine Übernahmewelle nach sich, in deren Kielwasser sie von den Großen wie Petrovski Security (MCT), Wolverine und Knight Errant (die hier ein Ausbildungszentrum unterhalten) geschluckt wurden. Einige lokale Akteure sind übrig geblieben, doch der Druck, an die Megakonzerne zu verkaufen, wächst täglich.

Renton ist eine Festung der Mafia, was nicht überrascht, da viele ihrer Familienmitglieder in Renton wohnen. Die Finnigan-Familie ist fest in den hiesigen Machtstrukturen verwurzelt. Yakuza-Sokaiya kann man ebenfalls in Renton finden. Sie besuchen ihre Aktionäre und Manager persönlich, um Nuyen mit Wirtschaftskriminalität und Erpressungen zu verdienen.

SNOHOMISH

Snohomish ist Seattles Brotkorb. Die letzte unabhängige Farm in Snohomish verschwand kurz nach dem letzten Crash, sodass nun der größte Teil des Bezirks den Agrar- und Aquakultur-Konzernen gehört. Die Landschaft ist mit Anbauflächen für genetisch modifiziertes Getreide und Herden von biologisch verbessertem Vieh übersät, während der Snohomish River und der Sound mit Wasserfarmen durchzogen sind, in denen die unterschiedlichsten Meeresfrüchte angebaut werden. Der größte Teil der Ernte wird exportiert, und Restaurants in der ganzen Stadt servieren den Rest für diejenigen, die es sich leisten können.

● Ingersoll hat ein Tochterunternehmen gegründet, das in Snohomish genetisch modifiziertes Geflügelfleisch auf Proteinbasis produziert, und ein weiteres, das Miniatur-Rinder zur Schlachtung züchtet. GenePeace hat ihre Produktlinie öffentlich verdammt und veranstaltet regelmäßig Proteste.
● Ecotope

Die Lebensmittelindustrie von Snohomish ist das Ziel der meisten Runs, die hier stattfinden: Der Diebstahl von Produkten oder Forschungsdaten, die Extraktion von wichtigen Forschern, die Sabotage von Ernten und ähnliche Jobs sind an der Tagesordnung. Um die Agrarfarmen und Konzerneinrichtungen des Nachts zu schützen, werden bevorzugt paranormale und vercyberte Kreaturen eingesetzt. In den Gewächshäusern kann man Barghests antreffen, während es in einer Wasserkultur von gigantischen, vercyberten Hummern wimmeln könnte, die über Seegras- und Kaviar-Tanks krabbeln. Einige Konzerne greifen zu ihrem Schutz auf die Yakuza zurück, die Schläger entsenden, um Umweltschützer-Treffen aufzulösen.

● Snohomish hat überraschend viele gute Magieläden und Talishändler, die günstigere Preise haben als ihre Konkurrenz in der Nähe der Universität. Einige der Telesma werden vom Komun'go-Ring direkt aus dem Salish-Shidhe geschmuggelt. Verschiedene ansässige Clubs haben sich auf Magier spezialisiert und bieten Live-Musik und magische Unterhaltung.
● Lyran

TACOMA

Der größte Teil von Tacoma ist von weitläufigen Docks und den Unternehmen geprägt, die von ihnen leben, doch der Nicaragua-Kanal in Aztlan hat einen großen Teil des Frachtgeschäfts an sich gerissen, und die Unternehmen sind nicht mehr das, was sie einmal waren. Es gibt noch immer viele große Fabriken in dem Bezirk, die aber allmählich von einer Armee kleinerer Mikro-Fabriken verdrängt werden, die mittels hochtechnologischer Verfahren und Nanotechnologie eine Massenproduktion bei niedrigeren Kosten ermöglichen. Auch das industrielle „Tacoma-Aroma" ist hier noch anzutreffen, obwohl Eta Engineering große Anstrengungen unternommen hat, die Abfälle und Abwässer in Aufbereitungsanlagen zu leiten, anstatt sie in die glitzernden braunen Fluten des Sounds zu lenken.

● Durch die gestiegene Krebsrate unter den langjährigen Bewohnern ist man darauf aufmerksam geworden, dass weite Teile von Tacoma mit toxischen Rückständen von Schwermetallen kontaminiert sind, das Resultat jahrelanger illegaler Sondermüll-Entsorgung aus verschiedenen Schwerindustrien. Der Metroplex plant, Verträge zur Säuberung des Bezirks schließen, was einen Bieterkampf zwischen Eta und Shiawase ausgelöst hat.
● Nephrine

Tacomas weitläufige Arbeiterklasse-Gemeinden eignen sich hervorragend, um Geschäfte abzuwickeln. Eckkneipen sind der perfekte Ort für kleine Treffen oder zum Entspannen, ohne von Staßengangs belästigt oder von Spitzeln belauscht zu werden, die an den bekannteren Runner-Treffpunkten umherstreifen. Wer eine Extradosis Kultur genießen möchte, besucht am Besten **Little Asia**, das in den letzten Jahren gewachsen ist und den Triaden und Seoulpa-Ringen zusätzliche Unterschlupfe und Geschäftschancen bietet.

Die Yakuza hat Jahre damit verbracht, der Mafia die Kontrolle über diesen Bezirk abzujagen – mit dem Resultat, dass sich die Vory als lachende Dritte ein großes Stück der Docks unter den Nagel gerissen haben. Tacoma ist noch immer ein wichtiger Kriegsschauplatz für die Syndikate, mit lukrativen Lasterhöhlen, Schutzgelderpressung und Schmuggelaktivitäten. Übergriffe und Schießereien gibt es fast wöchentlich, ab und zu auch mal einen Bombenanschlag; die organisierte Straßengewalt ist tatsächlich zu einem akzeptierten Teil des Alltags von Tacoma geworden.

DER ORK-UNTERGRUND

Der Ork-Untergrund lässt sich räumlich nur schwer definieren. Er ist weniger ein Seattler Bezirk als eine Ansammlung von Orten unter der Oberfläche von Seattle – eine Art Stadt unter der Stadt. Der Untergrund ist nicht mit allen Teilen Seattles verbunden und verändert sich ständig, da manche Teile einbrechen oder abgesperrt werden, während seine Bewohner ständig neue Abschnitte hinzufügen oder ausschachten. Der Ork-Untergrund ist ein wichtiger Teil der metamenschlichen Geschichte von Seattle. Damit ihr den Untergrund aus verschiedenen Blickwinkeln betrachten könnt, habe ich einige Freunde gebeten, ihre Eindrücke wiederzugeben.

Titus, Ork, Stadtreinigungsarbeiter:

Was ist der Ork-Untergrund? Zunächst einmal muss ich feststellen, dass er zu einem Klischee verkommen ist. „Oh, schau mal die Orks haben diesen netten, geheimen, unterirdischen Ort, wo sie alle friedlich und harmonisch zusammenleben, weit weg von diesen bösen Menschen und Elfen." Das ist totaler Drek. Das klingt, als seien wir ein Haufen Höhlenbewohner oder Morlocks oder sowas. Tatsache ist, dass große Teile des Untergrunds für jeden offen stehen, der herunterkommen und sie besuchen will. Wenn du mir nicht glaubst, komm einfach ins Big Rhino oder den Keller von Lordstrung's Department Store und melde dich für eine Tour an.

Man kann keine allgemeine Aussage über den Untergrund treffen, bis auf die Tatsache, dass er groß ist. Er verläuft unter den Straßen von Downtown, Tacoma, Everett und sogar Teilen der Puyallup Barrens. Der Untergrund ist auch kein komplett miteinander verbundener Kaninchenbau: Es gibt viele Teile, die von bestimmten anderen Teilen aus nicht erreichbar sind, und anders als viele Touristen glauben, sind wir da unten keine große, glückliche Familie. Um es einfach auszudrücken: der Untergrund ist wie jede andere Stadt. Es gibt die unterschiedlichsten Leute und Orte – einige öffentlich, manche privat und wieder andere geheim.

Maddy, Ork, Arbeitslos:

Du willst wissen, was mich krank macht? Diese ganzen aalglatten Kids, die sich hier „unters Volk mischen", seit es die Orxploitation-Bewegung für „cool" befunden hat, ein Ork zu sein. Es vergeht keine Woche, in der ich nicht einen von ihnen sehe, ausstaffiert mit einem CrimeTime-T-Shirt und einem Set falscher Hauer. Es sind so viele, dass man fast kotzen möchte. Das sind dieselben kleinen Punks, die früher auf Orkkinder losgegangen sind, wann immer sie die Möglichkeit dazu hatten. Aber jetzt sind wir so beliebt, dass sie Teil unserer Welt werden wollen. Es kotzt mich an, wenn ich ihre kläglichen Versuche höre, Or'zet zu sprechen, und die Sprache mit ihren kleinen Zähnen und schwachen Kiefern verballhornen. Sie kommen hier runter und verstopfen unsere Welt, wollen in die „Ork-Kultur" eintauchen und stolzieren herum, als würden sie etwas Gefährliches und Rebellisches tun. Verschont mich! Ich wünschte, sie würden sich hier einfach verpissen und uns in Ruhe lassen.

> Hey, Maddy, du siehst das falsch! Solange sie herunterkommen, kann man auch einen Vorteil aus ihnen schlagen! Ich habe ein gutes Nebeneinkommen durch den Verkauf von Sims mit „superseltenen Raubkopien von Ork-Musik" an die dummen kleinen Ujnort-Kinder. Sie reißen sie mir förmlich aus der Hand! Dabei ist dann auch nicht so wichtig, dass die meisten dieser „superseltenen Aufnahmen" von der Garagenband meines Sohnes stammen. Melke sie, so gut es nur geht, sage ich!
> Snopes

Tressa, Ork, Untergrund-Reiseleiterin:

Den Untergrund gibt es schon viel länger als wir Orks ihn kennen, aber es ist wahr, dass wir ihn seit der Nacht des Zorns für uns beanspruchen. Wenn es diese Gewölbe und Stollen unterhalb der Stadt nicht gegeben hätte, wären noch viel mehr von uns gestorben, da bin ich mir sicher. Für die Orks repräsentiert der Untergrund viele Dinge: einen Sinn für Geschichte; eine Zuflucht, in der wir den Vorurteilen entkommen können, die an der Oberfläche so verbreitet sind; ein Ort, an dem wir unser Leben verbringen und mit unseresgleichen zu tun haben können. Das bedeutet nicht, dass wir keinen Kontakt zur Oberfläche haben wollen – viele Bewohner des Untergrunds haben Jobs da oben und zählen auch Angehörige anderer Metatypen zu ihren Freunden –; es heißt aber, dass es schön ist, einen Ort zu haben, an dem wir uns heimisch fühlen können. Natürlich denken nicht alle Orks so, aber für diejenigen, die es tun, ist der Untergrund ein Geschenk des Himmels. Darum liebe ich meinen Job so sehr. Ich liebe es, den Leuten unsere Geschichte näher zu bringen und ihnen eine andere Sichtweise auf die Orks zu vermitteln als diejenige, die sie so oft auf der Oberfläche zu sehen und hören bekommen.

Monty, Zwerg, Techniker:

Wie üblich nehmen die Orks ihre Schnauzen über Stolz und Geschichte viel zu voll – und lassen die Zwerge dabei völlig unter den Tisch fallen. Ich sage euch eins: Ohne die Hilfe der Zwerge in den frühen Tagen würden diese Tunnel über den Köpfen der Orks zusammenbrechen. Es waren unsere Leute (mein Großvater war einer von ihnen, nur nebenbei bemerkt, also ist diese Geschichte nicht nur Schall und Rauch), die neue Stollen errichteten, beschädigte Abschnitte reparierten und mit Stützpfeilern stabilisierten und neue Abschnitte hinzufügten. Für eine Weile hatten wir eine eigene kleine Enklave dort unten, aber es gab viel mehr Orks als Zwerge, und diese beiden Gruppen kamen nie wirklich gut miteinander aus. Letztendlich taten sich die Orks zusammen und schmissen uns raus. Das ist völlig okay – wir warten einfach so lange, bis ihre Stollen einbrechen und ihre Wohnungen in sich zusammenfallen. Dann werden sie uns anflehen, dass wir zurückkommen – aber dann wird es sie eine Menge kosten.

> Wie üblich erzählen die Zwerge ihre Geschichte nicht ganz richtig. Ja, es ist wahr, dass es damals Reibereien zwischen den Orks und den Zwergen gab, aber das hat sich geändert. Ich kenne mindestens eine Zwergen-Enklave im Untergrund in der Nähe von Tacoma, und die Zwerge dort kommen ziemlich gut mit den Orks in den umliegenden Gebieten aus.
> Sounder

> Ja, kein Zweifel: Sie unterhalten einen Schmugglerring und bezahlen den Orks fette Nuyen dafür, damit sie ihnen beim Transport ihrer Fracht helfen.
> Lyran

Luke, Ork, Dock-Arbeiter:

Ihr wollt wissen, was der Untergrund für mich bedeutet? Das klingt jetzt vielleicht oberflächlich, aber der Untergrund ist ein Ort, an dem ich Dinge finden kann, die für Orks gemacht wurden. Habt ihr jemals versucht, einen Anzug oder eine Jeans zu finden, die einem Ork passt? Sicher, wenn man lange genug sucht, findet man auch oben etwas, aber im Untergrund werde ich in jedem Laden fündig. Auf den Märkten gibt es die Lebensmittel, die wir mögen (auch echtes Fleisch), die Klamottenläden haben Sachen, die uns passen, und die Möbelgeschäfte verkaufen Stühle und Betten, die für unsere Größe und unser Gewicht ausgelegt sind. Es ödet echt an, dass in Seattle „menschlich" der Standard und alles andere „Sonderanfertigung" ist, besonders dann, wenn man schöne Sachen haben will und keinen Schrott. Vermutlich sagt ihr jetzt, ich soll daraus keine so große Sache machen, aber fragt einfach irgendeinen x-beliebigen Ork auf der Strasse, und er wird meine Sichtweise bestätigen.

> Es stimmt. Für einen Ork (oder Troll) ist der Untergrund der beste Ort, um die Dinge zu kaufen, bei denen es auf die Größe ankommt. Ich kann euch einen Klamottenladen namens Tusk empfehlen, in der Nähe des Eingangs von Lordstrung's im öffentli-

chen Bereich. Sie verkaufen nicht nur Freizeit-Kleidung für Männer und Frauen, sondern man bekommt dort auch schöne Anzüge und formelle Kleidung in passenden Größen, damit man dort draußen nicht wie der letzte Penner aussieht. Und von besonderem Interesse für Ork- und Troll-Runner: Tusk verkauft auch große Körperpanzerung, neu und gebraucht. Sie liegt zwar nicht im Laden aus, aber wenn ihr danach fragt, wird der alte Grundy euch die passenden Sachen anbieten.
➋ Butch

„Crash", Mensch, Shadowrunner

Ich kenne eine Menge Nicht-Orks (besonders Menschen und Elfen), die herausfinden wollen, wie hart es im Untergrund zugeht, wenn man kein Ork oder Troll ist, doch es ist lange nicht so schlimm, wie man sich erzählt – vor allem nicht für Shadowrunner. Dieser Platz ist ein Paradies für Shadowrunner, solange man die Bewohner respektiert, sie für ihren Ärger bezahlt und ihre Geheimnisse hütet. Wenn es einem gelingt, sich da unten Freunde zu machen, zahlt sich das beim nächsten Besuch aus, wenn man sich verstecken muss, heiße Ware verstauen will oder einfach Fracht oder Menschen von einem Teil Seattles in einen anderen schmuggeln möchte. Normalerweise sind die Bewohner sehr freundlich zu Shadowrunnern – wahrscheinlich, weil wir, genauso wie sie, zu den Unterprivilegierten gehören. Wenn du ein Ork-Runner bist, ist das umso besser. Einige meiner besten Freunde leben dort unten, und ich kann gar nicht mehr zählen, wie oft wir uns schon gegenseitig den Arsch gerettet haben.

➋ Das ist schon der Zweite, der den Schmuggel erwähnt. Es gibt tatsächlich einige florierende Schmuggelrouten durch den Untergrund, von denen manche von den Syndikaten kontrolliert werden (besonders von den Vory, die alle möglichen Deals mit den Bewohnern machen, um eine halbwegs dauerhafte Route zu sichern). Andere werden von unternehmerischen Bewohnern unterhalten, die sich in den Stollen und Wegen gut auskennen und dieses Wissen nutzen, um sich ein angenehmes Auskommen zu sichern. Ihr würdet euch wundern, wenn ihr wüsstet, welche Unmengen an Waffen, Drogen und BTLs über diese Routen transportiert werden (oder vielleicht auch nicht, nachdem ihr diese Datei gelesen habt).
➋ 2XL

ORTE UND LEUTE

geposted von Kat O'Nine Tails

Wie es sich für eine Grenzstadt gehört, die weit von den UCAS entfernt ist, decken Seattles Attraktionen das gesamte Spektrum von heilig bis profan ab, von den glitzernden Touristenorten bis zu den dunkelsten Lasterhöhlen. Wenn du nach irgendetwas Bestimmten suchst, stehen deine Chancen gut, dass es einen Ort in diesem Plex gibt, an dem du es bekommst. Hier ist ein kurzer Abriss über die heißen Orte Seattles aus dem Seattle Eye – ich habe ihn etwas überarbeitet, um die Orte hervorzuheben, die für die Schatten von Bedeutung sind.

NACHTLEBEN

Von erstklassigen Nachtclubs bis hin zu üblen Spelunken bietet Seattle eine Myriade von Möglichkeiten, wenn man ein paar Drinks zu sich nehmen möchte, ein seriöses Treffen abhalten will oder einen Ort sucht, um die Nacht durchzutanzen.

Club Penumbra (Internationales Viertel, Downtown)

Penumbra ist ein Club, in dem die Zeit still steht – er hat immer noch denselben Mondoberflächen-Boden und seit über dreißig Jahren dasselbe, inzwischen veraltete Trid-System. Früher war er einer der angesagtesten Clubs der Stadt, hat aber viele Gäste verloren, als die benachbarte Renraku-Arkologie zusammenbrach, und dann noch mehr, als der Crash ihn für mehrere Monate stilllegte. Viele altmodische Runner besuchen den Club, und er steht noch immer im Ruf, der Ort zu sein, zu dem die Schattengemeinde geht, um zu sehen und gesehen zu werden. In vielerlei Hinsicht wurde der Club zu einem lebenden Wahrzeichen, und einige Leute kommen immer noch hierher, um echte Deals zu machen. Das könnte sich in Zukunft jedoch ändern, da Penumbra zu einem strategischen Ort im anhaltenden Schachspiel zwischen der Finnigan-Familie und der Yakuza in Downtown zu werden scheint. Als es die Runde machte, dass die Inhaber daran interessiert sein könnten, Penumbra zu verkaufen, streckten beide Syndikate ihre Fühler aus und bekundeten ihr Interesse. Allein diese Spannungen könnten dem Club schon neues Leben einhauchen, besonders wenn es zu Gewalttätigkeiten irgendeiner Art kommen sollte.

Dante's Inferno (Seattle Center, Downtown)

Anders als der Club Penumbra ist das Dante nicht gewillt, sich auf den Müllhaufen der Geschichte werfen zu lassen, und läuft besser denn je. Während des Crashs schien der Club auf der Kippe stehen – bis heute existieren keine offiziellen Angaben über die Zahl der Leute, die bei dem Aufstand ihr Leben verloren, der hier ausbrach, doch die optimistischsten Schätzungen gehen von über einhundert Toten aus. Trotzdem blieb der Inhaber Dante Passini hartnäckig, und es gelang ihm, das Dante in hellerem Glanz denn je wiedererstrahlen zu lassen, indem er ein modernes AR-Netzwerk installierte, das die Bilderwelt des Inferno abbildet und den Stammkunden dabei hilft, sich miteinander zu vernetzen (natürlich nur auf derselben Ebene – die Trennung der unterschiedlichen Bereiche wird immer noch strikt durchgesetzt). Wie auch früher schon betreten die Gäste das Inferno auf der höchsten Ebene, und nur diejenigen, die als „würdig" erachtet werden, erhalten die Erlaubnis, zu einer der sieben tieferen Ebenen vorzudringen. Die letzte Ebene, die „Hölle" genannt wird, ist Sperrgebiet für alle bis auf die Reichsten, Berühmtesten und denen mit den besten Connections. Eine High-Tech-Kombination aus AR und holografischen Projektoren ermöglicht den Nachtschwärmern von Seattle, sich mit Gleichgesinnten in Dantes anderen Infernos in London und Hongkong vermischen können, sodass es zu einer großen Party über drei Kontinente hinweg kommt. Zeitzonen? Wer braucht die schon – alle drei Clubs sind rund um die Uhr geöffnet.

➋ Ich habe gehört, dass Dante eine neue Ebene unter der Hölle bauen ließ, als er das Inferno nach dem Aufstand renovierte. Ich habe noch niemanden getroffen, der sie gesehen hätte, also könnte das auch nur Geschwätz sein.
➋ Haze

➋ Ist es nicht, aber das macht keinen Unterschied, da niemand von uns jemals diese Ebene sehen wird.
➋ Butch

➋ Dante selbst sieht man nicht mehr sehr oft im Seattler Inferno – er zieht den Club in London vor und hat die Gastgeberpflichten in Seattle einem Elfen übertragen, der sich selbst „Alessio" nennt. Man kann ihn nicht übersehen – er ist immer mit sicherem Gespür für die allerneueste Mode gekleidet, und sein kahler Schädel ist mit animierten Tattoos übersät, die Bilder der Hölle zeigen. Und, bevor ich es vergesse, er hat schwarze Cyberaugen, in denen flackernde Flammen glühen.
➋ Arete

Infinity (Seattle Center, Downtown)

Infinity ist einer der neueren Clubs in der Szene, macht aber schon ein gutes Geschäft und zieht einige wirklich bekannte Künstler an. Er wurde ein paar Jahre nach dem Crash erbaut und verfügt deshalb über die neuesten holografischen Projektoren, innovativsten Sound-Systeme und die intelligen-

DATENEMPFANG ...

testen Licht-Anlagen. Die Architektur ist klar und eingängig, mit eleganten Schwüngen, Wendeltreppen und intelligent eingesetzten Glas- und Spiegel-Effekten. Er hat zwar kein konkretes Thema, ist aber einfach die beste Club-Erfahrung, die man machen kann. Offenbar macht der Club etwas richtig, denn die Warteschlangen vor der Tür sind immer lang, und nur wenige Künstler haben bisher die Einladung abgelehnt, im Infinity zu spielen.

» Die Holos sind echt Sahne: Die meiste Zeit über kann man kaum sagen, ob das Sim-Sternchen, neben dem man tanzt, echt ist oder ein unglaublich detailliertes Holo. Sie mögen es, wenn ihre Tanzfläche voller berühmter und schöner Leute in Partystimmung ist. Außerdem setzen sie versteckte, kompakte Audiowellen ein, um bestimmten Leuten Nachrichten zuzuwispern, die nur sie hören können.
» Slamm-0!

» Infinitys Beliebtheit bei den Shadowrunnern beruht hauptsächlich auf der Tatsache, dass der Laden die besten Hochsicherheits-Konferenzräume der Stadt hat. Sie liegen erhöht, sodass man einige von ihnen von der Tanzfläche aus sehen kann und umgekehrt, während man von anderen ohne triftigen Grund nicht einmal erfahren würde. Sie haben jeden der Räume in einem bestimmten Farbschema gehalten: Je höher man in der ROYGBIV-Farbskala kommt, desto sicherer (und teurer) ist der Raum. Der ultraviolette Raum ist „besonderen" Gästen vorbehalten.
» Haze

» Seltsamerweise scheint niemand zu wissen, wem dieser Club eigentlich gehört. Sicher gibt es Gerüchte, die von den Yaks und der Mafia bis hin zu dem einen oder anderen Drachen reichen, aber die Eigentumsverhältnisse sind hinter so vielen Strohfirmen verborgen, dass es unmöglich ist, sie mit Sicherheit zu klären. Eines steht aber fest: Wenn man bedenkt, wie schnell dieser Club erbaut und eröffnet wurde, haben der oder die Gründer eine Menge Einfluss und ebensoviel Geld.
» Cosmo

Underworld 93 (Puyallup City, Puyallup)

Underworld 93 ist ein umgebautes Lagerhaus aus Beton in der Innenstadt von Puyallup und trägt ungebrochen das Zepter vor sich her, der Ort zu sein, an dem man die Top-Musiker im Seattle-Plex live sehen kann. Jeder bekannte Künstler hat auf seiner Tour schon im 93 gespielt, und obwohl sich viele Shadowrunner hier treffen, um Geschäfte zu tätigen, kommen die meisten von ihnen doch wegen der Musik. Mit einer großen Bühne und Tanzfläche, supermodernen Trideo- und Sound-Systemen, einer erstklassigen AR-Umgebung und zwei großen Holoplex-Leuchtschriften am Eingang hat sich das Underworld 93 in der Umgebung einen Namen gemacht. Andere Clubs eignen sich vielleicht besser in Sachen Abtanzen und Atmosphäre, aber wer die pure Energie der Stars erleben möchte, muss in das 93 gehen.

» Als der alte Geschäftsführer, Al Castanzo, kürzlich verstarb, schleppten die Inhaber einen neuen Typ an – einen Zwerg namens Vincent O'Halloran. Das Problem ist, das Vince darüber nachdenkt, die Verbindung zu den Yaks abzubrechen, die für Sicherheit in dem Laden gesorgt haben. Stattdessen will er den Finnigans den Job überlassen. Niemand weiß, ob die Finnigans etwas gegen ihn in der Hand haben, aber wenn sich das nicht bald klärt, wird O'Halloran nicht mehr lange unter uns weilen.
» 2XL

» Es wäre traurig, wenn dem 93 etwas passiert, aber Geschäft ist Geschäft, und man darf es sich einfach nicht mit den Yaks verscherzen.
» Kia

77 (Renton)

Diesen Laden gibt es noch nicht sehr lange, aber er ist schon jetzt einer der beliebtesten Orte für das Schmieden von diskreten Deals. Das Merkwürdige daran ist, dass der Club keine Werbung macht. Er steht nicht im Komm-Verzeichnis, er macht keine Werbung über Trid oder AR, und er taucht in keiner Zeitungskritik (außer natürlich bei uns) und nicht einmal in Blogs auf. Von der Straße aus sieht er aus wie eine nichtssagende Mischung aus Bar und Klamottenladen – die meisten Leute glauben, das wäre nur ein Eingang zu einem Appartementhaus. Man muss Mitglied sein, um hineinzugelangen. Die Mitgliedschaft ist sehr teuer, und man bekommt sie nur dann, wenn man von jemandem vorgeschlagen wird, der bereits Mitglied ist. Wenn man einmal Mitglied ist, bekommt man einen RFID-Tag, mit dem man durch die Vordertür gelangt. Dann muss man noch einen Sicherheitscheck über sich ergehen lassen und man ist drin. Ich selbst war noch nicht dort, aber ein guter Freund von mir hat mir erzählt, dass der Laden sehr nobel ist, mit separierten Besprechungsräumen, Essen, für das man sterben würde, und erstklassiger Unterhaltung Nacht für Nacht.

• Diese Jungs nehmen ihre Privatsphäre sehr ernst – sie beschäftigen Hacker, um die Matrix nach jedem Hinweis auf den Club zu durchforsten, und wenn die einen finden, löschen sie ihn sofort.
• Dr. Spin

• Wenn du es jemals schaffen solltest, hineinzukommen, denk nicht einmal daran, ein Foto zu machen oder irgendetwas nach draußen zu senden. Die Wände sind gegen drahtlose Kommunikation und Radiowellen abgeschirmt, und die astralen Wachen sind praktisch unüberwindbar. Die Sicherheitsstufe ist beängstigend, und wenn sie dich erwischen, wird die Tatsache, dass du deine Mitgliedschaft verlierst, nicht deine Hauptsorge sein.
• Danger Sensei

• Die meisten Konzerne haben Mitgliedschaften, die ihnen erlauben, Gäste auf ihre Karte in den Laden zu schleusen. Sie nutzen diese Option häufig, um Kollegen aus anderen Städten zu unterhalten. Wenn man sich seinen Weg hineingekämpft hat, findet man einen großartigen Ort vor, an dem sich alle möglichen Kontakte knüpfen lassen. Sie nehmen nicht jeden auf, also versucht es erst gar nicht, wenn ihr neu im Geschäft oder Schmalspur-Runner seid.
• Cosmo

Aces (Redmond)

Der eigentliche Name lautet Aces, aber die Stammkunden nennen ihn „Scumpit". Wenn du mal zufällig hineinschlendern solltest (und das würde ich nicht empfehlen, denn dies ist nicht der richtige Ort für ein paar Drinks oder Abendunterhaltung), wirst du feststellen, warum. Das Essen ist lausig, die Farbe blättert von den Wänden, die Hälfte der Fenster sind mit Brettern zugezimmert, die Drinks sind verwässert und die Musik ist so laut, dass du bereits nach wenigen Minuten das Gefühl hast, dass dir dein Gehirn aus den Ohren blutet – aber das ist genau der Grund, weshalb die meisten Kunden hier sind. Ein gutgemeinter Rat: Gehe nicht in das Scumpit, wenn du dich deiner Haut nicht erwehren kannst, denn die Stammkunden sind menschliche Raubtiere und können Frischfleisch auf einen Kilometer Entfernung riechen. Das Scumpit ist der bevorzugte Treffpunkt der Crimson Crush Gang und von drittklassigen Shadowrunnern mit gewaltigen Minderwertigkeitskomplexen, von den großen, asozialen Orks und Trollen ganz zu schweigen. Der beliebteste Zeitvertreib ist das gute alte Billard, Glücksspiel (einschließlich dem guten alten Beine brechen, wenn man dich beim Schummeln erwischt) und Kneipenschlägereien. Ich würde niemals sagen, dass du nicht dort hin gehen sollst – ich sage nur, dass ich dich gewarnt habe.

• Für eine bestimmte Sorte Runner (und ich meine die Sorte, die zu gewalttätigen Jobs neigt) ist dieser Laden ein guter Ort, um einen Auftraggeber zu finden. Selbst die Johnsons hier sind hart im Nehmen – das müssen sie auch sein, sonst würden sie lebendig aufgefressen.
• Riser

• Jaaa, ein großartiger Ort – wenn deine Vorstellung von Spaß ist, auf der Toilette vergewaltigt oder wegen deines billigen Kommlinks enthauptet zu werden.
• Baka Dabora

RESTAURANTS

Emerald City rühmt sich Hunderter von Restaurants, in denen du entweder deine kulinarischen Gelüste befriedigen oder vor einem Run einen schnellen Imbiss zu dir nehmen kannst. Hier sind einige von ihnen.

Eye of the Needle (Seattle Center, Downtown)

Dieses Restaurant befindet sich in der Spitze der 185 Meter hohen Seattle Space Needle und ist der Ort, an den man geht, wenn man wirklich das große Los gezogen hat (oder wenn man sein Date wirklich beeindrucken will – aber man muss darauf achten, viele Creds dabei zu haben, wenn man derjenige ist, der die Rechnung übernimmt). Die Sicherheit ist schwindelerregend, der Ausblick fantastisch, das Essen ist das Beste, was man bekommen kann, und man begegnet vielen Prominenten, von hochrangigen Politikern über hohe Tiere der Syndikate bis hin zu SimSinn-Promis, die alle hier sind, um zu sehen und gesehen zu werden. Für diejenigen, die Privatsphäre suchen, gibt es eine Handvoll gesicherter Räume, die über Anti-Überwachungs-Equipment, geschützte Funk-Netzwerke und magischen Schutz verfügen.

• Das Eye mag das „große Los" sein, aber Schattenveteranen würden den Laden nicht freiwillig betreten. Er ist ein Klischee. Dieser ganze „Sehen-und-gesehen-werden"-Drek ist ein großer Schwindel – wenn du ein richtiger Runner bist (nicht so ein Möchtegern mit zu vielen Creds, zu viel Glück und zu großem Ego), dann willst du dort nicht gesehen werden. Jeder, der hierher kommt (sei er nun Runner oder Johnson), will nur irgendjemanden beeindrucken. Seid vorsichtig.
• Sticks

• Hast wohl keine Reservierung bekommen, hm, Sticks?
• Dr. Spin

Big Rhino (Seattle Center, Downtown)

Das Rhino ist bekannt dafür, einer der wenigen öffentlichen Zugänge zum Ork-Untergrund zu sein, doch das ist nur einer von vielen Aspekten. Seit diese ganze Orxploitation-Sache vor einigen Jahren aufkam, gibt es viele Restaurants da draußen, die sich einen Namen damit machen wollen, „echte Ork-Cuisine" anzubieten. Das Rhino hat es schon immer gemacht und macht es immer noch am besten. Es ist kein Ort für Leute mit empfindlichem Magen. Es ist wie ein altmodisches Diner aufgemacht, mit festgeschraubten Tischen, und serviert große Portionen (mit viel Fleisch und Sauce). Die Unterhaltung ist auch besser geworden – früher gab es Stripperinnen und schlüpfrige Comics, heute treten Goblin-Rock-Bands auf. Selbst einige der großen Namen spielen hier um der guten alten Zeiten willen. Für Nicht-Orks und Nicht-Trolle ist es sogar etwas sicherer geworden, aber man muss trotzdem mit Schwierigkeiten rechnen, wenn man sich nicht anpasst.

• Abgesehen davon, dass es dort die besten Spare Ribs in der Stadt gibt, ist das Rhino für Ork-Shadowrunner, die neu in der Stadt sind, einer der besten Orte, um Arbeit zu finden. Es ist außerdem ein guter Ort, um einen Führer zu finden, der dich in die Teile des Untergrunds führt, die die meisten Touristen nicht zu sehen bekommen. Allerdings musst du sie oder ihn zuerst in irgendeiner Form beeindrucken.
• Sounder

Peaceable Kingdom (Little Asia, Tacoma)

Für jeden, der auf der Straße daran vorbeigeht, sieht dieses Restaurant aus wie ein normales China-Restaurant der gehobenen Kategorie mit den üblichen Verzierungen: goldene Drachen und ländliche chinesische Szenen an der Wand, freundliches und aufmerksames Personal, leise Musik und asiatische AR-Ikonographie. Das Essen ist gut, wenn nicht sogar außergewöhnlich, und die Einheimischen fühlen sich hier genauso wohl wie die Besucher. Wenn du die richtigen Leute kennst, kommst du in das Hinterzimmer, wo sie andere Speisen servieren: exotische Gerichte, zubereitet aus einer ganzen Reihe gefährdeter Tierarten, einschließlich paranormalen Tieren. Eine rechtzeitige Reservierung ist ein Muss, da es oft ein wenig dauert, bis die gewünschte Spezialität beschafft worden ist.

➲ Niemand weiß, wie sie das schaffen, aber die Inhaber sind erschreckend gut darin, echte Kunden von neugierigen Kons und Tierschützern zu unterscheiden. Wenn ihr zu denen gehört, die es in den Laden schaffen, werdet ihr feststellen, dass euer „Piasma-Steak" eine gute alte Kuh ist, wenn ihr es mit den Resten einpacken lasst und es einer Analyse unterzieht.
➲ Glasswalker

➲ Das Peaceable Kingdom wird von Pan Wenshi geleitet, der gute Verbindungen zum Octagon hat. Denkt also lieber nochmal darüber nach, bevor ihr die niedlichen Pelztierchen rettet und es euch dadurch mit diesen Jungs verscherzt, sonst könntet ihr selbst mal auf dem Teller landen. Und das meine ich wörtlich – einige Kunden haben einen exotischeren Geschmack als andere.
➲ Hannibelle

➲ Hier gibt es Arbeit auf beiden Seiten: Das Kingdom bezahlt gut für lebendige paranormale Tiere, und die Tierschützer bezahlen gut für Informationen oder Unterstützung, damit sie den Laden dicht machen können.
➲ Cosmo

SEATTLES LASTERHÖHLEN

Ein Dokument, das für Shadowrunner gedacht ist, ist ohne eine Abhandlung über die finstersten Orte von Emerald City nicht vollständig. Wenn man sich gut genug umsieht (oder die richtigen Leute fragt), kann man Clubs finden, die jede Vorliebe befriedigen, die man sich nur vorstellen kann. Ich habe hier einige aufgelistet, aber dort, wo sie herkommen, gibt es noch viele weitere.

Garden of Eden (Casino Corner, Everett)

Heutzutage kommen die meisten Leute auf dieselbe Art an ihr Glücksspiel, wie sie an ihre Pornos kommen: Per Matrix direkt in die Privatsphäre ihres Heims geliefert, wo sie es auf jede Art genießen können, die sie wünschen. Es gibt aber auch Leute, die den persönlichen und sozialen Aspekt eines Casinos schätzen und hinter den schillernden Fassaden der Casino-Corner ihre Erfüllung finden. Im Gegensatz zu den anderen Casinos in der Stadt, die von der Mafia oder den Yaks betrieben werden und dazu neigen, ihre Attraktionen auf den kleinsten gemeinsamen Nenner abzustimmen, ist das Garden of Eden ein gehobener und teurer Ort, der ausschließlich Mitgliedern vorbehalten ist (allerdings wird jeder, der einigermaßen ordentlich aussieht und die jährliche Gebühr von 1.000 Nuyen zahlen kann, als Mitglied aufgenommen). Das Garden of Eden orientiert sich an den „Spiel-Puristen", also werden alle Spiele auf die altmodische Art gespielt – Karten, Würfel, echte Roulette-Räder und so weiter. Es gibt nur wenig AR oder Trideo, und der Club beschäftigt zahlreiche Sicherheitsmagier und Hacker, um dafür zu sorgen, dass niemand betrügt. Neben den Spieltischen gibt es auch Sportwetten. Das Garden of Eden ist kein Ort, der viele Leute anzieht, aber einige finden ihn überraschend entspannend, da er einen Kontrast zu der Reizüberflutung beim AR- und VR-basierten Glücksspiel bildet.

➲ Ein „unabhängiger reicher" Unternehmer namens Alex Harrison (der direkt nach dem Crash praktisch aus dem Nichts aufgetaucht zu sein scheint) ist der Inhaber und scheint ganz versessen darauf zu sein, seine eigenen Spiele zu spielen. Es ist ihm nun seit drei Jahren gelungen, sich die Syndikate vom Hals zu halten, doch niemand rechnet damit, dass es so bleibt. Aber wer weiß, vielleicht hat er auch noch ein paar Asse im Ärmel.
➲ Mihoshi Oni

➲ Werden schon Wetten angenommen, wie lange er noch am Leben bleibt, wenn er so weitermacht?
➲ Slamm-0!

➲ Er hat viele Freunde in der Schattengemeinde und seine Finger überall drin. Wenn ihr wüsstet, wie viele Leute ihm noch einen Gefallen schulden, würdet ihr euch weniger über sein langes Leben wundern.
➲ Icarus

Olgas Tearoom (Tacoma)

Wenn man nach einem sauberen Ort sucht, an dem man einen schönen Abend verbringen möchte, gibt es schlechtere Orte als das Olgas. Für den durchschnittlichen Touristen sieht es aus wie es klingt: eine zivilisierte Teestube im russischen Stil (sie haben guten importierten Tee, falls es jemanden interessiert). Mit den richtigen Kontakten gelangt man in die oberen Etagen, wo man hinreißende Damen aller Metatypen mit überzeugenden Argumenten finden kann, die bereit sind, jede vorstellbare Phantasie Realität werden zu lassen. Olga selbst ist die größte und hässlichste Trollfrau, die ich jemals gesehen habe – sie reißt dir den Kopf ab, wenn du einem ihrer Mädels wehtust, aber wenn sie einen guten Tag hat, kann sie dich mit erstklassiger Ausrüstung versorgen.

➲ Olga hat gute Beziehungen zu den Vory und nutzt die Teestube als Absatzmöglichkeit für verschiedene Schmuggelwaren, einschließlich Drogen und Waffen. Sie ist nicht nur eine gute Quelle für Spaßsucher, sondern weiß auch darüber Bescheid, was wo abgeht. Ich denke, dass sie dich sogar den Chimera vorstellen kann, obwohl dich dieses Privileg natürlich einiges kosten wird.
➲ Red Anya

➲ Bei Olga werden keine Razzien durchgeführt, weil sie den Jungs vom Star die Mädels zu Tiefstpreisen anbietet. Einen Ort zu finden, von dem man weiß, dass man sich dort keine Krankheit einfängt, kann heutzutage lange dauern.
➲ Hard Exit

Powerline (Bellevue)

Powerline besteht eigentlich aus zwei Clubs: Die oberen Etagen bedienen die männliche Schwulenszene, während der Keller die Heimat einer der größten und aktivsten BDSM-Treffpunkte für Angehörige beiderlei Geschlechts ist. Oben gibt es eine Tanzfläche, auf der man die ganze Nacht über zu lauter Techno-Musik tanzen kann, eine große Bar, Trid-Schirme, auf denen Sender laufen, die sich mit Schwulen beschäftigen (einschließlich Pornos), ein gut ausgestattetes Badehaus und unzählige kleine Räume auf beiden Ebenen, in die sich die Gäste (gegen eine Zusatzgebühr) zurückziehen können. Unten ist alles mit dem üblichen Spielzeug übersät, und es gibt außerdem zwei komplett eingerichtete Verliese, in denen man fast jede Phantasie befriedigen kann. Für diejenigen unter euch, die ein bisschen Hilfe benötigen, sind Professionelle beiderlei Geschlechts zur Hand, die dich unterwerfen, deinen Befehlen gehorchen oder dir ein oder zwei neue Tricks beibringen können. Alte Hasen finden private Mini-Verliese vor, die mit allem ausgestattet sind, was das SM-Herz begehrt. Geselligere Leute können sich ihrer Kleidung auf der Tanzfläche oder bei der Bar in der Mitte entledigen. Eine weitere feine Sache sind die maßgeschneiderten AR-Environments: Man kann es in einer mittelalterlichen Katakombe, einer futuristischen Cyber-Phantasie oder jeder anderen nur erdenklichen Umgebung tun.

➲ Ich kenne einen Schieber, einen extrovertierten schwulen Troll, der auf den Namen „Sweet William" hört. Er liebt es, sich mit Runnern im Powerline an der Bar zu treffen und ihnen dabei zuzuschauen, wie sie langsam ausrasten, und ist enttäuscht, wenn sie es nicht tun. Trotzdem ein verdammt guter Schieber. Selbst, wenn du selbst nicht schwul bist, ist er es wert, dass man einen

interessierten Blick zeigt, um ihn für sich zu gewinnen. Wenn du schwul bist, ist das Line ein guter Ort, um neue Freundschaften zu schließen ...
» Fatima

» Im Powerline bekommst du fast jede Droge und alle BTLs, die du haben möchtest, vor allem im Keller. Die Eigentümer haben ein Abkommen mit den Yaks getroffen, sodass man üblicherweise einen Dealer für die meisten gängigen Sachen finden kann, wenn man sich diskret durchfragt. Das härtere Zeugs ist etwas schwieriger zu bekommen.
» Turbo Bunny

Silver Screen Dreams (Renton)

Im Vergleich zu dem durchschnittlichen Loch auf der Straße ist das Silver Screen Dreams ein gehobener Massage-Salon, in dem du dich von einer schönen Dame (oder einem attraktiven Mann) durchkneten lassen kannst. Für ein paar Nuyen mehr kann deine Massage ein „glückliches Ende" nehmen, und du kannst nach einem verbotenen Abenteuer befriedigt wieder gehen. Wenn du den richtigen Leuten das richtige Codewort sagt, wirst du nach unten geführt, wo die wirkliche Action abgeht. Bunraku-Salons in Seattle gibt es haufenweise, aber dies ist Bunraku mit dem speziellen Kick – anstelle von Fleischpuppen mit dem Aussehen von Nadja Daviar und Atalee Breakbone erwartet dich im Silver Screen ein Abend mit einigen der größten Stars der alten Flatscreen-Epoche des vergangenen Jahrhunderts. Du hast schon immer davon geträumt, mit jemandem wie Sophia Loren, Elizabeth Taylor, Errol Flynn oder Johnny Depp zu poppen? Silver Screen hat sie alle, und noch mehr. Es ist ein Nischenmarkt, aber es ist sauber, die Preise sind erschwinglich und die Personafix-Programme der Prostituierten können selbst den größten Fan alter Filme täuschen.

» Sie stellen gerne Leute an, die den Stars ähneln, die sie später darstellen sollen, und sind deshalb immer auf der Suche. Manchmal heuern sie Runner an, um glaubhafte, aber unfreiwillige „Bewerber" zu liefern.
» Traveler Jones

Coliseum (Snohomish)

Das Coliseum ist ein ganz schön beeindruckender Name für einen Ort, der eigentlich das Hinterzimmer einer Bar ist, aber es ist einer der wenigen Orte, an denen man Kämpfe zwischen paranormalen Tieren zu sehen bekommt. Mit Parakreaturen-Kämpfen wird eine Menge Geld gemacht, nicht nur mit der Ausbildung und dem Handel der Tiere, sondern auch mit Wetten, die auf sie abgeschlossen werden. Wenn man weiß, wonach man suchen muss, findet man hier eine ganze Subkultur vor, die Höllenhunde, Schreckhähne und sogar größere Kreaturen wie Feuer- und Eisdrachen in Kellern und abgeschiedenen Orten außerhalb der Stadt züchtet, nur um sie gegeneinander antreten zu lassen und zu sehen, welche Kreatur sich durchsetzt. Die Kämpfe sind absolut sehenswert, vor allem die zwischen Kreaturen mit magischen Fähigkeiten.

» Talishändler suchen immer nach Körperteilen und Blut von Paracrittern – manchmal kann man den Kadaver des Verlierers billig erwerben, obwohl die Eigentümer in letzter Zeit dazugelernt und ihre Preise angehoben haben. Sie machen inzwischen auch Werbung damit, welche Tiere kämpfen werden. Wenn ihre Kreatur dann verliert, warten die Talishändler bereits, um das Frischfleisch in Empfang zu nehmen.
» Lyran

» Einige Tierrechtler haben kürzlich einen der Stallbesitzer aufgespürt, vermasselten aber den Run, als sie bei der Befreiung der Tiere einen Alarm auslösten. Die Radikalen konnten entwischen, während der Eigentümer von einer seiner eigenen Kreaturen übel zugerichtet wurde – ausgleichende Gerechtigkeit, wie ich finde.
» Ecotype

» Seid vorsichtig, wenn ihr euch einen dieser Kämpfe anschaut – die Sicherheit der Zuschauer steht auf der Prioritätenliste der Veranstalter nicht gerade weit oben. Ich habe miterlebt, wie einem armen Teufel die Kehle von einem Höllenhund herausgerissen wurde, bevor sein Besitzer ihn wieder unter Kontrolle bringen konnte.
» Hard Exit

SEHENSWÜRDIGKEITEN

Der Seattler Plex besteht zu einem großen Teil aus urbanem Ödland. Ich würde nicht empfehlen, in diesen Gebieten zu viel Zeit zu verbringen, aber einige von ihnen sind dennoch interessant genug, um hier Erwähnung zu finden.

Glow City (Redmond)

Dies ist nicht gerade der Ort, an dem man seinen nächsten Urlaub verbringen möchte. Glow City ist eine Zone, die seit dem Jahr 2013 verstrahlt ist, als es im Kernkraftwerk Trojan-Satsop zu einer partiellen Kernschmelze kam. Stets auf der Suche nach billigem Grund und Boden, baute Shiawase Atomics im Jahr 2028 direkt daneben ein weiteres Kernkraftwerk, das die Gegend bis zum Jahr 2064 mit Energie versorgte. Dann wurde es geschlossen, als es infolge des Crashs zu unzähligen Problemen kam und es unglaublich teuer gewesen wäre, die alternde Anlage aufzurüsten. Seit die erste Katastrophe die ursprünglichen Bewohner verscheucht hat, wird die Gegend von Obdachlosen bewohnt, bei denen nun zahlreiche Geburtsdefekte, Krankheiten und andere strahlungsbedingte Gesundheitsschädigungen auftreten, die man eben bekommt, wenn man in einem nuklearen Ödland haust. Als vorübergehendes Versteck ist Glow City trotzdem ein guter Ort, da sich die Behörden nicht dorthin wagen.

» Haltet eure Augen offen, wenn ihr einen Ausflug in diese Gegend unternehmt – viele der Bewohner dort sind genauso brutal und gefährlich wie jeder andere in Seattle.
» Sounder

» Lasst uns das Kind beim Namen nennen, ok? Die meisten Bewohner sind gottverdammte Mutanten. Wir reden hier über eine Bevölkerung, die seit mehreren Generationen verstrahlt wird, und einige der jüngeren Bewohner sehen echt nicht gut aus – tatsächlich würde ich einige nicht mal mehr als Metamenschen bezeichnen. Und die „Tiere", die sie sich hier halten, sind auch nicht besser dran. Die lokalen Schamanen geben ihr Bestes, um den Obdachlosen zu helfen, doch es ist verdammt schwer, in dieser Gegend Magie zu wirken, außerdem sind einige der dort lebenden Schamanen etwas merkwürdig geworden.
» Plan 9

» Ich habe gehört, dass sich einige lokale Schamanen zusammengeschlossen haben und Erfolge im Kampf gegen die Strahlung erzielen. Sie finanzieren ihr Vorhaben, indem sie einen Schmugglerring betreiben, der mit Telesmas aus den Cascades handelt, die sie zum Teil auch für ihr Säuberungsprojekt einsetzen. Sie können immer Hilfe gebrauchen, wenn einem daran liegt, seinen Kontostand aufzubessern und gleichzeitig etwas Gutes zu tun – etwas wirklich Gutes.
» Winterhawk

Plastic Jungles (Redmond)

Damals, bevor Redmond zu einem heruntergekommenen Slum mutierte, errichtete ein wohlhabender Landwirt eine Reihe von gigantischen Treibhäusern in der Absicht, große Teile des verseuchten Landes wieder fruchtbar zu machen. Die gigantischen Bioplast-Zelte bedeckten mehrere Quadratkilometer Land und schützten eine Vielzahl tropischer Pflanzen und Blumen. Als Obdachlose hier einzogen, waren sie klug genug, die Agrar-Kuppeln und ihren Inhalt zu schützen. Sie gründeten eine Kommune, um gemeinsam unter den Kuppeln zu leben und sie zu beschützen. Obwohl die Kuppeln im Laufe der Jahre verwahrlosten und verdreckten, ist es den Obdachlosen gelungen, den Boden zu reinigen und aus den Dschungeln eine gesunde und funktionierende metamenschliche Kommune sowie ein Paradies aus farbenprächtigen Blumen und exotischen Pflanzen zu machen. Die Bewohner dieses Ortes tauschen ihren Nahrungsüberschuss mit Obdachlosen-Kommunen aus der Umgebung gegen Ersatzteile und Waffen ein. Obwohl es einige üble Orte in den Dschungeln gibt, sind sie alles in allem doch eine angenehme Oase inmitten des Elends der Barrens.

» Einige der übleren Gangs haben die schwachen Sicherheitsmaßnahmen der Obdachlosen überwältigt und die Dschungel in letzter Zeit häufiger überfallen, manchmal zum Spaß, manchmal um Nahrung zu stehlen. Man sagt, dass die Dschungelbewohner nach Leuten suchen, die ihnen dabei helfen, die Treibhauskuppeln zu schützen und gleichzeitig die Gangs aufzuspüren und unschädlich zu machen. Ich bezweifle, dass die Bezahlung gut ist, aber die Dschungel eignen sich gut für die Aufbewahrung von Ausrüstung oder als Unterschlupf, wenn es anderswo zu heiß wird.
» Aufheben

MAGISCHE ORTE

Kein Metroplex wäre vollständig ohne die Orte, die für die Erwachten von besonderem Interesse sind.

Cocoon (Snohomish)

Das Cocoon ist einer der Sarg-Clubs in Seattle, in den Magiebegabte gehen können, um ihre Körper zu verlassen und in die Club-Szene des Astralraums einzutauchen. Im Gegensatz zu den älteren Clubs, die ihren Namen nur als reine Unterkunft verdienten, bietet das Cocoon kleine und schicke Kuben mit weichen Betten und eingespielter Musik, um den Reisenden in die richtige Partystimmung zu versetzen. Versucht gar nicht erst, diesen Laden zu betreten, wenn ihr keine Zauberer sein – ihr werdet euch zu Tode langweilen. Selbst die Musik ist für uns Weltliche unendlich öde, da die Band alles daran setzt, die emotionale Stimmung der Musik in so hohe Sphären zu heben, dass wir sie nicht mehr wahrnehmen können.

» Sprecht einen der Barkeeper hier an, eine Elfenfrau namens Lila. Sie kann euch mit allen möglichen pharmazeutischen Leckereien versorgen, um eure Erfahrung aufzubessern. Besonders Lust, Psyche und Zen könnt ihr dort bekommen.
» Jimmy No

» Du vergisst das Beste. Das Cocoon ist besonders bei Adepten sehr beliebt, da sie dort das Deepweed bekommen, das ihnen die astrale Wahrnehmung und den Sprung in den Astralraum ermöglicht.
» Nephrine

Alabaster Maiden (Downtown)

Dieser Laden war eine Zeit lang geschlossen, wurde aber von einem neuen Management wiedereröffnet und erlangt allmählich seinen Ruf als einer der heißesten Nachtclubs der magischen Szene zurück. Die Statue, der der Club seinen Namen verdankt, steht immer noch am Eingang – angeblich das steinerne Abbild einer der ersten Magierinnen von Seattle, die ihre magischen Fähigkeiten überschritt, als sie versuchte, einer Go-Gang zu entkommen. Spätere magische Untersuchungen ergaben, dass es sich bei der Story um eine urbane Legende handelt. Es ist aber trotzdem eine tolle Geschichte für die Touristen und für die vielen Leute, die diese Statue als eine Art Glücksbringer ansehen und sie deshalb auf ihrem Weg ins Innere berühren.

» Ich habe ein altes Bild von der Statue aus dem Jahr 2053, und auf dem ist eine andere Statue zu sehen – einer der Arme befindet sich nun in einer anderen Position [mehr]. Vielleicht ist die Geschichte doch wahr, und die echte Statue wird inzwischen irgendwo anders versteckt?
» FastJack

DATENEMPFANG ...

➲ Ach komm schon, Jack. Du hast schon mal bessere falsche Fährten gelegt. Auf keinen Fall kaufe ich dir wieder einen deiner Scherze ab.
➲ Snopes

➲ Die neue Inhaberin ist eine Elfin namens Cheri Ostler. Man sieht sie manchmal mit einer grauen Katze, die eine merkwürdige Aura umgibt. Einige Kunden schwören, dass sie spät in der Nacht eine sehr viel größere Ausgabe dieser Katze in der Nachbarschaft umherschleichen gesehen haben, aber niemand konnte das bis jetzt beweisen.
➲ Winterhawk

Mama Pani's Talisman Shop (Auburn)

Mama Pani ist eine ostindische Ork-Schamanin, die sich nach ihrer Karriere als Shadowrunnerin zur Ruhe gesetzt hat. Sie kommt ein wenig schrullig rüber, also weiß man nie so recht, ob man ihre Geschichten glauben soll oder nicht. Aber wenn auch nur die Hälfte von ihnen wahr sein sollte, hat sie eine Menge schräger Abenteuer überall auf der Welt erlebt. In ihrem Laden bekommt man die unterschiedlichsten magischen Waren, von Fetischen und magischer Zirkelfarbe bis hin zu exotischeren Gegenständen – dieses Zeug bekommt man allerdings nur zu sehen, wenn sie dich gut kennt oder sich jemand für dich verbürgt. Der Laden selbst sieht aus wie ein Antiquitätenladen, durch den gerade ein Wirbelstrum hindurchgefegt ist, aber Mama Pani und ihr Assistent, ein skurriler Zwerg namens Raj, scheinen sich in dem Chaos bestens zurechtzufinden.

➲ Mama ist eine erstklassige Verzauberin, die es liebt, herumzuexperimentieren. Sie heuert oft Runner an, die total abgedrehte Zutaten besorgen sollen, die sie benötigt. Aber seid vorsichtig, manchmal braucht sie etwas Lebendiges...
➲ Jimmy No

➲ Auch wenn Raj so wirkt, als wäre er nicht ganz richtig im Kopf, sollte man ihn nicht unterschätzen. Er ist ein mächtiger Magier, und wenn man Mama bedroht, wird man bald feststellen, dass einem das ein oder andere Körperteil fehlt.
➲ Winterhawk

KÖRPERMODIFIKATIONEN

Shadowrunner neigen dazu, ihre Körper perforieren, punktieren, aufschlitzen und zerhacken zu lassen – manchmal sogar freiwillig. Hier sind ein paar Orte, an die man denken sollte, wenn man Schmerzen hat oder Schmerzen sucht.

A Whole New You, Inc. (Überall in Seattle)

In Sachen Qualität rangiert dieser Laden eine Stufe unter Bodyshops wie Nightingale's und Red Star. A Whole New You, Inc. ist ein preisgünstiger Laden für kleinere Körpermodifikationen in Einheitsgrößen: Cyberaugen, Datenbuchsen, kleinere Cyberware und plastische Chirurgie. Darüber hinaus bietet der Laden eine ganze Reihe von Blitzbehandlungen von „psychischen Störungen", unter anderem Psychotherapien, Berufs- und Suchtberatung, Akupunktur, VR-Wahrnehmungsentzug, Lebenshilfe und Sim-Erholungspakete für jene, deren vollgestopfter Terminplan ihnen nur 15 Minuten für einen erholsamen Urlaub lässt. Der Laden ist außerdem eine Art Apotheke, in der man alles von Antidepressiva und Verhütungsmitteln bis hin zu Medikamenten gegen Erektionsstörung bekommt. Normalerweise leisten sie gute Arbeit, und ihre gelegentlichen Pfuschereien gelangen nur selten in die Nachrichten. Sie bewerben ihr Angebot stark, was bedeutet, dass sie besonders beliebt sind bei High-School-Mädchen, die ihre Hupen vergrößern lassen wollen, bei Jungs, die scharf sind auf diese furchteinflössenden Chrom-Cyberaugen, und bei Schlipsträgern, die überarbeitet und vollkommen gestresst sind. Warum nenne ich diesen Laden in einem Führer, der für Shadowrunner gedacht ist? Ganz einfach, weil sie genau die Richtigen sind, wenn man sehr schnell etwas braucht. Sie sind überall, sie sind besser als gar nichts, und sie verpfeifen dich nicht, wenn man sie gut bezahlt.

➲ Seid vorsichtig: Sie prüfen die Zeugnisse ihrer Ärzte nicht besonders genau, also ist es reine Glückssache, an wen man gerät. Wenn du ihre Dienste unbedingt brauchst, dann halte dich an Dr. Alvarez in Auburn.
➲ Hannibelle

➲ Auch mit ihren Kunden nehmen sie es nicht so genau. Sie behandeln Kinder, Kriminelle und SINlose – wenn man die notwendigen Creds hat und man ihnen eine halbwegs glaubhaft gefälschte ID zeigt, ist man dabei. Auf der anderen Seite schützen sie auch ihre Patientendaten nicht besonders gut – wenn man also mal die tägliche Medikamentendosis von einem Schlipsträger in Erfahrung bringen möchte ...
➲ Smiling Bandit

Lou's Tattoos (International District, Downtown)

Lou, ein Zwerg, dessen Körper von Kopf bis Fuß mit Tätowierungen übersät ist, ist ein Künstler mit der Nadel. Ob altmodische Tusche-Tätowierung, biolumineszierende Tattoos, Nano-Tattoos oder sogar Ganzkörper-Tattoos: Er kann das Bild, das man in seinem Kopf hat, auf die ganz persönliche Leinwand bannen. Eine Sache sollte man aber bedenken: Lou arbeitet nicht auf Kommando. Man kann nicht einfach in seinen Laden gehen, auf ein Bild an der Wand zeigen und sagen „Das will ich". Jeder seiner Entwürfe ist einzigartig und entspringt entweder seiner oder der Inspiration eines Kunden. Wenn man ihn darum bittet, anders zu arbeiten, fliegt man aus dem Laden.

➲ Lou macht auch magische Tätowierungen – sie sind sehr teuer, aber ihren Preis auch wert, wenn meine Quellen stimmen. Er prahlt nicht damit herum, dass er magisch aktiv ist.
➲ Winterhawk

➲ Wenn man magischen Kram sucht, sollte man seine Assistentin fragen. Sie heißt Selena und ist nur hin und wieder im Laden anzutreffen, weil sie keine festen Arbeitszeiten hat. Gerüchte besagen, dass sie ein Freier Geist ist, und wer denkt, dass Lou Unglaubliches leistet, solltest erst einmal sehen, was sie zu Stande bringt.
➲ Jimmy No

➲ Lou weiß sofort, was man will, selbst dann, wenn man es selbst noch nicht so genau weiß. Wenn du mutig bist, statte seinem Laden einen Besuch ab und bitte ihn, nach seiner Intuition vorzugehen. Ich kenne niemanden, der mit dem Ergebnis nicht zufrieden war.
➲ Ethernaut

➲ Er arbeitet oft für die Yakuza. Wenn man also gerade Ärger mit ihnen hat, sollte man sich von seinem Laden fernhalten.
➲ Kia

Body Mall (Redmond)

Du brauchst eine preiswerte Modifikation an deinem guten alten Fleisch? Es kümmert dich nicht wirklich, wer das macht? Dann ist die Body Mall genau das, was du suchst. Die Body Mall befindet sich im Schatten von Glow City und war früher ein Krankenhaus. Heute ist das viergeschossige Gebäude zu einer „Einkaufspassage" geworden, in der man medizinische Behandlungen aller Art bekommen kann – legal und illegal, meistens Letzteres. Hier bekommt man billige Cyberware und Körpermodifikationen und kann sich nach einem Feuergefecht wieder zusammenflicken lassen. Aber sei vorsichtig: Es gibt gute Ärzte in der Body Mall, aber man muss sie erst einmal finden. Wenn du falsch liegst, blüht dir Schlimmeres als nur eine längere Genesungszeit.

➲ Die Body Mall ist ein reines Glücksspiel, und wenn man verliert, kann man leicht im Ersatzteillager der Tamanous landen. Wenn

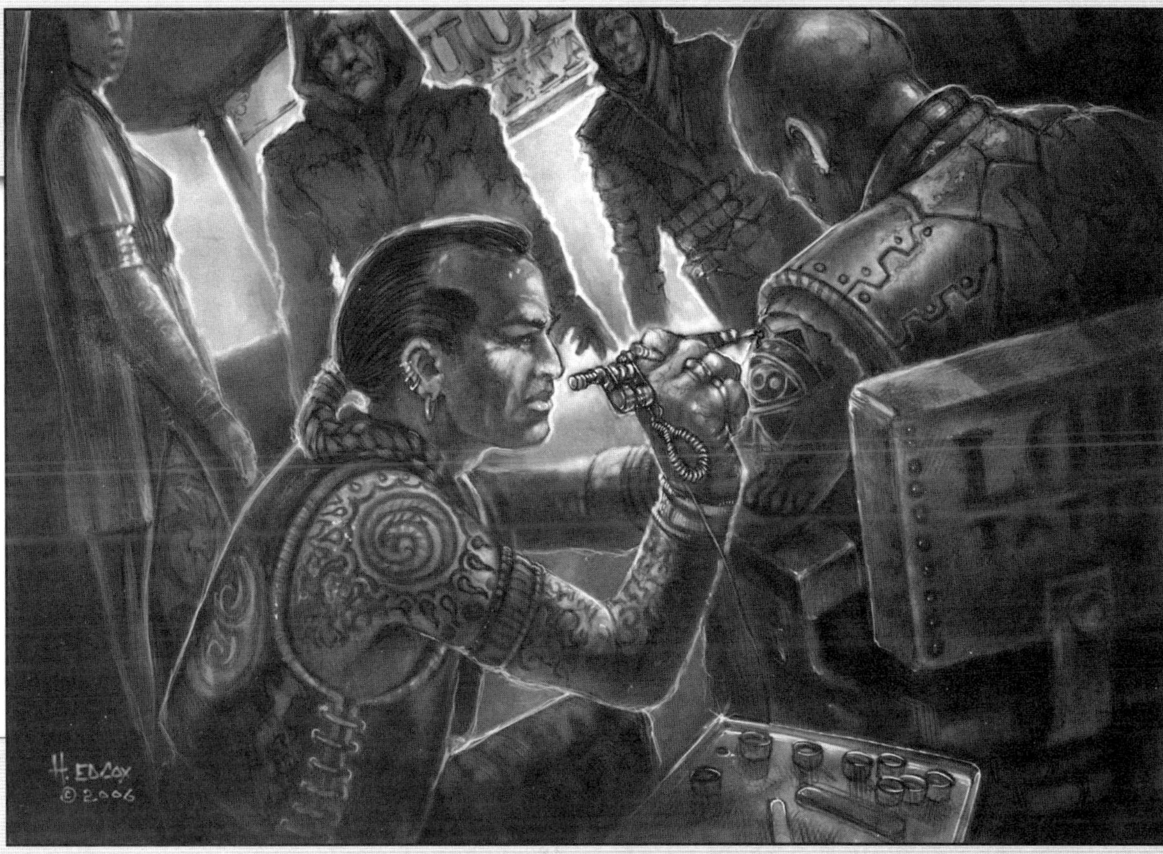

man absolut und unbedingt dorthin muss, sollte man nach Dr. Elaine Pinsky oder Dr. Moe Arasaka suchen. Dr. Arasaka ist der größte und unheimlichste Troll, den ich jemals gesehen habe, aber er ist ein verdammt guter Arzt und wird dich nicht ausschlachten, um deine Einzelteile zu verhökern.
> Hannibelle

> Mir ist zu Ohren gekommen, dass die Yakuza in das Territorium der Tamanous in der Mall drängt. Sie versuchen immer noch, in den Organhandel einzusteigen. Dann wären es demnächst zwei Banden von Ghulen, die deinen Körper zerfleddern, ehe du tot bist.
> Butch

> Ihr seid alle paranoid. Ich habe mir in der Body Mall viele Mods einbauen lassen und ich lebe immer noch. Du musst nur deine fünf Sinne und deine Freunde bei dir haben. Das ist übrigens in allen Lebenslagen das Schlaueste.
> Sounder

ORTE FÜR HACKER

Für diejenigen, die sich lieber mit Maschinen als mit Menschen abgeben, sind hier einige der faszinierenderen Optionen, mit denen Seattle aufwarten kann.

Cathode Glow (Tacoma)

Kaum zu glauben, dass dieser Ort auf Hacker anziehend wirkt, denn von außen sieht er aus wie eine heruntergekommene Kaschemme. Dafür bietet der Laden im Inneren alles, was einem Computerfreak feuchte Träume beschwert: Arbeitsmodelle von beinahe jeder wichtigen Hardware, die seit Anfang des Jahrhunderts und manchmal sogar noch früher hergestellt wurde. Hardware-Hacker und Geschichtsfreaks können sich hier gemütlich zurücklehnen, die Sammlung altmodischer Videospiele per Fernbedienung ausprobieren, ein Soybier genießen und quatschen.

> Dieser Ort hat ein echt verrücktes AR-Environment – die gesamte Dinosaurier-Technik wirkt lebendig, komplett mit Augen, Tentakeln und so weiter. Gruselig, wenn ihr mich fragt.
> FastJack

> Kann sein, aber dies ist der richtige Ort, wenn du jemanden brauchst, der an deinem alten Cyberdeck herumschraubt, dir mit einem veralteten Medien-Format hilft oder dir ein Interface für eine nichtstandardisierte Hardware liefert. Die meisten Hacker heutzutage kennen sich nur mit Software aus, weshalb ein guter Hardware-Spezialist sein Gewicht in Gold wert ist, wenn man ihn einmal braucht.
> Slamm-0!

Tux's (Seattle-Gitter)

Heutzutage dreht sich vielleicht alles um AR, aber viele Hacker tauchen noch immer gerne in die Clubs der virtuellen Realität ein. In Seattle ist das Tux's einer der besten. Seine virtuelle Adresse ändert sich täglich (manchmal bleibt er auch für zwei Tage an gleichen Ort, um die Neulinge reinzulegen), und es gibt nur zwei Wege, um hineinzukommen: Die Adresse finden und sich durch die unglaubliche Verteidigung hacken oder jemanden kennen, der sich für einen verbürgt. Doch auch wenn man jemanden kennt, muss man zunächst beweisen, dass man würdig ist, um von den Stammkunden anerkannt zu werden. Macht euch also auf etwas gefasst.

Das Aussehen des Clubs ändert sich ebenfalls täglich, denn ein Teil der Faszination des Tux's rührt daher, dass das Dekor von der Abendkundschaft bestimmt wird. Sie setzen ihre Programmierungsfertigkeiten ein, um es zu verändern, von der Farbe der Wände bis hin zu der Auswahl virtueller alkoholischer Getränke und dem Aussehen der Bedienungen. Normalerweise arbeiten die Gäste dabei mehr oder weniger zusammen, aber manchmal, wenn zwei oder mehr Gruppen unterschiedlicher Meinung sind, stößt man auf interessante Resultate.

● Das ist kein Scherz. Ich war eines Abends im Tux's, als ein paar Matrix-Gangs in eine Meinungsverschiedenheit darüber gerieten, wie der Club aussehen soll. Die eine Hälfte wollte ein Geisha-Haus und die andere Hälfte einen Zirkus. Ich sag's euch, diese Geishas mit Affenköpfen und Clown-Schuhen sahen ziemlich durchgeknallt aus, aber was soll's, sie haben mir eine verdammt gute virtuelle Fußmassage verpasst!
● Slamm-O!

AUSRÜSTUNG BESCHAFFEN

Wenn du bereits mit allem Zeug ausstaffiert bist, das du benötigst, kannst du dich hier nach neuen Spielzeugen umschauen.

Archie's (Loveland, Puyallup)

Dieses Kaufhaus ist eine altehrwürdige Institution in Seattle. Es ist voller verrückter und wundervoller Dinge und wurde endlich, nach langer Pause, neueröffnet. Wenn man ein Gummihuhn, eine boxende Nonne oder ein rauchendes Baby braucht, ist dies der Ort, an dem man dieses Zeug bekommt – aber seitdem die Zeiten härter geworden sind, findet man hier auch etwas ... sagen wir einmal ... nützlichere Dinge. Wenn man weiß, wonach und wen man fragen muss.

● Er hat recht – dieser Ort ist eine Schatztruhe voller Überwachungsausrüstung, Spionagekram und Scherzartikeln, die man für alle möglichen Dinge einsetzen kann, für die sie von den Erfindern mit Sicherheit niemals vorgesehen waren. Im Keller gibt es eine ganze Ausstellung voller Krempel, den der normale Kunde nicht zu sehen bekommt. Nichts davon ist an sich illegal, aber es ist sehr offensichtlich, wie man die Sachen modifizieren kann, um sie illegal zu machen. Wenn man es selbst nicht herausfindet, fragt man einfach nach – die Angestellten sind sehr hilfsbereit. Einige von ihnen sind ehemalige Shadowrunner.
● Clockwork

● Manchmal heuern sie Runner an, die ihre neue Ausrüstung testen sollen. Fragt einfach nach, wenn ihr nach Arbeit sucht. Um einen alten Flatscreen-Film zu zitieren: „Kleine Überraschungen hinter jeder Ecke, aber nichts Tödliches ... bis jetzt."
● Rigger X

Crime Mall (Puyallup)

Seit die Crime Mall nach dem ersten Crash eröffnet wurde, versucht Lone Star, sie zu schließen. Bislang hatten sie damit allerdings keinen Erfolg. Keine Frage – dieses dreistöckige Kaufhaus am Rande von Puyallup ist der beste Ort der Stadt, wenn man nach illegalen Waren sucht. Waffen, Panzerung, Drogen, gerippte Software, Elektronikartikel, Cyberware, magische Ausrüstung. Stellt euch etwas vor, das illegal ist, und die Chancen stehen gut, dass es dort jemand verkauft. Die Crime Mall ist für zu viele Leute einfach zu nützlich, als dass es dem Star möglich wäre, sie zu schließen. In den letzten Jahren haben sich einige alteingesessene „Kaufleute" zusammengeschlossen, um die Sicherheitsmaßnahmen der Mall zu verbessern (sie haben unter anderem ein AR-Netzwerk installiert, das jeden total verwirrt, der nicht hierher gehört) und verlangen eine kleine Gebühr, wenn man davon profitieren will. Unter den kleineren Kaufleuten herrscht eine hohe Fluktuation, da sie entweder vom Star aufgegriffen oder bei Preisverhandlungen ausgestochen werden. Die größeren gibt es aber schon seit Jahren, und sie sind ziemlich gut darin, Ärger aus dem Weg zu gehen.

● Wenn du nach Feuerkraft suchst, frag einen Zwerg namens Otto. Er hat einen Waffenladen im südlichen Bereich des zweiten Stockwerks. Außerdem hat er Kontakte zu den Red Hot Nukes und kann dir ein paar dicke Bumm-Bumms besorgen. Sag ihm, dass ich dich geschickt habe.
● Beaker

● Die Dame, die Fatima's Magical Emporium im dritten Stock betreibt, ist in Wirklichkeit ein Freier Geist. Sie sucht immer nach neuen exotischen Materialien, die sie als Telesma verkaufen kann. Redet mit ihr, wenn ihr etwas für sie habt oder nach etwas sucht.
● Winterhawk

Rat's Nest (Redmond)

In diesem Gebiet unweit der Grenze zum Salish, das auch als North Seattle Refuse Center bekannt ist, lädt Seattle einen großen Teil seines Mülls ab. Tausende von Obdachlosen wohnen auf dieser großen Müllhalde. Viele von ihnen leben davon, die Müllberge nach verwertbaren Dingen abzusuchen, und ihre Ernte ist überraschend gut – man glaubt gar nicht, was die Leute so alles wegwerfen –, von funktionierenden Elektronik- und Fahrzeugteilen bis hin zu guter Kleidung und genießbarem Essen. Das Nest kann aber auch gefährlich sein – der Müllhaufen ist nicht nur mit Ratten und paranormalen Aasfressern übersät, sondern auch dafür bekannt, dass er über den Leuten einstürzt und sie vollständig unter sich begräbt. Außerdem sind die Müllsucher und Gangs zum Teil ziemlich gewalttätig und aggressiv, denn sie erheben Anspruch auf ihre eigenen Gebiete und streiten sich um die geborgenen Schätze.

● Einige der Gomo-Nezumi (wie die Yakuza die Müllratten nennt) kennen sich überraschend gut mit Technik aus. Sie verdienen eine Menge Geld damit, dass sie weggeworfene elektronische Datenspeicher durchsuchen (und was speichert man heutzutage nicht alles auf dem Computer) und die heißen Daten, die sie finden, verkaufen – Bankzugangsdaten, Firmenunterlagen, Forschungsdaten und Finanzberichte, einschließlich des Krams, den man für Erpressungen benutzen kann.
● Glitch

ZIELE

Zu einer Abhandlung für Shadowrunner gehören auch die Orte, die wir gerne bei einem unserer nächtlichen Abenteuer besuchen würden. Wenn man bedenkt, wie viele Konzernbüros, Forschungslaboratorien und andere Einrichtungen es in und um Seattle gibt, wird es einen nicht überraschen, dass der Metroplex ein Gebiet ist, in dem es vor Zielen nur so wimmelt. Ich werde mich deshalb auf die Faszinierendsten beschränken.

Arcology Commercial and Housing Enclave (Seattle Center, Downtown)

Oh, wie tief die Mächtigen gestürzt sind. In weniger als zwanzig Jahren hat sich die Renraku-Arkologie von einem Juwel in der Krone der Megakonzerne in ein von einer KI kontrolliertes Kabinett des Grauens und danach in ein – na ja, eher glorifiziertes soziales Wohnungsbauprojekt verwandelt.

Renraku und die UCAS waren sich uneins über die Frage, wer die Aufräumaktion und den Wiederaufbau der Arkologie bezahlen sollte, also nutzten die UCAS die Gunst der Stunde, schlossen Renraku komplett aus und schmiedeten eigene Pläne. Das Gebäude, das in Arcology Commercial and Housing Enclave umbenannt wurde (und glaubt mir, es ist niemandem entgangen, dass die Abkürzung für diesen Namen, der nur einem Regierungsbeamten einfallen kann, „ACHE" lautet – also Englisch für „Schmerz"), befindet sich nun im Eigentum der Metroplex-Regierung und wird von ihr verwaltet. Heute dient die Arkologie für unterschiedliche Zwecke. Die untersten Kellerebenen zum Beispiel werden vom UCAS-Militär genutzt (immerhin gibt es da unten Atomreaktoren), während die fünf Erdgeschoss-Etagen – gleichsam als Reminiszenz an die glorreichen Tage unter dem Regime von Renraku – als eine öffentliche, von den Konzernen geleitete Einkaufspassage dienen. Die obersten Etagen sind abgeriegelt, und jeder spekuliert darüber, was sich dort oben befindet.

Und was ist mit den vielen Etagen dazwischen? Sie sind das Zuhause von über 150.000 Seelen, die in einem großen, in sich abgeschlossenen Wohlfahrtsstaat leben. Diese Leute leben in Regierungs-Wohneinheiten, nehmen Regierungsnahrung (Soybrei mit Geschmack und destilliertes Wasser – lecker!) zu sich, tragen von der Regierung bereitgestellte Kleidung (recyclebares Material – das ist billiger, müsst ihr wissen) und werden über von der Regierung bezahlte Matrix-Verbindungen mit Regierungspropaganda zugespamt. Einige glücklichere Bewohner können sich ein besseres Leben verschaffen, indem sie sich für Konzernexperimente oder Produkttests zur Verfügung stellen, während andere die Routinearbeit in der Anlage verrichten: Hausmeisterdienste, Reparaturarbeiten, Abfall-Recycling und so weiter. Einige entscheiden sich für ein illegales Leben. Aber niemand (oder fast niemand) kommt jemals heraus. Die Schlipsträger wollen nicht, dass die Straßen von Downtown mit armen Leuten überschwemmt werden, also wird der Platz im Grunde genommen wie ein Gefängnis mit minimaler Sicherheit geleitet. Wenn man einmal den Vertrag unterschrieben hat und eingezogen ist, erklärt man sich dazu bereit, sich nur noch in den über 200 Wohnetagen des ACHE zu bewegen (immerhin handelt es sich nach wie vor um eine autarke Arkologie). Bewaffnete Gardisten sorgen dafür, dass die Bewohner die Arkologie nur mit einer Express-Genehmigung oder während der wenigen „Urlaubstage" verlassen – und selbst dann werden die armen Tropfe mit Bussen an Downtown vorbeikutschiert.

› Wer nun darüber nachdenkt, über den Ork-Untergrund in das ACHE zu gelangen, sollte sich das lieber nochmal gut überlegen, denn die Armee kennt diesen Trick schon und hat die meisten (wenn nicht sogar alle) Zugangspunkte gefunden und versiegelt. Sie haben noch immer ein wachsames Auge auf diese Punkte, um sicherzugehen, dass niemand versucht, in die Arkologie einzubrechen.
› Traveler Jones

Wenn man weiß, wonach man suchen muss, ist die Arkologie eine wahre Fundgrube für potenzielle Aufträge. Es gibt viele Johnsons da draußen, die eine Menge Geld an Runner bezahlen, die hineingelangen können und Gegenstände herausholen – besonders die Sachen, die in den oberen Etagen eingeschlossen sind – oder bestimmte Schlüsselpersonen extrahieren. Es gibt auch eine Menge Bewohner, die sehr viel mehr Kohle verdienen, als man es bei einem solchen Ort vermuten würde, und diese bereitwillig für die verschiedensten Güter verprassen: unzensierte Neuigkeiten, Konsumgüter, illegale Gegenstände – und einen Weg nach draußen. Ein Runner, der weiß, wie er es anzustellen hat, kann ausschließlich mit Runs in die Arkologie und aus ihr heraus ein Vermögen verdienen. Seid aber vorsichtig – wenn es einfach wäre, würde es jeder machen.

› Ihr solltet diese Warnung ernst nehmen – die oberen Stockwerke sind zum Teil auch deshalb versiegelt, weil es der Regierung bis heute noch nicht gelungen ist, die vielen kleinen Spielzeuge zu finden und zu entsorgen, die von der KI und ihren Lakaien zurückgelassen wurden.
› Slamm-O!

Fungitek (Ork Untergrund)

Pilze sind nicht gerade das aufregendste wissenschaftliche Forschungsgebiet, das man sich vorstellen kann, weshalb ich ziemlich überrascht war, als ich zum ersten Mal von diesem Unternehmen gehört habe. Fungitek betreibt einige Farmen in Snohomish, forscht in Laboratorien an Pilzkulturen, und das scheint auch schon alles zu sein ... aber nur an der Oberfläche.

Tief im Ork-Untergrund macht Fungiteks größtes Projekt allmählich Fortschritte. Es macht ganz den Eindruck, als würde es sich bei bestimmten Teilen des Untergrunds um die nahezu perfekte Umgebung für die Erforschung von bestimmten genetisch manipulierten Pilzhybriden handeln. Also hat der Konzern mit den Orks ein Abkommen geschlossen, um einen eigenen Bereich zu bekommen. Angeblich hofft Amazonien, dass die Pilze für sein Weltraumprogramm nützlich sein könnten – zusammen mit Hydrokulturgemüse könnten die Bewohner eines orbitalen Habitats jahrelang überleben, ohne von der Erde versorgt zu werden. Zweifellos arbeiten Ingersoll & Berkley gerade verzweifelt daran, sich Fungiteks Forschungsergebnisse „anzueignen" – hier gibt es Geld zu verdienen. Eine Menge Geld.

› Andere Konzerne widmen dem Projekt ebenfalls ihre Aufmerksamkeit. Für die Pilze gibt es viele Einsatzmöglichkeiten: Biotoxine, Medizin, etc. Zur Hölle, Erwachte Pilze sind ein viel diskutiertes Thema in der magischen Gemeinschaft.
› Ecotype

› Wenn man Azziewatch glaubt, hat Aztechnology Seattle jüngst ein Memo vom Vizepräsidenten in Tenochtitlán bekommen, das die Anweisung enthält, Fungitek mit extremer Vorsicht zu behandeln. Was zur Hölle haben die Pilz-Jungs gemacht, um das verdient zu haben? Auf das Dach einer Teocalli gepinkelt?
› Glitch

Horizon Creative Focus Retreat (Renton)

Horizons schöne neue Einrichtung wurde kürzlich auf dem Gipfel des malerischen Cougar Mountain errichtet. Mit ihrem schimmernden weißen Äußeren, zahlreichen gemütlichen Fenstern und kleinen Innenhöfen könnte man die Einrichtung fälschlicherweise für einen Uni-Campus halten – und in gewisser Hinsicht ist sie das auch. Horizons Unternehmensrichtlinien ermöglichen es den Mitarbeitern, 20 % ihrer Arbeitszeit für persönliche kreative Projekte einzusetzen – wenn sie wollen, können sie diese Zeit sammeln und sie in einem Creative Focus Retreat wie diesem verbringen, um eine Art Arbeitsurlaub zu machen. Wie alle Horizon-Arbeitsplätze soll das Resort den Angestellten eine entspannte, inspirierende und kommunikative Arbeitsumgebung bieten. Offene Workstations, Entwicklungswerkzeuge und „Kreativ-Labors" befinden sich in direkter Nähe von Übungsräumen, Aufzeichnungsräumen und Snack-Räumen, und auch Massage-Sessel und Thermalbäder dürfen natürlich nicht fehlen. Die Mitarbeiter verbringen ihre Zeit mit Tischtennis, AR-Spielen oder Roller-Derby, gründen Projektgruppen mit gleichgesinnten Mitarbeitern, die Fragen zur Unternehmenspolitik in das interne Umfragenetzwerk des Konzerns einspeisen und gemeinsame Brainstorming-Sitzungen abhalten. Auf Grund der flachen Konzernhierarchie tauschen Arbeitnehmer aller Ebenen gleichberechtigt miteinander die unterschiedlichsten Ideen und Meinungen aus.

› Gary Cline, Vorsitzender von Horizon und früher ein Sim-Star, taucht ebenfalls hin und wieder hier auf, um zu sehen, wofür sich seine Leute interessieren, und seine eigenen kleinen Lieblingsprojekte im Auge zu behalten.
› Arete

Man könnte meinen, dass es für einen Megakonzern reine Verschwendung ist, wenn er sein Geld zum Fenster hinauswirft und seine Mitarbeiter faulenzen lässt, aber so arbeitet Horizon nun einmal. Viele der Top-Projekte und Innovationen des Konzerns sind aus persönlichen Nebenprojekten entstanden, die in Einrichtungen wie dieser entwickelt wurden. Und genau das ist der Grund dafür, warum sich auch die Konkurrenten von Horizon für diesen Ort interessieren. Lasst euch nicht von der entspannten und lockeren Atmosphäre täuschen – die Sicherheit ist astronomisch, obwohl sie natürlich gut versteckt und diskret untergebracht ist, um die Gäste nicht zu irritieren.

› Horizon ermutigt seine Leute dazu, „über den Tellerrand zu blicken", was bedeutet, dass sie manchmal Forschungen betreiben, Informationen sammeln oder Tests durchführen, die verrückt, unüblich und hin und wieder sogar illegal sind. Ich habe von Hori-

zon-Mitarbeitern in dieser Einrichtung gehört, die Runner für Jobs angeheuert haben, um virale Werbekampagnen auf der Straße zu entfesseln (über Mundpropaganda und Online-Statements) oder in die Entwicklungsabteilung eines rivalisierenden Software-Konzerns einzubrechen, um eine Hintertür in einem Programmcode zu hinterlassen, während er entwickelt wird, sodass Horizon später weltweiten Zugang zu diesem Programm hat.
➲ Dr. Spin

Mitsuhamas Zero Zone (Downtown)

Sechs große, schwarze und silberne Wolkenkratzer, die in AR lebendig grün schimmern, ragen über der Küste von Lake Washington auf: Mitsuhamas Hauptquartier in Nordamerika und möglicherweise der am besten gesicherte Ort in Seattle. Lasst euch nicht vom aufwändig gepflegten Garten im japanischen Stil einlullen, der die Gebäude mit seiner stillen Atmosphäre umgibt. In die strategisch angelegte Landschaft sind hochsensible Sensoren, Mikrophone und Systeme zum Ausschalten von Eindringlingen eingearbeitet – die erste Verteidigungslinie in Mitsuhamas „Nullzone". Sie wird ergänzt durch extrem gut ausgebildete, extrem schwer bewaffnete und extrem stark gepanzerte Wachen, gebundene Geister, kaltblütige IC-Agenten und patrouillierende Barghests. Was unwillkommene Gäste angeht, nimmt Mitsuhama seinen Slogan „Null Eindringen und Null Überleben" ziemlich wörtlich.

Sicher fragt ihr euch nun, was es dort Wichtiges zu beschützen gibt. Die Antwort lautet: einiges. Neben wichtigen Abteilungen, Unternehmensaufzeichnungen und wertvollen Angestellten beherbergen die sechs Türme das zentrale System zur Überwachung von Seattles GridGuide in einem geschützten unterirdischen Bunker. Einer der Türme ist fast ausschließlich magischen Forschungen gewidmet, vom Entwurf neuer Zaubersprüche bis hin zur Entwicklung neuer Verzauberungstechniken. Irgendwo in diesem Komplex befindet sich ein hochsensibles und isoliertes internes Kabelnetz, das über verschlüsselte Satelliten-Verbindungen mit Mitsuhamas primärem Computer-System in Osaka verbunden ist. Ich bin sicher, dass es dort noch mehr gibt – aber solange man nicht verrückt oder selbstmörderisch veranlagt ist, sollte man besser andere Jobs annehmen.

➲ Mitsuhama unterhält auch „Nullzonen" in anderen Seattler Einrichtungen. Zum Beispiel in seinem Cavilard Forschungszentrum in Bellevue, wo sie den Prototypen dieser neuen Bio-Drohnen entwickelt haben, die man heute kaufen kann. Dieses Gebiet wird komplett von Sicherheitsriggern überwacht. Sie nutzen auch RFID-Lesegeräte, um das Personal zu überwachen (und nicht autorisierte Personen aufzuspüren) und unterbinden in einigen kritischen Zonen jeden drahtlosen Datenverkehr. Sie gehen kein Risiko ein.
➲ Pistons

➲ Mitsuhama plant, einige seiner Einrichtungen mit geriggten anthropomorphen Drohnen – also Androiden – auszustatten. Einige dieser Modelle sehen unglaublich echt aus und gehen als Metamenschen durch, solange man sich ihnen nicht auf mehr als ein oder zwei Meter nähert.
➲ Turbo Bunny

HAMBURG

Der Kiez war in ein Meer von bunten Neonlichtern getaucht, die die Vorzüge der Hamburger Amüsiermeile trotz des Regens und der steifen Meeresbrise grell leuchtend hervorhoben. Mediatrone Bildschirme und virtuelle Newsticker projizierten die aktuellsten Nachrichten auf Häuserwände und in den Himmel, auch wenn sich nur wenige hier für das Tagesgeschäft im Senat oder die Ereignisse in der Allianz oder gar der Welt interessierten. Viele der Nachtschwärmer, die zu dieser Zeit das Viertel bevölkerten, eilten über die Straßen und die Brücken, die die Wasserwege des Venedig des Nordens überspannten, um Zuflucht vor dem stinkenden Regenschauer zu finden, der vor einigen Stunden eingesetzt hatte. Die Nordsee regnete mal wieder ihren Müll über der Hansestadt ab ... Jedoch bedeutete ein Wetter wie dieses auch immer ein gutes Geschäft für die Strip-Clubs, Discos und Lounges auf Deutschlands Roter Meile Numero Uno. Geo, der mit Byk abseits der Hauptstraßen unter dem Vorbau des Body Arts wartete, tangierte der Regen nur peripher. Er betrachtete eine platinblonde Asphaltschwalbe mit indigofarbenen Strähnen, die in ihrem kurzen Lacklolita-Outfit und den Stiletto-Highheels unter einem Regenschirm an einer der Laternen lehnte und verzweifelt versuchte, vorbeieilende Besucher für einen schnellen Fick oder mehr zu begeistern. Sie bot ihre Waren – klassischer Anime-Charakter mit großen Brüsten,, langen Beinen und Katzenschwanz – in so plumper Art und Weise dar, dass es schon fast peinlich war. Scheinbar war sie neu im Geschäft oder stand bei ihrem Luden so tief in der Kreide, dass sie das Geld nötig hatte.

„Hey Geo, lass das Flillerflaller in Ruhe", meldete sich Sermon über Kommlink. „Wir sind hier auf einem Fischzug und ich hab keinen Bock, dass du die HanSec mit solchen Aktionen auf uns aufmerksam machst."

Der Hüne wandte sich von der virtuellen Preisliste der Nutte ab. „Flillerflaller?"

Byk schlug dem Rigger mit ihrer flachen Cyberhand auf den Hinterkopf.

„Die Nutte, Gearhead. Mann, du bist doch jetzt seit vier Jahren in Hamburg. Wann lernst du endlich Habensprook?

Der Rigger schaute grimmig in Richtung der Gillette. Dann wandte er sich wieder der Stimme in seinem Kopf zu.

„Ich weiß gar nicht, was du willst. Ich wollte nur mal wissen, was der Plüschi so anzubieten hat."

Das Icon eines weiblichen Sandmännchens materialisierte sich in der Augmented Reality neben der Nutte und markierte die Distanz zwischen einem Objekt auf dem Boden und dem Minirock der Nutte mit einem ARO.

„Genau, und der Upskirt-Feed, den dein PAN von deiner Voyeur-Drohne erhält, dient wohl nur zur Studie der Changeling-Anatomie, was? Du bist und bleibst einfach ein Perversling, Havold. Ach ja, und übrigens lass dir von mir mal dein Network upgraden. Wo hast du bloß diesen Schund her? Deine Firewall hat so viele Löcher wie ein Schweizer Käse. Ich musste noch nicht mal meine Proggies bemühen, um das Ding zu hacken. Lass mich raten, du warst im Blauen Klotz und hast dir mal wieder irgendeine Scheiße andrehen lassen, was? Jetzt muss ich diesen Müll wieder aus deinem Kommlink schaufeln, damit wir demnächst nicht alle mit Würmern und Viren verseucht sind, na vielen Dank!"

Deckard schob sich ins Gespräch ein.

„Ich will euer erhellendes Gespräch nicht unterbrechen, Kinder, aber hat von euch irgendwer noch die Zielperson im Auge?"

Im Hintergrund der Übertragung mischte sich der hämmernde Beat von Tommy Trashs neuestem Release mit der dunklen Stimme des Trolltürstehers. Anscheinend verließ Deckard gerade das Dollhouse.

„Klaro, Boss", antwortete Geo." Im Gegensatz zu unserer vollvercyberten Chromschönheit habe ich meine Augen überall und nicht nur auf der virtuellen Auslage vom Arts. Und ich bin multitaskingfähig genug, dass ich sogar noch neben der Observierung meinen Blogfeeder lesen und einer Nutte unter den Rock filmen kann."

„Und dafür lieben wir dich und dein Ego", frotzelte Sermon über Funk.

Geo schickte einen Live-Feed, den sein Microskimmer vor einer Minute aufgenommen hatte, über den Team-Kanal. „Was unseren Mann betrifft. Wie ihr seht, ist er gerade in den Sugarbabe-Club gegangen. Die Angaben vom Schmidt bezüglich seiner Vorlieben waren korrekt. Eins muss ich unserer kleinen Besserwisserin ja lassen, die Idee, seinen Kommlink mit der Werbung vom Club zu spammen, scheint aufgegangen zu sein. Es verläuft also alles nach Plan."

„Copy that", antworte Deckard, „hätte mich auch gewundert, wenn sich die Profiler von der DeMeKo geirrt hätten. Ich möchte wissen, wem der Typ in Xanadu ans Bein gepinkelt hat, dass sie uns und nicht irgendwelche von ihren hauseigenen Schmeißfliegen schicken. Wie auch immer, ich schicke GP eine Nachricht, dass eins seiner Pferdchen das Ziel wie besprochen abfangen soll. Wir treffen uns dann in zwanzig Minuten vor der Hintertür zu Ellis Love Hotel. Das sollte dem Perzepter von der HUSPD ausreichend Zeit geben, dass wir ihn mit heruntergelassenen Hosen erwischen. Sermon, du triffst dich mit Immortelle am vereinbarten Treffpunkt in Harburg und bereitest alles vor. Der Holländer ist informiert und hat sein Studio für unseren speziellen Clip schon mal vorbereitet."

„Alles klar, Boss." Etwas kleinlauter als gewohnt fügte Sermon hinzu: „Wäre nett, wenn du dich beeilen könntest. Allein bei dem Gedanken an den Holländer krieg' ich 'ne Gänsehaut."

Geo sammelte seine Kanmushi-Drohne wieder ein und ließ sie in seinem Mantel verschwinden. „C'mon Cyberlady, lass' uns gehen. Es gilt eine Karriere zu ruinieren."

[Folge Link]
[open gateway]
[Weiterleitung erfolgt]
[P2P Netzwerk gefunden]
[Übermittle Netzwerkdaten]
[Wurmkur aktiviert und gedockt]
[Erschaffe temporären User Account]
[Registriere PAN]
[ARO Graphic User Interface Overlay aktiviert]
[Weiterleitung erfolgt]
[zeige Datei „Freie Hansestadt Hamburg"]
[Translator Interface dazugeschaltet]

• Hi Neuling! Willkommen im Panoptikum. Zur Info, falls es dir Umsturz nicht sowieso schon erzählt hat: Wir sind ein unabhängiges PAN-to-PAN-Netzwerk, das vom Austausch zwischen Shadowrunnern und Schiebern lebt. Das Netz richtet sich vor allem an die Pflaster der ADL (Hamburg, Frankfurt, den Ruhrplex, Berlin und München) und ihrer deutschsprachigen Nachbarländer. Wir – die registrierten Nutzer – profitieren davon. Leider haben wir schlechte Erfahrungen mit Zecken und Firestartern gemacht, daher sind wir ein wenig wählerisch geworden, wen wir auf dieses Netzwerk lassen – nicht persönlich nehmen, ist nicht gegen dich gerichtet, sondern reiner Selbstschutz. Wir haben schließlich einen Ruf zu verlieren. FastJacks Freunde sind uns natürlich immer willkommen. Ich hab' dir einen temporären User Account mit erweiterten Rechten eingerichtet. Falls du dich im Netzwerk registrieren willst – ping mich einfach an. Ich kümmere mich dann darum. Ich hab' dich direkt in die Hamburg-Infopaedia weitergeleitet. Falls du noch etwas Spezielleres suchst, unsere Archive stehen dir offen.
• Nachtwache

HAMBURG

FREIE HANSESTADT HAMBURG

„Die Freiheit, die die Alten erwarben, möge die Nachwelt würdig erhalten."

—Wahlspruch der Freien Hansestadt Hamburg

gepostet von Tagwache

Moin, Moin. Willkommen im Haifischbecken. Wir haben die Hamburg-Infopaedia bereitgestellt, um es uns und anderen, die neu in unser Netzwerk kommen, einfacher zu machen, sich über Hamburg auf den neuesten Stand zu bringen. Postet, was ihr für relevant und sinnvoll haltet, und kommt von Zeit zu Zeit mal wieder rein, um Eure Einträge zu checken bzw. upzudaten. Nichts ist so nutzlos und gefährlich wie kalte Info.

OOLE TIDEN

gepostet von Sermon

Mein Geschichtslehrer auf dem Internat hat mal gesagt, dass man die Vergangenheit kennen muss, um die Zukunft zu verstehen. Was in unserer omnimedialen Gesellschaft, in der die News von letzter Woche schon zu einer weit entfernten Vergangenheit gehören, wie eine billige Rechtfertigung für Historiker klingt, auch weiterhin ihrer langweiligen Arbeit in virtuellen Bibliotheken nachzugehen, besitzt durchaus einen wahren Kern. Einige Ereignisse in der Vergangenheit haben Hamburg derart verändert, dass kaum noch ein Vergleich mit der Stadt heute und vor siebzig Jahren möglich ist. Als eine, die nicht in Hamburg aufgewachsen ist, sondern von Hamburgs Ruf und den Job-Gelegenheiten angelockt wurde (nicht dass ich als Hackerin der AR-Ära eine große Wahl gehabt hätte), habe ich mich mit Hamburgs Vergangenheit etwas näher auseinander gesetzt, um zu verstehen, wie und warum die Fischköppe hier eben so ticken. Um euch nicht mit der trockenen Materie zu langweilen, habe ich die wichtigsten Ereignisse chronologisch zusammengefasst.

70 JAHRE FAST FORWARD

post 2000: Trotz intensiver Hochwasserschutzmaßnahmen seitens des Senats und der Bürgerschaft kommt zu einer schweren Überflutung Hamburgs. Große Teile des Hafens und der Innenstadt erleiden Schäden in Milliardenhöhe. Die Sturmflut fordert mehrere Tausend Tote.

2005: Infolge bewaffneter Straßenkämpfe, Anschläge und wachsender Kriminalität, der die Hamburger Polizei machtlos gegenübersteht, erlässt der Senat eine Notverordnung, die den privaten Sicherheitsdiensten der Großkonzerne die Ausrüstung mit Schusswaffen erlaubt.

2005-2008: Durch den Weißrussland-Konflikt erreicht Hamburg eine große Flüchtlingswelle aus Osteuropa. An die zweihunderttausend Balten, (Weiß-)Russen und Polen beantragen innerhalb von drei Jahren Asyl, was zu erheblichen sozialen Spannungen in der Metropolenregion führt. Der Senat gibt die Verwaltung großer Teile der Polizeiaufgaben an die Sicherheitsgesellschaft "Hanse Security GmbH" ab. **2008** bricht über Hamburg eine weitere Flüchtlingswelle herein, als das Saarland durch den Super-GAU im AKW Cattenom verseucht wird.

2009-2010: In der Metropolenregion Hamburg sterben aufgrund von VITAS über zweihunderttausend Menschen.

2011 – Die Schwarze Flut. Am 9. Februar 2011 erlebt Norddeutschland (wie auch die Niederlande und Dänemark) die schwerste Sturmflut seit Menschengedenken. Sie fordert im Überschwemmungsgebiet Hunderttausende Menschenleben. Große Teile des Hafens werden zerstört (was alle aufkeimenden Pläne für die Hafen City ad acta legt), die Innenstadt erleidet Schäden in Milliardenhöhe. Die Elbmündung wird bis nach Hamburg zurückgeschoben. Große Teile des Süderelberaums wie auch das Hafengebiet und die Innenstadt bleiben nach Erdabsenkungen überflutet.

• Warum das mit der Überschwemmung gerade so gelaufen ist, ist auch nach 60 Jahren noch nicht vollständig geklärt. Es gibt viele Leute – nicht nur Spinner – die sagen, dass die Schwarze Flut nicht natürlichen Ursprungs war, sondern ein Warnschuss von Mutter Erde vor den Bug der Menschheit. Wenn ich mir allerdings Stade so anschaue, glaube ich nicht, dass die Menschen – zumindest nicht die Konzerner – was daraus gelernt haben.
• Wattegel

Durch die verkrüppelte Infrastruktur wird Hamburg zunächst vom Umland abgekapselt. Hunderte von Firmen melden Konkurs an und werden von Großkonzernen aufgekauft. Der Senat verhängt den Ausnahmezustand, der bis Ende des Jahres andauert. Schmuggel, illegaler Menschenhandel, Piraterie und Prostitution feiern fröhliche Urständ. Hamburg verwandelt sich in ein Paradies für Schmuggler. Der Senat kapituliert vor der Kriminalität, so dass am **24.06.11** die Bundeswehr nach ihrem Putsch von 2008 auch in Hamburg die Kontrolle übernimmt.

2014/15: Nach Abtreten der Militärregierung und durch die Unterstützung der Konzerne erklärt sich Hamburg unter Kontrolle des Neuen Hamburger Senats zur Freistadt. Der Wiederaufbau der Stadt beginnt.

2021: Der Beginn der Goblinisierung führt bald zu heftigen Straßenkämpfen, die erst in den darauf folgenden Jahren im Zuge der Aufklärung abebben. Die zweite VITAS-Welle fordert weitere Zehntausende Menschenleben. Am 29. Mai zerstört der Große Drache Kaltenstein (angeblich als Vergeltung für die anhaltende Zerstörung der Nordsee) etliche Großtanker und Passagierschiffe sowie den gesamten Petroleumhafen.

2031-2033 – Eurokriege: Hamburg erklärt sich zu Beginn der Eurokriege zur "Entmilitarisierten Zone" und lässt mit Hilfe von Kontruppen die umliegenden Kasernen räumen. Die leerstehenden Gebäude werden bald von Kriegsflüchtlingen aus allen beteiligten Ländern besiedelt. Die Großkonzerne und der Senat nutzen diese Flüchtlingswelle sowohl für den Wiederaufbau des Hafengebietes und der Neuen Mitte als auch für den Ausbau der Infrastruktur (Hanseatenbrücke und Theodor-Storm-Damm).

2040: Aufgrund gezielter Überfälle seitens des Klabauterbundes und zahlreicher anderer Hovercraftpiraten wird eine Kieler Marineeinheit zum Schutz der Nordseelinien und des Hafens dem Hamburger Senat unterstellt. Die Einheit wird später als bewaffnete Einheit dem Zoll angegliedert und in „Hamburger Zoll- und Marineschutz-Truppe" umbenannt.

2064 – Crash 2.0: Das Hamburger RTG der DeMeKo stürzt irreparabel ab. Infolge des Absturzes der Matrix kommt es zu Plünderungen und Aufständen, so dass der Senat den Ausnahmezustand und eine Ausgangssperre über die Stadt verhängt, die durch die HAZMAT und die HanSec in den nördlichen Bezirken gnadenlos durchgesetzt wird.

2065/66: Hamburg erhält als erste deutsche Großstadt, noch vor dem Ruhrplex, ein vollfunktionierendes Augmented Reality-Netzwerk, doch dauert es bis **2067**, bevor das System stabil und ohne Abstürze und Macken funktioniert. Demonstrationen von unzufriedenen und durch den Crash arbeitlos gewordenen ADL-Bürgern prägen wie auch in anderen deutschen Großstädten das Stadtbild. Angesichts der Machtlosigkeit der Allianzregierung und des Bundesrats, mit dem Crash und den Folgen der Katastrophe umzugehen, spalten sich in Hamburg viele Mitglieder der großen Parteien ab und schließen sich zu kleinen politischen Splittergruppen zusammen.

2067: Im Zuge einer medieninduzierten Welle des Politaktionismus durch Policlubs und politische Splittergruppen, die die Bürger zum Boykott der Wahl auffordern, kommt es zur niedrigsten jemals registrierten Wahlbeteiligung.

2068: Die junge Koalition aus LDFP und ESP stolpert über die Belsen-Affäre. Nachdem zahlreichen Senatoren die Veruntreuung und Verschwendung von Steuergeldern sowie Verstrickungen in illegale Machenschaften nachgewiesen werden können, kommt es in Hamburg zu Massenausschreitungen, so dass Neuwahlen angesetzt werden müssen.

2069: Angesichts der politischen Unfähigkeit in Hannover, die inneren Probleme des Landes effektiv anzugehen, sowie des Unmutes gegenüber den großen Parteien kommt es bei den 2069er Bürgerschaftswahlen zu einem Aufbrechen der monolithischen Politiklandschaft. Als selbst nach zwei Stichwahlen das notwendige Quorum nicht erreicht wird, legt die Bürgerschaft die Wahl der Senatskandidaten in die Hände der Bürger. Der neue Senat unter Bürgermeisterin Vesna Lyzhichko nimmt den Auftrag seiner Bürger ernst und schafft durch die „Verstaatlichung" diverser bankrotter Betriebe vorübergehend neue Arbeitsplätze. Um die Kosten für diese Investitionen tragen zu können, widersetzt sich der Senat Beschränkungen der NEEC und der ADL, was zu Spannungen im Bundesrat führt. Besonders die Thematisierung des immer größer werdenden Einflusses von Saeder-Krupp

DATENEMPFANG ...

TSCHÜSS ADL?

*"Loot de Schoop man schietn, Wull woos liekers"**, war die einzige Antwort, die Vize-Bürgermeister Jan-Peer Osterfelden der wartenden Presse nach seiner Rückkehr am Kaltenkirchener Flughafen auf die Frage gab, ob seine Entscheidung (und die der anderen Senatoren), eine laufende Sitzung des Bundesrates zu verlassen, klug gewesen sei. In der vor wenigen Minuten abgehaltenen Pressekonferenz sagte Bürgermeisterin Vesna Lyzhichko, dass die Mehrheit des Senats, wie auch sie selbst, hinter der Entscheidung ihres Stellvertreters stände. „Wir haben uns lange genug vom Bundesrat auf der Nase herumtanzen lassen. Die Privatisierung des kompletten Gesundheitsapparates, der Verkauf von Volkswagen an Saeder-Krupp, die Beschneidung unser Einkünfte aufgrund der Brüsseler Verträge mit der NEEC und selbst die nach dem Crash erhobene Zukunftsteuer wurde von uns mitgetragen. Was hat man uns nicht alles versprochen! Wo ist denn der große Wohlstand, mit dem man uns geködert hat? Von unseren so genannten „Wirtschaftsberatern" aus den Reihen von S-K und des Frankfurter Bankenvereins kommt auch nur heiße Luft: Kostensenkung und Schuldenabbau – bitte, wie sollen wir den fortschreitenden Lohn- und Sozialabbau vor dem Wähler rechtfertigen? In unseren Augen ist unsere Assoziation mit der Allianz schon längst eine Einbahnstraße. Wir werden in den kommenden Monaten prüfen – auch durch die Wähler – ob wir weiterhin mit der Allianz zusammenarbeiten werden oder nicht. Bis dahin werden wir die Bedürfnisse Hamburgs und seiner Bürger nicht mehr der Allianz oder gar einem Gesamt-Europa unterordnen." Tatsächlich ließ der Senat nach dieser verbalen Ankündigung Taten folgen. Alle restlichen Aufgaben, die noch in Händen der ADL-Polizei waren, wurden der HanSec – dem privaten Hamburger Sicherheitsdienst im Besitz von Senat und DeMeKo – übertragen und die auf Hamburger Territorium befindlichen Bundesgrenzschutztruppen aufgefordert, die Stadt zu verlassen. Sie sollen übergangsweise im nahen Lübeck stationiert werden. Eine Reaktion Hannovers lässt noch auf sich warten.

Dat har noch veel leger warn kunt.

*Lass die Schafe ruhig scheißen, die Wolle wächst trotzdem – sinngleich mit „Wo gehobelt wird, da fallen Späne." Anmerkung der Keimzeit-Redaktion.

und des Frankfurter Bankenvereins, wie auch die Anti-NEEC-Einstellung einiger Hamburger Senatoren, sorgen für ausreichend Zündstoff mit der Allianzregierung.

2070: Die Hamburger Mitglieder des Bundesrats verlassen bei einer Bundesratssitzung geschlossen den Sitzungssaal. HAZMAT und Einheiten der HanSec erzwingen den Abzug des Bundesgrenzschutzes aus Fuhlsbüttel (Nordstadt). Die HanSec erhält volle Polizeigewalt in Hamburg.

NORDISCH BY NATURE

geposted von Daisy Fix

Hamburg ist ein Rattennest. Als Dreh- und Angelpunkt für die Schifffahrts- und Transportlinien in Nord- und Osteuropa ist die Stadt ein natürlicher Lebensraum für Piraten, Schmuggler und das Schattengewerbe. Kein deutscher Plex hat so viele Zugänge zu internationalen Transportwegen – zwei Flughäfen, den Autobahnen nach Süden und Osten, der EuroRoute nach Skandinavien, Zügen, die Hamburg mit Europa, dem Balkan und Russland verbinden, und zahlreichen Schifffahrtslinien in alle Teile der Welt. Hamburg steht für Hafen, nicht nur in seiner nautischen Bedeutung. Es ist ein Freihafen für jede (und ich meine *jede*) erdenkliche Ware, aber vor allem ein Hafen für illegale Geschäfte. Das ist einer der Gründe, der Shadowrunner aus der ganzen Welt in die Stadt zieht. Hamburg ist *der* Hot Spot in Nordeuropa. Operationsbasis für Ausländer, Tor nach Osteuropa. Die Nähe zu Chiba-West und seinen Schattenkliniken ist ein weiteres Plus für den Plex. Jeder, der sich in Oslo frische Kybernetik implantieren lassen will, kommt durch Hamburg.

Persönlich besitze ich wenig Sympathie für Hamburg. Giftige Gischtkronen, kaltes unbeständiges Wetter, saurer Regen. Beileibe nicht mein favorisierter Aufenthaltsort. Als Geschäftsfrau weiß ich jedoch, dass Hamburg der geeignete Platz ist, um Schattentalente anzuheuern und an die Schmidts zu vermitteln. Der Kiez, Wildost und der Hamburger Hafen sind immer noch eine gute Schule für aufstrebende Talente, eine der besten, die man in der ADL finden kann – vom Ruhrplex einmal abgesehen. Seit der Senat die Samthandschuhe ausgezogen hat, um auf Tuchfühlung mit den lokalen Kons und der Allianz zu gehen, strömen auch immer mehr ausländische Schatten-Wannabes in die Stadt. Die Aussicht auf gute Kohle im Konflikt zwischen Staaten, Konzernen und – wie man so hört – Freistädten, wie auch der *lockere* Umgang mit dem sonst so harten Allianz-Gesetz (und dem Willen des Senats, mal beide Augen zuzudrücken), hat Kanalratten aus allen Teilen der Allianz Deutscher Länder wie auch ausländisches Treibholz aus den Freistädten der Nord- und Ostsee – die Balten, Polen, Holländer, Russen und Skandinavier – nach Hamburg gelockt. Wie heißt es doch so schön: Konkurrenz belebt das Geschäft.

> Von wegen Konkurrenz. Nur weil die Polacken durch ihren gewonnenen Befreiungskrieg mit den Russen keinen Grund mehr haben, mit ihren Bleispritzen Leute im eigenen Land zu durchsieben, verticken sie jetzt ihr Können als Söldner und Messerklauen auf unserem Turf. Aber das ist wie mit den Kanonen. Wer nur eine Waffe sucht, mit der er in der Gegend herumballern kann, bedient sich bei den billigen Beständen der Roten Armee. Wer Qualität sucht, greift zu Heckler & Koch. Qualität ist und bleibt Made in Germany.
> Zwieblblootz

IN AND OUT, ROUND AND ROUND

geposted von Hazardeur

In den Plex rein- und rauszukommen ist einfacher, als 'nem Löwenzahnfresser sein beschissenes Frühstücksmüsli wegzunehmen. Wenn ihr bereits in der Allianz seid, nehmt euren Bock, knackt bzw. hackt 'ne Karre oder mietet euch irgendeinen fahrbahren Untersatz und los gehts. Auch wenn die Stadt immer viel Wirbel um ihren Freistadt-Status macht, gibt es de facto keine Kontrolle, die den Zugang über die gigantische A7/ER7 (Richtung SkandU/ Hannover durch Stade über die Hanseatenbrücke) oder die etwas kleinere, sechsspurige A1 (Richtung Bremen/ Lübeck über die Theodor-Storm-Brücke) beschränkt. Die letztere führt auf einer Trasse (dem sogenannten Theodor-Storm-Damm) durch das überschwemmte Elbsumpfgebiet, so dass ihr von dort einen fetten Blick auf den Hafen, Wildost, Neue Mitte und Big Willi erhaschen könnt. Gerade die hellen Hololichter von St. Pauli und Alster (auf der anderen Elbeseite) seht ihr nachts über Meilen hinweg. Ich überlass das Steuern meist eh dem Autofahrer-Leit-und-Informationssystem (ALI) und ratz im Auto oder bin mit dem Kommlink aktiv.

> Pass auf, Schwester, dass du dir da nicht übers ALI einen Virus auf deinem PAN einfängst. Die ARAbauken (Matrixvandalen aus der Hamburger Bambulenszene) modifizieren gerne die Hardware der ALI-Leitmasten, damit sie die vorbeiziehenden Autocomputer infizieren. Wenn du deinen Steuercomputer zufällig mit deinem PAN verlinkt hast, kann es dir leicht passieren, dass dir dein Kommlink abraucht. Ping mich an, dann schick ich dir einen Patch, womit du dich gegen die Pestvögel absichern kannst. Das Angebot gilt natürlich für jeden.
> Sermon

Genauso wenig Kontrollen gibt's natürlich, wenn ihr mit dem Transrapid anrollt (die Maglev-Schienen laufen ebenfalls über den TS-Damm). Die Züge (zumindest die der Ruhrmetall Bahn AG) garantieren während der Fahrt volle Netz-Abdeckung, sind aber unpraktisch, vor allem wenn ihr schweres oder sperriges Gerät dabei habt. Trolle sollten lieber vorher einen Platz reservieren – ihr wisst ja, wie das Spiel läuft. Die meisten Fernzüge, die aus Skandinavien bzw. durch Deutschland aus allen Teilen Europas (Osteuropa und Russland inklusive) kommen, enden an einem der beiden großen Hauptbahnhöfe Altona oder Moorfleet. Terminal Moorfleet ist einer der größten Bahnhöfe in ganz Europa und besitzt Zugänge zu Land (Autobahn, Monorail), zu Wasser (das Citydock) und aus der Luft (Commuter-Landeplattform).

> Scannt mal die Unisex-Toilette auf der zweiten Ebene, Kabine 4. Die Schmierereien auf der Innenseite der Klotüren sind oftmals für mehr gut als nur einen kurzen Lacher ☺.
> Sermon

Vom Citydock könnt ihr in wenigen Minuten mit Hovercrafts und Booten in den Stadtkern übersetzen und seid dann direkt am Puls der Stadt. Der Neue Hauptbahnhof in Altona liegt in Blankenese und somit in direkter Nachbarschaft zum Zentrum des Altonaer Nachtlebens.

Die schwierigste Anreise habt ihr wie immer mit dem Flugzeug. Auch wenn Hamburg mit dem orbitaltauglichen Lufthansa-Flughafen Kaltenkirchen und dem Frachtflughafen Fuhlsbüttel vielfältige Anschlüsse an das nationale und internationale Luftverkehrsnetz bietet, sind Flughäfen immer ein Problem. Zwar hat Kaltenkirchen gerade aufgrund der Konzernconnections etwas laxere Gesetze hinsichtlich kybernetischer Modifizierungen – ein Hoch auf die neue Cyberwelle –, umso genauer werfen die allerdings einen Blick auf eure Pässe und IDs, also besorgt euch wasserdichte Papiere. Es sei denn natürlich, ihr kennt jemanden von der SkyGuard oder dem Lufthansa-Personal (in letzter Zeit mal über 'ne Stewardess drübergestiegen?), der euch noch was schuldig ist oder den ihr um den kleinen Finger wickeln könnt.

Dennoch ist das alles kein Grund, das Sturmgewehr gleich ins nächste Korn zu werfen. Der Vorteil liegt auch hier eindeutig in der Nähe zur Nordsee. An der Küste und in Wildost könnt ihr ausreichend Leute treffen, die euch für ein bisschen Kohle mit ihrem Hovercraft aus dem Hoheitsterritorium der ADL bringen, wo ihr entweder in ein Wasser- oder Bodeneffektflugzeug umsteigen könnt, das euch außer Landes fliegt. Der Trick funktioniert mit Schiffen genauso, doch die Zollbehörde zu schmieren ist wesentlich kostspieliger als euch von ein paar Schmugglern mit ihren Hovers in die oder aus der Stadt bringen zu lassen. Hinzu kommt, dass oft Zollspitzel als Matrosen auf den großen Schifffahrtslinien anheuern, um ein Auge auf die Konzernladungen zu haben.

Innenstädtischer Verkehr – geposted von Hattrick

Der innerstädtische Verkehr ist ganz schön abgefahren. Während in den nicht überfluteten Stadtteilen Busse, Taxis und ein paar abgerissene S-Bahnen ganz normal ihre Runden drehen, ist man in den überfluteten Gebieten und auf der Elbe neue Wege gegangen. Neben einigen Highflyer-Linien, die vor allem der Lufthansa gehören, sind im Innenstadtbereich vor allem geriggte Schnellboote und Hover-Taxis aktiv. Auch die Funktionen der Buslinien werden von großen Hovers übernommen. Wer es ein wenig ruhiger, langsamer und vor allem billiger angehen möchte, lässt sich per Russenrikscha durch die Gegend schippern, Hamburgs ureigenste Kreuzung zwischen einem venezianischen Gondoliere und einer chinesischen Rikscha. Die tretbootartigen Leichtplastkähne – meist von trainierten Ost-Europs betrieben (daher der Name) – sind natürlich nichts, wenn ihr mal *in Eile* seid. Aber als Informationshändler und Vermittler haben die Jungs und Mädels durchaus ihre Nützlichkeit.

> Und wenn es euch auf Heimlichkeit ankommt, unter Hamburgs Wasseroberfläche gibt es mehr Verkehr als man meinen könnte. Kleine Minisubs wie der Vulkan kommen easy durch die Wasserstraßen (die Fahrt durch das versunkene Hamburg ist auch eine der Touri-Attraktionen in der Innenstadt), und es gibt eine Reihe von Unterwasser-Docks in der Neuen Mitte (nicht nur am Hafen).
> Labskaus

Falls ihr mal auf der Überholspur unterwegs sein wollt, empfehle ich euch Jetbikes. Auch die Kuriere, deren Profession nach dem Crash 2.0 eine neue Renaissance erlebte, nutzen die Vehikel, um ihre Waren in die Neue Mitte zu bringen. Einige von den jüngeren Kurieren sind ganz schöne Adrenalinjunkies. Nachdem die U-Bahn-Strecken wegen Überflutung schon vor Jahrzehnten stillgelegt wurden, haben sich die ganzen U-Bahn-Jockeys neue Hobbys gesucht. Wasser- bzw. Asphalt-Skaten ist derzeit das absolute Nonplusultra. Mit einer umfunktionierten Enterhakenkanone harpunieren die Verrückten mit einem Magnethaken Autos, die Monorail oder Hovercrafts und lassen sich von ihren Zugpferden in einem Affenzahn durch die Stadt ziehen. Microwire und Myomerseile helfen ihnen dabei, Hindernisse zu umgehen. Ich sag, euch, sieht megawiz aus, ist aber sicher scheiße gefährlich. Die Monorail gibt's im Übrigen auch noch und verbindet an Fleeten hängend den nördlichen Innenstadtbereich von Altona bis Stomarn.

SAUREN REGEN ... UND MEER

[hinzugefügt durch Wattegel]

//Audiotranskript Rede von Ramon Gödecke, Meeresbiologe und Zellenführer der Grünen Zelle „Deep Wave" //

"Ich brauch euch sicherlich nicht davon zu überzeugen, dass das Thema „Globaler Meeresnaturschutz" in all den Jahren, in denen wir im Guten versucht haben, für den Schutz der Nordsee einzustehen, nicht in die Köpfe der Menschen gedrungen ist. Und das, obwohl sie nahezu täglich von dem sauren Gestank umgeben sind, den der Wind nach Hamburg hineinträgt. An viele Orte der Nordsee kann man sich nur noch mit Atemgerät trauen – jene von euch, die schon mal an Aktionen vor der Küste teilgenommen haben, wissen das nur zu gut.

Seht der Realität ins Auge: Die spärlichen Medienberichte von Unfällen auf den Offshore-Bohrinseln der großen Öl- und Chemiemultis schockieren heutzutage keinen Meshhead mehr. Was jenseits ihres urbanen Horizonts geschieht, ist ihnen scheißegal. Wen interessieren schon die zunehmenden Genom-Mutationen der Nordsee-Fauna und –Flora. Den Impact, den diese künstlichen Mutanten auf das Ökosystem und die Biodiversität der Meere haben, können selbst führende Ökologen nicht mehr abschätzen. Zusätzlich verenden jeden Tag Hunderte von „normalen" Tieren in den schwimmenden Rohölteppichen oder den Schwermetall-Pools, die bei Ebbe im Watt zurückbleiben. Und was tut der Senat? Nichts! Gut, ich will zugestehen, dass es zumindest einige Senatoren aus der Rot-Grünen Riege gibt, die für unser Anliegen ein offenes Ohr haben und uns – zumindest unter der Hand – mit Spenden subventionieren, aber seien wir mal ehrlich: Was können die schon politisch erreichen? Deutschland ist bei weitem nicht Schweden, und bei uns haben die Konzerne nun mal das Sagen, das sieht man heute mehr denn je. Was haben uns grüne Befürworter nicht alles für Besserungen vorausgesagt? Dublin-Protokoll und das Umweltprogramm der Vereinten Nationen. Pah! Schaut euch die Zahlen doch an! Schaut an, welche Mengen an chemischem Giftmüll die Beiersdorf AG täglich bei Stade in die Elbemündung leitet. Nur wenn mal eine Sturmflut den Müll wieder zurück in die Stadt wirft und die Häuser und Geschäfte mit ätzendem Schlick, toxischen Quallen und brenndenden Algen überzieht, hört man das Geschrei nach mehr Subventionen für den Umweltschutz. Und verhallt dann auch wieder genauso schnell.

Die Zeit, den Menschen die Notwendigkeit des Naturschutzes ins Hirn zu prügeln, ist vorbei. Die Konzerne beschränken sich schon seit Jahrzehnten nicht mehr nur auf eine schleichende Vergiftung – sie verpesten die Umwelt ganz offen und schamlos. Deshalb müssen sie gestoppt werden. Jetzt. Wartet nicht ab, dass andere etwas unternehmen. Ihr, wir alle, müssen unseren Beitrag leisten. Müssen selbst das Recht in die Hand nehmen, um Mutter Erde vor dem Zugriff ihrer Vergewaltiger zu schützen. Ist es nicht recht und billig, jedes Mittel, jede Waffe einzusetzen, um der Verschmutzung Einhalt zu gebieten? Die Konzerne denken doch nur an ihren eigenen Profit. Keine einzige Fabrik in den Industrievierteln von Stade verfügt über die nötigen Filter- und Aufbereitungsanlagen. „Zu teuer", sagt die Konzernleitung. Seht ihr, das ist keine fahrlässige Tötung. Das ist Mord! Gezielter Mord aus Profitgier. Und ihr, meine Freude, meine Brüder und Schwestern, seid diejenigen, die diesem Ökomord an Tausenden von Arten ein Ende bereiten müssen. Wir wissen, was jeder von euch zu leisten in der Lage ist. Keiner von den Pfeffersäcken und Paragraphenreitern wird es uns danken. Aber wir haben ein höheres Ziel, und ich, meine Freunde, lasse mich nicht davon abbringen. Drei Jahre habe ich in Big Willi verbracht, ohne dass sie mich brechen konnten. Ich bringe dieses Opfer, damit dieser Planet noch eine Chance hat. Und ich verlange nicht weniger von euch ..."

VENEDIG DES NORDENS: LA TOXISSIMA

geposted von Deichbrecher

Nichts hat das Stadtbild so geprägt wie die Schwarze Flut von 2011. Weil man nicht den gesamten Innenstadtbereich abschreiben wollte, wurden die Baulöwen, Statiker und Ingenieure gezwungenermaßen erfinderisch. Die überfluteten Stockwerke wurden aufgeschüttet, gegen die giftige Nordsee- und Elbebrühe abgedichtet und in neue Grundmauern verwandelt, damit die darauf errichteten neuen Gebäude (meist nur wenige Stockwerke hoch) nicht wieder zusammenfielen wie Kartenhäuser. Klar, dass die Schmuggler schon früh einen Daumen drauf hatten, um aus diesen „baulichen Maßnahmen" Profit zu schlagen und ihre Zukunft abzusichern. Wenn ihr wüsstet, was sich unterhalb der Wasseroberfläche alles in der Neuen Mitte abspielt, ihr wäret überrascht. Bei vielen der Gebäude geht der Keller tiefer, als man das eigentlich erwarten sollte. Dort finden sich Minisub-Docks, illegale Spielhöllen, Drogenhöhlen und Schwarzmärkte, ja selbst Bottichkliniken. Dazu gibt es (zum Teil mit Luft gefüllte) Hohlräume in den alten Konstruktionen (vor allem in der renovierten Speicherstadt), die auch heute noch als Zwischenlager benutzt werden. Aber immer schön vorsichtig bei möglichen Tauchgängen in der trüben Suppe. Auch wenn die HAZMAT drauf achtet, dass sich kein Critter in Hamburgs Wasserstraßen verirrt, hört man immer wieder in den Alsternachrichten davon.

Ansonsten finden viele Sachen des alltäglichen Lebens schwankenderweise statt. Rund um den Stadtkern unseres Venedig des Nordens findet man zahlreiche Anlegestellen für die Boote und Hovertaxis. Schwimmende Areale sind mit kleinen Ponton-Brücken oder einfach mittels Planken mit alten Häuserkonstruktion oder dem „Festland" verbunden. Der Anblick haut mich jedes Mal von den Socken.

Bei den Hamburger Bezirken gibt es ein klares Nord-Süd-Gefälle. Alle Bezirke nördlich der Elbmündung, also alles zwischen Pinneberg im Westen, Stomarn im Osten und Kaltenkirchen im Norden ist Einzugsgebiet der Normal- und Besserverdienenden. Die Mitglieder des unteren sozialen Spektrums, die gesamte Arbeiterklasse, wie auch Billiglöhner, Arbeitslose und SINlose fristen im Südelberaum ihr Leben, welcher die Bezirke zwischen Stade im Westen und Lauenburg im Osten umfasst.

ALTONA

Altona hat sicherlich die meisten baulichen bzw. architektonischen Aufwertungen erfahren. Seit der Flutkatastrophe, von der Altona größtenteils verschont blieb, entwickelte sich der Bezirk in den letzten zehn Jahren immer mehr zu einem heterogenen Nightlife-/Entertainment- und Wohn-Bezirk. Da sich Altona schon zu allen Zeiten als „offene Stadt" verstanden hat (was man auch am Bezirkswappen mit dem geöffneten Tor erkennt), ist der Toleranzlevel unter seinen Bewohnern relativ hoch. Entlang des neuen Elbstrandes findet man vor allem Nachtlokale, Bars und Clubs, während in den nördlichen Teilen des Bezirks eher Shopping- und Feiermeilen dominieren, wobei der Übergang zu den Wohnbezirken fließend ist. Während das Fußvolk vor allem in die Neue Mitte geht, ist Altona Zielpunkt für Besucher und Zombies aus der Sardinenstadt. Hover-Services bringen die Leute zu den schwimmenden Casinos oder privaten Clubs, die in der Elbemündung vor Anker liegen.

BERGEDORF

Wenn auch noch nicht so verfallen wie Harburg, ist Bergedorf doch eine klassische Arbeitersiedlung. Wer sich die Unterbringung in den Wohnsilos von Stade nicht leisten kann, wohnt in Bergedorf. Auch viele der Hafen- und Dockarbeiter sind in den Wohnungen untergebracht. Von der einstmals malerischen Altstadt des Bezirks ist heute nur noch marode Bausubstanz übrig. Gerade weil die meisten Gebäude bereits mehr als zweihundert Jahre alt sind und nicht ausreichend Geschosse haben, um all die Niedriglohnarbeiter aufzunehmen, platzt der Bezirk aus allen Nähten. Zumal keiner, der noch irgendetwas auf sich hält, freiwillig ins Harburger Ghetto ziehen würde.

Die wenigen abgewrackten S-Bahnen, die die Stadtteile von Bergedorf und Lauenburg mit dem Terminal Moorfleet verbinden, sind ein beliebter Treffpunkt für Randalekids und urbane Guerillas, die bei den abendlichen Fahrten Fahrgäste anpöbeln oder aufmischen. In den letzten Jahren hat vor allem New World Enterprises (ein Proteus-Tochterunternehmen) in das Gebiet investiert, um sich an der Wohnungsnot eine goldene Nase zu verdienen. Bereits zwei große Wohnwürfel-Komplexe hat der Konzern in der Nähe des Terminals Moorfleet eröffnet. Basierend auf ihrem Wissen über Multi-Funktionalität und Komfort von Wohneinheiten aus der Tiefsee- und Weltraumforschung ihres Mutterkonzerns (wo Platz tatsächlich Mangelware ist) bietet New World würfelförmige Wohnkomplexe (so genannte Single Cubes) an, bei denen ein einzelner, drei mal drei Meter umfassender Raum in Wohn-, Arbeits-, Schlaf- und Badezimmer umfunktioniert werden kann und mit allerlei Technik und AR-Schnickschnack ausgestattet ist.

› Und wenn du Kontakte zu einem guten Techniker – wie mir – hast, kannst du dir die mobilen Teile so umrüsten lassen, dass sich deine Ausrüstung so geschickt darin verstauen lässt, dass sie selbst bei Hausdurchsuchungen schwer zu finden ist.
› Lohengrin

Da man nicht mal eine SIN braucht, um diesen Cube anzumieten, gehen die Dinger weg wie geschnitten Brot, und so ist ein dritter Würfel bereits im Bau. Allerdings würde ich niemandem raten, mit den Mietzahlungen in Rückstand zu geraten. Neben den kräftigen Schlägern, die allesamt aus der Unterwelt kommen (wo keine SIN, da kein Kläger), wird gemunkelt, dass Leute, die den Cred-Eintreibern durch die Lappen gingen, später einen „bedauerlichen Unfall" erlitten, während sie sich alleine in ihren Cubes aufhielten.

› Interessant. Ich wohn' in so einem Ding. Als ich mir meins aufgemotzt habe, habe ich ein verstecktes Element der Steuerkonsole entdeckt, das über eine AR-Schnittstelle verfügt und sich nicht abschalten lässt. Soweit meine Diagnoseprogramme das überprüfen konnten, überträgt das Gerät hin und wieder Daten über den Gebrauch von bestimmten Funktionen des Cubes an den Hauptrechner. Wie gesagt: hin und wieder – ihr braucht also nicht gleich in Paranoia auszubrechen. Allerdings kann ich mir durchaus vorstellen, dass der Cube über diesen Weg auch Daten empfängt – zum Beispiel, um unaufgefordert das Bett einzuklappen, während noch jemand drin liegt. Nasty.
› Kiebitz

EIMSBÜTTEL

Was soll ich noch viele Worte über etwas verlieren, das sich mit einem Wort beschreiben lässt: Xanadu – inoffizieller Name des Hauptquartiers der DeMeKo in Harvestehude. Auch wenn überall in der Stadt mediatrone Bildschirme und Werbeflächen die medialen Botschaften des Konzerns unter die Massen bringen, um Meinungen zu machen oder das Konsumverhalten zu steuern, so ist es in keinem Bezirk so dominant wie in Eimsbüttel. Der Bezirk steht ganz unter der Kontrolle des deutschen Medienunternehmens und beheimatet viele deutsche Tochterunternehmen der DeMeKo. Eine Phalanx von Sendemasten und Satelliten-Transmittern speist von hier die Programme diverser Informations- und Spartenkanaläle ins kabellose Netz ein, um euch auf eurem Kommlink oder heimischen Trid zu erfreuen. Da auch viele andere Tochtergesellschaften in den Stadtteilen des Bezirks untergebracht sind und eine ständige Kommunikation zwischen den verschiedenen Gesellschaften erfolgt, ist Eimsbüttel eine 1A-AR-Spamzone. Falls ihr euer PAN im offenen Modus habt, könnt ihr euch schon mal auf ein piependes Inferno gefasst machen – pure Infocalypse, wenn ihr mich fragt. Gerade deshalb ist das Gebiet jedoch für viele Tridpiraten wie die „Gödekieker" interessant, die sich einfach an die Trägerwelle der Großen dranhängen, um ihr Programm in die Haushalte und Links einzuspeisen. Aufgrund der zahlreichen Parks, in denen sich auch A-Promis wie „Glamour Pur"-Moderatorin und Cyvervixen Paye Tzanev in ihrer Mittagspause sehen lassen, und der größtenteils von Bäumen gesäumten Straßen (keine Ahnung, was die denen zu fressen geben, dass die so verdammt idyllisch aussehen) gilt der Bezirk noch als vergleichsweise grün.

› Gerade weil hier die Top-Riege des DeMeKo-Programms durchs Kunstgrün galoppiert, behält der Medien-Big Brother alles im Blick. Um hier ungesehen eine Extraktion durchzuführen, musst du schon ein echter Copperfield sein.
› Galore

NEUE MITTE

Nördlich vom Hafen liegt die Neue Mitte, das Herz von Hamburg, eine Mixtur aus historischen Bauten und modernster hanseatischer Architektur. Der gesamte Innenstadtkern (die frühere Alt- und Neustadt wie auch St. Pauli, St. Georg und die Stadtteile, die an die Alster grenzen) ist von Fleeten, Kanälen, Brücken und Schwimmpontons durchzogen. In der Neuen Mitte wie auch in Altona treffen die Welten von Nord- und Südelberaum aufeinander. Während die Senatsbeamten, Konzernler und Medienfuzzis hier zum Einkaufen und Feiern herkommen, sind die Süderelbler vor allem zum Arbeiten hier, sei es als Bedienung, Mitglied einer Putzkolonne, Kurier, Verkäuferin oder als Nutte.

Seit Außen- und Binnenalster bei der Flut vereinigt wurden, markieren Jungfernstieg und Ballindamm als Schwimmpontonstraßen die Ufer. Rund um die frühere Binnenalster, angefangen bei der Mönckeberg-/Spitalerstraße über die Alsterarkaden, Galleria, Hanse-Viertel, Gänsemarkt-Passage und Collonaden bis hin zu den alten Messe- und Kongresshallen verläuft eine riesige Einkaufsmeile mit zahlreichen Konsumtempeln, die sich zum Teil auch unter der Wasseroberfläche fortsetzen und mit durchsichtigen Tunneln verbunden sind. Hanseaten und Besucher flanieren gleichermaßen gern in den merkantilen Aqua-Labyrinthen aus Geschäften, Boutiquen, Passagen und Galerien. Ein beliebter Treffpunkt der Pfeffersäcke und Medienmogule ist die „Alster-Lounge", eine unterseeische Café-Bar am äußersten Alsterzipfel.

» Einer der Gründe, warum die Schatten die Gewässer um die Alster zu allen Zeiten meiden: zu auffällig, zu wenig Privatsphäre unter Wasser und viel zu viel HanSec.
» Pirapit

HA-PORT

Seit der Flut wurden Teile des Hafens immer wieder umgebaut, erneuert und zerstört (z.B. beim letzten Besuch des Großdrachen Kaltenstein im Jahr 2021, bevor dieser lange Zeit im Schwarzwald auf Tauchstation ging), nur um erneut wiederaufgebaut zu werden. Seit es Mitte der Dreißiger immer wieder zu Anschlägen durch Ökoaktivisten der Grünen Zellen und der ökoterroristischen Guppe GreenWar auf Ölraffinerien in Moorburg und Hohe Schaar kam, ist der Hafen eine offizielle Sperrzone unter Jurisdiktion des Senats. Die Hamburger Zoll- und Marineschutztruppe, von den Ansässigen zu HAZMAT abgekürzt, untersteht direkt dem Senat und besitzt die Oberhoheit in diesem Teil der Stadt – sprich: Die HanSec hat hier gar nichts zu melden, es sei denn, sie bekommen eine direkte Anweisung von der Metroplex-Administration.

Im Nordosten der wieder aufgebauten Speicherstadt befindet sich die "Musikinsel", ein gigantisches Veranstaltungszentrum auf Betonsäulen, das 2029 auf dem unterspülten Gelände des ehemaligen Hauptbahnhofs und der Markthallen erbaut und über Brückenstraßen und Trassenelemente mit dem „Festland" verbunden wurde. Vor kurzem wurde die Musikinsel von der schwedischen Isbrytar GmbH aufgekauft, renoviert und dem kosmopolitischen Zeitgeist angepasst. Glaubt man den Gerüchten, ist Isbrytar ein Mitglied der Horizon Group – was vor allem der DeMeKo sauer aufgestoßen sein wird, zumal die Musikinsel sich langsam zum angesagtesten Ort für Premieren und „Roter Teppich"-Veranstaltungen mausert.

Direkt in der Nähe zur Innenstadt (und St. Pauli) liegt das Hamburg Cruise Center der Reederei Vietnbrunn, an dem die großen Kreuzfahrtdampfer andocken. Gerade angekommen, flanieren die Kreuzfahrer durch das Überseequartier mit seinen Kultur- und Freizeitangeboten, mit Läden und Gastronomie auf geradem Wege zur Alster, zum Rathaus, zur Museumsmeile und in die Einkaufsstraßen zwischen Mönckebergstraße und Passagenviertel.

NEUE MITTE-OST

Die Neue Mitte-Ost umfasst die früheren Gebiete Hamm, Horn und Billstedt. Seit diese Gebiete in die Neue Mitte eingemeindet wurden, hat sich die Region zu einem modernen Wohn- und Geschäftszentrum entwickelt, welches durch zwei Hovercraftlinien mit der Innenstadt und dem Terminal Moorfleet verbunden ist. Die Universität für Cybertechnologie und Hermetische Magie (UCM) wie auch die Fachhochschule für nautische und Umweltmagie und die lokale Dienststelle von PsiAid sind seit Neuestem hier im „Mago-Cluster" untergebracht. Dieses Magie-Zentrum ist das persönliche Steckenpferd von Magie-Senatorin Pell, die schon oftmals wegen diverser Klüngeleien mit der AG Chemie und der Heidelberger Dr. Faustus-Gesellschaft (die größte deutsche Vereinigung von hermetischen Magiern unter dem Schirm desselben Frankfurter Chemiekonzerns) ins Kreuzfeuer geraten ist, zumal der Bund für den Mobilen Notfall-Arzteinsatz (BuMoNA) – *der* bewaffnete Notfalldienst in Deutschland (und ebenfalls eine Tochtergesellschaft der AG Chemie) im Cluster Hamburgs Zentrales Krankenhaus unterhält.

» Plus illegaler Gen-Klinik, die von einigen gewieften Gendesignern unter der Hand betrieben wird.
» Kôkinsei

NORD

Unsere lieben Freunde aus der Konzernliga. Die Nordstadt wird vor allem von hohen Büro- und Apartmenthochhäusern dominiert, in denen Mr. 08/15-Konzernsklave sein elendes Dasein fristet. Die wenigsten Einwohner der Nordstadt schauen tatsächlich mal über den Tellerrand und kommen aus ihren arkologiegleichen Elfenbeintürmen herunter, um sich in der bösen Realität umzusehen. Seitdem es in den Zwanzigern immer wieder zu heftigen Auseinandersetzungen mit Ökoguerillas und Großkonzerngegnern gekommen ist, wurde der Bezirk von den ansässigen Kons in einen Hochsicherheitstrakt umgewandelt, der Nord den Spitznamen Sardinenstadt einbrachte. Die Konzernliga, vor allem Konzerne wie Ætherlink, aber auch die Lufthansa und Blohm&Voss (Renraku), haben hier ihren Sitz. Wer die Nordstadt betreten will – und sei es nur der Bringservice oder die Ork-Putze aus Harburg – braucht einen Spezialausweis bzw. einen speziellen RFID-Tag, der jederzeit von den Konzerngardisten abgelesen werden kann. Auch die Monorail, die die Nordstadt mit den anderen Bezirken verbindet, hält jedes Mal ein paar Minuten länger an den einzelnen Zugangspunkten, damit alle Fahrgäste durch ein automatisiertes System überpüft werden können. Selbst der Senat hat hier nur begrenzten Einfluss, da fast der gesamte Bereich Extraterritorialgebiet der Tochterunternehmen diverser Großkonzerne ist.

» Seit der Senat den Bundesgrenzschutz, der in der Nordstadt in Fuhlsbüttel untergebracht war, *gebeten* hat, zu gehen, gibt es de facto niemanden mehr, der ein Auge auf das Gebiet hat.
» Ivan

» Die Ältermänner haben ihre Augen und Ohren überall.
» D-L-Φ

HARBURG

[Eintrag verschoben von Tagwache → S. 159]

KALTENKIRCHEN

Während der Nordwesten um die frühere Stadt Kaltenkirchen von den fünf großen Terminals des Lufthansa-Orbitalflughafens eingenommen wird, der mit seinen Zehntausenden von Beschäftigten so etwas wie eine eigene Enklave darstellt (auch im konzernrechtlichen Sinne), gehört der Süden neben der Norderstedter Wohnskyline (die einzigen Hochhäuser neben der Sardinenstadt) der Wochenendunterhaltung. Die Airbus-Arena, das neue Fußballstadion des HSV, hat hier ihre Heimstatt bezogen (der St. Pauli hat es vorgezogen, im Stadtinnern weiter seiner Mittelmäßigkeit zu fristen). Auch wenn viele (männliche) Fans es immer noch als eine Katastrophe ansehen, dass mit der toughen Geschäftsfrau Mareike Terboven nun eine Frau am Steuer ihres Fußballvereins sitzt, prophezeien die Sport-Experten dem HSV eine Teilnahme beim Cup der Meister.

Der Osten des Bezirks wird vor allem von riesigen Sonnenkollektorfeldern, Windrädern und einem Fusionskraftwerk eingenommen, mittels derer die Energie für die Fünf-Millionen-Metropole gewonnen wird.

LAUENBURG

Lauenburg ist der am wenigsten urbanisierte Bezirk Hamburgs. Mit dem Sachsenwald ist Lauenburg nicht nur Naherholungsgebiet und Jogging-Areal für die Sportbegeisterten aus Stomarn, sondern auch eine Hochburg für Neopaganisten aller Art. Schon seit Jahren streitet der Senat mit diversen Hexen-Coven Hamburgs über die Anerkennung und den Schutz von Teilen des Waldes als religiöses, hexisches Heiligtum.

» Und dass Senatorin Jana Oolstedt von den Hamburger Grünen Hohepriesterin ihres Wandsbeker Covens und eine aktive Blocksberg-Bund-Aktivistin (eine Unterordnung des Mutter-Erde-Policlubs) ist, macht die Sache nicht gerade einfacher.
» Verbena

Viele dieser Coven stammen aus dem Umland, vor allem aus Geesthacht und Schwarzenbek, wo sie mit Druiden und anderen neo-germanischen und slawischen Traditionen in einer Art bauernhofähnlicher Hippie-Kommune zusammenleben – ökologische Lebensweise und so. Mit dem Verkauf aus ihren Ökoprodukten an Feinkostgeschäfte und auf Hamburger Märkten, vor allem jedoch mit der Herstellung von Naturfoki, mit denen sie die Taliskrämer in Altona und Pinneberg beliefern, halten sich die Kommunen so gerade über Wasser, zumal die Verschmutzung der Nordsee auch am Lauenburger Geest nicht spurlos vorbeigegangen ist.

PINNEBERG

Pinneberg liegt so nah an der Nordsee, dass der Gestank des Meeres immer allgegenwärtiger wird, je weiter man sich nach Westen bewegt. Während das Wohnen in Schenefeld und Quickborn noch einigermaßen erträglich ist, entwickelt sich Pinneberg immer mehr zu einem weiteren Industriedistrikt der Konzerne. Pinneberg selbst wird vor allem von den Klärwerken der Stadt eingenommen – vermutlich weil sich die Stadtverwaltung gedacht hat, dass es hier bei dem Gestank eh keinen mehr stört. Tornesch und Barmstedt, die am äußersten Rand des Bezirks liegen, sind inzwischen nahezu verlassen und werden von [Wattsuchern] bewohnt.

STADE

Stade ist *der* Wirtschaftsstandort der Hansestadt und sowohl über das Straßen- und Schienennetz als auch über das seeschifftiefe Fahrwasser der Elbe gut an den paneuropäischen Binnenmarkt angebunden. In den Industrie- und Gewerbezentren von Stade und Buxtehude sitzen vor allem Schwermetall- und Chemieriesen wie Beiersdorf (ein Tochterunternehmen der berühmt-berüchtigten AG Chemie), Evo Synthtech oder Alxon Pharma – letztere im Besitz von Zeta-ImpChem, dem Schweizer Pharmagiganten. In Stade ist immer etwas los – Demos, Anschläge und Übergriffe von Ökoaktivisten zu Land und zu Wasser sind absolut keine Seltenheit. Und wenn sie auch nur selten von Erfolg gekrönt sind, so sorgen sie doch dafür, dass Stade nie so ganz aus den Nachrichtenkanälen verschwindet. Bis jetzt war es ein ewiges Hin und Her ohne Sieger und Verlierer, seit es jedoch vor zwei Monaten GreenWar und den Anti-Konzern-Rads von Attack! gelang, die Abwässer von Beiersdorf in das Wassernetz der Nordstadt einzuleiten, haben die Konzernleute die Ökos auf den Kieker und bezahlen Shadowrunner, um deren Equipment zu sabotieren oder die Aufrührer aufzumischen.

» PsiAid, der magische Sicherheitsdienst, ist stark im Bereich der Elbe aktiv, da dort oft toxische Geister gesichtet werden. Glaubt man den Gerüchten, weit häufiger als noch vor zehn Jahren.
» Enigma

War früher der Landkreis Stade, das so genannte „Alte Land“ zwischen Stade und Hamburg, agrarwirtschaftlich von großer Bedeutung, wird die Region heute von gigantischen Gewächshaus-Kuppeln eingenommen, in denen General Genetics und Evo Synthtech allerlei genmani-

DATENEMPFANG ...

WATTSUCHER

Wattsucher sind ein ganz eigensinniges Völkchen, das seinen Lebensunterhalt mit dem verdient, was ihnen das Meer oder die Müllhalden, die der Senat hat aufschütten lassen, zu bieten haben. Strandgut, Technikabfall oder Drohnenteile werden gesammelt. Alles, was noch funktioniert oder irgendwie repariert werden kann, wird an Ramscher oder Trödler verhökert. Außerdem sammeln sie Treibgut, verstecken Schmuggelwaren und helfen den Piraten (vor allem dem Klabauterbund), solange sie dafür bezahlt werden. Einige versuchen sich auch als Schatzsucher in den Marschen, in der Hoffnung, irgendwann den großen Schatz zu finden – Familienschmuck, Zahngold oder andere Wertsachen, die bei der Flut verschütt gegangen sind. Andere wiederum sammeln oder saugen Chemieabfälle aus der Nordsee und verticken den unaufbereiteten Schlick in Pinneberg zurück an die Chemiemultis. Näher trauen sie sich an Hamburg meist nicht ran.

» Auch wenn viele denken, dass die Wattsucher nur eine Art norddeutsche Amish sind, die sich nach der Schwarzen Flut aus Gesellschaftsaussteigern gegründet und außerhalb der Stadt ihre eigene kleine Welt mit Gesetzen und Regeln aufgebaut haben, sieht die Realität ganz anders aus. Kein Schwein, das eine andere Wahl hätte, würde im giftigen Watt herumwühlen, um damit seinen Lebensunterhalt zu verdienen. Die Wattsucher sind ein Volk von Verlorenen, und ihre Blechhütten sind die Favelas von Hamburg.
» Wattegel

Das Leben in den Wellblechhütten muss die Hölle sein. Alles ist klamm und kalt, es gibt keinen Strom und kein sauberes Wasser, und um einen herum gibt es nur stinkendes Watt. Und wenn es mal richtig schlecht läuft, kommt noch ein toxischer Geist von der Nordsee rübergeweht und dreht einen durch den Fleischwolf. Aber wie die meisten Menschen können auch die Wattsucher es sich vermutlich nicht wirklich aussuchen. Persönlich glaube ich, dass sich bei jedem von denen früher oder später die Nebenwirkungen durch den Kontakt mit den Umweltgiften bemerkbar machen, also seid auf der Hut.

» Soweit ich weiß, stehen Sektenmitglieder vom Weg der Reinheit mit einigen Wattsucher-Gemeinschaften in engem Kontakt. Spooky trifft Spookier.
» Zeitgeist

» Viele sagen, dass die „Deichgrafen“ (eine Art Dorfvorsteher der Wattsucher) in Notsituationen immer einen Schutzgeist rufen können, den sie den Schimmelreiter nennen. Ein freier Geist der Menschen vielleicht?
» Deichbrecher

» Ihr habt keine Ahnung, wie sehr das magische Talent eines Kindes in dieser Umgebung zur Unkenntlichkeit verstümmelt werden kann. Ich an eurer Stelle würde diese Geister meiden ...
» Finnegan

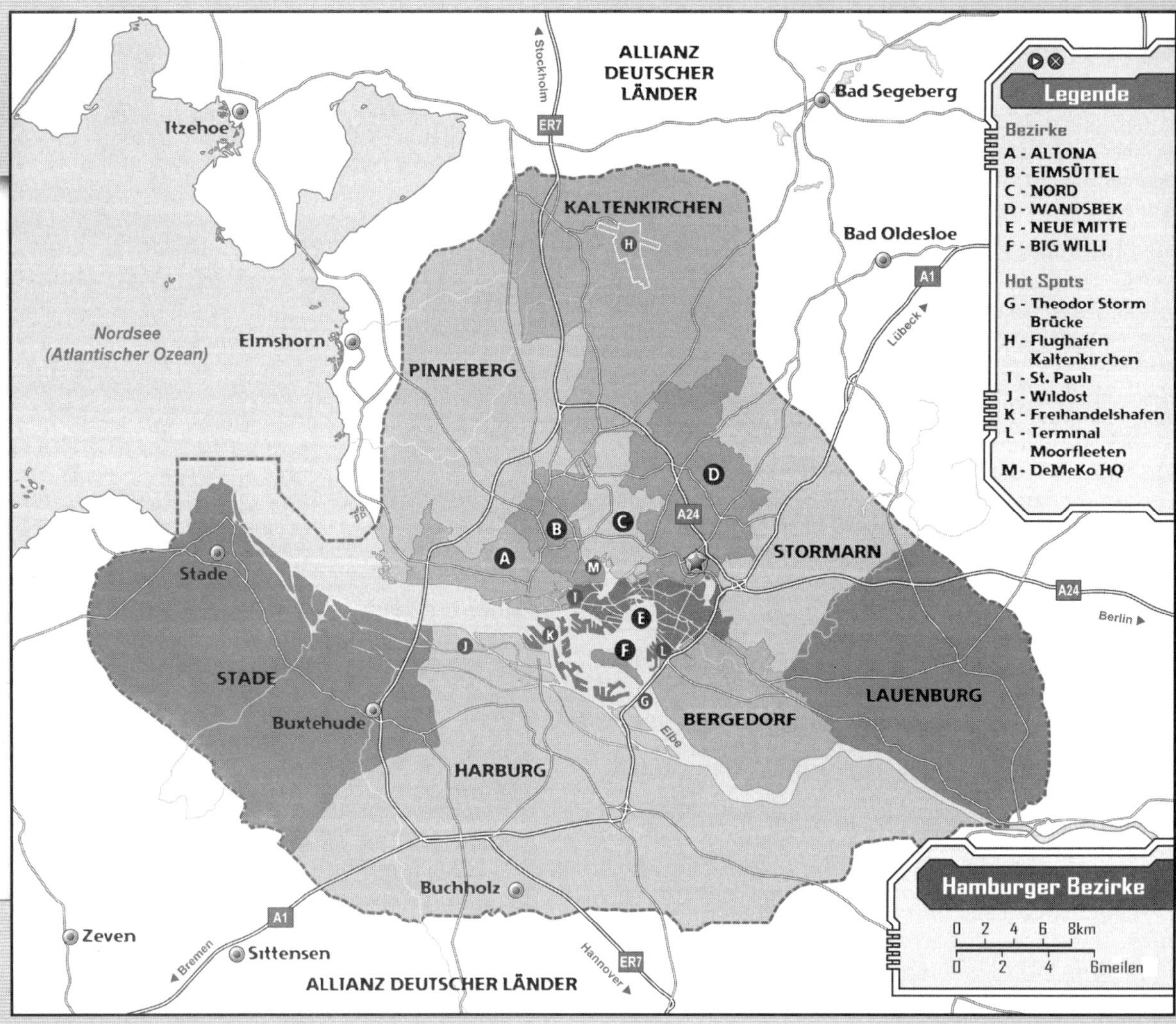

DATENEMPFANG ...

puliertes Obst und Gemüse anbauen, das in den angeschlossenen Fabrikanlagen mit Mycoprotein und Tankfleisch (nach Zugabe von ausreichend Aromasurrogaten) zu den selbst erhitzenden Aufreißmahlzeiten weiterverarbeitet wird, die wir alle so lieben.

STOMARN

Der Bezirk der Pfeffersäcke. Neben den Luxus-Silos der Besserverdienenden in Glinde findet man in der Gegend um Ahrendsburg vor allem größere Villenviertel, in denenen die Topmanager und Promis ihre Milliönchen unter die Leute bringen, mitunter in einer mehr als dekadenten Art und Weise. Neben diversen Luxusläden und Lieferservices, die vor allem der Münchener Luxus-Gourmandises-Firma Dallmayr gehören, gibt es exklusive Golf- und Sportclubs (Fitness, Floating, Wellness, Bioshaping Shops (auch für Schoßcritter aller Art), Event-Agenturen (für den gelangweilten Promi, der schon alles hat) und Restaurants. Das Nachtleben und die Designer-Shopping-Meilen beschränken sich dagegen weiterhin auf die Neue Mitte (schließlich feiert man seine Partys mit Vorliebe auf den teuren Luxusyachten, und die liegen im Hafen). Der Bezirk um Ahrendsburg wurde in den vergangenen Jahren immer weiter aufgewertet. Es wurden künstliche Parks angelegt, die Wälder aufgeforstet und Seen gereinigt – Oasen, deren Unterhalt aufgrund des sauren Regens Unsummen verschlingt und deren Zugang durch private Sicherheitsfirmen wie dem Sternschutz (seit '65 in den Händen des FBV) oder Ares' Knight Errant stark kontrolliert wird.

- Die Tzanevs haben hier ein gigantisches High-Tech-Anwesen, das selbst die reichen Senatoren vor Neid erblassen lässt. Die Dekadenz der beiden ist auch legendär. Als soziale Chamäleons sind sie sowohl auf High Society-Partys als auch in weniger sozialen „Zirkeln" gern gesehen (natürlich auch in den Modding-Shops aufgrund ihres Cyberextravanganza-Geschmacks) und heuern gerne Leute aus den Schatten für ihren persönlichen Spaß an.
- Galore

WANDSBEK

Wandsbek wird oftmals als Rathausstadt tituliert. Seit der Senat im letzten Jahr viele seiner Behörden in die Matrix verlegte, um mittels AR den Kontakt zu den Bürgern zu verbessern (Anträge und Steuererklärung einreichen leicht gemacht), sind die Metroplex-Administration, der Senat und der restliche Rattenschwanz des Beamtentums hier in Wandsbek untergebracht. Da hier auch die lokale SIN-Registrierung und die Unterlagen über Waffen- und Kybernetiklegitimation (ja, auch gemoddete Cyber muss durch den TÜV) untergebracht sind, ist Wandsbek ein beliebtes Ausflugsziel für Runner geworden, die für die lokalen SIN- und „Papier"-Fälscher arbeiten. Umso mehr verwundert es da, dass sich der Senat nicht wie die Konzerne der Nordstadt gegen seine Bürger abschottet (wobei die Senatoren eh alle in ihren abgesicherten Villen in Stomarn wohnen), sondern auch viele Rad-Gruppen und Policlubs wie Mutter Erde, der Siegfried-Bund (ultrarechte Arschlöcher) und SOS hier ihre Vertretungen oder Hauptquartiere haben. Manchmal fühlt man sich schon an das NEEC-Gelände in Brüssel erinnert, auch wenn der Senat mit seinen anti-NEEC-Tendenzen diesen Vergleich sicherlich nicht gerne hört.

BIG WILLI

geposted von Sermon

Nördlich von Harburg liegt der überschwemmte Stadtteil Wilhelmsburg, der in den Jahren 2012 bis 2019 zur Gefängnisinsel mit integriertem Arbeitslager umgebaut wurde und den offiziellen Namen "Hansestrafvollzugsanstalt I" trägt, auch wenn jeder das Ding eigentlich nur Big Willi nennt.

Das Gefängnis organisiert sich sozusagen selbst. Nach dem Ausbruchsversuch von 2037 wurde Big Willi vom damaligen Hamburger Senat zur autarken Zone erklärt, was bis heute so geblieben ist.

• Der alte Murat, dem die „Fabrik" in Altona gehört, ist der Meinung, dass einige der Leute, die heute aktiv den Ältermännern angehören, für den Waffenschmuggel nach BW verantwortlich waren. Zwar half der Ausbruch, zusammen mit den ganzen anderen Unterwelt-Aktivitäten, dafür zu sorgen, dass Marineeinheiten nach Hamburg verlegt wurden, die heute den Kern der HAZMAT bilden, aber dass dies als geplante Aktion ablief, halte ich für einen ganz schön weiten Steinwurf.
• Ouzo

Die Insel (3,6 km x 0,7 km) ist von einem Hochsicherheitstrakt umgeben, der von außen durch einen Drohnensperrgürtel geschützt wird. Ursprünglich gab es mal vier Haupttore, aber nach den wiederholten Ausbruchsversuchen der vergangenen Jahre wurden zwei davon dichtgemacht, um die Sicherheit zu verbessern. Die beiden verbleibenden Haupttore sind von innen und außen vermint. In Abständen von hundert Metern wurden Wachtürme an den Trakt angelegt, die nur von außen zugänglich sind. Oberhalb des Traktes verläuft eine Lauf- und Beobachtungsanlage für das Wachpersonal. Dort befinden sich auch die Dockingstationen für die Drohnen. Eine Barghest-Staffel ist sowohl auf dem Wachgang als auch zur Perimetersicherung rund um die Uhr im Einsatz. Seit dem Crash 2.0 wurde das System noch weiter computerisiert, so dass die Kontrolle der Gefangenen in ihrem kleinen sozialen Ökosystem hauptsächlich durch Drohnen und die Straflinks erfolgt. Innerhalb von Big Willi gilt eine besondere Form des Sozialdarwinismus. Geschlechtertrennung existiert nicht – alle kämpfen hier ums tägliche Überleben und um die einmal pro Tag abgeworfenen Lebensmittelpakete. Im Laufe der Jahre haben sich diverse Gangs gebildet, die verschiedenen Einfluss haben. Die Verteilung der Nahrung erfolgt entlang der vorherrschenden Nahrungskette im Gefängnis. Seit Ætherlink mit der Einrichtung eines neuen Überwachungssystems betraut wurde, erfolgen die Kontrolle sowie das Straf- und Bonussystem vor allem durch Straflinks. Jeder Sträfling trägt einen implantierten Kommlink am Rückenmark (um zu vermeiden, dass Leute anfangen, daran rumzufummeln). Im Normallfall funktioniert dieser nur als RFID-Tag, der Informationen über Name, Nummer, Strafe und noch abzusitzende Strafzeit an die Empfänger übermittelt. Die Position

DATENEMPFANG ...

BIG WILLI
HISTORISCHER ABRISS

2012: Die bei der Flutkatastrophe fast vollständig zerstörte Insel Wilhelmsburg wird auf Beschluss des Senats unter Kontrolle der provisorischen Militärregierung und unter Einfluss diverser Großkonzerne zur Gefängnisinsel umgebaut.

2019: Das Großgefängnis Wilhelmsburg wird eingeweiht. 4.000 Häftlinge aus ganz Deutschland werden auf der Insel (von der Bevölkerung meistens "Big Willi" genannt) untergebracht. Hamburg profitiert von den Einnahmen der Inselfabriken, in denen die Häftlinge arbeiten müssen.

2030: Die Fabriken auf Big Willi sind mit über zehntausend Häftlingen am Ende ihres Fassungsvermögens und müssen vergrößert werden. Zur Überwachung der Häftlinge stellt Hamburg eine Spezialtruppe der HanSec auf.

2037: In der Nacht zum 1. Mai beginnen die etwa zwanzigtausend Inhaftierten auf Big Willi mit einem Aufstand, dem die Wachleute kaum etwas entgegensetzen können, denn auf ungeklärte Weise sind die Häftlinge an eine große Zahl von Schußwaffen gelangt. Der Aufstand dauert vier Tage und kostet 640 Wachen das Leben. Die Verluste auf Seiten der Häftlinge gehen in die Tausende. Ein Massenausbruch kann nur mit Hilfe von Lohnmagiern und der Elbschutztruppe verhindert werden. Der Hamburger Senat erklärt die Gefängnisinsel zu einem eigenen Bezirk mit besonderem Status.

2048: Die Wilhelmsburger Gefängnisinsel wird wieder aufgebaut und trägt jetzt den Namen "Hansestrafvollzugsanstalt I", Spitzname nach wie vor "Big Willi".

2061: Am 17.09.2061 kommt es aufgrund des SURGE-Phänomens zu einer Massenpanik unter den Hälftlingen. Ihr Versuch, das Gefängnis um jeden Preis und unter Anwendung aller Mittel zu verlassen, wird von der Gefängnisleitung als Ausbruch gedeutet, und Gegenmaßnahmen werden eingeleitet. Erst nachdem sich die Hälftlinge verbarrikadiert haben, kann die Situation geklärt werden. Insgesamt kommen mehrere Hundert Häftlinge im Zuge der Panik und HanSec-Maßnahmen zu Tode.

2064: Durch den Crash 2.0 und den Zusammenbruch des Hamburger RTGs stürzt auch das Netz ab, über das die chipbasierte Überwachung der Häftlinge erfolgt. Das elektronische Überwachungssystem des Gefängniskomplexes schaltet sich nach stundenlanger Fehlfunktion ab. Ohne elektronische Überwachung der Häftlinge kommt es zu einem Massenausbruchsversuch, der an den Barghest-Staffeln der HanSec und dem Drohnensperrgürtel um die Insel scheitert. Da die HanSec nicht in der Lage ist, die Häftlinge in ihre Zellen zurückzutreiben, errichtet die HAZMAT eine Blockade und lässt die Nahrungslieferung in das Gefängnis unterbinden. Nach zwei Wochen der Hungerblockade kapitulieren die Gefangenen und werden in ihre Zellen zurückgesperrt.

2066: Durch Einrichtung eines neuen, auf Ætherlinks AR-Technologie basierenden Kontrollsystems wird die vollständige Kontrolle über Big Willi wiederhergestellt.

AKTE 985-8-765-65

[HanSec Priority Tagging]

[Sicherheitswasserzeichen durch achtwache entfernt]

Abschlussbericht von Sondereinsatzkommando „Zoo“, Einsatzleiterin Lillian Steyer, HanSec.

Vetrauliche Kopien an den Hamburger Senat z. Hd. Prof Dr. Karla Leihewasser (Justizbehörde), Direktor Vlad Mlawicz (Direktor der Hansestrafvollzugsanstalt I), Friedrich Xaver Mooshuber (DeMeKo), Dr. Anneliese Sadowia (HanSec Geschäftsleitung, Behörde für Inneres)

Bitte vertraulich behandeln – Information nicht für die Öffentlichkeit bestimmt

Aktennotiz 045.76 – *grünes Licht seitens DeMeKo – Information wird unter Verschluss gehalten*

Wie bereits in meiner letzten Nachricht vom 28. September gemutmaßt, sind in der Tat einige Schwerverbrecher beim Ausbruch in der Nacht des 9./10. November 2064 bei einem Ausfall des Überwachungssystems entkommen. Jedoch konnten wir erst jetzt im Zuge der Einrichtung des neuen Systems durch Ætherlink und Überprüfung der Gefangenen bei der Implantation der neuen Straflinks die Zahl und Identitäten der Geflohenen ermitteln. Zwar kann nicht ausgeschlossen werden, dass einige der fehlenden Gefangenen bei der Minenexplosion in Sektor Gamma (in der Nähe des früheren Tor 3) ums Leben kamen (nicht alle Leichen konnten von unseren Einsatztauchern geborgen und identifiziert werden), aber weil es sich bei den Fehlenden hauptsächlich um Schwerbrecher mit mehrfach lebenslänglichen Strafen handelt, ist ein Unfalltod mehr als unwahrscheinlich. Die Dossiers der Gefangenen wurden Ihnen bereits übermittelt. Nach dem derzeitigen Ermittlungsstand gehen wir davon aus, dass sich von den sechzehn Gefangenen möglicherweise noch bis zu sieben in Hamburg aufhalten, von denen zwei, Jürgen Brochewski und Maksim Krylow, auf Rechnung der Gebrüder Lobatchevski in Hamburg arbeiten. Des Weiteren konnten unsere Informanten die „Engelmacherin“, eine litauische BTL-Programmiererin und Killerin, die lange Zeit für die kroatischen Djorovics in München tätig war, wie auch die unter diversen Namen bekannte GreenWar-Terroristin Myriam Hergeim eindeutig zuordnen

Für alle Flüchtigen wurde Haft- und Fahndungsbefehl erlassen und die Akten in Absprache mit Frau Sadowia und basierend auf § 7-14 Absatz 4, der die Zusammenarbeit mit den Polizeikräften der ADL, dem BGS, Europol und dem Bundesamt für Innere Sicherheit regelt, an die entsprechenden Dienststellen übermittelt.

DATENEMPFANG ...

wird regelmäßig vom Steuercomputer – der den Spitznamen „Kerkermeister“ trägt – abgefragt, in ein Logfile eingetragen und mit der Datenbank abgeglichen. Falls sich jemand in einer Zone aufhält, in der er nichts zu suchen hat, oder gar fehlt, registriert der Computer das.

> Für die Leute, die nicht zwischen den Zeilen lesen können: Das bedeutet nicht, dass der Kerkermeister auch Alarm schlägt. Es gibt nämlich Gerüchte, dass die von Vlad Mlawicz geführte Gefängnisleitung sich ein kleines Vermögen damit verdient, hin und wieder mal Gefangene mit besonderen Talenten auszuleihen.
> Labskaus

Die Belohnungsfunktion kann es Häftlingen gestatten, sich mithilfe ihres Straflinks und einer AR-Brille in die Matrix einzuwählen oder ihre Zelle mit ARE-Softs zu „verschönern“.

> Für viele ist ein Aufenthalt ohne virtuelle Personen oder Haustiere unerträglich, deswegen tun die alles, um an Bonuspunkte ranzukommen. Selbst das Bespitzeln der eigenen Kumpel.
> Betonmade

Auf der anderen Seite kann das Straflink einem Häftling auch eine elektrische „Erinnerung“ verpassen, die stark genug ist, um die meisten Häftlinge lahmzulegen. Die Technik stammt übrigens aus dem Stadtkrieg-Sport, wo die (jedoch nicht implantierten) Shockpads von Schiris dazu genutzt werden, Strafen gegen Spieler durchzusetzen.

Neben dem Absitzen ihrer Strafe und dem straflagerähnlichen Dienst in den angeschlossenen Fabriken, deren Gewinn komplett an die Stadt geht, nutzt die DeMeKo die Gefängnisinsel für blutige Gladiatorenshows, mit denen sich die Häftlinge Bonuspunkte erkämpfen können, sowie Reality Soaps, bei denen durch Verlegung von Gefangenen, Freilassungen oder Neuzugänge „große Emotionen“ generiert werden.

Und auch wenn euch die Nachrichten-Sender was anderes weismachen wollen: bem 2064er Gefangenenausbruch sind sehr wohl einige Schwerverbrecher und sogar die richtig großkalibrigen Carnivoren entkommen.

BAMBULE

gepostet von Bequerel

Das Hamburger AR-Netz kann mit einem Wort als nordisch-kalt beschrieben werden. Als eines der ersten AR-Netze, das vor allem auf Funktionalität ausgelegt war, hat man auf „fancy stuff“ wie in Seattle verzichtet, und auch jetzt, wo das Netz verlässlich operiert, wurde auf unnötigen Nippes verzichtet und die Ikonographie des Overlays nur wenig aufgewertet.

Smaragdgrüne Kristallpolygone über kaltgrauen Wolkenkratzern werdet ihr also vergebens suchen. Was nicht heißen soll, dass die Arrows nicht Cutting Edge und von der Realität beinahe nicht zu unterscheiden wären. Auch Hamburg hat in vielen Dingen kosmetische Modifikationen an seinem AR-Environment vorgenommen – vor allem was das Wasser angeht. So ein schillerndes Blau gab es bis jetzt nur an einigen Stränden des Mittelmeers oder der Karibik, aber noch nie im schlammigen Brackwasser der Nordsee.

» Wusstet ihr eigentlich, dass Big Willi bei ARE-Nutzern komplett ausgeblendet wird?
» Betonmade

Grundsätzlich besitzt Hamburg eine relativ gute Netzabdeckung, die jedoch rapide abfällt, wenn man die „Sozialgrenze“ Hafen hinter sich gelassen hat. Während Harburg eine nahezu tote Zone ist, von den Netzen der Lobatchevkis, respektive Bjelnsie Ruku und anderer unabhängiger Hacker mal abgesehen, sind Bergedorf und Lauenburg statische Zonen, in denen nur Leute mit guter Tech, Signalverstärkern (oder solche, die in Wohnwürfeln leben) keine Probleme mit ihrer Netzwerkverbindung haben. Im Gegensatz dazu sind gerade Neue Mitte und Eimsbüttel regelrechte Spamzonen. Während die Geschäfte in Neue Mitte ihre Waren durch Werbung offensiv anbieten bzw. ihre Häuserflächen zu virtuellen Werbezwecken vermietet haben (von der „Reklame“ auf St. Pauli will ich hier gar nicht erst anfangen), besticht Eimsbüttel vor allem durch seine omnipräsenten Newsflashs, die im wahrsten Sinne des Wortes blendend sind, wenn ihr nicht die entsprechenden Filter eingestellt habt. Ein Vorteil von Hamburg als Medienstadt ist jedoch, dass dir DeMeKo und Ætherlink innerhalb der Stadtgrenzen freie Nutzung vieler ihrer großen Datenbanken und Newsticker gestatten (vor allem die Mediendatenbank der DeMeKo und die Ætherpedia von Ætherlink), was die Informationssuche mitunter um ein Vielfaches vereinfacht. Außerdem bleibt man auf dem Laufenden, welche Spots gerade „in“ sind und wo vielleicht gerade die HanSec im Großeinsatz ist. Hat in den vergangenen Jahren schon manchen Runnerarsch vor dem Knast gerettet. Je mehr Dienste man gebucht hat, desto größer ist natürlich der Zugriff auf die Informationen.

» Daneben gibt es im Hamburger Netz so etwas wie ein unabhängiges Informationsauktionshaus mit dem Namen „Funker Bunker“, das von ein paar Ex-Deckern betrieben wird, und in dem lokale Informationen deponiert und gehandelt werden können. Die Art der Info ist beliebig (ob Paydata oder nicht, ist erstmal irrelevant). Die Infos kann man sich als Kurzzusammenfassung (so genannte „abstracts“) anschauen. Falls jemand Interesse daran hat, kann er die Info kaufen, und das Geld wird dem Account des Anbieters gutgeschrieben. Wird eine Info drei Monate lang nicht aufgerufen, so wird sie gelöscht. Kann ein nettes Zubrot sein, wenn man ein Gespür dafür besitzt, welche Infos in Zukunft heiß werden könnten. Ich habe zum Beispiel vor ein paar Wochen einige Pics und Mitschnitte eines Kiez Kaballah-Konzerts ins Netz gestellt, die jetzt, wo die Ethnoband so gehyped wird, mehr als gefragt sind.
» Sermon

Soviel zu den allgemeinen Infos. Der Grund, warum ich dieser Sektion den Namen Bambule gegeben habe, ist, dass Hamburg dafür bekannt ist, Hacker und Technopiraten hervorzubringen und anzuziehen, die sich gegen die starre und autoritäre Einstellung von Bürokraten, Regierungen und Konzernen auflehnen und sich dazu der AR-Technologie bedienen. Ich würde nicht so weit gehen, sie als Technoanarchisten zu bezeichnen. Technopunks oder TechnoRads trifft es schon eher – oder eben kurz: Bambule. Die meisten vereinigen viele Elemente früherer Bewegungen in sich: Graffiti-Sprayer, Virus-Programmierer und Cracker, Punks, Raubkopierer, AR-Phreaks und Matrix-Vandalen. Die relative laxe Einstellung des Hamburger Senats wie auch die Machtlosigkeit der HanSec gegen „Verbrechen“ in einem Medium, in dem die Bambule den Gesetzeshütern um Lichtjahre voraus sind, haben die Stadt zu einer Brutstätte für diese neue Bewegung gemacht. Überall in der Stadt sieht man die virtuellen Tags, Spruchnachrichten, Bilder oder Icons der Bambule, die durch kleine RFID-Sender ins ARE projiziert werden.

» Eben diese Sprüche, die 2067 zum Wahlboykott aufriefen, hatten einen nicht unerheblichen Einfluss auf das Wahldebakel.
» Sermon

Oftmals haben die RFIDs nur eine Reichweite von einigen Metern, werden oft funkgesteuert an- und abgeschaltet oder sind codiert. Da es der HanSec ein zu großer personeller Aufwand wäre, alle diese Tags aufzuspüren und außer Kraft zu setzen, beschränken sich ihre Säu-

[Profil bereitgestellt durch Schieberin Daisy Fix (Berlin)]

CERIDWEN AKA DRUIDESSA AKA ACONITAE

Die unter zahlreichen Namen bekannte Ökoterroristin Myriam Hergeim (geb. 2030) gehört zur höheren Befehlsebene von GreenWar und wurde vom Senat aufgrund diverser terroristischer Verbrechen zu 15 Jahren in Big Willi verurteilt (von denen sie 2064 zehn abgesessen hatte). Ihr Vater – der Druide Sergius Hergeim – wird als einer der Mitbegründer von Greenwar gehandelt, starb aber vor vier Jahren (angeblich eines natürlichen Todes). Es wird vermutet, dass Myriam nach dem Tod ihres Vaters dessen Erbe in der Führungsriege angetreten hat. Soweit bekannt, ist die „Druidessa“ eine praktizierende, vermutlich initiierte und möglicherweise toxische Druidin, weshalb im Umgang mit ihr äußerste Vorsicht geboten ist. Sie wurde von diversen Runner-Quellen als Greenwar-Schmidt bei Spionage-und Sabotage-Jobs gegen Konzerne identifiziert, nimmt aber anscheinend auch direkt an Aktionen teil – das letzte Mal 2069 gegen Mittelplate A (AGC). Es wird vermutet, dass sie sich in der Umgebung von Hamburg aufhält. Einer der Hauptstützpunkte ihrer Zelle sollen die Ruinen von Bad Segeberg sein, für dessen Zerstörung ihr Vater verantwortlich gemacht wird.

DATENEMPFANG ...

berungsaktionen meist nur auf die Neue Mitte (im Hafen nur Anlegeplätze der Kreuzfahrtschiffe), Wandsbek, Eimsbüttel, Altona, Nord und Stomarn.

» Gerade wegen der Codier- und Editierbarkeit von AR-Nachrichten sind die RFIDs als AR-Briefkästen extrem beliebt in den Schatten, bei Schmidts, Schiebern, Dealern, Rads, Terrorgruppen und der Unterwelt. Die Dinger erfreuen sich auch bei uns in Berlin immer größerer Popularität, zumal die Anarcho-Zellen sich damit unter den Augen der Kons ihre Nachrichten zuspielen können.
» Daisy Fix

Viele der Bambule landen früher oder später als Hacker, Rigger oder Elektronikspezialisten in den Schatten oder sind mit diesen assoziiert. Die bekannteste Bambule-Gangs sind die „ARAbauken“, die die Autobahnen unsicher machen, und die „Inurbans“, die vor allem politisch motiviert sind und der grünen Szene nahe stehen.

DIE FREISTADT HAMBURG

geposted von Tagwache

Wie ihr alle wisst, ist Hamburg nicht nur ein Ratten- sondern auch ein Rads-Nest. Nach den Wahldesastern der letzten Jahre kann die politische Landschaft als „interessant“ und „vielfältig“ bezeichnet werden – wenn man positiv denkt. „Kuddelmuddel“ ist das andere Wort, das mir spontan einfallen würde. Da die Politik und das daraus entstehende Gerangel mit der Allianzregierung, den Konzernen und im Senat selbst immer mehr zum Pulverfass gerät (hey, wer weiß, vielleicht sind wir ja tatsächlich bald (wieder) unabhängig?), haben wir diese Politsektion aufgemacht, damit ihr eine Ahnung davon erhaltet, welche Muränen im Spiel um Macht und Geld involviert sind und welcher **[Perzepter]** euren Schmidt angeheuert haben könnte.

AUTOMATISCHER ÜBERSETZER
Perzepter [Habensprook (Plattdütsch)]:
Politiker, meist abwertend gemeint

SENAT UND BÜRGERSCHAFT – POLITISCHES ROULETTE

geposted von Pirapit

Hamburg als Freistadt wird von einer Bürgerschaft mit 160 Mitgliedern regiert, die alle vier Jahre von den Hamburger Bürgern gewählt wird. Die Bürgerschaft ratifiziert Gesetze und wählt ihrerseits den Senat, der zurzeit aus 14 Mitgliedern besteht. So weit so gut. Schaut man in die gängigen Propagandaticker der unterschiedlichen Parteien oder des Hamburger Senats, dann war es das fast schon mit harten Fakten. Der Rest der Berichte und Geschichten geht in Behauptungen, Halbwahrheiten und knallharten Lügen unter.

2067 fanden die vorletzten Bürgerschaftswahlen statt, und diese waren schon von heranziehenden Wolken überschattet worden. Das Augmented Reality-Netz hatte noch seine Macken, es gab reihenweise Demonstrationen von Opfern des Crashs oder einfach nur unzufriedenen Hamburger Bürgern, und die Parteien selbst waren extrem unglücklich mit der Politik ihrer Vertreter im Bundestag. Hatte man am Anfang noch versucht, an einem Strang zu ziehen, so kristallisierte sich schon im Vorjahr langsam heraus, dass die Parteien in Hannover völlig überfordert waren und in keinster Weise auf die Hilferufe der Länder reagierten. Tatsache war, dass sie sogar versuchten, Ressourcen aus den Ländervertretungen abzuziehen und alles weiter zu zentralisieren, um wenigstens in ihrer eigenen Struktur wieder Boden unter die Füße zu bekommen. Das ging in Hamburg allerdings nach hinten los.

Anfang 2067 entschloss sich das USPD-Büro in Hamburg aufgrund der immer unerträglicheren Verhältnisse bei ihrer großen Schwester, nicht mehr mitzuspielen. Hunderte von Parteibüchern wurden umgetragen, und aus der alten USPD in Hamburg entwuchs die HUSPD. Der Meuterei auf der „Hamburger Bounty“ schlossen sich knapp zwei Monate später auch die ASU (jetzt HASU) und die ESP (HESP) an, die CVP (CVPH) und einige kleinere Parteien folgten auf dem Fuß.

» Die fantasielose Namensergänzung H (für Hamburg, wer hätte es gedacht) sollte den Wählern einerseits einen Neustart suggerieren, andererseits zeigen, dass man sich noch immer den eigentlichen Zielen der Partei zugehörig fühlte. Ging bei dem kommenden Fall voll in die Hose.
» Umsturz

» Ich glaube eher, dass die Rechnung der HUSPD deswegen nicht aufging, weil ihr zu viele folgten und es daher für die Wahl wieder ein einziger großer Einheitsbrei wurde. Beleuchten wir das mal kurz genauer: Die ASU war schon immer eine zersplitterte Partei. Die ESP hatte wohl die Wahlprognosen genauer studiert und wollte auf den Aufwärtstrend der neuen HUSPD aufspringen, ebenso die CVP. Bei den Splittergruppen ist die Motivation nicht so ganz klar, ich vermute aber, dass einige die kleine Parteienrevolution in der Freistadt dazu nutzten, um sich endlich in eine echte Splittergruppenpartei zu verwandeln. Die einzigen, die ihrer Parteizentrale treu blieben, waren die Jungs und Mädels von der LDFP. Wen wundert es, schließlich hielten höhere Mächte – nämlich die finanzierenden Konzerne – diese Partei zusammen.
» Sermon

Natürlich hagelte es Proteste der Stammparteien. Krisensitzungen wurden abgehalten, bei einigen Parteien begann sogar intern ein kleiner kalter Krieg – das änderte aber alles nichts daran, dass zu den Wahlen 2067 fast nur „neue“ Parteien in Hamburg antraten. Die verwirrten Wähler reagierten entsprechend und wählten nach dem Augen-zu-und-durch-Prinzip. Bei weitem die meisten wählten überhaupt nicht. Nach der Wahl mit der geringsten Wahlbeteiligung in der Hamburger Geschichte waren die Bürgerschaft ein bunter Flickenhaufen und die Senatswahlen ein einziges Durcheinander. Zwar versuchte man, den unabhängigen (ha!) Medienkanälen, durch die zahlreiche Rads von verschiedenen Policlubs die Bürger zum Boykott der Wahl aufgerufen hatten, den Schwarzen Peter zuzuschieben, doch das brachte das leckgeschlagene Schiff auch nicht wieder von der Sandbank. Aufgrund der Isolation von den Mutterparteien blieb letzten Endes nichts anderes übrig, als aufeinander zuzugehen und einen Neuanfang für Hamburg zu versuchen. Die ESP (also eigentlich die HESP) und die LDFP bildeten eine Art Koalition, um eine Regierung auf die Beine zu stellen.

» Wahrscheinlich war bei allen Parteien die Situation so schlecht, dass man sich entschloss, erstmal zusammenzuarbeiten, um den Karren aus dem Dreck zu ziehen, und nicht offen gegen die Koalition zu arbeiten. Das sie dadurch einen ganz anderen Karren als den der Hamburger aus dem Dreck zogen, konnte zu dem Zeitpunkt natürlich noch niemand wissen.
» Galore

HAMBURGER AR.T. (AUGMENTED REALITY TAGESBLOG) – 11. JAN. 2069

Erster Rücktritt in der Belsen-Affäre – Finanzsenator Steinhaag zieht die Konsequenzen

Hamburg – Heute am frühen Vormittag erklärte Herr Dr. Steinhaag von der HESP im Zuge der Belsen-Affäre seinen Rücktritt. Ihm wird vorgeworfen, einer der Drahtzieher der Grundstücksverkäufe bei der Kapitalveruntreuung zu sein, die immer größere Kreise durch die Hamburger Regierung zieht. Wie unsere Reporter herausfanden, hatte Steinhaag von Januar bis September 2068 mehrere Grundstücke aus dem Besitz der Stadt Hamburg mithilfe des Maklerbüros „Belsen und Partner“ unter der Hand an verschiedene Interessenten veräußert und die daraus stammenden Erlöse auf privaten Kontos der beteiligten Senatsmitglieder deponiert. Ein Großteil des Geldes, das eigentlich der Stadt und damit dem Steuerzahler gehört, soll für private Partys im Rotlichtmilieu genutzt worden sein. In diesem Rahmen gab Steinhaag heute Morgen zu, dass die Veruntreuung auch Reisemittel des Senats betraf und von mehreren Mitgliedern der Hamburger Bürgerschaft und des Senats private Reisen dienstlich abgerechnet wurden. In diesem Zusammenhang fiel auch nicht zum ersten Mal der Name des amtierenden Bürgermeisters Krauss, der vehement alle Beschuldigungen abstritt.

Neben direkten Anklagen und erbosten Kommentaren sowohl aus der Hamburger Bürgerschaft selbst als auch von Bundesparteien in Hannover kam es zudem zu Ausschreitungen bei einer Demonstration gegen die Regierung vor dem Hamburger Bürgermeisteramt. Es war die dritte Demonstration dieser Art seit Jahresbeginn, die mit Unterstützung der HanSec beendet werden musste.

DATENEMPFANG ...

Letztendlich änderten die Wahlen für Hamburg gar nichts. Doch, die Augmented Reality lief gegen Ende 2067 endlich reibungs- und fehlerfrei, und da die LDFP ganz auf diese Schiene gesetzt hatte, gewann sie an Ansehen in der Stadt. Einige der größeren Parteien in Hannover entschlossen sich zudem, mittels noch standhafter und treuer Parteigenossen in Hamburg neue Büros zu eröffnen. So gab es dann also eine USPD und eine HUSPD usw., und die Parteienlandschaft in Hamburg wurde noch farbenprächtiger. In dieses bunte Gemisch von Interessengruppen, die hauptsächlich damit zu tun hatten, sich untereinander nicht die Soypaste auf dem Burger zu gönnen, nachdem ja nun mit vereinten Kräften ein „funktionierender“ Senat gewählt war, schlug der Blitz mit voller Kraft ein.

Ende 2068 stolperte die Koalition von LDFP und ESP und mit ihr der gesamte Senat über die Belsen-Affäre und brach sich beim Aufprall alle Knochen im Leib. Die Hamburger schrien auf, die neuen Hamburger Parteien zeigten auf die LDFP, die an allem Schuld sein sollte, weil sie noch mit den Seilschaften in Hannover verbunden war, die Bundesparteien zeigten auf die HESP, weil diese sich abgekapselt hatte, und legten es als Beweis aus, dass die Hamburger Parteien nicht regierungsfähig seien. Es war das nackte Chaos, eine riesige Schlammschlacht, Armageddon für die neue Hamburger Bürgerschaft, Massenausschreitungen bei den enttäuschten Wählern und ein Fressen für alle Medien in Sichtreichweite. Man sagt, dass wesentlich mehr enttäuschte Wähler bei den Ausschreitungen mitgemacht haben, als vorher bei den Wahlen waren. Aber schließlich ist das Werfen von Steinen viel unterhaltsamer als in einer angewandten Demokratie brav seine Kreuze zu machen.

- Steine werfen IST angewandte Demokratie!
- Umsturz

Ende des disharmonischen Liedes war die Auflösung der Bürgerschaft und spontane Neuwahlen Mitte 2069, bei denen nun die neuen Hamburger Parteien und die alten Bundesparteien mit neuen Länderbüros aufgestellt waren. Die Verwirrung war komplett, zumal die Wahlen das erste Mal in der Augmented Reality stattfanden und einige der älteren Bürger gar nicht wussten, wie sie da was und wann genau machen sollten.

War die Bürgerschaft 2067 schon so handlungsfähig wie ein Taucher in Akazienhonig, war die Bürgerschaft 2069 ein motorischer Totalausfall. Es gab keine Koalition, und man brauchte sieben Wahlgänge, um sich darüber klar zu werden, dass man auf diese Weise niemals einen Senat wählen kann.

Also beschloss man eine neue, sehr innovative Methode, die im Oktober 2069 ihre Anwendung fand: Die Wahl des Senats wurde in die Hände der Hamburger Bürger gelegt. Die Parteien stellten Dutzende von Kandidaten auf, und die Hamburger sollten nun abermals per Abstimmung entscheiden, wer welches Amt bekleiden sollte.

Und es geschah ein Wunder. Schon nach dem ersten Wahldurchgang gab es einen kompletten Senat, der sich als handlungsfähig erwies und seitdem das Geschick der Stadt fest in den Händen hält.

- So ein Wunder war das gar nicht. Zum einen sahen die Hamburger, welches Chaos in der Bürgerschaft nach ihrer eigenen Wahlentscheidung herrschte, und jeder wusste, dass es so nicht weitergehen konnte. Zum zweiten wurde die Wahl nach Führungspersönlichkeiten getätigt, denn nach so etwas suchten die Hamburger. Es ging nicht mehr um Parteiziele, sondern um denjenigen, der die größte Ausstrahlung und die dicksten Eier hatte, und da war man sich wohl einiger als beim favorisierten Parteiprogramm. Und zum dritten war es ein echter Segen, dass sich auch Parteiunabhängige zur offen ausgeschriebenen Wahl aufstellen lassen konnten und auf diese Weise einige echte Fachleute in den Senat gewählt wurden.
- Sermon

DER BLICK AUF DIE KULISSEN – DIE PARTEIEN

geposted von Zeitgeist

Seit den Wahlen sind sechzehn Parteien in der Hamburger Bürgerschaft vertreten. Dazu kommen noch einige Splittergruppen **[Link → S. 138]**, die im großen Tanz um die Politik in Hamburg mitmischen.

Innerhalb der Bürgerschaft ist das Kriegsbeil bei weitem noch nicht begraben, und man bekämpft sich oft bis aufs Blut. Allen voran gehen die Lokalen und Bundesparteien gegeneinander vor. Sagt der eine „Los!", so sagt der andere in der gleichen Sekunde „Stopp!". Das lähmt die Regierungsgewalt mitunter ziemlich stark, aber der Senat unter der Führung der neuen Oberbürgermeisterin Vesna Lyzhichko und ihrem Stellvertreter Jan-Peer Osterfelden führt sein Regiment straff und schafft es immer wieder, bei notwendigen Abstimmungen zu einem Ergebnis zu kommen.

Das ist schon ein echter Schritt in die richtige Richtung. Dabei bedeutet das nicht, dass dem Senat das Ergebnis einer solchen Abstimmung immer gefällt, aber immerhin ist es ein Ergebnis, mit dem man arbeiten kann. Angeblich hat Lyzhichko am Anfang ihrer Legislaturperiode bei der ersten Abstimmung innerhalb der Bürgerschaft die Saaltüren von der HanSec verschließen lassen, als nach zwei Abstimmungen und keinem klaren Ergebnis die Mitglieder der Bürgerschaft nach Hause gehen wollten. Sie hielt eine flammende Rede und ließ die Bürgerschaft erst in den Feierabend, nachdem man sich, wie auch immer, auf etwas geeinigt hatte.
Labskaus

Lyzhichko und Osterfelden neigen natürlich dazu, Beschlüsse, die ihnen nicht so richtig passen, nur sehr langsam in die Tat umzusetzen, aber das liegt wohl in der Natur der Sache. Zumindest haben beide und noch einige andere Personen aus dem Senat das Talent, Stimmen für sich zu gewinnen und schnell klare Verhältnisse zu schaffen.
Sermon

Ganz anders sieht es da in der Parteiszene aus. Wie Zeitgeist schon gesagt hat, treten sich die Fraktionen unter dem Verhandlungstisch gegenseitig die Knie blutig. Ein Omae von mir hat neulich zum Beispiel 'nen Job bekommen, gewisse Daten bei einem gewissen Politico von der HUSPD-Fraktion zu deponieren. Da mein Buddy neugierig ist, hat er den Schmidt ausgecheckt und herausgefunden, dass der Mann direkte Connections nach Hannover besitzt. Zwei Tage nachdem der Job erledigt war, wurde der Politico in den Medien wegen Beteiligung an Kinderfickerei zerrissen. Seitdem fehlt der HUSPD ein „guter" Mann (wie man's nimmt) in der Parteispitze. Ich sehe da rosige Zeiten auf uns zu kommen.
Boomstick

DATENEMPFANG ...

DIE HAMBURGER PARTEIENLANDSCHAFT

Anarchosyndikalistische Union (ASU)
Hamburger Anarchosyndikalistische Union (HASU)
Liberaldemokratische Föderalistische Partei (LDFP)
Hamburger Unabhängige Sozialdemokratische Partei Deutschlands (HUSPD)
Unabhängige Sozialdemokratische Partei Deutschlands (USPD)
Europäische Sozialdemokratische Partei (ESP)
Hamburger Europäische Sozialdemokratische Partei (HESP)
Christliche Volkspartei Hamburg (CVPH)
Partei der Hamburger Erneuerung (PHE)
Partei des Neuen Bewusstseins Hamburg (PNBH)
Partei des Neuen Bewusstseins (PNB)
Pro Hamburgenisis
Deutschnationale Partei (DNP)
die Grünen
die Hamburger Grünen
Kommunistische Partei Deutschlands (KPD)

DER HAMBURGER SENAT

Der Senat hat mittlerweile durch einige Entschlüsse und Unternehmungen viel Staub aufgewirbelt, und zwar nicht nur regional. Einige bankrotte Betriebe, wie die „Leonberg und Blumhardt Schiffsreederei", wurden staatlich subventioniert und kontrolliert über Wasser gehalten, bis sie wieder einigermaßen stehen konnten (letztendlich wurde die Reederei an Kalmaar verkauft). Die so geschaffenen Arbeitsplätze stellten ein wichtiges Argument für Lyzhichkos angestrebten Weg dar, Hamburg zum Aufschwung zu verhelfen. Die Kosten dafür wurden angeblich dadurch finanziert, dass man sich weigerte, die Beschränkungen der NEEC und der ADL durchzusetzen, was zu Spannungen mit dem Bundesrat führte, nicht zuletzt weil die ablehnende Haltung des Senats gegenüber der NEEC ein offenes Geheimnis ist.

In diesem Sinne muss wohl auch Osterfelden gehandelt haben, als er dieses Jahr geschlossen mit den anderen Hamburger Mitgliedern eine Sitzung des Allianzrates in Hannover verließ. Die dem zugrunde liegende Aussage ist ziemlich eindeutig: ein klares Nein zum eingeschlagenen Kurs der Allianzregierung. Das zeigt sich auch in der immer ablehnenderen Position des Hamburger Senats zur NEEC und deren wirtschaftlichen Vorgaben, sowie zu den Beratern der großen Konzerne, allen voran Saeder-Krupp und dem Frankfurter Bankenverein. Im Gegensatz zu einigen Damen und Herren in den Konzern-Chefetagen möchte der Senat weder zu dicht an Europa heranrücken noch sich am starken Sozialabbau beteiligen, der damit einhergeht.

Und damit hat sich Frau Lyzhichko eine Zeitbombe in das Bürgermeisteramt geholt. Niemand stellt sich auf Dauer Lofwyrs Europaplänen oder den Finanzplanungen des Frankfurter Bankenvereins in den Weg. Auch einige andere Konzerne sehen diese Tendenz mit Sorge, weil sie in Hamburg investiert haben und nun ihre Felle davonschwimmen sehen. Aber mit Europa und dem großen Wurm von S-K wird Frau Lyzhichko wahrscheinlich als erstes zusammenprallen, und das wird ähnlich ablaufen wie wenn ein Panzer über ein Bobbycar rollt.
Eismann

Sicher bin ich mir auch noch nicht, was Frau Lyzhichko und der Senat mit diesem direkten Konfrontationskurs bezwecken, aber sie haben eine breite Zustimmung unter den Hamburger Bürgern, die immer schon sehr an ihrem Freistadt-Status gehangen haben. Sie gibt ihnen wieder mehr Identität, Arbeitsplätze, Selbstvertrauen und Hoffnung – und gerade gegen die letzten beiden muss man auch als Drache kräftig angehen, will man sie bezwingen.
Lohengrin

Ansonsten kümmert sich die Regierung nun mehr um die Hamburger. Soziale Projekte werden ins Leben gerufen; alle Stimmen aus der Bürgerschaft und der Bevölkerung zumindest kurzzeitig durch Gremien oder tatsächliche Kleinprojekte befriedigt. Obwohl die Staatskanzlei (bestehend aus dem Staatsamt, dem Stabsbereich Protokoll, dem Planungsstab, der Pressestelle des Senats und der Vertretung Hamburgs in der ADL) unter der neuen Leitung der für ihren Posten noch relativ jungen Anna Rosenthal die Arbeiten des Senats mit

[Profil bereitgestellt durch Zeitgeist (Schockwellenreiter, Frankfurt)]

BÜRGERMEISTERIN VESNA LYZHICHKO

Die Endvierzigerin (47) und derzeitige Bügermeisterin kann auf etwa dreißig Jahre politische Erfahrung zurückblicken, die ihr beim Überleben im politischen Haifischbecken des Senats helfen. Als Tochter slawischer Immigranten engagierte sich Lyzhichko bereits in jungen Jahren auf dem politischen Sektor als Links-Aktivistin (Demos, Flugblätter, Unterschriften-Sammlungen) für die Rechte von Ausländern und die Erhaltung ethnischer Wurzeln auch außerhalb des Heimatlandes (was ihr auch heute noch in Hamburg viele Stimmen einbringt). Später studierte sie Psychologie, übte aber ihren Beruf nie praktisch aus, sondern begann eine politische Karriere bei der USPD, wobei ihre gescheiterte Ehe sowie eine zeitweilige Affäre mit der Gattin des Hamburger Patriziers von Schleier kaum Einfluss auf ihren Werdegang hatten. Obwohl eine charismatische Sprecherin (meist in topmoderne Kostüme gekleidet), hat sie sich durch ihre ehrlich-vehemente und oftmals unbarmherzig-harte Linie wenig Freunde in und außerhalb ihrer Partei gemacht. Gerade aufgrund ihrer kritischen und ablehnenden Haltung gegenüber der NEEC, die sie bei jeder möglichen Gelegenheit entgegen den Ratschlägen ihrer PR-Berater zur Schau stellt, und einer vermuteten Mitgliedschaft bei den Anti-Eurokraten (ein PR-Alptraum) ist sie in den vergangenen Monaten ins politische Kreuzfeuer geraten, so dass viele Medien"experten" ein baldiges Ende ihrer Karriere voraussagen.

DATENEMPFANG ...

nie gekannter Effektivität betreut, kommt es hin und wieder dazu, dass die Behörden auch gegeneinander arbeiten (gerade, wenn der Senator einer Behörde, die gegen die NEEC-Richtlinien verstoßen soll, LDFP-Angehöriger ist). Alles in allem ist das Ganze aber zumindest ein Schiff mit Ruder und einer leichten Brise in den Segeln.

Es bleibt die Frage, wie lange sich Hamburg mit solch einem Finanzplan noch über Wasser halten kann, denn die Tendenz ist absehbar: Wenn nicht bald mehr Geld in die Kasse kommt, dann bekommt die von Pirapit erwähnte „Hamburger Bounty" Schlagseite und wird mit Mann und Maus untergehen.

DATENEMPFANG ...

DER DERZEITIGE HAMBURGER SENAT

Vesna Lyzhichko (HUSPD): Senatspräsidentin, Erste Bürgermeisterin
Jan-Peer Osterfelden (CVPH): Behörde für Bildung und Sport, Stellvertretender Bürgermeister
Janna Oolstedt (Hamburger Grünen, Mutter Erde): Behörde für Soziales
Anneliese Sadowia (parteilos, Hanse Security): Behörde für Inneres
Sascha Jolk (Hamburger Grüne): Behörde für Stadtentwicklung und Umwelt
Gerrit Landsknecht (HESP): Behörde für Arbeits- und Innenwirtschaft
Ole Sandt (HESP): Behörde für Außenwirtschaft und Konzernpolitik
Fiona-Chantal Ruprecht (CVPH, New Frontier Society): Behörde für Wissenschaft und Gesundheit
Dr. Sergej Ma-Hon (parteilos): Finanzbehörde
Prof. Dr. Karla Leihewasser (parteilos): Justizbehörde
Dr. Stefan Schmidt (USPD, DeMeKo): Kulturbehörde
Sören DeBoost (LDFP): Behörde für Verkehrsangelegenheiten
Dr. Stephanie Pell (parteilos, Dr. Faustus-Gesellschaft): Behörde für Magische Belange
Marcel Thomas Junkermann (LDFP): Behörde für Matrixangelegenheiten

DIE HANSEC

geposted von Labskaus

Die Hanse Security (kurz HanSec) ist die private Sicherheitsfirma, die Hamburg mittlerweile komplett unter Kontrolle hat. Sie ist eine Institution wie LoneStar in Seattle oder der Sternschutz in Stuttgart, ein kompletter Polizeiersatz und die Exekutive der Stadt Hamburg.

Bis jetzt hatte die HanSec noch keine vollständigen exekutiven Rechte, sondern war nur für die Sicherung von Teilen Hamburgs zuständig und nur in bestimmten Bereichen des Polizeidienstes aktiv. Inzwischen wurde die Hamburger Polizei aber durch einen Erlass des Senats, der mit Ach und Krach durch die Bürgerschaft gekommen ist, komplett aufgelöst, und sämtliche verbliebenen Bereiche wurden der HanSec übertragen. Kriminalpolizei, Bereitschaftspolizei und Schutzpolizei werden nun komplett von der HanSec gestellt. Anschließend erzwangen HanSec und die HAZMAT den Abzug des Bundesgrenzschutzes aus Fuhlsbüttel, sodass inzwischen auch alle überregionalen Aufgaben Hamburg betreffend in der Hand der HanSec liegen.

An der Spitze des Unternehmens steht als Geschäftsführerin Anneliese Sadowia (eine Workaholic wie sie im Buche steht), die schon vor ihrer Wahl zur Senatorin für Inneres für die Erfolgsbilanzen des Unternehmens zuständig war. Dass sie nun in Personalunion die Leiterin der HanSec ist und gleichzeitig ihre Vorsitzende auf Senatsseite, erleichtert die Arbeit ungemein.

> Bleibt die Frage, ob das gut ist, wenn eine Person so viel Macht in die Hände bekommt. Sicherlich, ihr gehört die HanSec nicht, aber sie kann sich selber das Geld zuschustern und es dann auch noch innerhalb der Firma frei verteilen. Allerdings macht sie bis jetzt einen sehr guten Job und hat sich noch nichts zuschulden kommen lassen.
> Eva

Die HanSec ist dem allgemeinen Polizeirecht unterworfen und daher ein echter Polizeiersatz und keine Schlägertruppe wie die Schwarzen Sheriffs in München. Sie ist dem Senat gegenüber nicht nur verpflichtet, sondern auch loyal, gut ausgerüstet und verfügt über kompetentes und gut ausgebildetes Personal.

> Und die Bullen der HanSec sind kaum rassistisch – da muss irgendwas faul sein ☺.
> Skudrinka

Wie die normale Polizei ist die HanSec in die Bereiche Kriminalpolizei, Bereitschaftspolizei und Schutzpolizei unterteilt, die jeweils einen eigenen Firmenzweig bilden. Der vierte, derzeit temporäre Zweig beschäftigt sich mit den Aufgaben, die der Bundesgrenzschutz früher übernommen hat, wobei es eine gewisse Kooperation mit der HAZMAT gibt.

Die Sicherheitsfirma gehört zu 18 % der Hamburger Regierung, zu 29 % der DeMeKo und zu 41 % verschiedenen Investorengruppen. Der Rest ist in Streubesitz. Die Besitzverhältnisse waren noch vor ein paar Monaten anders, zu dieser Zeit hielt die Regierung fast 60 % der Firmenanteile. Nach den Investitionen in Hamburger Unternehmen musste jedoch schnell eine effektive Lösung gefunden werden, Löcher im Haushalt zu stopfen – eine davon war der teilweise Verkauf der HanSec. Geschickterweise wurde dieser Verkauf nach der Ankündigung getätigt, dass die HanSec ab nun sämtliche Polizeiaufgaben übernimmt, was den Wert der Firma natürlich rapide steigen ließ und einen anständigen Batzen Geld in die leeren Kassen des Senats spülte.

> Die Frage ist, wer die ganzen Investorengruppen sind, die Anteile an der HanSec und damit auch in gewissem Maße Mitspracherecht besitzen. In den Schatten flüstert man, dass sich einige der Untergrundorganisationen Hamburgs mit eingekauft hätten, und zwar mit Wissen des Senats! Hintergrund ist die Festigung der Struktur in Hamburg, denn wenn Untergrund und Senat an einem Strang ziehen, dann kann von dieser Seite schon mal kein Angriff auf die Festung Hamburg kommen – tatsächlich kann man dann sogar Unterstützung von dort erwarten, wenn man sich langfristig wirklich von der NEEC und der Allianz lossagen will.
> Tagwache

> Eine andere Frage ist allerdings: Wie lange kann Hamburg sich jetzt noch die HanSec leisten? Die Stadt steht nahe am eigenen Bankrott, wird von der NEEC und der Allianz geschnitten und nicht mehr gefördert und muss im laufenden Jahr unterm Strich mehr an die HanSec zahlen als jemals zuvor, da die Ausgaben der Firma größer sind, die Anteile der Regierung an der Firma aber viel kleiner. War das also ein geschickter Schachzug mit einem Ass im Ärmel oder ein letztes Aufbäumen vor dem großen Sturm?
> Corpshark

SPLITTERGRUPPEN

geposted von Wattegel

Splittergruppen gibt es in Hamburg so viele wie Ratten am Elbrand. Einige sind nach dem Crash sang- und klanglos abgesoffen, und man hat nie wieder etwas von ihnen gehört. Andere sind danach erst entstanden oder haben sich dadurch verändert. Neben dem organisierten Verbrechen, das sich nach dem ganzen Chaos in der Freistadt zumindest teilweise für die Stadtpolitik zu interessieren beginnt, gibt es noch einige andere Gruppierungen, von denen hier nur die größeren vorgestellt werden sollen. Wenn ihr nach Hamburg kommt, bekommt ihr es vielleicht mit ihnen zu tun.

Umweltaktivisten

Mutter Erde, ***Terra First!***, diverse **Grüne Zellen** und andere Ökogruppen (die Liste ist lang) haben in Hamburg schon eine lange Tradition und demzufolge auf Allianzland hier eine Hochburg. Einige der größeren Aktionen in Richtung Skandinavien, Pomorya, Nordseearkologien oder allgemein Nordeuropa werden von hier geplant, denn in Hamburg befinden sich größere Ressourcen dieser Umweltgruppen.

> Außerdem hält sich seit Jahrzehnten das Gerücht, dass **GreenWar**, die weltweit bekannteste und gefürchtetste Ökoterrorismus-Vereinigung, vor über fünfzig Jahren in Hamburg gegründet wurde und auch immer noch von unserem schönen Metroplex aus geführt wird. Wenn das wahr ist, finde ich es schon mutig von den Chemiekons in Stade, sich hier niedergelassen zu haben.
> Antifa

Mutter Erde zum Beispiel, die feministische Umweltbewegung mit hohem Wicca-Anteil, unterhält in Hamburg eine Art „Stiftshaus", um ihr Mitspracherecht bei der Regierung durch eine große Präsenz zu unterstreichen. Zwar vertritt Senatorin Janna Oolstedt (praktizierende Wicca-Hexe und Mutter Erde-Mitglied) die Interessen ihrer Femi-Schwestern im Senat – was ihr gewaltige Feinde unter ihren (meist männlichen) Mitsenatoren eingebracht hat –, doch meistens nutzt sie ihre Kontakte zu Mutter Erde vor allem für ihr persönliches Weiterkommen.

● Sprich, innerhalb einer halben Stunde kann sich ein wütender Mob von Frauenrechtlern an einem beliebigen Ort in und um Hamburg herum zusammenrotten (inklusive DeMeKo-Reporterteam), um irgendeine Form von männlichem oder familienfeindlichem Chauvinismus anzuprangern.
● Anne Archiste

Zudem pflegt die Senatorin gute Kontakte zu den radikaleren Auswüchsen von Mutter Erde wie **Rote Zora** (Feminismus-Aktivistinnen) und **Sie** (radikale, neo-pagane Frauengruppierung mit terroristischen Auswüchsen).

SOS (Save our Seas) hat im Hamburger Hafen zwei ihrer Forschungsschiffe stationiert, genau wie **GenePeace**, die sich für strengere Vorschriften im Bereich der Gentechnologie einsetzen und vor allem Proteus, die AG Chemie und BuMoNa (das deutsche DocWagon) im Auge haben.

Auch die weniger öffentlichen Organisationen wie der Klabauterbund, eine anarchistische und extrem konzernfeindliche Gruppe von radikalen Umweltaktivisten, haben mindestens einen Zweitwohnsitz in Hamburg, um innerhalb des Stadtgebietes besser gegen ihre Feinde vorgehen zu können.

● Dazu eine kleine Anekdote: Neulich wurde meine Crew dafür angeheuert, einem Trupp Umweltterroristen Rückendeckung zu geben, während diese einen Sabotageakt gegen eine Niederlassung einer Saeder-Krupp-Tochter am Elbrandgebiet in Stade durchführten. Ohne uns wäre diese Operation den Bach runtergegangen, so aber ging sie glimpflich aus und die Folge war fast die Schließung des Werkes. Nun sind wir aber nicht billig und Umweltterroristen neigen normalerweise nicht dazu, sich professionelles Personal für so etwas anzuheuern. Die Frage ist also: Woher kam das Geld, mit dem man uns bezahlt hat? Vielleicht gibt es jemanden in der Regierung, der etwas gegen Konzerne hat und die Umweltaktivisten fördert bzw. für seine Zwecke ausnutzt?
● Eva

Anarchisten

Die Anarchisten sind eine ganz eigene Liga in Hamburg. Tatsächlich gibt es unzählige Gruppierungen in der Freistadt – fast könnte man sagen, es sind genauso viele Gruppierungen wie Mitglieder. Besonders wichtig ist dabei die ASU bzw. die HASU, die beide versuchen, alles unter einem Dach zu vereinen. Wie schon erwähnt, können sich die Allianzparteien und ihre abtrünnigen Hamburger Ableger nicht besonders gut riechen. Bei ASU und HASU geht das Ganze allerdings in einen echten Krieg über. Man redet nicht, man schlägt sich gegenseitig die Köpfe ein und richtet dabei schlimmeren Schaden an als bei manchem Unterweltkrieg. Es bleibt abzuwarten, ob sich die Streithähne erst beruhigen, wenn sie beide tot daniederliegen, was nicht mehr allzu lange dauern kann.

Darüber hinaus sind auch Anti-Konzern-Zellen von **Attack!** und **UV-X** in der Stadt aktiv.

Extremisten

Zu den Polit-Extremisten zählen nicht nur die Jungs und Mädels aus der Fascho-Szene, wie die pro-deutschen Vereinigungen **Nationale Aktion** und **Siegfried-Bund**, die skandinavische **Volksfront** und der teutonisch-arische **Runenthing**, auch neo-kommunistische Gruppierungen, Antifas und andere Radikale runden das Bild ab. Neuester Zugang sind hierbei die **Anti-Eurokraten**, die die Abschaffung der NEEC und die Stärkung nationaler (vor allem wirtschaftlicher) Interessen fordern (ohne dass dem eine rechtsgerichtete Motivation zugrunde liegt). Interessanterweise kooperieren die Anti-Eurokraten trotz ihrer politischen Forderung mit ähnlichen Gruppierungen in anderen europäischen Ländern und schrecken auch vor direkten Aktionen nicht zurück.

● Das letzte Mal geschehen durch eine Autobombe vor dem Brüsseler NEEC-Parlament vor zwei Wochen.
● Roter Oktober

Der Mandelzirkel

Ein ganz besonderer, wenn auch sehr kleiner Mitsprecher unter den Splittergruppen ist der Mandelzirkel, eine Voudougesellschaft, die schon seit längerem offen in Hamburg agiert (vor allem in Altona). Ihre Mitglieder sind friedvoll und gehen ihrer Religion nach, beherbergen aber in ihren Reihen einige Houngans, magische Voodoo-Priester, die sich seit neuestem auch für größere Ziele zu interessieren scheinen. Seit 2067 agieren sie auch auf politischer Ebene und treten für bessere Verhältnisse in ihrer Umgebung (vor allem Wildost) und für Religionsfreiheit ein. Unterstützung hat die Vorsteherin des Zirkels, Manuela Perina (unter ihren Gläubigen auch theatralisch Mama Mamba genannt), bei den Mutter Erde-Tussis und einigen anderen Frauen- und magischen Bewegungen gefunden. 2069 wurde sogar ein direkter Vertreter des Mandelzirkels in die Bürgerschaft gewählt, der allerdings ein echter Außenseiter ist und seit seiner Wahl bei Sitzungen bisher nicht einmal den Mund aufgemacht hat.

● Diesen Voodoo-Leuten nimmt man doch nicht die Rolle des stillen Beobachters ab. Die intrigieren garantiert im Rücken einiger anderer Strömungen innerhalb der Bürgerschaft. Mich würde es nicht wundern, wenn der Mandelzirkel seine Finger weit mehr in Hamburgs Lokalgeschäften hat, als seine Gegner befürchten.
● Vikar

● Also mal ehrlich, der Mandelzirkel ist der mit Abstand harmloseste Teil der Hamburger Bevölkerung, schließlich setzt er sich wirklich nur für die direkte lokale Politik ein. Deswegen eckt er höchstens hin und wieder beim organisierten Verbrechen an, besonders bei den lokalen Gangs und dem Rotlichtmilieu, wobei er von den Prostituierten schon wieder so etwas wie Unterstützung bekommt.
● Red Anya

Asphaltschwalben, Go-Gos und das horizontale Gewerbe

Die Prostituierten Hamburgs sind politisch sehr interessiert, sei es nun, weil es um ihre direkten lokalen Lebensumstände geht oder weil sie Lokalpatrioten sind. Seit Anfang 2040 gibt es eine Vereinigung namens „Prostituiertenverband der Stadt an der Elbe X". Das X entstammt der gewählten Abkürzung des Verbandes: **ProSEX**, ein passenderes Wort mit X haben die leichten Damen anscheinend nicht gefunden.

ProSEX ist nicht nur im Kampf gegen einen zu großen Einfluss des organisierten Verbrechens aktiv, sondern versucht auch politisch ein wenig mitzumischen, um für bessere Verhältnisse auf Hamburgs Straßen zu sorgen. Dafür haben sie sich schon mit einigen anderen feministischen Organisationen, dem Mandelzirkel und sogar einigen Umweltgruppierungen angefreundet, genießen in der Regierung aber bisher nur wenig Einfluss.

● An welchem Ort redet man am meisten über seine Tagesgeschäfte und plaudert Geheimnisse aus? Im Bett natürlich, und von daher sollte man ProSEX als sozialen Einfluss und Informationsquelle nicht außer Acht lassen.
● Galore

• Auch wenn ich die ProSEX-Leute wegen ihres liberalen Gefasels nicht sonderlich leiden kann – die setzen meinen Pferdchen nur Flausen in den Kopf –, lasse ich und auch meine Kollegen sie in einigen Punkten gewähren, zumal die „gute Atmosphäre im Milieu" die Kunden anzieht.
• Global Player [temp account]

• Seien wir mal ehrlich. ProSEX ist tatsächlich eher eine Randerscheinung. Zwar gibt es einige alternde Puffmuttern und Frei"schaffende", die sich durch den Verein organisieren, die meisten Fllillerflaller stehen jedoch in Wahrheit unter der Fuchtel ihrer Luden. Die haben ganz andere Sorgen als „politisch interessiert" zu sein, mal ganz davon abgesehen, dass sie Prügel von ihren Mackern beziehen, wenn sie was anderes machen als ihren Job.
• Geo

[hinzugefügt durch Иachtwache]

• Die Ältermänner sind keine Splittergruppe im eigentlichen Sinne. Sie sind mehr ein Mythos, als dass ihre Existenz bewiesen wäre. Wir haben uns aber dennoch entschieden, sie dieser Liste hinzuzufügen, zumal die Hinweise auf ihre Existenz langsam konkret werden. Fühlt euch frei, euer Wissen mit uns zu teilen.
• Иachtwache

Die Ältermänner

Angeblich gibt es in Hamburg eine Gruppe radikaler Freistadtbefürworter und Großkonzerngegner, die aus dem gehobenen Mittelstand heraus und mit einer Menge Geld in den Taschen versuchen, das Schicksal Hamburgs auf einen von ihnen ausgewählten Weg zu lenken. Die Verschwörergruppe hält sich stets im Dunkeln, kontrolliert aber über Geldspenden, Investoreneinfluss und verdeckte Operationen angeblich Teile des Senats und das Geschick der Stadt. Sie sind der treibende Motor hinter den Bestrebungen um eine Unabhängigkeit Hamburgs, der Keil zwischen der Stadt und den Konzernen, und sehen sich als letzte Hoffnung für die Bewohner der Elbmetropole – wenn es sie denn wirklich gibt.

• Macht einfach die Augen auf und schaut euch den Informationsfluss an! Zum Beispiel die Belsen-Affäre, die einen handlungsunfähigen Senat zerschlägt, weil dieser den Konzernen unrechtmäßig Land verkauft hat, und damit Senatoren wie Konzerner bei den Hamburgern zu Buhmännern stempelt. Wohin verschwand denn Belsen mit den Millionen aus den Grundstücksveräußerungen, und wer hat sich wohl ins Fäustchen gelacht, als herauskam, dass die Grundstücke zwar rechtmäßig verkauft, für die Konzerne aber unbebaubar und damit quasi wertlos waren, weil sie erst aufwändig von Altlasten hätten saniert werden müssen? Wer hat für die Parteizersplitterung gesorgt und auf diese Weise dafür gesorgt, dass so viele „Unabhängige" in den Senat gelangten? Wer treibt Osterfelden und Lyzhichko immer wieder an und gibt ihnen Rückendeckung? Wer legt sich mit der Unterwelt ins Bett, um sie in die Regierungsinteressen mit hineinzuziehen? Wer hat dafür gesorgt, dass Teile der HanSec veräußert werden mussten, um sich diese Anteile unter den Nagel zu reißen und die Exekutive in die Hand zu bekommen? Wer knüpft Verbindungen zu Schmugglern und anderen freien Städten wie Tricity oder Kronstadt, um einer neuen Außenpolitik des Senats den Weg zu ebnen, damit man sich von der NEEC lossagen kann? Die Zusammenhänge sind da. Ich sehe sie jedesmal, wenn ich in die Matrix gehe. Sie sind wie ein Spinnennetz, das die Matrix durchzieht. Könnt ihr das denn nicht auch sehen?
• D-L-Φ

• *Joo koh*. Wenn es jemanden geben würde, der all das in die Wege geleitet hat, dann hätten die Konzerne, allen voran S-K, ihn schon längst gegrillt. Meinst du, die lassen das alles mit sich machen und drehen dabei Däumchen? Nein, ich glaube einfach, die Tage des omniglobalen Konzerneinflusses sind langsam gezählt, weil die Bürger und Regierungen da nicht mehr mitmachen. Hamburg ist erst der Anfang.
• Shao Jeh

• Es ist eine Tatsache, dass es die Ältermänner wirklich gibt, denn ich habe schon für sie gearbeitet. Ich war in Königsberg und Tricity im Auftrag von Geschäftsmännern, um dort für bestimmte Personen den Weg zu einer einflussreicheren Position zu ebnen. Und genau diese Personen haben in letzter Zeit vermehrt in der Hamburger Presse auf sich aufmerksam gemacht, weil sie den Hamburger Senat für Kooperationsgespräche besucht haben. Da hat jemand jemandem einen Gefallen getan und als Gegenleistung Handelsbeziehungen eingefordert, die beiden zugute kommen. Und ich bin mir sicher, dass da noch mehr kommt, haltet also die Augen offen, Omaetachi, es lohnt sich für die Brieftasche!
• Zwieblbloots

• Es mag sein, dass es Drahtzieher im Hintergrund gibt, aber ich bin mir sicher, dass sie nicht für alle Vorfälle verantwortlich sind. Wahrscheinlich ziehen sie einfach ihre Fäden, genauso wie es die Konzerne tun. Ich bin mir nicht mal sicher, ob der Senat weiß, dass er mit diesen merkwürdigen Verschwörern kollaboriert und quasi in ihrem Sinne handelt. Ich denke eher, Lyzhichko ist eine Frau, die ihren Weg geht, und dieser Weg wird ihr von anderer Seite noch ein wenig geebnet.
• Hazardeur

• Die Ältermänner haben einige Senatoren in der Tasche, aber S-K und der Frankfurter Bankenverein bereiten sich auf einen Gegenschlag vor. Es brodelt unter der Oberfläche. Hamburg ist kein Bountysegelschiff, wie es oben so schön darstellt wurde, sondern ein atomgetriebenes U-Boot, das kurz vor der Kernschmelze steht.
• Flitter

• Angeblich nutzen die Ältermänner die stillgelegten Matrixkabel der alten Matrix unter Hamburg und der Elbe, um sich in rein virtuellen Räumen zu treffen, ohne zu wissen, wer die anderen sind. Kein Wunder also, dass sie noch keiner entdeckt hat.
• Red Anya

• Das kommt mir irgendwie bekannt vor ...
• Sermon

DIE HANSE

geposted von Schiffsmeister

Der Hamburger Plex war ja eigentlich schon immer ein Handelsort für alle möglichen Waren. Viele Wirtschaftsweise wollen euch erzählen, dass multinationale Unternehmen erst im 19. Jahrhundert entstanden sind, aber das Unternehmen „Hanse" gibt es schon deutlich länger. Die ersten Vorläufer der Hanse besaßen bereits 1157 den Stalhof in London als Kontor, und dieser galt schon damals als exterritorial. Als Gründungsjahr der Hanse wird allgemein das Jahr 1159 angesehen, und in ihrer Blütezeit gehörten ihr über 200 Städte entlang einer Linie von Flandern bis Tallinn an sowie diverse Stützpunkte und Kontore in allen großen Häfen der damals bekannten Welt.

Seit damals hat sich viel geändert, wenn auch auf gewisse Art und Weise vieles gleich geblieben ist. Die Kaufherren gibt es immer noch, auch wenn sie heute in Konzernuniform daherkommen. Und sie versuchen immer noch, den Städten der Hanse ihren Willen aufzuzwingen. Trotz der vielen Geldprobleme auf Seiten des Senats, der sich mit Händen und Füßen gegen die merkantile Dominanz wehrt, merkt man doch, dass Hamburg für alle Operationen in Nordeuropa von strategischem Interesse ist. Nicht umsonst besitzt Hamburg den größten Hafen und das am besten ausgebaute AR-Netz der ADL. Gerade das neue AR-Netz, die neue Technik und der neue Aufschwung omnipräsenter Medien (mit Hamburg als traditionellem Medienzentrum) hat viele „Glücksritter“ in den kühlen Norden gelockt. Die Style- und Trend-Experten der DeMeKo vergleichen das Hamburg der 70er oft mit dem Berlin der Jahrtausend-Wende. Eine Stadt, in der „was geht“, vor allem was den Ideenreichtum anbelangt. Das Hamburg der 70er ist ein Phänomen, und die renitente, ja geradezu freidenkerische Einstellung des Hamburger Senats gegenüber der starren, bürokratischen Allianzregierung zieht viele junge Leute an. Auch dies ist ein Grund, warum die Konzerne Hamburg am Leben erhalten: Sie schmieden das Eisen, solange es heiß ist, und schicken Head- und Coolhunter aus, um aus der Stadt, den Leuten und ihren Ideen Profit zu generieren. Nicht zu vergessen die hohe Anzahl an Shadowrunnern, die in der Stadt ihren Geschäften nachgehen.

Hamburg braucht die Konzerne, auch wenn die Rads euch etwas anderes vormachen wollen. Wir einheimischen Deichmolche wissen das nur zu gut. Ohne die Kons wäre Hamburg nach der Schwarzen Flut im giftigen Schlamm verrottet. Allerdings dürfte den meisten von euch schon aufgefallen sein, dass keiner der zehn großen Pottwale hier eine große Präsenz hat. Doch bevor ihr euch zu früh freut: Die Haie und Raubfische, die an ihrer Stelle die Statthalter von Hamburg spielen, sind alle genauso gefährlich, profitgierig und korrupt wie ihre Mutterkonzerne.

» Muss in der Familie liegen.
» Umsturz

GROSSE HAIE, KLEINE FISCHE

Die höchste Konzentration an Kon-Einrichtungen, seien es Fabriken, Bürogebäude oder Geschäfte, findet sich in Stade und der Sardinenstadt. In letzterer findet ihr vor allem die termitenhügelähnlichen Wolkenkratzer der Konzernsklaven und leitenden Angestellten, während in Stade Produktionsbetriebe und Arbeiter“baracken“ vorherrschen. Fast die gesamte Sardinenstadt ist ExTer-Gelände und relativ gut bewacht, dennoch ist das Eindringen bei einem Fischzug nicht unmöglich, sofern man gute Kontakte zu jemandem hat, der einem eine [falsche Konzernidentität] oder einen RFID-Besuchertag ausstellen kann.

Chemie-kons

TesaTM Gecko Handschuhe, BeastTM-PheroMan Deo oder HyperbolisTM Aufputschmittel – das ist Chemie made in Hamburg. Ob Kosmetika, Designer-Nahrungsmittel, Konsumgüter oder Arzneimittel – ihr würdet euch wundern, wie viele Produkte, die ihr bei euch zu Hause oder während eines Fischzuges verwendet, über Umwege mit einem der lokalen Chemiemultis verbunden sind. Natürlich hängen sie das nicht an die große Glocke, denn der Ruf von Beiersdorf (alteingesessener Lokalmatador im Besitz der AG Chemie), Alxon Pharma (Z-IC), Unilever (Regulus) und Evo Synthtech ist wahrlich nicht der beste.

» Stört es eigentlich nur mich, dass mein Fertigfraß, meine Nanoseife und das Panzertape, mit dem ich meine Magazine zusammenklebe, aus ein und demselben Bottich kommen?
» Hattrik

Seit sich die Konzerne nach der Flutkatastrophe in Stade niederließen, hat sich der Bezirk in eine Industriehalde verwandelt. Gigantische Fertigungs- und Synthese-Anlagen, Raffinerien und Produktionsstraßen dominieren das Bild. Selbst nachts sind die Werksgelände, in denen Arbeiter zu Billiglöhnen rund um die Uhr schuften, hell erleuchtet, wobei ein eigenes Kraftwerk am Stadtrand von Stade den gigantischen Stromverbrauch des ganzen Bezirks abdeckt. Am Tag und in der Nacht geht es dort zu wie in einem Ameisenhaufen.

» Zum Glück fällt es aus diesem Grund auch nicht so auf, wenn eine wertvolle Arbeitsbiene „abhanden“ kommt. Die Kopfgelder für Mitarbeiter in der Produktentwicklung sind durchaus lukrativ.
» Püppchen

» Allerdings. Ich hab in einem Monat viermal (!) denselben Mitarbeiter extrahiert. Der Arme wusste am Ende nicht mal mehr, für wen er überhaupt arbeitete.
» Deckard

Jedoch ist das nicht der Grund, warum die Chemiekonzerne regelmäßig für Streit im Senat und schlechte Presse sorgen. Auf der einen Seite schüttelt Arbeits- und Innenwirtschaftssenator Landsknecht gerne mal medienwirksam die Hände leitender Konzernchefs, um sich brav für die vielen neuen Arbeitsplätze zu bedanken, die durch Expansion und Wachstum der Betriebe geschaffen werden, andererseits macht die grüne Basis dem Umweltsenator Sascha Jolk Druck wegen der anhaltenden Verschmutzung der Nordsee. Egal ob es sich dabei um Evo Synthtech oder Beiersdorf handelt, jeder der Chemiekonzerne kippt seinen Chemiemüll ungefiltert und unaufgearbeitet bei Stade in die Nordsee, was regelmäßig zu handfesten Auseinandersetzungen mit radikalen Ökogruppen in Stade führt.

» Was den Nachteil hat, dass die Sicherheitsdienste und Konzerngardisten auch bei kleineren Auffälligkeiten empfindlich und überreizt reagieren. Man darf nicht vergessen, dass ein Chemiegelände ein ganz schönes Pulverfass sein kann. Wenn da mal das falsche Gebäude hochgeht, ist gleich ein halber Stadtteil weg ... darauf haben es aber zum Glück bisher weder die Ökos noch die Kons ankommen lassen.
» Kiebitz

Hey du. Falls du was Entsprechendes suchst, vermittle ich dich gerne weiter. Habe russische Kontakte, mehr brauch ich wohl nicht zu sagen. Triff mich im Dockers Club oder schick mir ne Message auf meinen PAN.

MESSAGE WINDOW [SKUDRINKA]

Trotz der Autonomie und Dominanz der Chemiekonzerne im heimischen Ring sollte man nie vergessen, dass auch diese giftigen Töchter noch viel bösartigere Mütter haben. Gerade weil auf dem Gelände von Beiersdorf verstärkt Konzerntruppen der AG Chemie und Patrouillen von PsiAid gesichtet werden, nimmt man an, dass die AG Chemie einen Teil ihrer prekären Chemieforschung nach Stade ausgelagert hat.

• Wenn man den Gerüchten glaubt, so wird in einer Anlage unterhalb von Stade an einem Kampfstoff auf Pheromonbasis gearbeitet.
• Eva

• Das ist ganz schön saurer Regen, den du da auf uns herabregnen lässt. Schon mal was von „Sublimicals" gehört? Das ist die Kurzform für „Subliminal Chemicals" und leitet sich von dem Begriff für unterschwellige Werbung ab. Die Food-Kons versuchen schon seit Jahrzehnten, Substanzen zu entwickeln, die dich wie versteckte Werbung unterschwellig beeinflussen können. Du isst dein Fertigmahl und denkst dir „Hey, bei der Marke bleibe ich." Für die Lebensmittelindustrie ist das der Heilige Gral und der Stein der Weisen gleichzeitig, und genau daran arbeitet Beiersdorf gerade, zumal der hiesige Konzernchef Dr. Malcom Pinch eine Koryphäe auf dem Gebiet der pharmazeutischen Chemie ist.
• Bismark

NORDSEEGOLD

Trotz des hohen Vergiftungsgrades der Nordsee, des Absinken des Meeresgrundes, magischer Fluktuationen und anderer Widrigkeiten, wie Meerescrittern oder Leviathanen, ist die Nordsee das wichtigste Gebiet für die Offshore-Förderindustrie. Zahlreiche Bohrinseln ziehen sich durch die Sektoren der Anrainerstaaten. Die wenigsten aktiven Förderinseln – gigantische, festverankerte Bohrplattformen – befinden sich noch in staatlicher Hand und haben somit meist den Status extraterritorialer Inseln im Staatenterritorium. Regulus Joint Industries (ein nordeuropäischer Konzernspitzenspieler, der erst kürzlich aus der Fusion von Royal Dutch und British Industrial PLC hervorging), die AG Chemie, Mærsk, Proteus wie auch Zeta-ImpChems Britische Aktiva und Hydrolux Engineering (eine schwedische Firma) sind führend auf dem Gebiet der Förderindustrie. Öl und Erdgas sind dabei zwei der wichtigsten Förderprodukte. Darüber hinaus haben Probebohrungen mit fortgeschrittener Technik neue Ressourcen (seltene Metallvorkommen und Elemente) entdeckt, die eine Förderung und vor allem die Sabotage rivalisierender Anlagen rechtfertigen. Die Mittelplate, das größte Ölfeld Deutschlands, welches von der gleichnamigen Bohr- und Förderinsel Mittelplate-A erschlossen wird, gehört der AG Chemie und wird außerdem als Hochsicherheitsforschungsanlage für wichtige Projekte wechselnder Ausrichtung genutzt.

• Viele der alten Bohrinseln, die sich noch in der Nordsee befinden, findet man auf keiner Seekarte. Nach Naturkatastrophen, dem Erwachen, politischen Unruhen und so ziemlich allen anderen Dingen hat man die Gerüste einfach zum Verrotten zurückgelassen. Grüne Zellen und Piraten nutzen die Bohrinseln deshalb als vorübergehende Verstecke, Ankerplätze oder Falle, um Schiffe auf die dicht unter der Wasseroberfläche verborgenen Stahlträger alter Bohrinsel auflaufen zu lassen und sie anschließend auszunehmen wie eine Weihnachtsgans.
• Wattegel

PRobos

Durch das Ausbluten vieler Förderfelder in den vergangenen Jahren geht der Trend zu mobilen, unabhängig operierenden Bohr- und Förderrobotern, die meistens durch autonome Programme gesteuert werden. Ursprünglich wurden sie von der Proteus AG und Mærsk für Probebohrungen entwickelt, daher laufen sie meist unter der Abkürzung „PRobos". Die PRobos sind unterseetüchtig und können sich auf dem Meeresboden festsetzen, wo sie Erdöl fördern (oft und gerne auch in den Feldern der Konkurrenz). Auf der anderen Seite haben die PRobos auch schon zu einigen Konflikten geführt, da bei ihrer Autosoft anscheinend Profit einen deutlich größeren Stellenwert einnimmt als etwa das Leben von Menschen oder das Vorhandensein von Konkurrenz. Dies führte u.a. zum Zusammenstoß eines Proteus-PRobos mit einem Regulus-PRobos im letzten Jahr. Auch der grausige Tod der fünfzehn Mann des Seenotrettungskreuzers „Henri Dunant" vor drei Monaten, als das Schiff in rauher See vom Kurs abkam und von einem PRobo in Stücke zerlegt wurde (angeblich hatte der PRobo eine Fehlfunktion), haben dem Ansehen der automatischen Riesen nicht gut getan. Zwar haben staatliche Untersuchungskommissionen zugunsten der Konzerne entschieden (wen wunderts?) und sind zu dem Urteil gekommen, dass es sich um tragische Unfälle, aber keine immanente Gefahr handelt, die Marine der ADL sah dies letzte Woche allerdings anders, als die Fregatte „Schiller" den Proteus-PRobo „Triton" mit mehreren SeaSword III-Direkttreffern ausschaltete, um eine Kollision zu vermeiden, nachdem dieser seinen Kurs nicht ändern wollte.

• Wer bloß so genial war, diese PRobos neu zu programmieren.
• Brandkind

• Niemand. Das *ist* ihre normale Programmierung. Fördermenge und Zeitplan ist alles, was die PRobos interessiert. Eiskalte Maschinenlogik. Oder menschliche Gewinnkalkulation. Kommt auf dasselbe raus.
• Bequerel

Proteus AG

Der Arkoblock Cuxhaven (in den Schatten „Cux Zwo" genannt) befindet sich an der ehemaligen Mündung der Elbe in die Nordsee und ist die Zentrale für alle Hamburg-basierten Operationen des Konzerns. Nach einigen Skandalen und Konzerngerangel in den Sechzigern wurde die Arkologie auf den neuesten Stand gebracht. Der Arkoblock fungiert nicht nur als eine gigantische Werft, in der alles gebaut wird, was auf, unter oder über dem Meer unterwegs ist, er stellt auch einen der führenden Forschungsstandorte auf den Gebieten der Umwelttechnologie und Materialwissenschaften dar.

• Cux Zwo ist im Übrigen ein *richtiger* Arkoblock. Von denen besitzt die AG insgesamt nur vier Stück (die anderen sind Wilhemshaven, Groningen und Emden, der Rest sind Mini-Arkologien) mit jeweils einer halben Million Menschen an Bord.
• Daisy Fix

Seit Proteus treuhänderisch von der Prometheus-Stiftung (Wissenschafts- und Forschungsstiftung mit transhumanistischen Tendenzen) verwaltet wird, haben die Arkoblocks ihre Politik der Abschottung aufgegeben. Zwar ist der Arkoblock immer noch paramilitärisch durch Konzerntruppen geschützt und erhält im Notfall Luftunterstützung aus Bremen oder der Konzernzentrale Helgoland, dennoch kann jedes Schiff den Arkoblock quasi als künstlichen Hafen anlaufen. Zumal Cux Zwo Reparaturen und Upgrades an Schiffen, U-Booten, Hovercrafts, Bodeneffektflugzeugen und Wasserflugzeugen als Dienstleistung anbietet.

• Und denen ist es so was von egal, ob das Stück Metall unter deinem Arsch über eine legale Kennung verfügt. Hauptsache die Kohle stimmt. Also wenn ihr mal ein Cutting Edge Vehicle Modding braucht ...
• Pirapit

EISERNE SCHWINGEN

Neben der Hafenlogistik, der chemischen Industrie (inklusive Öl) sowie dem Medien- und Nachrichten-Biz ist die Luftfahrtindustrie ein weiteres großes Standbein der Hamburger Lokalwirtschaft, vertreten durch Airbus und die deutsche Lufthansa.

Airbus Aerials (Proteus AG)

Der alteingesessene Flugzeugbauer hat eine harte Zeit hinter sich. Nachdem man zu Anfang des 21. Jahrhunderts einige Milliarden Euro für ein neues Projekt verpulvert hatte, spülte 2011 die Schwarze Flut das Airbus-Werk in Finkenwerder nahe Hamburg von der Landkarte. Viele Einwohner in Wildost leben heute noch in den ausgehöhlten und halb versumpften Flugzeugwracks des ehemaligen Geländes. Die Internationale Fahrzeug und Maschinen Union (IFMU) sprang ein und kaufte Airbus mitsamt seinen Schulden. Unter den Schwingen der IFMU hielt man sich mehr oder minder aufrecht, bis der Mutterkonzern Anfang 2065 durch den Crash zerschlagen wurde. Airbus fiel mit anderen Teilen der IFMU an Proteus, das ihr den Zusatz „Aerials“ verpasste und mit ihr die Sparte Luftfahrt und neuerdings auch Luftdrohnen besetzt. Seit 2066 wird Airbus Stade von Dr. Janne Scholl geleitet, die ein richtiges Eigengewächs ist.

Zahle gute Scribts für Informationen über Meyer. Seine Identität und sein Lebenslauf sind definitiv Fassade. Kontaktiere mich, wenn du etwas ausgegraben hast.

MESSAGE WINDOW [EVA, PRIVATER PAN]

» 2048 Abitur am Lloyd-Gymnasium in Bremen, Ausbildung als Fluggerätemechanikerin bei Airbus Stade, Doktor der Materialwissenschaften Universität Bremen, Abteilungsleiterin Airbus Stade. Führt den Konzern kollegial, aber hart. Sie ist fast schon zu fair für das Geschäft, aber nur solange man fair zu ihr ist. Ein paar Firmen haben versucht, Airbus übers Ohr zu hauen, und dann gemerkt, dass sich die Fairness ab einem bestimmten Punkt in Form vermiedener Kollateralschäden beim Einsatz von Shadowrunnern zeigt. Außerdem sieht sie für ihre 40 Jahre verdammt scharf aus. Aufklärung vor dem Einsatz kann auch angenehme Momente haben.
» Deckard

» Und sie scheint bei Kevin Goldammer, dem Vorsitzenden der Prometheus-Gesellschaft und de facto Chef der Proteus AG, einen Stein im Brett zu haben. Immer wenn der Oberhoncho in Hamburg weilt, gehen die beiden im Landhaus Scherrer essen.
» Daisy Fix

Mit dem neuen Transorbitalflugzeug „Fafnir“ scheint Airbus der große Wurf gelungen zu sein, wenn man den ersten virtuellen Testberichten glauben darf – mehr Passagiere, weniger Verbrauch und höhere Reisegeschwindigkeit. Beim traditionellen Flugzeugbau verkaufen sich besonders die kleineren Flieger – bis 150 Passagiere – bestens, und auch die von Proteus übernommene Bodeneffektflugzeug-Sparte schreibt schwarze Zahlen. Gespannt darf man sein, was die neue Drohnenabteilung auskocht.

» Nachdem die kleineren Passagiermaschinen und die EFA intern als Sportflugzeuge bezeichnet werden, frage ich mich, wie sie die Drohnen nennen werden. Und das ist sogar ein ziemlich relevanter Punkt. Ratet nämlich mal, unter welcher Ablage im Airbus-Matrixsystem ihr die interessanten Entwickleranmerkungen für die ganzen neuen Drohnen finden werdet? Jedenfalls nicht unter den Stichworten "geheime Drohnenentwicklung".
» Bequerel

Dr. Janne Scholl veranlasst Shadowruns – über Mittelsmänner und –frauen, versteht sich – üblicherweise als Antwort auf – meistens misslungene – Versuche, Airbus zu bestehlen. Wirklich ärgerlich, dass Unilever, Beiersdorf und Z-IC im Moment zu sehr mit sich selbst beschäftigt sind, um Versuche in dieser Richtung zu unternehmen, sonst könnte sie nämlich mit viel reinerem Gewissen „Gegenspionage“ betreiben. Dafür unternimmt AT&T, eine S-K-Tochter, die IFMUs Robotikabteilung übernommen hat, große Anstrengungen, an Daten der Drohnenforschung von Airbus zu gelangen, was schon zu einigen unschönen Aktionen geführt hat. Die Sache wird langsam *persönlich*.

» Zumal der alte EADS-Wehrsystembereich inzwischen durch Proteus unter dem Codenamen „Phalanx“ reaktiviert wurde. Design und Produktion von Abwehranlagen der Proteus-Arkoblocks und der Proteus-Luftwaffe laufen inzwischen komplett über die Airbus-Installationen in Hamburg und Bremen. Waffen- und Zielsysteme werden von Ruhrmetall angeliefert.
» Deckard

» Gerüchten zufolge ist **[Volker Meyer]**, der Chef von Phalanx, ein ehemaliger Waffenschieber, der seine Prototypen zu „Testzwecken“ an Diktatoren und Kriegstreiber auf dem Balkan und in Afrika verkauft.
» Brig

Lufthansa (Mærsk)

Dass die Lufthansa die letzten Jahre überleben würde, hätte kaum einer gedacht, aber das Management unter dem greisen (aber beileibe nicht verkalkten) Patrik Windaus, der dieses Jahr seinen neunzigsten Geburtstag feiert (und auch so aussieht), scheint wesentlich überlebensfähiger zu sein, als es die Financial Times angenommen hat.

Die Lufthansa war eines der führenden Luftfahrtunternehmen des 21. Jahrhunderts, bis sie durch den Crash von 2029 verkrüppelt wurde. Nur noch halb so groß wie zuvor, versuchte man sich lange Jahre wieder an die Spitze zu bringen, ohne dabei ansatzweise Erfolg zu haben. Der Crash 2.0 brach dem Konzern dann beinahe endgültig das Rückgrat. Zum Glück brachte ein Wink des Schicksals Windaus in Zürich mit Lars Gyldendal zusammen, dem CEO von Mærsk Incorporated Assets. Während die Logistik von Mærsk quasi zusammengebrochen war, funktionierte die alternde Mærsk-Hochseeflotte bis auf einige Ausfälle noch. Bei der Lufthansa flogen die neu angeschafften Hightech-Flugzeuge von Federated Boeing hingegen keinen Millimeter mehr, aber der Logistikabteilung des Kranichkonzerns war es gelungen, mit Uraltsystemen aus dem Lager und reiner Metamenschenkraft die Dinge am Laufen zu halten. Eine Woche später lieferte die Lufthansa Logistik, Metamenschen und Lowtechausrüstung nach Dänemark, während Mærsk über eine ihrer Subfirmen Ersatzteile an die Lufthansa lieferte und es deren Technikern so ermöglichte, die älteren Flugzeuge der Flotte neu zusammenzubasteln.

» Es mussten zwar jede Menge neue Kabel durch die Flugzeuge gezogen werden, und der Austausch der Elektronik stellte die Lufthansatechniker vor einige bösartige Probleme. Aber nach einem echten Kraftakt waren die älteren Vögel der Lufthansa wieder einsatzbereit – wenn auch nicht mit all den tollen Extras, die die geriggten Flugzeuge vorher geboten hatten. Aber sie flogen.
» Corpshark

Ein halbes Jahr später übernahm Mærsk die Lufthansa im gegenseitigen Einvernehmen als autonom geführtes

Unternehmen in das Konzernkonglomerat. Mittlerweile hat die Firma eine gemischte Flotte aus uralten Flugzeugen, die in gefährlicheren Gegenden eingesetzt werden, einigen Flugzeugen aus Prä-Crash 2.0-Beständen, die vollständig umgerüstet wurden, sowie eine wachsende Anzahl von nagelneuem Airbus-Equipment.

Seit durch den neuen großen Bruder wieder reichlich Geld in die Kassen des Unternehmens floss, wurde der Kaltenkirchener Orbitalflughafen zu einem der modernsten Flughäfen der ADL nachgerüstet und steht heute an Platz 3 hinter den vom FBV und S-K kontrollierten Flughäfen in Frankfurt und Düsseldorf. Der Frachtflughafen in Fuhlsbüttel gehört ebenfalls zu 30 % der Lufthansa, der Rest der Stadt, wobei Fuhlsbüttel traditionell von der Lufthansa verwaltet wird.

• Was die Strecke Meer (Mærsk) – Hafen (Mærsk) – Frachtflughafen (Lufthansa) – Luft (Lufthansa) zur Geschwindigkeitsrekordstrecke unter den Beförderungs- und Verkehrsrouten in Nordeuropa macht.
• Labskaus

Des Weiteren hat die Lufthansa einen offiziellen Luftraumsicherungsauftrag von der Stadt Hamburg, während ihre Kondor-Commuterlinien den Flughafen mit der Neuen Mitte, dem Moorfleeter Terminal, der Sardinenstadt und den Koneinrichtungen in Stade verbinden und daher ein attraktives Transportmittel für einreisende Gäste aus dem Ausland darstellen.

• Lufthansa Travel-Guard bietet übrigens einen bewaffneten Commuter Service für reiche und gefährdete Metamenschen an. „Waffenstarrend" scheint hierbei die bevorzugte Taktik zu sein. Als ob mich das abhalten würde ...
• Eva

• Deine Einstellung dazu ist hinreichend bekannt, Eva.
• Deichbrecher

DATENEMPFANG ...

[Profil bereitgestellt durch Deckard (privater PAN, mobil)]

WERNHER JULIUS DAVIDS

Wernher Julius Davids, irgendwann in den 2020ern in Stuttgart in der ADL geboren. Ca. 1,75 m groß, grüne Augen, braune Haare, militärisch kurz geschnitten mit angegrauten Schläfen. Seine Eltern waren deutschstämmige Brasilianer, die bei einem Flugzeugabsturz ums Leben kamen. Offizierslaufbahn bei der MET2000, wo er Informationswirtschaft und -management studierte. Hat dort Rolf Bremen kennengelernt, der Davids nach Ende seiner 15-jährigen Dienstzeit zu Ruhr-Data-Fax holte. Fiel innerhalb weniger Jahre die Karriereleiter nach oben, weil er oftmals ausspricht, was andere sich nicht trauen, und zu gewagten, aber kalkulierten Aktionen neigt. Verheiratet mit Sienna Davids-Miller, eine 12-jährige Tochter, Julia Davids-Miller. Spielt gerne AR-Golf (Handicap 6), neigt zu cholerischen Anfällen, beruhigt sich aber schnell wieder. Sein Motto aus dem MET2000-Abgangsjahrbuch lautet: „Vindicta bonum, vita iucundius ipsa" (Rache ist gut, süßer als das Leben selbst).

Die Lufthansa Sicherheitsagentur (LSA) sorgt im Notfall mit bewaffneten Drohnen und Flugzeugen für die Sicherheit über Hamburg und leistet Amtshilfe, wenn der HAZMAT im Hafen oder auf der Elbe die Möglichkeiten ausgehen. Besonders stolz ist die Lufthansa auf den guten Ruf ihrer Piloten, die an der Lufthansa Flight School (LFS) und der Lufthansa Advanced Air Combat School (LAACS) in Bremen ausgebildet werden. Auch wenn viele von ihnen nach ihrer Ausbildung Konzernkarriere machen, zu den EuroForces oder der MET2000 gehen, gibt es immer wieder Hotheads, die sich solchen Hierarchien nicht unterordnen wollen und lieber auf „alternative Weise" Geld machen – als Grenzspringer und Schmuggler zum Beispiel.

Jobs in Kaltenkirchen sind sehr häufig. Es gibt immer wieder Waren, die einer speziellen Abholung bedürfen oder nicht vom Zoll kontrolliert werden sollen. Zwar kommen die meisten Drogen und Waffen eher mit dem Schiff als mit dem Flugzeug, aber manchmal hat es der Endverbraucher eben eilig, und dann müssen die Sachen schon mal eingeflogen werden.

VIRTUELLE EBBE UND FLUT

Hamburg wurde als erster Plex mit einem weitreichenden AR-Netz ausgestattet, und so verwundert es kaum, dass S-Ks neues Powerhouse Ætherlink hier alle kabellosen Fäden in der Hand hält.

Ætherlink (Saeder-Krupp)

Ætherlinks Geburtsstunde war der Crash 2.0. Im Zuge der Netzabschaltung, des Zusammenbruchs der nicht von S-K kontrollierten Netze (inklusive des Hamburger RTGs der DeMeKo), unzähliger Bankrotte in der Matrixsparte, der zweiten Internationalen Matrixkonferenz und des globalen Wireless Hypes wurde von Saeder-Krupp das Unternehmen Spheretech gegründet. Aufgrund der starken Konkurrenz von NeoNET im AR-Bereich, die ihre britisch-skandinavischen Wurzeln nutzten, um Nordeuropa (Großbritannien, Skandinavische Union und Teile von Irland) im Handstreich zu nehmen, wurde in Essen die für S-K sehr untypische Entscheidung getroffen, alle lokalen Anbieter, wie die paneuropäische Hermes Eurocom, Ruhr-Data-Fax und Spheretech, unter einem Banner – Ætherlink – zu vereinen und neu zu strukturieren. Als Firmensitz und Bollwerk gegen NeoNET wurde Hamburg auserkoren. Insgesamt zählt Ætherlink zu den multinationalen AA-Konzernen und besitzt in jedem Land eine Division von der Größe eines A-Konzerns und ausreichende Aktivposten (Shadowrunner), um die Konkurrenz in Schach zu halten. Und während der Drache seine Untergebenen normalerweise an der kurzen Leine hält, ist Ætherlink relativ unabhängig vom Mutterkonzern in Essen.

• Was im Klartext heißt, dass Konzernchef Davids nicht jeden Tag in Essen anrufen muss, um nach Erlaubnis zum Aufsuchen der Toilette zu fragen. Als 2067 die Innenrevision von Saeder-Krupp anklopfte, um wegen der enormen Ausgaben für den Netzausbau nach dem Rechten zu schauen, genügte ein einzelnes Telefonat, um sie achtkantig vom Parkplatz der Ætherlink-Zentrale runterzuschmeißen und ihnen noch freundlich mitzuteilen, wie sie am schnellsten wieder nach Essen finden. Wer mit so etwas durchkommt, muss schon einigen Einfluss haben. Und dass er mit seiner Strategie neuerdings sogar Geld in die Kassen bringt, dürfte seinem Einfluss nicht gerade geschadet haben. Ich verlink euch mal die Infos.
• Deckard

Wernher Davids, der Geschäftsführer des Hamburger Büros und Chef des gesamten Konzerns, führt „seinen" Laden, als ob er sich im ständigen Kriegszustand befände, was aufgrund der allgegenwärtigen Bedrohung durch NeoNET in vielen europäischen Städten vielleicht gar keine so falsche Einschätzung ist. Und auch in Hamburg hat man dem Netz noch immer nicht alle Kinderkrankheiten ausgetrieben, zumal die Stadt allein schon aufgrund ihres Hafens eine der höchsten Datenflussraten der ADL besitzt.

• Das sind nicht nur Kinderkrankheiten, sondern aktive Versuche von NeoNET, sich in den Markt hereinzumuskeln. Ist ja nicht so, dass Ætherlink vor einer ähnlichen Vorgehensweise zurückschrecken würde.
• Brandkind

• Passt auf, dass ihr euch dabei nicht auf die Füße tretet. Wir wurden z.B. mal von einem Ætherlink-Schmidt ausgeschickt, um NeoNETs Team auszuschalten. Waren leider Shao Jeh und ihre Crew, und das Ganze lief auf eine erzwungene Ballerei heraus, die wir beide gerne vermieden hätten, nicht wahr, *Mei-Mei*?
• Brig

• Allerdings. Ich habe damals einen guten Mann verloren. Aber ein Job ist ein Job. Und ich habe daraus gelernt. Wir machen diese Art von Jobs nicht mehr. Ich habe dem *Huen Dahn* Schmidt das unmissverständlich mitgeteilt.
• Shao Jeh

• Ist das der mit der Kieferprothese?
• Püppchen

• Wenn ihr mal dringend Geld braucht, schnell zu Fuß seid und lesen könnt, dann meldet euch bei einer der Logistikfirmen im Hafen. Die suchen nämlich immer RFID-Runner, die Container manuell auslesen gehen. Was manchmal gar nicht so ungefährlich ist, wie es sich anhört. So manche Container haben nämlich die Tendenz, einfach so spurlos zu verschwinden.
• Daisy Fix

Dementsprechend bissig reagiert Davids auf alle – auch scheinbaren – Bedrohungen seines Turfs. Die Sicherheit von Ætherlinks HQ in der Sardinenstadt wurde bisher von wechselnden, kleineren Sicherheitsfirmen gestellt, wird aber bald in die Hände von Knight Errant übergehen (Davids hat Konzerntruppen von S-K vehement abgelehnt), nachdem sich gerade in letzter Zeit sowohl die magischen als auch die physischen Sicherheitsmaßnahmen als nicht wirksam genug erwiesen haben, da Ætherlinks Gegner nicht mehr nur die WiFi-Hotspots attackieren. Die Netzsicherheit, die von Ætherlinks Matrix-Experten gestellt wird, ist dagegen absolute Spitze.

NANOSECOND NEWS

Schon vor dem Crash von '29 war Hamburg bekannt für zahlreiche Verlage und Medienbetriebe, und doch brauchte es einen weltweiten Systemausfall, um aus einem Wust von kleinen Firmen ein gigantisches Medienkonglomerat anwachsen zu lassen, das das Erbe von Springer, Bertelsmann und Kirch antrat, und dessen Blogfeeder, Beepscream-Ticker, Musiklabel sowie Trideo- und Matrix-Sender marktführend in Nord- und Mitteleuropa sind.

Deutsche Medien- und Kommunikations AG (DeMeKo)

"Wir veredeln die Wahrheit!" ist das Motto, das sich die DeMeKo selbst auf die Fahne geschrieben hat, allerdings könnte da genauso gut „Wir scheißen auf die Wahrheit, solange die Quote stimmt" stehen. Die Quote bzw. die Verkaufs- und Subscriber-Zahlen sind letztendlich die Götzen, die die Sparten der DeMeko anbeten. Dabei kann man es den Programmdirektoren und Verlagsleitern noch nicht einmal übel nehmen. Mit der bekannten amerikanischen „Jeder ist austauschbar"-Hire&Fire-Politik der Konglomeratsleitung wäre es mir vermutlich auch egal, welchen gequirlten Müll mein Sender produziert, solange man die Zuschauer, –hörer oder Leser bei der Stange hält. Die DeMeKo genießt dabei den Ruf, unparteiisch und neutral bis ins Mark zu sein. Das heißt aber auch, dass es ihnen egal ist, wenn sie Familien zerstören oder Kriege auslösen. Außerdem bieten sie nahezu jeder Randzonengruppierung eine Plattform in der AR, um sich mitzuteilen oder Gleichgesinnte zu erreichen.

• Das fängt bei Rads an (inklusive Faschos und all dem anderen braunen Dreck) und geht über die Cyberfetischszene bis zu handfesten Perversen (Nekrophilie und andere unappetitliche Dinge). Solange etwas nicht explizit verboten, sondern nur sozial geächtet und nicht salonfähig ist (und die Liste wird ja immer kürzer), könnt ihr davon ausgehen, dass die DeMeKo ihren Profit daraus schlägt.
• Galore

• Allerdings haben bestimmte DeMeKo-Medien wie z.B. der Politsender B1, die Digi-Magazine „Stern" und „Tomorrow Fokus" einen guten Ruf und bieten gut recherchierte, unparteiische und gesellschaftsfähige Einblicke ins Zeitgeschehen.
• Pirapit

Nach dem großen Crash 2.0, der die gesamte Matrixsparte des Konzerns verkrüppelte, sieht es für die DeMeKo schon fast wieder rosig aus, nicht zuletzt aufgrund ihrer Allianz mit Ætherlink. Allerdings sind sich beide Konzerne nicht so grün, wie es in der Öffentlichkeit immer propagiert wird. Obwohl Ætherlink sich einen Teil der Aktien einverleiben konnte, hat Mitgründer und CEO Friedrich Xaver Mooshuber den Laden noch immer fest im Griff.

Schon jetzt dominiert die DeMeKo die AR-Nachrichten und Teile des Mobil-Entertainmentbereichs der ADL und wird nur durch Konkurrenzunternehmen wie die aufstrebende Münchner Bavaria (NeoNET) und Mitsuhamas Deutsche Sendeanstalten (DSA) im eigenen Land bedroht. Allerdings fördert die neue Technik Internationalität, und gerade mit Horizon am Horizont muss sich die DeMeKo warm anziehen.

• Mooshuber, den man meist nur unter dem schillernden Namen Fritz X kennt, herrscht derzeit wie ein Imperator über das gigantische Medienunternehmen. Seit der Drache Nebelherr, der ein beträchtliches Aktienpaket an der DeMeKo hielt, in den Wirren des Crash 2.0 spurlos verschwand (so unglaublich es klingt, meine Münchner Kontakte sagen, dass eine Entführung vermutet wird), dominiert Fritz X mit seinem 40%-Stimmanteil jede Entscheidung des Firmenvorstands.
• Snow-WT

• Interessant, dass der zweite Mitbegründer, Mediengenie und Fritz X' früherer Partner Ismail Yüksek Caliskan (dessen Stimmanteile Fritz X hält) ebenfalls seit nunmehr zwanzig Jahren nicht mehr in der Öffentlichkeit gesehen wurde.
• Galore

Schmeißfliegen

Was ihr Programm angeht, setzt die DeMeKo darauf, den Leuten genau das zu geben, was sie wollen, wodurch der moderne Enthüllungsjournalismus an die absolute Spitze geführt wurde. Neben dem üblichen Potpourri aus Tratsch, Skandälchen, Sex und politischer Stimmungsmache sind die Snoops (Reporter) der DeMeKo immer auf der Suche nach dem großen Wurf, der großen Story. Oder eben dem großen Skandal. Daher haben viele lokale Runner Kontakte zu Reportern. Sie versorgen die Reporter mit pikanten Details, die man in den Schatten und auf Fischzügen so aufschnappt, und die Reporter rücken ihrerseits mit Kohle oder Background-Infos rüber, die unsereins fürs Legwork braucht. Außerdem gibt es viele unabhängige Shadowrunner, die sich zusätzlich als Snoops Kohle verdienen und ihre selbst gedrehten und geschnittenen Berichte an die Sender verkaufen.

Derzeitiges Zugpferd und Numero Uno unter den Auftraggebern in den Schatten ist Carmen Vialetti. Ursprünglich stammt sie wohl aus dem Biz (den italienischen Schatten), arbeitet aber derzeit mit fettem Spesenkonto für die DeMeKo. Sie hat den Ruf, „im blütenweißesten Schnee noch Dreck zu finden", und ist der Schrecken aller Politiker und Promis. Da die junge Dame ihre Kundschaft auch im Ausland beschattet, ist es eine willkommene Abwechslung, sie mal auf einen „Arbeitsurlaub" begleiten zu dürfen. Dafür müsst ihr allerdings schon ganz schön was auf dem Kasten haben.

Interessanterweise spürt man deutlich, dass die DeMeKo Druck vom Mutterkonzern S-K bekommt. Zwar veranstalten sie keine Jubelorgien auf S-Ks Projekte, dennoch wird gemunkelt, dass ein Großteil der schlechten Presse in diversen Giftschränken verschwindet. Auch ist die Berichterstattung deutlich Pro-S-K und Pro-NEEC, und gerade Letzteres führt zunehmend zu Spannungen mit der deutlichen Anti-NEEC-Haltung des Senats. Auch die ständigen Medienspekulationen über eine Abspaltung Hamburgs von der ADL haben nicht gerade zu einer Entspannung beigetragen.

» Das ist auch genau der Grund, warum Fritz X Ætherlink nicht mag. Es geht gegen seine Neutralität (und, wie man so hört, auch ihm persönlich gegen den Strich), sich von Davids diktieren zu lassen, welche Information man wie darzustellen hat (oder auch nicht). Allerdings ist die DeMeKo abhängig von Ætherlink und bekam vorletzten Monat einen vor den Bug geschossen: Mitten im Primetime-Programm kam es zu „Fluktuationen" im Netz. Ætherlink redete sich später mit einem Attentat durch NeoNET heraus, aber die Warnung ist angekommen.
» Zeitgeist

NDR – Wiederauferstandene Probleme

Der größte regionale Feind der DeMeKo kommt derzeit direkt aus Hamburg und aus einer etwas unerwarteten Ecke. Man könnte fast meinen, dass das Imperium zurückschlägt, und zwar das gute, alte Imperium der öffentlich-rechtlichen Sender der ADL. Nach dem Crash 2.0 entschied der Präsident der Deutschen Sendeanstalten (MCT), die Sender wieder profitabel zu machen, und stieß die gesamte Regionalsparte ab, darunter auch den NDR (wusstet ihr, dass das R noch für Rundfunk steht?). Mit-initiiert von Thomas Lampe, damals Referent im Kulturausschuss der Stadt Hamburg, wurde der NDR 2068 von der Stadt aufgekauft, die damit nicht nur die Arbeitsplätze zahlreicher Hamburger rettete und in der Öffentlichkeit gut dastand, sondern auch wieder etwas Einfluss in der Medienlandschaft gewann.

» Vor allem war es eine Aktion, die mit minimalem Aufwand maximale Ergebnisse lieferte. MCT hatte den NDR damals für ein Butterbrot verkauft, um ihn schnell loszuwerden, und dementsprechend groß war die Loyalität der Mitarbeiter gegenüber den neuen Chefs – schließlich ging es darum, es ihrem ehemaligen Arbeitgeber heimzuzahlen. Nur die neue Technik musste angeschafft werden, aber das war eine Investition, die auch die anderen Sender tätigen mussten. Da durch den Beinahe-Zusammenbruch des Medienmarkts täglich Leute entlassen wurden, konnte das Personal schnell mit kreativen und begabten Leuten ergänzt werden. Manche kündigten sogar ihre alten Jobs und kamen zum NDR, um endlich mal genau das schreiben oder senden zu dürfen, was sie herausgefunden hatten, ohne dass ihnen der Aufsichtsrat im Nacken saß.
» Deckard

[Profil bereitgestellt durch Snow-WT]

CARMEN VIALETTI

Carmen Vialetti ist die derzeitige Star-Reporterin und Top-Enthüllungsjournalistin der DeMeKo. Sie hat schon unzählige Karrieren ruiniert, Familien zerstört und eine Liste an Feinden angesammelt, die länger ist als die Steuerabrechnung von Lofwyr (sagt man jedenfalls). Aus den italienischen Schatten stammend, ist es der Elfe bisher perfekt gelungen, ihre wahre Identität hinter einer Fassade von Gerüchten und Halbwahrheiten zu verstecken (von denen das abstruseste lautet, dass sie mal Nonne war). Vialetti gilt in jeder Hinsicht als unkonventionell. Das fängt bei ihrer Selbstinszenierung an, geht über ihre Arbeitsmethodik (vor allem über Schattenkontakte und -personal) bis hin zu ihrem Lebensstil. Ihr werden zahlreiche Liebschaften mit Persönlichkeiten aus Medien, Unterwelt, Polizei und Politik nachgesagt, die allerdings niemals dem Zweck zu dienen scheinen, Informationen zu erhalten (auch wenn sie dies sicher als eine nette Beigabe betrachtet). Ein Beuteschema ist dabei nicht zu erkennen, ebenso wenig wie bei der Auswahl der Opfer für ihre Reportagen. Unbestätigten Gerüchten zufolge soll sie eine achtjährige Tochter haben.

DATENEMPFANG ...

Ich kann dir ihre Kontaktboxnummer geben. Carmen ist immer auf der Suche nach gutem Talent. Und es gibt beileibe schlechtere Schmidts.

MESSAGE WINDOW [SNOW-WT, PRIV. PAN]

Der NDR hat seinen Sitz seit jeher in Hamburg – an der Rothenbaumchaussee –, und seit 2068 Thomas Lampe zum Intendanten geworden ist, hat sich vieles zum Guten gewendet. Der NDR gehört derzeit zu 15 % dem Norddeutschen Bund (NDB), zu 5 % der ADL und zu 40 % der Stadt Hamburg. Die restlichen Anteile befinden sich in Streubesitz. Es gilt als gesichert, dass viele Hamburger Bürger ihr Vorzugskaufrecht in Anspruch genommen haben, was zu einer faktischen Aktienmehrheit der Stadt Hamburg führt. Der Aufsichtsrat des Senders besteht aus neun Personen. Jeweils zwei Aufsichtsräte werden vom NDB, dem Bund und hausintern vom NDR gestellt. Die Stadt Hamburg stellt drei Aufsichtsräte und hat damit – wenn man die internen NDR-Räte hinzunimmt – die Kontrolle über den NDR inne, spielt diese aber nur höchst selten aus.

Die DeMeKo hat lange Zeit spöttisch auf die Versuche von Intendant Lampe, den Sender aktueller und moderner zu machen, herabgeblickt. Interessanterweise gelang es Lampe, sich mit seinen Reformversuchen nicht heillos in der Bürokratie der öffentlichen Hand zu verfangen, sondern konnte ohne größere Probleme zu agieren, und während die DeMeKo-Führung noch am Schmunzeln war, wuchs direkt unter ihren Augen eine ernsthafte Konkurrenz heran. Mit „Konzernetagen“ (einer Arkologie-Seifenoper aus der Schmiede der Münchner Traumfabrik) wurde ein regelrechter **[Quotenrenner]** geschaffen, und den neuesten Umfragen zufolge vertraut der durchschnittliche Bürger politischen Magazinen des NDR, wie z.B. „Kreuzverhör“, in einem viel größeren Maße als den privaten Polit-Infotainment-Shows. Angeblich hat der NDR für nächstes Jahr einen riesigen Deal am Laufen, allerdings weiß niemand so genau, worum es sich dabei dreht.

DATENEMPFANG ...

QUOTENRENNER 2069 HAMBURG

ABENTEUERSPIELPLATZ WELT (NDR)

Mit dieser interaktiven Sendung hält der NDR eine Traumquote von sagenhaften 40 % unter den 6 – 14-jährigen. Markus Hansen, Jenny Rahlbeck und Timmy, die Seerobbe, führen einmal pro Woche durch eine Mischung aus Animationsfilmen, Bildung, Spaß und Action. Höhepunkt ist die AR-Schnitzeljagd, bei der ein Schatz versteckt wird, der über im PAN eingeblendete Infos gefunden werden muss. Normalerweise befindet sich das Gebiet, aus dem gesendet wird, in einer Stadt oder einer anderen sicheren Umgebung (derzeit auf Norddeutschland beschränkt). Höhepunkte sind Charaktere (Seeräuber, Monster, schöne Prinzessinnen, Ritter, berühmte Persönlichkeiten – je nach Thematik der Sendung), die in die Landschaft eingeblendet werden und so Realität und Virtualität zu einem Abenteuermärchen mit gelungenen Spezialeffekten verschmelzen lassen. Die Kinder, die zu Hause vor ihren Trideos sitzen, werden dabei nicht ausgeschlossen – sie werden online zu Mitspielern, die ihren Freunden vor Ort via PAN-Messaging Tipps geben und ebenfalls Preise gewinnen können.

KONZERNETAGEN (NDR)

Konzernetagen ist bereits heute – nach nur 100 Folgen – eine Kult-Serie. Sie zeigt das Leben zahlreicher Familien in einer fiktiven Arkologie in Bremen und läuft täglich zur Hauptsendezeit im NDR1. Interessanterweise ist es ErfinderIn Meredith Schneider (sie ist eine Androgyne) gelungen, eine Serie mit Humor, Drama, Thrill und großen Gefühlen zu inszenieren und dabei sozialkritisch mit Konzernattitüden und Hierarchiedenken umzugehen. Interessanterweise haben viele Konzerne, die Arkologien in der ADL haben, aus diesem Grund den NDR aus ihrem Kabelband entfernt. Anscheinend hatte die Serie den leitenden Ebenen eine Spur zu viel Realismus. Gerüchten zufolge werden Aufnahmen von Episoden der Serie jedoch unter der Hand in den Arkologien hoch gehandelt und gegen allerlei Vergütungen und Konzernskript getauscht und gekauft.

PARAMEDIC (DEMEKO)

In dieser bundesweiten Actionserie begleitet der Zuschauer ein fünfköpfiges, bewaffnetes Notfall-Team der BuMoNA bei seinen gefährlichen Einsätzen in Hamburg. Dabei ist das Team mal als High-Threat-Response und mal mit einem mobilen Einsatzfahrzeug in sozialen Brennpunktgegenden unterwegs, wo sie sich mit Huren, Drogensüchtigen, Punks und anderen kriminellen Elementen auseinandersetzen. Die Sendung zeichnet sich durch hohe Detailtreue aus und wird immer vor Ort gedreht (wobei oft ganze Straßenbereiche kurzzeitig abgesperrt werden). Nach der Folge „Eiszeit“ (zweite Staffel, Folge 3) kündigte die HanSec die Zusammenarbeit mit Virgin Productions auf, da in dieser Folge HanSec-Streifenpolizisten einen unschuldigen Ork zu Tode prügeln, um einen kriminellen Freund zu entlasten – und das, obwohl die Täter nur als Einzelvorkommnis dargestellt werden. Laut einem Gerichtsurteil des Hamburger Oberlandesgerichts darf die DeMeKo aber weiterhin das Logo der HanSec benutzen. Dieses Ereignis hat der Sendung einen rapiden Zuschauerzuwachs beschert und jede Menge Negativpublicity für die HanSec gebracht.

DIE VOR DER WELLE SURFEN

Hamburgs einheimische Wirtschaftselite würde nicht so häufig mit den Patriziern verglichen, wenn sie nicht auch einiges auf der Pfanne hätte. Es gibt einen Haufen von erfolgreichen mittelständischen Unternehmen, die durch einen guten Nischenplatz oder innovative Ideen ziemlich weit vorne mitspielen und dabei einiges an Lokalpatriotismus an den Tag legen. So mancher Übernahmeversuch eines Megakons ist daran gescheitert, dass einem Hamburger Geschäftsmann der Kaufpreis einfach deswegen nicht hoch genug war, weil sein Gegenüber beim Anblick der Elbe seekrank wurde. Meistens liegt es aber daran, dass Hamburger Geschäftsleute grundsätzlich der Meinung sind, als ihr eigener Chef wesentlich mehr Euro zu verdienen, als wenn irgendein ortsfremder Riese ihnen erzählt, was sie zu tun und zu lassen haben.

AquaDyne

AQUA DYNE

Entstanden aus einer Tauchshop-Kette stellt AquaDyne inzwischen über 70 % seiner Produktpalette selbst her und lässt sich ansonsten von den angesagtesten Herstellern direkt beliefern. Wenn erstmal der Stempel „AquaDyne Approved“ drauf ist, hat sich der Endkundenpreis auch schon verdreifacht. "In House" werden Produkte wie

Tauchcomputer, Tiefenmesser, Lungenautomaten oder der neue, modular bestückbare HAZMAT AquaStorm-Volltauchanzug – den auch der Hamburger Zoll benutzt – hergestellt. An Fremdprodukten führt man nützliche wie coole Produkte, z.B. Victorinox Memory Blades oder auch Anti-Allergica von Alxon Pharma für Tauchgänge in der Nordsee. Die Beratung vor Ort im Hafengeschäft nahe der Ha-Port-Zentrale ist ausgezeichnet, der Kaffee für Stammkunden ist umsonst, und man hat die seltene Möglichkeit, zu sehen, wie HAZMAT-Mitglieder und Freiberufler jeder Couleur friedlich nebeneinander sitzend über das Tauchen tratschen. Der Besitzer Lutz Tiedemann ist übrigens ein dicker Kumpel von Umweltsenator Sascha Jolk. Tauchen verbindet halt.

Kalmaar

Früher war Kalmaar eine runtergekommene Sportschiffwerft mit dem Namen SubTech, die kurz vor der Pleite stand, bis Antoine Berg seinem alten Arbeitgeber IFMU sagte, "was sie ihn alles können", und den Laden kaufte. Nach einem rapiden Imagewandel finanzierte Berg seine Projektgruppen für Kleinst-U-Boote mit dem Bau von getunten und gepimpten Sportbooten. Als endlich die ersten serienreifen U-Bootmodelle fertig waren, stellte er fest, dass er Millionär war, was ihn allerdings nicht davon abhielt, weiter zu expandieren. Heute reicht die Produktpalette vom Lifestyle-Luxusrettungsboot über barrakudaschnelle zweisitzige MiniSubs bis hin zum umgebauten russischen Marine-U-Boot, das als Touri-Sub unterwegs ist. Die leichte Aufrüstbarkeit, modulare Bauweise und die Option einer gepanzerten Securitechvariante für nahezu alle Modelle führt dazu, dass nicht nur TechRowdys und Tuner, sondern auch jede Menge Schmuggler und Runner Kunden von Kalmaar sind.

Group Trans

Group Trans ist ein Beraterunternehmen, das sich vor allem mit der Entwicklung von Zukunftstechnologien beschäftigt. Gegründet von der alteingesessenen Hamburger Familie von Schleier und mit dem Familienvermögen finanziert, ist Group Trans vor allem eine riesige Denkfabrik mit dem Schwerpunkt Biotechnologie, zu dem Konzerne Forschungsprojekte unter Wahrung ihrer Interessen auslagern können. Group Trans besitzt einen großen neuen Forschungskomplex nahe des Magoclusters und betreibt die alten Synchrotron-Anlagen in Hamburg.

Hanseatische Versicherungszentrale

Auch wenn die DeMeKo kein gutes Haar an der HVZ lässt (irgendeine enttäuschte Orkmutter, die das Kleingedruckte nicht gelesen hat und deswegen keinen Euro bekommt, findet sich immer), besitzt die private Versicherungsgesellschaft durchweg einen guten Ruf als lang etabliertes Familienunternehmen in Hamburg. Allein aufgrund ihres Geschäftsfeldes steht sie im Normalfall in recht gutem Kontakt zu vielen anderen Unternehmen, und selbst die radikalsten Hamburger Gruppierungen finden meist noch lohnendere Ziele.

Einer der wenigen Brennpunkte der HVZ ist zurzeit der Frankfurter Bankenverein, der schon lange nach einer Gelegenheit sucht, sich in Hamburg „einzukaufen" (obwohl er durch die Anwesenheit seiner Banken ohnehin präsent ist). Die Vorgänge wiegen umso schwerer, da die HVZ aufgrund von Versicherungssummen gerade mit Ætherlink im Clinch liegt. Zwar decken die Versicherungspolicen keine explodierenden WiFi-Masten ab, seit aber Ætherlink seine Schäden als Sturmschäden oder Diebstähle tarnt, wird es immer schwerer, Zahlungen an den Großkonzern zu vermeiden. Derzeit streiten sich die Anwälte beider Fraktionen um die genaue Versicherungssumme. Im schlimmsten Falle wird Firmeneigner Schlegel wohl auf das Übernahmeangebot aus Frankfurt eingehen müssen.

Ha-Port – Hamburger Freihandelshafen

Vergleicht man den Hamburger Hafen direkt mit dem Europort, dann ist – negativ ausgedrückt – Hamburg einfach dreckiger, schmutziger und viel verwirrender. Positiv betrachtet sind die Spielregeln dort freier auslegbar, auch wenn die NEEC seit langem versucht, Hamburgs Sonderstatus als Freihafen zu beschneiden. Sämtliche neuen Richtlinien aus Brüssel zielten in der Vergangenheit darauf ab, dem Europort als Hightech-Hafen und Europas Aushängeschild den Vorzug zu geben, zum Beispiel durch verschärfte „Sicherheitsrichtlinien" für Hafenarbeiter, die darauf abzielten, diese durch Drohnen zu ersetzen (die Rotterdam bereits hat). Und weil ein großer Teil der Hamburger Arbeitsplätze direkt oder indirekt mit dem Hafen in Verbindung steht und die Stadt ohne die Einnahmen aus dem Hafen quasi sofort pleite wäre, kann man durchaus auf den Gedanken kommen, dass da eine Absicht hintersteckt. Aus diesem Grund sabotiert der Senat bereits seit zwei Jahren die Umsetzung der NEEC-Richtlinien, wo es nur geht, und hat kürzlich angekündigt, jedwede Vorgaben, die Hamburgs Möglichkeiten einschränken, kategorisch abzulehnen. Das Ganze entwickelt sich im Moment zu einem politischen Kalten Krieg, wobei die Allianz deutlich auf Seiten der NEEC steht. Als Reaktion auf die „verräterische" Haltung der ADL müssen die Hamburger deshalb auf innovative Mittel zurückgreifen. Da werden dann schon mal auf Anordnung des Hamburger Gesundheitsamtes 2000 Billigarbeitnehmer aus den Ostblockstaaten oder Asien wegen Seuchengefahr in Quarantäne gesteckt, obwohl sie vorher eine offizielle Allianzarbeitsgenehmigung bekommen haben. Auch schafft es die Gewerkschaft der Hafenarbeiter durch die

DATENEMPFANG ...

FINANCIAL TIMES ONLINE

Suche: Ha-Port

Größter Seehafen der ADL, zweitgrößter Europas (nach Europort), zehntgrößter Containerhafen der Welt, Teile extraterritoriales Konzerngelände.

Seegüterumschlag: mehrere hundert Millionen Tonnen pro Jahr; seit 2068 Hauptimport- und Exporthafen für WiFi-Equipment jeglicher Art, da die ADL den größten Markt für Tech-Produkte in Europa darstellt und auch eigene Highend-Geräte produziert.

Liegeplätze: Seeschiffe, große Containerschiffe. Ausbau des SeaGate-Kais bis 2073 als modulare Anlegestellen geplant, um auch Frachter der Behemoth-Klasse löschen zu können und damit konkurrenzfähig zum Europort zu bleiben.

Betriebe im Hafen: zwischen 500 und 600

>*Link*< zum Detailartikel

>*Link*< Weiterleitung zum HHMC Knoten

Unterstützung von Senatsmitgliedern und Aktionen der friedlichen Fraktion der Anti-Eurokraten immer wieder, die NEEC medienwirksam als großen Buhmann hinzustellen, was inzwischen auch bei Hafenarbeitern in anderen Anrainerstaaten zu einem gewissen Unmut gegenüber Brüssel geführt hat.

» Als die NEEC letzten Monat eine Kommission zu „Verhandlungen" (sprich Überwachung der Durchsetzung einiger Beschlüsse) nach Hamburg schickte, hat der Senat die Leute in einem drittklassigen Hotel untergebracht und jede ihrer Bewegungen an Umweltaktivisten und NEEC-Gegner weitergeleitet. Nach zwei Tagen ist die Kommission wutschnaubend wieder abgereist, ohne auch nur einen Punkt der Tagesordnung abgeschlossen zu haben. Dass der NDR dies auch noch live übertrug, war auch nicht wirklich diplomatisch.
» Snow-WT

Im Gegensatz zu vielen anderen Häfen ist der Hamburger Hafen ein gewachsener Hafen. Kein grundlegendes Designkonzept, sondern die durch die Schwarze Flut erzwungenen Teil-Modernisierungen, Erweiterungen, Neubauten und Patchwork-Upgrades sorgen für eine Vielzahl von Baustilen und Techstufen. In einigen Gegenden des Hafens sieht es tatsächlich wie einem heruntergekommenen Simflick-Dock aus, andere Gegenden sind dafür so mit Hightech zugepflastert, dass sie selbst den Europort alt aussehen lassen. Manchmal ist auch beides auf einmal vorhanden.

Für ungefähre Tipps schau auf **[Drahtnews Hamburg]** vorbei, für detaillierte Infos kannst du mich direkt anpingen.

MESSAGE WINDOW [KANALRATTE]

» Übersetzung: Nur weil ein Lagerhaus nach Rostlaube aussieht, sagt das nichts über den Sicherheitsstandard aus. Andersherum kann ein neumodisches SOTA-Lagerhaus sicherheitstechnisch ziemlich unterversorgt sein, weil beim Bau die Euros ausgegangen sind. Hausaufgaben machen!
» Deckard

Genau dieser Stilmix stellte die Ingenieure von Ætherlink beim Einrichten des WiFi-Netzes vor einige Probleme, die mittlerweile offiziell als gelöst bezeichnet werden. Ætherlink spricht von einer technischen Meisterleistung. Realistisch betrachtet sieht die Geschichte etwas anders aus. Das Problem ist dabei nicht die Abdeckung des Netzes, sondern die zahlreichen zugriffsgeschützten Netze, die über den gesamten Hafen verstreut sind. Wenn sich zum Beispiel Manager X am Hafenabschnitt C-2 mit seinem Kommlink in den geschützten Knoten seines Büronetzes am anderen Ende des Hafen einloggen will, muss das Signal zahlreiche Transmitternetze mit hoher Übertragungsrate und Cutting-Edge-Verschlüsselung durchqueren, was nicht selten zu Datenverlusten, Netzzusammenbrüchen und Überlastungen führt. Zur Problembehandlung stellte Ætherlink mehrere Senderelais auf, um das Problem einfach zu umgehen, allerdings bekommt das Hamburger Wetter (inklusive sporadischer Anschläge durch Konzerngegner und die Konkurrenz) den Masten nicht besonders gut.

Um aufkeimende Probleme direkt zu beheben (und Klagen zu vermeiden), hat Ætherlink ein fast 50 Mann starkes Technikerteam im 24-Stunden-Einsatz, um das Hafen-Netz halbwegs am Laufen zu halten. Die Jungs und Mädels nennen sich selber „Quijotes" (wohl wegen der Windmühlen-Analogie) und haben mittlerweile ganz gute Beziehungen zur Runnerszene. Der Grund ist nicht nur, dass sie sich unkonventionelle Tipps von eingefleischten Hackern holen, es ist vielmehr so, dass zeitgleich mit dem plötzlichen Versagen von WiFi-Relais vor einiger Zeit auch die Unfallquote unter den Quijotes zunahm.

» Ihr wisst schon, die Art Unfall, wo der praktisch begabte Techniker in einen Eimer mit Flüssigbeton tritt und danach ins Wasser stolpert, oder sich mit seiner Privatknarre aus Versehen selbst abknallt. Manchmal haben sie auch keine Lust mehr auf ihren Job, und so „entscheidet" sich z.B. die hübsche kleine Technikerin dafür, lieber auf der Roten Meile in St. Pauli zu arbeiten.
» Sermon

Seitdem versuchen die Quijotes, sich durch diverse Deals die Schmuggler, Piraten und anderen Auftragsschläger (oder gar –mörder) vom Hals zu halten.

DIE FREIHAFENHANDELSZONE (FHHZ)

Der Freihafen ist landseitig mit einem ca. 5 Meter hohen Zollzaun gesichert, der sich ständig in Reparatur befindet. In Gegenden, wo häufiges illegales Überschreiten des Zollzauns arge Aufmerksamkeit erregen würde, weil schon wieder böse Autodiebe 20 Ferraris geklaut haben und dies zwei Stunden später in allen Newsfeeds zu lesen ist, oder neuralgische Punkte betroffen sind, besteht der Zaun aus etwas mehr als nur Draht. Bewegungsmelder, Kameras – mit allen möglichen Sichtmodi – und Patrouillen bilden eine durchaus effektive **[Sicherheitszone]**. An anderen Stellen besteht der Zaun dann allerdings tatsächlich nur aus Draht, denn Sicherheit kostet vor allem eines: Geld.

Der gesamte Freihafen ist zolltechnisch exterritorial, d.h. per Schiff angelieferte Waren müssen nicht verzollt werden und können den Hafen auch unverzollt wieder verlassen. Erst bei der tatsächlichen Einfuhr auf ADL-Gebiet sind die Zollformalitäten zu beachten.

Für die Warenabfertigung stehen zehn Zolldienststellen an den Straßen sowie eine Eisenbahnzollstelle zur Verfügung. Der Personenverkehr kann acht Freihafengrenzübergänge nutzen. Für ganz dringende Güter gibt es auch noch zwei Heli- und Commuterports, allerdings sind sie nicht für Massenabfertigung ausgelegt und müssen normalerweise lange im Voraus gebucht werden. Dementsprechend saftig sind die Eilgebühren, von den Bestechungsgebühren für „sofort" ganz zu schweigen.

Verwaltet wird die FHHZ vom HHMC (Hamburger Hafen Management Center), einer Gesellschaft, die zu je 20 % der Stadt Hamburg, Mærsk (Hapag-Lloyd), Regulus Transport Services und Worldwide Shipping gehört. Andere Unternehmen im Hafen können sich mit einer jährlichen Gebühr einkaufen. Je nach Budget reicht die Einstufung von „Klasse 1" – darf im Hafen Geschäfte betreiben – bis hin zu „Klasse 10" – Stimmrecht im Hafenrat. Im Rat befinden sich neben den oben genannten Gesellschaftern zurzeit noch Blohm&Voss, Plank Hoch- & Tiefbau, Kalmaar, die Reederei Vietnbrunn und Schmalbach Krill Food. Den zehnten Ratssitz besetzt traditionell der Leiter der Hamburger Zollbehörde, wobei dieser allerdings nur bei Sicherheitsfragen Stimmrecht hat. Die Auslegung, was zu den Sicherheitsfragen gehört und was nicht, ist jedesmal ein heißer Diskussionspunkt. Zum Glück für den Senat sind die Mitglieder des Kontrollrats meistens vollauf damit beschäftigt, sich gegenseitig übers Ohr zu hauen, um bloß keinem der Konkurrenten einen Vorsprung zu erlauben, was zu der angenehmen Situation führt, dass sich Dr. Jan Reuther als Vertreter des Senats in der Rolle des wohlmeinenden Vermittlers präsentieren kann, während zeitgleich alles dafür getan wird, den Einfluss der Konzerne klein zu halten.

Das HHMC kümmert sich u.a. um die zentrale Logistik der Schiffslöschung, Umschlag- und Lagerhallenverwaltung, Ladungskontrolleure und Tallybetriebe, Kühlhausbetriebe, Ewerführer, Vermietung von Schiffsraum (im Hafen) und den Lotsenbetrieb.

Merken: Eine freundliche Bekanntschaft mit einem/einer der unterbezahlten HHMC-Arbeits„drohnen" in der Verwaltung zahlt sich eigentlich immer aus, wenn man spezifische Informationen braucht, wo was herumliegt! Gilt übrigens für den ganzen Freihafen. Man verlässt sich hier in allen Bereichen wesentlich mehr auf leicht bestechliches oder zu erpressendes metamenschliches Personal als anderswo. Versucht mal, in Rotterdam eine Schlepperdrohne zu bestechen ...
Labskaus

Des Weiteren beherbergt der Freihafen Reparaturbetriebe für Container und Gabelstapler, Händler mit Reiseproviant und Schiffsausrüstungsgütern, Stützpunkte von Speditionen und Reedereien, Schiffsmakler, Havariesachverständige, Industriebetriebe (Schiffswerften, Zulieferbetriebe, Maschinenbau und –reparatur), Mineralöl- und Paraffinverarbeitung, –lagerung und –handel, Pharmaproduktion und Medienbetriebe sowie historische Ausstellungen und zollfreie Einkaufsmeilen.

SCHIFFSMEISTERS TOP 3 DER FHHZ

Von dem Haufen, der im HHMC-Kontrollrat sitzt, gibt es drei, die in meinen Augen wichtig sind.

Hapag-Lloyd (Mærsk)

Das Grundgesetz der Logistik sind die sieben „R": Die richtige Menge der richtigen Güter zur richtigen Zeit in der richtigen Qualität zu den richtigen Kosten am richtigen Ort mit den richtigen Informationen für alle Beteiligten. Und die Königskrabbe in diesem Bereich ist eindeutig Hapag-Lloyd. Wenn es hart auf hart kommen würde, könnte H-L die FHHZ mit zwei Stunden Vorlaufzeit auch alleine schmeißen. Und auch wenn diese Aussage aus einem ihrer Werbeflyer stammt, ist sie gar nicht weit von der Wahrheit entfernt. H-L bietet sämtliche Services in diesem Segment aus einer Hand an und hat als einziges Logistikunternehmen in der FHHZ einen eigenen Großflughafen in der Hinterhand: Lufthansas Kaltenkirchen. Die kleineren Konkurrenzunternehmen im Logistiksektor sind eigentlich bloß froh darüber, dass sich H-L nicht mit Klein- und Spezialaufträgen abgibt, weil die Kosten-Nutzen-Rechnung für sie dabei nicht aufgeht. So bleiben genug Sparten übrig, um ca. 40 weitere Logistikunternehmen im Hafen am Laufen zu halten. Arbeit gibt es da für uns Runner eher selten, es sei denn, dass mal wieder ein kleiner CEO durchdreht und H-L irgendeinen großen Fisch wegschnappen will. Oft war das nämlich bisher nicht von Erfolg gekrönt. Was wesentlich häufiger vorkommt – nach meinen Informationen etwa dreimal die Woche – sind Runs gegen H-L, die vom organisierten Verbrechen oder von „privat" vergeben werden, um an bestimmte Lagerungs- oder Transportdaten zu gelangen und das Zeug dann auch gleich zu entwenden.

Blohm&Voss (Renraku)

Wenn man eine Werft mit Hamburg verbindet, dann Blohm&Voss. Nach Renrakus Fall durch den Computercrash entschied das Europahauptquartier in München, seine anderen Sparten zu stärken. Eine beträchtliche Menge Geld wurde in den Bau einer WiFi-drohnengestützten Werft auf dem Gelände des Trockendocks „Elbe 17" gesteckt, das nach einer ebenfalls erfolgten Erweiterung inzwischen eines der größten Trockendocks der Welt ist. Angeblich soll das Dock, das eine Hochsicherheitszone ist, an eine Nanitenproduktionfabrik angeschlossen sein, das die Teile für den Bau von Schiffen direkt produziert, die dann in der Drohnenstraße verbaut werden. Da B&V vor allem Megakonzerne und Regierungen beliefert, es den Entwürfen aber meistens an der Kreativität und Innovation im Schiffsdesign fehlt (wo Kalmaar und Proteus einen meilenweiten Vorsprung haben), versucht B&V vor allem mittels Industriespionage (also uns) an neue Entwicklungen zu kommen.

SeaGate (Worldwide Shipping, Regulus Transport Services)

Das SeaGate ist das von einer Katastrophenmeldung nach der anderen überschattete Gemeinschaftsprojekt von Worldwide Shipping und Regulus Transport Services, bei dem ein arkologieartiger Kai gebaut werden soll, der modular beweglich ist und sowohl Frachtern der Behemoth-Klasse Platz bieten als auch bei Bedarf viele kleinere Schiffe aufnehmen kann. Ziel ist es, mit dem technologischen Stand und der Flexibilität des Euroports Schritt zu halten und so bei den Kunden mit High-Tech und Modularität zu punkten. Derzeit leidet das halbfertige Bauprojekte jedoch unter Sabotageakten und Finanzierungsengpässen. Wie man aus Kreisen des Senats hört, unterstützt die Stadt das Projekt aus dem einzigen Grund, dass es Hamburg wirtschaftlich interessant macht (da schluckt man alles andere ab und zu mal runter). Derzeit befindet sich das SeaGate an einem Scheidepunkt. Gelingt es dem Joint Venture, sich zu berappeln, kann der Senat damit gut leben. Müssen die Konzerne das Projekt dagegen abstoßen, so wird es der Senat wahrscheinlich kaufen und sich mit der Fertigstellung unter seiner Kontrolle ein wirtschaftliches Denkmal setzen. Angeblich sucht man aus diesem Grund bereits in den anderen Freistädten wie Königsberg und Kronstadt nach privaten Geldgebern, die bereit sind, das Projekt im Notfall zu tragen.

Da erscheinen die verstärkten Patrouillen der HAZMAT, die offiziell Anschläge verhindern sollen, in einem ganz anderen Licht.
Labskaus

SICHERUNG DES FREIHAFENS – DIE HAZMAT

Der gesamte Freihafen ist eine offizielle Sperrzone unter der Jurisdiktion des Senats, seit es Mitte der Dreißiger immer wieder zu Anschlägen durch Ökoaktivisten der Grünen Zellen und der ökoterroristischen Guppe GreenWar auf Ölraffinerien in Moorburg und Hohe Schaar gekommen war. Die Oberhoheit dieses Bereichs obliegt der Hamburger Zoll- und Marineschutztruppe – lokal mit HAZMAT abgekürzt – was in der Übersetzung heißt: nix HanSec, sondern die schweren Jungs.

Die HAZMAT setzt sich heute aus der ehemaligen Hamburger Zollbehörde und einer bewaffneten Elbschutzgruppe zusammen, deren Wurzeln auf eine frühere Kieler Marineeinheit zurückgehen, die mal nach Hamburg abkommandiert wurde, als Piraten und Schmuggler hier noch fröhliche Urständ feierten. Als paramilitärische Eingreiftruppe kann sie Zollangelegenheiten notfalls mit Waffengewalt durchsetzen, ist aber auch für die Sicherung des Hafens und der Küsten innerhalb des Einzugsbereichs von Hamburg verantwortlich. Meistens setzen die Beamten ihre Befugnisse mit voller Härte durch, vor allem bei den Konzernen. Bei Schmugglern und Piraten drücken sie dagegen auf Anweisung von oben auch mal gern beide Augen zu, und so werdet ihr im Hafen zahlreiche unregistrierte Schiffe und Frachter, „freie Händler" und Schmugglerverstecke finden, wenn ihr wisst, wo ihr suchen müsst. Zwar verurteilt der Senat offiziell die Piraterie und den Schmuggel (besonders gegenüber den DeMeKo-Snoops, die wie die Schmeißfliegen überall zu finden sind), aber die Senatoren scheinen kapiert zu haben, dass ein gewisser Grauzonen-Handel für die Unabhängigkeit Hamburgs von essentieller Bedeutung ist. Insofern müssen die wenigsten freien Frachter ihre Ladung so genau deklarieren, wie es bei den Konzernfrachtern der Fall ist. Wenn es allerdings um Schwarzmarktwaren wie militärische Waffen oder Drogen geht, die weitreichende Konsequenzen für die Sicherheit der Stadt haben, hat auch die Toleranz der HAZMAT ein Ende.

• D.h. neue Nutten aus Fernost, die illegal nach Hamburg eingeschleust werden, um dann unregistriert auf dem Kiez zu laufen, sind erlaubt, chemische Drogen dagegen tabu.
• Betonmade

• Dass die HAZMAT-Jungs echt gut ausgerüstet werden, sieht man an ihren Spielzeugen, wie den brandneuen AquaStorm Volltauchanzügen, den Schnellbooten der Albatros III-Klasse oder der bevorstehenden Bestellung von FN P93 Praetor MPs. Angeblich sollen sie auch einige von den neuen Ares Thunderstruck Gaussgewehren haben, was ich aber nicht zu 100 % bestätigen kann, da ich sie ihnen nicht verkauft habe. In einigen Konzernetagen spricht man schon von der Prätorianergarde des Senats und fängt an, sich Gedanken zu machen.
• Jarl

IN DER GRAUZONE

Eine Umgebung wie die FHHZ zieht zwielichtige Gestalten – also Leute wie uns – natürlich in rauen Mengen an. Russen, Rads, Ethnobanden mit Kontakten zu den Yakuza, Triaden, die Mafia oder afrikanische Piratencrews, und alles mögliche andere. Wirklich bedeutsam sind davon allerdings die Wenigsten. So geht z.B. seit Jahren das Gerücht rum, dass der örtliche Triadenring aus einer einzelnen Person besteht, was allerdings nicht der Wahrheit entspricht. Das letzte bekannte Triadenmitglied wurde nämlich vor drei Jahren von einigen Runnern auf Rechnung der Likedeeler in der Elbe versenkt.

Likedeeler

Die Likedeeler bestehen größtenteils aus ehemaligen Global-Runnern und ein paar Schiebern, die sich zu einer Art Interessengemeinschaft zusammengeschlossen haben, um größere Stunts durchzuziehen.

• Likedeeler spricht man übrigens deutsch aus. Ist irgendwas Historisches. Piraten oder so. Ihr Chef, „Klaas" (ist aber nicht sein richtiger Name), war früher mal unter dem Namen „Warentester" in den Schatten aktiv und stellt so eine Art Galionsfigur dar, gilt ansonsten aber unter den Schiebern und Dealern der Gruppe als Erster unter Gleichen. Sie mischen nicht nur in Hamburg mit, sondern ziehen ihre Fäden auch im Rheinruhr-Plex (Cosmic), Stuttgart (Marsmann) und bis nach Berlin (DaisyFix).
• Lohengrin

Grundsätzlich teilen sich die Likedeeler in Planer und Schläger auf. Die Schläger – Söldner und vercyberte Straßensamurai, Pistoleros, aber auch Spruchwerfer und Adepten – kümmern sich um das Geschäft auf dem Kiez und halten die Vory in Schach. Die Planer sind oftmals ehemalige Hacker oder Rigger, deren Spezialität es ist, illegale Ware auf normalen Containerschiffen durch die Welt zu befördern, wobei weder die Mannschaft des Schiffes noch der Eigentümer eine Ahnung haben, dass sie für die Likedeeler Sachen spazieren fahren. Es handelt sich also um eine Art Schiebernetzwerk, in dem Waren ohne großes Aufheben von A nach B transportiert werden. Der Vorteil der Likedeeler liegt dabei in den unterschiedlichsten Kontakten aus Runnerzeiten, auf die sie bei Bedarf zurückgreifen. Lokal wird es oftmals hektisch, wenn die Ladung wieder vom Schiff verschwinden soll, zumal sich die ´Deeler nur bei den wichtigen Ladungen die Mühe machen, ins System des Logistikunternehmens einzudringen, um die Ware tatsächlich real zu deklarieren. So einen Containerwürfel (bzw. die zahlreichen Kubikmeter Inhalt) aus dem Hafen verschwinden zu lassen, ist beileibe nicht das Einfachste der Welt.

Warum sie sich so offen mit den Vory anlegen – immerhin überschneiden sich ihre Schmuggel-Geschäfte meistens nur am Rande – ist noch nicht so ganz klar. Es scheint aber deutliche Animositäten mit dem organisierten Verbrechen im Allgemeinen und den Vory im Speziellen zu geben.

• Vielleicht sind einige von ihnen auch nur Patrioten und wollen den Russen nicht das Terrain überlassen. Meinen Segen haben sie jedenfalls.
• Labskaus

• Neben Piraten und Schmugglern aus Wildost, die die Likedeeler unterstützen (vor allem, um der Bedrohung durch Russenschläger zu begegnen), gibt es so etwas wie ein Bündnis zwischen Mahmut Amir, dem Besitzer der Großen Freiheit 36, und den Deelern (vermutlich weil die Russen immer noch in seinem Club abkassieren kommen). Falls das stimmen sollte, wird er sich damit bei den Lobatchevskis nicht wirklich beliebter machen.
• Flitter

Vory

Die Vory beschränken sich hauptsächlich auf den Waffen- und Drogenschmuggel im Hafen, weswegen die HAZMAT sie auch auf dem Kieker hat (während die Likedeeler meist unter deren Radar laufen). Die Arbeit wird vor allem von Vasili Lobatchevskis beiden Handlangern Brochewski und Krylow, Thors Raben und russischen Kaperern wie den Bojaren übernommen. Ansonsten haben die Vory jede Menge Spitzel und Informanten in diversen Betrieben – die meisten davon durch Erpressung –, die ihnen hin und wieder einige nützliche Informationen zuspielen, vor allem, wenn es um Zollrazzien in den Import-Export-Lagerhäusern der Lobatchevskis geht.

• Zwei freischaffende Schieber sollte ich noch erwähnen, weil sie euch nützlich sein können.
• Tagwache

[hinzugefügt von Tagwache]

Kranaya Anya (Red Anya)

Anya ist eine Veteranin der Roten Armee und hat im Polnischen Bürgerkrieg gedient. Seit einigen Jahren betätigt sie sich als Waffenhändlerin in der ADL und hat in Hamburg ihre Operationsbasis. Sie ist ca. Mitte 30 und trägt gerne alte Militärklamotten und einen stylishen Kurzhaarschnitt. Sie spricht Russisch, Deutsch, Polnisch und

Englisch mit einem derben Akzent, der aber wohl Show ist, weil ich sie auch schon vollkommen akzentfrei habe reden hören. Wenn man den Gerüchten glauben schenken darf, hatte sie wohl mal eine besondere Beziehung zu den Vory, allerdings gibt sie sich redlich Mühe – vielleicht gerade wegen ihrer Vergangenheit – unabhängig zu bleiben. Das hat dazu geführt, dass sie unzählige Kontakte zu unabhängigen Schmugglern hat und damit Ware von den verschiedensten Quellen beziehen kann. Am besten sind ihre Connections in Richtung Osten, nach Polen und Russland.

Jarl

Wenn man böse ist, dann nennt man Jarl einen High-Society-Schieber. Er hat sich auf alles spezialisiert, was richtig teuer und selten ist. Die Preise sind entsprechend exorbitant, aber Exklusivität hat eben ihren Preis. Er unterhält offiziell ein Lagerhaus im Hafen, um seine legalen Luxusgüter durchzuschleusen, allerdings gibt es auch einen etwas geheimeren Teil des Hauses, den die HAZMAT bisher entweder noch nicht gefunden hat oder nicht finden will. Darüber hinaus lässt er vieles in Luftblasen-Lagern in der Neuen Mitte zwischenlagern, um die Übergaben nicht im Hafen machen zu müssen. Er hält sich oft im Kaiserkeller auf, um Geschäfte zu besprechen. Moralische Bedenken sind für ihn ein Fremdwort.

- Geschäft ist Geschäft.
- Jarl

DATENEMPFANG ...

AUF DER REEPERBAHN NACHTS UM HALB EINS: HAMBURG VON UNTEN

geposted von Global Player [Temporary Account]

Es gibt eine ganze Reihe von „Unternehmern" auf dem Kiez. Mit meinen zwölf Pferdchen im Stall bin ich einer von ihnen. Zugegeben, ein unbedeutender im Vergleich zu den Lobatchevskis, den Likedeelern oder Rangachari, aber lieber ein kleines Blatt in der Krone der Schöpfung als ein Krümel Dreck zwischen den Wurzeln, wie die Chipper, Nutten und der andere Müll, der uns jeden Tag das Leben schwer macht. Das soll natürlich nicht heißen, dass ich meine Pferdchen schlecht behandle. Ich passe auf sie auf und halte ihnen Schläger und Perverse vom Hals, denn das Geschäft mit ihnen ist wie das mit Erdbeeren: Mit Druckstellen machen sie einfach keinen guten Preis. Außerdem habe ich ein Auge auf ihre Finanzen und ihre Gesundheit, kümmere mich darum, dass ihre PANs die richtigen Profile mit den passenden Preisen anzeigen und sie nicht zwischen dem anderen Spam auf dem Kiez untergehen. Sie würden alleine sowieso nicht weit kommen, ihr Geld nur für Glitter und Fummel ausgeben und irgendwann mit ausgebranntem Hirn oder aufgeschlitzter Kehle in der Gosse enden. Das ist nun mal ihre Natur, und ich gebe ihnen die harte Hand, die sie vor diesem Schicksal bewahrt. Ich bin schließlich kein Verbrecher, auch wenn die braven Mamis und Papis da draußen gerne das Gegenteil behaupten und sich dann heimlich beim Gedanken an meine Pferdchen und dem, was sie tun, einen runterholen. Das Geschäft ist dank Matrix-Konkurrenz zwar immer schwieriger geworden, aber seien wir mal ehrlich: Den echten Ritt kann kein Chip der Welt ersetzen.

- Wo haben wir denn diesen Müll in Menschenform her?
- Eva

» Nun, ich vermute mal, in seinem Berufszweig sind bestimmte Charaktereigenschaften Jobvoraussetzung. Aber abgesehen davon, dass er ein sexistisches Arschloch ist, das man schnellstmöglich in der Elbe versenken sollte, weiß er als Lude über das, was auf dem Kiez hinter den Kulissen läuft, ziemlich gut Bescheid. Du weißt ja selbst, wie das Biz ist, Schwester, man kann sich die Leute nun mal nicht aussuchen. Und seien wir mal ehrlich, deine Attitüde Metamenschen gegenüber ist ebenfalls verbesserungswürdig.
» Anne Archiste

DIE KÖNIGE VOM KIEZ

Die Reeperbahn ist kein Sammelbecken für Gesindel, auch wenn das im Trideo so rüberkommt, hier hat alles seine ganz eigene Ordnung. Meine Pferdchen sind bei der Stadt angemeldet, kriegen monatlich ihre Untersuchung, ich zahle meine Steuern an den Senat und meine Abgaben an die Jungs von Victor Lobatchevski. Ich halte meine Pferdchen in der Talstraße am Start, damit sie den anderen nicht ins Gehege kommen, ich habe mit dem Sugarbabe Club Prozente bei den Getränken der Freier ausgehandelt und außerdem hab ich noch einen Deal mit Ellis Love Hotel. So sieht das natürlich auch mit den anderen Unternehmern aus. Keiner pfuscht alleine vor sich hin, alle arbeiten zusammen, und jeder arbeitet entweder für die Lobatchevskis oder die Likedeeler. Westlich der Linie Taubenstraße und Detlev-Bremer-Straße gehören die Läden inklusive der Herbertstraße Victor und seinen Leuten und im Osten Richtung Speicherstadt halten die Deeler die Hand auf. Außerdem hat Victor als kleines Zubrot noch ein paar Spielhöllen und Wettbüros laufen. Genauso wie die Deeler hält er allerdings die wirklich großen Geschäfte (Waffen und High-Tech) vom Kiez fern.

Natürlich war das nicht immer so. Die Russen haben sich die letzten zehn Jahre hier ziemlich breit gemacht und die Polen, Rumänen, Yaks und Hiesigen nach und nach aus dem Geschäft geschoben, wobei die das mit ihren Streitereien auch ganz gut alleine hingekriegt hätten. Beim Crash haben die Russkis dann noch die letzten ernsthaften Konkurrenten in der Elbe versenkt. Dieser Zustand ist mittlerweile nicht nur Investoren außerhalb Hamburgs sauer aufgestoßen. In den letzten Monaten wurde die Macht der Gebrüder Lobatchevski vor allem durch die Likedeeler, eine Gruppe ehemaliger Hamburger Runner und anderer „freischaffender" Schläger, auf die Probe gestellt. Ähnlicher Widerstand regt sich aus Richtung einiger Piratengruppen und der Hamburger Halbwelt, die seit Jahren mit den Vory auf Kriegsfuß stehen. Durch geschickt inszenierte Gewaltakte gelang es ihnen, die Kontrolle über einige Clubs und Bars an der Reeperbahn zu übernehmen, wobei Victor von einer Autobombe leicht verletzt wurde. Irgendwie hat das die Russen aus ihrem selbstgefälligen Tran geholt. Anschließend machte Victor mit Vasilis Hilfe deutlich, dass er mehr als genug zu allem bereite Schläger aufbieten kann, um jeden einzelnen Club niederzubrennen und jeden Likedeeler, den er findet, an der nächsten Straßenlaterne aufzuhängen (im wahrsten Sinne des Wortes – war kein schöner Anblick). Schließlich sah sich die durch ständige Schießereien provozierte HanSec gezwungen, im Namen des Senats hart durchzugreifen, und setzte beide Seiten mit Verhaftungswellen und Razzien massiv unter Druck. Nach einigen Monaten der Schießereien, zwei Autobomben und einem Haufen gebrochener Daumen hat sich die Situation inzwischen wieder halbwegs beruhigt, und heute besteht ein wackliger Frieden zwischen den beiden Seiten.

» Die Likedeeler haben schnell feststellen müssen, dass ein Streit mit Lobatchevski ein Streit nicht nur mit Klein-Russland, sondern mit Verbindungen bis weit nach Skandinavien und hinter den Ural bedeutet. Und auch die HanSec hat mit ihren Verhaftungen klar gemacht, dass der Senat diese Menge an Ärgernissen mitten in der Innenstadt nicht duldet.
» Deichbrecher

DATENEMPFANG ...

[Profil bereitgestellt durch Red Anya]

DAS LOBATCHEVSKI-SYNDIKAT

Das organisierte Verbrechen dominiert St. Pauli, die Russen dominieren das organisierte Verbrechen, die Lobatchevski-Familie dominiert die Russen und die Brüder Victor und Vasili dominieren den deutschen Zweig der Lobatchevski-Familie. Wenn es einen „tzar" von Hamburg gibt, dann ist es einer von diesen beiden.

Victor Lobatchevski, ein stämmiger Mittdreißiger mit ruhigem Auftreten und einer selten zu beobachtenden, dann aber eiskalten Brutalität. Er kontrolliert von seinem Club „Dollhouse" aus die lokalen Geschäfte in St. Pauli und hat seine Hände in Prostitution, Glücksspiel und Schutzgelderpressung. Er ist dadurch außerdem der wichtigste Ansprechpartner für den Senat, und mit der Kontrolle über Klein-Russland in der Hinterhand kann er ein beinharter Verhandlungspartner sein. Diese Kontrolle übt sein etwa fünf Jahre jüngerer und sportlich gebauter Bruder Vasili von seinem festungsähnlichen Club „Courage" mit eiserner Hand aus und kümmert sich dabei vor allem um den lokalen Drogen- und Waffenhandel. Daneben hat er seine Finger in sämtlichen Geschäften Klein-Russlands und im Transfer verschiedener Schmuggelgüter anderer Gruppen des Syndikats über den Umschlagplatz Hamburg. Im Gegensatz zu seinem älteren Bruder neigt Vasili zu Drogen- und Sexexzessen und überlässt die eigentlichen Geschäfte seinen Untergebenen Brochewski und Krylow, deren gegenseitige Feindschaft der einzige Grund ist, warum sie Vasili noch nicht aus dem Weg geräumt haben.

» Die Demarkationslinie verläuft zurzeit in Nord-Süd-Richtung an der Taubenstraße und der Detlev-Bremer-Straße, aber es ist zu vermuten, dass weder Vasili noch Victor sich noch lange von irgendwelchen Schiebern auf der Nase herumtanzen lassen, zumal selbst diese beiden Luka Jankevitch, dem derzeitigen Avtoritet des Lobatchevski-Syndikats, Rede und Antwort stehen müssen, wenn die Kohle nicht mehr fließt. Und seit das Oberhaupt kein Lobatchevski mehr ist, haben die zwei wahrscheinlich auch ihren „Familienbonus" verspielt.
» Betonmade

Seitdem halten sich alle an die Spielregeln, zumindest oberflächlich: Deeler und Vory halten sich aus den Geschäften der jeweils anderen heraus, es werden keine BTL-Progs, kein Red Mescaline oder Bliss (nur leichte Antörner und Aphrodisiaka) an Touris verdealt, Junkies und Chipper werden von der Reeperbahn vertrieben, und die Nutten sind alle sauber und registriert. Dafür kommen die Razzien der HanSec hier für niemanden überraschend, und pünktliche Schmiergelder ermöglichen das übliche Tagesgeschäft. Auf der Straße werden die Russen von den Mjidwjedi, also den Bären, und den Tschernyji

DATENEMPFANG ...

[Info bereitgestellt durch Galore]

GANGS AUF DEM KIEZ

Mjidwjedi (Die Bären)

Wenn man für den Begriff „Schlägervisage" Beispiele sucht, ist man bei den Bären richtig. Grobschlächtige Straßenschläger, viele von ihnen Orks, haben sich unter dem Bärenkopflogo der Gang zusammengefunden. Die meisten sind Russen, einige auch Litauer, und allen ist gemein, dass sie für Victor Lobatchevski die Kartoffeln aus dem Feuer holen, in der trüben Hoffnung, irgendwann einen Posten in seiner Organisation übernehmen zu können. Zurzeit ist Oleg Pudowkin ihr Anführer, ein Brocken von einem Ork, den alle nur „Kulak", die Faust, nennen. Für den tzar erledigen die Bären die Schutzgelderpressung auf dem Kiez und halten ein Auge auf die Grenze zu den Likedeelern.

Tschernyji Wolki (Die schwarzen Wölfe)

Die Wölfe stellen so etwas wie die private Leibstandarte Victors dar. Sie werden von ihm handverlesen, sind gut ausgestattet und verfügen über einige recht kompetente Magier, die für die astrale Sicherung des Dollhouse verantwortlich sind. Angeführt werden sie von Tatjana Parnyschkowa, einer drahtigen Elfe, die angeblich Adeptin sein soll. Gerüchte, sie hätte was mit Victor Lobatchevski, sind vermutlich Unfug, halten sich aber beständig. Erkennbar sind die Tschernyji Wolki durch Silberringe mit einem Wolfskopf und verschiedenfarbigen Augen aus Edelsteinsplittern.

Mad Aces

Das Gegenstück zu den Bären sind die Mad Aces, quasi die Hausgang der Likedeeler. Die Aces rekrutieren sich hauptsächlich aus Deutschen und Türken und übernehmen im östlichen Teil des Kiez die Drecksarbeit für die Likedeeler. Prostitution, BTL-Handel und Schutzgelderpressung gehen genauso auf ihr Konto wie die Grenzkontrolle zum Territorium der Vory. Anführer ist Jochen „King of Diamonds" Keulen, ein Zwerg mit zwei Designercyberarmen, einem Hang zu extravagantem Goldschmuck und gerüchteweise Kontakten zu Alien Queen. Das Logo der Mad Aces sind, wie kann es anders sein, vier Asse.

Wolki, den schwarzen Wölfen, vertreten, die auch gern mal die Fahrer der Russen-Rikschas rumschubsen und natürlich die Schutzgelder für Victor eintreiben und ein Auge auf die Jungs der Likedeeler halten. Auf der anderen Seite haben die Likedeeler die Mad Aces am Start, die aus Türken, Rumänen und Deutschen bestehen. Alle drei Gangs sind von ähnlichem Kaliber: Junge Kerle von 14 bis 20 mit Knarren, die sich für die Größten halten, weil sie für Victor oder Klaas die Drecksarbeit machen.

Aber auch für sie gilt das Hauptkredo des Kiez: Bei Touris ist Beklauen und Bescheißen okay, aber Verletzen oder Töten bringt Big Willi oder Schlimmeres. Auf diese Weise kriegen alle ihren Teil vom Kuchen, und die Touris, die Kegelbrüder, die Saufgruppen von Konzernabteilungen und Junggesellenverabschiedern, die Soldaten und die Matrosen dürfen die vollendete Schlüpfrigkeit der Reeperbahn genießen, die ihnen dieser farblose 2D-Film seit 130 Jahren verspricht.

Den wackeligen Frieden gefährdet im Moment nur eine Person: Manuel Amit Rangachari, ein indischer Großunternehmer, der in Indien eine Menge Knete mit Software gemacht hat und nun die deutschen Wurzeln seiner Großmutter wiederentdecken will. Und zwar, indem er ein paar Straßen oberhalb der Reeperbahn eine riesige Erotik-Mall hochziehen lässt. Sein Motto ist wohl „Sauber & Schlüpfrig", also sauberer, perfekter Service kombiniert mit Sex und Pornographie. Nette Idee eigentlich, aber ich glaube nicht, dass sich das rechnet. Oder dass die Leute so was wirklich wollen. Wer es definitiv nicht will, sind Victor und die Deeler, aber nach ein paar „Arbeitsunfällen" auf der Baustelle hat Rangachari wohl eine Art Pachtvertrag mit den Vory geschlossen. Sie bekommen ein paar Prozente Umsatz, und dafür lassen sie die Daumen von Manuels Jungs so, wie sie sind. Leider hat er dabei die Deeler komplett übergangen, was noch eine Menge Ärger nach sich ziehen dürfte.

STREIFZUG DURCHS REVIER

Im Endeffekt teilen sich die Betriebe auf der Reeperbahn in drei große Säulen auf: Girls, Alkohol und Sexspielzeug. Anlaufstelle Numero Uno für die ersten beiden ist das „Dollhouse". Den Laden gibt es schon ewig, und er ist quasi Victors Palast und Privatspielwiese. Hier residieren er und seine Jungs wie Könige. In den Hinterzimmern bespricht er seine Geschäfte und lässt seine Jungs von den Miezen der Bar belohnen, und in den oberen Stockwerken hat er seine ganz private Spielhölle eingerichtet, mit Roulette, Black Jack und Nutten.

> Victor ist ein ziemlich harter Knochen. Er ist schon Jahrzehnte im Geschäft, und gäbe es die Likedeeler nicht, wäre er der unangefochtene Patriarch des Kiez. Er ist ein echter Politiker, ruhig und berechnend, nur unterbrochen durch den einen oder anderen cholerischen Anfall, der meiner Meinung nach aber nur gespielt ist, um klar zu machen, wer der Boss ist. Und wenn er in Feierlaune ist, kann er einem stundenlang von seinem Großvater erzählen, der als Kosak irgendwo im Ural Pferde gezüchtet hat. Er ist zwar abhängig von den skandinavischen Vory und spielt den Spediteur für ihren Krempel, aber er scheint sich auch andere Optionen offen zu halten. Angeblich sollen vor kurzem ein paar Tschechen ihr Unwesen im VIP-Bereich des Dollhouse getrieben haben. Seine eigentliche Achillesferse ist aber sein psychopathischer Bruder Vasili, der die Geschäfte in Klein-Russland kontrolliert. Es hält beständig seine Hand über ihn, aber irgendwann wird der kleine Bruder explodieren, und das wird definitiv nicht gut enden.
> Red Anya

> Ich hab mir mal angesehen, wo auf dem Kiez er überall seine Hand aufhält. Tatsächlich treiben seine Jungs, allen voran die Mjidwjedi, die üblichen Steuern bei allen Läden, Clubs und Puffs von der Großen Freiheit im Westen bis zur Taubenstraße im Osten ein, nur das Café Macke lassen sie jedes Mal aus. Ich hab die Inhaberin, eine Maria Suszek, überprüft, aber die alte Dame ist weder mit Victor verwandt, noch ist irgendetwas Besonderes an ihr.
> Labskaus

Hier kriegen Biedermänner bei ihrem Ausflug in das ach so verruchte St. Pauli alles, was sie brauchen: GoGos, Cocktails, Bier und Schampus in ordentlicher Nachtclub-Atmosphäre. Man findet hier natürlich auch was fürs Bett, aber für einen richtigen Kiez-Ritt kann ich nur das „Sugarbabes" empfehlen, denn meine Pferdchen können nicht nur genug Deutsch, um die Wünsche jedes Kunden

DATENEMPFANG ...

[Profil bereitgestellt durch Snow-WT]

MANUEL AMIT RANGACHARI

Reiche Menschen neigen zu exzentrischen Hobbies, aber dieser indische Multimillionär mit deutschen Wurzeln hat sich tatsächlich ein besonders verwegenes Ziel in den Kopf gesetzt. Nachdem der 2023 in Bombay geborene Brahmane Rangachari ein Vermögen mit Softwareentwicklung gemacht hat, fasste er nach einem Urlaub in der Heimatstadt seiner Großmutter, einer Hamburgerin namens Nina Hageneier, den Plan, seiner Faszination für das Treiben auf dem Kiez dadurch Ausdruck zu verleihen, dass er sein Geld in eine rein nach betriebswirtschaftlichen Gesichtspunkten funktionierende, serviceorientierte Mall rund um die Themen Sex und Erotik investiert. Ein ausgefallener, aber unter Umständen durchaus gewinnträchtiger Plan, hätte er nicht die Rechnung ohne seine Konkurrenten gemacht. Denn ganz besonders die Lobatchevski-Brüder waren auf einen zusätzlichen Wettbewerber gar nicht gut zu sprechen, nachdem sie gerade erst einen Teil ihrer Einnahmen an die Likedeeler verloren hatten. Nach einigen Sabotageakten und Einschüchterungen seitens der Hamburger Vory sah sich Rangachari gezwungen, seine Strategie zu überdenken. Er trat eine nicht ganz unbedeutende Gewinnbeteiligung an die Lobatchevskis ab und erkaufte sich damit zumindest fürs erste einen Waffenstillstand. Glaubt man jedoch den Gerüchten, so denkt Rangachari darüber nach, den kürzlich erst abgekühlten Unterweltkrieg zwischen den Likedeelern und den Vory neu zu entfachen, um seine eigene Zukunft als Hamburgs Porno-Maharadscha zu festigen.

zu verstehen, sie machen auch so ziemlich jede andere Sprache mit. Aber dazu komme ich gleich.

Optisch kann man sich die Reeperbahn folgendermaßen vorstellen: Wir kommen von Westen aus, direkt von der S-Bahn-Haltestelle. Links ist die Große Freiheit mit dem Dollhouse, dem Hans-Albers-Museum und der Spaß-Passage „Große Freiheit 36“. Der Laden geht weit in den Häuserblock rein und bietet Discos, Hallen für Liveauftritte, „Steppenwolf“, den „Kerker“ und den „Kaiserkeller“. Hier ist Abends fast immer High Life. Die ganze Angelegenheit wurde von Mahmut Amir aufgebaut und von ihm und seinen Jungs zusammengehalten. Aber man sollte nicht denken, dass er ganz unabhängig vor sich hin wurschtelt, denn auch hier hält Victor nach einem Brand im Steppenwolf schön die Hand auf.

• Und ich dachte immer, Amir mischt bei den Likedeelern mit...
• Deichbrecher

Was die dritte Säule der Reeperbahn angeht, so lasse ich meine Pferdchen regelmäßig im „Body Arts“ aufarbeiten, das man ein Stückchen weiter unten auf der rechten Seite findet. Man sollte kaum glauben, wie sich ein Paar vernünftiger Titten in richtiger Form, Größe und Festigkeit auf den Umsatz auswirkt. Der Schuppen ist sauber, günstig und arbeitet ordentlich. Außerdem kenn ich den Keulen ganz gut, und er wiederum ein paar meiner Pferdchen näher. Da springt ab und an schon mal ein Sonderrabatt bei raus. Neben dem Body Arts gibt es noch ein gutes halbes Dutzend verschiedener lizenzierter Modding-Studios und diverse Hinterhof-Bastelläden, aber Body Arts gehört zu den definitiv empfehlenswertesten auf dem Kiez, wenn es um Bioshaping geht.

• Auch wenn es da hauptsächlich Mainstream-Ware gibt, muss man für den Laden schon eine Lanze brechen. Mehr als jedes pseudoliberale Programm gegen Rassendiskriminierung hat das Body Arts etwas fürs Metamenschenverständnis getan. Denn wo sollte Mann sonst hin, wenn er als Mensch einfach nicht dazu ausgestattet ist, seiner Orkfreundin ein paar schöne Stunden zu bereiten? Und neben Modifikationen in Form, Farbe, Gestalt und Ausdauer sind auch Reizstrompads und Vibrationskerne kein Fehler. Natürlich gibt es ähnliche Möglichkeiten auch für Frauen und für solche, die weder auf Titten noch auf Schwänze verzichten wollen.
• Alien Queen

• Das sind Dinge, von denen ich keine Ahnung haben will ... In der Davidwache hat sich die HanSec breit gemacht. Einige Jahre mussten die blauen Jungs in einem Luftschutzbunker residieren, aber nachdem sich die Lage in Hamburg wieder beruhigt hat, kontrolliert die HanSec den Kiez wieder vom historischen Standort aus.
• Eismann

Weiter geht es die Fußgängerzone runter, wobei keiner, der was auf sich hält, ernsthaft auf das Fahrverbot achtet. Wie säh ich denn aus, wenn ich meine Pferdchen zu Fuß abklappern würde? Außerdem gehört mein ER350 zum Ambiente. Man muss den Leuten schließlich zeigen, was man hat. Neben ein paar runtergekommenen Sexshops, die dank Matrixkonkurrenz bald den Sack zumachen werden, ist rechts das „Kisses“ und gegenüber das „Torro“. Beides Touri-Abzocken. Bier, Spirituosen, dazu das übliche Instant-Zeugs, das alle Restaurants verkaufen. Torro ist auf Spanisch getrimmt, aber das einzig Spanische an dem Laden ist der Schnauzbart des Kellners. Ich glaub, die unwichtigen Schuppen überspring ich ab jetzt einfach. Neben dem Torro, im zweiten Stock, findet sich die „Lotus Lounge“, wo man von den Thai-Mädchen auch mehr als eine Massage bekommen kann. Außerdem hält Daeng Sanpakij, der den Laden schmeißt, für ganz spezielle Kunden ein Sammelsurium aus pflanzlichen und chemischen Drogen bereit. Deang ist ein schmieriger Halunke, und ich habe gehört, dass er gerne mal seine zugedröhnten Gäste aushorcht und die Infos an so ziemlich jeden verkauft, der daran Interesse haben könnte. Er soll angeblich Kontakte zu Victor, Klaas und der HanSec haben und noch bei ein paar anderen aus dem Dunstkreis des Senats auf der Lohnliste stehen. Außerdem arbeitet er mit Aun Samut zusammen, irgendeinem Vetter dritten Grades, der im Erdgeschoss eine Pfandleihe betreibt. Aun ist ein ziemliches Schlitzohr und handelt mit allem, was ihm in die Finger gerät. In seinem Laden wird das angeschwemmt, was die Chipheads und das andere Gesocks geklaut haben, um ihren Trip ins Wunderland zu finanzieren. Außerdem hat er für Freunde ein nettes Angebot an Knarren parat. Die beiden zusammen ergeben ein interessantes Schiebergespann, auch wenn sie sich von den Likedeelern relativ fern halten und sicher nicht zu den ganz großen Leuchten Hamburgs gehören.

Rechts geht jetzt die Silbersackstraße ab. Direkt neben Aldiburger und ohne irgendwelche Außenwerbung befindet sich ein SM-Club namens „Black Velvet". Mistress Lilith und ihre Damen bieten hier so ziemlich alles, was ein gestresster Manager mit Hang zur Unterwürfigkeit braucht, um seinen Alltag aus Entscheidungen über Tausende von Lohnsklaven zu vergessen. Die Ladys scheinen gut von Mundpropaganda zu leben. Man muss einfach nur einen Termin ausmachen, spricht dann ab, worauf man steht und worauf nicht, und was das Stoppwort sein soll und so einen Kram, und beim nächsten Termin geht es dann los. Der ganze Spaß kostet um die 200 Euro die Stunde. Extrawürste kosten natürlich auch extra. Und nein, ich hab es nicht ausprobiert, ich hab es nicht nötig, vor irgendwelchen Schnecken in Gummiklamotten herumzukriechen, aber ein Haufen Bonzen steht auf so was, warum auch immer. Aber schon bemerkenswert, wie die Kohle verdienen, ohne die Beine breit zu machen, nur indem sie ein paar Perverse durch die Gegend schubsen. Hm... vielleicht sollte ich da auch mal ein wenig Knete investieren. Die kleine Nina kann ich mir auch gut in schwarzem Latex vorstellen.

Auf der anderen Seite geht die Talstraße rein. Tja, was soll ich noch sagen? Der „Sugarbabe"-Club, ihr erinnert euch? Die heißesten Pferdchen auf dem Kiez. Gegenüber von Ellis Love Hotel hat außerdem vor ein paar Monaten das „Ferrox" aufgemacht, eine von diesen Goth-Dissen. Nichts gegen Pferdchen in Netzstrümpfen, aber dieses Zombiegehampel ist echt nicht zu ertragen. Es halten sich eisern Gerüchte, dass sich da auch Vampire drin herumtreiben, aber mal ehrlich: Wenn ich eine von diesen Riesenzecken wäre, würde ich mir einen anderen Spielplatz suchen als ausgerechnet einen Ort, wo mir ständig die Vampir-Poser über die Beine stolpern.

» Das mit den Vampiren ist tatsächlich eine reine Werbemasche. Es gibt genug Girlies, die beim Gedanken an einen Vampir in schwarzen Rüschenklamotten nicht nur feuchte Augen bekommen, und genug Bübchen mit albernen Zahnimitaten, die das ausnutzen. Wollen wir hoffen, dass keiner von denen jemals mit der Realität konfrontiert wird.
» Merciless Ming

» Jeden ersten und dritten Donnerstag ist im Ferrox Freak-Night. Plüschis, seltene Metatypen und alles Magische kriegt bis 23 Uhr die Cocktails für die Hälfte, mundane Menschen nur in Begleitung eines der oben genannten. Im Zweifelsfalle entscheidet, wie immer, der Türsteher. Mein Verbündeter hat mir erzählt, dass da ab und an auch der eine oder andere Gestaltwandler und Animus auftaucht. Muss schon ziemlich wild zugehen. Hin und wieder tauchen dort wohl auch selbsternannte Kopfgeldjäger auf der Suche nach Vampiren und Gestaltwandlern auf, aber entweder sie fliegen gleich wieder raus oder kriegen innerhalb kürzester Zeit Ärger mit so ziemlich dem ganzen Laden.
» Luna

Eine ganz andere Nummer ist da die Herbertstraße. Hier gibt es seit über 150 Jahren einfachen, ehrlichen Sex. Kein Zutritt für Frauen und Milchgesichter, dafür Pferdchen aus aller Herren Länder. Ich war seit Jahren nicht mehr da (hatte einige Probleme mit den Kollegen), aber lustig ist es schon, dass die Kerle sich fast immer in der Mitte der Straße rumdrücken, als würden die Pferdchen ihnen aus den Glasboxen heraus die Eier abschneiden können.

» Angeblich gibt es irgendwo in Hamburg eins von diesen Muñeca-Bordellen, wo man plastisch umgebastelte Nutten kriegen kann, ganz nach Kundenwunsch. Keine Ahnung, wo die in Hamburg gemoddet werden, aber ich würd' mal auf den „Kahn" tippen.
» Merciless Ming

» In der Gerhardstraße haben ein paar Balten einen Callboy-Puff mit dem schönen Namen „Rosebud" aufgemacht, also das Gegenstück zur Herbertstraße. Der Schuppen scheint aber nicht gut zu laufen. Frauen rufen sich ihre Callboys lieber, als ihr Glück auf dem Kiez zu versuchen, und der Rest bedient sich bei den Strichern auf der Straße.
» Phalle

Der Cyber-Underground

Wer eher auf Metall und Plastik steht, kann sein Glück auch im „Chrome" versuchen, das fast direkt gegenüber vom Operettenhaus steht. Arme, Beine, Hörner, Schwänze (ja, beide Sorten) – wenn es um Chrom im Körper geht, ist man hier richtig. Das Material wird vor Ort nach Kundenwunsch umdesignt, überarbeitet, angepasst und eingebaut. Bei bereits montiertem Material sind auch Tuning, Paintbrushing, Bedampfungen und andere Spielereien möglich. Kurz: eine Menge Möglichkeiten, für dieses Hobby eine Menge Knete auszugeben. Aber versucht bitte nicht, hier irgendwelche Kampfcyberware zu kaufen, da reagieren die Leute ein wenig allergisch drauf. Liegt daran, dass sie nicht auf das Klischee stehen, dass Vercyberung nur was für Schläger ist.

Jeder, der zur Hamburger Chromfetisch-Szene gehört, der kennt das „Empire". Dieser Laden ist ein Privatclub, und wenn ich mich nicht ganz irre, befindet er sich zurzeit im Keller unter der Wäscherei Hansen in der Lerchenstraße. Zugegeben, ich bin was Sex angeht eher der Brot-und-Butter-Typ, auch wenn ein bisschen Spielzeug kein Fehler ist, aber was da abläuft, ist echt extrem. Fullbody-Mods, Design-Cyberarme und andere Body-Style-Nummern sind schon echt harter Stoff.

» Man muss es ausprobiert haben. Körperliche Perfektion, Eleganz und Schönheit. Die Natur kann da nicht die letzte Grenze sein. Glänzendes Chrom, nachtschwarzes, perfekt geformtes Duraplast und Komposite, die gleichzeitig samtweich und stahlhart sein können, das ist ein Schritt auf diese Perfektion zu. Sei, wer du sein willst.
» Phalle

» Wenn man konsequenter wäre, würde man erkennen, dass das nur eine Krücke ist im Vergleich zur Freiheit der Matrix. Geist über Materie.
» Ham-Star

Der ganze Laden wird von einer Dame geführt, die man als Alien Queen kennt, aber im Club wird sie nur als „Königin" angesprochen. Ich habe sie einmal gesehen, und ich muss sagen, sie hat schon was. Eins meiner Pferdchen hat es mal Ästhetik des Schrecklichen genannt, und dass trifft es irgendwie. Nachtschwarz, glänzend, mit Beinen

KEIMZEIT BEEPSCREAM TICKER – CYBER-RENAISSANCE: CHROME IS BACK !!!

„Wenig Kleidung, viel Chrom" lautet der Wahlspruch der Cyberwelle, die in den vergangenen Jahren Nordeuropa erfasst hat und immer mehr Freunde und Anhänger findet. Auch wenn weitreichende kybernetische Modifikationen beileibe noch nicht zum Mainstream zählen, liegen Chrom-Mods (so genannte Chro-Mos) und Vollgliedprothesen wieder voll im Trend. Wie alle Retrotrends hat auch das Cybermodding eine neue Renaissance, aber auch Transformation erfahren. Es geht nicht mehr darum, künstliche Modifikationen unter Lagen künstlicher Haut zu verbergen. Man geht selbstbewusst mit den „Moddys" um, trägt sie gar zur Schau, und verhüllt nicht, wo man gemoddet ist und was man hat machen lassen. Das geht allerdings nicht so weit, dass man sich mit Fünzigerjahre-Modellen schmückt. Die Technik ist weitergegangen, und das gilt auch für den Kybernetik-Sektor. Style ist dabei eine nicht zu unterschätzende Komponente, und die Firmen haben längst das Potential der Cybermode entdeckt. Niemand, der es sich leisten kann, will „Ware" von gestern. Ob Cyberarme mit kristallener Swarowski-Ummantelung, Color- und Musterlacing, Bronze- oder Kupfer-Look oder Dermal Tribal Plating, nahezu alles ist möglich. Funktionalität der Moddys gerät oftmals zur Nebensache, es geht vor allem ums Aussehen, Feeling, die Details und die Kunst.

Von permanenten Entscheidungen – wie Kritiker oft behaupten – keine Spur. In der Zeit der Klontechnik ist für viele Leute die Entscheidung zur Cyberprothese keine Entscheidung fürs Leben mehr, zumal die neue, modulare Prothesentechnik aus dem Hause Evo zahlreiche Variationsmöglichkeiten und Modelle anbietet. Vom Gebrauchsmodell bis hin zum Designer-Einzelstück (oft durch RFID signiert) ist, je nach Kreditwürdigkeit, alles verfügbar.

Während man in der Skandinavischen Union eine liberale Einstellung zu Vollkörpermodifikationen und unnatürlichen Mods pflegt, tut man sich in der ADL mit der Akzeptanz dieser Modifikationen noch etwas schwer. Jedoch zeigen gerade Stars wie Glamour Pur-Moderatorin Paye Tzanev und ihr Mann Darius „Bahamuth" Tzanev, Brecher bei den Hamburg Rams, ihre Vorliebe für ausgefallene Cybermodifikationen offen in der Öffentlichkeit, was vor allem ein Grund dafür war, dass Evo das ehemalige Laufstegmodell als Werbeträger für seine Pro-Cyber-Kampagne verpflichtete.

Trotz scharfer Kritik, vor allem aus den südeuropäischen Ländern, bei denen diese – oft freizügige – Zurschaustellung von Moddys verpönt ist, erfreut sich Cyber vor allem in Skandinavien, Norddeutschland, dem Baltikum und Polen immer größerer Beliebtheit.

In der pulsierenden Freien Hansestadt Hamburg hat der Trend inzwischen auch extremere Auswüchse angenommen. In der Chromfetischszene (oft auch als Cyber-Underground bezeichnet) werden radikalste Modifikationen bis an den Rand des Menschenverträglichen vorgenommen, um die Sucht nach immer neuen Mods zu stillen. Viele dieser Cyberjunkies erscheinen schon nicht mehr menschlich, und es wird vermutet, dass die immer aufwendigeren Modifikationen zu einer verstärkten Beschaffungskriminalität in der Stadt geführt haben.

» Wie sehr doch die Realität verzerrt werden kann. Ich hab meine Cyberextravaganza schon Mitte der 50er gemoddet und kenne ausreichend Cybertuner auf der ganzen Welt, die für ihre Kunden Cyberware nicht erst seit den Siebzigern clocken. Aber eins muss man diesen Werbe-Fuzzis ja lassen. In Zeiten, da die Bio- und Genetech dem Cyber den Rang ablaufen, kybernetische Mods durch offensive Werbung derart zu hypen, dass Evo mit seiner Sparte wieder massig Gewinne einfährt, verdient meinen tiefsten Respekt. Vor diesen Leuten müsst ihr euch in Acht nehmen.
» Alien Queen

DATENEMPFANG ...

[Profil bereitgestellt durch Phalle]

ALIEN QUEEN

Eine der schillerndsten Persönlichkeiten der Cyberfetisch-Szene Hamburgs ist die Königin des Clubs Empire, die Alien Queen. Ihren Geburtsnamen hat diese Dame schon vor Jahren abgelegt, noch bevor ihre Runnerkarriere begann, und nun hat sie aus Berufung ihren Beruf gemacht und leitet den angesagtesten Szeneclub der Stadt. Ihren Straßennamen hat sie sich nicht zufällig durch ihre auffällige Vercyberung verdient, und seitdem sie aus dem Geschäft ist, hat sich dieser Hang zu extremer Körpergestaltung und den damit verbundenen sexuellen Interessen noch gesteigert. Dank eines breiten und gut anderthalb Meter langen Schwanzes, organisch wirkender und massiv modifizierter Kid-Stealth-Beine, schwarzer, feucht glänzender Ganzkörperdermalverkleidung und diverser weiterer kosmetischer Modifikationen ähnelt sie nun eher einer Chimäre aus Mensch und Monster als einer Frau, aber durch ihr charismatisches Auftreten und ihr verstörendes, aber auch faszinierendes Äußeres lenkt sie nicht nur die Geschicke in ihrem Privatclub, sondern kultiviert auch Kontakte bis weit in die Unterwelt St. Paulis und die ADL-weite Cyberfetischgemeinde hinein. Sie ist kontrolliert, berechnend und kann durch subtile Manipulationen und psychologische Tricks mehr erreichen als die meisten anderen mit Druck und Gewalt.

DATENEMPFANG ...

wie eine Echse, einem Schwanz wie von einem Alligator und geschlitzten Augen, dazu nichts an als ihre schwarze Dermalverkleidung, die den Körper wie wellenschlagendes Wasser umhüllt. Zu Fremden spricht sie nur über ein junges Mädel, das Trisha heißt, während sie mit den Jungs und Mädels im Club wohl einen direkteren Umgang pflegt, dann aber nur in ihren Privatgemächern. Irgendwie hat sie es raus, ihre Kunden um den Finger zu wickeln und passt sich dabei der Persönlichkeit ihres Gegenübers perfekt an. Ist ihr Gegenüber dominant, spielt sie die Schutzbedürftige, ist er eher der devote Typ, dominiert sie ihn, und in beiden Fällen kontrolliert und manipuliert sie, wie es ihr gefällt. Kein Wunder, dass viele in dem Laden ihr hörig sind. Zudem weiß sie über so ziemlich alles Bescheid, was sich in Hamburg und Umgebung in Sachen Cyberware tut. Eine gefährliche Frau, wenn man sich bei ihr unbeliebt macht, würde ich schätzen.

• Eine Gefahr ist nur so lange eine, wie man sie nicht kennt. Möchtest du sie kennen lernen?
• Alien Queen

Ach ja: Nur Mitglieder kommen in den Club! Um Mitglied zu werden, braucht man erstens eine Empfehlung und muss zweitens der Königin gefallen. Wer trotzdem auf gut Glück das Empire besuchen will, scheitert üblicherweise bereits an der Eingangstür, ohne auch nur die Rausschmeißer gesehen zu haben.

Aber zurück zum Rundgang: In der Seilerstraße hinter dem Body Arts macht jeden Abend um 21 Uhr das „Pussycat" auf, das aber definitiv nichts für Touris ist. Die Hauptstoßzeit über ist in dem Nachtclub relativ wenig los, dafür treffen sich hier so ab drei Kollegen, die Pferdchen der verschiedenen Ställe, die Jungs und Mädels aus den verschiedenen Läden usw., sitzen zusammen, machen Geschäfte und chillen. Und dabei sollte man sie besser nicht stören. Auf der anderen Seite, in der Davidstraße, hat jetzt wieder das „Port Noir" aufgemacht. Der Laden ist kaum mehr wiederzuerkennen, nachdem Victor ihn komplett umbauen ließ, ganz klassisch mit rotem Samt, Marmorsäulen usw. Vier Stockwerke mit Jacuzzis, Massageliegen, Trideo-Panoramafenstern, Marmorbüsten, Bars, Nutten und Schampus bis zum Abwinken. Feiner Laden, aber man kann schon davon ausgehen, dass man hier pro Nacht nicht unter 2500 Euro rauskommt. Schon seltsam, wenn jemand anderes den eigenen Traum auslebt.

Die Reeperbahn weiter runter, neben dem Operettenhaus, steht das Experimental-Theater „Dadada". War vor ein paar Jahren noch ein Spielplatz für Holo-Techniker, veranstaltet aber mittlerweile jeden zweiten Samstag im Monat das „Theater der Illusionen", bei dem sich erwachte und mundane Bühnenmagier duellieren. Besonders die Bühnenshows von Malefaxius und Mike sind klasse, und nicht immer gewinnen die Magier mit echter magischer Unterstützung die Gunst der Zuschauer. Das Operettenhaus selbst hängt am Tropf des Senats und einiger privater Investoren und schlägt sich mit den üblichen Bühnenshows durch. Wenn man mal was von dem Verein hört, dann meistens nur irgendwelche Streitereien mit dem Intendanten oder zickende Hupfdohlen, die sich wegen irgendwelchen Kleinkrams in den Haaren liegen, wie Frauen halt so sind. Da würden ein paar Schläge mit der flachen Hand sicher schnell Ordnung in die Bude bringen, aber dafür hat da wohl keiner die Eier.

Zu guter Letzt muss man natürlich den Hamburger Dom erwähnen. Dreimal jährlich läuft hier jeweils einen Monat lang eines der größten Volksfeste der ADL, mit allem Drum und Dran. Ich liebe die ersten Tage, da holen meine Pferdchen fast das Doppelte des Üblichen rein. Problematisch wird es nur, wenn sich die Russengangs mit den Balten, Deutschen oder Türken prügeln, oder mit den Schaustellern, was dann richtig ins Auge gehen kann, aber wenn man einfach den Ball flach hält, kann einem kaum was passieren.

Tja, das wars von meiner Seite aus. Nicht vergessen: „Sugarbabes", DER Laden für einen heißen Kiez-Ritt zum fairen Preis!

[Eintrag verschoben]
[Edit Betonmade]

HARBURG GHETTO

Seit der Schwarzen Flut war der Abstieg von Harburg vorprogrammiert. Am schwersten von der Flut betroffen, wurde das Gebiet aufgrund seiner leerstehenden oder abgerissenen Gebäude zu Zeiten der osteuropäischen Flüchtlingswellen Ziel für Immigranten, Hausbesetzer, Anarchos und Mietnomaden, die sonst niemand mehr haben wollte. Die Jahrzehnte, in denen der Senat sich weigerte, in Hamburg zu investieren, und der zweite Crash, der die marode Infrasstruktur des Bezirks noch weiter verkrüppelte, machten aus Harburg das soziale Ghetto von Hamburg. Neben Wildost, einer morastigen Z-Zone, die hier von allen nur die „Sickergrube" genannt wird (weil jede Art menschlicher Scheiße früher oder später dort angespült wird), bestehen die wenigen urbanen Zentren des Bezirks aus heruntergekommenen Wohnsilos und Plattenbauten. Dazu gibt es genug Chipper, die mit sich oder ihren Kindern, Freundinnen oder sonst wem alles machen lassen, so lange man ihnen den nächsten Trip ins Wunderland bezahlt. Billig, dreckig und für die krankesten Vorlieben bereit, dafür mit dem unbedeutenden Restrisiko, dass man ausgeplündert und ausgeweidet in der Elbe landen kann, wenn die Junkies lieber den ganzen Kuchen statt nur ein paar Krümel wollen, kommen diejenigen nach Harburg, denen der Kiez zu sehr nach Mainstream klingt.

» Oder anders ausgedrückt: Hier gelten ganz andere Spielregeln als im „geordneten" St. Pauli.
» Skudrinka

» Während sich die meisten Erwachsenen mit Trideo, Bier und BTLs immer weiter verblöden, haben die Jugendlichen schon verloren, bevor sie über die Startlinie laufen. Wer hier geboren wird, gehört automatisch in die Schatten. Keine wirklichen Schulen (außer der Strasse), keine Aufsicht, und Eltern, die – falls überhaupt vorhanden – nach dem Kartoffelprinzip erziehen. Die meisten haben eine Geschichte von Missbrauch, Gewalt, Drogen und Kriminalität hinter sich, die für mehrere Jahre Telenovela reichen würde, bevor sie 14 sind.
» Eismann

» Kartoffelprinzip? Oh ... „die wachsen von alleine" ... charmant ...
» Ptomaine

Seit in den vergangenen Dekaden viele der ehemaligen osteuropäischen Immigrantenfamilien, die es sich leisten konnten, aus Wildost in die Harburger „Kernbezirke" umgezogen sind, um dem „Sumpf" zu entkommen, gehört ein nicht geringer Teil der Bewohner Harburgs zu den „deutschen" Russen, Balten oder Polen, aus denen sich die Vory ihre Handlanger rekrutieren.

Die HanSec ist in Harburg de facto nicht existent, auch wenn einige Drohnenrigger aus Stade ein Auge auf die kriminellen Aktivitäten haben, besonders wenn es um überfallartige Raubzüge geht, die im Zuge der Autobahnpiraterie unternommen werden. Obwohl die A1 und A7 inzwischen um Harburg herum führen, nutzen die Autopiraten (vor allem die Raben) die Überreste der früheren Autobahnabschnitte, um blitzartig auf den Autobahnen aufzutauchen, Lastwagen zu entern und diese nach Harburg umzuleiten.

Klein-Russland

Die einzigen, die hier wirklich das Sagen haben, sind die Lobatchevskis, genauer gesagt Victors jüngerer Bruder Vasili. Die „Organizatsi" ersetzt hier Vater Staat und führt ihre Kinder mit bestimmter und vor allem harter Hand. Ob Friseur oder Automechaniker, Dealer oder Straßenhure, jeder arbeitet nur mit Erlaubnis und besteuert vom Syndikat. Die gesamte Wirtschaft läuft hier quasi am Staat vorbei, was dem Senat (bzw. denjenigen, die sich überhaupt mit einer solchen Problemzone beschäftigen) in diesen Krisenzeiten mächtig gegen den Strich geht, auch wenn sie dagegen machtlos sind.

Die Unterwelt kontrolliert direkt oder indirekt den Schwarzhandel, das AR-Netz und die Wasserversorgung. Strom wird meistens von den Leitungen abgezapft, und auch wenn immer wieder mal bewaffnete Technikertrupps die Kabel kappen, greift der Senat nur selten durch, offenbar aus Angst vor einem Aufstand, der nach Norden rüberschwappen könnte. Vor allem nutzen die Vory Harburg als Umschlagplatz für Waffen, Drogen und Sexsklaven, die über den Hafen eingeschifft werden, und als sicheres Rückzugsgebiet, falls es in St. Pauli allzu viele Schwierigkeiten gibt, sowie als zentralen Rekrutierungsplatz für ihren Nachwuchs. Wer sich in den lokalen Banden und Gangs als fähig erwiesen hat, wird gerne in die Organisation aufgenommen, was mit dem sozialen Aufstieg der ganzen Familie gleichzustellen ist.

» Ætherlinks Netzabdeckung in Harburg kann man gut und gerne als nicht-existent bezeichnen. Zwar gibt es einige Sendemasten entlang der Autobahnstrecke, die Masten haben jedoch mit Absicht keine besonders große Reichweite. Zwar hat Krylow Vasili Geld aus dem Kreuz geleiert, um das Netz mit Signalboostern zu verstärken, dennoch kommt es immer wieder zu Problemen und Datenstaus, wenn zu viele Bewohner auf das Netz zugreifen. Einzig im Bereich um Club Courage herum hat man einen vernünftigen Zugriff mit individuellem ARE.
» Bequerel

Die Hochburg der Vory in Harburg liegt rund um das „Courage", das in der alten Innenstadt Harburgs zu finden ist. In den Fünfzigern ist der Ausbau der Fußgängerzone und die Eröffnung des Mediencenters noch mit großem Tamm-Tamm als „High-Tech-Stadt" gefeiert worden, aber der Rest Harburgs hat diesen traurigen Versuch eines Luxusviertels schnell auf den Boden der Tatsachen zurück gezogen, und nach dem Crash hatte anscheinend niemand mehr Lust, in ein Viertel zu investieren, dessen Mietpreise dank asozialer Nachbarschaft total in den Keller gegangen waren. Dementsprechend kümmerte sich niemand um die Infrastruktur, und nach ein paar Jahren war so ziemlich jeder SIN-Besitzer aus der Harburger Innenstadt verschwunden, von der Uni für Cyber- und Zauberzeugs ganz zu schweigen. Das Courage ist zwar auf den ersten und auch zweiten Blick eine total heruntergekommene Russenkneipe, aber es ist Teil eines „zivilisierten" Wohnblocks mit eigenen Stromgeneratoren, einem lokalen Matrix-Netz, mehreren Autowerkstätten, angegliederten Lagerhallen, gammeligen Läden und Wohnungen gar nicht weit weg vom alten Trideodome. Dieser Block ist die Residenz Vasilis, gut geschützt durch die Abarotni und seine eigenen Leute, die weder an Sicherheitselektronik noch an allerlei magischem Firlefanz gespart haben sollen. Von hier aus betreibt Vasili nicht nur seine Geschäfte, lässt Schmuggelgut einlagern und versorgt seine Leute mit Waffen, Cyberware und Fahrzeugen, sondern er veranstaltet in einer der Hallen auch Pitfights, Hundekämpfe und andere Spielchen, um seine Leute bei Laune zu halten. Angeblich soll er außerdem noch in den Kellerräumen ein Drogenlabor für Cram und eX laufen haben.

» Vasili selbst ist ein recht schwieriger Geselle, und die meisten fürchten ihn mehr als dass sie ihn respektieren. Wenn die

Geschäfte gut laufen und alles nach seiner Zufriedenheit erledigt wird, ist er nett und großzügig, fast kumpelhaft, aber wenn irgendetwas nicht so klappt, wie er will, oder er glaubt, dass irgendwer versucht, ihn über den Tisch zu ziehen, dann sollte man nicht in seiner Nähe sein, weil er dann gern mal seine Makarov in den nächstbesten Punk entleert. Manchmal soll er auch zu spontanen Stimmungsschwankungen neigen, was die Sache natürlich nicht besser macht. Er hat sich über dem Courage auf zwei Stockwerken seine persönliche kleine Residenz mit allem Drum und Dran einrichten lassen, und Gerüchten zufolge sollen da immer wieder mal richtige Orgien mit Wodka, Kaviar und Nutten laufen, während es ansonsten fast unmöglich ist, da oben reinzukommen.
» Red Anya

Das Tagesgeschäft wird für Vasili von seiner „rechten und linken Hand", wie es so schön heißt, von Jürgen Brochewski und Maksim Krylow, den sie auch „die Fliege" nennen, geleitet. Beide flohen '64 beim großen Ausbruch aus Big Willi und sind, wie man sich denken kann, Schwerstkriminelle.

BANDENKRIMINALITÄT

Harburg, wie auch das benachbarte Bergedorf, sind Hochburgen organisierter Banden, Punks, Bambule und Randalekids. Neben den folgenden Gangs gibt es natürlich noch Dutzende kleinerer Banden, die oft genug nur aus einem halben Dutzend 12-jähriger bestehen, die mit Messern und Pistolen herumfuchteln, ihr Hirn mit chemischen Lösemitteln rausgeschnüffelt haben und in Kellerlöchern und Abrisshäusern hausen. Die restlichen Banden bestehen größtenteils aus hiesigen Gewächsen, also hauptsächlich Deutsche, Russen oder Balten, wobei sich die Gruppen selten grün sind. Während die Russen die Deutschen noch als leicht zu betrügende Idioten ansehen, ist man hier unten durch, wenn man Weißrusse oder Ukrainer ist, was für viele hier das gleiche wie „Untermensch" bedeutet. Gegen Polen hegen sie wiederum ihren ganz eigenen Hass, was vermutlich irgendwie mit den Eurokriegen und dem polnischen Befreiungskrieg zusammenhängt, bei denen den Russen mächtig in den Arsch getreten wurde (ein Thema, das sich anzuschneiden lohnt, wenn ihr auf eine handfeste Schlägerei aus seid). Kein Wunder also, wenn hier mehr auf die Sprache als auf den Metatyp geachtet wird.

Abarotni

Die Abarotni (Werwölfe) bestehen primär aus jungen Russen, hauptsächlich Menschen und Orks, und sind die Handlanger Vasilis um seinen Hauptstützpunkt am alten Harburger Trideodome. Aufgrund der guten Verbindungen zum Vor sind sie gut ausgerüstet und bewaffnet, und viele von ihnen sind leicht vercybert. Angeführt werden sie von Jurij und Irina, die die Gang mit harter Hand kontrollieren. Angeblich ist Irina magisch begabt, einige behaupten sogar, dass sie eine toxische Hexe sei. Die Gang finanziert sich über Finanzspritzen Vasilis für ihre Überwachung der Gegend rund um das Courage und durch Schutzgelderpressung bei den Anwohnern und Läden der Umgebung.

Bjelnsie Ruku (Hacker)

Als eine von vielen russischen Gangs hat sich die „Schwarze Hand" in Winsen eingenistet und kontrolliert hier mehrere Straßenzüge. Wirklich bemerkenswert wird sie aber erst durch ihre Präsenz in der Matrix. Neben den von vielen Gangs benutzten ID-Tags mit Ganglogos betreiben sie nicht nur ein kleines eigenes System neben dem der Vory, sondern treiben überall in Hamburg ihr

DATENEMPFANG ...

[Profil bereitgestellt durch Red Anya]

JÜRGEN BROCHEWSKI UND MAKSIM KRYLOW

Brochewski ist ein brutaler, recht stumpf wirkender Schläger, ein ziemlicher Brocken selbst für einen Ork, der aber über eine gewisse Bauernschläue verfügt. Er kümmert sich hauptsächlich um die Waffengeschäfte und Schutzgelderpressungen von Vasili. Brochewski hat außerdem guten Kontakt zu den Willis, die so etwas wie seine persönlicher langer Arm sind.

Maksim Krylow, den sie auch „Die Fliege" nennen, ist eher ein Frettchentyp, dünn, mit einem ziemlichen Zinken im Gesicht. Er hat eine Menge Spitzel und Informanten in Klein-Russland und hält die Hand über die Infrastruktur, den BTL-eTrade und den Download von illegalen Seiten. Angeblich ist er ein Top-Hacker und saß wegen wiederholter Computerkriminalität und BTL-Programmierung in BW ein.

Beide können sich auf den Tod nicht ausstehen, was vermutlich der Grund dafür ist, dass Vasili sie für diesen Job ausgesucht hat. Sie würden sich eher gegenseitig umbringen, als zusammen gegen Vasili zu arbeiten, und selbst wenn es einem der beiden gelänge, den anderen und Vasili umlegen, hätte er immer noch seinen älteren Bruder am Hals, der Vasili protegiert und ihm erstaunlich viel durchgehen lässt. Aber wer weiß, wie lange diese Konstruktion noch Bestand hat, und ob wir nicht bald einen neuen König an Stelle des Königs begrüßen dürfen.

Unwesen, wobei sie ihr Logo, die schwarze Hand, im AR-System diverser Geschäfte hinterlassen und auch den einen oder anderen Online-Betrug durchziehen. Ihre Anführer sind die Zwillinge Ilja und Georgij, beides Zwerge, die ihre Gefolgsleute zu immer neuem digitalem Vandalismus aufstacheln.

Speeddolls (Autoduellisten / –tuner)

In ihren getunten Geländewagen machen die Speeddolls die Straßen Harburgs unsicher. Auch wenn man ab und zu Männer bei ihnen sieht, handelt es sich bei diesen fanatischen Hobbytunerinnen um eine reine Frauengang. Ihr direkter Draht zur Autoduellisten- und Tunerszene Hamburgs ermöglicht es der Anführerin Chantal, einer Elfe mit Hang zu ausgefallenem Bodymodding, die Maschinen der Speeddolls fast immer State of the Art zu halten, was sich in den zum Teil schwer zugänglichen und gefährlichen Vierteln Harburgs mehr als auszahlt. Die Speeddolls finanzieren sich unter anderem durch Transportjobs in ganz Hamburg, wofür ihre hochgezüchteten und bewaffneten Jeeps prädestiniert sind.

» Die Speeddolls betreiben eine Reihe von Werkstätten in Bucholz, wo sie geklaute Autos (vor allem Bonzenkutschen und Sportwagen) aus der ADL umrüsten und zu den Likedeelern in den Hafen schicken, die diese dann nach Übersee schicken.
» Hattrik

Thors Raben (Viking Go-Gang)

Als Chapter der skandinavischen Vikings stehen Thors Raben den Vory relativ nah und gelten als ausführende Organe der Fliege. Geführt von einem bulligen Ork mit dem schönen Namen Crunsh überwachen sie die BTL-Verteilung in Hamburg und kümmern sich um den Schmuggel innerhalb der ADL. Außerdem halten sie ein wachsames Auge auf die Signalverstärker in Harburg, auch wenn die wenigsten der Raben mehr als ihren PAN bedienen können. Dafür hat die Fliege aber einige Techniker und Hacker angeworben, die das Netz Lobatchevkis warten und schützen. Als Go-Gang beanspruchen die Raben zudem die A7 im Raum Hamburg inklusive ihrer Zufahrten für sich. Sie sind zwar selten offensichtlich mit schweren Waffen unterwegs, aber bei ihren Racheakten kommen nicht selten Panzerfäuste und Maschinengewehre zum Einsatz.

Wasserratten

Die Wasserratten sind Hamburgs ureigenste Hovergang. Sie treiben sich vor allem in den Kanälen in der Neuen Mitte, im Hafen oder Wildost herum. Auch wenn sie vor allem auf die Schnelligkeit und Wendigkeit ihrer Jetbikes setzen, wissen sie gut mit Knüppeln und improvisierten Waffen umzugehen (das macht die Hoverball-Erfahrung, wenn ihr mich fragt), sei es, um der alten Lady die Handtasche abzuluchsen, 'nem Typen das Kommlink aus der Hand zu schlagen, um über seinen aktiven Link das Konto zu plündern, oder um einem lukrativen Ziel eins überzubraten.

> Gerade wenn ihr ne Ops am Hafen habt, kann ein Kontakt bei den Ratten nicht schaden.
> Deckard

Willis

Die Willis rekrutieren sich, wie der Name schon andeutet, aus ehemaligen Insassen von Big Willi, der Gefängnisinsel inmitten Hamburgs. Sie gelten unter der Bevölkerung Harburgs als besonders skrupellos und gewaltbereit und verfügen über ein umfangreiches Arsenal an Waffen und Vercyberung, da sie für Brochewski den Waffenhandel und –schmuggel organisieren und in fast ganz Harburg die Schutzgelder entweder direkt kassieren oder im Namen Vasilis von anderen Gangs eintreiben. Außerdem sollen einige Zauberer in ihren Reihen zu finden sein. Angeführt werden sie von Torben Jansen, einem Ex-Boxer und verurteilten Mörder.

Zum Aufnahmeritus gehört eine Leiche, vorzugsweise ein Ladenbesitzer, der im Rückstand ist und bei einem ihrer Überfälle von dem Neuling umgelegt wird. Entsprechend bestehen die Willis aus etwa zwei bis drei Dutzend Mördern und Vergewaltigern und werden von den meisten anderen Banden und Gangs in Wildost so sehr gefürchtet, dass sich selten einer mit ihnen anlegt.

WILDOST

geposted von Wattegel

Die größtenteils immer noch überschwemmten und versumpften alten Stadtteile zwischen Stade und dem früheren Stadtteil Harburg sind ein Auffangbecken für allerlei zwielichtiges Gesindel und den Bodensatz der Gesellschaft. Von den zahlreichen osteuropäischen Flüchtlingen als neue Heimstatt und Flüchtlingslager nach der Flut gegründet, kennt man die alten Gemeinden Neugraben und Neu-Wulmstorf heute nur noch unter dem schillernden Namen Wildost. Manche nennen das Gebiet auch einfach nur den Pfuhl, zumal man an vielen Stellen in dieser Region immer noch den klebrigen Dreck und Toxinschlamm findet, der hier damals bei der „Bereinigung" der Innenstadt nach der Schwarzen Flut mit Bulldozern abgeladen wurde.

Zwischen vereinzelten Ruinen, die halb eingesunken wie Betonriffe aus dem Morast ragen, ankern in den Flachgewässern und Sümpfen unzählige Schwimmpontons, auf denen Wohncontainer, Baracken, Lattenverschläge und Yurten in wildem Durch- und Übereinander errichtet worden sind. Alte Fischtrawler, Haus-Hovercrafts, Ausflugsbarkassen und kleine Frachter, die sich außerdem hier angesiedelt haben, runden das chaotische Labyrinth aus Stegen, Brücken und Kanälen ab. Wenn man das Venedig des Nordens sucht, wird man hier schnell fündig. Es gibt Kanäle, die Leute sprechen keine Sprache, die man verstehen kann, Fremde werden abgezockt und es stinkt erbärmlich. Ein bizarres Schwimmponton-Ghetto und eine Ballung von Elend, ein Brutherd der Krankheiten, Seuchen und des Verbrechens, gegen das der Rest von Harburg wie ein ordentlicher Hinterhof wirkt. Während Otto Normalperverser noch nach Harburg geht, um die Sachen auszuleben, die ihm auf dem sauberen Kiez nicht geboten werden, würde keiner dieser „Kunden" es je wagen, nach Wildost zu kommen. Kein Hovertaxi, selbst die meisten Russen-Rikschas fahren nicht nach Wildost. Wer diesen Ort betritt, muss entweder verzweifelt oder kaputt sein, oder sich selbst verteidigen können.

> Etwas, das man auch im Astralraum von Wildost spürt. In der Nähe mancher Slumtrawler des Pontonlabyrinths ist die astrale Hintergrundstrahlung fast greifbar. Und das liegt nicht nur an den giftigen Restrückständen im Morast, sondern eher an den desolaten Zuständen.
> Deichbrecher

> Noch nicht mal die Snoop-Schmeißfliegen trauen sich hierhin, und das will schon was heißen.
> Püppchen

Es gibt kaum etwas in Wildost, was wirklich dauerhaften Bestand hat. Die alten Kähne werden verschoben, herausgefahren und verschrottet, andere sinken ganz langsam vor sich hin und sind eines Morgens verschwunden, neue kommen hinzu und werden durch neue Stege und Brücken mit den anderen verbunden. In diesem Chaos haben sich bisher nur die drei Hauptkanäle halten können, die zwangsläufig frei gehalten werden und wie ein überdimensioniertes „H" die Pontonsiedlung durchziehen. Von ihnen gehen dutzende kleine Verbindungskanäle ab, so dass man viele der Hütten und Kähne mit Jetskis oder kleinen Motorbooten erreichen kann. Alles, was größer ist, bliebe aber auch nach kürzester Zeit an den unzähligen niedrigen Verbindungsbrücken hängen.

Der Schmelztiegel von Wildost setzt sich aus dem menschlichen Treibholz zusammen, das über all die Jahre in der Sickergrube angespült wurde. Neben Deutschen leben hier hauptsächlich Skandinavier, Polen, Tschechen, Balten, Weißrussen, Ukrainer, Russen und andere Nordeuropäer wie auch Türken, Griechen und eine Reihe von Asiaten, die oft als Blinde Passagiere in Hamburg eingelaufen sind oder durch Schlepper hierher gebracht wurden.

Wie der Rest von Harburg wird Wildost von den Behörden stillschweigend geduldet, vor allem, weil es keinen besseren Platz gibt, um illegale Einwanderer, die in den nördlichen Stadtteilen erwischt wurden, ohne viel Aufwand loszuwerden. Über 90 % der Leute hier sind SINlos, was neben der Unzugänglichkeit des Geländes ein weiterer Grund dafür ist, dass Razzien hier überaus selten stattfinden. Es sei denn, die Schmuggler und Piraten haben irgendjemand so Wichtigem auf die Füße getreten, dass HanSec- bzw. HAZMAT-Truppen ausgeschickt werden, um die Verbrecher dingfest zu machen oder die Beute sicherzustellen – beides meist ohne großartigen Erfolg, dafür mit gegenseitigem Kugelaustausch und herben Verlusten auf beiden Seiten

FREIBEUTER UND SCHMUGGLER

Wildost dient vor allem Lowlife-Runnern und Hovercraftpiraten als Unterschlupf und Operationsbasis. Es gibt einige Dutzend kleinerer Crews auf Schnellbooten und Hovercrafts, die in der Nordsee Containerschiffe entern, die Besatzung einschüchtern, ein paar Container knacken und so viel Fracht mitgehen lassen, wie auf ihre Kähne passt. Oft lassen sie auch nur den Inhalt von Containern über Bord gehen, damit Wattsucher sie als Treibgut einsammeln können. Den meisten kleineren Reedereien ist es zu teuer und auch politisch zu heikel, ihre Schiffe zu bewaffnen, und verzeichnen die Verluste unter Schwund, den die Versicherungen bezahlen, und die größeren Konzerne stören sich nicht weiter an den Piraten, so lange die sich nicht an Schiffstechnologie, Passagieren von Luxuskreuzern oder wirklich wertvoller Ladung vergreifen. Für wichtige Frachten gibt es kleine, bewaffnete Schnellfrachter (See-Eskorten), die vor allem dazu dienen, die Entermannschaften durch Einschüchterung von ihrem Vorhaben abzuhalten. Zwar macht die HAZMAT immer mal wieder Jagd auf einzelne Crews, aber die werden oft genug vorher gewarnt und tauchen in den Marschen unter. Der größte Zusammenschluss an Nord- und Ostseepiraten, die in Wildost etwas zu sagen haben, sind die die „Roten Kosaren", die „Störtebekers Erben", der „Klabauterbund" sowie polnische bzw. russische Piratencrews wie Artur Skrzeczanowskis Kaperhaufen und die russischen Bojaren.

• Die polnischen Kaperer bestehen oft aus Fahrzeug-Junkies, die alles von einem Tragflächenboot bis zum geriggten Laster fahren können und auch gerne von Drohnen Gebrauch machen (die sie hier in Hamburg einkaufen). Vor Ende des Krieges waren sie vor allem für das Schmuggeln von Waffen und Hightech-Waren für den polnischen Schwarzmarkt bekannt, aber seit so etwas wie Frieden und Stabilität ins Land gekommen ist, verticken sie militärisches Gerät vor allem an freischaffende Söldnerhaufen oder Runner und hoffen auf den nächsten Krieg.
• Brig

• Auch Hovergangs wie die Wasserratten oder die Brackwasserquallen, die regelmäßig in Neue Mitte und im Hafen Unruhe stiften und sich sonst ihre Zeit damit vertreiben, sich beim Hoverball die Köppe einzuschlagen (genau auf diese Weise wurde es schließlich erfunden), entspringen der Keimzelle Wildost.
• Labskaus

Die Roten Korsaren

Als eine der brutalsten Entercrews berüchtigt, ist es kein Wunder, dass die Roten Korsaren – derzeit geführt von einer skandinavischen Orkin names Bestla – hier ihre Leute rekrutieren. Das Elend hat viele von ihnen ziemlich abgestumpft und jegliche Skrupel bereits frühzeitig im Keim erstickt. Die Korsaren schlagen in der Regel schnell und gut geplant zu und entschwinden ebenso fix wieder. Oft kooperieren sie mit dem ebenfalls hier ansässigen Klabauterbund. Allerdings gibt es oft Streit über die Beute oder Anteile aus dem Verkauf, die oftmals in blutigen Gefechten zwischen den Gruppen enden.

Klabauterbund

Der Klabauterbund besteht aus einem losen Verband aus Piraterie betreibenden Ökoanarchisten und Technikhassern. Sie praktizieren einen ökologischen Lebensstil ohne die Abhängigkeit von allzuviel High-Tech (inklusive PANs) und leben aus freien Stücken in liberalen Gemeinschaften nach ihren eigenen Regeln und Gesetzen. Sie hegen die Philosophie, sich zu nehmen, was sie zum Leben brauchen, wobei sie vor allem Konzernschiffe überfallen (oft angeführt von einem oder einer Ältesten). Als Auffangbecken für Aussteiger, Freigeister, Verlorene und solche, die sich vor dem Gesetz verstecken, sind Klabauter-Kommunen oft ein Schmelztiegel verschiedener Rassen und ethnischer Gruppen. Obwohl die Klabauter nicht so skrupellos wie die Korsaren sind, verirren sich oftmals Neopaganisten in die Kommunen, die den Entercrews des Klabauterbundes einen Vorteil verschaffen. Der Crash hat die Klabauter gelehrt, dass ihr Lebensstil genau der richtige ist. Augmented Reality in jeder Form lehnen sie ab.

MITTENMANG STATT NUR DABEI

geposted von Galore

Doch komm fix mal rum, um die de Norden antokieken.
Bi uns dor ist juemmer wat los achtern de Dieken.
–Lied aus dem Zwanzigsten Jahrhundert

Wenn ihr wissen wollt, wo ihr die besten Deals abgreifen könnt, wo ihr Trollkiller-Munition für eure Bleispritze herbekommt oder wo der gemeine Shadowrunner in Hamburg in der Regel seinen Schmidt trifft, seid ihr bei mir genau richtig. Ich weiß, wo in Hamburg der Drache rockt. Hier eine Auswahl:

BARS UND NACHCLUBS

ARA (Eimsbüttel)

Das ARA hat erst vor ein paar Monaten aufgemacht, ist aber bei den Schönen und Reichen und denjenigen, die jedem Trend hinterher rennen, ein totaler Insidertipp geworden. Die 3-etagige Großraumdisko mit angeschlossenen Eventräumen setzt voll auf das Zugpferd AR. Lichtanlage, Musikempfang, Datinglines, ja sogar virtuelle Mittänzer werden direkt über das Kommlink beim Gast eingespeist.

• Es ist wirklich gruselig. Stellt man seinen Empfang im ARA ab, dann steht man in einem Pulk tobender und tanzender Leute, ohne irgendeine Musik zu hören oder eine Lichtshow zu sehen. Die Party knallt erst richtig, wenn man ein Sim-Modul benutzt, anscheinend wird die Partystimmung gleich durch der Übertragung mitgeliefert.
• Bequerel

• Mit der großen Kundschaft ist auch ein anderes Gewerbe ins ARA eingezogen: der Drogenkonsum. Angeblich wird hier eine Vielzahl an virtuellen Drogen unter die Leute gebracht, darunter zum Beispiel BTLs, die man sich aus versteckten und zugangsbeschränkten PANs direkt runterladen und abspielen kann.
• Kôkinsei

Dockers Club (Neue Mitte)

Der industrielle Dockers Club liegt mitten im Hafen und ist die Anlaufstelle für das Straßenpublikum und die Hafenarbeiter. Mainstream wird man hier vergebens suchen, denn der Club lebt vor allem von den innovativen Bands, die sich hier für Music Slams ein Stelldichein geben und vom Bier, das nebenan in der hauseigenen Brauerei gebraut wird. Gerade wegen der rauen Atmosphäre, die durch die Klientel, Alkohol und aggressive Musik erzeugt wird, ist der Club bei den Banden aus Harburg sehr gefragt. Falls ihr eine Möglichkeit der Kontaktaufnahme außerhalb ihres Turfs sucht, ist der DC die beste Anlaufstelle.

Dollhouse (Neue Mitte)

Dieser Traditionsbetrieb ist seit Jahrzehnten ein Pflichtbesuch für jeden Hamburg-Touristen. Hier findet der Kiez-Besucher Striptease und Go-Go-Dancing in Disco-Atmosphäre und selbstverständlich überteuerte Getränke. Während im vorderen Bereich reines Show-Strippen und Lapdancing stattfindet, kann man in der dezent gesicherten VIP-Lounge gegen Aufpreis auch Handfesteres erleben. Angeschlossen an das Dollhouse ist außerdem das Dollhouse Diner, ein Szene-Restaurant, in dem oftmals die Dolls aus dem Club als Appetitanreger vorbeischauen bzw. in aufreizenden Outfits bedienen.

Es kommt nicht selten vor, dass der Eigentümer und einige seiner Geschäftspartner hier anzutreffen sind. Wer also einen direkten Anlaufpunkt für die Hamburger Vory sucht, ist im Dollhouse absolut richtig, zumindest solange er erwartet wird. Hin und wieder soll es sogar vorkommen, dass sich Victor Lobatchevski Shadowrunner für die Auftragsvergabe direkt in seinen Laden bestellt.

Große Freiheit 36 / Kaiserkeller (Neue Mitte)

An der Waterkant kennt jeder die Große Freiheit 36, deren runtergewirtschaftete Überreste 2061 vom Ägypter Mahmut Amir aufgekauft und erweitert wurden. Sie beinhaltet mittlerweile einen Saal für Konzerte und den Mainstreamfloor, die Galerie Café 36 für Ausstellungen, Vorträge, Salsanächte und anderes ausgefallenes Zeug, die Rockkneipe „Steppenwolf", den „Kaiserkeller" für das alternative Publikum und den „Kerker". Viele internationale Bands und auch heimische Stars haben schon im Saal gespielt, und die Nachwuchsabende haben einige durchaus erfolgreiche Stars hervorgebracht, wie die Death Punkrocker „Optronic" oder die TechTrance-Gruppe „SK-DuO".

Zugang bekommt man durch den Haupteingang im Westen, den Eingang am Steppenwolf an der Schmuckstraße oder über den Heliport auf dem Dach. Die Security besteht hauptsächlich aus nordafrikanischen Orks, die mit Glück drei Worte Deutsch verstehen. Daneben gibt es zur Rückendeckung noch ein Team der Wach- und Schließgesellschaft samt zwei Magiern.

Im Kaiserkeller gibt es mehrere mietbare VIP-Bereiche, die durch Schallwände vom Umgebungslärm abgeschirmt werden und sich hervorragend für gewisse Geschäfte eignen. In den Kerker kommt man nur mit den entsprechenden Referenzen. Hier laufen die großen Deals, hier werden die wichtigen Runs vergeben. Waffen sind verboten, Blocker für gewisse Cyberware Pflicht, Magier von vornherein unerwünscht.

Kunden der Großen Freiheit 36 sind Politiker, Schieber, Schmidts, Stars und Sternchen. Die Payes sind hier oft zu sehen und meist umgeben von einem Pulk von Freunden und Bekannten (und natürlich Bodyguards). Obwohl die Paparazzi der DeMeKo offiziell keinen Zugang haben, ist ihr Number-One-Snoop Carmen Vialetti ein oft gesehener Gast …

• Trotz des allgemeinen Wertverlustes immer noch eine derbe Investition, wenn man bedenkt, das Mahmut vorher nur ein „Gebrauchtwagenhändler" war. Angeblich stammt das Geld aus Nordafrika, über Connections, die Amir beim Verkauf von Schrottkarren geschlossen hat. Das ansässige organisierte Verbrechen mag so was gar nicht.
• Red Anya

Onboard (Neue Mitte)

Der Luxusliner „Quan-Wong" wurde vor einigen Jahren umgebaut und im Hafen-Bezirk von Hamburg als riesiges, schwimmendes „Dans op de Deel"-Tanzcasino Onboard wiedereröffnet. Sowohl per Commuter als auch mittels Fähre ist das Schiff zu erreichen, auf dem alle Träume eines Spielers in Erfüllung gehen. Würfel-, Karten- und Automatenspiele finden sich hier ebenso wie AR-Spiele und ähnliches. Auf dem vierten Deck gibt es sogar eine Art AR-Gotcha-Labyrinth, in dem man auf seine eigenen Fähigkeiten beim Abschießen einer anderen Mannschaft wetten kann. Zudem gibt es virtuelle Wetttafeln, auf denen man auf alles wetten kann: auf das Wetter des nächsten Tages, die nächsten Marktprognosen, auch auf sehr abstruse Dinge. Es zählt nur, welche Wetten ein anderer oder das Haus selbst annimmt.

Das gehobene Etablissement hat strenge mundane und magische Sicherheitsvorkehrungen, und auch die Matrixsicherheit wurde nicht gerade vernachlässigt. Die separaten Luxusräume sind nur mit einer Extraeinladung oder einem randvollen Konto betretbar.

• Gerade die Wetträume können euch interessante Aufträge einbringen. Wenn zwei hochgestellte Millionäre darum wetten, wer als erster ein frisches Edelweiß nach Hamburg bekommt, dann sind in den meisten Fällen wir gefragt. Dekadenz kennt keine Limits, wie einige von euch sicherlich wissen. Andersherum gibt es beim Onboard auch den Service einer Wettaufsicht, die aufpassen soll, dass Wettausgänge nicht durch unsereins manipuliert werden. Der Service ist teuer, und für dessen Durchführung wirbt man ebenfalls Fachkräfte außer Haus an.
• Zwieblblootz

RESTAURANTS & HOTELS

Hotel Atlantic (Neue Mitte)

„Für anspruchsvolle Reisende eine erstklassige Adresse mit perfektem Service, Liebe zum Detail, exklusivem Ambiente und höchstem Komfort. Kein Wunder also, dass das Hotel Atlantic Kempinski Hamburg, eines der wenigen wahren Grandhotels unserer Zeit, seit über 150 Jahren erfolgreich und weltweit anerkannt seinen Ruf als eine der ersten Hoteladressen der Welt mit Augenmerk auf Tradition und Innovation pflegt." Diese Anzeige habe ich gerade aus dem Host des Hotels gesaugt. Hinzuzufügen wäre noch, dass zahlreiche VIPs, von hochrangigen Konzernern bis zu ausländischen Filmstars, die für Film- oder Musicalpremieren, zum Shoppen in der Elbmetropole oder wegen anderer „Deals" in der Stadt sind, im „Weißem Schloss an der Alster" absteigen. Was soll ich sagen, der Laden ist top, vor allem was seinen Service und die Sicherheit anbelangt. Mit zahlreichen Pfeffersack-Suiten, eigenem Restaurant, dem Szene-Club „Sea Cloud", angeschlossener unterirdischer Shoppingmeile, reichhaltigem realem und virtuellem Sportangebot, Konferenzräumen, Limousinen-, Begleit und Bodyguard-Service bekommt der zahlende Kunde einiges geboten. Im übrigen ist die Springer Suite im Atlantic Rangacharis permanente Residenz in Hamburg.

Das Fischhaus „Unsere Frau am Hafen" (Altona)

Das Fischhaus ist ein etwas abseits an der Grenze zu Pinneberg gelegenes Restaurant, das sich auf alles aus dem Meer spezialisiert hat, allerdings kommt schon seit langer Zeit keine der Zutaten mehr aus der Nordsee. In kleinen Separees kann man sich ungestört bei einem Teller hausgemachter Fischsuppe unterhalten und den neuesten Klatsch und Tratsch aus Wirtschaft und Politik austauschen.

⊙ Interessanterweise fanden alle Treffen in diesem Etablissement mit demselben Schmidt statt (und das waren nach meinen Informationen beileibe nicht wenige in den vergangenen fünf Jahren). Er ist ein unscheinbarer, hagerer Mann Mitte Fünfzig in einem – nach meinen Einschätzungen – maßgeschneiderten Anzug und einem Gehstock (er humpelt). Hat eine eher kalte Attitüde, und die Aufträge waren meist wirtschaftlich oder politisch motiviert.
⊙ Deichbrecher

⊙ Klingt nicht nach einem klassischen Rad-Schmidt. Und der derzeitige Brackhaus sieht auch anders aus.
⊙ Zwieblblootz

Landhaus Scherrer (Lauenburg)

Das Landhaus Scherrer ist ein sehr luxuriöses Restaurant, in dem die Elite Hamburgs verkehrt. Hier geben sich Angehörige des Senats, hochrangige Konzernexecs und reiche Personen, die gerne gesehen werden und an der Spitze mitspielen wollen, die Klinke in die Hand. Dementsprechend ist die eigentlich biedere Institution streng bewacht und verfügt über eine ausgezeichnete Sicherheit, um die Privatsphäre der Gäste und die ihrer Unterhaltungen zu schützen.

BORDELLE UND SEX-CLUBS

Boudoir (Bergedorf)

Das Boudoir ist gleichermaßen eine Prostitutions- und digitale Opiumhölle. Eigentlich handelt sich um ein schmuddeliges, ehemaliges Sarghotel, in dem zahlreiche Liegeplätze (Gruppen- oder Einzelräume) verfügbar sind. Die meisten Leute (vor allem Dockarbeiter) suchen das Boudoir auf, wenn sie auf der Suche nach einem oder mehren Fi(ck)xs sind. Zum einen verfügt das Boudoir in-house über ein abgesichertes AR-Netz, über das BTLs direkt in ein Kommlink mit Sim-Modul heruntergeladen werden können (für Lowtechs gibts Dreamdecks mit den entsprechenden Chips). Zusätzlich zu den Trips bietet das Etablissement für diejenigen, die zusätzlichen sensorischen Input suchen, Nutten jeden Geschlechts und jeder Facette, die alles machen, solange das Geld stimmt. Wer es sich leisten kann (und sich nicht irgendwelche Krankheiten einfangen will), greift auf die virtuellen Huren zurück, die das Boudoir zum Download anbietet.

Pussycat (Neue Mitte)

Im Gegensatz zu den meisten anderen Nachtclubs auf dem Kiez bedient dieser etwas versteckt gelegene Club weniger die allgegenwärtigen Touristen, sondern eher die Dienstleister der Reeperbahn. Wenn die letzten Geschäfte und Kneipen schließen, finden sich in dieser Milieu-Lounge die Tänzerinnen, Barkeeper und Luden ein, um die Arbeitsnacht bei einem Astra oder Holsten ausklingen zu lassen. Touristen werden hier zwar geduldet, aber nicht allzu gern gesehen. Es dürfte nicht überraschen, dass hier viele Geschäfte zwischen den verschiedenen Parteien auf dem Kiez abgesprochen werden, wobei man für die schmutzigen Details auch gerne auf die Hilfe von Shadowrunner zurückgreift.

Sugarbabe Club (Neue Mitte)

Zwischen einer AR-Peepshow und einer Boutique für Latex-Dessous und andere Sextoys liegt der Sugarbabe Club, ein kleiner Nachtclub wie viele auf dem Kiez. Hier gibt es neben Cocktails, Spirituosen und Bier auch Prostituierte aller Metatypen und beider Geschlechter. Wer in einem verruchten Etablissement bei schummrigem Licht zwischen rotem Samt und kitschigen Putten mit Schampus und Nutten eine Party feiern will, hat hier sein persönliches Paradies gefunden. Viele unabhängige Luden wie Global Player lassen hier ihre Pferdchen an den Start gehen, und auch einige aus unserem Gewerbe gehen hier einer scheinbar lukrativen Zweitbeschäftigung nach.

⊙ Etwas anderes macht das Sugarbabe für unsereins besonders interessant. Der Besitzer, Jannek Fat, hat die Türen seines Ladens in Richtung Fernost geöffnet. Wann immer ein illegales Geschäft Richtung Mittel- und Ostasien zielt, ist Jannek der perfekte Vermittler.
⊙ Püppchen

⊙ Im Sugarbabe kann man hervorragende Kontakte knüpfen, allerdings muss man auch ein wenig aufpassen. Die Skandinavier und Osteuropäer sind mittlerweile auf Jannek Fats guten Draht aufmerksam geworden – und die verschiedenen Fraktionen sind noch hin und her gerissen, ob man daraus Profit schlagen kann oder ob es eine Gefahr für den Markt bedeutet.
⊙ Phalle

LIFESTYLE

Der Alsterpalast (Uhlenhorst)

Der Alsterpalast ist eine riesige Vergnügungsmeile für die ganze Familie. Moderne Fastfood-Restaurants, Shoppingcenter, Bodyshops, Kinderspielparadiese, VR-Cafes und Fitnessstudios bilden auf drei Ebenen einen Ort des modernen Kommerzes. Mittlerweile gibt es auch einige angeschlossene Wohnblöcke, und natürlich hat die DeMeKo eins ihrer größeren Showtheater für Musicals und Opern direkt an die Palastarkaden angeschlossen. Außerdem gibt es ein großes, ebenfalls von der DeMeKo betriebenes Sim-Kino für echtes Erlebniskino mit der ganzen Familie – die AR macht´s möglich.

⊙ Unsereins sollte aufpassen, weil das Gebiet eine hervorragende Sicherheit hat. Überwachungsdrohnen fragen jederzeit die Kommlink-Daten ab und lassen verdächtige Subjekte nicht mehr aus ihrer Sensorreichweite. Außerdem wird man dermaßen mit Spam-Werbung zugemüllt, dass man kaum an den Geschäften vorbeikommt. Ich weiß nicht, wie die Normalkonsumenten das machen, aber ich bin schon dreimal wegen aufgeblendeter Dessouswerbung vor Carlas Damenwelt gegen eine der Straßenlaternenattrappen gelaufen.
⊙ Zwieblblootz

Musikinsel (Neue Mitte)

Seitdem die Musikinsel von der schwedischen Isbrytar GmbH neu aufgestylt wurde, ist sie Ausgeh- und Vorzeigemeile für die Hamburger Oberklasse, was Unterhaltung, Kultur und Musik angeht. Film- und Musicalpremieren, wie auch andere Veranstaltungen am Roten Teppich, werden hier abgehalten, und man sonnt sich im Lichte von Kamerascheinwerfen und Blitzlichtgewitter. Falls auf der Musikinsel nicht gerade mal „Ausnahmezustand" herrscht, ist sie auch für das profane Publikum geöffnet, auch wenn die Sicherheitsleute an den Landepunkten die Clubber und Partygänger abends sehr genau überprüfen (aber da können ein paar Euros Wunder wirken). Tagsüber ist die Musikinsel eher ein Treffpunkt für Geschäftsessen. Auch der Alsterkanal, Hamburgs lokaler Tridfeeder, sendet von der Musikinsel aus.

PIT FIGHTING

Der Container (Wechselnd)

Natürlich gibt es in Hamburg auch eine Pit-Fightszene, die vom Untergrund betrieben wird, allerdings hat sie keinen festen Ort. Der so genannte Container ist eine Veranstaltung, die alle ein bis zwei Monate stattfindet, meistens auf entladenen Frachtern im Schiffsinneren. Die Kämpfe sind moderne Gladiatorenkämpfe, mitunter auch mit Crittern und ähnlichen Abstrusitäten – je nachdem, an was der Veranstalter herankommt. Zu wissen, wo der Container stattfindet, kommt schon fast einer Einladung gleich.

» Nicht nur die Edlen und Reichen, die von virtuellem Blut genug haben, treffen sich hier. Auch manche Runner und Unterweltgrößen finden sich regelmäßig ein, um Kontakte zu knüpfen. Angeblich wurden sogar schon einige Senatoren bei den Containern gesehen, die nicht gewettet, sich aber den ganzen Tag mit Leuten aus TriCity und Königsberg unterhalten haben.
» Pirapit

ARKANE ORTE

Cirque Heloise (Bergedorf)

Cirque Heloise ist ein arkaner Zirkus, der seit nunmehr sieben Jahren seine Zelte auf einer Bauruine in Bergedorf aufgeschlagen hat und durch die Kombination von AR-Technik und Magie einmal in der Woche ein reichhaltiges Unterhaltungsprogramm bietet. Allerdings steckt hinter dem Zirkus mehr als auf den ersten Blick ersichtlich ist. Nicht nur, dass das fahrende Volk um Madame Heloise eine magische Gruppe aus Adepten und Magiern (vor allem Nicht-Hermetikern) ist, deren Zeltstadt ein verankerter magischer Platz ist, sie sollte auch die Schieberin eurer Wahl sein, wenn es um magische Dienstleistungen geht. Nahezu alle Straßenhexen-Coven in der Stadt haben Kontakte zur Zeltstadt und finden sich hier zu ihren Hexenfesten oder großen Ritualfesten ein.

Mandelzirkel (Altona)

Der Mandelzirkel ist eine kleine Voodoo-Gemeinde mitten in Hamburg mit Hauptzentrum in Altona. Dort betreibt der Zirkel neben einem Gemeinschaftshaus, das als Treffpunkt und Versammlungsort dient, auch einen kleinen, aber ordentlich ausgestatteten Taliskramladen. Zudem verfügt der Zirkel angeblich über eine eigene und gut eingerichtete Privatklinik, die sich weniger der Implantation als der verschwiegenen Versorgung von Verletzungen aus dem letzten Run verschrieben hat.

» Die „Klinik" liegt in einem stillgelegten Parkhausuntergeschoss und ist eher eine Praxis, allerdings gut ausgerüstet. Sie wird von zwei Voodoo-Heilern betrieben, die keine Fragen stellen, dafür aber einen ordentlichen Verdienst einstreichen – einer der Wege, wie der Zirkel Geld in die Kassen bekommt.
» Phalle

Walhalla (Altona)

Der Name sagt eigentlich schon alles. Hier trifft sich die regionale, nordische Kultistengemeinschaft, vom Möchtegern-Odin bis zum skandinavischen Idolschamanen. Der Treffpunkt ist eher der nordischen, magischen Fraktion vorbehalten, nichtsdestotrotz sind die Verbindungen zu Wikingerbanden wie Thors Raben gut. Zudem trifft man hier auch den ein oder anderen Umweltaktivisten mit guten Kontakten zu GreenWar oder Mutter Erde.

» Das Walhalla ist schwer zu finden, weil es in einem Hinterhof liegt. Außerdem ist dort nicht jeder ein gern gesehener Gast. Die mundane Sicherheit hält sich zwar in normalen Grenzen, dafür ist das magische Potenzial vor Ort enorm. Angeblich sollen einige der Stammgäste früher Kontakte zu Winternacht gehabt haben.
» Deichbrecher

» Wenn ihr da hinwollt: die Alsener Straße entlang, bis zu dem kleinen NukeBurger an der Ecke. Da dann weiter bis zur zweiten Toreinfahrt auf der rechten Seite. Dort kurz stehen bleiben, dann blendet sich ins AR ein Wegweiser zum Walhalla ein. Der Arrow arbeitet mit einer Zeitverzögerung von einer halben Minute, um nicht die Aufmerksamkeit der normalen Passanten auf sich zu ziehen.
» Skudrinka

CYBER-UNDERGROUND

Body Arts (Neue Mitte)

Biotätowierungen, Kosmetik, Titanimplantate, Piercings, Fiberglashaare, Fettabsaugung, Muskeltonuserhöhung, Irisfärbung, wie auch immer man der Natur bei seinem Aussehen auf die Sprünge helfen will, man findet es im Body Arts. Robert Keulen und seine Crew setzen günstig und schnell Implantate ein, entfernen oder versetzen Knorpelteile, bringen Titanimplantate unter die Haut oder ändern Farbe und Gestalt von Haut, Haaren, Zähnen oder Nägeln. Das teilweise ein wenig an einen Ro-

DATENEMPFANG ...

ckerclub erinnernde Interieur sollte nicht darüber hinweg täuschen, dass hier Profis am Werk sind, was sich natürlich sowohl in der Qualität der Arbeit als auch im Preis nieder schlägt.

Chrome (Neue Mitte)

Was auf den ersten Blick wie eine Mischung aus Autohaus und Elektroniksupermarkt aussieht, entpuppt sich schnell als der angesagteste Laden Hamburgs für Design-Cyberware, Tuning und Modifizierung von Cybergliedmaßen und extremes Bodymodding. Die recht kompetenten Berater besprechen Design, Funktionalität und Modellvielfalt mit dem interessierten Kunden, und wenn das gewünschte Cyberspielzeug vorrätig ist, steht dem Einbau vor Ort in den weiter hinten im Laden gelegenen Spezial-OPs nichts im Wege. Man kann hier auch ausgefallenere Ware über die Datenbuchse und den durchgestylten Cyberarm hinaus erstehen, aber natürlich nur im Rahmen der Legalität und gegen Vorlage einer entsprechenden SIN.

Empire (Neue Mitte)

Wer in diesen Laden kommt, gehört definitiv zur Cyberfetisch-Szene Hamburgs. Massive Body-Moddings sind Minimum, persönlich designte Cybergliedmaßen gern gesehen, und wer dazu noch die Aufmerksamkeit von Alien Queen erweckt, kann sich darauf einiges einbilden. Hier wird eine ganz eigene Lebensart aus Transhumanismus, Bondage und Körperfetisch zelebriert, der für Außenstehende verwirrend oder abstoßend erscheint, aber für die Teilnehmer Lebensart und Lustbefriedigung zugleich bedeuten kann. Um Mitglied in diesem exklusiven Club zu werden, bedarf es mehrerer Fürsprecher im Club und zudem der Erlaubnis von Alien Queen. Die Räumlichkeiten sind durch eine Sicherheitsschleuse und mehrere, schwer vercyberte Türsteher geschützt und verfügen nach außen über eine fast hermetische Abschirmung gegen Matrix und Magie. Neben einem Barraum und einem größeren Tanzsaal, in dem die Königin Hof hält, gibt es noch Räumlichkeiten für kleinere operative Eingriffe und Separees für private Beschäftigungen.

Der „Kahn" (Neue Mitte)

Es wird vermutet, dass die Überreste des früheren Luxusliners „Ganesha", der im Südhafen vor Anker liegt, keinem Geringeren als den Tzanevs selbst gehören, die hier außerhalb von Hamburgs Einzugsbereich ihrem Cyberfetisch nachgehen. Unter Deck befindet sich nicht nur eine illegale Verschönerungsstätte, sondern eine ausgewachsene Schattenklinik unter der Leitung des begabten Cyberdocs Kôkinsei. Da auf dem Luxuslinerwrack mehr als genug Platz vorhanden ist, kann man hier auch gegen das richtige Geld eine Zeit lang untertauchen, natürlich bei Vollverpflegung.

> Allerdings gibt es Gerüchte, das die Tzanev nicht der alleinige Sponsor des Doktors sind. Immer noch Konzernkontakte?
> Zwieblblootz

> Gegenfrage: In wie vielen Klinken warst du, die vollkommen unabhängig von Konzernen waren? Mullbinden und Betäubungsmittel wachsen nicht auf Bäumen. Und schließlich wollen die Konzerne ihr Zeug getestet sehen, bevor sie es auf den Markt werfen
> Kôkinsei

VIRTUELLE ORTE

Das Krähennest

Mitten in der VR Hamburgs liegt das Krähennest, ein Matrixtreffpunkt in der Architektur und Symbolik eines alten Piratenschiffes. Hier trifft sich die Hamburger Hackerszene, die illegalen Knoteneinbrecher und Datenjunkies aller Art. Möchte man Kontakte oder Informationen, die irgendwie die Hamburger Matrix betreffen, ist man im Krähennest goldrichtig.

> Die Betreiber sind die Überbleibsel der ehemaligen Matrix-Gang „Altona 7", die nach dem 64er Crash zerfallen sind (angeblich aufgrund von Todesfällen im Hamburger RTG). Die restlichen Mitglieder haben hier nicht nur ein Forum für die Matrixbewohner erschaffen, sondern leiten auch einen freischaffenden Service für Firmen, um deren Matrixsicherheit zu checken und Schwachpunkte auszuloten, indem sie versuchen, in das Netz einzudringen. Solche Aktionen werden manchmal mit der Unterstützung von angeheuerten Runnern durchgeführt, wenn die Jungs und Mädels zum AR-Hacken irgendwo reinwollen oder müssen.
> Bequerel

> Übrigens hat das Krähennest einen netten Schiffskobold, der hin und wieder mal auftaucht.
> Betonmade

> Der ist nicht von uns ...
> Tagwache

Die Narkow-Liste

Die Narkow-Liste ist nach demjenigen benannt, der sie vor drei Jahren gründete und etablierte. Es handelt sich um eine Kopfgeldliste, auf der Matrix Prämien auf beliebige Personen ausgesetzt werden können, frei nach Wunsch der Inseraten. Diese Killerliste ist natürlich hochillegal, und die HanSec versucht schon seit ihrer Entstehung, sie restlos aus dem Netz zu verbannen – was ihr offensichtlich bisher nicht gelungen ist. Die Liste und ihr Zugang sind sehr versteckt, und man kommt nur über gute Kontakte an sie ran. Dann aber kann man hochladen, wen man gerade loswerden will, inklusive Foto oder ganzem Dossier – oder sich lohnende Ziele herunterladen und sie erledigen.

> Mit dieser Liste muss man sehr vorsichtig sein. Einmal auf ihr, kommt man so gut wie nicht mehr von ihr herunter, denn dafür kann nur der sorgen, der das Kopfgeld ausgesetzt hat. Außerdem gibt es eine ganze Reihe sehr unseriöser Angebote. Einige sind aber vom jetzigen Betreiber, einem User namens KraxLord, zertifiziert. Das geschieht bei guten Kunden der Liste oder bei Leuten, die direkt beim Betreiber das Kopfgeld hinterlegen, um zu zeigen, dass man das Geld definitiv bekommt – allerdings nur, wenn man beweisen kann, dass man das Ziel tatsächlich höchstpersönlich umgelegt hat.
> Hattrik

> Es ist extrem gefährlich, wenn der eigene Name auf der Liste auftaucht. Jeder Depp und sein Hund, der Zugang zur Liste hat, könnte dich dann von hinten abknallen und die Euro einkassieren, die auf dich ausgesetzt sind. Tatsächlich gibt es sogar einige hochgestellte Personen, die namentlich auf der Liste auftauchen, so zum Beispiel unsere geliebte Bürgermeisterin – allerdings ist das auf sie ausgesetzte Kopfgeld wie bei

vielen der Listeneinträge viel zu gering, als das sich jemand die Mühe machen würde (wahrscheinlich sind es frustrierte Wähler gewesen). Einige Runner haben sich komplett auf die Abarbeitung der Liste spezialisiert, und mittlerweile tauchen nicht nur Namen aus dem ADL-Gebiet auf ihr auf.
● Pirapit

SCHATTENMÄRKTE

Billstedter Bahnhof (Neue Mitte)

Der Billstedter Bahnhof ist ein seit Urzeiten leerstehendes Gebäude und wurde in alten Zeiten von Hausbesetzern und Drogendealern als Unterschlupf genutzt. Seit einigen Jahren finden im Untergrund des Bahnhofs wieder Unternehmungen statt. In den Tunneln unter dem Gebäude und einer angrenzenden, stillgelegten U-Bahnstrecke findet zweimal im Monat der Billstedter Markt statt. Dann treffen sich hier Händler und Schmuggler aus der gesamten Umgebung und bieten ihre illegalen oder gestohlenen Waren einer Kundschaft aus Ökoaktivisten, Schiebern und anderen Schattengewächsen an.

Da der Markt als streng neutrales Gebiet gilt, treffen sich hier auch hin und wieder Vertreter verfeindeter Gangs oder des organisierten Verbrechens, um zu verhandeln.

● Der Billstedter Markt gleicht einem Basar, nur auf norddeutsch. Zwischen Ständen mit Waffen, Diebesgut, BTL-Sortimenten, vom Laster gefallenen Alltagsgegenständen und Sprengstoffen stehen Teestände oder Standgrills mit vergammelten Campingstühlen. Auch Dienstleistungsvermittler kann man hier antreffen, und angeblich kann man mit den richtigen Kontakten auch an schweres militärisches Gerät kommen.
● Hattrik

● Die Stände in den Tunneln und Gewölben sind gut abgeschirmt, und man muss mehrere Perimetersicherungen durchqueren, ehe man den Markt erreicht. Außerdem kann der gesamte Markt innerhalb von ein paar Minuten abgebaut werden und verschwinden, falls die HanSec mal wieder versucht, dem Treiben ein Ende zu setzen. Die Tunnel führen praktischerweise direkt ans Wasser.
● Labskaus

Blauer Klotz (Harburg)

Mitten zwischen anderen runtergekommenen Plattenbauten, verseuchten Spielplätzen und Müll steht der „Blaue Klotz", ein farbiger Betongigant, den man gar nicht übersehen kann, wenn man nicht total farbenblind ist. Der gesamte Klotz ist ein Schwarzmarkt, in dem es alles gibt, was man irgendwie kaufen kann. Von der zweiten bis ganz nach oben zur vierzehnten Etage haben sich in den kleinen Wohnungen asiatische Garküchen und türkische Dönerbuden genauso eingenistet wie Trödler, Nutten, Schuhmacher und diverseste Läden. Man kriegt hier Töpfe, Pfannen, Nachttischlampen und Gummistiefel genauso wie Waffen, Drogen, Unterhaltungselektronik, Tätowierungen oder eine aufs Maul, wenn man Ärger macht.

● Mein persönlicher Favorit ist Franek Kranz, der in seinem Laden im fünften Stock so ziemlich alles verhökert, was er in die Finger kriegen kann. Du brauchst eine russische Ikone, einen Presslufthammer oder ein Fairlight Caliban? Was er nicht da hat, kann er besorgen. Nur sollte man sich vorher umschauen, ob man seinen Kram nicht irgendwo anders billiger bekommt, denn wenn er erst mal suchen muss, steigen die Preise locker um hundert Prozent. Und wenn man es hat, sollte man auch nicht fragen, wo er es her hat. Franek soll nicht nur bei den Likedeelern mitmischen, sondern auch ein paar gute Verbindungen zu verschiedenen Piratencrews haben, auch wenn die den größten Teil ihres Krams über Wildost verhökern.
● Global Player [temp account]

● Ich persönlich schau bisweilen bei Donna Franciscas Taliskrämer-Laden im achten Stock vorbei. Die alte Zigeunerin ist zwar ein wenig seltsam (was Einsamkeit und die Fähigkeit, Geister zu beschwören, so alles anrichten können), aber dennoch bester Anlaufpunkt für magische Waren aller Art. Keine Ahnung, wie die da dran kommt.
● Verbena

Fischmarkt (Neue Mitte)

In der Nähe der St. Pauli-Landungsbrücken findet jeden Sonntagmorgen der traditionelle, über 300 Jahre alte Fischmarkt statt. Händler bieten hier auf Schwimmpontonstraßen keineswegs nur Fisch an (der im übrigen nicht aus der Nordsee stammt), sondern Waren aller Art, vor allem Informationen, Waffen und Hightech. Allerdings würde ich euch raten, möglichst früh (zwischen 2 und 4 Uhr morgens) zu kommen, da ihr um die Zeit weniger Schandärme schmieren müsst, damit sie in die andere Richtung sehen, wenn die nette Frau von der Fischtheke euch euer zusätzliches Päckchen in die Einkaufstüte packt. Auch anderes Gesindel, von Hovercraftpiraten bis zu Nutten, die etwas für ihren „Selbstschutz" tun wollen, geben sich hier bei Aalsuppe und Franzbrötchen ein fröhliches Stelldichein.

ÖFFENTLICHE EINRICHTUNGEN

HanSec HQ (Wandsbek)

Das Hauptquartier der HanSec gleicht einer Festung und gilt zumindest für unsereins als uneinnehmbar. Der große Betonblock mitten in Hamburg umfasst den zentralisierten Fuhrpark der Bereitschaftseinheit, Drohnenhangars, die ebenfalls zentralisierte Kriminalabteilung und die Forensik. Außerdem gibt es ein öffentliches „Polizei"-Revier der Schutzeinheiten für die Innenstadt. Auf dem Dach stehen vier Helikopter, von denen einer fast immer im Einsatz ist, der Rest der Helikopterstaffel ist ausgelagert und steht unter anderem der HAZMAT zur Verfügung, deren Chefetage ebenfalls im HanSec Hauptquartier untergebracht ist.

● Dass der „Block", wie er gerne genannt wird, als uneinnehmbar gilt, liegt daran, dass bisher einfach noch keiner versucht hat, dort einzudringen. Warum auch? Was sollte man bei der Polizei stehlen wollen?
● Komtur

● Beweismaterial aus der Asservatenkammer, belastendes Material über Mitarbeiter, Daten aus dem Hauptrechner, Verdächtige, die in den Zellen im Untergeschoss inhaftiert sind, bevor sie ins Untersuchungsgefängnis gebracht oder vernommen werden – es gibt eine ganze Masse von Gründen. Und es stimmt auch nicht, dass noch keiner von uns drin war. Allerdings sollte man das Ganze so gut planen, dass keiner den Run merkt, weil die HanSec SEHR ungehalten reagieren kann.
● Pirapit

Senatsadministration (Wandsbek)

Das große Glasgebäude, nach den modernsten Richtlinien und in schlichter Architektur erbaut, ist ein Aushängeschild des neuen Senats. Es wurde erst vor einem Jahr fertiggestellt, nachdem es durch die Unruhen der vergangenen Jahre immer wieder zum Stillstand auf dem Bau gekommen war. Seit einigen Monaten ist es nun von der Senatsadministration bezogen, und die Beamten erfreuen sich an der modernen Technik und der luftigen Raumaufteilung. Geschützt wird das Gebäude von einer Sondereinheit der HanSec.

Angeblich hat die Gebäudetechnik noch ein paar Kinderkrankheiten, was sehr interessant ist, weil die Senatsadministration durch die prekäre politische Lage der Stadt unter Garantie bald zu einem Hauptziel wird. Allerdings ist es sehr schwer, an Pläne des Gebäudes heranzukommen, da diese streng unter Verschluss gehalten werden.
Lohengrin

Die Techniker und die von ihnen verwendete Hardware stammt von den Konzernen. Einiges stammt sogar von genau den Konzernen, gegen die der Senat, vor allem die Bürgermeisterin, im Moment diplomatisch zu Felde zieht. Es würde mich deshalb nicht wundern, wenn die „Kinderkrankheiten" in Wirklichkeit auf die Ausmist-Arbeit der HanSec-Spezialisten zurückzuführen ist, die das Gebäude von unliebsamen Einbauten befreien.
Ham-Star

PANOPTIKUM BLOG-FEEDER [ARCHIV]

[02.04.2070/Hamburg] Ham-Star

Folgendes Log „verirrte" sich im Rahmen einer „Informationsbeschaffung" in einem Regierungsnetz in meinen Speicher. Vielleicht kann damit ja irgendwer etwas anfangen.

>Defragmentierung komplett<

>Datei unvollständig<

>Datei wird angezeigt<

>Deltalogg Sicherheitsaccount X – zwei Personen anwesend<

AR: Ich bin noch auf der Arbeit, wir müssen uns also kurz fassen.

FE: Wie geht es Ihnen und Ihrem Posten?

AR: Ausbaufähig. Der Konflikt schwelt immer weiter, und die meisten hier sind mit ihren Nerven am Ende. Der Senat stärkt sich mehr und mehr, der Schattensenat ist sehr geschickt bei der Manipulation, und die Bundesregierung funkt immer wieder unseren Plänen dazwischen, wenn sie sich um die abgesplitterten Parteien kümmert. Vielleicht sollten Sie darüber mal mit Ihrem Vorgesetzten reden, damit er in Hannover auf die richtigen Knöpfe drückt und ein paar Hunde zurück an die Leine nimmt.

FE: Glauben Sie mir, wir haben alles unter Kontrolle, trotzdem werde ich noch einmal ein Auge darauf werfen. Wie steht es mir Ihren Vorbereitungen?

AR: Das müsste ich Sie eigentlich fragen. Wie steht es mit den Testläufen? Wie ist die Erfolgsrate?

FE: Es sieht gut aus, auch wenn an einigen der Einstellungen noch gefeilt werden muss. Wir benötigen unter Umständen unterschiedliche Programmstrukturen für die einzelnen Metarassen, wie wir jetzt festgestellt haben. Wir gehen sozusagen langsam zur Feinabstimmung über. Bei den letzten Tests lag die Erfolgsrate bei 65 %. Nach einer Wiederholung hatten dann fast 80 % ihre Meinung geändert. Nur 1 % der Beteiligten kam etwas seltsam vor und stellte Rückfragen.

AR: Das ist ein Prozent zuviel!

FE: Ich weiß, wir arbeiten wie gesagt daran. Beantworten Sie mir jetzt meine Frage? Ist das Arbeitsgelände vorbereitet?

AR: Schön umschrieben. Ich denke, einem großen, offenen Testlauf in Hamburg steht nichts im Weg. Ich bin noch dabei, MTJ an mich zu binden, dann kann es losgehen. Hamburg ist das optimale Pflaster, zumal es auch noch eine gute Motivation für den Einsatz gibt – wenn es klappt, kann der Schattensenat sich ein für alle mal verabschieden.

FE: Wenn Hamburg klappt, AR, dann war das nur der Anfang, und wir stehen unter Umständen am Beginn einer neuen Ära.

AR: Diese Ära hat bereits vor 5 Jahren begonnen, wir nutzen sie nur für uns. Sehen Sie zu, dass das eine Prozent verschwindet und geben Sie mir Nachricht, wenn Mahswind einsatzbereit ist.

FE: Sie werden von mir hören.

AR: Bis dahin.

>Deltalogg Sicherheitsaccount X – zwei Personen ausgeloggt<

Mahswind? Was soll das denn für ein verunglücktes Wort sein? Und wer ist AR, unterhält sich da jemand mit der Augmented Reality in Persona? Und wer oder was ist der Schattensenat?
Ouzo

Hört sich zwar verwirrend an, aber einige der Informationen kann ich verwerten. „Schattensenat" könnte ein anderer Name für die Ältermänner sein. Hört sich ein wenig danach an, als ob es auf Seiten eines der Konzerne einen Plan gibt, mal klarere Verhältnisse in Hamburg zu schaffen. Was aber genau dahinter steckt: Nun, nach dem, was AR und FE da behaupten, werden wir es wohl bald in Hamburg sehen.
Pirapit

DATENEMPFANG ...

STÄDTE IM ZWIELICHT

Die Sicherheitsleute flüsterten miteinander, als er durch das Tor humpelte. Stone lächelte offen, als sie ihn aufforderten, seine Papiere vorzuweisen, und er die ID seines öffentlichen PAN-Profils hochlud: Jason Doe, angestellter Leibwächter. Gefälschte Lizenzen legitimierten seine quasi-legale Cyberware, die er während seiner Zeit bei Ares bekommen hatte, und medizinische Papiere erklärten glaubhaft, dass er sich in der Stadt aufhielt, um sein fehlerhaftes Cyberbein ersetzen zu lassen.

Der fette Beamte am Schreibtisch murmelte eine Entschuldigung, während ein anderer Zollbeamter einen tragbaren Scanner hervorholte. Stone fragte sich, ob der Mann nun erwartete, ein paar Nuyen Trinkgeld von ihm zu bekommen, wie der Zollbeamte in Istanbul im letzten Frühjahr. Ein kurzer Blick auf Caliban, der schon fast deprimierend problemlos durch das zweite Tor stiefelte, ließ diesen Gedanken jedoch wieder verpuffen. Stiletto war eine Adeptin und hatte an Orten wie Azanien ohnehin leichtes Spiel. Der Lesestift des Scanners fuhr über seinen Körper und sendete Diagnosedaten an das Display des Beamten. Mit einem Grunzen entließ ihn der beleibte Beamte und konzentrierte sich nun darauf, ein Pärchen aus Sekondi zu nerven.

Stone näherte sich vom Sicherheitstor aus und gesellte sich zu Stiletto und Caliban. Caliban, ein orkischer Hacker, sah sehr zufrieden mit sich aus, hielt sein Plappermaul aber ausnahmsweise mal geschlossen. Stone ließ den Sicherheitsbereich hinter sich und scannte die Leute in der Ankunftswartezone, bis seine Bildverbindung ihm die gewünschte ID zeigte. Die drei Runner schlängelten sich durch die Masse zu einem dürren Mann mit leuchtenden Tattoos und einer Tunika im Neo-Tribal-Stil.

„Mr. Doe?" fragte der Mann, dessen Aussprache wie erwartet einen lokalen Akzent hatte. „Ich bin hier, um Sie zu Mr. Mumbezo zu bringen."

„Mr. Mumbezo hat unsere Bestellung schon vorbereitet?" fragte Stone überrascht. „Wir haben das Material nicht vor morgen erwartet."

„Ich denke schon, Mr. Doe", antwortete der drahtige Mann und zeigte seine leuchtend weißen Zähne.

„Was ist mit unserem Ziel? Hat er die nötigen Informationen?" drängte Stone.

„Ich soll Sie darüber in Kenntnis setzen, dass der Konvoi gestern aufgebrochen ist, genau wie erwartet. Wie Sie sehen, wird Mr. Mumbezo sie nicht enttäuschen", sagte der Mann.

„Das sollte er auch nicht. Uns wurde versichert, dass Mr. Mumbezo zuverlässig ist." In Wahrheit war es genau anders herum. Fox hatte sie gewarnt, dass Mumbezo unzuverlässig sein könnte. Aber das war der beste Schieber, den sie in der kurzen Zeit hatten auftreiben können, um die Ausrüstung und die Waffen zu beschaffen, die sie für die Operation benötigten.

„Ich bin sicher, dass es keine Probleme geben wird, Mr. Doe. Hier entlang bitte", sagte der Mann und führte sie durch die Menschenmenge zum Ausgang.

Als sich die Türen des Ausgangs öffneten, wurden sie von einer Welle trockener Luft empfangen, die ihnen die Feuchtigkeit aus den Poren saugte. Jenseits der polarisierten Fenster von Cape Town International war auch das Licht irgendwie anders. Eine durchdringende Helligkeit ließ die Landschaft in der Hitze wabern. Sie liefen einige Meter zu einem alten Toyota Elite, der rechtswidrig auf der Bordsteinkante geparkt war. Stiletto setzte sich zusammen mit ihrem Fahrer nach vorn, während es sich Stone und Caliban mit ihren Taschen auf dem Rücksitz bequem machten.

Als sie sich in sicherer Entfernung zum Terminal befanden, steuerte Stone mit seinem Ikon-Kommlink durch verschiedene Menüs, um sein Cyberbein zu aktivieren. Deaktiviert hatte es sich deutlich schwerer als sonst angefühlt, aber das war notwendig gewesen, um seine Tarnung glaubwürdig zu machen. Er unterbrach das Diagnostik-Programm, das Caliban entworfen hatte, und die Augen des Fahrers weiteten sich im Rückspiegel, als Stone sein Hosenbein am Reißverschluss öffnete und das erste versteckte Fach öffnete. Er schenkte dem Mann ein breites Grinsen, während er die Teile seiner Steyr TMP zusammensetzte, einen vakuumverpackten Clip einlegte und die Waffe in ein verborgenes Holster in seiner Jacke gleiten ließ. Vorne legte Stiletto ihre Aktentasche auf die Knie, drückte den versteckten Schalter und öffnete den doppelten Boden. In dreizehn Schritten setzte sie ihre Repetier-Armbrust aus den Teilen zusammen, die im Inneren versteckt waren. Mit einer Drehung entfernte sie zwei Teile der Aktentaschengriffe, löste zwei schimmernde Klingen aus den verstärkten Stahlinnenseiten, montierte die Griffe an ihrem Platz und ließ sie in ihrem Mantel verschwinden.

Caliban entblößte grinsend seine Hauer „Was denn? Kein Spielzeug für mich?"

Stone öffnete das Fach an seiner Wade, holte die Teile der demontierten Holdout des Hackers heraus und gab sie Caliban.

Trotz seiner Hautfarbe sah der Fahrer im Rückspiegel blass aus. Stone sah auf und sagte: „Ich denke, nun sind wir bereit, um Mr. Mumbezo zu treffen."

JACKPOINT

[Folge Link]
[open gateway]
[Weiterleitung erfolgt]
[P2P Netzwerk gefunden]
[Übermittle Netzwerkdaten]
[Wurmkur aktiviert und gedockt]
[Erschaffe temporären User Account]
[Registriere PAN]
[ARO Graphic User Interface Overlay aktiviert]
[Weiterleitung erfolgt]
[Öffne Datei Städte im Zwielicht"]

• Um diesen Upload abzurunden, habe ich einige unserer Stammkunden gebeten, eine kurze Abhandlung über die berüchtigtsten Runner-Städte auf dem Globus zu schreiben. Es gibt natürlich noch viele weitere, aber meine Quellen versicherten mir, dass diese drei Plexe in jeder Hinsicht mit Seattle, Hongkong und Hamburg vergleichbar sind, was die Schattenaktionen anbelangt.
• FastJack

STÄDTE IM ZWIELICHT

KAPSTADT

geposted von Picador

Ich erspare euch einfach mal eine Abhandlung über die geostrategische Situation der Azanischen Föderation mit Ausnahme der Information, dass das Land dafür, dass es kaum hätte schlimmer kommen können, ganz schön gelitten hat. Es wird immer noch von Armut und Analphabetismus gebeutelt, und Millionen von Menschen leben hier unterhalb der Armutsgrenze. In einem Land, das mit Diamanten, Gold, Uran und anderen Bodenschätzen reich gesegnet ist, stellt das Leben nach wie vor die billigste aller Ressourcen dar, und die Leute sind verzweifelt genug, um ihre Kinder bei den Bergbaukonzernen anheuern zu lassen. Aber selbst hier hält die Illusion der Hoffnung die Leute am Leben. In diesen Tagen kommt das Licht am Ende des Tunnels aus Kapstadt – und macht es zu dem neuen Land der unbegrenzten Möglichkeiten für Runner und andere Schattenbewohner.

Obwohl es die Heimat von Menschen aus den unterschiedlichsten Nationen ist – darunter die Ureinwohner der Xhosa, die von der Apartheid vertriebenen Zulus sowie Afrikaner, Malaysier, Inder, Europäer und Südamerikaner –, ist Kapstadt nicht die größte Stadt Azaniens. Es ist aber der Ort, an dem die moderne afrikanische Kultur ihre Stimme findet. Außerdem ist es ein Hafen, in dem nicht nur zwei Ozeane aneinandergrenzen, sondern auch Kaufleute mit Waren aus vier Kontinenten Handel treiben.

DAS LEBEN IN DER SCHÜSSEL

Ich weiß nicht, wie oft ich schon in Kapstadt war. Ich habe dort sogar den Winter 2068 verbracht, nachdem ich sechs zermürbende Monate lang zusammen mit den staatsbildenden Streitkräften des Konzerngerichtshofes am Kilimandscharo gewesen war. Kapstadt erstreckt sich wie eine Masse aus Glas und Beton in alle Richtungen, siedet unter der gnadenlosen afrikanischen Sonne und ist das halbe Jahr über unter einer dicken Smog-Wolke begraben. Das Herz der Stadt befindet sich in einer natürlichen Senke an den steilen Hängen des Tafelberges, der von legendären Geistern geschaffen worden sein soll. Er lässt einen niemals vergessen, dass die Stadt ihr Dasein unter dem wachsamen Blick der majestätischen Regenkönigin fristet, des Großen Drachen Mujaji, die ihr Lager auf der majestätischen Hochebene über den üppigen Tälern und steinigen Anhöhen eingerichtet hat. Selbst die abgestumpftesten Seelen spüren die mystische und einzigartige Spiritualität, die Kapstadt prägt. Alles verlangsamt sich zu „afrikanischer Zeit", wirkt aber immer noch lebendig und aufregend.

Kapstadt durchläuft gerade eine wirtschaftliche Wiedergeburt, nachdem es über Jahrzehnte hinweg von Stammesfehden und Kriminalität heimgesucht worden war. Der Neuanfang ist hauptsächlich der Militär-Razzia im vergangenen Jahr zu verdanken. Nachdem Pretoria einen Deal mit Mujaji gemacht hatte, halfen die azanischen Streitkräfte den Schamanen der Regenkönigin dabei, die gefährlichsten Tsotsi-Ganglords zu vertreiben, die bis dahin die Stadt unter sich aufgeteilt hatten. Wie alles andere in diesem Teil der Erde war dies aber nur ein halbherziger Versuch. Andauernde Spannungen an der diamantenreichen Grenze zum kommunistischen Angola führten dazu, dass die Truppen abgezogen wurden, bevor die Aufräumaktion abgeschlossen war. Teile des Hafenviertels sowie die außerhalb liegenden Townships sind noch immer umkämpfte Stammesgebiete und Z-Zonen, in denen Gangs und Warlords das Sagen haben und das Friedensdekret von Mujaji mit Füßen treten.

• Als das kommunistische Angola im vergangenen Mai einige umstrittene Diamantenfelder im ehemaligen Namibia besetzte, zog Universal Omnitech ein paar Fäden, um das Militär mit hineinzuziehen. Die UO-Söldnertruppen sind vielleicht Veteranen, aber trotzdem nicht gut genug ausgerüstet, um es mit der kompletten angolischen Armee aufnehmen zu können. Nun haben beide Parteien Streitkräfte im Gebiet und spielen „Abwarten und Tee trinken".
• Fianchetto

• Es erübrigt sich, zu erwähnen, dass UO nicht gerade glücklich mit dieser Pattsituation ist. Die Produktivität der Bergwerke in der Region ist gesunken, und das schlägt sich langsam in ihren Bilanzen nieder.
• Mr. Bonds

Offiziell geht die Aufräumaktion weiter, obwohl in den vergangenen sechs Monaten keine nennenswerten Aktionen stattfanden. Downtown steht weiter unter Kriegsrecht und unterliegt dem gemeinsamen Oberbefehl der Generäle Steven Mbulo und Tsago Shinzel (Mujajis oberster Schamane). Es ist relativ friedlich, doch die Truppen patrouillieren noch immer die Außenbezirke in gepanzerten Fahrzeugen. Die Regenkönigin stützt dieses brüchige Gleichgewicht der Macht, indem sie ein Netz aus Angst und Gefälligkeiten spinnt.

DAS HAFENVIERTEL: UNORGANISIERTE KRIMINIALITÄT

Der blaue Hafen ist von beinahe jedem Punkt der Stadt aus sichtbar und wimmelt nur so von Schiffen aller Flaggen, und so ist unmöglich zu übersehen, dass die Stadt ein wichtiger Seehafen ist. Tatsächlich stellt er für all jene einen notwendigen Zwischenhafen dar, die im Südatlantik mit Amazonien und Europa handeln und auf den Routen um das Kap der guten Hoffnung in den Fernen Osten und nach Ozeanien unterwegs sind. In der gesamten, von Höhen und Tiefen geprägten Geschichte von Kapstadt war der Hafen schon immer die Lebensader der Stadt und ist noch immer eine wichtige Quelle für Schattenaufträge.

Das raue und bunte **Hafenviertel** gehört nach wie vor den Warlords, alten Piraten und Schwarzmarkthändlern, die bislang jedem Versuch, sie zu vertreiben, widerstanden haben. Die Megakonzerne haben sich hier wieder angesiedelt, so

Shane
06

DATENEMPFANG ...

MEGAWATCH-SUCHERGEBNIS: UNIVERSAL OMNITECH SCHLUCKT DEBEERS

Veröffentlicht: 10.10.2065

Die Fusion des Biotech-Giganten Universal Omnitech (UO) mit dem Schwerindustriegiganten DeBeers Omnitech (DBO) ist keine Überraschung für diejenigen, die ihren Paarungstanz seit 2061 verfolgt haben. Trotz seiner vielfältigen Aktivitäten ist es UO gelungen, durch Übernahmen und rasche Integrationsprozesse seinen Ruf zu wahren, der Konkurrenz in den Bereichen Bio-, Cyber- und Gentechnologie um Lichtjahre voraus zu sein. Die Einnahmen aus einem teilweisen Börsengang fingen die Kosten ihrer Expansion im Vertriebs- und Massengeschäft ab, doch das Wachstum ließ nach, als der frühere Aztechnology-Direktor Thomas Roxborough an die Spitze kam und den Konzern von seinem früheren Geschäftspartner Aztechnology löste.

Mit mehr als 82 Niederlassungen weltweit brachte DeBeers (mit Sitz in Südafrika) seine Expertise im Bereich des Ingenieurs- und Bergbauwesens in die Fusion ein, außerdem seine marktbeherrschende Stellung in der Produktion natürlicher und künstlicher Diamanten, die für Hochtechnologie-Produkte wie AR-Holospeicher und Kohlenstoff-Nanoröhren unentbehrlich sind. Angetrieben von der Konzentration von UO auf die Erforschung bahnbrechender neuer Technologien, ist der aus der Fusion hervorgegangene Konzern auch in den Bereichen Nanotechnologie und Maschinenbau und seit kurzem in der Weltraumtechnologie und anderen Extrem-Umwelttechnologien aktiv, was ihn auf Kollisionskurs mit S-K, Shiawase und Proteus bringt.

Der neue Konzern wird seine Aktivitäten unter dem Namen Universal Omnitech weiterführen und von seinem Hauptquartier in Vancouver aus gelenkt. Die Marke DeBeers wird weiter für verschiedene Aktivitäten Verwendung finden.

dass es in jedermanns Interesse liegt, den Ärger auf ein Minimum zu reduzieren. Wuxings Tochterunternehmen Worldwide Shipping, Mærsks Hapag-Lloyd und ESUS haben große Teile des Hafengebiets gepachtet, außerdem natürlich die meisten der AAAs, die in Azanien aktiv sind.

• Unterschiedlich große Söldnertruppen unterhalten ihre Quartiere in dem nahegelegenen Lagerhausviertel, was für eine angespannte Atmosphäre sorgt. Ich glaube, Picador ist ebenfalls dort vertreten.
• Black Mamba

• Das stimmt. Matador stellte das Team zusammen, als sich noch niemand für Kapstadt interessierte. In Afrika gibt es immer eine große Nachfrage nach Söldnertalenten, und die aufkeimenden Spannungen in der Region machten es zu einer zukunftsträchtigen Investition.
• Picador

Es gibt nur wenig organisierte Kriminalität am Hafen – aber eine Menge unorganisierte Kriminalität. Die großen Fische sind eher bewaffnete Gangs als Syndikate. Luis Barreto und Mabuki Njombo sind die führenden Gang-Bosse und kämpfen um den Löwenanteil des illegalen Handels und Schmuggels. Barreto, ein Freibeuter der Goldküste, der sich zur Ruhe gesetzt hat, schlachtet jeden ab, der ihn nur schräg ansieht, aber wenigstens hält er sich an seinen merkwürdigen Piratenkodex. Njombo, ein in Ungnade gefallener Schamane der Regenkönigin, bahnte sich im Hafenviertel seinen blutigen Weg nach oben, indem er jedes vorstellbare Verbrechen beging: Sklaverei, Organhandel, Prostitution und BAD-Handel eingeschlossen. Er ist dafür bekannt, die Schwächen seines eigenen Volkes auszunutzen.

• Barreto kontrolliert einen großen Teil des Schwarzmarktes und versorgt unabhängige Kaufleute und Piraten. Er ist eine lebende Legende unter den Piraten der Gold- und Schädelküste und kann sich der Loyalität seiner Männer sicher sein. Njombo dagegen regiert durch Angst und kann niemandem vertrauen. Er hat seine Finger einfach überall im Spiel und pflegt sogar freundschaftliche Beziehungen zu den Geisterkartellen. Zusammen haben es Barreto und Njombo geschafft, die kleineren Akteure bis in die Vororte zurückzudrängen.
• Moji

• Es gibt da noch einen kriminellen Clan, der von Hasim Shakur angeführt wird, einem ostindischen Schwarzmarkthändler, der seine Hände tief im Handel mit Blutdiamanten, in jeglicher Art von Wirtschaftskriminalität und Technologie-Raub hat. Die Straßen sind nicht sein Terrain, aber er hat viele Freunde in Europa und den CAS, und seine Mannschaft unternimmt hin und wieder Ausflüge in den Talishandel.
• Am-mut

Die rauen Straßenmärkte, die jeden Donnerstag stattfinden, sind eine ausgezeichnete Gelegenheit, um Waffenhändler, Söldner-Makler, Schieber und Stammesführer zu kontaktieren, die das Hafenviertel nach Talenten absuchen. Außerdem kann man hier jede Menge Möglichkeiten finden, um sich einen Weg durch das Chaos von lokalen Bündnissen und Konzerinteressen zu verhandeln.

Bevor ich es vergesse, westlich des Hafenviertels befindet sich ein piekfeines Viertel, das „**Mouille Point**" genannt wird. Hier findet man die eingezäunten Anwesen von ostindischen Unternehmern, Tsotsi-Kriminellenführern im Ruhestand, Piratenlegenden und einigen erstklassigen Runnern. Nach der Aufräumaktion wurde diese Gegend zu einem Zentrum für die respektableren, aber nicht weniger dubiosen Geschäftsleute und Neureichen, die sich an der wachsenden wirtschaftlichen Ungerechtigkeit bereichern.

DOWNTOWN UND DIE GÄRTEN: WIEDERGEBURT DER KONZERNE

In den Townships außerhalb der Stadt sind Armut und ethnische Auseinandersetzungen an der Tagesordnung. Im Zentrum der Schüssel stößt man aber auf das erste Gebiet, das gesäubert und neu aufgebaut wurde: die von grünen Bäumen gesäumten, sauberen Straßen des Konzernzentrums von **Downtown**. Es gibt hier aber nicht nur Wolkenkratzer, Einkaufspassagen und bewachte Büros, denn viel Geld floss auch in die Erweiterung des Kirstenbosch Botanical Garden. Hier entstanden üppige Parkanlagen und biotechnologisch aufgepeppte Treibhauskuppeln. Das Herz des Plexes war niemals grüner.

• Selbst die Anarcho-Tagger und Stammes-Graffiti-Künstler, die sich an den Bürogebäuden und sicheren Konzernanlagen austoben, scheinen der gesunden und sauberen Atmosphäre, die man dieser Tage in der Schüssel spürt, nicht zu schaden. Man bekommt fast schon Sehnsucht nach den guten alten Tagen, als Staub und Smog in der Luft hingen.
• Moji

Kapstadt erlebt zur Zeit einen Aufschwung, da sich verschiedene große Jungs hier ausbreiten und lokale Start-up-Unternehmen aus dem Nichts auftauchen. Der Grund dafür sind vermutlich die massiven Steueranreize und die gesetzliche Billigung von Experimenten an Menschen – die Regierung versucht mit allen Mitteln, die Wirtschaft wieder anzukurbeln. Der explosionsartige Aufschwung ist zum Teil auch der lockeren Einstellung der Behörden geschuldet. Wenn die Leute an das neue Kapstadt, mit seiner schnellen Lebensart und seinen grellen Lichtern denken, tauchen in ihren Ausführungen an vorderster Stelle die Konzerne in Downtown auf. Die Schlagworte sind Gentechnologie, Nanotechnologie und Holospeichermedien der fünften Generation, obwohl auch der Hafen und die Medienindustrie große Umsatzsprünge verzeichnen.

Universal Omnitech war der erste Konzern, der seine ohnehin bereits ansehnlichen Einrichtungen vergrößerte. Der Geschäftsführer Jan Vermeer, einer der mächtigsten Männer der Stadt, hat außerdem einen Vertrag über die Erhaltung und Vergrößerung des Botanischen Gartens geschlossen und im Gegenzug die exklusiven Nutzungsrechte für dessen einzigartige biologische Schätze bekommen. UO unterhält außerdem mehrere große Einrichtungen in den umliegenden Gemeinden, wo sie unter dem Namen DeBeers an der Produktion von synthetischen Diamanten und anderen Projekten arbeiten.

» Kapstadt besitzt die weltweit größte Artenvielfalt an Blumensorten (magisch und mundan) sowie den weltweit höchsten Anteil an endemischen Pflanzenarten, also Pflanzen, die nur hier und nirgendwo sonst wachsen. Die Gärten rühmen sich einer einzigartigen Vielfalt dieser Pflanzen. Biologen haben weitere Arten gezüchtet und nutzen sie bereits seit Jahrhunderten für pharmazeutische Zwecke. Das berüchtigte Rauschgift Zen ist angeblich ein Nebenprodukt dieser Aktivitäten, genauso wie ein halbes Dutzend anderer pharmazeutischer High-Tech-Produkte.
» The Smiling Bandit

» Ich habe mir die großen UO-Plantagen neulich für einen Klienten angesehen. Neben der Arbeit mit Nootrophen und anderen Bio-Pharmaprojekten wurden zwei Pflanzenarten gezüchtet, die Kohlenstoff-Nanoröhren produzieren. Bislang ist die Produktivität nur gering, aber sie arbeiten an etwas Großem. Ich bin mir nur nicht sicher, an was.
» Stone

» Nun, Universal Omnitech und der alte Bettgefährte Aztechnology haben noch immer gemeinsame Interessen. Nach der Fusion hat UO mehrere Schwerindustrie-Unternehmen und eine Reihe von Weltraumunternehmen übernommen. In der Zwischenzeit haben die Azzies ein übergroßes Interesse an Panama gezeigt. Sie positionierten sich am Äquator: AAA-Megakonzern, Weltraumforschung, Kohlenstoff-Nanoröhren ... ich vermute, uns steht da ein Weltraumfahrstuhl-Projekt ins Haus, das dem Katapult auf dem Kilimandscharo Konkurrenz machen wird. Ich würde in nächster Zeit verstärkt auf Projekte zum Einfangen von Meteoriten achten.
» The Smiling Bandit

» Braucht ihr nicht. Ich kann beweisen, dass eine solche Operation bereits im Gange ist.
» Orbital DK

Evo ist diesem Beispiel im Dezember gefolgt und saniert einen großen Büropark in Oranjezicht, das an die Gärten grenzt. NeoNET, Zeta-ImpChem, Shiawase Biotech und Phoenix sind einige der großen Namen, die ebenfalls einen Nutzen aus der lockeren Gesetzgebung in Sachen Menschenversuchen ziehen wollen und ihre Aktivitäten ausdehnen. Nicht alle dieser Konzerne errichten Biotech-Laboratorien und Handelsstützpunkte. Einige von ihnen haben Mikrotronik-Forschungsanlagen und Fabriken gebaut, um von der neuen Kristallgitter-Holodatenspeicher-Technologie zu profitieren, die von einigen der hiesigen Start-ups entwickelt wurden.

» Ich muss nicht extra erwähnen, dass es dort jede Menge Jobs gibt. Die hiesige Schattengemeinde ist zwar relativ eng verbunden, aber fragt einfach nach Anansi oder Bobby Nzame, wenn ihr in der Stadt seid. Beide sind gute Schieber mit guten regionalen Netzwerken. Kümmert euch nicht um die Technicolor-Leuchttattoos von Anansi oder die Tatsache, das Nzame MMVV-positiv ist. Betrachtet das einfach als weitere Verrücktheiten in Kapstadt.
» Black Mamba

» Während des Runs, den ich bereits an anderer Stelle erwähnt habe, bin ich auf eine weitere Sache gestoßen: Irgendwo im Plex gibt es eine Schattenklinik, die an einem Projekt arbeitet, das den Codenamen Methusalem trägt. Nach dem, was ich mir zusammenreimen konnte, ist die Anlage in Kapstadt nur ein kleiner Teil eines Forschungsnetzes, das sich über ganz Azanien erstreckt und massive Unterstützung von geheimen Fraktionen der Zulu Nation bekommt. Allerdings passt nicht ins Bild, dass die Zulus nur dann in Kapstadt aktiv werden werden können, wenn sie den Segen Mujajis haben, die aber eigentlich als Regenkönigin die traditionelle Wächterin der Xhosa, der ärgsten Rivalen der Zulus, ist.
» Stone

» Interessant. Ich habe auch ein bisschen gegraben und herausgefunden, dass sie die Datenbank der nationalen Genbank anzapfen, die UO von DeBeers übernommen hat. Die Genbank wurde von DeBeers finanziert, um die AIDS- und VITAS-Krise zu bekämpfen, die vor einigen Jahren die Arbeiterschaft von Südafrika dezimierte. Im Jahr 2022 umfasste sie mehr als 29 Millionen genetische Profile. Die SIN-Registrierung in Azanien schließt noch heute biologische Daten ein. Denkt euch einfach euren Teil.
» The Smiling Bandit

DAS RANDGEBIET: AFROSTYLE UND TRIBAL-TRENDS

Wenn ihr immer noch an das Postkarten-Kapstadt des Ministeriums für Tourismus glaubt, sollte euch ein Blick über den Rand der Schüssel die Augen öffnen. Während eine obszöne Menge an Geld in die Entwicklung von Downtown und die Schüssel geflossen ist, wird der Rest des Plexes dem Verfall in seinem eigenen Drek überlassen. Das gilt besonders für außenliegende Townships wie **Gugulethu**, **Khayelitsha**, und **Crossroads**. Neben Gangs mit unzähligen Mitgliedern wie den „Hard Time Kids" und den „Instant Revolvers" besteht die einzige Autorität, die dort anerkannt wird, aus den Schamanen der Regenkönigin und anderen Personen, die über beträchtliche weltliche bzw. magische Feuerkraft verfügen.

» Als ich kürzlich einen Run in Kapstadt machte, habe ich gehört, dass Mujajis guter Ruf bei den Stämmen in letzter Zeit zu bröckeln beginnt.
» Sticks

» Das stimmt. Die Königin hat einen großen Teil ihres inneren Kreises nach Aukoerebis verlegt, ihrem nördlichen Bau in einem alten Nationalpark, der nun verwildert ist. Sie beobachtet Kapstadt aber weiterhin genau und scheint die eine oder andere Klaue in einigen der neuen Biotech-Unternehmen zu haben. Allerdings hat sie dieser Tage auch andere Geschäfte im Kopf, und man erzählt sich, dass sie sich ein paar Gefiederte Schlangen als Vasallen hält. Mujajis Schamanen wandern in öffentlichen Angelegenheiten durch den Plex, reisen in Gruppen und wirken nervös. Macht fast den Anschein, als wären sie für irgendetwas mobilisiert worden. Ich sage euch, da braut sich ein Sturm zusammen.
» Black Mamba

Als Altlasten des früheren Apartheid-Regimes sorgen die Satellitenstädte von Kapstadt seit jeher für einen schier unerschöpflichen Zustrom an billigen Arbeitskräften und ethnischer Gewalt. Das Pulverfass ist unberechenbar geworden, da die Einheimischen auf das kärgliche Einkommen der von den Konzernen betriebenen Billiglohn-Fabriken angewiesen sind. Auseinandersetzungen zwischen den Khoisan, Bantu oder Xhosa und den Zulu-Stammesangehörigen sind ebenso an der Tagesordnung wie gewaltsame Streitigkeiten zwischen MCT-Angestellten und DeBeers-Arbeitern.

Für alle Shadowrunner und Söldner, denen Armut und Hoffnungslosigkeit nichts ausmacht, bieten die schmutzigen, überbevölkerten und verarmten Satellitenstädte die gesamte Bandbreite der Unterwelt-Wirtschaft, die man auch in den Slums und Barrens der westlichen Welt antrifft. Fremde fallen allerdings fast zwangsläufig auf, weshalb gute Beziehungen und ein Führer absolut notwendig sind.

Dein Kommlink und teure Kultur-Chips versorgen dich mit vielen, aber nicht mit allen Infos. Unterschätze niemals die Kenntnis eines Einheimischen, besonders in einer derart unberechenbaren Gegend wie den Townships, wo die Bewohner genauso gerne deine Leiche fleddern wie dir die Hand schütteln. Wenn du keine Freunde in der Stadt hast, hör auf meinen guten Rat und kauf dir welche.
Elijah

Um fair zu bleiben: Nicht alles hier ist düster und hoffnungslos. Und ich rede hier nicht von den Stammesschamanen, die die schlimmsten Krankheiten abwehren, und auch nicht von den Warlords, die ein Mindestmaß an „Ordnung" aufrechterhalten. Ich meine die Afrostyle-Kultur, die sich zu einem neuen internationalen Trend entwickelt. Die Neo-Tribal-Mode mit ihren Motiven und Leucht-Tattoos ist das neue Markenzeichen des modernen Afroflash-Stils und deart beliebt unter den desillusionierten und unzufriedenen Jugendlichen der Stadt, dass die Trendsucher von Horizon und DeMeKo eine neue große Marktnische wittern. Ein Haufen neuer afrikanischer Künstler und Designer brechen aus den Slums aus und blicken einer großen Zukunft entgegen – und viele von ihnen spüren schnell, dass sie Schutz brauchen.

Talentscouts von MCTs Highstar und Ares Global Entertainment suchen nach den verheißungsvollsten Sternen am hiesigen Kunsthimmel und werben sie ab. Wer nicht davor zurückschreckt, für sie den Babysitter zu spielen, während sie die Spreu vom Weizen trennen, kann sich hier mit guten Leibwächter-Jobs verdingen.
Sticks

CARACAS

Gepostet von Marcos

Neun Millionen Menschen! Ha! Das nennst du überbevölkert? Nimm den nächsten Flug von Hongkong, che, und wirf einen Blick auf unser kleines tropisches Höllenloch. Dreiundzwanzig Millionen Menschen nennen dieses Fleckchen Erde ihr Zuhause, das nicht einmal doppelt so groß ist wie die HKFEZ. Wenn du denkst, dass Land in Hongkong eine Mangelware ist, dann hast du bis jetzt noch nichts gesehen!

Der Regenwald begann in den späten 30ern, sich über Caracas auszubreiten wie eine unaufhaltsame Welle der Gezeiten. Sämtliche Versuche, die Stadtfläche durch Rodung und kontrollierte Brände zu vergrößern, erwiesen sich als wirkungslos, vor allem nachdem die Erwachten aus Amazonien sich diesen Versuchen aktiv entgegensetzten. Wie vorherzusehen war, hielt die Muralha Verde (die „Grüne Wand") die Vertriebenen, die Hoffnungslosen und die Besitzlosen nicht davon ab, seit nunmehr einem Jahrzehnt in den Plex zu strömen. Ich schätze, dass die Machthaber von Amazonien genau dies bezwecken wollten, denn sie haben die Stadt nie für sich beansprucht. Als Venezuela während des Wachstumsschubs in den 40ern ins Fadenkreuz von Aztlan und Amazonien geriet, wurde Caracas von Flüchtlingen aus Venezuela, Brasilien und Kolumbien überschwemmt, die ihr Hab und Gut durch die Tyrannei der Megakonzerne oder die Diktatur der Erwachten verloren hatten und in Caracas, der letzten Festung von Venezuela, neue Hoffnung oder Erlösung suchten. Welch ein Irrtum!

Das Leben in Caracas ist keine Trid-Novela, und in Sin City Sur zu leben ist la tortura und nicht la vida loca. Du glaubst mir nicht? Schau dir nur einmal die Menschen an, die in den verdreckten Provisorien der favelas (Elendsviertel) leben. Oder wirf einen Blick auf die 25 Etagen hohen Todesfallen der urbanizaciones sociales in Gegenden wie **La Rinconada** oder **El Zamural**. Warum sollte man also überhaupt hierher kommen? El oro, che – Gold. Wenn du ein paar schnelle dineros verdienen willst, ein wenig Talent besitzt und keine Angst hast, unter die Erde zu gehen und dich schmutzig zu machen, ist Caracas ein echtes Paradies. Geld ist die einzige Sache, die hier unten etwas wert ist.

Das stimmt leider. Hier regiert der Dinero. Wenn du etwas erledigt haben willst, entrichtest du eine Matraca (eine Art institutionalisierter Bestechung). Das System funktioniert überraschend gut, solange man die Taschen der Regierung, der Polizei, der Unterwelt oder der Gangs füllt.
Danger Sensei

Nach allem, was ich weiß, ist Caracas die einzige wirklich freie Stadt unter den sogenannten Schattenstädten; so frei, wie eine Stadt in diesen Zeiten sein kann. Im krassen Gegensatz zum wilden Neo-Salsa, der über die Kommlinks stampft, tanzt in Caracas so gut wie niemand nach der Pfeife der Politiker oder Konzerne. Als Venezuela zusammenbrach, übernahmen die Patrones, reiche und einflussreiche Ratten der früheren Regierung, mithilfe anderer Unterweltgrößen die Kontrolle über die alte Hauptstadt und hielten sie im Stil der Pseudo-Gesetzlosigkeit eines modernen Port Royal am Leben. So entstand eine Stadt im Zwielicht, die auf dem schmalen Grat der Freiheit zwischen den Extremen der Sechsten Welt wandelt.

DISTRITO CARACAS

Das moderne Caracas wird von einer Handvoll einflussreicher Personen (oder Familien) regiert, die nach der Auflösung des Parlaments von Venezuela und dem Tod des früheren Präsidenten Soler-Ferras während der amazonischen Invasion in den 40ern ihre Herrschaft etablierten. Während der Rest des Landes zwischen Aztlan und Amazonien aufgeteilt wurde, stand Caracas unter dem Schutz von UNO-Blauhelmen (und dem Einfluss des Konzern-Gerichtshofes), bis in den frühen 50ern in der Casa Amarilla ein Abkommen zwischen Amazonien und einem neuen politischen Rat (dem Palco) ausgehandelt wurde. Das Abkommen sicherte die Unabhängigkeit und eingeschränkte Souveränität von Caracas und machte aus der Stadt ein politisches Niemandsland ohne internationale Anerkennung.

Die Stadt wird oligarchisch (oder eher plutokratisch) regiert, und die Gesetzgebung, die Exekutive und das Wahlrecht sind hauptsächlich der reichen, regierenden Kaste vorbehalten. Mittel zum Zweck ist das Palco, das gleichzeitig die Legislative und die Exekutive darstellt. Das Palco ist ein Monstrum, das sich völlig von Institutionen wie dem Board of Governors in Hongkong oder dem Konzernrat in Berlin unterscheidet, wo die Mitgliedschaft den Konzernen vorbehalten ist und einzelne Personen keinen Einfluss haben. Hier geht es um altmodische südamerikanische Politik, compañero!

Die hohen Tiere des Palco sind die Cisneros, denen Grupo Cisneros gehört, ein großes Medienkonglomerat. Die Cisneros betreiben interessante Forschungen im Bereich subliminaler Manipulation in einem Joint Venture mit Edimpresa (eine mit Horizon verbundene Unternehmensgruppe aus Argentinien) und chilenischen Code-Rippern. Dann gibt es da noch den Kopf der Carmona-Familie, Federico Carmona, die Galionsfigur des Palco (der sich selbst als modernen Simón Bolívar betrachtet), und Eduardo Osorio, ein Vertreter der Azzies, der die Ölgeschäfte von Pemex am Lake Maracaibo beaufsichtigt. Die Riege der Bosse wird abgerundet vom Biotech-Genie und Unternehmer Pedro Jiménez, der Dank der gefälligen und laxen Gesetzgebung einen ganzen Haufen Biotech-Konzerne angelockt hat, sowie dem ziemlich düsteren General Marón, der die Grenzpatrouillen und Polizeikräfte von Caracas befehligt. Obwohl sie zusammenhalten, wenn es darum geht, Amazonien oder Aztech die Stirn zu bieten, oder wenn das Matraca des Palco mit den Gesandten der Geisterkartelle verhandelt wird, sind sich diese selbstsüchtigen Hyänen ansonsten völlig uneins und gehen sich oft gegenseitig an die Kehle.

• Irgendjemand aus Technotitlán hat ein Kopfgeld auf Osorio ausgesetzt. Anscheinend hat dieser Jemand den Eindruck, dass Osorio vergessen hat, wem seine Loyalität gelten sollte.
• Stone

ZWISCHENSTATION

Neben den Leuten, die hier das Licht der Welt erblickt haben, sind die meisten Einwohner dieses gottverlassenen Plexes hierher gekommen, um einen Neuanfang zu machen und eine goldene Zukunft zu suchen. Caracas ist ein Transportknotenpunkt zwischen Nord- und Lateinamerika. Piraten aus der Karibischen Liga und von der Golfküste gehen im Hafen **La Guaira** vor Anker, um ihre Beute bei den lokalen Schiebern abzuladen. Die unterschiedlichsten Waffen aus Nordamerika, Europa und Afrika werden durch Caracas geschleust und per Frachtzeppelin im Verborgenen an Rebellen in Peru, Argentinien und Bolivien verschifft. Drogen und Biotechnologie werden in die ganze Welt geliefert.

Mit dem Neustart des orbitalen Geschäfts nach dem Crash 2.0 wurde Caracas zu einer wichtigen Zwischenstation für eine Reise zu Saeder-Krupps Weltraumhafen Ariane auf Kourou. Nachdem Saeder-Krupp den Hafen im Jahr 2068 ausgebaut und ihn für Orbital-Unternehmen geöffnet hat, werden hier täglich illegale Waren von Caracas nach Kourou transportiert.

• Da sich die fortgeschrittenen Hydrokulturen noch in einem experimentellen Stadium befinden, herrscht auf den neuen Orbital- und Mondstationen eine große Nachfrage nach weltraumfähigen Nahrungsmitteln, die von Gentechnologie-Unternehmen in Caracas – beispielsweise Natural Vat Technologies und Productos Cultivados (zwei Tochterfirmen von Aztech) und Nestlé Nutritech (Z-IC) – angeboten werden.
• Nephrine

Vergesst nicht, dass die Stadt auch ein Tor in das nördliche Amazonien und das südliche Aztlan ist – wenn man nur selbstmörderisch genug veranlagt ist. Seit der medienwirksam inszenierten Hinrichtung der Gefiederten Schlange Dzitbalchén durch die Aztlan-Regierung sind die Beziehungen zwischen Aztlan und Amazonien ziemlich unterkühlt (was hier in den Subtropen schon eine Menge bedeutet). Und nun ratet mal, welcher Ort genau zwischen den Fronten liegt?

• Dzitbalchén wurde für den Auftragsmord an den Gesandten auf dem Friedensgipfel von Yucatán im Jahr 2064 verurteilt, darunter der frühere CEO von Aztechnolgy, Juan Atzcapotzalco. Die Anklageschrift wurde von einem Artgenossen verlesen, dem früheren Rebellenanführer und aktuellen Gouverneur des autonomen Yucatán – Pobre. Wenn meine Quellen sich nicht irren, haben sich einige der Großen über die Hinrichtung ziemlich geärgert – besonders Ghostwalker. Für Kreaturen, die sich selbst über das metamenschliche Gesetz stellen, war die Gerichtsverhandlung und die öffentliche Hinrichtung von Dzitbalchén ein Skandal.
• Frosty

• Geschieht ihnen Recht. Hätte Zacaultipán eine Gelegenheit gehabt, ihren Bruder während der Hinrichtung zu retten, dann hätte sie es getan. Aztlan hatte für diesen besonderen Tag aber alle magischen Register gezogen, und so prallte sie wie ein Flummi von der astralen Barriere ab, die das Teocalli umgab. Wenn irgendjemand eine Aufzeichnung davon haben will, lasst es mich wissen.
• Kane

Über beide Nationen kursieren Gerüchte, dass sich ihre Streitkräfte auf eine Offensive vorbereiten. Außerdem stößt man dieser Tage in Caracas auf hektische Spio-

DATENEMPFANG ...

Hey Chico. Ich habe den Kontakt an der Grenze, nach dem dein Freund gefragt hatte. Versuch es mal bei Aves de Rapina in Maiquetía. Das ist ein Team von Luftpiraten, die Wege über den Muralha kennen, die du dir nicht im Traum vorstellen würdest. Wenn du Maria Angela siehst, dann achte darauf, was du sagst. Sie ist eine echt heiße Latina und fühlt sich schnell angegriffen. Sag nicht, dass ich dich nicht gewarnt habe. Und vergiss nicht, dass du mir etwas schuldig bist.

MESSAGE WINDOW [MARCOS]

nage-Aktivitäten, sowohl von Seiten der Azzies als auch von Seiten des Departamento de Inteligencia e Seguranca Amazonica (dem CIA von Amazonien). Man darf jeden Tag damit rechnen, dass der Drek auf uns herabzuregnen beginnt.

● Viele andere Fraktionen, darunter der Konzern-Gerichtshof, die Vereinten Nationen und einige der Großen Drachen, unternehmen ebenfalls Nachforschungen in dieser Angelegenheit. Sie sondieren beide Lager, um sich einen Überblick über die Situation zu verschaffen. Das erinnert mich sehr an die Zeit in Osteuropa, kurz bevor die Eurokriege ausbrachen.
● Kay St. Irregular

FRONTGEZITTER

Obwohl die Situation zwischen den beiden lateinamerikanischen Giganten entschärft wurde, lebt Caracas von geborgter Zeit. Mit jedem verstreichenden Tag zerfällt der Geist und die Energie, von der die Stadt einst ergriffen war, angesichts der absoluten Trostlosigkeit und Armut des größten Teils ihrer Einwohner. Die Kluft, die diese Stadt spaltet, wird niemals überbrückt werden können.

● Das ist der Grund, warum Amazonien niemals einen Anspruch auf Caracas erhoben hat. Das Leiden von Millionen durch Drogenmissbrauch und Biomodifikationen und die daraus resultierenden negativen Emotionen spürt man selbst im Astralraum. Man erkennt es sogar an den hiesigen Geistern, die diese Hoffnungslosingkeit mit ihrem wilden Aussehen und ihrer verdrehten Einstellung widerspiegeln. Für die Amazonier ist Caracas ein Krebsgeschwür. Da sie es nicht entfernen können, tun sie alles, damit es keine Metastasen bildet.
● Glasswalker

Die Caracazos (Protestmärsche gegen die Obrigkeit mit gewalttätigen Unruhen) sind genauso aussichtslos, wie es ein gewalttätiger Aufstand sein würde. Es ist keine gute Idee, ein Boot zum Kentern zu bringen, das derart überladen ist.

Für die Patrones, die unantastbar in den riesigen Arealen an den Hängen der **El Àvila** leben, ist Caracas kaum mehr wert als die billige Arbeitskraft und das Menschenfleisch, das die Stadt in Hülle und Fülle bietet. Sie scheren sich einen Drek um die Gang-Kriege über die Absatzrechte der Kartelle, die zwischen den nationalistischen Bolivar ,49 und der wilden Alianza, kleinen Lichtern der Unterwelt, ausgetragen wurden. Es ist sogar schon so weit gekommen, dass Venevisión (das der Grupo Cisneros angehört) jeden Montag die (steigenden) Todeszahlen des letzten Wochenendes veröffentlicht (genau vor der täglichen Dosis an Telenovelas). Als Folge daraus schotten sich viele Stadtviertel ab. Sie verwehren Bürgern der Unterschicht den Zutritt und gründen Bürgerwehren gegen die kriminellen Elemente, die draußen lauern.

Die Leute betrachten Caracas als modernes Babylon, weil die Gebäude wegen der festen Stadtgrenze in den Himmel geschossen, von rasenden Aufzügen umgeben und in der Luft durch Laufstege, Brücken, Passagen und Zeppelin-Docks miteinander verbunden sind. In Caracas sickert die Korruption aus allen Poren. Als die Philippinen ihre lang erkämpfte Freiheit erlangt haben, wurde Manila von Caracas als neues Zentrum der Sextourismus-Branche abgelöst. Aber heiße Latino-Chicas sind nur die Spitze des Eisbergs.

Das Elend der Ärmsten und die Anwesenheit von erstklassigen Biotechnologie-Unternehmen haben in den grellen Rotlichtbezirken wie **Nueva Caracas** und **Palmar de Caridad**, die auch von den Patrones regelmäßig aufgesucht werden, einen neuen Trend hervorgebracht. Gutes Aussehen ist heutzutage nur eine Frage des Bio-Designs. Die Zuhälter interessiert es nicht, ob die Juves (die ganz jungen) echte Latinos sind, solange sie heiß, verfügbar und verzweifelt sind. Die Putas von heute werden mittels Biomodding an die Wünsche der Kunden angepasst. Moderne Bordelle, die von den Geisterkartellen betrieben werden, setzen Computer ein, um ein detailliertes Bild des Objektes der Begierde zu entwerfen, das sie dann innerhalb von weniger als einer Woche liefern können. Alles dank der hochmodernen Biomodifikationen, die in der Stadt verfügbar sind. Einige Muñecas (Puppen) unterziehen sich diesem Prozess mehrmals im Jahr, andere werden zu Konkubinen oder Sklaven.

Die meisten Muñecas sind permanent high von ihren Immun-Unterdrückern und Emo-Chips und büßen durch die vielen neuen Gesichter, Körperformen, Hautfarben und Haartöne nach und nach ihre eigene Identität ein. Einige von ihnen sind zusätzlich mit den neuesten Simsinn-Rekordern ausgestattet, damit die Clips an die lokale Pornoindustrie (Beispiel El Dorado Entertainment) verhökert werden können, bevor die Mädchen in den „Ruhestand" geschickt werden. Nach einer Weile verwandeln sie sich dann in das, was sie eigentlich sind – ausgebrannte Sexspielzeuge –, wenn ihre Körper nicht schon vorher aufgrund des Biostresses zerstört wurden.

● Modding beeinträchtigt den Verstand. Einige überschreiten die Grenze und werden von einem aggressiven Wahn überwältigt, in dem sie ihre Klienten, Meister oder Verwandte ermorden. Und diese Psychotraumata sind noch nicht das schlimmste – richtig übel ist es mit dem experimentalen Modding. Ich habe in Caracas schon einige Freaks gesehen, für die ich nur hoffen kann, dass sie niemals auf meinem Operationstisch landen.
● Butch

● Die Glücklicheren, die keine mentalen Störungen davongetragen oder ihre Identität durch Gedächtnisverluste oder Psychosen verloren haben, gehen in die Schatten oder etablieren sich als Schieber. Sie betreiben ein eigenes virtuelles Netzwerk, und wenn man nach Caracas kommt und wenig Kontakte hat, sollte man eine dieser Muñecas anheuern. Sie sind wirklich gut in dem, was sie tun.
● Traveler Jones

Das ganze Geschäft (einschließlich der Gen-Zentren, in denen die Modifikationen durchgeführt werden) wird von der Patrona Garciela „die Köchin" Riveros kontrolliert, der lokalen Jefa (Chefin) des Olaya-Kartells. Obwohl es unter den anderen Kartell-Haien viele Machtkämpfe über ihren Anteil an den Einnahmen gab, wurde ihre Position niemals wirklich in Frage gestellt, was sie zum Teil sicherlich ihrem eigenen Unternehmen, Riveros Applied Mimetics (RAM) verdankt, das von dem Drogenfonds finanziert wird. Außerdem bekommt sie Rückendeckung von engen Kontakten mit Gentech- und Biotech-Unternehmen im **Chacao**-Bezirk, darunter Biogene (Yakashima), Effluent Microbiotics (Genesis Consortium), Allergopharm (Genom), Parashield (MCT) und Universal Omnitech. Wenn man dem Klatsch Glauben schenken kann, dann ist der Bio-Mogul Pedro Jiménez im Palco ziemlich scharf auf diese Frau.

● Mit den Geisterkartellen sollte man sich nicht anlegen. Nach jahrzehntelangen Kämpfen mit Aztechnology – es gab da eine alte Familienfehde zwischen den Kartellen und dem Aztech-Vorgänger ORO – sind sie nun gegen Einmischungen von außen nahezu immun. Nach anderen Syndikaten sucht man vergeblich – die Yaks sind drüben in Peru (alte japanische Domäne) und haben einige

Aktivitäten in der Metropole, aber weder die Mafia noch die Vory haben sich jemals in diesen Markt drängen können. Und um dem ganzen die Krone aufzusetzen, haben die Kartelle auch ein paar Freunde in Übersee – zum Beispiel ist der Choson-Ring in Seattle für das Olaya-Kartell aktiv, und die Triaden versuchen, den Markt des Kartells für magische Drogen anzuzapfen.
• Mihoshi Oni

Nur wenige Leute wissen, dass RAM nur eine Fassade für die Forschung an Biotechnologischen Erwachten Designerdrogen (BADs) ist, von denen die Meisten von „der Köchin " höchstpersönlich kreiert wurden (daher der Spitzname). Was mich an eine andere Sache erinnert: Wenn du an BTLs gewöhnt bist, vergiss nicht, dir einen Vorrat hierher mitzubringen, denn diese Dinger sind hier verdammt schwer zu beschaffen, weil das Kartell ziemlich allergisch auf die elektronische Konkurrenz ihres Verkaufsschlagers reagiert.

• Im Zuge des AR-Booms hat Señora Riveros mit bewusstseintsverändernden Substanzen herumgespielt, die speziell auf die Bereiche des Gehirns wirken, in denen die Informationen der Erweiterten Realität verarbeitet werden. Dabei hat sie eine neue Droge namens X-yte erfunden. Die Droge, die mit einem Inhalator konsumiert wird, ist der letzte Schrei bei den Netz-Junkies von Nordamerika, denn X-yte ist nicht nur dafür bekannt, den Realitätsfaktor der AR-Erfahrung zu erhöhen, sondern wirkt sich als Amphetamin-Droge auch als virtueller Geschwindigkeits-Booster für Hacker aus.
• The Smiling Bandit

ELEKTRONISCHES WIRRWARR

Obwohl man alle nur erdenklichen illegalen Waren auf den großen Schwarzmärkten von Caracas kaufen kann, fehlt es an vielen ganz alltäglichen Dingen. Zum Beispiel ist das Stadt-Gitter zum Verzweifeln. Wir haben zwar AR (wer hat das heutzutage nicht?), aber die Abdeckung ist suboptimal, um nicht zu sagen: mies. Das Gitter gleicht einem riesigen Schweizer Käse, ist unregelmäßig und verändert sich ständig, so dass sich plötzlich aus dem Nichts tote Zonen vor einem auftun können. Selbst in den Hochsicherheitszonen wechselt das Netzwerk manchmal innerhalb von einer Minute zwischen Spam und Statik. Da SINs und das GridGuide infolgedessen ziemlich nutzlos sind, hielten es die Patrones – aus gutem Grund – bis jetzt noch nicht für notwendig, ein stabileres Netzwerk für den gesamten Plex zu finanzieren.

• Mir ist zu Ohren gekommen, dass einige Bezirke ihre Ressourcen bündeln, um Techniker dafür zu bezahlen, ein lokales Netz auf die Beine zu stellen, auf das nur die Bewohner Zugriff haben. Ironischerweise werden diese lokalen Z-Zonen-Gitter, die manchmal eine bessere Verbindung aufweisen als die der geschützten Enklaven, oft von Hackern für ihre illegalen VR-Aktivitäten angezapft.
• Puck

ISTANBUL

Geposted von Picador

Juwel des Bosporus, Byzanz, Konstantinopel, Sitz des Kaiserreichs und Mittelpunkt des Glaubens seit Anbeginn der geschriebenen Geschichte: Istanbul ist eine Stadt, die zerrissen ist zwischen Europa und Asien, geteilt durch Geschichte, Geographie, Religion und Politik. Ich verwende den Namen „Istanbul", weil niemand mehr, außer den hartgesottenen Separatisten und Regierungsbeamten, den Namen „Konstantinopel" gebraucht – mit jeder Bombe, die in der Stadt hochgeht, verschwindet er mehr aus dem allgemeinen Sprachgebrauch.

Istanbul erstreckt sich entlang des Bosporus und befindet sich in der Schusslinie von Intrigen und Machtspielen zwischen Europa, Asien und dem Nahen Osten. Über Jahrtausende hinweg war die Stadt ein Ort, an dem Ost und West, Christentum und Islam, weltliche Macht und Glaube sich vermischten, kreuzten und immer wieder aufeinander prallten – doch inzwischen ist sie zum Austragungsort eines alltäglicheren Kampfes geworden. Wie man es von einer Stadt, die den Namen Byzanz trägt, erwarten darf, kollidieren hier die unterschiedlichsten Interessen, und die Konzerne, Staaten und Fanatiker kämpfen um die Herrschaft über eine Stadt, die unzählige Moscheen und Kirchen ihr Eigen nennt. Der Pulsschlag des Lebens gerät immer wieder aus dem Takt, wenn Detonationen die Plätze erschüttern und die langen Straßen und Wasserwege die Echos von Gewalt und den Geruch von Kordit und abgestandenem Rauch verbreiten. Der Krieg ist in Istanbul zum Alltag geworden, denn um die Stadt herum zerfallen Nationen und entstehen immer wieder instabile Regierungen. Der ganze Ärger in der Türkei und die permanente Instabilität im Balkan haben die Stadt in einen einzigen großen Söldner-Stützpunkt verwandelt. In diesen Tagen mag die Metropole ein gefährliches Gebiet sein, aber sie ist der Ort, um in Osteuropa und dem Nahen Osten Arbeit zu finden.

• Picador hat einen Hang zur ausschweifenden Poesie. Obwohl die Kontrolle der Gemeinschaft bröckelt, wird diese strategisch bedeutsame Stadt von keiner einzigen Nation, keinem Konzern und keinem Kriegsherren beherrscht – obwohl es schon viele versucht haben. In Istanbul gibt es unendlich viel Arbeit für Söldner und Runner, die bereit sind, sich ihre Hände schmutzig zu machen. Die Stadt ist der perfekte Ausgangsort für Streifzüge in den Balkan, die Ägäis, die Anrainerstaaten des Schwarzen Meeres und natürlich in den Nahen Osten.
• Black Mamba

VON VERGANGENEN ZEITEN

Istanbul wird traditionell ungefähr einmal pro Jahrhundert in ein Blutbad getaucht, und dieses Jahrhundert macht da keine Ausnahme. Nachdem die Galionsfigur der Allianz für Allah, Mullah Sayid Jazzir, während eines Besuchs in der Stadt ermordet worden war, fiel der Zweite Ottomanische Dschihad in sich zusammen, und als die Wogen des Krieges in die entgegengesetzte Richtung rollten, kapitulierte die Stadt unter dem brutalen europäischen Gegenschlag.

In den folgenden Jahren wurde die Türkei von einem über dreißig Jahre lang anhaltenden Bürgerkrieg zerrissen, geführt von den östlichen Fundamentalisten, die versuchten, die Allianz am Leben zu halten, und dem weltlichen Regime der nationalistischen Neo-Atatürk-Partei, die in Ankara die Macht ergriffen hatte. Istanbul erklärte sich selbst zu einer unabhängigen Gemeinschaft und benannte sich im Jahr 2042 in Konstantinopel um.

Obwohl das weltliche Regime die Türkei mit der Zeit wieder stabilisierte, hat das Land nie die notwendige Stärke aufgebracht, um Istanbul zurückzugewinnen. Die Stadt selbst wird von den Megakonzernen, der Philike Hetairia (auch als Schwarzmeer-Freundschaftsbund bekannt), der Ukraine, Rumänien und Griechenland und seit kurzem auch der Neuen Europäischen Wirtschaftsgemeinschaft unterstützt. Der Crash von 2064 brachte das von den Medien abhängige Neo-Atatürk-Regime ins Trudeln und entfachte fundamentalistische Aufstände in den südwestlichen Provinzen – wieder einmal wurde die brüchige Stabilität der Stadt aus dem Gleichgewicht gebracht. Eines der Ziele der Fundamentalisten lautete, Istanbul zurückzuerobern, und sie konnten nicht so einfach zurückgehalten werden wie Ankara, also änderte sich das Gleichgewicht der Macht (und der Name der Stadt) ein weiteres Mal.

Krieg und Terrorismus prägen den Alltag dieser freien Stadt so sehr, dass sie fast täglich von dem Rumpeln der gepanzerten Personenfahrzeuge und den Explosionen der Selbstmordattentäter erschüttert wird. Obwohl die Kanonenboote der Konzerne unter der Flagge der NEEC und die Kriegsschiffe aus der Ukraine die Meerenge bewachen, wurde die Brücke am Bosporus vor drei Jahren von Dschihad-Kriegern zerstört, weshalb der Straßenverkehr nun auf die schwer bewachte Sultan-Mehmet-de-Faith-Brücke weiter nördlich beschränkt ist. Und obschon die Fährlinien gut bewacht werden, vergeht kaum eine Woche ohne ein Selbstmordattentat, eine Autobombe oder einen Mörserangriff aus den asiatischen Gebieten. Tatsächlich ist die Situation inzwischen derart eskaliert, dass die mit der Regierung verbündeten Konzerne und das Militär der Regierung raten, sich von den verarmten asiatischen Bezirken abzuwenden, in denen die Aufstände schwelen, und sie ein für alle Mal ihrem Schicksal zu überlassen.

» Das Problem besteht darin, dass die halbe Arbeiterschaft der Stadt in Uskudar im asiatischen Gebiet wohnt, und diese Menschen immer noch jeden Tag herüberkommen müssen, um in Büros, Ladengeschäften und Fabriken zu arbeiten. Mehr als zwei Millionen Menschen benutzen zweimal täglich die Fähren. Diesen Verkehr zu überwachen, ist unmöglich.
» Goat Foot

Die Staatspolizei, Polis, sorgt für die Durchsetzung des Gesetzes, aber viele Außengebiete des Plexes werden heutzutage von Söldnern überwacht. Und, wie euch jeder echte Söldner bestätigen wird, verachten die Söldner diese Form der Polizeiarbeit. Trotzdem sollte man sich nicht zu sehr entspannen – gelangweilte Veteranen sind von Natur aus schießwütig veranlagt.

» Wenn ich mich richtig entsinne, sind Lizenzen für automatische Waffen und Kampfcyberware leicht zu bekommen und spottbillig, wer jedoch eine verborgene Waffe trägt oder sich verdächtig verhält, wird auf der Stelle als potenzieller Terrorist behandelt. Meine Crew hat deswegen im letzten Mai beinahe Ärger bekommen, also seid auf der Hut. Die allgemeine Sicherheitsorder lautet, auf Nummer Sicher zu gehen, indem man erst schießt und später die Fragen stellt.
» Black Mamba

BEYOGLU

Beyoglu ist der nördlichste Bezirk des Istanbul-Metroplexes und der modernste Teil der ehrwürdigen Stadt, die nach den Beben von 2045 teilweise wieder aufgebaut wurde. Der Bezirk ist für seinen hyperaktiven Lebensstil ebenso berüchtigt wie für sein einzigartiges Ambiente, weltlichen Kapitalismus und spirituelle Erleuchtung in sich zu vermischen.

Auf der einen Seite herrscht hier rege Konzernaktivität, und es wimmelt nur so vor Megakonzern-Hochhäusern, Büros und staatlichen Behörden (obwohl die lokalen Hauptquartiere oft aus Bequemlichkeit im Verwaltungsbezirk Seraglio angesiedelt sind). Die Stadt verdankt den Investitionen und dem Einfluss der Konzerne viel, besonders Saeder-Krupp hat sich hervorgetan, da der Konzern die separatistische Regierung an der Macht gehalten hat und die lokale Wirtschaft aufblühen ließ. Seine strategische Position macht Beyoglu zu einem unumgänglichen Hafen für den regionalen Fracht- und Personenverkehr und zu einer wichtigen Schnittstelle für das, was von der petrochemischen Industrie noch übriggeblieben ist. Von Beyoglu aus spinnen Saeder-Krupp, Ares Macrotech, Mitsuhama und eine ganze Heerschar europäischer und asiatischer Konzerne aus der zweiten Reihe – darunter Zeta-ImpChem, Global Sandstorm und Ukraine Bioenergetica – ihr undurchdringliches Netz aus Intrigen und diktieren nicht nur die Zukunft von Istanbul, sondern die der gesamten Region am Schwarzen Meer.

Auf der anderen Seite beherbergt Beyoglu einen ansehnlichen Teil der unzähligen Moscheen und Kirchen der Stadt. Eine lebendige künstlerische und spirituelle Szene erblüht um das Kloster Sufist Mevlevi und die Neue Islamische Universität herum. Mevlevi ist eines der letzten noch existierenden Kloster der Sufi-Tradition, die in Istanbul noch recht verbreitet, aber ansonsten aus der Mode gekommen ist. Im Gegensatz zu dem weit verbreiteten Islam (dem sunnitischen und dem schiitischen) befasst sich der Sufismus mit den mystischen Aspekten des islamischen Glaubens, erforscht die Erwachte Seite der Welt und zieht Magier an, die von anderen islamischen Sekten verfolgt werden. Das Kloster Mevlevi ist außerdem die Heimat einer langjährigen Sufi-Tradition – der berühmten tanzenden Derwische.

» Etwas, das man auf vielen Wänden in und um Beyoglu sehen kann, und auch sonst fast überall in der Stadt, sind – neben rissigem Mauerwerk und radikalen ARO-Plakaten – Kachelmosaike mit komplexen kursiven Schriften. Sie werden oft als traditionelle dekorative Motive abgetan, aber diejenigen unter euch, die astral wahrnehmen können, werden überrascht sein, wenn sie einen zweiten Blick auf diese Kunstwerke werfen. Die Kalligraphie spielt eine wichtige Rolle in der islamischen magischen Tradition, und die Kachelmosaike verbergen oft Schutzzauber.
» Goat Foot

Mit Studiengängen in den neuen Technologien und Künsten zieht die Universität Studenten aus der gesamten Schwarzmeerregion an – und die Konzerne sind dort ständig auf der Suche nach neuen Talenten. Eine interessante Tatsache ist, dass die Neue Islamische Universität teilweise von der Islamic Renaissance Movement (IRM) finanziert wird, einer weltlichen Bewegung, die dem Fundamentalismus erbittert die Stirn bietet und lautstark für die Modernisierung des Islams eintritt. Sie ist erwiesenermaßen beliebt bei den jungen Moslems und übt – trotz aller Drohungen und Angriffe von Fundamentalisten – mit ihrer gemäßigten und offenen Haltung eine wachsende Rolle in der lokalen Politik aus.

» Ich habe vor einigen Wochen Daten im Byz-Gitter gesucht und bin dabei einem alten Bekannten aus Shadowland-Zeiten begegnet: Almond White. Die Dame ist immer noch fest in der IRM verwurzelt und betreut heute eine Untergrund-Schwesternschaft von islamischen Hackern, die „Fatimas Töchter" genannt wird. Erinnert ihr euch an den Absturz des Gitters im Arabischen Kalifat im vergangenen Jahr? Das nenne ich Basisbewegung! Ich habe dich gewarnt, Chummer, diese Mädels haben SOTA unter ihren Hijabs!
» Slamm-0!

» Die IRM-Büros sind regelmäßig Ziel von fundamentalistischen Angriffen und werden streng bewacht. Obwohl wir sonst versuchen, zu jedem nett und freundlich zu sein, entsenden wir Vergeltungsteams in die aufständische Türkei und selbst das Kalifat, wo wir den Einheimischen dabei helfen, gemäßigte Islamisten und Freidenker aus den Händen der Hardliner zu befreien.
» Goat Foot

DER GROSSE BASAR

Der Große Basar ist eine unvermeidliche Anlaufstelle für jeden, der im Schattengeschäft tätig ist. Er besteht aus einem Labyrinth aus Straßen mit unzähligen Läden und Verkaufszelten, die ordentlich um zentrale Plätze gruppiert sind. Man kann dort alles Mögliche kaufen, von neuesten Informationen über das Arabische Kalifat über alte Relikte, die im Ural ausgegraben wurden, bis hin zu maßgeschneiderten Waffen mit erlesenem Design. Der Ort ist außerdem eine hervorragende Quelle für billige Cyber-Fabrikate aus Syrien.

Als Zugeständnis an seine einflussreiche Vereinigung aus Kaufleuten hat der Basar sich eine Satzung gegeben, die es ihm ermöglicht, sich selbst zu regulieren und zu kontrollieren. Ein weiteres Zugeständnis besagt, dass kein Konzern oder Konzernrepräsentant auf dem Basar offen seine Waren anbieten darf. Das ist natürlich nur eine Formalität. In der Praxis umgehen die Konzerne diese Regel mit einer ganzen Reihe von kreativen Tricks.

Kamil Argubedi ist der Vorsitzende der Basar-Vereinigung und ein Mann mit sehr guten Verbindungen. Man sagt, dass er an fast jedem illegalen Geschäft verdient, das auf dem Basar abgewickelt wird. Trotzdem hat er eine derart saubere Weste, dass er mit Mitgliedern der Vorstandsetagen und Repräsentanten der Stadt diniert, wenn er nicht gerade den Basar besucht.

» Man erzählt sich auch, dass Argubedi sämtliche illegalen Geschäfte auf der Westseite der Stadt betreibt. Man muss ihm allerdings zugute halten, dass er niemals unter der Fuchtel der mächtigen Gray Wolves stand und ihnen sogar ins Geschäft pfuscht, indem er ihre Transportwege umgeht und geradewegs mit der Maf-

fiya in Kabul zusammenarbeitet, die die Waren direkt mit dem Boot von Beirut aus verschiffen. Die Lage an den alten Docks wird immer angespannter.
» Moji

Verschiedene große Schieber, Söldner-Makler und kleinere Kriminelle nutzen die Autonomie des Basars, um ihre Geschäfte ganz offen in den Büros über den hektischen Straßen durchzuführen. Aus diesem Grund sind hier auch ein großer Teil der Infrastruktur und viele Ausrüstungsquellen für die lokale Schattengemeinde angesiedelt. Wenn man weiß, wo man suchen muss, findet man Schmuggler und Taliskrämer, die illegale Waren anbieten, während in den weniger zugänglichen Ecken des Marktes Rüstungsbauer und Hackmeister ihre Dienste anbieten.

SERAGLIO UND SULTANAHMET

Der Verwaltungsbezirk, der Seraglio genannt wird, erstreckt sich über das zerklüftete und mit üppigem Grün bewachsene Vorgebirge. Hier ist die (aktuelle) verschachtelte Regierung der freien Stadt beheimatet und residiert im majestätischen Tokapi-Palast der alten Sultane. Die nahegelegenen alten Unterkünfte für die Harems dienen heute als Hauptquartier der Söldnerkompanie „10.000 Daggers", während sich die Kommandostände der EuroForce und der Streitkräte der Mitgliedsstaaten des Philike Hetairia (Freundschaftsbunds), die mit Konstantinopel verbündet sind, in anderen Teilen des Komplexes befinden. Entlang der Küste befinden sich Luftabwehrbatterien, die im Stande sind, das meiste Mörser- und Artilleriefeuer abzuwehren. Außerdem gibt es Artillerie, mit der die Angriffe zurückverfolgt und das Feuer binnen Sekunden erwidert werden kann.

In Tokapi befindet sich der Sitz der Stadtverwaltung, einer großen Behörde, die von einem Rat aus fünf Mitgliedern geleitet wird. Jedes Ratsmitglied wird demokratisch von einem der fünf Bezirke gewählt (**Uskudar** ist zurzeit jedoch ausgeschlossen). Jeder, der in Istanbul geboren wurde, kann theoretisch ein Amt bekleiden. Der aktuelle Rat ist ziemlich nationalistisch eingestellt und weniger unabhängig als seine Vorgänger. Die meisten Ratsmitglieder (und ihre jeweiligen Bankkonten) haben „Arrangements" mit mehreren Konzern-Gönnern und Unterweltgrößen, aber keiner von ihnen – mit Ausnahme von Saied Bey (der Beyoglu repräsentiert und früher Saeder-Krupp) – gibt seine Verbindungen öffentlich preis.

» Ein Mann, den man in Tokapi kennen sollte, ist Mohammed Khebi, ein Funktionär mit erstklassigen Verbindungen, der fast überall mitmischt und daneben auch noch ein Schieber der Spitzenklasse ist. Er kann den ganzen Papierkram und die notwendigen Genehmigungen beschleunigen, Aufzeichnungen verschwinden lassen und amtliche Gefälligkeiten erwirken wie kein anderer – gegen eine Gebühr, versteht sich. Er „vertritt" außerdem eine ganze Reihe von Euro-Konzernen in der Regierung und ist Saeder-Krupp bekanntermaßen ein Dorn im Auge.
» Goat Foot

Hinter dem Tokapi-Palast befindet sich der Botschaftskomplex, wo die Repräsentanten der umliegenden Staaten ihren Sitz haben. Von hier aus unternehmen ihre Geheimdienste ihre Streifzüge in die Umgebung. Vor allem die Ukraine ist hier aktiv, seitdem sie damit begonnen hat, den Philike Hetaria als Gegengewicht zu Moskau zu etablieren, aber auch Russland und verschiedene NEEC-Staaten unterstützen von hier aus Operationen in den Nahen Osten.

DATENEMPFANG ...

» Der Philike ist ein Verteidigungs- und Handelsbund, zu dessen Gründungsmitgliedern Istanbul gehört. Er ist sehr aktiv und dafür bekannt, Miliz-Festungen zu bombardieren und Razzia-Kommandos in die asiatischen Sektoren zu schicken. Als befreundete, aber offiziell nicht verbündete Macht betrachtet die NEEC Istanbul als perfekten Puffer und starken Handelspartner. Um sich die Pranken nicht schmutzig machen zu müssen, indem sie sich mit der Regierung in Ankara anlegt, bevorzugen sie abstreitbare Aktivposten, um auftauchende Gefahren im Balkan und der Türkei zu destabilisieren.
» Am-mut

Direkt am Marmarameer, südlich von Seraglio, befindet sich der Bezirk Sultanahmet. Hier gibt es Sehenswürdigkeiten wie die prunkvolle Blaue Moschee und die majestätische Hagia Sofia zu besichtigen. In Hochsicherheitsgebieten befinden sich die von Mauern umgebenen Anwesen und Villen der Reichen und Mächtigen. Wenn man dagegen ein paar Minuten nach Süden läuft, verwandelt sich der Bezirk mehr und mehr in ein altes Fischerdorf, das mit seinen schmalen Straßen aus Kopfsteinpflaster und schattigen Gässchen einem Kaninchenbau gleicht. Hier leben viele kriminelle Elemente der Stadt. Wütende Parolen in kyrillischer und kursiver Schrift, die von Kugeleinschlägen durchlöchert sind, prangen an den Lehmwänden der Lasterhöhlen und Trinkhallen, in denen sich die hiesigen Runner und Söldner treffen.

In den von Kriminalität geplagten Straßen dieses südlichen Viertels befindet sich das Machtzentrum der Gray-Wolves-Maffiya. Die Wolves sind lose miteinander verbundene Zellen gewalttätiger und ultranationalistischer Hardliner, die sich dem Verbrechen zuwandten, um ihre Aktivitäten zu finanzieren, ähnlich wie die ETA oder die IRA im vergangenen Jahrhundert. In den letzten Jahrzehnten sind sie zu einem ausgewachsenen Syndikat herangereift, das mit der italienischen Mafia verbündet ist. Die Wolves haben viele Freunde in der (aktuellen) Regierung von Ankara und stellen in der Schwarzmeer-Region eine echte Macht dar. Ihr Hauptaugenmerk gilt dem Drogenschmuggel und dem Waffenhandel (hauptsächlich verletzen sie die Sanktionen gegen den vom Krieg zerrissenen Balkan).

Es wird vermutet, dass sich in Sultanahmet einige der fundamentalistischen Terroristen-Zellen verbergen. Die meisten sind einfache Ableger (mit weniger als einem Dutzend Mitglieder) der großen fundamentalistischen Milizen in Uskadar und der südöstlichen Türkei, wie etwa der Sayid-Jazzir-Allianz oder der Ottomanischen Märtyrer-Brigade. Bei anderen handelt es sich um lokale Gruppen, die von fundamentalistischen Mullahs angestachelt werden. Sie alle sind extrem gefährlich und begehen eine Vielzahl terroristischer Attentate, um die Verwaltung von Tokapi zu stürzen, die Macht in der Stadt zu übernehmen und sie von den Korrupten und Ungläubigen zu befreien, bevor sie sich Ankara zuwenden.

» Ironischerweise sind die Gray Wolves einer ihrer größten Feinde, da das Syndikat dafür bekannt ist, mit den Behörden zusammenzuarbeiten, um Radikale auszuradieren, die sich in ihren Hinterhöfen verstecken.
» Goat Foot

DATENEMPFANG ...

FINANCIAL TIMES ONLINE

Anfrage: 10.000 Daggers

Vollständiger Name: 10.000 Dolche SA (ZOG Klasse A)

Die 10.000 Dolche sind ein Söldner-, Sicherheits- und Militär-Beratungsunternehmen, das Niederlassungen in fünfzehn Staaten unterhält und sein Hauptquartier in Konstantinopel hat. Es wurde im Jahr 2038 von ukrainischen und türkischen Eurokrieg-Veteranen gegründet und ist spezialisiert auf Spionage-Operationen, verdeckte Operationen und taktische Einsätze. Die Söldner sind im Nahen Osten, Nordafrika, Zentralasien und Osteuropa aktiv.

>Link< zum vollständigen Artikel

>Link< zum offiziellen Host der Firma

DATENEMPFANG ...

ANDERE BERÜHMTE BASARE

Buchbasar: Auf diesem Markt findet man eine reichhaltige Sammlung an seltenen Folianten, alten Wälzern und brandneuen Bestsellern in einem Dutzend Sprachen, für alle Geschmäcker und Geldbeutel, als Hardcopy oder digital. **>Karte<**

Gewürzbasar: Zu der verblüffenden Auswahl an Arzneimitteln, Kräutern und Gewürzen, die diesem ehrwürdigen Wochenmarkt seinen Namen gaben, sind heutzutage auch Taliskrämerei und Drogen hinzugekommen. **>Karte<**

Janissaries Basar: Geschütze, Munition, Feldausrüstung und sogar Cyberware (von den wenigen konzernunabhängigen Kliniken in Istanbul ganz zu schweigen) sind einige der Dinge, die man auf Janissaries Basar finden kann. Dies ist außerdem der perfekte Ort, um neue Bekanntschaften zu machen und die heißesten Informationen über regionale Brennpunkte zu kaufen. **>Karte< >Details<**

Quelle: *Evo Metamatrix Reiseführer*

SPIELINFORMATIONEN

„Sie haben mich auf ihrer privaten Yacht den ganzen Weg bis zur Mitte des Sounds gebracht. Nun sind wir also ganz unter uns." Haze reckte seinen Hals übertrieben und sah sich auf dem stillen Wasser um. Er hoffte, dass sein Maskenzauber und seine Schauspielkünste ausreichen würden. „Also. Sagen sie mir, was sie verkaufen, und ich sagen ihnen, ob der Humanis Policlub interessiert ist."

„Oh, das wird er sein. Das versichere ich ihnen", sagte der ältere Mafiosi, der in einem Liegestuhl lehnte. Er nahm noch einen Zug aus seiner Zigarette, warf den drei Muskelbergen hinter sich einen bedeutungsschwangeren Blick zu und griff in seine Anzugjacke. Er zog einen kleinen Datenchip aus der Innentasche hervor und schnippte ihn mit einem breiten Lächeln zu Haze.

Haze warf einen verächtlichen Blick auf den Chip. „Warum haben Sie diese Daten nicht auf meinen Link transferiert?" fragte er.

„Weil, Mr. Smythe, wir sicherstellen wollen, dass er nicht in die falschen Hände gerät, bevor ihn jemand erhält, der ihn seiner eigentlichen Bestimmung gemäß einsetzen kann. Darum reden wir auch hier draußen miteinander", er breitete seine Arme weit aus, „wo man uns nicht abhören kann. Um ganz sicher zu gehen, haben wir außerdem sämtliche Funkfrequenzen gestört."

Haze spielte seine Rolle weiter und hob eine Augenbraue. „Was sind das nun für Daten?"

„Über einige unserer ... Verbindungen sind wir an medizinische Aufzeichnungen über Ms. Josephine Dzhugashvilis unglücklichen Matrix-Unfall im Jahr 2064 gelangt. Von besonderem Interesse waren ihre Gehirn-Scans und der Bericht über den Reha-Verlauf nach ihrem Schlaganfall." Der Mafia-Leutnant grinste diabolisch. „Sie werden sehen, Mr. Smythe, dass es gewisse Unregelmäßigkeiten in Bezug auf Ms. Dzhugashvilis Gehirn gibt. Bilder von ähnlichen Fällen wurden von Ärzten überall auf der Welt aufgenommen. Sie erlitt irreparable Schäden der ganz speziellen Art. Tausende Patienten mit ähnlichen Krankheitsverläufen wurden bereits eingesperrt, weil man bei ihnen eine „Geisteskrankheit" diagnostizierte. Einige wurden dagegen genau wie Dzhugashvili entlassen, nur um dann auszuflippen und später wieder eingewiesen zu werden. Die Ärzte stufen nun jeden dieser Fälle als gefährlich ein. Das sind tickende Zeitbomben, die darauf warten, in die Luft zu gehen."

Der Gangster lehnte sich in seinem Stuhl zurück. „Sehen sie, Smythe, wir liefern Ihnen den Beweis, dass der Hauptkonkurrent Ihres Kandidaten ein gottverdammter psychischer Problemfall ist. Wenn Sie diese Informationen richtig einsetzen, müssen Sie damit nicht mal an die Öffentlichkeit gehen. Sie können sie unter Druck setzen, damit sie ihre Kandidatur zurückzieht."

Haze nickte. Er hatte die Bestätigung, für die er hierher gekommen war. Er ging zur Reling, als ob er über das Angebot nachdenken würde. „Klingt wunderbar intrigant ... aber lassen Sie mich eine Frage stellen: Was haben Sie davon? Und, ist das die einzige Kopie?" Er winkte mit dem Chip.

Der Mafioso lächelte. „Ich besitze eine weitere Kopie, nur um auf Nummer Sicher zu gehen." Er deutete auf seinen Kopf, wo Haze eine Datenbuchse schimmern sehen konnte. „Genau hier, wo ich Sie sicher im Auge behalten kann. Und zu meinen eigenen Interessen in dieser Angelegenheit ... lassen Sie mich einfach sagen, dass mein Boss, Mr. Gianelli, davon überzeugt ist, dass Mr. Brackhaven der beste Mann für diesen Job ist. Unsere Familie hat eine Menge in die Gegend von Fort Lewis investiert, und wir sind der Auffassung, dass Mr. Brackhaven der Kandidat ist, der unsere Interessen dort am Besten vertritt. Tatsächlich", er deutete auf den Chip, „betrachten wir es als angemessene Entlohnung für diesen persönlichen Gefallen, wenn er unsere Operationen dort unterstützen würde."

Haze drehte sich um und warf den Chip zum überraschten Gangster zurück. „Behalten Sie ihn. Brackhaven ist in jeder Hinsicht ein verlorener Fall." Er sprang über das Geländer und landete im kalten Wasser – und in den Armen seines Wasserelementars, der dort auf ihn gewartet hatte. Während die Gangster ihm noch verwirrt nachschauten, gab er seinem Feuerelementar den mentalen Befehl, für einen Moment neben dem Evo-NavTech-Kreuzer zu materialisieren – das abgesprochene Signal für seine Arbeitgeber, zwei Raketen auf das Mafia-Boot abzufeuern.

In aller Stille beobachtete Haze das Boot dabei, wie es ausbrannte und sank, während der Elementargeist ihn davontrug. Einmal mehr, so rief er sich in Erinnerung, bestand die beste Methode, sich die großen Jungs vom Leib zu halten, darin, dafür zu sorgen, dass sie sich gegenseitig an die Kehle gehen.

LEBEN IM ZWIELICHT

Schattenstädte behandelt eine Reihe von Metroplexen, die alle ihre eigenen Besonderheiten, ihre individuelle Atmosphäre und ihre einzigartigen Ränkespiele haben, und die damit zu Recht den Beinamen „Schattenstadt" tragen. Dennoch sind die Metroplexe, die in diesem Quellenbuch genannt werden, nur als beispielhafte Zusammenstellung gedacht, denn es gibt in der Sechsten Welt noch viele weitere – vom geteilten Denver über das gefährliche Bangkok bis hin zum Söldner-Paradies Lissabon. Vielleicht möchte ein kreativer Spielleiter auch seine ganz eigene, einzigartige „Schattenstadt" erschaffen, indem er eine bislang noch nicht beschriebene Gegend weiterentwickelt, die vielleicht gar nicht weit von seiner eigenen Heimat im wirklichen Leben entfernt ist. Dabei sollte man aber auf jeden Fall im Hinterkopf behalten, dass alle Schattenstädte ein paar Dinge gemeinsam haben.

GLEICHGEWICHT DER MACHT

Metroplexe gibt es viele. Aber was zeichnet eine echte Schattenstadt aus? Ob nun das Venedig des Nordens, die Grenzstadt am Sound, der Stahlbetondschungel von Hongkong, das lasterhafte Tollhaus von Caracas oder die ausgebombten Straßen von Istanbul – die offensichtlichste Gemeinsamkeit dieser Metroplexe besteht darin, dass sie alle geprägt sind vom Intrigenspiel der Konzerne, Syndikate und magischen Parteien der Sechsten Welt – ohne dass einer von ihnen in der Lage wäre, die anderen zu beherrschen. In diesen Metroplexen gibt es deshalb ein empfindliches Gleichgewicht aus sich ständig verändernden Bündnissen und Feindschaften, während unzählige Fraktionen unablässig um mehr Einfluss, Kontrolle und Reichtum konkurrieren. Die ständig miteinander kollidierenden und ineinander verschlungenen Interessen der Hauptakteure sind der perfekte Treibstoff für außergewöhnliche Shadworun-Kulissen und interessantes Rollenspiel.

Ein weiterer Aspekt, der diese Städte zu einzigartigen Shadowrun-Bühnen macht, ist ihre Rolle als Knotenpunkt des regionalen Handels, der Politik und der Kriminalität. Dies macht sie zu einem natürlichen Stützpunkt für internationale Schattenaktivitäten und Kriminalität aller Art. Schattenoperationen finden oft regionsübergreifend statt und haben auch benachbarte Städte, Staaten und Nationen zum Ziel, was den Spielern neue Umgebungen und eine Vielzahl von Möglichkeiten und Abenteuerideen bietet – vom Schmuggel über Datendiebstahl bis hin zu traditionellen Spionageoperationen.

RECHT UND ORDNUNG

Ein wesentliches Merkmal einer Schattenstadt ist die ungewöhnliche Verbindung aus Gesetz und Gesetzlosigkeit und deren Auswirkungen auf das Leben in der Stadt und die politischen Gegebenheiten. Nur in wenigen anderen Städten stechen die negativen Aspekte des Stadtlebens wie Gier und Opportunismus der Megakonzerne und die kollidierenden Interessen lokaler Machthaber so deutlich hervor.

In einer Schattenstadt sollte die tiefe Kluft zwischen den Reichen und Armen, den Mächtigen und Unterdrückten immer sichtbar sein. Diese Metroplexe sind Flickenteppiche aus geordneten Konzernbereichen, hektischen und gut überwachten Geschäftsbezirken, heruntergekommenen Arbeitersiedlungen, kriminellen Rotlichtbezirken und anarchischen Z-Zonen. Die Präsenz der (normalerweise privatisierten) Polizei deckt das gesamte Spektrum ab, von immer wachsam bis hin zu nicht existent. Die ultrasicheren Büroparks und Konzerneinrichtungen können nur wenige Häuserblocks entfernt an gesetzlose und gefährliche Gebiete grenzen. Was auch immer die Besonderheiten des jeweiligen Status quo sind, diese Kombination und Vermischung von Gesetz und Gesetzlosigkeit ist von essenzieller Bedeutung, um eine florierende kriminelle Schattengemeinde am Leben zu halten.

Es ist eine Tatsache, dass Konzerne und andere Mächte das Fortbestehen von gesetzlosen Bereichen fördern, da diese Gebiete ihnen quasi-legale Untergrundmärkte für bestimmte Produkte, entbehrliche menschliche Ressourcen, kriminelle Talente als bestreitbare Aktivposten und isolierte Orte bieten, an denen sie fragwürdige Forschungen und Unternehmungen durchführen können. Die Machthaber hängen von diesem Umfeld in einer Art pervertierter symbiotischer Beziehung ab.

Der Spielleiter sollte die folgenden Faktoren berücksichtigen, wenn er eine Schattenstadt entwickeln möchte:

- Die Auswirkungen der lokalen sozialpolitischen Zustände auf Politik, Wirtschaft und Kriminalität (z.B. das Fortbestehen der Redmond und Puyallup Barrens).
- Die Folgen des zügellosen Konzernwettbewerbs und die Privatisierung der öffentlichen Sicherheit.
- Fragen der Extraterritorialität und der Zuständigkeit innerhalb der Konzernterritorien – und in gewissem Ausmaß auch die feudale Territorialität der organisierten Kriminalität und Gangs.
- Zusammenleben und Konflikte der Metatypen und ethnische Trennung, auch freiwillige ethnische Trennung (z.B. der Ork-Untergrund in Seattle).
- Die Folgen von sich ausbreitender Kriminalität und die laxe Einstellung der profitorientierten, privatisierten Polizeikräfte.
- Kultureller Zeitgeist durch die Vermischung vieler verschiedener Interessen und Einstellungen (z.B. Orxploitation, Cybermodding und Afroflash).

KONZERNPRÄSENZ

Ob sie nun ein regionaler Frachtknotenpunkt sind, besondere Bedingungen im Hinblick auf humane Ressourcen oder die Gesetzgebung bieten, eine spezielle Industrie ihr eigen nennen, schwerpunktmäßig bestimmten Interessen verfolgen oder einfach eine einzigartige geopolitische Lage haben – die meisten Schattenstädte sind von einer extrem großen Dichte an Konzernaktivitäten geprägt und von mindestens ebenso großer strategischer Bedeutung wie Konzernenklaven. Präsenz und Einfluss der Konzerne sind nicht auf die großen zehn Megakonzerne beschränkt – der Status als Knotenpunkt und die internationalen Handelsmöglichkeiten bieten darüber hinaus einen fruchtbaren Nährboden für ein Heer von kleineren Konzernen und Unternehmen. Diese Fülle an ökonomischen Interessen und Zielen bildet genau die Art von Brennpunkt, an dem der Wettbewerb ausufert und verdeckte Operationen und Spionageaktionen zum Alltag gehören.

Rücksichtslose Arbeits- und Geschäftsbedingungen wie diese bringen genau den Typ Mitarbeiter hervor, den die Megakonzerne zu schätzen wissen. Das heißt, dass Schattenstädte sämtlichst Orte sind, an denen aufstrebende Johnsons sich ihre ersten Sporen verdienen und die ersten Gehversuche unternehmen. Nimmt man die Aufmerksamkeit, welche die oberen Konzernränge diesen Metroplexen schenken, so bieten sie außerdem die besten Voraussetzungen für diejenigen, die sich die Karriereleiter hocharbeiten wollen. Hier können sie sich profilieren (und hier ist es sicherer für sie als beim gefährlichen und erbarmungslosen Konkurrenzkampf in den Enklaven des eigenen Mutterkonzerns).

Die Tatsache, dass Schattenstädte als Fokus für konkurrierende Konzerninteressen dienen und dass kein Konzern die alleinige Macht besitzt, macht die lokale Szene besonders vielfältig. Intrigen und Chancen für das Schattengeschäft sind in Hülle und Fülle vorhanden.

Die einzigartige Situation einer Schattenstadt bietet Möglichkeiten für ein breites Spektrum an Konzernaktivitäten, von denen alle eine potenzielle Schatztruhe für Runs sind. Hierzu gehören:

- Forschungs- und Entwicklungseinrichtungen und Produktionsanlagen, die den großen Einfluss auf die Regierung, die lockere Aufsicht durch die verschiedenen Behörden und die laxe Gesetzgebung ausnutzen.
- Regionale Hauptquartiere, Verwaltungseinrichtungen, Konzernzentralen und Managementzentren.
- Produktionsanlagen, die sich die zentrale Lage einer Stadt zu Nutze machen, um lokale Ressourcen zu verarbeiten.
- Viertel mit Lagerhäusern und Distributionszentren, die den Standort des Metroplexes als Transportknotenpunkt oder Hafen nutzen.
- Märkte an der Grenze der Legalität und quasi-legale Aktivitäten wie Waffenhandel, Feldversuche für experimentelle Technologien etc.
- Strategische Aktivitäten und Wirtschaftsspionage.

UNTERWELT

Obwohl die Konzernpräsenz der wichtigste Motor der Schattenwirtschaft ist, ist sie definitiv nicht der einzige. Vor allem die Verflechtung von wirtschaftlichen und politischen Interessen fördert die Existenz von Raubtieren an der dunklen Unterseite der Gesellschaft, seien es ausgewachsene kriminelle Syndikate, Gangs oder unabhängige Akteure.

Die Yakuza, der Mob, die Triaden, die Vory v Zakone oder die Geisterkartelle: Die Namen mögen sich in den unterschiedlichen Teilen der Welt unterscheiden, doch in den meisten großen Metroplexen tauchen diese Namen einzeln oder gehäuft auf, da die Sechste Welt von der organisierten Kriminalität durchdrungen ist. Die Syndikate ringen miteinander unablässig um Territorien, illegale Geschäfte und Schmuggelrouten; sie versuchen, Politik zu machen, und mischen sich sogar in die Konzerinteressen ein.

Mit ihrem einzigartigen Cocktail aus großem Business und dem Leben in der Gosse, aus Gesetzlosigkeit und Rechtstaatlichkeit bieten Schattenstädte ein enormes Potenzial, das sich kein Krimineller einfach entgehen lassen möchte. Die lokale Unterwelt-Szene ist eng mit größeren und kleineren Akteuren vernetzt. An der Grenze zwischen den Welten bemühen sich unabhängige Akteure mit guten Verbindungen – darunter Schieber, Waffendealer, Schmuggler, Taliskrämer, Schwarzmarkthändler, Piratenbesatzungen und Hehler – darum, sich mit den herabfallenden Krümeln der großen Jungs ein gutes Leben zu machen.

Die hieraus resultierenden Unterweltintrigen eröffnen nicht nur unzählige Handlungsstränge und Möglichkeiten für Kampagnen, sie sind vor allem wichtig für eine lebendige Schattengemeinde. Ohne dieses unterstützende Netzwerk (und seine Ressourcen) hätten es die Runner sehr schwer, an die Informationen, Ausrüstungsgegenstände, Waffen und Spezialgeräte zu gelangen, die sie für ihre Arbeit brauchen. Diese Schieber, Schmuggler und Hehler verarbeiten, verkaufen, waschen und demontieren außerdem die illegale Beute, die Nuyen und die Informationen der Runner (natürlich nur gegen eine entsprechende Gebühr).

Ein Spielleiter, der eine solche Szenerie entwickelt, sollte sich in seiner Geschichte nicht auf die territorialen Ziele der großen Syndikate beschränken. Er sollte auch darstellen, wie die verschiedenen Akteure miteinander interagieren und wie sich dies auf die Dynamik des Marktes und die Verfügbarkeit von Ausrüstung und Informationen auswirkt. In einigen Metroplexen passiert nichts, ohne dass der lokale Oyabun einen Anteil erhält, während in anderen Schattenstädten kein großes Syndikat die Fäden in der Hand hält und viele Interessensgruppen unabhängig voneinander agieren.

UNBERECHENBARE POLITIK

Das vielleicht sichtbarste und wichtigste Element der meisten Schattenstädte ist die Politik, da die Beziehungen zwischen den politischen Machthabern und allen anderen Interessenvertretern üblicherweise hemmungslos inzestuös sind. Die lokale Politik bildet die Bühne, auf der alle größeren und kleineren Mächte eines Metroplexes miteinander interagieren. Für Konzerne ist es nicht unüblich, dass sie eine wichtige Stellung in der lokalen Regierung einnehmen, den gewünschten Status quo aktiv fördern, lukrative öffentliche Verträge bekommen und als Gesetzeshüter agieren. In einigen Schattenstädten mischt sogar die Unterwelt in der Regierung mit – manchmal ist sie sogar die einzige Macht, die eine Regierung am Leben hält.

Unter solchen Bedingungen sind die Institutionen der lokalen Regierungen ebenso vom Einfluss und der Lobby der Konzerne bedroht wie sie anfällig sind für Korruption und Erpressung. Gerissene Politiker mit guten Verbindungen sind sich der politischen und wirtschaftlichen Bedeutung ihres Metroplexes bei den Plänen und Strategien anderer Machthaber durchaus bewusst. In den richtigen und fähigen Händen kann dieses Wissen einem Politiker wesentlich mehr Macht über Konzernvorstände und Verbrecherbosse verleihen, als diese es gerne zugeben würden. Wenn so viele Interessengruppen aufeinander treffen, heißt es: Jeder gegen jeden.

Zu dieser unberechenbaren politischen Kulisse kommen noch soziale und wirtschaftliche Belange hinzu, die von den jeweiligen Besonderheiten der Region abhängen und einen perfekten Nährboden für unterschiedlichste radikale Bewegungen und politische Parteien abseits der Mitte bieten. Das Spektrum reicht von Rassisten wie dem Humanis Policlub über die Umweltaktivisten von TerraFirst! bis hin zu den Überbleibseln der Gewerkschaften. Diese kleineren Fische bieten ein genauso großes Potenzial für Abenteuer wie die großen Haie.

Zu guter Letzt bieten die meisten Schattenstädte aufgrund der dargestellten sozialen und politischen Umstände eine pulsierende kulturelle Szene. Natürlich spielt die lokale und regionale Kultur eine wichtige Rolle, aber auch spezifische soziale, ethnische und politische Themen, die diese Ausdrucksformen in etwas Einzigartiges verwandeln. Internationale Phänomene wie Orxploitation oder Afroflash beweisen, dass gerade in den Schattenstädten oft neue Trends entstehen.

ABENTEUER IN HONGKONG

Dieser Abschnitt bietet zwei Abenteuervorschläge und verschiedene Ideen für Abenteuer in Hongkong auf Basis der in diesem Quellenbuch enthaltenen Hintergrundinformationen.

KOPFLOS IN HONGKONG

Seitdem Hsiao Wai-Gong die Führung der Red Dragon-Triaden übernommen hat, muss er seine Position als Shan Chu erbittert verteidigen. Kürzlich wurde aufgedeckt, dass der Sin Fung der Red Dragons, Xu Futao, eine gewaltsame Übernahme des Syndikats plante. Der Hinweis eines loyalen Anhängers ermöglichte Xu Futao die Flucht in die Kowloon Walled City, bevor sich Hsiao der Bedrohung endgültig entledigen konnte. Xu Futao befindet sich nun tief im Territorium der Black Chrysanthemum, aber Hsiao Wai-Gong möchte die konkurrierenden Triaden nicht mit der Nase darauf stoßen, dass sie einen wertvollen Verhandlungsgegenstand direkt in ihrer Mitte haben. Xu Futao muss ausgeschaltet werden, aber dies darf nicht zu den Red Dragons zurückzuführen sein.

Auftakt

Der Schieber der Runner hat ein paar alte Freunde bei den Red Dragons und gibt den Runnern einen Hinweis, dass ein echt guter Job auf sie wartet. Er arrangiert ein Treffen zwischen den Runnern und dem Anführer einer Vasallen-Gang der Red Dragons in der Happy Valley Arena in Wanchai-Causeway. Dieser stark frequentierte Ort soll es beiden Parteien ermöglichen, sich unbemerkt zu treffen. Der Gangboss informiert die Runner darüber, dass seine Geschäftspartner die Exekution des Anführers einer konkurrierenden Triadengang planen, dass dieser Auftragsmord aber unbedingt anonym ablaufen muss und nicht zu ihnen zurückzuverfolgen sein darf. Wenn die Runner interessiert sind, übergibt er dem Team einen Chip, der eine holographische Darstellung des Ziels und eine ungenaue Karte der Kowloon Walled City enthält. Der Gangboss erzählt den Runnern, dass es seiner Gang gelungen ist, das Ziel mit Magie bis zu einem bestimmten Gebäude innerhalb der Walled City zu verfolgen, ihre Rituale danach aber keine weiteren Erfolge brachten. Er möchte, dass die Runner in das Gebäude eindringen, das Ziel lokalisieren und es eliminieren. Als Beweis für den erfolgreich erledigten Job möchte der Gangboss, dass ihm der Kopf der Zielperson übergeben wird.

Erster Akt

Die Shadowrunner sollten etwas Beinarbeit durchführen, da es nicht besonders schlau ist, sich ausschließlich auf ein Gangmitglied der Triaden zu verlassen. Wenn sie das Hologramm auf der Straße herumzeigen, werden ihre Nachforschungen so lange ohne Ergebnis bleiben, bis sie sich in die zwielichtigeren Bereiche des Kwai Tsing-Hafens vorwagen. Dort werden einige Befragte, die Beziehungen zur Unterwelt oder der Polizei haben, den Mann als Xu Futao identifizieren, den Sin Fung der Red Dragon-Triaden. Alternativ können die Runner diese Information erhalten, indem sie in die Datenbanken der Polizei von Hongkong hacken. Geling ihnen dies, bekommen sie einen vollständigen Bericht über Xu Futao. Die Runner müssen aber vorsichtig sein. Wenn sie irgendwelche Alarme auslösen, wird der Polizei-Host ihre Aktionen überwachen und versuchen, sie zurückzuverfolgen. Wenn die Polizei Erfolg hat, werden sie das Runnerteam von nun an beobachten und versuchen, es am Ende des Runs zu verhaften (siehe „Showdown").

Zweiter Akt

Falls die Runner keine Bedenken haben, sich in etwas einzumischen, was sich als interner Machtkampf der Triaden entpuppt, führen sie ihre nächsten Schritte zu dem auf der Karte verzeichneten Gebäude. Der Spielleiter sollte die Reise der Runner in die Kowloon Walled City zu einem unvergesslichen Erlebnis machen: Der dunkle Slum ist für seine Grausamkeit und allgegenwärtige Hoffnungslosigkeit berüchtigt, und die Runner sollten auf ihrem Weg zu dem Gebäude mindestens eine Begegnung mit den Bewohnern haben. Sie könnten beispielsweise von einer lokalen Gang aufgehalten oder von einem bösartigen Geist angegriffen werden. Nachdem sie sich ihren Weg in die Walled City erkämpft haben, sollte ihnen klar sein, dass ihr Zielobjekt ziemlich verzweifelt gewesen sein muss, wenn es sich an einem Ort wie diesem versteckt.

Dritter Akt

Die Runner erreichen das Gebäude, bis zu dem das Ziel von der Gang verfolgt werden konnte. Es handelt sich um ein heruntergekommenes, windschiefes Mietshaus, das in sich zusammenzustürzen droht. Wenn sie das Gebäude aus der Ferne beobachten, werden die Runner feststellen, dass es voller unfreundlich dreinblickender chinesischer Jugendlicher ist. Es scheint, als ob die Black Chrysanthemum bereits vor ihnen dort eingetroffen sind (wichtig: Sollten die Runner keine Nachforschungen angestellt haben, um die wahre Identität ihres Ziels herauszufinden, werden sie wahrscheinlich annehmen, dass das Ziel ein Mitglied der Black Chrysanthemum ist und von ihnen bewacht wird). Die Runner müssen sich den Zugang zu dem Mietshaus erschleichen, ertricksen oder erkämpfen. Wenn ihnen dies gelingt, werden sie feststellen, dass das Ziel nicht aufzufinden ist. Wenn die Runner ein Mitglied der Black Chrysanthemum oder einen der verängstigten Bewohner befragen, erfahren sie, dass das Mietshaus bereits von den Black Chrysanthemum „gesäubert" wurde und mehrere Bewohner in ein anderes Gebäude ganz in der Nähe verlegt wurden, um sie dort für den Organhandel „weiterzuverarbeiten". Wenn die Runner das Hologramm herumzeigen, wird das Ziel sofort als eines der unglückseligen Opfer identifiziert, die entführt wurden.

Showdown

Die Runner werden zu dem Gebäude dirigiert, in dem die Black Chrysanthemum ihre Opfer „ernten"; einem ähnlich abbruchreifen Apartmenthaus, dessen Erdgeschoss zu einer Reihe von Operationsräumen umgebaut wurde. Die Runner werden es schwerer haben, in dieses Gebäude zu gelangen, da es nicht nur von höherrangigen Soldaten der Triaden bewacht wird, sondern zusätzlich von einer Handvoll Ghulen und einem Wujen. Wenn die Runner erst einmal im Inneren sind, werden sie feststellen, dass sie zu spät kommen, denn ihr Ziel ist bereits tot. Sie müssen nun den Kopf finden. Falls sie einen Soldaten der Triaden oder einen Ghul verhören, wird sie dies zu einem Kühlhaus führen, in dem überschüssige Körperteile gelagert werden, um sie später an die Ghule zu verfüttern. In dem Kühlhaus finden sie den Kopf des Ziels. Es fehlen zwar ein paar Teile, aber Xu Futao ist trotzdem eindeutig zu erkennen.

Wenn die Runner seit dem ersten Akt von der Polizei überwacht werden, wird sie diesen Moment nutzen, um eine Razzia in dem Gebäude durchzuführen, nicht zuletzt in der Hoffnung, ein höheres Triadenmitglied zu fassen, und die Runner müssen sich ihren Weg nach draußen erkämpfen. Dieses Mal haben sie es allerdings mit Polizeibeamten zu tun, die bis zu den Zähnen bewaffnet sind.

Nachspiel

Falls es den Gangboss der Red Dragons interessiert, warum Xu Futaos Augen und Ohren fehlen, ist er nicht neugierig genug, um die Runner danach zu fragen. Die Red Dragons sind hocherfreut, dass der Job erfolgreich durchgeführt wurde, was in Zukunft zu weiteren Aufträgen der Triaden an die Runner führen kann. Auch wenn die Runner versagen sollten, werden die Roten Drachen von Xu Futaos Tod erfahren. Sollten die Runner dagegen die Aufmerksamkeit der Polizei erregt haben, wird das die Triaden verärgern. Führt es sogar dazu, dass sowohl die Polizei als auch zwei Triadenclans hinter ihnen her sind, werden die Runner ihren Fehler wirklich bereuen.

IM DRECK WÜHLEN

Ratsmitglied Diego Mangabats Vergangenheit droht ihn einzuholen. Lange bevor er Babys von Immigranten küsste und Flüchtlinge in Hongkong willkommen hieß, beaufsichtigte er ein Bergwerk von Daiatsu auf den Philippinen. Ramon Dizon, Evos Sonderbeauftragter für die Australasien-Region, kennt Mangabats Vergangenheit und droht ihm, damit an die Öffentlichkeit zu gehen. Das allein macht Mangabat schon nervös, aber Dizon fehlte bislang noch der handfeste Beweis, um seine Geschichte zu untermauern. Dieser handfeste Beweis wurde durch einen Hacker namens Sideways zutage gefördert, der zufällig auf Fotos eines Aufstandes in einem Bergwerkslager stieß, der unter der persönlichen Führung des jungen Diego Mangabat niedergeschlagen wurde. Sideways weiß, dass er auf etwas Großes gestoßen ist, aber sowohl Evo als auch Daiatsu sind ihm auf der Spur, um die Fotos in die Hände zu bekommen. Evo will diese Bilder veröffentlichen, um Spannungen zwischen den Flüchtlingen und den Ureinwohnern zu schüren und dadurch zukünftig mehr militärische Verträge abschließen zu können. Daiatsu will jeden Beweis für ihre Missachtung von Menschenrechten auf den Philippinen beseitigen. Wenn die Bilder den Runnern in die Hände fallen, landen sie genau in der Mitte dieses Katz-und-Maus-Spiels.

Auftakt

Die Runner genießen gerade ihre Freizeit zwischen zwei Jobs, als ein aufgeregter junger Mann in ihr Lieblingslokal platzt. Er schaut sich wild um, bis sein Blick auf die Runner fällt und er zögernd auf sie zugeht. „Bitte, nehmen Sie das." Er wirft ein kleines Plastikquadrat auf den Tisch, das einen optischen Chip enthält. „Passen Sie gut darauf auf", stottert er, „es könnte diese ganze Stadt in Aufruhr versetzen." Bevor die Runner fragen können, was da überhaupt vor sich geht, wird die Tür ein zweites Mal aufgerissen. Zwei Männer betreten den Raum und fixieren den aufgewühlten jungen Mann mit ihren Augen. Kurz darauf ist der junge Mann verschwunden, wahrscheinlich durch den Hintereingang geflüchtet.

Erster Akt

Die beiden Männer, die dem jungen Mann folgen, sind Shadowrunner, die von Daiatsu angeheuert wurden. Sie haben den Hacker, der die Beweisfotos gestohlen hat, bis hierher vorfolgt und jagen ihn, um den Chip zurückzubekommen. Ob sich die Runner zum Eingreifen entscheiden, bleibt ihnen überlassen. Egal ob sie es tun oder nicht, der Hacker entkommt. Die Befragung der beiden Shadowrunner wird sie nicht viel weiter bringen, da diese nichts über die Identität ihres Auftraggebers wissen. Der Versuch, Sideways zu finden, wird sich ebenfalls als eher fruchtlos erweisen – Daiatsu hat ihn bald aufgestöbert, und danach spricht er mit niemandem mehr. Falls die Runner den Chip analysieren, werden sie mit einer Stufe-6-Verschlüsselung konfrontiert. Wenn sie jemanden kennen, der die Verschlüsselung knacken kann, bekommen sie ein Video zu sehen, das die Hinrichtung vieler philippinischer Arbeiter in einem eingezäunten Bereich dokumentiert. Einheimische Runner erkennen Diego Mangabat, der die Exekution persönlich befiehlt.

Zweiter Akt

Durch das Verhör von Sideways findet Daiatsu heraus, dass er den Runnern den Chip zugespielt hat, und sie entsenden nun eigene Leute, um die Bilder zurückzuholen. Kurz nachdem die Runner in den Besitz des Chips gelangen, werden sie von einer Daiatsu-Spezialeinheit aus dem Hinterhalt überfallen. Das Team hat die Erlaubnis, die Runner zu töten, solange es sicherstellen kann, dass der Chip in ihre Hände gelangt oder komplett zerstört wird. Auch wenn sich die Runner freiwillig dazu entscheiden, den Chip an Daiatsu zu übergeben, lässt sie das Daiatsu-Team nicht am Leben; sie haben die Bilder möglicherweise gesehen und müssen deshalb ausgeschaltet werden.

Dritter Akt

Wenn die Runner überleben, macht die Geschichte von ihrer Auseinandersetzung mit Daiatsu die Runde, und bald darauf bekommen die Runner von einem Rechtsanwalt Besuch, der sich als Vertreter einer dritten Partei vorstellt, die an dem Chip interessiert ist. In Wahrheit repräsentiert dieser Anwalt Ramon Dizon und damit Evo. Diese Information wird er aber nicht enthüllen, es sei denn, dass der Deal davon abhängt. Der Anwalt wird den Runnern einen hohen, aber nicht unangemessenen Geldbetrag für den Chip anbieten und diesen Betrag bei Verhandlungen um bis zu 15 % erhöhen. Wenn die Runner dem Deal zustimmen, überlassen sie ihm den Chip, bekommen ihr Geld und hören nie wieder etwas von dem Rechtsanwalt oder Evo.

Showdown

Falls die Runner das Angebot des Rechtsanwalts ablehnen, zeigt er sich enttäuscht, verlässt die Runner aber friedlich. Die Runner sind nun vielleicht der Meinung, dass sie aus dem Schneider sind, aber das ist definitiv nicht der Fall. Evo und Daiatsu beobachten sie weiter, und Evo wartet ab, bis Daiatsu einen neuen Versuch startet, den Chip in seinen Besitz zu bringen. Wenn sie das tun, schlägt das Evo-Team ebenfalls zu, und beide Teams bekämpfen sich gegenseitig, während sie gleichzeitig versuchen, den Chip von den Runnern zu bekommen. Daiatsu wäre mit der Zerstörung des Chips und dem Tod aller Beteiligten mehr als zufrieden, während Evos Team den Befehl hat, sicherzustellen, dass der Chip unbeschädigt bleibt. Die Runner müssen entweder beide Teams ausschalten oder einen Weg finden, sich aus dem Chaos zu befreien, während sich die beiden Teams gegenseitig bekämpfen.

Nachspiel

Wenn die Runner mit dem Chip aus diesem Showdown entkommen können, bleibt es ihnen überlassen, wohin sie ihr Weg nun führt. Je länger sie den Chip in ihrem Besitz haben, desto wahrscheinlicher wird es zu weiteren Angriffen kommen. Wenn sie den Chip an die Medien übergeben, wird Diego Mangabat in Schande von seinem Posten im Rat zurücktreten, wodurch die 9x9 an die Macht gelangen, was weitere Angriffe gegen verschiedene Konzerneinrichtungen nach sich zieht. Im Gegenzug wird Ratsmitglied Tai Kong erfolgreich ein größeres Militärbudget durchdrücken und viele Verträge mit Evo Navtech abschließen. Die Runner erfahren dies möglicherweise und werden sich fragen, ob sie alles richtig gemacht haben.

Falls die Runner den Chip an Evo verkauft haben, wird die Geschichte denselben Verlauf nehmen. Evo ist hocherfreut, dass die Runner ihnen die Sache so leicht gemacht haben und ihnen in Zukunft vielleicht weitere Jobs anbieten. Daiatsu wird durch die Veröffentlichung der Fotos in jedem Fall schwer getroffen und versuchen, den Runnern das Leben zur Hölle zu machen. Wenn es Daiatsu gelingt, den Chip zu vernichten, gelangt die Wahrheit über Diego Mangabat niemals ans Tageslicht, und er wird seine Amtszeit unbehelligt beenden können.

ABENTEUERIDEEN

- Die Runner werden als Leibwächter für einen lokalen Geschäftsmann angeheuert, der beteuert, Morddrohungen erhalten zu haben. Die Runner wissen nicht, dass ihr Auftraggeber weitaus mehr ist als nur ein einfacher Ladenbesitzer. Er ist ein mächtiges Mitglied der 9x9 und plant, in Anwesenheit der Runner eine spontane Konzernsabotage durchzuführen, wodurch auch die Runner, wenn sie nicht vorsichtig sind, zu Staatsfeinden werden können.
- Ein einfacher Job für die Runner: Fahrt einen Laster mitsamt der Fracht vom Kwai Chung-Containerhafen zu einem ausgedehnten Anwesen im südlichen Hongkong. Passt auf, dass der Ladung nichts zustößt. Was die Runner nicht wissen, ist, dass die Fracht aus zwei Nagas besteht, die aufgrund der medizinischen Wirkung ihrer Körperteile ausgeschlachtet werden sollen. Die Nagas versuchen selbstverständlich, zu fliehen, was den Runnern eine Menge Schwierigkeiten einbringt.
- Der Banküberfall des Jahrhunderts: Mr. Johnson will eine bestimmte kleine, goldene Drachenfigur, die sich in einem Bankschließfach in der Innenstadt von Hongkong befindet. Da viele Einwohner von Hongkong ihre Wertgegenstände in solchen Fächern aufbewahren, sind die Banken von Hongkong typischerweise gut bewacht und stehen unter dem Schutz von Geistern. Es wird nicht einfach sein, die Bank auszurauben.
- Der Vorsitzende des Executive Councils, Deng Sai-Kan, ist sich sicher, dass das Ratsmitglied Mei Sterling einige Leichen im Keller hat. Er heuert die Runner an, damit diese herausfinden, welche schmutzigen Geheimnisse das sein könnten. Je tiefer die Runner in die Vergangenheit von Ms. Sterling eintauchen, desto dichter wird das Netz aus Lügen und sich widersprechenden Geschichten. Es scheint, als hätte die Horizon Group Überstunden gemacht, um Meis Geschichte zu verschleiern. Sie werden nicht besonders erfreut sein, wenn sie herausfinden, dass jemand darin herumschnüffelt.
- Ein Runner des Teams ist das genaue Ebenbild eines Motorradfahrers des Hongkong Cavaliers Combat Biking Teams. Unglücklicherweise kam dieser Motorradfahrer gerade bei einem Hausbrand ums Leben. Der Runner wird gebeten, seinen Platz einzunehmen, damit die Hongkong Cavaliers die sonst fällige Vertragsstrafe beim nächsten wichtigen Spiel in der Happy Valley Arena vermeiden können. Der Hausbrand war aber kein Unfall: Auf den Combat-Biker wurde eine Lebensversicherung abgeschlossen, und diejenigen, die den Mord in Auftrag gegeben haben, nehmen nun an, dass sie beim ersten Mal kein Glück hatten. Das Runnerteam hat alle Hände voll zu tun, um ihren Doppelgänger vor, während und nach dem Spiel am Leben zu erhalten.
- Durch ein politisches Ränkespiel innerhalb der Konzernwelt sinkt ein Mitsuhama-Exec ans Ende der Warteliste für eine dringend notwendige Organtransplantation bei Clockwerks. Zum Glück für die Shadowrunner akzeptieren die Execs von Mitsuhama kein Nein als Antwort und heuern sie an, um in das System von Clockwerks zu hacken und den Exec ganz nach oben auf die Liste zu setzen. Ein Job, der nicht besonders schwer ist, da der Exec sie mit Insider-Infos versorgt. Der Exec will dann aber noch einen ganz bestimmten Arzt haben, der die Teleoperation durchführt, und die Runner werden angewiesen, ihn zu erpressen. Er soll sich etwas Zeit in seinem Terminplan frei machen, damit er die Operation durchführen kann. Unglücklicherweise arbeitet dieser Arzt für Yokogawa.
- Es scheint der einfachste Job aller Zeiten zu sein: Die Runner sollen einen Garten zerstören. Dieser Garten stellt sich jedoch als bewachter Dachgarten eines Gebäudes der SwissBank im Central District heraus. Mr. Johnson weiß, dass dieser Garten von großer Bedeutung für Lofwyrs hiesigen Lieblingslakaien, Thomas Moy, ist. Er hofft, dass er ihn aus dem Rennen werfen kann, indem er sein Feng Shui stört.
- Ein Renraku-Datenanalyst hat sich dazu entschlossen, den Arbeitgeber zu wechseln, und seine eigene Extraktion arrangiert. Er will seine persönlichen Aufzeichnungen auf keinen Fall bei Renrakus Market Research Group zurücklassen, da sie dort gegen ihn verwendet werden könnten. Während also ein anderes Team die Extraktion durchführt, sollen die Runner in einen sicheren Bereich einbrechen, ein Passwort beschaffen und in das System der Market Research Group hacken, um die Daten des Analysten zu entfernen. Als die Extraktion schief läuft, treten die Sicherheitseinheiten auf den Plan ...
- Die Manipulation der magischen Landschaft ist ein florierendes Geschäft in Hongkong, und die Runner werden angeheuert, um eine bestimmte Drachenlinie zu kartieren. Mr. Johnson glaubt, dass ein rivalisierender Konzern diese Drachenlinie leicht versetzen will, um sich einen Vorteil zu verschaffen. Da die Linie jedoch den Grundbesitz von drei verschiedenen Konzernen kreuzt, konnte er bislang nicht einschreiten. Die Runner sollen in die drei Konzernanlagen einbrechen, um die Drachenlinie mit Hilfe von astraler Wahrnehmung zu kartographieren. Das ist einfacher gesagt als getan, denn jeder der drei Konzerne hat seine eigenen ausgeklügelten physischen und magischen Sicherheitsvorkehrungen.

ABENTEUER IN SEATTLE

Dieser Abschnitt enthält verschiedene Abenteuervorschläge für den Spielleiter, die er weiterentwickeln und benutzen kann. Alle Rahmenbedingungen beziehen sich auf das Hintergrundmaterial und die Hauptcharaktere, die in diesem Kapitel beschrieben werden.

DER SKALP-JÄGER

Ein heruntergekommener Drogendealer ist gerade in den Besitz einer neuen Substanz gelangt – durch eine illegale „Wendung des Schicksals". Er ist sich bisher nicht ganz sicher, was sie bewirkt, weiß aber, dass der Konzern, von dem die Substanz gestohlen wurde, gerade mit einer neuen Kampfdroge experimentiert. Er beschließt, sich ein paar nichtsahnende Straßenschläger zu suchen, an denen er die Droge ausprobieren kann. Dabei möchte er aber nicht in der Nähe dieser Leute sein, wenn die Droge ihre Wirkung zeigt. Er sagt den Runnern nicht die Wahrheit, sondern erzählt ihnen nur, dass er wissen möchte, wohin die Zielperson geht und was sie tut. Unglücklicherweise wird die Verfolgung des Ziels für die Runner zu einem Höllenritt – und ziemlich gefährlich.

Auftakt

Die Runner werden zum Aces gerufen, einer heruntergekommenen Kaschemme, in der sich der Abschaum der Barrens trifft, um seinen Durst – nach Alkohol und Gewalt – zu stillen. Ihr angehender Auftraggeber ist ein Mann, der schon bessere Zeiten gesehen hat und sein Glück nun auf dem Boden einer Flasche sucht. Er will einen einfachen Überwachungsjob erledigt haben. Nach seinen Ausführungen erwartet er jemanden in der Bar, mit dem er ein Geschäft machen will. Er weigert sich, zu erzählen, worum es bei dem Handel geht, und wird (wahrheitsgemäß) behaupten, dass er nicht weiß, wie das Ziel aussieht. Johnson plant, die Bar direkt nach dem Abschluss des Geschäfts zu verlassen, aber er will, dass die Runner der Zielperson bis nach Sonnenaufgang folgen. Johnson möchte, dass sie sie die ganze Zeit über im Auge behalten und ihm über alles Bericht erstatten, was sie tut – wobei sie sich jedoch auf keinen Fall einmischen sollen. Wenn die Runner den Job akzeptieren, wird über das Honorar verhandelt.

Erster Akt

Kurz nachdem sie sich einig geworden sind, setzt sich Johnson in eine dunkle Ecke der Bar und wartet. Irgendwann betritt ein Indianer die Kneipe und geht direkt auf die Bar zu. Der Mann ist groß und im Neo-Tribal-Stil gekleidet. Er trägt eine dekorative Kriegsbemalung im Gesicht, und offensichtlich hängen an seinem Gürtel auch noch einige Skalps. Nach einem kurzen Gespräch mit dem Barkeeper (er fragt, wo er Novacoke kaufen kann), wird der Amerindianer zu Johnson geschickt. Die beiden wickeln diskret ihr Geschäft ab, wobei die Runner sehen könnten, wie Johnson dem Mann etwas unter dem Tisch zuschiebt. Der Dealer verlässt danach die Bar, wobei der den Runnern einen wissenden Blick zuwirft.

Die Zielperson der Runner scheint etwas Freizeit in der Bar zu verbringen. Er trinkt eine Menge und flirtet heftig mit zwei Prostituierten. Danach verschwindet er für etwa eine halbe Stunde auf der Toilette. Wenn die Runner ihm dorthin folgen, können sie ihn dabei beobachten, wie er einen Drogeninhalator benutzt. Nachdem er wieder eine Weile in der Bar ist, beginnt er einen Kampf mit zwei Gang-Mitgliedern, die sich zu viel Mut angetrunken haben, um es besser zu wissen. Die beiden jungen Gang-Mitglieder werden von dem großen Amerindianer am Hosenboden gepackt und ziemlich unglamourös aus der Bar geworfen.

Im Aces ist derweil ziemlich viel los, und die Runner fallen auf, wenn sie nicht trinken, kämpfen oder auf andere Art ihren Spaß haben. Schwächlich aussehende Runner könnten zu Opfern von Hooligans werden, die nach ein wenig Unterhaltung suchen. Wenn die Runner bei der Überwachung nachlässig werden, entweder weil sie zu auffällig oder zu unbesonnen vorgehen, könnte das Ziel sie entdecken und es zu einer ziemlich bösen Konfrontation kommen. Wenn sich die Runner durchfragen, erfahren sie, dass der Straßenname des Amerindianders Red Hands lautet. Er ist neu in der Stadt, ein Sioux-Shadowrunner, der die NAN aus verschiedenen Gründen schnell verlassen musste.

Bis oben hin zugedröhnt verschwindet die Zielperson irgendwann in die noch junge Nacht. Die Schwierigkeiten lassen nicht lange auf sich warten.

Zweiter Akt

Des Nachts auf den Straßen von Redmond umherzustreifen kann bereits für sich genommen eine Herausforderung darstellen, aber Red Hands ignoriert die dürren Huren und die Gang-Mitglieder, die ihr Territorium verteidigen. Unter Umständen bemerken die Runner, dass sie nicht die einzigen sind, die das Zielobjekt verfolgen – die beiden Verlierer aus dem Aces sind zurück, auf Motorrädern, und einer von ihnen trägt eine Waffe. Wie die Runner beobachten können, nähern sich die beiden jungen Halbstarken der Zielperson, während diese sich gerade an einer Mauer erleichtert. Zunächst scheint sich der Straßensamurai der Bedrohung gar nicht bewusst zu sein, obwohl das eine Gang-Mitglied seinen Kopf ins Visier nimmt – bis der Runner plötzlich in Sekundenschnelle eine Drehung vollführt und einen Tomahawk auf das Gang-Mitglied schleudert. Noch bevor sein Angreifer ganz zu Boden gegangen ist, ist der Amerindianer bereits über ihm und hackt und sticht mit einer implantierten Klinge auf ihn ein. Das andere Gang-Mitglied flüchtet sofort. Red Hands durchsucht die Leiche systematisch nach Geld, steckt die Waffe in seinen Hosenbund und entfernt dann den Skalp. Danach springt er wütend auf das Motorrad und beginnt, das andere Gang-Mitglied zu verfolgen.

Dritter Akt

Die Runner sehen sich der Herausforderung gegenüber, ein nächtliches Motorrad-Rennen durch die Barrens zu absolvieren, ohne dabei ihre eigene Zielperson aus den Augen zu verlieren. Das Gang-Mitglied flüchtet aus Redmond heraus nach Bellevue, wo er von Red Hands eingeholt wird. Ein zweiter Wurf mit dem Tomahawk trifft den Flüchtenden geradewegs in den Rücken, was ihn vom Motorrad stürzen lässt. Die Zielperson der Runner bremst, indem er das Motorrad querstellt, rennt zu seinem Opfer und beginnt, es zu skalpieren.

Während er noch mit seinem blutigen Handwerk beschäftigt ist, taucht eine Lone Star-Streife mit Blaulicht auf. Das uniformierte Kind, das aus dem Wagen steigt, ist so sauber und glatt rasiert, dass es frisch von der Akademie kommen muss – und es scheint zu glauben, dass es eigenhändig den Maya Cutter höchstpersönlich gestellt hat. Red Hands Tomahawk erwischt den Polizisten im Genick, knapp über der vorgeschriebenen Körperpanzerung. Danach schießt der Straßensam auf seine Kollegin, als diese gerade den Wagen verlassen will.

Wenn die Runner nicht einschreiten, tötet und skalpiert der Amerindianer beide Lone Star-Cops. Mit nun bereits sechs Skalps an seinem Gürtel setzt sich Red Hands hinter das Lenkrad des Lone Star-Wagens und fährt mit überhöhter Geschwindigkeit Richtung Westen. Aufmerksame Runner stellen fest, dass seine Bewegungen jetzt krampfartiger und abgehackter wirken, und das Askennen seiner Aura enthüllt, dass er von brennender Wut überwältigt zu sein scheint.

Showdown

Während sich die Runner fragen, in was sie da hineingeraten sind, müssen sie Red Hands ein weiteres Mal verfolgen, während er mit dem Streifenwagen in halsbrecherischer Geschwindigkeit über die Route 90 nach Council Island fährt. Wenn die Runner mit ihm Schritt halten können oder einen anderen Weg gefunden haben, ihn zu verfolgen, beobachten sie ihn dabei, wie er eine Sicherheits-Straßensperre durchbricht, ein Feuergefecht mit den Sicherheitsleuten absolviert und dann zu Fuß ins Innere der Insel entwischt. Wollen sie ihm folgen, so müssen sich die Runner nun ebenfalls einen Weg in die erhöhte Sicherheitszone bahnen. Metroplex-Runner befinden sich weit außerhalb ihres Elements, wenn sie um Mitternacht jemanden durch einen Wald verfolgen. Glücklicherweise ist Red Hands high genug, um eine Blutspur und ausreichend abgeknickte Äste zu hinterlassen, so dass die Runner ihm leicht folgen können.

Wenn die Runner den Amerindianer wiederfinden, prügelt er sich gerade mit einem zwei Meter großen, haarigen, humanoiden Wesen, das merkwürdige Geräusche von sich gibt. Der Sasquatch versucht, sich vor Red Hands unablässigen Attacken zu schützen, aber der Skalp-Jäger hat sich in eine drogenbedingte psychotische Wut gesteigert und ist nicht bei Sinnen. Jeder Runner, der sich einmischt, gerät in einen Kampf, an den er sich noch lange erinnern wird.

Was auch immer die Runner machen, nach ein paar Kampfrunden hören sie ein tiefes Grollen aus dem Wald um sie herum – eine niedrige Frequenz, die sie in ihrer Brust spüren können. Fünf weitere Sasquatche tauchen aus der Dunkelheit zwischen den Bäumen auf und eilen ihrem Artgenossen zur Hilfe. Die pelzigen Giganten lassen ihren Zorn nun gemeinsam an Red Hands aus. Wenn die Runner nicht einschreiten, hebt der größte Sasquatch den Amerindianer in die Höhe und bricht sein Genick.

Wenn die Runner versucht haben, dem Amerindianer zu helfen, oder nichts unternommen haben, um den Sasquatchen zu helfen, wenden sich die Sasquatche nun gegen sie. Wie auch immer die Situation ausgeht, die Sonne geht bald auf und scheint durch die Äste auf Red Hands toten Körper. Für die Runner ist es Zeit, ihr Geld abzuholen.

Nachspiel

Falls die Runner Red Hands davon abgehalten haben, seine Opfer zu töten oder den Sasquatch zu attackieren, haben sie dadurch neue Freunde gefunden. Mr. Johnson könnte die Runner beauftragen, mehr von dieser wutauslösenden Wunderdroge zu stehlen, da er von einer ganzen Horde Thrill-Gangs träumt, die ihm das Zeug aus den Händen reißen werden. Wenn die Runner im Laufe der Nacht von der Polizei gefasst wurden, zum Beispiel beim Betreten oder Verlassen von Council Island, wird man ihnen vorwerfen, dass sie an einer Randale teilgenommen oder diese ermöglicht haben, besonders wenn bei einer Autopsie von Red Hands Spuren von der Droge nachgewiesen werden. Der Konzern, der die Droge entwickelt hat, könnte ebenfalls Wind von der Sache bekommen und versuchen, die Runner zu finden – und Mr. Johnson –, um seine gestohlene Ware wieder in seinen Besitz zu bringen.

DIE KÜNDIGUNG

Eine aufsässige Prostituierte des Yakuza-Bunraku-Salons ist verschwunden und nun seit Wochen nicht auffindbar. Die Yakuza gibt die Jagd jedoch nicht so schnell auf. Die Prostituierte mit Namen Aya ist der besondere Liebling eines mächtigen und einflussreichen „Kunden", und die Yakuza würde ihr Gesicht verlieren, wenn sie das Mädchen nicht innerhalb von einer Woche wieder in die Hände bekommt – nämlich spätestens bis zu dem Zeitpunkt, an dem der Kunde reif für seine monatliche „Sitzung" ist.

Auftakt

Falls die Runner zu dem erlesenen Personenkreis gehören, der für Geld alles tut, spricht die Yakuza sie direkt darauf an, dass sie ihr „Eigentum" zurück haben will. Falls die Runner dagegen an so merkwürdige Dinge wie Ethik glauben, werden sie stattdessen von zwei Agenten der Yakuza angesprochen, die behaupten, Ayas Eltern zu sein. Sie erzählen ihnen, dass Aya verschwunden ist, und dass sie sie unbedingt finden wollen. Sie wollen damit nicht zu Lone Star gehen, weil sie Angst haben, dass sie sich mit einem kriminellen Element eingelassen hat, das sie verletzen wird, wenn sie nicht gerettet wird, und weil sie dem Star nicht zutrauen, vorsichtig genug mit der Situation umzugehen. Den Runnern wird ein Hologramm übergeben und das Gebiet in Tacoma genannt, aus dem sie verschwunden ist.

Erster Akt

Die Runner haben nicht viel in der Hand, ein bisschen Beinarbeit ist also vonnöten. Mit Connections und Leuten auf der Straße zu sprechen, erweist sich als nicht sonderlich produktiv, da Aya genau wie ein berühmter Simsinn-Star aussieht. Unter Umständen stellen die Runner jedoch fest, dass noch jemand nach der Frau sucht – ein Verlierer namens Ed Banks.

Wie sich herausstellt, ist Ed ein weiterer Stammkunde des Salons – tatsächlich gibt er den größten Teil seines schmalen Einkommens dort aus. Ed hat verschiedene psychische Probleme und ist von Aya besessen, was ihn schließlich zu der Überzeugung brachte, dass er sie aus den Fängen der Yakuza „befreien" muss. Was Ed wirklich wollte, war Aya als sein persönliches Haustier zu halten, eingesperrt in seiner Wohnung. Nach einer Woche Gefangenschaft gelang Aya die Flucht – bei der sie Eds Gesicht zerkratzte.

Ed geht bei den Runnern sehr vorsichtig vor und wird diese Information nicht einfach ausplaudern, aber eine Durchsuchung seiner Wohnung fördert Beweise zu Tage, dass er hier kürzlich eine Frau gefangen gehalten hat. Ed weiß nicht, wo sich Aya aufhält, aber er ist sich ziemlich sicher, dass sie in den Ork-Untergrund geflohen ist. Die Runner müssen sich nun überlegen, was sie mit Ed anstellen – ihn einfach in Ruhe lassen, der Yakuza aushändigen oder Straßengerechtigkeit üben.

Zweiter Akt

Aya versteckt sich tatsächlich im Ork-Untergrund, wo eine weibliche Ork-Gillette namens Scratch sie unter ihre Fittiche genommen hat. Wenn die Runner im Ork-Untergrund nicht bekannt sind, müssen sie einen Führer finden oder auf andere Weise hinunter gelangen, um sich dort weiter durchfragen zu können. Wenn sie dabei unfreundlich oder unhöflich vorgehen, erwartet sie ein „Empfangskomitee" aus Knochenbrechern, aus dessen Händen sie sich mit einer „Touristen-Gebühr" freikaufen können.

Wenn sie Eds Wegweisungen folgen und sich durchfragen, werden die Runner irgendwann zu den Skunks geschickt, einer lokalen Ork-Gang, mit der Scratch normalerweise abhängt. Die Skunks beschützen Scratch und Scratch beschützt Aya – sie lässt niemanden in ihre Nähe kommen, wie gut man es auch zu meinen scheint.

Wollen die Runner ihren Weg an den Orks vorbei erzwingen, kommt es zum Gefecht, und Aya, die sich in der Nähe versteckt, nutzt die Gunst der Stunde, um unbemerkt zu entkommen. Wenn sich die Runner an den Orks vorbei schleichen oder beschließen, Aya bei Scratch zu lassen, wird sich Aya ebenfalls zur Flucht wenden, da sie Angst hat, dass die Runner irgendwie an Scratch vorbeikommen. Sowohl Scratch als auch die Skunks bemerken dies sofort, weihen die Runner in die Geschichte ein und schließen sich ihrer Suche an.

Showdown

Auf die eine oder andere Weise werden die Runner Aya tiefer in den Untergrund verfolgen müssen. Die Spuren führen sie bald in den Keller einer Industrieanlage, wo sie von einem überwältigenden Gestank (einer intensiveren Version des „Tacoma-Aromas") begrüßt werden. Die Runner sind in den unteren Ebenen von Eta Engeneerings Müllverarbeitungsanlage gelandet, und der Gestank ist dermaßen überwältigend, dass er sie fast krank macht. Jeder Runner mit verbesserten Geruchs- oder Geschmackssinnen muss wirklich Schlimmes erleiden.

Wenn die Runner Aya endlich gefunden haben, steht sie auf einem schmalen Steg über einem Tank voller umherwirbelnder flüssiger Abfälle. Missbraucht, verängstigt, schwanger (eine Tatsache, die sie noch nicht einmal Scratch erzählt hat – sie will das Kind nicht und weiß auch nicht, wer der Vater sein könnte) und völlig verzweifelt, ist sie bereit, alles zu tun, um nicht wieder zurückgehen und als Fleischpuppe dienen zu müssen. Tatsächlich ist sie sogar bereit, ihrem Leben ein Ende zu setzen. Sie steht kurz davor, in den Tank zu springen und sich selbst, hier und jetzt, in den Exkrementen zu ertränken.

Die Runner müssen das Mädchen von dem Gedanken abbringen, sich das Leben zu nehmen oder sie gewaltsam davon abhalten. Gleichzeitig müssen sie möglicherweise Scratch und die Skunks davon abbringen, dasselbe zu tun, falls sie ihre Differenzen nicht beigelegt haben. Zu guter Letzt ist auch die Sicherheit von Eta inzwischen über den Einbruch informiert und eine schwer bewaffnete Einheit auf dem Weg, um die Eindringlinge aufzuspüren und festzunehmen.

Nachspiel

Falls die Runner Aya zur Yakuza zurückbringen, haben sie sich Scratch und die Skunks zu Feinden gemacht – vom ruinierten Leben des armen Mädchens ganz zu schweigen. Falls die Runner Aya davon abhalten, sich selbst das Leben zu nehmen, und sie zusammen mit Scratch in Ruhe lassen, müssen sie sich gegenüber der Yakuza rechtfertigen, warum es ihnen nicht gelungen ist, sie zurückzubringen. Werden sie von der Eta-Sicherheit gefangen genommen, müssen sie eine Menge Dinge erklären.

ABENTEUERIDEEN

- Die Eighty-Eights haben in letzter Zeit mehrere Angriffe von Yakuza-Mitgliedern auf ihre Lieferanten in Auburn hinnehmen müssen, und die Runner sollen als zusätzliche Muskeln angeheuert werden. Wenn sie den Job annehmen, werden die Runner einem mittelmäßigen Dealer namens Mr. Lee zur Seite gestellt. Neben den Lone Star-Beamten, mit denen sie sich herumschlagen müssen, müssen die Runner Konzernsicherheitsleute bestechen und mit ihrem Gewissen kämpfen, da Mr. Lee starke Drogen an High-School-Schüler und gelangweilte Hausfrauen verkauft. Dabei sollten sie sich nicht in allzu hohe Sphären der Philosophie entrücken, denn Mr. Lee ist der nächste Name auf der Liste der Yakuza-Schläger.
- Die Runner treffen ihren Johnson – in diesem Fall eine Ms. Johnson – am Crash 2.0 Memorial. Die Runner bekommen den Auftrag, den Gray Russian, einen neuen Club, der in zwei Tagen in Downtown eröffnen soll, auseinander zu nehmen. Trotz des Namens hat der Club keinerlei Verbindungen zu den Vory – er ist eine Tarnung für ein neues Yakuza-Bordell, in dem die Bedienungen gleichzeitig als Prostituierte arbeiten – oder umgekehrt. Den Runnern bleibt es selbst überlassen, wie sie den Club am effektivsten sabotieren können. Wenn die Runner ihre Ms. Johnson ausfragen, finden sie heraus, dass sie eine Prostituierte ist, die den Yakuza entkommen konnte. Die Frage ist nur: Wer finanziert sie?
- Ein Runner belauscht zufällig ein Gespräch, bei dem er einige wichtige Informationen erfährt. Einige unabhängige Schmuggler aus Vancouver werden heute Nacht eine Ladung militärischer Waffen in den Docks von Everett abladen. Das ist natürlich eine gute Gelegenheit für die Runner, sich ein paar Nuyen dazuzuverdienen oder die Waffen für den eigenen Gebrauch zu stehlen, und seien es nur ein paar Kisten. Was die Runner leider nicht wissen, ist, dass die Vory bei unabhängigen Schmugglern hart durchgreifen und planen, sich die Ladung selbst anzueignen. Gelingt es den Runnern, mit der Ware entkommen?
- Warrant Officer Charlene Twofeathers ist zum persönlichen Alptraum vieler Runner geworden. Sie lässt sich nicht bestechen und ist dafür bekannt, jeden Shadowrunner zu verhaften, den sie in die Finger bekommt. Die Runner werden bei einer ihrer illegalen Aktivitäten entdeckt und verhaftet, während Twofeathers gerade die Überwachung

eines Quartiermeisters leitet, der des illegalen Waffenhandels beschuldigt wird. Twofeathers macht den Runnern das Angebot, ihre Strafe zu mildern, wenn sie ihr einen kleinen Gefallen erweisen. Sie sollen ihr dabei helfen, den windigen Quartiermeister zu überführen, indem sie sich bei einem Waffenhandel als Strohmänner zur Verfügung stellen. Die Charaktere haben nun die Wahl zwischen einem gefährlichen Job und der Alternative des Steineklopfens.

- Eine Angestellte der Botschaft des Salish-Shidhe Council unterbreitet den Runnern ein Angebot: Wenn sie ungefähr eine Woche lang eine kleine Insel im Outremer besetzen, über deren Eigentumsverhältnisse sich das Salish schon seit Jahren mit der Metroplex-Regierung uneins ist, stellt sie ihnen rechtmäßige SSC-SINs aus. Alles, was die Runner dafür tun müssen, ist, mögliche Eindringlinge von der Insel fernzuhalten. Unglücklicherweise stellt sich das ansonsten wertlose Land als Brutstätte für ein Donnervogel-Pärchen heraus.
- Ein älterer Ork-Johnson heuert die Runner als Boten an. Sie sollen ein 500 kg schweres Paket aus dem Orkviertel Carbanado in Puyallup über die Grenze zu einem Kontaktmann im Salish-Shidhe bringen. Unglücklicherweise ist dazu eine gefährliche Reise durch die übelsten Teile der Barrens notwendig, wo auf unvorsichtige Reisende giftige Schlammlöcher und kochende Geysire warten. Ein echtes Problem bekommen die Runner aber erst, als das Paket anfängt zu stinken ... und die Runner erkennen, dass sie eine verwesende Leiche transportieren.
- Inmitten wütender Ghul-Recht-Proteste beendeten Lone Star-Cops die Veranstaltung, indem sie eine Gruppe wilder Ghule in den Redmond Barrens aufmischten. Ein paar der Ghule konnten allerdings entkommen, und der Star bietet eine Prämie von 200 ¥ pro bestätigtem Abschuss. Nachdem sie mehrere Ghule in der Kanalisation unter Redmond eingesackt haben, treffen die Runner auf eine Troll-Ghulfrau, die aufgrund einer schwierigen Geburt im Sterben liegt. Sind die Runner gefühlskalt genug, um auch das Kind zu töten? Oder retten sie den Troll-Ghulwaisen – und falls ja, was sollen sie nun mit dem Kind anfangen?
- Kenneth Brackhaven hat ein kleines schmutziges Geheimnis, und Nachrichtenreporter Cameron Rahlinquist beauftragt die Runner, herauszufinden, worum es sich handelt. Dazu schleust er sie als Bedienstete in einen Gentlemen Club in Renton ein, den Brackhaven regelmäßig aufsucht. Dort können sie die Gedanken der Reichen und Mächtigen studieren. Alles läuft ruhig, bis die Runner während eines Pokerspiels zwischen Spitzenleuten des Humanis Policlub Seattle ein Gespräch belauschen. Falls sie Rahlinquist erzählen, was sie während des Spiels belauscht haben, wird die Geschichte in den Abendnachrichten auftauchen – und die Runner auf der schwarzen Liste von Humanis.
- Fungitek steht kurz vor der öffentlichen Präsentation ihres neuen Ninkasi-Biers, das aus einer Mischung von genetisch manipulierten Pilzen und Hefe gebraut wird. Ingersoll & Berkleys eigenes Alkohol-Projekt hat bis jetzt nichts von ähnlichem Kaliber hervorgebracht. Die Runner werden von einem ihrer Schieber kontaktiert, der ihnen einen Job anbietet, bei dem sie in Fungiteks internes Netzwerk eindringen und die entsprechenden Daten und Proben der Pilzsporen stehlen sollen.
- Die Rückkehr des Mayan Cutter versetzt Seattle in Aufruhr – mindestens ebenso sehr aber William Loudon, den Chef von Lone Star Seattle. Sein Leben, sein Ruf, und (noch wichtiger) der Polizeivertrag seines Konzerns stehen auf dem Spiel, doch der Serienkiller scheint heute noch besser darin zu sein, den Polizisten zu entwischen, als noch vor 20 Jahren. Über die Spezialeinheit für verdeckte Operationen beauftragt Loudon die Runner, den Mörder aufzuspüren – was leichter gesagt als getan ist, wenn man es mit einer pervertierten magischen Bedrohung zu tun hat.

ABENTEUER IN HAMBURG

Diese Sektion enhält zwei detaillierte Abenteuervorschläge wie auch eine Reihe von kurzen Ideen, bei denen der Spielleiter das Hamburg-Setting und den Hintergrund verwenden kann.

BODENSATZ

Prolog

Viele Wattsucher-Kommunen, die sich am Rand der verseuchten Küste niedergelassen haben, sind eine Brutstätte für toxische Traditionen. Den Widrigkeiten ihrer Umgebung, Isolation, Inzest und Armut ausgesetzt, wird das vorhandene magische Talent bereits in jungen Jahren verkrüppelt. Allerdings bringen die Gemeinden aufgrund der Verdünnung ihres Genpools nur noch selten Magier hervor. Weil die Magier aber die einzigen sind, die die Geister der vergifteten Nordsee von den Kommunen fernhalten, indem sie sie auf andere Ziele lenken, sind sie enorm wichtig für das Überleben der Kommunen. Deshalb heuern sie regelmäßig Piraten aus Wildost an, um begabte Straßenkinder zu entführen, wenn nötig unter Anwendung von körperlicher oder seelischer Gewalt. Ihr jüngstes Opfer ist die junge Teenager-Hexe Laura, die bei einem Ausflug zum Blauen Klotz in die Fänge der Häscher einer Wattsucher-Kommune gerät.

Setup

Die Runner werden von ihrem Schieber zu einem alten Bauernhof in Geesthacht (Lauenburg) geschickt, wo sich eine ehemalige Runnerin – die Schamanin Marion Drechsler, bekannt unter dem Straßennamen „Mutter Gans" – nach dem Crash zur Ruhe gesetzt hat und nun ein Asyl und soziales Auffangbecken für „Wizkids" (also Straßenkids mit magischem Talent, die nicht in die Fänge von Konzernen geraten sind) betreibt. Einer ihrer Schützlinge – eine noch unausgebildete Hexe namens Laura, die sich unter ihresgleichen nur „Heidin" nennt, ist seit Tagen aus dem Heim verschwunden. Gans hat Angst, dass Laura in die Fänge von Mädchenhändlern geraten ist und in St.Pauli oder im Harburger Ghetto anschaffen muss. Die Runner sollen sie zurückholen. Zwar kann ihnen Gans nicht viel Geld anbieten, würde ihnen aber mit arkanen Arbeiten und Gefälligkeiten, wie auch Kontakten zur Szene (Cirque Heloise, Taliskrämer) einen lukrativen Deal anbieten.

Erster Akt

Beinarbeit ist bei diesem Auftrag am erfolgversprechendsten. Gans kann den Runnern ein Holopic geben sowie einige Namen von Straßenkids nennen, mit denen Heidin normalerweise rumhängt. Diese – zum Großteil rotznäsige Straßenpunks, Mitglieder von Jugendbanden, Junganarchos und Randalekids, die absolut keinen Respekt vor den Runnern haben (es sei denn, diese schüchtern sie ein oder bedrohen sie mit schweren Waffen) – haben jedoch Laura schon seit Tagen nicht mehr gesehen. Weitere Nachforschungen führen die Runner zum horizontalen Gewerbe. Auf dem Kiez sind so junge Pferdchen aufgrund der Kontrollen durch ProSEX und die HanSec nicht gerne gesehen, allerdings wird immer wieder der Name eines Clubs – das „Teenage Dream" –, in dem Kinder zur Prostitution gezwungen werden, oder der Name „Vrijherr" bzw. „Der Holländer" genannt, dem dieses Etablissement gehört.

Zweiter Akt

In den Club zu kommen, wird sich für die Runner schwierig gestalten. Es handelt sich um einen Treffpunkt von Mitgliedern der Willis, die für den Schutz des Etablissements die Hand aufhalten (bzw. sich in Naturalien bezahlen lassen). Zudem lässt sich Vrijherr als Unabhängiger in der Unterwelt zusätzlich von ein paar verchromten Schlägern aus der Cyberszene beschützen (die durchweg über diverse Cyberimplantatwaffen verfügen). Wie feinfühlig auch immer die Runner bei ihrer Suche zu Werke gehen (was proportional zum Ärger ist, den sie sich dabei einhandeln): Der Club ist eine Sackgasse. Allerdings erinnert sich eine der Prostituierten, das Mädchen vor ein paar Tagen bei einem Second Hand-Laden im Blauen Klotz gesehen zu haben.

Szene 3

Während sich die Runner im Blauen Klotz nach dem Mädchen erkundigen, werden einige der Häscher, die bisweilen für die Wattsucher die Drecksarbeit erledigen, auf die Schnüffler aufmerksam, also bezahlen sie jemanden, der die Runner nach Wildost lockt, um sie dort (in Überzahl) zu beseitigen. Wenn die Runner der falschen Fährte folgen, werden sie irgendwann auf einem abgewrackten Trawler einer 2:1-Überzahl an Schlägern gegenüberstehen, die aber wesentlich schlechter bewaffnet sind als sie (vor allem Belegnägel, Knüppel, Baseballschläger, nur kleine Handfeuerwaffen bis maximal zur Schweren Pistole). Falls es Überlebende gibt, können diese den Runnern sagen, dass sie das Mädchen in eine Wattsucher-Kommune beim früheren Elmshorn (bevor es überspült wurde) gebracht haben.

Showdown

Die Befreiung des Mädchens wird für die Runner nicht einfach werden. Es handelt sich tatsächlich um eine Gemeinschaft, die von einem Deichgrafen geführt wird, bei dem es sich um einen toxischen Magier handelt (siehe Kapitel „Magische Bedrohungen" im Ergänzungsband „Straßenmagie"). Die Bewohner stehen den fremden Runnern von vorneherein feindselig gegenüber, und falls diese versuchen, das Mädchen mit Gewalt zu befreien, müssen sie sich gegen den wütenden Mob und ihren Anführer wehren. Die einzige wirkliche Gefahr stellt jedoch nur der toxische Magier mit seinen Geistern dar.

Nachwirkungen

Nach erfolgreicher Befreiung können die Runner das Mädchen nach Geesthacht zurückbringen. Laura ist allerdings apathisch und reagiert auf niemanden, auch nicht auf Gans. Sollten die Runner mit Gans in Kontakt bleiben, werden sie feststellen, dass das Mädchen in den kommenden Monaten zwar wieder zu sich zurückfindet, sich jedoch ihre Persönlichkeit geändert hat und sie zu Gans' Sorgenkind geworden ist. Ob das Mädchen in den wenigen Tagen der Indoktrination durch den toxischen Magier so beeinflusst wurde, dass es sich nun selbst auf dem toxischen Pfad befindent, ist dem Spielleiter überlassen.

MILIEUSTUDIE

Prolog

Die wachsenden Spannungen zwischen den Likedeelern und den Lobatchevski-Vory sind auch anderen Gruppen in und um Hamburg nicht verborgen geblieben. Das letzte, was der Senat derzeit in der angespannten außenpolitischen Situation gebrauchen kann, ist ein sich ausweitender „Bandenkrieg", der mit Schießereien, Mord und Autobomben auf Hamburgs (Wasser-)Straßen ausgetragen wird. Die Verhaftungswelle vor einigen Monaten durch die HanSec hat die Gemüter auf beiden Seiten wieder etwas abgekühlt. Es gibt allerdings neue Elemente in der Unterwelt, die wollen, dass sich diese beiden Parteien gegenseitig zerfleischen.

Setup

Die Runner werden von ihrem Schieber auf die Musik-Insel geschickt, wo sie in der Necro-Salsa-Bar „La Cabaña" auf einen lokalen Schmidt treffen, der exquisit gekleidet ist. Sie sollen im Hafen zwei Container umleiten, indem sie die Containerkennung manipulieren. Der Schmidt nennt ihnen einen Kontakt im Hafen, eine Quichotes-Technikerin, die sehr hohe Wettschulden hat, und gibt ihnen außerdem die Adresse eines versteckten AR-Briefkasten in der Neuen Mitte, über die sie mit ihm in Kontakt treten können (er kontaktiert die Runner dann über ihren Kommlink).

Erster Akt

Mithilfe der Technikerin sollte es für die Runner ein leichtes sein, die Sicherheit des HHMC zu umgehen, um die Container an ihren neuen Bestimmungsort zu schicken, wozu die Runner jedoch die Containerkennungen ändern und die festinstallierten RFID-Sender austauschen müssen. Am schwierigsten sollte es für sie sein, ungesehen auf das Gelände des Freihandelshafens zu kommen, da die HAZMAT das Gelände kontrolliert. Die redselige Technikerin, die so etwas zum ersten Mal macht, erzählt ihnen außerdem (am besten beiläufig einstreuen), dass der Schmidt sie bei einem Besuch auf dem „Onboard" wegen ihrer Schulden angesprochen und diese beglichen hat. In den kommenden Tagen berichtet der Alsterchannel immer wieder von Zwischenfällen zwischen den Mad Aces und Banden der Vory auf dem Kiez und in Harburg. Wertvolle Ladungen sind abhanden gekommen, und die beiden Parteien machen sich gegenseitig für den Verlust verantwortlich, zumal einige der Vory-Waffen bei den Mad Aces und einiges von dem High-Tech-Kram der Likedeeler bei den Bjelnsie Ruku aufgetaucht ist.

Zweiter Akt

Zwei Tage später erhalten die Runner einen erneuten Anruf und sollen einen Schmidt auf einem Frachter vor der Küste treffen. Es handelt sich um den derzeitigen Standort des „Containers", in dem Pitfights durchgeführt werden. Dort treffen die Runner auf Jürgen Browcheski, der sich bei den Runnern nach dem Verbleib des Vory-Containers erkundigt. Zwar wirft er den Runnern ihre Arbeit nicht vor (er weiß genauso gut wie alle anderen, dass das der Job der Runner ist), allerdings will er, dass die Runner ihren Schmidt aufspüren und zu Browcheski bringen, da er wissen will, für wen dieser arbeitet. Zur Untermauerung, dass dies ein Job ist, den die Runner nicht ablehnen können, deutet er auf den startenden Pitfight, in der die Technikerin, die den Runnern bei ihrem Job zu Hand gegangen ist, gerade im Kampf gegen einen Troll zu Fischfutter verarbeitet wird.

Dritter Akt

Durch Beinarbeit (sprich Ablaufen ihrer Kontakte) erhalten die Runner den Tipp, an Bord des schwimmenden Casinos „Onboard" nach ihrem Schmidt Ausschau zu halten (alternative Wege sind die Information der Technikerin bei dem Run oder der AR-Briefkasten). Allerdings wird ein Zugriff auf dem Schiff durch die Security des Casinos verhindert, falls die Runner etwas derartiges versuchen. Der Schmidt ist außerdem nicht allein, sondern wird von einem kompetenten Team Bodyguards begleitet, die zum Schutzservice des Hotel Atlantic gehören und etwaige Verfolgungen geschickt zu verhindern wissen (es sind Profis, und die Runner müssen schon sehr geschickt vorgehen, um Schmidt zu verfolgen; dann können sie allerdings herausfinden, dass er direkt zum Hotel Atlantic fährt und sich regelmäßig mit Rangachari trifft). Durch Nachforschungen im Casino können die Runner außerdem den Namen ihres Schmidts herausbekommen. Dieser führt sie zum Lagerhaus einer skandinavischen Sexartikel-Firma im Hafen.

Showdown

Stellen die Runner das Gebäude unter Beobachtung, so werden sie feststellen, dass das Lagerhaus von bewaffneten Männern bewacht wird. Die Einzigen, die Zugang zu dem Gelände haben, sind Hafenarbeiter, jedoch besitzen auch diese einen speziellen RFID-Ausweis. Der Schmidt kommt meist mit einem Boot gegen Nachmittag (in Begleitung von ein paar bewaffneten Leuten) vorbei und verschwindet dann im Lagerhaus, von dem aus er seine Geschäfte erledigt. Die einzige Möglichkeit, den Schmidt aufzugreifen, ist entweder auf dem Weg von oder zum Lagerhaus oder im Lagerhaus, wenn

sie es geschickt anstellen. Falls es zu einem Feuergefecht im Hafen kommen sollte, schalten sich schnell HAZMAT-Truppen in den Konflikt ein.

Nachwirkungen

Wenn die Runner den Schmidt abliefern, können sie Brochewski von ihrer Kompetenz überzeugen, was ihnen möglicherweise die Türen für zukünftige Aufträge der Lobatchevski-Vory öffnet. Was den Hafen betrifft, so wird der Alsterkanal in den kommenden Tagen von einer Gasexplosion im Lagerhaus berichten. Allerdings kann die HanSec bei ihren Ermittlungen zur Brandursache keine Waffen in dem Lagerhaus finden, da Rangachari diese bereits in Sicherheit hat bringen lassen. Allerdings ist die Beziehung zwischen beiden Unterweltgruppen und Rangachari wesentlich frostiger geworden.

Alternativ kann das Szenario ab dem zweiten Akt auch von Seiten der Likedeeler her aufgezogen werden, mit ähnlichen Auswirkungen.

ABENTEUERIDEEN

- Während eines Auftrags in Hamburg (z.B. in der Freihandelszone des Hafens) treffen die Runner auf ein gegnerisches Team, das aus Häftlingen des Big Willi besteht, die sich ihre Beute nicht von den Runnern wegnehmen lassen, damit sie ihre Vergünstigungen im Knast nicht verlieren.
- Die Runner werden von einem Reporter der DeMeKo angeheuert, um sich auf die Spur eines Politikers des Senats zu setzen, da der Reporter glaubt, dieser gehöre zum Schattensenat. Genauere Observierungen zeigen aber, dass der Senator lediglich unter der Hand Stadtaufträge an immer ein und denselben Bauunternehmer gibt, ohne sie offiziell auszuschreiben – etwas, was natürlich nicht an die Öffentlichkeit dringen darf.
- Die Runner sollen prekäre Forschungsdaten von Mittelplate A extrahieren. Durch Zusammenarbeit mit einer Grünen Zelle oder einer Gruppe Piraten müssen sie dazu ein Ablenkungsmanöver initiieren, um dann in die stark befestigte Anlage einzudringen. Keine einfache Aufgabe.
- Zurzeit ankert der Mærsk-Luxusliner „Olymp" im Hamburger Hafen. Die Olymp ist allerdings kein gewöhnliches Kreuzfahrtschiff, sondern eine schwimmende Luxuswohneinheit mit separaten Appartments, die sich im Besitz von reichen Konzernen, Filmstars und all denen, die sich es leisten können, befinden. Das Schiff besitzt ein modernes, eigenständiges AR-System mit Satelliten-Uplink sowie eine Computerplattform für Kurzstreckenflüge. Während das Schiff im Hafen weilt, soll eine Konferenz von verschiedenen Tochtergesellschaften der AG Chemie in einem der zahlreichen Konferenzräumen stattfinden. Die Runner werden angeheuert, sich als Personal an Bord des Schiffes zu schmuggeln, um die Konferenz abzuhören und einen der Manager zu extrahieren.